ସୁଅ ମୁହଁର ପତର

ଓ ଅନ୍ୟାନ୍ୟ ଗଳ୍ପ

ସୁଅ ମୁହଁର ପତର

ଓ ଅନ୍ୟାନ୍ୟ ଗଳ୍ପ

ପ୍ରାଣବନ୍ଧୁ କର

ସଂପାଦନା

ସତ୍ୟ ପଟ୍ଟନାୟକ

ବ୍ଲାକ୍ ଇଗଲ୍ ବୁକ୍ସ

ଭୁବନେଶ୍ୱର, ଓଡ଼ିଶା

BLACK EAGLE BOOKS

Dublin, USA

ସୁଅ ମୁହଁର ପତର ଓ ଅନ୍ୟାନ୍ୟ ଗଳ୍ପ

ସଂପାଦନା: **ସତ୍ୟ ପଟ୍ଟନାୟକ**

ବ୍ଲାକ୍ ଇଗଲ୍ ବୁକ୍ସ : ଭୁବନେଶ୍ୱର, ଓଡ଼ିଶା • ଡବ୍‌ଲିନ୍, ଯୁକ୍ତରାଷ୍ଟ୍ର ଆମେରିକା

BLACK EAGLE BOOKS

USA address:
7464 Wisdom Lane
Dublin, OH 43016

India address:
E/312, Trident Galaxy, Kalinga Nagar,
Bhubaneswar-751003, Odisha, India

E-mail: info@blackeaglebooks.org
Website: www.blackeaglebooks.org

First International Edition Published by
BLACK EAGLE BOOKS, 2023

SUA MUHANRA PATARA O ANYANYA GALPA
by **Pranabandhu Kar**
Edited by **Satya Patnaik**

Cover & Interior Design: Ezy's Publication

ISBN- 978-1-64560-477-8 (Paperback)

Printed in the United States of America

ଲେଖକଙ୍କ କଥା

ଏଠି ସଂକଳିତ ଗଳ୍ପଗୁଡ଼ିକ ୧୯୩୩ ଠାରୁ ୧୯୯୬ ମସିହା ମଧ୍ୟରେ ନବଭାରତ, ସହକାର, ଉତ୍କଳ ସାହିତ୍ୟ, ଝଙ୍କାର, ପ୍ରଗତି, ଆଧୁନିକ, ଜାଗରଣ, ଡଗର, ଚତୁରଙ୍ଗ, ଏକଚକ୍ର ଓ ଅନ୍ୟାନ୍ୟ ପତ୍ରିକାଗୁଡ଼ିକରେ ପ୍ରକାଶିତ ହୋଇଥିଲା ।

ମୋର ଗଳ୍ପଗୁଡ଼ିକ ବିଭିନ୍ନ ଭଙ୍ଗୀ (technique)ରେ ଲେଖା, କିନ୍ତୁ ଗଳ୍ପର ଭଙ୍ଗୀ ଯାହା ହେଉ ନା କାହିଁକି, ପରିଶେଷରେ କଥାବସ୍ତୁ ହିଁ ପାଠକ ଚିତ୍ତରେ ବିଶେଷ ପ୍ରଭାବ ପକାଇଥାଏ । ସେହି ଦୃଷ୍ଟିରୁ ଏହି ଗଳ୍ପଗୁଡ଼ିକ କେତେଦୂର ସାର୍ଥକ ହୋଇଚି ତାହାର ଯଥାର୍ଥ ବିଚାର ପାଠକ ଓ ସମାଲୋଚକମାନଙ୍କ ହାତରେ ।

- ପ୍ରାଣବନ୍ଧୁ କର

ମୁଖବନ୍ଧ

ପ୍ରାଣବନ୍ଧୁ କର ଏକାଧାରରେ ଥିଲେ ଜଣେ ସଫଳ, ଆଦୃତ ଓ ଯଶସ୍ୱୀ ଗାଳ୍ପିକ ଓ ନାଟ୍ୟକାର। ସ୍ୱାଧୀନତା ପୂର୍ବ ଓ ପରବର୍ତ୍ତୀ ସମୟରେ ଆଧୁନିକ ଓଡ଼ିଆ ଗଳ୍ପଧାରାକୁ ଯେଉଁମାନେ ନୂତନ ଦିଗ୍‌ଦର୍ଶନ ଦେଇଛନ୍ତି ସେମାନଙ୍କ ଭିତରୁ ସେ ହେଲେ ଅନ୍ୟତମ। ତାଙ୍କର ଗଳ୍ପଗୁଡ଼ିକ ବୈଚିତ୍ର୍ୟପୂର୍ଣ୍ଣ, ବାସ୍ତବବାଦୀ, ଆଧୁନିକ ଓ ମନସ୍ତାତ୍ତ୍ୱିକ ବିଶ୍ଳେଷଣରେ ଭରପୂର। ଭାଷା ଓ ଉପସ୍ଥାପନା ଶୈଳୀ ଅତ୍ୟନ୍ତ ସ୍ୱାଭାବିକ, ସାବଲୀଳ ଓ ନାଟକୀୟ। ଅଧ୍ୟାପନା ବୃତ୍ତି ହେତୁ ସେ ସମାଜ, ପାରିପାର୍ଶ୍ୱିକ ପରିବେଶ ଓ ସ୍ୱାଧୀନତା ପରେ ଦେଶର ପରିବର୍ତ୍ତନକୁ ଅତ୍ୟନ୍ତ ନିଖୁଣ ଭାବେ ନିରେଖି ତାଙ୍କ ସାହିତ୍ୟ ସୃଷ୍ଟି କରୁଥିଲେ। ସମକାଳୀନ ସମାଜର ଜୀବନ, ସଂଘର୍ଷ, ସୁଖ-ଦୁଃଖ, ଆଶା ଓ ନିରାଶା ଉପରେ ତାଙ୍କ ଗଳ୍ପଗୁଡ଼ିକ ମୁଖ୍ୟତଃ ଆଧାରିତ। ସେଗୁଡ଼ିକ ମଧ୍ୟରେ ଖୁବ୍ ସୁନ୍ଦର ଭାବେ ପ୍ରସ୍ଫୁଟିତ ପ୍ରେମ, ଉପେକ୍ଷିତ ବର୍ଗର ଉତ୍ପୀଡ଼ନ, ଶୋଷିତ ଆଦିବାସୀଙ୍କର ମର୍ମବେଦନା, ସେମାନଙ୍କର ପ୍ରତିବାଦ ଓ ସାଲିସବିହୀନ ସଂଗ୍ରାମ। ଏସବୁରୁ ବାରି ହୋଇପଡ଼େ ପ୍ରାଣବନ୍ଧୁଙ୍କ ସାମ୍ୟବାଦ ବିଚାରଧାରା ଓ ଅନ୍ୟାୟ ବିରୋଧରେ ସ୍ୱର।

ଦେଖିବାକୁ ଗଲେ ପ୍ରାଣବନ୍ଧୁଙ୍କ ଲେଖା ଶୈଳୀ ପ୍ରାୟତଃ ଆତ୍ମକଥାମୂଳକ କିମ୍ବା ତାଙ୍କ ନିଜ ଅନୁଭୂତି ଉପରେ ପର୍ଯ୍ୟବସିତ। ତାଙ୍କର ଚରିତ୍ରଗୁଡ଼ିକ ମନେହୁଏ ସତେ ଯେପରି ନିଜ ପରିବାରର, ପ୍ରିୟ ପରିଜନର ବା ତାଙ୍କ ଚାରିପାଖେ ଥିବା ବ୍ୟକ୍ତିବିଶେଷଙ୍କର। ସେଇମାନଙ୍କୁ ଧରି ସେ ତାଙ୍କ ଗଳ୍ପଗୁଡ଼ିକୁ ଅତ୍ୟନ୍ତ ଜୀବନ୍ତ ଭାବେ ଗଢ଼ି ତୋଳିଛନ୍ତି। ତାଙ୍କ ଗଳ୍ପମାନଙ୍କର ଆଉ ଏକ ବିଶେଷତ୍ୱ ହେଲା ନାରୀ ଜାଗରଣ ପାଇଁ ତାଙ୍କର ପ୍ରତିବଦ୍ଧତା।

ତାଙ୍କର ଗଳ୍ପଗୁଡ଼ିକ ପ୍ରାୟ ସଂଳାପଧର୍ମୀ । ଅନେକ ସମୀକ୍ଷକମାନଙ୍କ ମତରେ ବର୍ଣ୍ଣନାଧର୍ମୀ ରଚନା ବଦଳରେ ସେ ସଂଳାପଧର୍ମୀ ଶୈଳୀ ଆପଣେଇ ଓଡ଼ିଆ ଗଳ୍ପଧାରାରେ ଏକ ନୂଆ ଓ ସ୍ୱତନ୍ତ୍ର ପଦ୍ଧତି ସୃଷ୍ଟି କରିଥିଲେ ଯାହାକି ତାଙ୍କୁ ପରବର୍ତ୍ତୀ ପର୍ଯ୍ୟାୟରେ ନାଟକ ଲେଖିବାରେ ସମୃଦ୍ଧ କରିଥିଲା । ନାଟକୀୟ ଉପସ୍ଥାପନା ଓ ଆକସ୍ମିକତା ଭିତରେ ଅତି ସୁନ୍ଦର ଭାବେ 'ଚେତନା ପ୍ରବାହ' କଳା ପ୍ରୟୋଗ ଶୈଳୀ ତାଙ୍କର ପରବର୍ତ୍ତୀ ପିଢ଼ିର କିଛି କଥାକାରଙ୍କୁ ପ୍ରଭାବିତ କରିଥିଲା ମଧ୍ୟ ।

ପ୍ରାଣବନ୍ଧୁ ନ ଥିଲେ ବହୁପ୍ରସୂ । ଦୀର୍ଘ ସାତ ଦଶନ୍ଧିର ସାହିତ୍ୟ ସାଧନାରେ ସେ ସୃଷ୍ଟି କରିଥିଲେ ମୋଟ ୫୨ଟି ଗପ । ତାଙ୍କ ସ୍ୱୀକାରୋକ୍ତି ଅନୁଯାୟୀ, ପତ୍ରପତ୍ରିକାର ସମ୍ପାଦକ ବା ଛାତ୍ରଛାତ୍ରୀଙ୍କ ବିନା ଚାପରେ ତାଙ୍କର କଲମ ଚାଲୁ ନ ଥିଲା । ସେ ନିଜର ପ୍ରଚାର ଓ ପ୍ରସାରକୁ ପସନ୍ଦ କରୁ ନ ଥିଲେ ।

ତାଙ୍କ ଗଳ୍ପଗୁଡ଼ିକର ବିଶେଷତ୍ୱ କ'ଣ ? କାହିଁକି ତାଙ୍କ ଲେଖାଗୁଡ଼ିକ ଆଜି ପର୍ଯ୍ୟନ୍ତ ଆଦୃତ ? ପ୍ରଫେସର କୃଷ୍ଣଚରଣ ବେହେରାଙ୍କ ଭାଷାରେ "ସାଧାରଣତଃ ସାହିତ୍ୟ ସୃଷ୍ଟି ଏକାସାଙ୍ଗରେ ଜନପ୍ରିୟ ଓ ଉଚ୍ଚକୋଟୀର ହୋଇ ନ ଥାଏ । ହେଲେ ହୁଏ ଜନପ୍ରିୟ, ନୋହିଲେ ଉଚ୍ଚକୋଟୀର । କିନ୍ତୁ ପ୍ରାଣବନ୍ଧୁଙ୍କ ଅଧିକାଂଶ ଗଳ୍ପ ଆତ୍ମିକ ଓ ଆଙ୍ଗିକ ଦିଗରୁ ଯେପରି ଉଚ୍ଚକୋଟୀର, ଆବେଦନ ଓ ଆକର୍ଷୀ ଶକ୍ତି ଦୃଷ୍ଟିରୁ ସେହିପରି ଜନପ୍ରିୟ ହୋଇପାରିଛି ।"

ଓଡ଼ିଆ ଗଳ୍ପ ସାହିତ୍ୟର ଏହି ମହାମନିଷୀଙ୍କ ଲୋକପ୍ରିୟ ଗଳ୍ପସବୁକୁ ଏକାଠି କରି ବିଶ୍ୱର କୋଣଅନୁକୋଣରେ ଥିବା ଓଡ଼ିଆ ସାହିତ୍ୟପ୍ରେମୀଙ୍କ ନିକଟରେ ପହଞ୍ଚାଇବା ହେଲା ଏହି ସଂକଳନର ଉଦ୍ଦେଶ୍ୟ । ଆଶା, ପାଠକମାନେ ଏହାକୁ ଆଦରର ସହିତ ଗ୍ରହଣ କରିବେ ।

ସତ୍ୟ ପଟ୍ଟନାୟକ

ବ୍ଲାକ୍ ଈଗଲ୍ ବୁକ୍ସ

ସୂଚୀ

ଗୀତ ମାଷ୍ଟର

"ରୁନୁ! ଗାନ୍ ଶିଖିବେ ଏସ" - ଆଶ୍ଚର୍ଯ୍ୟ ହୋଇଗଲି, ରୁନୁ ଫେର୍ କେବେଠୁଁ ଗୀତ ଶିଖିବାକୁ ଆରମ୍ଭ କଲା ? - ମାଷ୍ଟରର ଗଳା ଶୁଣିପାରି ବୋଧହୁଏ ରୁନୁ ଆସି ଛିଡ଼ାହେଲା ମୋ ପାଖରେ। କହିଲି, 'ତୁ ଗୀତ ଶିଖୁଛୁ ରୁନୁ? ଚାଲିଲୁ ଦେଖିବା, କିମିତି ଗାଇ ଶିଖିଛୁ?' କିନ୍ତୁ ସେ ମୋ କୋଳକୁ ଲାଗି ଠିଆ ହୋଇ ରହିଲା। ତା'ର ସୁନ୍ଦର ଛୋଟ ଆଖି ଦୁଇଟିରେ ଚାହିଁରହିଲା ମୋ ଆଡ଼େ। କିଛି ବୁଝିପାରିଲି ନାହିଁ। ଦାଣ୍ଡ ଦୁଆରକୁ ଯାଇ ଦେଖିଲି ମାଷ୍ଟର ଛିଡ଼ା ହୋଇଛି। ଚମକି ପଡ଼ିଲି ତା' ଚେହେରା ଦେଖି। ଏଇ ଫେର୍ ଗୀତ ମାଷ୍ଟର। ଇସ୍! କି କଦାକାର ଚେହେରା! ଲୋକଟା ଫେର୍ ଅନ୍ଧ! ଗୋଟାଏ ଆଖିରୁ ପାଣି ଗଡ଼ୁଛି ଅନବରତ। ଆଉ ଗୋଟାଏ ସବୁବେଳେ ଖୋଲା; ଜ୍ୟୋତି ନାହିଁ। ଛୋଟପିଲା ଦେଖିଲେ ଭୟ କରିବେ ଏପରି ଚେହେରାକୁ। କହିଲି - ଆପଣ ରୁନୁକୁ ଗୀତ ଶିଖାନ୍ତି ?

ମାଷ୍ଟର ଓଡ଼ିଆ ବୁଝିପାରେ; କିନ୍ତୁ କହିପାରେ ନାହିଁ। ବଙ୍ଗଳାରେ କହିଲା - ହଁ ବାବୁ! - କିନ୍ତୁ ରୁନୁ କିଛି ଶିଖୁନି, ଯେତେ କହିଲେ ସୁଦ୍ଧା ଗାଇବ ନାହିଁ -

ମୁଁ କହିଲି - ଆଚ୍ଛା, ମୁଁ କହିଲେ ଗାଇବ ଯେ -

ମାଷ୍ଟର ହାରମୋନିୟମ୍ ନେଇ ବସିଲା - ରୁନୁ ବସିଲା କୋଳରେ ମତେ ଜାକିଧରି। ମାଷ୍ଟର କହିଲା - ରୁନୁ! ମା! କହ - ସା-ଆ-ଆ-ଆ-। କିନ୍ତୁ ରୁନୁ ଚାହିଁରହେ ଅନ୍ଧ ମାଷ୍ଟର ଆଡ଼କୁ, ଆଖି ତରାଟି କରି।

ପୁଣି - ରୁନୁ! କହ - ସା-ଆ-ଆ-ଆ - କହ।

ଗୀତ ଶିଖେଇବାର ଆଗ୍ରହ, ବ୍ୟଗ୍ରତା ଫୁଟି ଉଠୁଥିଲା ମାଷ୍ଟର୍‌ର ମୁହଁରେ। କିନ୍ତୁ ରୁନୁର ପାଟି ଫିଟୁ ନାହିଁ। ରୁନୁକୁ ଟିକିଏ ଆଦର କରି କହିଲି - କିଲୋ ରୁନୁ! ଗାଉନୁ - ମାଆଟା ପରା ଗାଆ। ଯାଆଲୋ - ଓ-ଓ। ମୁଁ ତୋ ସାଥିରେ ଆଉ କଥା କହିବି ନାହିଁ - ଯାଉଛି - ଉଠ୍ ମୋ କୋଳରୁ।

ରୁନୁ ଆହୁରି ଜୋର୍‌ରେ ଜାକିଧରିଲା ମତେ ତା' କଅଁଳ ଛୋଟ ହାତ ଦୁଇଟିରେ। ଆଉ କରୁଣ ଆଖିରେ ଚାହିଁଲା ମୋ ଆଡ଼କୁ। ମୋଟେ ଚାରି ବର୍ଷର ଝିଅ। କଅଣ ବା କହିବି ତାକୁ। କିଛି ବୁଝିପାରିଲି ନାହିଁ।

- ମାଷ୍ଟରବାବୁ! ଆପଣ କେବଠୁଁ ଗୀତ ଶିଖେଇବାକୁ ଆସୁଛନ୍ତି ?

- ଏଇ ଛଅ ସାତ ଦିନ ହେଲା -

- ତା'ର ତ ଆପଣଙ୍କ ସାମନାରେ ମୁହଁ ଖୋଲୁ ନାହିଁ, ଏଇ କେତେଦିନ ତେବେ ସେ କଅଣ ଶିଖିଥିଲା ?

- କିଛି ନାହିଁ, ମୋ ପାଖକୁ ମୋଟେ ଆସେନା; ମାଆ ତାକୁ କୋଳରେ ଧରି ବସନ୍ତି।

କହିଲି - ଛୁଆ କି ନା ଖୁବ୍, ଗୀତରେ ମନ ଲାଗି ନାହିଁ, ଆଉ କିଛିଦିନ ଗଲେ ଅବା -

ମାଷ୍ଟର କହିଲା - ଏଇ ବୟସରୁ ନ ଶିଖିଲେ ବଡ଼ ହେଲେ ଆଉ ଶିଖିବ କଅଣ ? ଏଇଟା ତ ଝିଅମାନଙ୍କର ଗୀତ ଶିଖିବାର ସମୟ। ରୁନୁ! ଆ, ସୁନାଝିଅଟା, ସେ ଗାଇବନିକି ଇଲେ! - କହ - ସା-ଆ-ଆ -

କିନ୍ତୁ ରୁନୁ ପୂର୍ବବତ୍।

ମାଷ୍ଟରର ଗୀତ ଶିଖେଇବାର ଏତେ ଆଗ୍ରହ ଯେ କାହିଁକି, ସେ କଥା ମୁଁ ଅବଶ୍ୟ ବୁଝିପାରିଥିଲି। ତଥାପି କହିଲି - କାହିଁକି ଆଉ ମିଛରେ ଆପଣ ଏତେ ଜିଦ୍ କରୁଛନ୍ତି ? ତା'ର ଶିଖିବାକୁ ଇଚ୍ଛା ନାହିଁ ଯେତେବେଳେ, ଚଗଲା ମନ ତା'ର ବର୍ତ୍ତମାନ, ଆଉ ଟିକିଏ ବଡ଼ ହଉ, ଶିଖିବ। ମୋ କଥାରେ ଟିକିଏ ତାହାର ବିରକ୍ତିଭାବ ପ୍ରକାଶ ପାଇଲା ପରି ମୋର ମନେ ହେଲା।

କିନ୍ତୁ ମୋ କଥାକୁ ନ ଧରି ମାଷ୍ଟର କହିଲା "ଆପଣ ଏ କଅଣ କହୁଛନ୍ତି ? ଆଜିଠୁଁ ଅଭ୍ୟାସ ନ କଲେ ହବ କିମିତି ? ଏହିପରି ପ୍ରତିଦିନ ଅଧଘଣ୍ଟାଏ କରି ମୋ ପାଖରେ ବସୁ, ତା' ପରେ ଯାଇଁ ତା' ମନ ଲାଗିବ ନା। ଏତେ ଶୀଘ୍ର କଅଣ ହୋଇଯିବ ଆପଣ ଭାବିଛନ୍ତି ? ମୁଁ ଏପରି ପିଲାଙ୍କୁ ଶିଖେଇଛି... ମୁଁ ପ୍ରତିଦିନ ଆସି ତାକୁ ଶିଖେଇବି, ଶିଖିବ ନାହିଁ ଯିବ କୁଆଡ଼େ ?... ରୁନୁ! ମାଆଟା ପରା, ଆସିଲୁ ମୋ ପାଖକୁ" - ହାତ ବଢ଼ାଇଲା। ରୁନୁ ମତେ ଆହୁରି ଜୋରରେ ଜାବୋଡ଼ି ଧରିଲା। ମନେହେଲା ମୋର, ମାଷ୍ଟରଙ୍କୁ ଦେଖି ରୁନୁର ଖୁବ୍ ଭୟ ହେଉଛି।

"ରୁନୁ! କହ - ସା-ଆ-ଆ... ତୁ ନ ଗାଇଲେ ମା' ମତେ ବକିବେ ଯେ - ମତେ ତଡ଼ିଦେବେ ଯେ।"

ଚାରି ବର୍ଷର ଛୁଆ ଆଗେ ଫେରାଦ୍! କଅଣ ବୁଝେ ସେ! ହସର ବେଗକୁ ସମ୍ଭାଳି ରଖି ଚାଲିଆସିଲି ଭିତରକୁ। ରୁନୁ ମଧ୍ୟ ମୋ ପଛେ ପଛେ।

ଭାଉଜ ଲୁଚି ବେଲୁଥିଲେ - କହିଲି - କଅଣ ଭାଉଜ? ରୁନୁ ତ ମୁହଁ ଫିଟଉନି ମାଷ୍ଟର ପାଖରେ... ସେ ବିଚରା କିନ୍ତୁ ଭାରି ଚେଷ୍ଟା କରୁଚି। ଭାଉଜ ହସି ହସି କହିଲେ -

- ତା' ଆଖି ଦେଖି ରୁନୁ ଡରୁଛି। ତାକୁ ଆଉ ରଖିବି ନାହିଁ ଭାବୁଛି -

ରୁନୁ ତା'ର ସୁନ୍ଦର ଛୋଟ ମୁହଁଟି ମୋ ଆଣ୍ଠୁ ଭିତରେ ରଖି ମୋ ଆଡ଼କୁ ଚାହିଁ କହିଲା - ମୋ ବୋଉ ଲୋ - ଓ ଓ! ତା' ଆଖି ଦି'ଟା ଦେଖିଲେ ମତେ ଭାରି ଡର ମାଡୁଛି; ଏ ଆଖିଟାରୁ ପୂଯ ବାହାରୁଛି, ଆଉ ଏ ଆଖିଟାରେ ଇମିତି ଚାହିଁଚି, କହି ସେ ହାତରେ ତା' ବାଆଁ ଆଖି ପତାଟାକୁ ଟେକି ଧରିଲା। ତା'ର କଅଁଳ ଓଠରେ ଗୋଟିଏ ଚୁମା ଦେଇ କହଲି - ନାହିଁମ। ତା' ଆଖିକି କିଛି ଦିଶୁନି ବୋଲି ସେମିତି ହୋଇଚି ନା। ସେଥିପାଇଁ ତୁ ଆମର ଡରିବୁ କିଆଁ? ସେ ତତେ କେତେ ଗେଲ କରୁଛି କହିଲୁ?

ତହିଁ ଆରଦିନ ମାଷ୍ଟର ଆସିଲା, ଆଗଭଳି ଅନେକ ପ୍ରୟାସ କଲା। କିନ୍ତୁ ରୁନୁ ଗାଇବା ତ ଦୂରର କଥା, ତା' ସାମନାକୁ ବି ଗଲା ନାହିଁ। ଦୂରଛଡ଼ା ହୋଇ ମୋ ନିକଟରେ ବସି ରହିଲା। ଅତି କଷ୍ଟରେ କେବଳ 'ସା' ପଦକ ଶୁଣି ବ୍ୟର୍ଥ ମନୋରଥ ହୋଇ ମାଷ୍ଟର ପ୍ରତିଦିନପରି ସେଦିନ ମଧ ଫେରିଲା। ଅନ୍ଧ, ତଥାପି ରାସ୍ତା ଚିହ୍ନି ଯାଇପାରେ ଭଲ ମଣିଷଙ୍କ ପରି। ଲକ୍ଷ୍ୟ କଲି - ଚାଲିଲାବେଳେ ସେ ମୁଣ୍ଡକୁ ହଲେଇ ହଲେଇ ଚାଲେ ଛତାଖଣ୍ଡି ବାଆଁ କାଖତଳେ ଜାକି। ରୀଡ଼୍ ଉପରେ ଅଙ୍ଗୁଳି ଚାଳନା କଲାପରି ଆଙ୍ଗୁଠି ଗୁଡ଼ାକ ଚାଲୁଥାଏ, ଆଉ ଗୁଣୁଗୁଣୁ ଗାଉଥାଏ କଅଣ।

ଭାଉଜ କହିଲେ କାଲି ଆସିଲେ ତାକୁ ମନା କରିଦେବ ଆଉ ଆସିବ ନାହିଁ।

କହିଲି - ମନା କରିବା କାହିଁକି? ଆସୁ ଗରିବ ଅନ୍ଧଟିଏ, ଦି' ପଇସା ପାଇବ। ରୁନୁର ଏ ଭୟ କଅଣ ସବୁଦିନେ ଥିବ? ମନେକର ଯେ, ତୁମେ ଗୋଟିଏ ଅନ୍ଧକୁ ମାସିକ ପାଞ୍ଚୋଟି ଟଙ୍କା ଦାନ କରୁଛ - ଆମର ଅଭାବ କଅଣ। ତା' ପରେ ସେ ତ ତା' କର୍ତ୍ତବ୍ୟରେ ହେଳା କରୁ ନାହିଁ।

ଭାଉଜ ଭ୍ରୂକୁଟିରେ ହସ ମିଶାଇ କହିଲେ - ଏତେ ଦୟା କାହିଁକି ମ ତମର? ଏଠି ଟିଉସନ୍ ନ କରୁଥିଲାବେଳେ ତା'ର ଫେର୍ ଚଳୁଥିଲା ତ, ନା ନାହିଁ? -

କହିଲି - ଚଳେ ସବୁରି, ଏ ଦୁନିଆରେ ଅଚଳ ରହେ ନାହିଁ କାହାର। କିନ୍ତୁ ଅଭାବ ତ ଅଛି ମନୁଷ୍ୟର, କାହାର ବେଶୀ, କାହାର ବା କମ୍, କଅଣ ଭାବୁଛ। ତା'ର ଅଭାବ ନ ଥିଲେ ସେ ଆମର ଏଠି ରୁନୁକୁ ଏତେ ଆଗ୍ରହରେ ଗୀତ ଶିଖେଇବାର

ପ୍ରୟାସ କରନ୍ତା ?... ମାଷ୍ଟରର ବେଦନାକ୍ଲିଷ୍ଟ ମୁହଁଟି ମୋ ଆଖି ଆଗରେ ଭାସିଉଠିଲା। ତା' ଶରୀରର ପ୍ରତି ଅଣୁପରମାଣୁରେ ଫୁଟିଉଠିଛି, ଅଭାବ, ଦାରିଦ୍ର୍ୟ। ମଇଳା ଛିଣ୍ଡା ତାଳିପକା କନା ଗଞ୍ଜି। ରୁକ୍ଷ କେଶ। ଛିଣ୍ଡା ଛତା, ଛିଡ଼ା ଲୁଗା, ଛିଣ୍ଡା ଚଟି।

ପରଦିନ ମାଷ୍ଟର ଆସିଲା। ତାକୁ କୁହାଗଲା ଯେ, ତା'ର ଆଉ ଆସିବାର ଦରକାର ନାହିଁ। ଦେଖିଲି, ତା' ମୁହଁଟା ଫିକା ପଡ଼ିଗଲା। ଡାକିଲା - ରମୁବାବୁ!

ଏଇ ପଦକରେ କେତେ ଯେ କାତର ମିନତି ଝରି ପଡୁଥିଲା!!

କହିଲି - ମାଷ୍ଟରବାବୁ! ମୁଁ କଅଣ କରିବି ?

- "ନା, ନା, ଆପଣ ଟିକିଏ ଯାଇ ମାଆଙ୍କୁ ବୁଝାଇ କହନ୍ତୁ। କେତେ କଷ୍ଟରେ ମୁଁ ଏ ଟିଉସନଟି ପାଇଛି। ମୋର ଯେ ଭାରି ଅଭାବ। ମୋର କଅଣ ଦୋଷ ? ମୁଁ କଅଣ କର୍ତ୍ତବ୍ୟରେ ତ୍ରୁଟି କରୁଛି ? ନା, ମୁଁ କେଭେ ଏ ଟିଉସନ ଛାଡ଼ିବି ନାହିଁ।" ସ୍ୱର ତା'ର କାନ୍ଦ କାନ୍ଦ ହୋଇ ଆସିଲା।

ଭାବପ୍ରବଣ ମନ ମୋର, ଅନ୍ୟର ଦୁଃଖ ଦେଖିଲେ ମୋ ଆଖି ମଧ୍ୟ ଛଳ ଛଳ ହୋଇ ଆସେ। କିନ୍ତୁ ମୁଁ ବା କଅଣ କରିପାରେ ? କହିଲି - ଭାଇନାଙ୍କ ନିକଟକୁ ଯାଆନ୍ତୁ।

ମାଷ୍ଟର ଗଲା - କିନ୍ତୁ ରାୟ ଲେଖାର କଠୋର କର୍ତ୍ତବ୍ୟସାଗରରେ ନିଜକୁ ଯେ ବୁଡ଼ାଇ ରଖିଛନ୍ତି, ତାଙ୍କ କାନରେ ଦୀନର ଏହି ତୁଚ୍ଛ ମିନତି ବାଜିଲା ନାହିଁ ବୋଧହୁଏ।

ସେ କହିଲେ - ଏଁ ? - ଆପଣ ତା' ମା' ପାଖକୁ ଯାଆନ୍ତୁ।

ମାଷ୍ଟର ସିଧା ସିଧା ଗଲା ଭାଉଜଙ୍କ ନିକଟକୁ।

- ମା'! ମୋର ଦୋଷ କଅଣ ? ମତେ ତଡ଼ି ଦେଉଛନ୍ତି! ମୁଁ ତେବେ ଖାଇବି କଅଣ ? ମୋର ଆଉ ଦୁଇଟି ଟିଉସନ ଛଡ଼ା ଅନ୍ୟ କୌଣସି ସଂସ୍ଥାନ ନାହିଁ। ରୁନୁକୁ ପିଲାବେଲୁ ଅଭ୍ୟାସ ନ କରାଇଲେ ବଡ଼ ହେଲେ ତା'ର କଅଣ ଗଳା ଫିଟିବ ?

ଭାଉଜ କିଛି କହିଲେ ନାହିଁ, କେବଳ ତା'ଆଡ଼େ ଚାହିଁ ହସିଦେଲେ ଟିକିଏ - ତା'ର ଏଇ କାକୁତି ମିନତି ଦେଖି ତାଚ୍ଛଲ୍ୟର ହାସ୍ୟ। ଆହା! ବିଚରା କିଛି ଯେ ଦେଖିପାରୁ ନାହିଁ। ଖାଇବାକୁ ପାଉ ନାହିଁ, ତା'ର ଅଭାବ ଯୋଗୁଁ ସେ ଭିକ୍ଷା ଚାହୁଛି ପାଞ୍ଚ ଟଙ୍କାର ଟିଉସନଟି ଫେରାଇ ଦେବାକୁ। ଆଉ କିଛି ନୁହେଁ। ନିତି ଖଟିବ, ଆଉ ମାସରେ ପାଇବ ପାଞ୍ଚଟି ମାତ୍ର ଟଙ୍କା - ତା'ର ଅକ୍ଳାନ୍ତ ଚିତ୍କାରର ବିନିମୟରେ।

ଏକାନ୍ତ ଦୁଃଖ ଓ ସହାନୁଭୂତିର ଦୀର୍ଘଶ୍ୱାସଟିଏ ବାହାରି ଆସିଲା ମୋ ବକ୍ଷ ଭେଦକରି; ଚାଲି ଆସିଲି ସେହି କରୁଣ ଦୃଶ୍ୟର ଅନ୍ତରାଳରୁ।

X X X

- ମାଷ୍ଟରବାବୁ! ଭଲ ଅଛନ୍ତି ତ ?

- ସେ କଥା ଆଉ କାହିଁକି ପଚାରୁଛନ୍ତି ରମୁବାବୁ!

ତା'ର କଥାରେ ଟିକିଏ ଅଭିମାନ ଫୁଟି ଉଠିଥିଲା ପରି ମନେ ହେଲା।

- କୌଣସି ପ୍ରକାରେ ଦିନଟା କଟିଯାଉଛି। ବେଳାଏ ଖାଇଲେ ଆରଓଳି ଓପାସ। - ତା'ର ଜ୍ୟୋତିହୀନ ଆଖି କରୁଣ ହୋଇଉଠିଲା। - ଭାବିଛି ଆଉ ଏଠି ବେଶୀଦିନ ରହିବି ନାହିଁ। ଅନେକ ଦିନ ରହିଗଲି ଏଠି, ପ୍ରାୟ ଦଶ ବର୍ଷ। ଆଦର କମିଗଲାଣି। ନିଜ ଦେଶକୁ ଯିବି ଚାଲି, ବରଂ ସେଠି କିଛି ଯୋଗାଡ଼ ଯତ୍ନ -

ଟିକିଏ ହସ ମାଡ଼ିଲା ମତେ - ଏ ଫେର୍ ବଙ୍ଗ ଦେଶରେ ପାଇବ ଆଦର, ଯେଉଁଠି ଅନେକ ଭଲ ଭଲ ସଙ୍ଗୀତଜ୍ଞ ମଧ୍ୟ ପେଟରେ ଓଦାକନା ପକେଇ ବସିଛନ୍ତି।

ପଚାରିଲି - ନିଜ ଦେଶରେ ଆଉ କିଏ ଅଛି ?

- କେହି ନାହିଁ। ମୁଣ୍ଡ ଗୁଞ୍ଜିବାପାଇଁ ଡିହ ଖଣ୍ଡିକ ଛଡ଼ା -

ବଡ଼ ଦୁଃଖରେ ତା' ମୁହଁରୁ ଏଇ କେତେପଦ ବାହାରିଲା। ତଥାପି ତା' ମୁହଁରେ ଗୋଟିଏ ମିଠା ହସ ଲାଗି ରହିଛି। ମୁହଁଟା ତା'ର କଦାକାର; କିନ୍ତୁ ବାହାରର ଏହି କଦର୍ଯ୍ୟତା ତା' ଭିତରେ ଯେଉଁ ରୂପକୁ ଘୋଡ଼େଇ ରଖିଛି, ତାହା ପ୍ରକୃତରେ ଅତୁଳନୀୟ ! ଢେଉ ଆଡ଼େ ଚାହିଁ ରହିଲି; କୌଣସି ଉପକାର କରିବାର ଶକ୍ତି ମୋର ନ ଥିଲା।

ଆଚ୍ଛା, ମୁଁ ଆସୁଛି ରମୁବାବୁ - କହି ଟିକିଏ ହସି ସେ ଚାଲିଲା - ଗୁଣୁଗୁଣୁ ସ୍ୱରରେ ଗୋଟିଏ ଗୀତ ଗାଇ। ଏଇ ଗୀତ ହିଁ ତା' ବ୍ୟର୍ଥ ଜୀବନର ଏକମାତ୍ର ସମ୍ବଳ। ତେଣୁ ଏତେ ଦୁଃଖରେ ମଧ୍ୟ ସେ ଗୀତ ଗାଏ। ଏ ବିଶ୍ୱ ସଂସାରରେ ତା'ର ନିଜର ବୋଲିବାକୁ କିଛି ନାହିଁ। ବାହା ମଧ୍ୟ କରି ନାହିଁ ସେ। 'ମାଆ'ଟି ଛଡ଼ା ଆଉ କେହି ନାହିଁ ତା'ର, ଅଛି ଯୋଡ଼ିଏ ତିନୋଟି ଟିଉସନ, ଆଉ କେତେଗୁଡ଼ିଏ ପୁରୁଣା ଗୀତର ପୁଞ୍ଜି।

ଆଉ ଦିନେ ଦେଖାହେଲା - ପଚାରିଲି ନିର୍ବୋଧଙ୍କ ପରି - "ଆପଣ ବାହା କରି ନାହାନ୍ତି କାହିଁକି ? ମାଷ୍ଟର ବାବୁ!" ସେ ହସି ପକେଇଲା ଟିକିଏ, ତା' ପରେ ତାହା ହାତଟି ମୋ କାନ୍ଧ ଉପରେ ରଖି, ଟିକିଏ ଚାପିଦେଇ କହିଲା -

- ବାହା ? କିଏ ମତେ ବାହା କରନ୍ତା ? କହନ୍ତୁ ଦେଖି। ଯିଏ ବା କରନ୍ତା ତା'ର ଭରଣପୋଷଣ ମୁଁ କରିପାରନ୍ତି ତ ?

ବାସ୍ତବିକ ଏପରି ପ୍ରଶ୍ନ କରିବା ହିଁ ମୋର ଅନ୍ୟାୟ। ବ୍ୟର୍ଥ ଜୀବନର କଥା ତାକୁ ମନେ କରେଇଦେଇ କେତେ ବଡ଼ ଆଘାତ ମୁଁ ତାକୁ ଦେଲି, ଜାଣେ ନା...

ହାୟ ଏମାନଙ୍କୁ ଫେର୍ ଭଗବାନ୍ ବଞ୍ଚେଇ ରଖନ୍ତି କାହିଁକି ? ଯାହାଙ୍କ ଜୀବନ କେବଳ ବ୍ୟର୍ଥତାରେ ଦୁଃଖରେ ଓ ନୈରାଶ୍ୟରେ ପୂର୍ଣ୍ଣ, ଏମାନଙ୍କୁ ବଞ୍ଚେଇ ରଖି ତୁମେ କି ସୁଖପାଅ ଭଗବାନ୍! ଏପରି ନ କଲେ କଅଣ ତୁମର ସୃଷ୍ଟି ପୂର୍ଣ୍ଣାଙ୍ଗ ଲାଭ କରେନା ? ହୁଅନ୍ତା ନାହିଁ ବୋଧହୁଏ। ତାହାହେଲେ ମନୁଷ୍ୟକୁ ମନୁଷ୍ୟ କରନ୍ତା ନାହିଁ ଦୟା। ନ ଥାନ୍ତା ଅତ୍ୟାଚାରୀ ଧନୀର ଦଳ। ଆଉ ବୁଭୁକ୍ଷୁ ତା'ର ଦୁଃଖ ଓ ନିରାଶାର ଭାରୀବୋଝ ବୋହି ସୃଷ୍ଟି ବିରୋଧରେ ଯୁଦ୍ଧ ଘୋଷଣା କରନ୍ତା ନାହିଁ। ସୃଷ୍ଟିର ଆରମ୍ଭରୁ ଥାଆନ୍ତା ସମତା ବା ସାମ୍ୟବାଦ।

କେତେବେଳେ ଯେ ରାତି ହୋଇଗଲା, ବୁଝିପାରିଲି ନାହିଁ। ଅନ୍ଧାରରେ ମଧ୍ୟ ଦୂର ଢେଉଗୁଡ଼ାକ ରୁପା ପରି ଚକ୍‌ଚକ୍ କରୁଥିଲା। ପ୍ରତିଦିନ ବେଶୀ ରାତିଯାଏ ବସି ତାକୁ ହିଁ ଦେଖେ; କିନ୍ତୁ ଆଜି ତାହା ମନେହେଲା - ଅର୍ଥହୀନ; ମନୁଷ୍ୟର ସୁଖ ଦୁଃଖର ଅଂଶ ସେ ନିଏ ନାହିଁ। ଉଦାସୀନ! ଘରମୁହାଁ ଚାଲିଲି।

ପ୍ରତିଦିନ ଯେଉଁ ବାଟ ଦେଇ ଘରକୁ ଫେରେ, ସେଦିନ ସେ ବାଟେ ନ ଯାଇ ଫେରୁଥିଲି ଅନ୍ୟ ଗୋଟାଏ ବାଟରେ। ଗୋଟାଏ କୋଠା ସାମନାରେ ପହଞ୍ଚି ଶୁଣିଲି, କିଏ ଗୀତ ଗାଉଛି। ଝରକା ଖୋଲା ଥିଲା, ଚାହିଁ ଦେଖେଁ, ସେହି ଅନ୍ଧ ମାଷ୍ଟର, ତା' ସାମନାରେ ବସିଛି ଗୋଟିଏ ଝିଅ - ଆଠ ନଅ ବର୍ଷର। ତା' ଛୋଟ ମୁହଁଟି ବିକୃତ; ଅସନ୍ତୋଷଭରା। ମନେହେଲା, ଯେପରି ସେ ମାଷ୍ଟରର ଗୀତକୁ ପସନ୍ଦ କରୁ ନାହିଁ। ତେଣୁ ସେ ତା' ଛୋଟ ଭୂରୁ ଦିଓଟି ଟେକି ଚାହିଁରହିଛି ମାଷ୍ଟରର ମୁହଁକୁ। ଦୁଃଖ ହେଲା। ଆହା ତା'ର ଆଖି ଦିଓଟି ଯଦି ଭଲ ଥାଆନ୍ତା, ନେଞ୍ଚେରା ବହୁ ନ ଥାନ୍ତା, ପିଲାମାନେ କଅଣ ତାକୁ ଏତେ ଘୃଣା କରନ୍ତେ ? ଗୀତ ବନ୍ଦ ହେଲା ମାଷ୍ଟର କହିଲା - ସାବି! ତୁ ଏଇଟା ଗାଆ ତ ମା ?

ସାବି କହିଲା - ମୁଁ ଗାଇ ପାରିବିନି। ଛେନା ଗୀତ।

ଏ ଧରଣର କଥା ମାଷ୍ଟରକୁ ଅନେକ ଶୁଣିବାକୁ ପଡ଼େ। ତା' ଛଡ଼ା ଛୋଟ ଛୋଟ ଝିଅଙ୍କର ଏସବୁ କଥାକୁ ଧରି ବସିଲେ ତା'ର ଯେ କୃତ୍ୟ ଚଳିବ ନାହିଁ।

ଟିକିଏ କରୁଣ ହସ ହସି ମାଷ୍ଟର କହିଲା - ଅବାଧ କାହିଁକି ହେଉଛ ? ସାବିତ୍ରୀ! ଗାଅନା !

ସାବି ତା' କଥାକୁ ଭୂକ୍ଷେପ ନ କରି ଚାଲିଗଲା ଭିତରକୁ। ଆଲୁଅ ଆଡ଼େ ଚାହିଁ ମାଷ୍ଟର ବସି ରହିଲା; କିନ୍ତୁ କାହିଁ ଆଲୋକ ? ତା' ଆଖିରେ ଅନ୍ଧକାର ଛଡ଼ା ଯେ ଆଉ କିଛି ନାହିଁ। କେବଳ ଆଲୋକର ସ୍ପର୍ଶ ସେ ଯାହା ଅନୁଭବ କରୁଛି, ସେତିକି - ସେତିକିରେ ସେ ପାଏ ସୁଖ, ଜୀବନଟା ତା'ର ଅନ୍ଧକାରମୟ। ଏତେ ଦୁଃଖରେ ମଧ୍ୟ

ମନୁଷ୍ୟ ବଞ୍ଚିରହେ। ଜଗତର ସୁଖରେ ଯାହାର ଟିକିଏ ମାତ୍ର ଦାବି ନାହିଁ, ତା'ର ପୁଣି ବଞ୍ଚି ରହିବାକୁ ସଉକ୍ ହୁଏ କାହିଁକି ? x x x ସତରେ କଅଣ ତା'ର ବଞ୍ଚି ରହିବାକୁ ସଉକ୍ ହୁଏ ? ହୁଏତ ସେ ମୃତ୍ୟୁକାମନା କରେ; ତଥାପି ତାକୁ ବଞ୍ଚି ରହିବାକୁ ହେବ ଅଭିଶପ୍ତ ଜୀବନର ଦୁର୍ବିଷହ ବୋଝ ମୁଣ୍ଡାଇ। ସେ ମରିପାରେ ନାହିଁ, କି କହିପାରେ ନାହିଁ - ମୁଁ ମରିଯାଆନ୍ତି ହେଲେ। ତା' ଛଡ଼ା ତା'ର ଯେ ଗୋଟିଏ ବୃଦ୍ଧା ମାଆ ଅଛନ୍ତି।

ଘରକୁ ଆସି ମୋର ଶେଷ ଚେଷ୍ଟା କଲି। କହିଲି - ଭାଉଜ ! ଆସୁନା ଅନ୍ଧଟି, ରୁନୁକୁ ଗୀତ ଶିଖେଇବାକୁ ?

ଭାଉଜ କହିଲେ - ବର୍ତ୍ତମାନ ନୁହେଁ, ରୁନୁ ଆଉ ଟିକିଏ ବଡ଼ ହୋଇଯାଉ, ସେ ଆସିବ।

କହିଲି- ତୁମେ ଚିରଦିନ ଏଇଠି ଥିବ ନା କଅଣ ? ଭାଇନାଙ୍କର ଟ୍ରାନ୍ସଫର୍ ହବନି ?

- ତେବେ ମୁଁ ଆଉ କଅଣ କରିବି କହ। ଆମକୁ ଯେତେବେଳେ ଏଠୁ ଯିବାକୁ ହବ, ତାକୁ ରଖି ଆଉ ଲାଭ କଅଣ ?

କହିଲି - ଅନ୍ତତଃ ଯେତେ ଦିନଯାଏ ଏଠି ଅଛ, ସେତକ ଦିନ ତ ତାକୁ ରଖାଯାଇପାରେ। ଆଚ୍ଛା, ତୁମେ ପାଞ୍ଚଟିକରି ଟଙ୍କା ଗୋଟିଏ ନିଃସହାୟ ଅନ୍ଧକୁ ଦାନ କରୁଛ ବୋଲି ମନେ କରିପାରୁ ନାହିଁ କାହିଁକି ?

ହସି ହସି ଭାଉଜ କହିଲେ - ତା' ମୁଁ କୋଉଠି ପାରୁଛି। କହ ରମୁ ! ପିଲା ଝିଲା ନେଇ ଯେତେବେଳେ ଘର କରୁଚି। - ଏହି ହସ ଭିତରେ ପ୍ରକାଶ ପାଉଥିଲା ତାଙ୍କ ହୃଦୟର ପ୍ରକୃତ ପରିଚୟ।

ଦେଖିଲି, ଏତେ କହି କିଛି ଲାଭ ହେଲା ନାହିଁ। ନୀରବ ରହିଲି।

X X X

ତା'ପରେ ପୂରା ଦିଓଟି ମାସ ବିତି ଯାଇଛି। ରୁନୁର ମାଷ୍ଟର କଥା ମୁଁ ଏକ ପ୍ରକାର ଭୁଲି ଯାଇଛି। ସେଦିନ ହଠାତ୍ କଅଣ ଖିଆଲ ହେଲା, ଷ୍ଟେସନ୍ ଆଡ଼େ ବୁଲି ବାହାରିଗଲି। ପାସେଞ୍ଜର ଛାଡ଼ିବାର ସମୟ ହେଲାରୁ ଖଣ୍ଡିଏ ପ୍ଲାଟଫର୍ମ ଟିକେଟ୍ କାଟି ଭିତରକୁ ଗଲି। ଯାତ୍ରୀଙ୍କ ଭିଡ଼ ନାହିଁ, ଡବାଗୁଡ଼ାକ ଆଡ଼କୁ ଚାହିଁ ଚାହିଁ ମୁଁ ଚାଲିଛି। ହଠାତ୍ ଅନ୍ଧ ମାଷ୍ଟର ଉପରେ ନଜର ପଡ଼ିଲା। ଚମକି ଠିଆହେଲି; ମନେ ପଡ଼ିଗଲା, ଦୁଇ ମାସ ତଳର ଅନ୍ଧର ଦୁଇ ପଦ କଥା - "ଭାବୁଛି, ମୁଁ ଆଉ ଏଠି ରହିବି ନାହିଁ "

ଆଗେଇ ଯାଇ ପଚାରିଲି - କୁଆଡ଼େ ଚାଲିଛନ୍ତି ମାଷ୍ଟରବାବୁ ?

- କିଏ ? ରମୁବାବୁ । - ଆଃ, ମୋର ସୌଭାଗ୍ୟ, ଯିବାବେଳେ ଆପଣଙ୍କ ସାଥିରେ ଦେଖା ହୋଇଗଲା । ଯାଉଛି ଦେଶକୁ, ଆଉ ଫେରିବି ନାହିଁ । ଜଗନ୍ନାଥଙ୍କ ପାଦତଳେ ସ୍ଥାନ କରି ନେଇଥିଲି । କିଛି କଲେ ନାହିଁ ସେ ମୋ ପାଇଁ - x x x ଆଉ କିଛି କହିପାରିଲା ନାହିଁ । ତା'ର ଅନ୍ଧ ନିସ୍ତେଜ ଆଖି ଦିଓଟିରୁ ବୋହିପଡ଼ିଲା ବଡ଼ ବଡ଼ ଦି'ଟୋପା ଗରମ ଲୁହ । ତଥାପି ତା' ମୁହଁରେ ଲାଗିରହିଛି ସେଇ ଚିରନ୍ତନ ହସଟି !

ମନୁଷ୍ୟ ଯେତେବେଳେ ଦୁଃଖର ଶେଷସୀମାରେ ପହଞ୍ଚେ, ସେ ଏହିପରି ବିଶ୍ୱାସ ହରାଏ ଭଗବାନଙ୍କ ଉପରୁ ! ଏହାହିଁ ସ୍ୱାଭାବିକ ।

ଅଲକ୍ଷ୍ୟରେ ମୋର ଦୁଇ ଗାଲବାଟେ ଦୁଇ ଟୋପା ଲୁହ ଗଡ଼ିପଡ଼ିଲା -

ପଚାରିଲି - ଆପଣଙ୍କ ମାଆ କାହାନ୍ତି ? -

ହେଇଟି ବସିଛନ୍ତି - ମା ! ଇୟାଡ଼େ ଟିକିଏ ଆସିଲ, ରମୁବାବୁ ତମକୁ ଟିକିଏ ଦେଖିବେ । ଯାହାଙ୍କ କଥା ମୁଁ କହୁଥିଲି -

ବ୍ୟସ୍ତ ହୋଇ କହିଲି, - ନାହିଁ ଥାଉ ଥାଉ - ବୁଢ଼ୀଲୋକ କାହିଁକି ଅକାରଣରେ କଷ୍ଟ... ।

- ନା, କଷ୍ଟ କଅଣ ବାପା ? କହି ତା' ମାଆ ଝରକା ନିକଟକୁ ଆସିଲେ ।

କହିଲି - ଚାଲି ଯାଉଛନ୍ତି ?

ବୃଦ୍ଧା କହିଲେ - କପାଳରେ ନାହିଁ ବାପ ଏଠି ମରିବାଲାଗି, ସେଥିପାଇଁ ନୀଳାଚଳନାଥ ଡକୁଛନ୍ତି ଏଠୁ । ବୁଝିଲ ବାପା । ବଡ଼ ଦୁଃଖୀ ଆମେ - କହି ଲୁଗାକାନିରେ ଆଖି ପୋଛିଲେ । x x x ଏହି ଯିବାପାଇଁ ଭଡ଼ାଟା ମଧ୍ୟ କଅଣ କମ୍ କଷ୍ଟରେ ଯୋଗାଡ଼ ହୋଇଛି ?

ଟ୍ରେନ୍ ଛାଡ଼ିବା ହ୍ୱିସିଲ୍ (ସିଟି) ବାଜିଲା । ମନିପର୍ସଟା ବାହାରକରି ଦେଖିଲି, କିଛି ଖୁଚୁରା ପଇସା ଆଉ ଦଶ ଟଙ୍କାର ଖଣ୍ଡିଏ ନୋଟ୍ । ନୋଟ୍‌ଟି ବାହାର କରି ଅନ୍ଧ ହାତରେ ଦେଇ କହିଲି, - ମାଷ୍ଟରବାବୁ, କିଛି ମନେ କରିବେ ନାହିଁ ।

- କଅଣ ଏଇଟା ? ରମୁବାବୁ !

- କିଛି ନାହିଁ, ଦଶ ଟଙ୍କାର ଖଣ୍ଡିଏ ନୋଟ୍ । - ଅନ୍ଧ ବ୍ୟସ୍ତ ହୋଇ କହିଲା - "ଆହା ହା । ଆ-ଆ-ଆପଣ କାହିଁକି-ଇ-ଇ... ।"

ଅନ୍ଧର ହାତକୁ ଚିପିଧରି କହିଲି - ନା, ନା, ନବାକୁ ହେବ; ତା' ନ ହେଲେ ମୋ ମନରେ ଭାରି ଦୁଃଖ ହେବ । - ଗାଡ଼ି ଛାଡ଼ିଦେଲା, କହିଲି - ଯାଆନ୍ତୁ, ମାଷ୍ଟରବାବୁ ! ମନେ ରଖିଥିବେ । ଆଉ କିଛି କହିପାରିଲି ନାହିଁ, ମୋ ଗଳା ରୁଦ୍ଧ ହୋଇ ଆସିଲା ।

ଚାହିଁ ଦେଖିଲି, ମାଷ୍ଟର ଆଖିରେ ଆହୁରି ଦୁଇ ଟୋପା ଲୁହ। ମତେ ତା'ର ଯାହା କହିବାର ଥିଲା, ସେ କହିଗଲା - ସେହି ଦୁଇ ଟୋପା ଲୁହ ଦ୍ୱାରା।

ଟ୍ରେନ୍ ପ୍ଲାଟ୍‌ଫର୍ମ ବାହାରକୁ ଚାଲିଗଲା। ସଂସାରର ଦିଓଟି ହେୟତମ ଦୁଃଖୀଜୀବଙ୍କୁ କୋଳରେ ଧରି। ତା'ପରେ ଟ୍ରେନ୍ ବାଙ୍କ ପଛଆଡ଼େ ଅଦୃଶ୍ୟ ହୋଇଗଲା। ଜଡ଼ ପଦାର୍ଥ ହେଲେ ମଧ ତା'ର ହୃଦୟ ଅଛି, ତେଣୁ ଏହି ଦୁହିଁଙ୍କ ପରି ଶତ ଶତ ନିରାଶ୍ରୟଙ୍କୁ ବୁକୁରେ ସ୍ଥାନ ଦେବାକୁ ମଧ ତାକୁ ବାଧୁ ନାହିଁ। ବାଧେ କେବଳ ତାଙ୍କୁ, ଯେଉଁମାନେ ସବୁ ବୁଝିପାରନ୍ତି; କିନ୍ତୁ କିଛି କରିପାରନ୍ତି ନାହିଁ। କିଛି କରିବାର ଇଚ୍ଛା ମଧ୍ୟ ତାଙ୍କର ନାହିଁ।

ବାହାରକୁ ଆସିଲି। କିଛି ସୁଖ ଲାଗୁ ନ ଥିଲା। ଜହ୍ନରାତି। ବସିଲି ଯାଇ ସମୁଦ୍ରକୂଳରେ। କାନରେ ବାଜିଲା ସେଇ ଚିରନ୍ତନ କାନଅତଡ଼ା ପକାଇବା ଗର୍ଜନ। କିନ୍ତୁ ସେଆଡ଼େ ମୋ ମନ ନ ଥିଲା। ଭାବୁଥିଲି ସେଇମାନଙ୍କ କଥା - ଯେଉଁମାନେ ଅନ୍ଧକାରରେ ଶତ ଚେଷ୍ଟା କଲେ ମଧ ପଥ ପାଆନ୍ତି ନାହିଁ। ଯାହାଙ୍କର ନାହିଁ ଆଶାର କ୍ଷୀଣ ଆଲୋକରେଖା। ଯେଉଁମାନଙ୍କର ଖତରା କଙ୍କାଳ ଉପର ଦେଇ ଅତ୍ୟାଚାରୀ ଧନିକ ଦଳ ଚାଲିଯାଆନ୍ତି, ସେମାନଙ୍କର ନ ଥାଏ ଟିକିଏ ଦୟା, ମାୟା, ଅନୁଶୋଚନା।

ଛୋଟ ଛୋଟ ଢେଉଗୁଡ଼ାକ ମୋ ପାଦ ପାଖରେ ଆସି ଭାଙ୍ଗି ପଡୁଥିଲେ, ଫେରିଯାଉଥିଲେ, ପୁଣି ଫେରିଆସୁଥିଲେ। ମୋର ମନେହେଲା, ମୋ ପାଦତଳେ ଯେପରି ଏମାନେ ତାଙ୍କ ମୁଣ୍ଡ ପିଟି ମରୁଛନ୍ତି। ଟିକିଏ ଆଦର ସୁହାଗ ପାଇବାପାଇଁ! କ୍ଷତବିକ୍ଷତ ହୋଇ ଫେରିଯାଉଛନ୍ତି, କିନ୍ତୁ ମନ ବୁଝୁ ନାହିଁ - ଫେରିଆସୁଛନ୍ତି ପୁଣି ନୂତନ ଆଶା ନେଇ। ଠିକ୍ ତ! ଏହାହିଁ ତ ଜଗତର ନିୟମ। ହତାଶ ହୋଇ ବିଚାରା ଢେଉଗୁଡ଼ାକ ଫେରିଯିବେ ମୋ ପାଦପାଖରୁ। ବିଚିତ୍ର କଅଣ ? "ଯେଉଁମାନେ ଗରିବ, ନୀଚସ୍ତରର ସେମାନେ ଏହିପରି ତ ଫେରିଯାଆନ୍ତି ଧନୀର ଦୁଆରୁ ଅପମାନ, ଧକ୍‌କା, ଗୋଇଠା ମାଡ଼ ଖାଇ - ଆଖିରୁ ରକ୍ତର ଲୁହ ଗଡ଼େଇ - ଅଭିଶପ୍ତ ଜୀବନର ପୂତିଗନ୍ଧମୟ, ବିଷାକ୍ତ ବୋଝ ବୋହି -।"

■

ଶେଷ ବସନ୍ତ

ଆଜି ମୁଁ ଭାବୁଚି -

ବାଳଗୁଡ଼ା କ୍ରମେ ଧଳା ପଡ଼ି ଆସିଲାଣି - ଯୌବନର ସେ ଉନ୍ମାଦନା, ବୁଭୁକ୍ଷା ଆଉ ନାହିଁ। ସବୁ ଲିଭି ଆସିଲାଣି, ଠିକ୍ ଯେମିତି ସକାଳ ଆଲୁଅରେ ଜହ୍ନଟା ନିସ୍ତେଜ ହୋଇ ଆସେ। କିନ୍ତୁ ଏଇ କେତୁଟା ବର୍ଷ ଆଗେ - ତିନି ଚାରିଟା ବର୍ଷ ହବ ବୟସଟା ଯେତେବେଳେ ମନର ଉଦ୍ଦାମ, ଉଦ୍ଧତ ଗତିକୁ ଶିଥିଳେଇ ଦବାର କଥା - ଠିକ୍ ସେତିକିବେଳେ ମୁଁ କିପରି ଗୋଟାଏ ହାହାକାର କରିଉଠିଲି। କେହି ଚାହିଁବେନି ମୋ ଆଡ଼େ। ଶିଥିଳ ଶରୀର ମନ ଭିତରର କ୍ଷୁବ୍ଧ ହାହାକାରକୁ ଲୁଚେଇ ରଖିବ... କେହି ଜାଣିବାକୁ ବି ଚାହିଁବେନି। ତରୁଣ ଚାହିଁବ ତରୁଣୀ ଆଡ଼େ... ଯୌବନ - ଯୌବନ ଆଡ଼େ। ଡାକ ଛାଡ଼ି କାନ୍ଦିବାକୁ ଇଚ୍ଛା ହେଲା।

...ନା, ନା, ମୁଁ ପ୍ରୌଢ଼ ନୁହେଁ... ମୁଁ ଯୁବକ। ତମରି ଭଳି ମୋର ମନ। ମୋର କାମନାରେ ତମରି ଭଳି ଉଷ୍ଣତା ଅଛି। ତମେ ଯାହା ମୁଁ ସେଇୟା। ତମରି ଭଳି ମୁଁ ସବୁଜ, ସରସ। ମୋ ଦେହମନରେ ଠିକ୍ ତମରି ଭଳି କାର୍ଯ୍ୟକାରୀ ଶକ୍ତି ଅଛି - ଉତ୍ତେଜନା ଅଛି।

ଆଜି ଭାବୁଚି ଠିକ୍ ଚାରି ବର୍ଷ ପରେ...

ଯାହାକୁ ସମସ୍ତେ ଦିନେ ନା ଦିନେ ହରେଇଛନ୍ତି, ତାକୁ ଚିରଦିନ ଧରି ରଖିବାର ଦୁଃସାହସ ମୋର ହେଲା କାହିଁକି ?

ଏଇ ମିନୁ... ସାରା ଦେହରେ ଯା'ର ଯୌବନର ଲାବଣ୍ୟ... କାମନାର ପ୍ରଖର ଉଦ୍ଦାମତା, ପ୍ରୌଢ଼ର ଏକ୍ସପେରିମେଣ୍ଟ ହୋଇଥିଲା ତା'ରି ଉପରେ।

ଏବେ ଶୁଣିଲି ମିନୁ କୁଆଡ଼େ କହୁଥିଲା... ରାମା, ଦାମା, ଶାମା କେହି ଜଣେ ଯଦି ମତେ ବାହାହବାକୁ ରାଜି ହୁଅନ୍ତା !!... ବଡ଼ କ୍ଲାନ୍ତ ମୁଁ... ଜଣେ କେହି ବଡ଼ ଦରକାର...

କିନ୍ତୁ ମୁଁ ଜାଣେ ଜଣେ କାହାକୁ ବି ସେ ପାଇବନି। ସେ ଦିନେ ହୁଏତ ରୂପକଥାର ରଜାପୁଅ ଖୋଜିଥିବ... କଳ୍ପନାର ମୂଳଦୁଆ ଉପରେ ରଜାପୁଅକୁ କେତେଥର ଭାଙ୍ଗିଥିବ, ଗଢ଼ିଥିବ। କିନ୍ତୁ ଆଜି ସେ ରାମା, ଶାମା, ଗୋବରା ଭିତରୁ ଜଣେ କାହାରିକୁ ପାଇଲେ ବି ଖୁସି।

...ଏଇ ଟେବୁଲ ପାଖେ ମୁଁ ବସିଛି... ଆଖି ଆଗରେ ଇଲେକ୍‌ଟ୍ରିକ ଲାମ୍ପଟା ଜଳୁଚି - ଠିକ୍ ସେଇ ତେଜରେ - ଚାରି ବର୍ଷ ଆଗେ ଯେମିତି ଜଳୁଥିଲା। କୌଣସି ପରିବର୍ତ୍ତନ ନାହିଁ... ସେ ଯେପରି ଯୁଗ ଯୁଗ ଧରି ଏଇପରି ତରୁଣ... ଦୀପ୍ତିମନ୍ତ। ପୋକଗୁଡ଼ାଙ୍କୁ ଏମିତି ବର୍ଷ ବର୍ଷ ଧରି ଟାଣୁଥିବ ନିଜ ଆଡ଼କୁ ! କିନ୍ତୁ ମୁଁ ? ଦର୍ପଣଟାଏ ଆଣି ଆଖି ଆଗରେ ଧଇଲେ ମୋର ପରିବର୍ତ୍ତନ ଜଣାପଡ଼େ। ନିରୁତ୍ସାହ ମନ ମୋର ଶରୀରଟାକୁ ବି ଉତ୍ସାହଶୂନ୍ୟ କରି ପକେଇଚି... ଦି' କାନ ଉପର ବାଳଗୁଡ଼ାକ ନିସ୍ତେଜତାର ପରିଚୟ ଦବାରେ ଉନ୍ମୁଖ... ଏଇ ଚନ୍ଦା ମୁଣ୍ଡଟା ମୋର ! ଯେତେବେଳେ ଯୌବନ ତା'ର ସମସ୍ତ ସୌନ୍ଦର୍ଯ୍ୟ ବିକାଶର ଉତ୍ତେଜନାରେ ମତ୍ତ, ସେତେବେଳେ ଏଇ ଚନ୍ଦା ମୁଣ୍ଡଟାରେ ବି ଗୋଟାଏ ଅତି କମନୀୟତା ଥିଲା। ମୋର ଗୋରା ତକ୍‌ତକ୍ ଦିହଟା ଆଜି ଟିକିଏ ହୁଏତ ମସିଆ ଦେଖାଯାଉଥିବ - କିନ୍ତୁ ସେତେବେଳେ ଶାନ୍ତିପୁରୀ ଧୋତି ଉପରେ ଖଣ୍ଡେ ଅଦ୍ଧି ପଞ୍ଜାବି... ଆଉ କଳା କାଫ୍ ଲେଦରର ପମ୍ପ୍‌ସୁ - ଭାବୁଥିଲି ଏଇ ତିନୋଟି ବସ୍ତୁ ମୋର ଯୌବନଟାକୁ ଚିରନ୍ତନ କରି ରଖିଦେବେ...

ଚାରି ବର୍ଷ ତଳର କଥା -

ଏଇ ଟେବୁଲଟା ପାଖେ ବସିଥିଲି। ସୁଲତା ଗୋଟାଏ ସୋଫା ଉପରେ ବସି କଅଣ ସିଲାଇ କରୁଥିଲା।

ତା' ଆଡ଼େ ଚାହିଁଲି -

...ବିବାହିତ ଜୀବନର ପନ୍ଦର ବର୍ଷ ଭିତରେ ବିଚାରୀର ମାତୃତ୍ୱର ବିକାଶ ମୋଟେ ହେଇନି। ସେ ରହିଚି ବନ୍ଧ୍ୟା, ଅନୁର୍ବରା...

କାହା ଦୋଷରୁ ?... ଅଭାବଟା ତା'ର ନା ମୋର ? ସୁଲତାକୁ ବାହା ନ ହେଇ ଯଦି ଅନ୍ୟ କାହାରିକୁ ମୁଁ ବାହା ହେଇଥାନ୍ତି ? ଆଚ୍ଛା ବର୍ତ୍ତମାନ ବି ତ ମୋର ଶକ୍ତି ସାମର୍ଥ୍ୟ ଅଛି।

ଦେଖେଁନା ପରୀକ୍ଷା କରି... ଧେତ୍! ସୁଲତା ମତେ କେତେ ଭଲପାଏ!... ଛିଃ, ବଡ଼ କଦର୍ଯ୍ୟ ମନୋଭାବ!!

କିନ୍ତୁ...

ସେଇ ମୁହୂର୍ତ୍ତଠୁଁ କିପରି ଗୋଟାଏ ଏଇ ଧରଣର ଭାବନା ମନର ଅବଚେତନ ଅବସ୍ଥାରେ ଉଙ୍କିଝୁଁକି ମାରିବାକୁ ଲାଗିଲା। ଚାଲି ଯାଉଥିବା ଯୌବନର ଶେଷ ବସନ୍ତ ସାଥୀରେ ରାସ ରଚନା କରିବାକୁ ମନ ମୋର ବ୍ୟାକୁଳ ହୋଇଉଠିଲା। ଧଳା ହୋଇ ଆସୁଥିବା ଚାରି ଛଅଟା ମୁଣ୍ଡବାଳରେ ହେୟାର ଡାଇ ଲାଗିଲା...

ଶେଷ ବସନ୍ତକୁ ମୁଁ ସେଦିନ ମନେ ମନେ କହିଥିଲି -

- ଯୁଦ୍ଧଂ ଦେହି -

ଆଜି ବି ମୁଁ ସେଇ ଟେବୁଲ ପାଖେ ବସିଚି - ହେୟାର ଡାଇ ଶିଶିଟା ମୋ ଆଖି ଆଗରେ ରହିଚି ଅତି ଅବହେଳିତ ଅବସ୍ଥାରେ, କିନ୍ତୁ ଗୋଟାଏ ବିଦ୍ରୂପର ହସ ସେ ଯେପରି ହସୁଚି। ମୋର ମନକୁ ଜାଳେଣି କାଠ ଯୋଗେଇଚି ବୋଲି ତା'ର ଯେପରି ଗୋଟାଏ ଅପରିସୀମ ପାଶବିକ ଆନନ୍ଦ - ଆତ୍ମମ୍ଭରିତା।

ଯୌବନଟା ତ ରହିବାର କଥା ନୁହେଁ...!!

ମଝିରେ ମିନୁ!

ସେ ଆଜି ରାମା, ଶାମା, ଦାମାଙ୍କଠି ବି ରୂପ କଥାର ରଜାପୁଅକୁ ଦେଖୁଚି... ଇସ୍!!

ସୁଲତାକୁ ମୁଁ ନିର୍ମମ ଆଘାତ ଦେଇଚି - ଯିଏ ମତେ ଭଲ ପାଇ କେବଳ ତା'ର ବନ୍ଧ୍ୟାତ୍ୱର ଅଭିମାନକୁ ବହୁ ଦୂରକୁ ଠେଲି ରଖିଥିଲା ସେ ଆଜି ଜାଣିପାରିଚି ଯେ ଶାରୀରିକ ଅଭାବଟା ତା'ର, ମୋର ନୁହେଁ କିମ୍ବା ମୋ ପେଇଁ ସେ ଉପଯୁକ୍ତ ନୁହେଁ। ଅନ୍ୟ କାହାପାଇଁ ହୋଇପାରିଥାଆନ୍ତା କି ନାହିଁ ତା' ପରୀକ୍ଷା କରିବାକୁ ଅନୁମତି ଦବାର ସତ୍‌ସାହସ ମୋର ନାଇଁ...। ସୁଲତା ବି ସେପରି ସୁଯୋଗ କେବେ ନବାର ସ୍ପୃହା ବା ଅଭିଳାଷ ଦେଖାଇନି...। ସେଇଟା ସୁଲତାର ମହତ୍ତ୍ୱ... ମୁଁ ତାକୁ ସମ୍ମାନ କରେ।

X X X

ଚାରି ବର୍ଷ ତଳର କେତୋଟି ମିନିଟ୍‌ର ସ୍ୱାଭାବିକ ଦୁର୍ବଳତା... କେତୋଟି ଅସାବଧାନ ମୁହୂର୍ତ୍ତ... କଳା ମେଘଭଳି ମୋର ଜୀବନକୁ ସେଇଟା ଗୋଟାଏ ଅପରିବର୍ତ୍ତନୀୟ ପର୍ଦ୍ଦାରେ ଯେ ଘୋଡ଼େଇ ରଖିଦେଲା!

ସୁଲତା ନ ଥିଲେ ଆଜି ବୋଧହୁଏ ମୋର ଏଇ ଦୁର୍ବିଷହ ଜୀବନ ସାଥିରେ କୌଣସି ରକମର ସାଲିସ୍ ହୋଇପାରି ନ ଥାନ୍ତା... !

ବାଲିଯାତ୍ରା -

ଜନତାର ଜଙ୍ଗଲ ଆଡ଼େଇ ଚାଲୁ ଚାଲୁ ଗୋଟିଏ ଝିଅର ପାଦ ମାଡ଼ି ପକେଇଲି... ।

ଦୁଃଖ ପ୍ରକାଶ କରୁ କରୁ ଯେତେବେଳେ ଝିଅଟି ଆଡ଼େ ଭଲକରି ଚାହିଁଲି, ମନେହେଲା - କେଉଁଠି ଦେଖିଚି !

ଠିକ୍ ସେତିକିବେଳେ ଝିଅଟିର ପଛଆଡ଼ୁ ଜଣେ ମତେ ନମସ୍କାର କଲେ - ଆରେ, ଗଦାଧରବାବୁ ଯେ, I see !

ଏଇଟି ଆପଣଙ୍କର ସେଇ ଝିଅଟି ନା ? କଟକରେ ପଢ଼େଇବାକୁ ଆଣିଚନ୍ତି ? ବେଶ୍ ବେଶ୍...

ଝିଅଟି ମୋ ଆଡ଼େ ମୁରକି ହସି ଚାହିଁ ରହିଥିଲା । ସାରା ଦେହରେ ତା'ର ସବୁଜ କୋମଳତା, ହସବୋଳା ପାତଳା ଓଠଟି ଫୁଟିଆ ତରା ପରି ସ୍ନିଗ୍ଧ ଉଜ୍ଜ୍ୱଳ ।

ମିନୁ - ସ୍ୱାସ୍ଥ୍ୟ ଓ କମନୀୟତାର ଗୋଟିଏ ସୁନ୍ଦର ଖୋଦେଇକରା ପ୍ରତିମୂର୍ତ୍ତି ।

ଦି' ବର୍ଷ ଆଗେ ଯାହା ସବୁ ଅର୍ଦ୍ଧବିକଶିତ ଥିଲା, ଆଜି ସେସବୁ ବିକାଶର ପ୍ରାଚୁର୍ଯ୍ୟରେ ଉଚ୍ଛୁଳି ଉଠୁଚି ।

ଗାର୍ଲସ ସ୍କୁଲରେ ପଢ଼ିଲା ମିନୁ - ମୋର ସୁପାରିସରେ ସେ ପାଇଲା ସବୁରି ଆଦର, ଯତ୍ନ -

ଆଦରରୁ ହେଲା ଘନିଷ୍ଠତା... ମନର ବିକୃତିକୁ ଲୁଚେଇ ରଖି ମୁଁ ହେଲି ମିନୁର ଅଭିଭାବକ ।

ମିନୁ ମତେ ଡାକିଲା 'କକା' ।

ପ୍ରୌଢ଼ତ୍ୱର ଆବରଣ ଭିତରେ ଯେଉଁ ମନୋଭାବର ଲୀଳା ଚାଲିଥିଲା ତାକୁ 'କକା' ସମ୍ବୋଧନ ଗୋଟିଏ ଅତି ସୁନ୍ଦର ପାସପୋର୍ଟ ଦେଲା -

ମିନୁ ପ୍ରାୟ ବୁଲିଆସିଲା ଆମ ଘରକୁ; ମିନୁର ମା' ଆସିଲେ - ଯେତେବେଳେ ଗୁଡ଼ିଏ ପିଲାଛୁଆର ସଂସାରରୁ ସାମାନ୍ୟ ଟିକିଏ ଅବସର ପାଇଲେ ।

ସୁଲତା - ବିଚାରି ! ପତିପ୍ରେମର ଦୃଢ଼ କର୍ମ ଭିତରେ ସେ ରହିଗଲା - ମତେ ସନ୍ଦେହ କରିପାରିଲାନି -

ସବୁ ପ୍ରକାରର ସୁଯୋଗ ଯେପରି ମୋ ଲାଗି ଏକାଠି ହୋଇଗଲେ ।

ସେଦିନ - ଜୀବନରେ ଗୋଟିଏ ଅତି ବିବେଚନୀୟ ଦିନ ମୋ ପକ୍ଷରେ। ମୋର ଜନ୍ମଦିନ। ସେଦିନ ମିନୁ ମତେ - ତା'ର କକାଙ୍କୁ ଉପହାର ଦେଲା ଗୋଟିଏ ପମ୍ପିଆ ସେଣ୍ଟ, ଗୋଟିଏ ସିଲ୍କ ରୁମାଲ। ସେହି ରୁମାଲର ଗୋଟିଏ କୋଣରେ ମୋ ନାଁଟି ଲେଖା।

ଆଜି - ମୋର ଏଇ ଉତ୍ସାହହୀନ ପ୍ରୌଢ଼ ପ୍ରପୀଡ଼ିତ ଦିନରେ - ସୁଲତା ବସିଚି ସେଇ ସୋଫାରେ ଚୁପ୍ କରି - ଆଘାତ ସହିବାର ଶକ୍ତିରେ ସେ ଶାନ୍ତ, କମନୀୟ। ମୁଁ ଭାବୁଚି -

ମୋର ପନ୍ଦରଟି ଜନ୍ମ ଉତ୍ସବରେ ସୁଲତା ମତେ ସେଦିନ ଭଳି ଉପହାର ଅନେକ ଦେଇଚି - ପ୍ରେମର ଗଭୀରତା ବୋଲି।

କିନ୍ତୁ ସେଦିନ ମିନୁର ସେଇ ଉପହାର - ଯୌବନ ଓ ପ୍ରୌଢ଼ତ୍ୱର ସନ୍ଧିକ୍ଷଣରେ ମତେ ଏଡ଼େ ଭଲ ଲାଗିଲା କାହିଁକି ?

ବୋଧହୁଏ ଯୌବନକୁ ଧରି ରଖିବାର - ଅତିବାଞ୍ଛିତ ପିତୃତ୍ୱର ପରୀକ୍ଷା କରିବାର ଲିପ୍‌ସା ମତେ ସେଇ ଉପହାରର ଗୋଟାଏ ଭୁଲ ମାନେ ଦେଇଥିଲା ସେଦିନ।

ଆଜି ମୋର ମନେ ପଡୁଚି - ଯାହା ସେତେବେଳେ ମନେ ପଡ଼ିବାର କଥା ନୁହେଁ।

ମୋ କାର୍‌ଟା ତାଙ୍କ ଘର ସାମନାରେ ଠିଆ ହୁଏ - ମିନୁର ଛୋଟ ଭାଇ ଭଉଣୀଗୁଡ଼ିକ ଉତ୍ସୁକ ଆଖିରେ ଚାହିଁ ରହନ୍ତି। ମିନୁ ଆକାଶୀ ବା କେବେ କେବେ କଅଁଳିଆ କଦଳୀପତ୍ର ରଙ୍ଗର ଶାଢ଼ି ପିନ୍ଧି ଆସି କାର୍‌ରେ ବସେ ମୋ ପାଖରେ। ଭାଇଭଉଣୀଙ୍କ ଆଡ଼େ ଭୁଲରେ ଚାହେଁନି ସେ। ସେମାନେ ଚଳନ୍ତା ମଟର ଆଡ଼େ ଚାହିଁ ରହନ୍ତି ନିରୁତ୍ସାହ ମନମରା ଆଖିରେ -

ଆଜି ମନେହୁଏ, ମୋର ମସ୍ତିଷ୍କର ଗୋଟାଏ ସ୍କ୍ରୁ ଢିଲା ହୋଇଯାଇଥିଲା ନିଶ୍ଚୟ - ନଇଲେ ମାନବିକତାର ଏତେ ବେଶୀ ଅଭାବ ମୋର କାହିଁକି ହୁଅନ୍ତା।

କାର୍ ଦିନେ ଚାଲିଚି ସଞ୍ଜର କହରା ଅନ୍ଧାର ଫୁଟେଇ। ପଛ ସିଟ୍‌ରେ ମିନୁ ଆଉ ମୁଁ। ସହରର ବାହାରେ ନିରୋଳା ବିଡ଼ାନାସୀ ରାସ୍ତାରେ କାର୍ ଚାଲିଚି ନିରୁଦ୍ଦେଶୀ ମନ୍ଥର ଗତିରେ ନିରୁଦ୍‌ବିଗ୍ନ ଅନ୍ଧାର ସାଥିରେ ତାଳ ଦେଇ -

ଗୋଟିଏ ମୋଡ଼ରେ ମଟର ବାଙ୍କିଲାବେଳେ ମିନୁ ଆଉଜି ଆସିଲା ମୋ ଉପରକୁ। ମନର ଅବଚେତନ ଅବସ୍ଥାରେ ମୁଁ ଯେପରି ଅତି ଚେତନ ଥିଲି - ଛାତିରେ ମିନୁକୁ ଧରି ରଖିଲି ମୁରୁକି ହସି।

ଦେହରେ ତା'ର ଗୋଟାଏ ଅସ୍ୱସ୍ତି, ସଂକୋଚର ମୃଦୁ କମ୍ପନ ଅନୁଭବ କଲି। ଭାବିଲି ମିନୁକୁ ଛାଡ଼ିଦେବି।

କିନ୍ତୁ - ଯୌବନ ମୋର ଚିତ୍କାର କରି ଉଠିଲା; କ୍ଷୁପ୍ତ କାମନା ମୋର ଚେଇଁଉଠିଲା - ମୋର ବଞ୍ଚିତ ପିତୃତ୍ୱ କାନେ କାନେ କହିଗଲା, ମୁଁ ମରି ନାହିଁ।

ଏକ୍ସପେରିମେଣ୍ଟ୍ ଲୋଡ଼ା।

ଦୁହେଁ ମିଳି ମତେ ଯେପରି କହିଲେ, ଏଇତ ତୋର ଶେଷ ଅଭିଯାନ!! -

ମିନୁର ଓଠରେ ମୋର ତୃଷିତ ଓଠ ଚାପି ରଖିଲି - ଯୁଗ ଯୁଗ ଧରି ଯେପରି ମୋର କାମନା ଅପୂର୍ଣ୍ଣ ରହି ଯାଇଥିଲା!!

ପ୍ରଥମ ପୁରୁଷର ସ୍ପର୍ଶ ପାଇ ସେଦିନ ମିନୁ ଡରି ଯାଇଥିଲା ବୋଧହୁଏ। କିନ୍ତୁ ନାରୀର ଭୀରୁ ଯୌବନ ଥରେ ଯଦି ପୁରୁଷର ସ୍ପର୍ଶ ପାଏ, ଥରେ ଯଦି ସେଇ ସ୍ପର୍ଶର ମାଦକତା ଅନୁଭବ କରେ, ତେବେ ସେ ଅସମ୍ଭବ ସାହସୀ ହୋଇଉଠେ।

ସେଇଦିନ ପରଠୁଁ ମିନୁ ଏଇ କାର୍ ଭିତରେ ତା'ର ଶରୀରଟିକୁ ସଂକୋଚହୀନ ଭାବରେ ମୋ ଉପରେ ଆଉଜେଇ ଦେଇଚି; ଅନେକଥର ମୋର ଅର୍ଦ୍ଧସୁପ୍ତ ଭାବପ୍ରବଣତାକୁ ଉଖୁରେଇ ଦେଇଚି।

ଯୌବନର ପ୍ରଥମ ଉନ୍ମାଦନାକୁ ଶାନ୍ତ କରିବା ଆଶାରେ ସେ ଏପରି କରୁଥିଲା। କିନ୍ତୁ ଶେଷପର୍ଯ୍ୟନ୍ତ ଯିବାକୁ ସାହସ ତା'ର ନ ଥିଲା - ନ ଥିବାର ବି କଥା।

ବୁଭୁକ୍ଷା ମୋର - ତେଣୁ ମୁଇଁ ଶେଷ ପର୍ଯ୍ୟନ୍ତ ଗଲି। ମୁଁ ଫେର୍ ସାଜିଥିଲି ତା'ର କକା। ମୋର ବା ଦୋଷ କ'ଣ? ମନର ସହଜ ପ୍ରବୃତ୍ତ, ଯୌନ ପ୍ରକ୍ରିୟାର ସାଧାରଣ ନିୟମ ବାହାରେ ତ ମୁଁ ନୁହେଁ।

ତଥାପି - ପନ୍ଦର ବର୍ଷ ବିବାହିତ ଜୀବନ ପରେ ଏ ଅସଂଯମ ଖୁବ୍ ଯେ ଅଶୋଭନୀୟ, ଏକଥା ସମସ୍ତେ କହିବେ, ଆଉ ମୁଁ ବି କହୁଚି।

ମୋର ସଂଯମର ଖୁବ୍ ବେଶୀ ଅଭାବ ଥିଲା। ଆଜି ବି - ଏଇ ମୁହୂର୍ତ୍ତରେ - ଯେତେବେଳେ ମୁଁ ଅତୀତର କାର୍ଯ୍ୟକଳାପଗୁଡ଼ାକୁ ଅପସନ୍ଦ କରି ବସୁଚି - ଅତୀତର ସେଇ ସୁଖ ମୁହୂର୍ତ୍ତଗୁଡ଼ିକ ମନେପଡ଼ିଲେ ମୋର ମନ ଭିତରେ କିପରି ଗୋଟାଏ ଚାଞ୍ଚଲ୍ୟ ସୃଷ୍ଟି ହଉଚି। ମନର କବାଟକୁ ଦୁର୍ବଳତା ମଝିରେ ବି ହାତ ଦେଇ ଠେଲିବାକୁ ଚେଷ୍ଟା କରୁଚି। କିନ୍ତୁ ବର୍ତ୍ତମାନ ଅବସ୍ଥାରେ ସେଇଟା ବିଶେଷ କିଛି କ୍ଷତି କରିପାରିବନି, କାରଣ ଏଇଟା ଦୁର୍ବଳତାର କଙ୍କାଳ ଛଡ଼ା ଆଉ କିଛି ନୁହେଁ।

ମିନୁ ପ୍ରତି ଏ ଦୁର୍ବଳତାଟାକୁ ଦୂରକୁ ଠେଲିବାକୁ ଚେଷ୍ଟା କରିଚି ଅନେକ ବାଟରେ -

ରାତିରେ - ସୁଲତାର ନଗ୍ନ ଶରୀର ପ୍ରତି ଆକୃଷ୍ଟ ହବାକୁ ଚେଷ୍ଟା କରିଛି। ସୁଲତା କେବଳ ବଲ ବଲ କରି ଚାହେଁ ମୋ ଆଡ଼େ। ମୋର ଅନେକ ଦିନ ପରେ ଏ ନୂଆ ବ୍ୟବହାରରେ ସେ ଆଶ୍ଚର୍ଯ୍ୟ ହୁଏ!

ଭାବେ - ପଶୁପ୍ରବୃତ୍ତି ଲିଭେଇବାର ଯଦି କଥା, ତେବେ ସୁଲତା ତ ଅଛି - ସେ ତ ଆଉ ବୁଢ଼ୀ ନୁହେଁ।

କିନ୍ତୁ ମୋର ଯେ ଥିଲା ନିଜର ପିତୃତ୍ୱକୁ ଆବିଷ୍କାର କରିବାପାଇଁ ଗୋଟାଏ ଦୁର୍ଦ୍ଦମନୀୟ ପିପାସା!!

ଖରାଦିନ - ପାହାଡ଼ ଉପରେ ଗୋଟିଏ ଛୋଟ ସୁନ୍ଦର ଡାକବଙ୍ଗଲୋ।

ପିକ୍‌ନିକ୍ -

ସୁଲତା ଯାଇ ପାରିଲାନି। ଠିକ୍ ଯିବା ମୁହୂର୍ତ୍ତରେ ତାକୁ ସାମାନ୍ୟ ଜ୍ୱର ହେଲା। ମିନୁ - ତା'ର ଛୋଟ ଭାଇଭଉଣୀଗୁଡ଼ିକ - ତା'ର ବଡ଼ଭାଇ ଆଉ ମୁଁ -

ରାତି ଆସିଲା - ଏଇ ରାତିଟା ପାଇଁ ମୁଁ ଯେପରି ଉତ୍ସୁକ ହୋଇ ରହିଥିଲି!

ଘର ଭିତରେ ମିନୁ ଆଉ ତା'ର ଛୋଟ ଭାଇ ଭଉଣୀଗୁଡ଼ିକ ଶୋଇଲେ। ପାଇପ୍ ରେଲିଂଦିଆ ସୁରକ୍ଷିତ ବାରଣ୍ଡାରେ ମୁଁ ଆଉ ମିନୁର ବଡ଼ଭାଇ। ରାତି ବାରଟା - ଗଛ, ପାହାଡ଼, ନଈ, ମିନୁ ସମସ୍ତେ କ୍ଳାନ୍ତି ଓ ଗଭୀର ସୁଷୁପ୍ତିର କୋଳରେ। ଚାରିଆଡ଼େ ଶୂନ୍‌ଶାନ୍। ଫାଳିକିଆ ଜହ୍ନଟା ଗଛ ପଛଆଡ଼େ ଲୁଚିଗଲା। ଅନ୍ଧାର - ସ୍ୱସ୍ତିର ଗୋଟାଏ ନିଶ୍ୱାସ ମାରିଲି। ମୋର ଉତ୍ତେଜନାକୁ ଏତେବେଳଯାଏ ପହରା ଦେଉଥିଲା ଜହ୍ନଟା। ଅନ୍ଧାରରେ ମୋର ଉତ୍ତେଜନା ଆସ୍ତେ ଆସ୍ତେ ସାହସୀ ହୋଇଉଠିଲା। ହାତ ଘଡ଼ିର ଟିକ୍ ଟିକ୍ ଶବ୍ଦଟା ମତେ ଯେପରି ଛାଡ଼ିଯିବାକୁ ନାରାଜ। ଲୁହା ଉପରେ ହାତୁଡ଼ି ପିଟିବାର ଶବ୍ଦ ନେଇ ସେ ଯେପରି ମୋର ଉତ୍ତେଜନାକୁ ଦବେଇ ଦବାକୁ ତିଆର୍। ସାମାନ୍ୟ ଟିକ୍ ଟିକ୍ ଶବ୍ଦଟା ଯେ ମତେ ଏତେ ଜୋର୍‌ରେ ଶାସନ କରିଯିବ ମୁଁ ଜାଣି ନ ଥିଲି। ଭୟ ହେଲା, ମିନୁର ନିଦ ଭାଙ୍ଗିଯିବ ଏ ଶବ୍ଦରେ - ଘଡ଼ିଟାକୁ ହାତରୁ କାଢ଼ି ତକିଆତଳେ ରଖିଦେଲି।

କବାଟଟା ଖୋଲା ରହିଚି - ଫିତା ଖଟିଆରେ ଶୋଇଚି ମିନୁ, ସବୁଜ ଯୌବନର ଗୋଟାଏ ଜଳନ୍ତା ନିଆଁମୁଣ୍ଡା! ମିନୁର ବଡ଼ଭାଇ ନାକ ପାଖକୁ ହାତ ନେଲି - ମୁଁ ଜାଣେ ଭାରି ଗାଢ଼ ନିଦ ତା'ର - ହାତୀ ତା' ଉପରେ ଚାଲିଗଲେ ବି ସେ ଜାଣିପାରିବନି।

ଉତ୍ତେଜନା ମୋର ବଢ଼ି ଚାଲିଲା - ଉତ୍ତାପ ବଢ଼ିବା ସଙ୍ଗେ ସଙ୍ଗେ ଯେପରି ଥର୍ମୋମିଟରର ମର୍କରି ଉଠି ଚାଲିଥାଏ ଚଟ୍‌ଚଟ୍ -

କାନମୁଣ୍ଡା ଝାଁ ଝାଁ କରି ଉଠିଲା।

ନିଶ୍ୱାସ ପ୍ରଶ୍ୱାସ ଜୋର୍‌ରେ ପଡ଼ିବାକୁ ଆରମ୍ଭ କଲା। ମନେହେଲା ଯେପରି ଦିହର ସବୁଯାକ ରକ୍ତ ଶିରାପ୍ରଶିରା ଧମନୀ ଛାଡ଼ି ଆସି ମୁହଁରେ ଜମା ହେଲାଣି। ହୃତ୍‌ପିଣ୍ଡ ଖୁବ୍ ଜୋର୍‌ରେ ଉଠାପଡ଼ା କରିବାକୁ ଲାଗିଲା -

ଉତ୍ତେଜନାର ଚରମ।

ଉଠିଲି -

ଆସ୍ତେ - ପାଦ ଚିପିଚିପି - ଚୋରଙ୍କ ଭଳି କାନ୍ଥ ଧରି ଧରି ମନେ ହେଲା ସେଇ ଗାଢ଼ ଅନ୍ଧାରରେ ମଧ୍ୟ ମିନୁର ଭୟ ବିହ୍ୱଳ ଆଖି ଦି'ଟା ମୋର ଗତିବିଧି ନିରୀକ୍ଷଣ କରୁଚି। ଠିଆ ହେଲି -

ମିନୁର ନିଦୁଆ ନିଶ୍ୱାସ ବାଜିଲା ମୋ କାନରେ।

ପିଲାଙ୍କ ଭିତରୁ କିଏ ଗୋଟାଏ ଦାନ୍ତ କଡ଼ମଡ଼ କରି ଚୋବେଇଲା - ଚମକି ପଡ଼ିଲି। ଦିହରୁ ଗୋଟାଏ ଝାଳ ବୋହିଗଲା। ତା' ପରେ ସବୁ ନିସ୍ତବ୍ଧ। ମିନୁର ମାଂସ। ତା'ର ନିଶ୍ୱାସର ସୁଗନ୍ଧ...!!

X X X

ଦିନେ - ସେଦିନଟା ଭୁଲିବିନି - ମିନୁ ତା'ର ଅବାଞ୍ଛିତ ମାତୃତ୍ୱର ଖବର ମତେ ଦେଲା।

ନିର୍ଲଜ୍ଜ ଭାବରେ ପଚାରିଲା -

'ଉପାୟ ?'

ଉପାୟ ଗୋଟାଏ...।

ସହଜ ପ୍ରବୃତ୍ତିର ସ୍ୱାଭାବିକ ପରିଣାମକୁ ସମାଜ ଆଖିରୁ ଲୁଚେଇବାକୁ ଯାଇ ଆଉ ଗୋଟିଏ ଜଘନ୍ୟ ପାଶବିକତାର ସୃଷ୍ଟି ହେଲା।

ପ୍ରୌଢ଼ର ଏକ୍‌ସ୍‌ପେରିମେଣ୍ଟ୍।

ମିନୁର ପ୍ରେତମୂର୍ତ୍ତି କଲିକତାରୁ ଫେରିଆସିଲା।

ଆଗର ସବୁଜ ସରସତା ବଦଳରେ ତା'ର ଶରୀରରେ ଥିଲା ଗୋଟାଏ ଭୟାବହ କଦର୍ଯ୍ୟତା...।

ଆଜି ମୁଁ ଭାବେ - ଏଇ ଶାରୀରିକ ମୋହ, ଉତ୍ତେଜନା - ଏକ୍‌ସ୍‌ପେରିମେଣ୍ଟ, ଜୀବନର ଗୋଟାଏ ଅଲଙ୍ଘନୀୟ ପ୍ରବୃତ୍ତି। ହୁଏତ କାମ୍ୟ ହୋଇପାରେ ଏବଂ ସ୍ୱାସ୍ଥ୍ୟର ପୁଷ୍ଟି ସାଧନପାଇଁ ସ୍ତ୍ରୀ ପୁରୁଷର ଆଉ ପୁରୁଷ ସ୍ତ୍ରୀର ଖୁବ୍ ପ୍ରୟୋଜନ ହୋଇପାରେ। କିନ୍ତୁ

ସାମାଜିକ ଶୃଙ୍ଖଳା, ସୁଖଶାନ୍ତି ପାଇଁ ଶରୀର ବାହାରେ ଯାହା ଅଛି - ମନର ଆଦାନପ୍ରଦାନ - ତା'ର ମୂଲ୍ୟ ଯେ ଖୁବ୍ ବେଶୀ।

ପ୍ରୌଢ଼ତ୍ୱର ଉପକଣ୍ଠରେ ପହଞ୍ଚି ମୁଁ ଆଜି ସେ କଥା ବେଶ୍ ବୁଝିପାରିଚି...।

X X X

ମିନୁର ପୂର୍ବ କମନୀୟତା ଫେରିଆସିଚି।

ସେ ମତେ ଘୃଣା କରେ। ବୋଧହୁଏ କରିବାର କଥା -।

କିନ୍ତୁ ପ୍ରୌଢ଼ ହେଲେ ବି ଯାହାର ଶରୀରକୁ ନେଇ ମୁଁ କଣ୍ଢେଇ ଭଳି ଦିନେ ଖେଳିଥିଲି ସେ ଯେ ମତେ ଘୃଣା କରିବ - ଏ କଥା ଭାବିଲେ ମୋର ମନରେ ବଡ଼ ଗୋଟାଏ ଆଘାତ ଲାଗେ!!

ମିନୁ ପ୍ରତି ସହାନୁଭୂତି ଆସେ ମୋର ଢେର ବେଶୀ ଏବଂ ସୁଲତା ପାଇଁ ଗଭୀର ଦୁଃଖ ମତେ ମଝିରେ ମଝିରେ ପାଗଳ କରିଦିଏ!

ମିନୁ ପାଇଁ ମୁଁ କିଛି କରିବାକୁ ଗଲେ ସୁଲତା ଆଗେଇ ଆସି କହେ -

ରୁହ - ତମେ ଏ ବିଷୟରେ କିଛି କରିପାରିବନି। ମିନୁ ବେଶୀ ଆଘାତ ପାଇବ। କଟା ଘାରେ ଆଉ ଚୂନ ଦିଅନି -

ମୁହଁ ତଳକୁ କରି ଛିଡ଼ା ହୁଏ ମୁଁ...।

ସୁଲତା ମିନୁ ପାଇଁ ରାଜକୁମାର ନ ହେଲେ ବି ରାମା ଶାମା ଦାମାଙ୍କଠୁଁ ବେଶ୍ ଉଚ୍ଚ ସ୍ତରର ପାତ୍ର ଖୋଜିବାର ବ୍ୟର୍ଥ ପ୍ରୟାସରେ ଲାଗିପଡ଼ିଚି!!

ମଝିରେ ମଝିରେ ନିଜର କାର୍ଯ୍ୟଟାକୁ ସମର୍ଥନ କରିବାକୁ ଯାଇ ଭାବେ - ହଃ - ଆକାଶର ସଂଖ୍ୟାହୀନ ତାରା ଭିତରୁ ଗୋଟାଏ ତାରା ଲିଭିଗଲା ବା କକ୍ଷଚ୍ୟୁତ ହୋଇଗଲା...

ଏମିତି କେତେ ଲିଭିଗଲେ ବି ଆକାଶରେ ତାରା ସଂଖ୍ୟା ରହିବ ସେଇପରି ଅସଂଖ୍ୟ!!

ଏତେ ଅନୁଶୋଚନାର କି ଦରକାର?

କିନ୍ତୁ ତଥାପି ଅଶାନ୍ତ ମନ ସ୍ଥିର ହୁଏ ନା।

ପରାହତ

"ଏ ସାଇକଲ୍ ବାବୁ, କେନ୍‌ଆଡ଼େ ଯାଉଚୁ?"

ବ୍ରେକ୍‌ଟା ଆପେ ଆପେ କଷି ହୋଇଗଲା। ଫେରି ଚାହିଁଲି - ପାହାଡ଼ିଆ ଅଞ୍ଚଳର ଗୋଟିଏ ନିର୍ଜନ ଉପତ୍ୟକା ପଥ।

ମତେ ପଛରୁ ଡାକିଦେଇ ନିର୍ଲଜ୍ଜ ଭାବରେ ଯୁବତୀଟି ମୋ ଆଡ଼େ ଚାହିଁ ହସୁଚି! ଭାବିଲି - ପାଗଳୀଟାଏ ନା କଅଣ? ସନ୍ଦେହ ଦୂର ହେଲାନି। ବାଇକ୍‌ରୁ ଓହ୍ଲେଇପଡ଼ି ପଚାରିଲି - ମତେ ଡାକୁଚୁ?

ହଁ କି ନା ଉତ୍ତର ନ ଦେଇ ସେ ମୋ ଆଡ଼େ ସେହିପରି ହସି ହସି ଚାହିଁରହିଲା। ବଡ଼ ଅପମାନିତ ବୋଧ କଲି। ଚାହିଁଲି ଚାରିଆଡ଼କୁ। କେହି କୁଆଡ଼େ ନାହିଁ। ଶୀତ ଦିନର ମଧ୍ୟାହ୍ନ। ପାହାଡ଼ ଆଉ ଜଙ୍ଗଲ - ଜଙ୍ଗଲ ଆଉ ପାହାଡ଼।

ନିଜ ପୋଷାକ ଆଡ଼େ ଚାହିଁଲି - ତା'ର ମତେ ଡାକିବାର କିମ୍ବା ଦେଖି ହସିବାର କୌଣସି କାରଣ ଖୋଜି ପାଇଲି ନାହିଁ।

ମାଲୁଆ ଝିଅମାନେ ଫେର୍ ଏଡ଼େ ସାହସୀ ହେଲେ କେବେଠୁଁ? ପ୍ୟାଣ୍ଟ୍ କୋଟ୍ ପିନ୍ଧା ବାବୁ ଦେଖିଲେ ତ ଏମାନେ ଲୁଚିବେ ବଣ ବୁଦା ଭିତରେ - ପତ୍ରଫାଙ୍କରୁ ଭୟାର୍ତ୍ତ ଆଖି ଦୁଇଟି ଦେଖେଇ। ସେମାନେ ଫେର୍ -

ତାକୁ ଡାକିଲି ପାଖକୁ - ରୂଢ଼ଗଳାରେ ପଚାରିଲି -

- କାଇଁକି ଡାକୁଥିଲୁ ମତେ?

ଯୁବତୀଟି ଉତ୍ତର ଦେଲା - ଏମିତି।

ମତେ ଯେ ସିଏ ଜମା ଭୟ କରୁନି ସେଥିପାଇଁ ମତେ ବଡ଼ ଅପମାନିଆ ବୋଧହେଲା। ରାଗ ବି ମାଡ଼ିଲା। ତା' ଗୋଡ଼ରୁ ମୁଣ୍ଡଯାଏ ଚାହିଁଗଲି। ଅଙ୍ଗେ ଅଙ୍ଗେ

---

* ଘଟନାଟି ପୂରାପୂରି କଳ୍ପନାପ୍ରସୂତ ନୁହେଁ ବା ଅତିରଞ୍ଜିତ ନୁହେଁ।

ତା'ର ଯୌବନର ମୁଖରତା, ଅପାଙ୍ଗରେ ଭୟହୀନ ଚପଳତା, ଉନ୍ନତ ସ୍ତନରେ ନିର୍ଲଜ୍ଜ ଇଙ୍ଗିତ। ପିନ୍ଧିଚି ଖଣ୍ଡେ ବ୍ଲାଉଜ୍। ଖଣ୍ଡେ ଧଳା ଶାଢ଼ି। ପଚାରିଲି -

- ତୋର କେଉଁ ଗାଁ।

- ମିଟିଙ୍ଗିଆ।

- ତୁ ଖ୍ରୀଷ୍ଟାନ୍?

ସେ ମୁଣ୍ଡ ଟୁଙ୍ଗାରିଲା। ପୁଣି ପଚାରିଲି -

- ପାଣ ଖ୍ରୀଷ୍ଟାନ୍?

- ହଁ -

- କାହିଁକି ମତେ ଡାକିଲୁ?

- କି ଡାକିଲେ କିସ ହେଲା? ଇଚ୍ଛା ହେଲେ ରହ ନ ହେଲେ ଚାଲିଯା।

ଏକଥା ପରେ ରହିବି କି ଚାଲିଯିବି ଠିକ୍ କରିପାରିଲି ନାହିଁ। ଚାହିଁରହିଲି ତା' ମୁହଁକୁ।

ସ୍ମିତ ହସି, ଅପାଙ୍ଗ ଦୃଷ୍ଟି ହାଣି ଓ ଗ୍ରୀବା ଈଷତ୍ ସଂଚାଳିତ କରି ସେ କହିଲା - ଦେଖୁଚୁ କିସ ବାବୁ? ସାଇକଲକୁ ସେଇ ବୁଦାମୂଳେ ନୁଚେଇ ଦେଇ ଚାଲ୍‌ନା ବଣ ଭିତରକୁ।

ନିର୍ଜନ ସେଇ ପାର୍ବତ୍ୟ ଉପତ୍ୟକା - ଘେରିଚି ଚାରିଆଡ଼େ ଶାଳ ଜଙ୍ଗଲର ସବୁଜ ଗଭୀରତା।

ପ୍ରସ୍ତାବରେ କୌଣସି ଆଚ୍ଛାଦନ ନାହିଁ, ବକ୍ରୋକ୍ତି ନାହିଁ.... ତା'ର ଉନ୍ନତ ବକ୍ଷ ପରି ନିର୍ଲଜ୍ଜ। କୌଣସି ନାରୀ ଏପରି ନିର୍ଲଜ୍ଜ ଭାବରେ ଯେକୌଣସି ଅପରିଚିତ ପଥିକକୁ ତା'ର ଆକାଙ୍କ୍ଷା ଜଣାଇପାରେ, ମୋର କଳ୍ପନାତୀତ ଥିଲା। ବିସ୍ମୟର ସୀମା ରହିଲା ନାହିଁ। ମୁଁ କଅଣ ବୋଲି ସେ ମତେ ଭାବିଚି? ଭୟରେ ଚାରିଆଡ଼େ ଚାହିଁଲି। ଏତେ ଭୟ ବୋଧହୁଏ ଜଙ୍ଗଲରେ ବାଘ ହାବୁଡ଼େ ପଡ଼ିଥିଲେ ହୋଇ ନ ଥାନ୍ତା।

- କିସ୍ ଭାବୁଚୁ ବାବୁ?

ଚମକି ତା' ମୁହଁକୁ ଚାହିଁଲି।

- ଡର ଲାଗୁଚି?

- ତୋ ନାଁ କଅଣ?

- ସୁନ୍‌ତି।

- ସୁନ୍‌ତି?

- ହଁ -

ସୁନ୍‌ତି ହସିଲା। ହସଟି ଖୁବ୍ ସୁନ୍ଦର। ସୁନ୍‌ତିର ମୁହଁଟିରେ ବାସ୍ତବିକ ମାଦକତା ଅଛି। ଲମ୍ବ ଭୂରୁ। ବନ-ହରିଣୀର ଟଣା ଟଣା ଆଖି ଦୁଇଟିରେ କେତେବେଳେ ଅଧୀର କାମନା, ଆଉ କେତେବେଳେ ଅଳସ ଉଦାସୀନତା।

ମୋର ରୂଢ଼ ଗଳା କ୍ରମେ କ୍ରମେ ନରମି ଆସୁଥିଲା। ପଚାରିଲି -

- କଅଣ ପାଠ ପଢ଼ିଚୁ ?

- ଅଷ୍ଟମ ଷ୍ଟାଣ୍ଡାର୍ଡ଼।

- ସତେ ? ବାଃ - ଏତେ ପାଠ ପଢ଼ି ଏଇୟା କରୁଚୁ ?

ସେ ନୀରବ ରହି କେବଳ ଚାହିଁଲା ମତେ। ସୁନ୍‌ତି ମାଲୁଆ ଝିଅ ହେଉ, ପାଣ ଖ୍ରୀଷ୍ଟାନ୍ ହେଉ, ମତେ ଭୟ ନ କରୁ, ଦୁଃଖ ନ ଥିଲା, ଯଦି ଏହି ଉପତ୍ୟକା ପଥର ନିର୍ଜନତା ଭିତରେ ମୁଁ ତା'ର ନାରୀ ଜୀବନର ପ୍ରଥମ ପୁରୁଷ ହୋଇଥାଆନ୍ତି। ସେ ଯଦି ଆଜି ତା' ଜୀବନର ପ୍ରଥମ ପୁରୁଷ ପାଖରେ ନାରୀ ମନର ସମସ୍ତ ଆବେଗ, ଉଚ୍ଛ୍ୱାସ, ଉତ୍ତେଜନା ନିବେଦନ କରିଥାନ୍ତା। କିନ୍ତୁ ତା' ନୁହେଁ -

ବୁଝିପାରିଲି, ସେ ମୋରି ଭଳି ଆହୁରି ଅନେକ ପଥିକଙ୍କୁ ଆକର୍ଷଣ କରିଛି। ଜୟ କରିଛି। ନେପୋଲିଅନଙ୍କ ରାଜ୍ୟ ପରେ ରାଜ୍ୟ ଜୟ ଭଳି ସେ ପୁରୁଷ ପରେ ପୁରୁଷ ଜୟ କରିଯାଇଚି। ପଚାରିଲି -

- ଆଉ କେତେ ବାବୁ ସାଥିରେ ଏମିତି ମିଶିଚୁ ?

ଓଠରେ ନଗ୍ନ ତାଚ୍ଛଲ୍ୟ, ଆଖରେ ବିଜୟର ଅହଙ୍କାର ଫୁଟାଇ କହିଲା -

- ଓଃ ଅନେକ ବାବୁ -

- ସତେ ?

- ଆଉ କଅଣ ମିଛ ? ସାଲୁଟୁ ବାବୁ, ରବିନି ବାବୁ, ମେସରଟ ଏମିତି କେତେ କିଏ।

କଣ୍ଠସ୍ୱରରେ ତା'ର ବିଜୟିନୀର ଦୃପ୍ତ ଅହଙ୍କାର। ହତବାକ୍ ହୋଇ ଚାହିଁରହିଲି ନିର୍ଜନ ଉପତ୍ୟକାର ଏଇ ନେପୋଲିୟନ ଆଡ଼େ। ସେ ହୁଏତ ମିଛ କହୁ ନାହିଁ।

ତୁଚ୍ଛ, ନଗଣ୍ୟ ଏଇ ମାଳ ଯୁବତୀ - କେବଳ ସାମାନ୍ୟ ଅର୍ଥ ପାଇଁ କଅଣ ଏମାନଙ୍କୁ ତା'ର ଏଇ ସୁନ୍ଦର ବଳିଷ୍ଠ ଦେହ ଦାନ କରିଚି ? କେବଳ ଖଣ୍ଡେ ବ୍ଲାଉଜ, ଖଣ୍ଡେ ଭଲ ଶାଢ଼ି, ମୁଣ୍ଡ ପାଇଁ ଟିକିଏ ବାସନାତେଲ ଲୋଭରେ ସେ କ'ଣ ସେମାନଙ୍କୁ ବିକିଚି ତା'ର ଦେହ ? ଏଇ ସୁନ୍ଦର ଦେହ ?

ମୋର ପୌରୁଷକୁ ଦଳିଚକଟି ଦେବାର ପ୍ରୟାସେ ତା'ର ଅନନ୍ତ। ତା' ଜୀବନରେ ଏପରି ବହୁ ପୁରୁଷର ସମାଗମରେ କୌଣସି ସୁଖକର ବେଦନା ଭାବ

ହୁଏ ତ ନାହିଁ। ତା' ସ୍ମୃତିରାଜ୍ୟରେ ଏମାନେ କେବଳ ଚଲାବାଟରେ ପଡ଼ିଥିବା ଖଣ୍ଡେ ଖଣ୍ଡେ ଟେକା ପଥର। ଆଖିରେ ପଡ଼େ, ମନରେ ରହେ ନାହିଁ। ସେଗୁଡ଼ାକୁ ଯେପରି କୌତୂହଳପରବଶ ହୋଇ ପାଦରେ ରାସ୍ତା କଡ଼କୁ ଫୋପାଡ଼ି ଦିଆଯାଇପାରେ, କିନ୍ତୁ ତା'ର ଆଘାତପ୍ରସୂତ ବେଦନା ପ୍ରତି ଯେପରି କୌଣସି ଭ୍ରୂକ୍ଷେପ ନ ଥାଏ। କହିଲି -

- ଦେଖ୍ ସୁନ୍‌ତି ! ସବୁ କଥା କହିଦେବି ତୋ ପାଦ୍ରି ସାହେବଙ୍କୁ।

ଓଠ ବଙ୍କେଇ କହିଲା ସୁନ୍‌ତି - ଯା ବାବୁ ଯା - କେତେ ପାଦ୍ରି ମୁଁ ଦେଖିଛି।

ଏ କଥା ପରେ ମୋର ଆଉ କିଛି କହିବାର ନ ଥିଲା। ସାଇକେଲରେ ଉଠିବା ପୂର୍ବରୁ ହଠାତ୍ କ'ଅଣ ମନେ ହେଲା, ମନିବ୍ୟାଗ୍‌ଟା ବାହାର କଲି।

ବଙ୍କେଇ ହସି ସୁନ୍‌ତି କହିଲା -

- କ'ଅଣ ଟଙ୍କା ଦବୁ କି ?

- ତୋର ଲୋଡ଼ା ନାହିଁ ?

- ତୋଠୁ ଟଙ୍କା ନେବାକୁ ତତେ ଡାକି ନ ଥିଲି। ଭାରି ଟଙ୍କା ଦେଖେଇ ହଉଚୁ। ଯା ବାବୁ ଯା - ମାଲକୁ ନୂଆ ଆଇଚୁ ନା, ଡର ଛାଡ଼ିନି।

ମୋର ପରାହତ ପୌରୁଷ ଘେନି ମୁଁ ସାଇକେଲରେ ଉଠିଲି। କେବଳ ପଛରୁ ମୋ କାନରେ ବାଜିଲା - ନାରୀ କଣ୍ଠର ଗୋଟାଏ ଖିଲି ଖିଲି ହସ, ପାହାଡ଼ୀ ଝରଣା ପରି ଉଦ୍ଦାମ, ଛଳଛଳ। ନିର୍ଜନ ଉପତ୍ୟକା ପ୍ରତିଧ୍ୱନିତ ହୋଇ ଉଠୁଥିଲା ସେ ହସରେ।

ଭାବିଲି ଫେରିଯାଇ ତା' ଗାଲରେ ଠାଏ କରି ଗୋଟାଏ ଚଟକଣା ବସେଇ ଦେବି। ହୁଏତ କୌଣସି ଶିକ୍ଷିତ ବୁନିଆଦି ଘର ଝିଅର ଏପରି ଆଚରଣରେ ମୁଁ ଠିକ୍ ସେଇୟା କରିଥାଆନ୍ତି।

ଏହି ଘଟଣାର ଦୁଇ ଦିନ ପରେ ଅଫିସରେ ବସି କାମ କରୁଚି ମୋର ଡାକ୍ତରବନ୍ଧୁ ବାହାରୁ କହି କହି ଆସିଲେ -

କିହୋ ଜୀବନବାବୁ, ଇଏ କ'ଅଣ ଶୁଣୁଚି ତମ ନାଁରେ ?

ଭାବିଲି ପରିହାସ। କିନ୍ତୁ ଯାହା ଶୁଣିଲି, ସେଥିରେ ମୁଁ କେବଳ ବିସ୍ମିତ ହିଁ ହେଲି। କହିଲି - ମୁଁ ସୁନ୍‌ତି ସାଥିରେ..... ?

ପାଟିକରି ହସିଲି। କିନ୍ତୁ ସେ ହସ ଅତି ଦୁର୍ବଳ ବୋଲି ମନେହେଲା।

ସୁନ୍‌ତି ମୋ ନାଁରେ କୁତ୍ସା ରଟନା କରିଛି ! ଆମୂଳଚୂଳ ଘଟଣାଟି ବୁଝିବା ପରେ ବନ୍ଧୁ ମୋ କଥା ଅବଶ୍ୟ ବିଶ୍ୱାସ କଲେ, କିନ୍ତୁ ମୋର ଅଶାନ୍ତ ମନ ବୋଧ ମାନିଲା ନାହିଁ।

ଚରିତ୍ର, ସାଧୁତା, ସମ୍ମାନ ମୋର ଆଜି ବିପଦ୍‌ଗ୍ରସ୍ତ।

ମାତ୍ର କିଛି ତ କରି ନାହିଁ। ତଥାପି, ପଦାରେ ମୁହଁ ଦେଖାଇବାକୁ ଏପରି ଲାଜ ମାଡୁଛି କାହିଁକି ?

ମନେହେଲା ସବୁରି ଆଖିରେ ମୋ ପାଇଁ ଭରି ରହିଛି ବିଦ୍ରୂପ, ଘୃଣା; ସମସ୍ତେ ଯେପରି ଭାବୁଛନ୍ତି ଲୋକଟା ବିରାଡ଼ି ବୈଷ୍ଣବ।

ଇୟା ପରେ ବହୁବାର ହାଟକୁ ଯାଇଚି। ସୁନ୍‌ତିକୁ ସେଠି ଦେଖିଚି। କିନ୍ତୁ ଇଚ୍ଛା ଥିଲେ ବି ସାହସ କରି ତା' ଆଡ଼କୁ ଚାହିଁପାରି ନାହିଁ। ଯେତେବେଳେ ବା ଅନ୍ୟର ଅଲକ୍ଷ୍ୟରେ ତାକୁ ଚାହିଁଛି, ତା'ର ତୀବ୍ର ଅପାଙ୍ଗ ଆଗରେ ମୋର ଆଖି ନଇଁ ଯାଇଛି।

କିଛିଦିନ ପରେ ମୋର ବଦଳି ଆଦେଶ ଆସିଲା। ମାଳ ପ୍ରତି ମୋର ତିକ୍ତତା ଆସିଯାଇଥିଲା। ପ୍ରଥମ ପ୍ରଥମ ସେଇ ପାହାଡ଼ ଜଙ୍ଗଲର ମୋହ, କନ୍ଧ ଜାତିଟାକୁ ଜାଣିବାର ଆଗ୍ରହ ଆଉ ମୋର ନ ଥିଲା।

ବଦଳି ଆଦେଶ ପାଇ ଖୁବ୍ ଖୁସି ହେଲି।

ସ୍ଥାନତ୍ୟାଗର ପୂର୍ବଦିନ ଦି'ପହରେ ଖାଇସାରି ବସିଛି ବାହାର ବାରଣ୍ଡାରେ। ଆରାମଚୌକିରେ ବସି ତନ୍ଦ୍ରାଚ୍ଛନ୍ନ ମନରେ କେତୋଟି ଦିନର ପରିଚିତ ମାଳକୁ ଛାଡ଼ି ଚାଲିଯିବାର ମୃଦୁ ବେଦନା ଅନୁଭବ କରୁ କରୁ ଦେଖିଲି, ମୋ ଆଗରେ ଅତି ଅପ୍ରତ୍ୟାଶିତ ଭାବରେ ସୁନ୍‌ତି ଆସି ଠିଆ ହୋଇଛି।

- ସୁନ୍‌ତି।

ଆଖି ଦୁଇଟି ଆଜି ତା'ର କରୁଣ; ଔଦ୍ଧତ୍ୟର ଚିହ୍ନ ସୁଦ୍ଧା ନାହିଁ। ଏ ଯେମିତି ଆଉ ଗୋଟିଏ ସୁନ୍‌ତି।

ହଠାତ୍ ଯେପରି କେଉଁ କ୍ଷିପ୍ରା କଳନାଦିନୀ ଗିରିନଦୀ ବାଧା ପାଇ ନିଶ୍ଚଳ ହୋଇଯାଇଚି।

- କିରେ ତୁ ହଠାତ୍।

ସୁନ୍‌ତି କେବଳ ପକ୍ଷ୍ମ ଅଳସ ଭାବରେ ତୋଳି ମୋ ମୁହଁକୁ ଚାହିଁଲା। ଥରିଲା ଗଳାରେ କହିଲା -

- ବାବୁ, ତୁ କାଲି ଚାଲିଯାଉଚୁ ଏଠୁ?

- ହଁ, କାଇଁକି ?

ସୁନ୍‌ତି ନିରୁତ୍ତର ରହିଲା ମୁହଁ ପୋତି। କହିଲି - ତମ ମାଳ ଛାଡ଼ି ଯାଉଚି ସୁନ୍‌ତି - ତୋ କଥା ମୋର ଖୁବ୍ ମନେ ପଡ଼ିବ।

ଆଖିରେ ଆଗ୍ରହ ଓ ପ୍ରଶ୍ନ ଭରି ସେ ମୋ ଆଡ଼େ ଚାହିଁଲା। ପଚାରିଲି - ବିଶ୍ୱାସ ହେଉନି ?

- କିମିତି ହବ ବାବୁ? ମୁଁ ତୋର କିଏ କି?

ଅନ୍ୟ ଆଡ଼େ ମୁହଁ ବୁଲାଇନେଲି। ହଠାତ୍ ମୋ ପାଦରେ କାହାର ସ୍ପର୍ଶ ପାଇ ଦେଖିଲି, ସୁନ୍ତି ମୋ ପାଦତଳେ ମୁଣ୍ଡ ରଖିଚି।

- ଆରେ ଉଠ୍ ଉଠ୍ କିଏ ଦେଖିବ ତ ଫେର...। ବିବ୍ରତ ହୋଇ ଗୋଡ଼ ଆଡ଼େଇ ନେଲି। କହିଲି - ମୁଁ ସବୁ ଜାଣିଚି... ଛାଡ୍ ମୁଁ ମୋଟେ ରାଗିନି ତୋ ଉପରେ। ସୁନ୍ତି ଉଠି ଠିଆ ହେଲା...

- ତୁ ଆଉ ତୋ ବାବୁମାନଙ୍କ ପାଖରେ ଏମିତି ମିଛ କଥା କହିବୁନି, ବୁଝିଲୁ?

ସୁନ୍ତି ମୁଣ୍ଡ ଟୁଙ୍ଗାରିଲା। ହଠାତ୍ ମନେପଡ଼ିଗଲା ସୁନ୍ତି ପାଠ ପଢ଼ିଛି। ସେଦିନ ମୋ ଟଙ୍କା ଦବାକୁ ବିଦ୍ରୂପ କରିଛି। ପଚାରିଲି, ଆଚ୍ଛା, ସୁନ୍ତି, ତୋ ପାଖକୁ ଯେତେ ବାବୁ ଯାନ୍ତି କାହାଠୁ ଟଙ୍କା ନଉନି?

- ନିଏ।

- ତେବେ ମୋଠୁ କାଇଁକି ସେଦିନ ଟଙ୍କା ନେଲୁନି?

- ସୁନ୍ତି ମୋ ମୁହଁକୁ ଚାହିଁଲା। ମନେ ହେଲା ମୋର ଏ ପ୍ରଶ୍ନରେ ସେ ଯେପରି ବ୍ୟଥା ପାଇଚି... ପଚାରିଲି - ଆଚ୍ଛା ଟଙ୍କା ନବାର ଯଦି ଇଚ୍ଛା ନ ଥିଲା ତେବେ କାହିଁକି...?

ସୁନ୍ତିର ମନ ଜାଣିବାର ଆଗ୍ରହ ମୋର ପ୍ରବଳ ହୋଇଉଠିଥିଲା। ମନକଥା କହିବାକୁ କୌଣସିମତେ ତାକୁ ରାଜି କରେଇଲି। ସେ ଯାହା କହିଲା, ସେଥିରୁ ବୁଝିଲି - ସୁନ୍ତି ଏଇ ଧୋବଧାଉଳିଆ ବାବୁମାନଙ୍କର ମନକୁ ଭଲ କରି ଚିହ୍ନିଚି।

ସେ ଖୁବ୍ ଇଚ୍ଛା କରିଛି କୌଣସି ଶିକ୍ଷିତ ଅଭିଜାତ ବଂଶର ଯୁବକ ତାକୁ ବିବାହ ହେଉ, କେହି ତା' କରି ନାହାନ୍ତି। କିନ୍ତୁ ସମସ୍ତେ ତା' ଆଡ଼କୁ ଆକୃଷ୍ଟ ହୋଇଛନ୍ତି। ହତାଶ ହୋଇ ସେ ବି ସେମାନଙ୍କୁ ଟାଣିବା ଚେଷ୍ଟାରେ ହେଳା କରି ନାହିଁ।

ତା'ର ରୂପ, ତା'ର ଯୌବନକୁ ଉପଭୋଗ କଲାବେଳେ ସେମାନଙ୍କର ଆଭିଜାତ୍ୟ ବିବ୍ରତ ହୋଇ ନାହିଁ, ଆତ୍ମସମ୍ମାନରେ ହାନି ଘଟିନି ଦେଖି ସେ ବିସ୍ମିତ ହୋଇଛି - ଯେତିକି ବିସ୍ମିତ ହୋଇଛି ସେତିକି ସେତିକି ତା'ର କୌତୂହଳ ବଢ଼ି ଚାଲିଛି - କି ଅଦ୍ଭୁତ ଏମାନେ। ତାଙ୍କ ସମାଜରେ ତାକୁ ସ୍ଥାନ ଦେବେନି, ଅଥଚ ସମାଜଦୃଷ୍ଟିର ଅନ୍ତରାଳରେ ତା'ର ଲୋଭନୀୟ ଦେହ ଆଲିଙ୍ଗନ କରିବାପାଇଁ ସେମାନଙ୍କର କି ବ୍ୟାକୁଳତା। କି କାକୁତି! ସୁନ୍ତି ଏ ସବୁ ଦେଖି ଗୋଟାଏ ପୈଶାଚିକ ଆନନ୍ଦ ଅନୁଭବ କରିଚି। ଏମାନେ ତା' ଆଡ଼ିକି ଆଗେଇଲାବେଳେ ତାଙ୍କର

ମୁହଁଗୁଡ଼ିକର ମାଂସପେଶୀରେ ପରିବର୍ତ୍ତନ ସେ ଦେଖେ - ଆଖିଗୁଡ଼ିକ ଅସ୍ୱାଭାବିକ ରୂପେ ହିଂସ୍ର, ଅଥଚ କି ଦୁର୍ବଳ !

ସୁନ୍‌ତି ଏମାନଙ୍କର ଆଭିଜାତ୍ୟକୁ ହତ୍ୟା କରି ଆନନ୍ଦ ଅନୁଭବ କରିଚି ।

ସୁନ୍‌ତି ନୀରବ ହେଲା । ମୋ ଆଖି ଦୁଇଟିରୁ ବିସ୍ମୟ ଅପସରି ନ ଯିବାଯାଏଁ ମୁଁ ତା' ଆଡ଼େ ଚାହିଁ ରହିଲି । ଶୁଣିଲି, "ତତେ ବି ମୁଁ ସେଇୟା ଭାବିଥିଲି ବାବୁ ।" ଟିକିଏ ହସିଲି, କିନ୍ତୁ, କି ଦୁର୍ବଳ ସେ ହସ ।

ଆଉ କିଛି ସମୟ ଛିଡ଼ାହେଲା ପରେ ବ୍ୟଥାତୁର କଣ୍ଠରେ ସୁନ୍‌ତି କହିଲା - ହଉ ବାବୁ, ମୁଁ ଯାଉଚି, ମତେ ଭୁଲିବୁନି - ମନେ ରଖିଥିବୁ ।

ଚମକି ଚାହିଁଲି ତା' ମୁହଁକୁ ।

ଏ କଅଣ ? ସୁନ୍‌ତିର ଦୁଇ ଗଣ୍ଡ ଦେଇ ବୋହିଯାଉଚି ଦୁଇଟି ଲୁହଧାର ! ତା'ର ପରାହତ ନାରୀତ୍ୱର ବେଦନାପ୍ଳୁତ ସଙ୍କେତ !

ବିଚିତ୍ର ଏ ନାରୀ !

ସୁନ୍‌ତି ଧୀରେ ଧୀରେ ଚାଲିଗଲା - ପଛକୁ ଆଉ ଫେରି ଚାହିଁନି... ସେ ଫାଟକ ପାରିହୋଇ ଗଲା ପରେ ମୁଁ ନିଜକୁ ପଚାରିଲି -

ପରାହତ କିଏ ? ସୁନ୍‌ତି ନା ମୁଁ ?

■

ଶିଶୁର ଜନ୍ମ

ଘର ଭିତରେ ପଶିବାକୁ ଯାଇ ସୁକାନ୍ତ ଦେଖିଲା ଅଲିଭା ଆରାମ ଚୌକିରେ ବସି ନିବିଷ୍ଟ ଚିତ୍ତରେ ବୁଣୁଚି ଗୋଟେ ପଶମର ପୁଲଓଭର। ସେ ଚୁପ୍‌ଚୁପ୍ ଘରଭିତରେ ପଶି ଟେବୁଲ ପାଖକୁ ଯାଇ ଆଲୁଅଟାକୁ ଲିଭେଇଦେଲା।

ଚମକିପଡ଼ି ଅଲିଭା କହିଲା "କିଏ ?"

ସୁକାନ୍ତ ଅନ୍ଧାର ଭିତରେ ଅଲିଭା ଆଡ଼କୁ ଯାଉଁ ଯାଉଁ କହିଲା - "କେତେଥର ମନା କରିଚି ଏତେ ପରିଶ୍ରମ କରିବାକୁ।" "ଯାକୁ କ'ଣ ତୁମେ ପରିଶ୍ରମ କୁହ।" ଅଲିଭା କହିଲା - "ବସି ବସି ଗୋଟେ ଛୋଟ ସ୍ୱେଟର ବୁଣିବାରେ କେତେବା ଦୈହିକ ପରିଶ୍ରମ ହୁଏ ଶୁଣେ। ଟର୍ଚ୍ଚଟା ଜାଳ ତ, ମୁଁ ଦେଖେ ନିଆଁପେଡ଼ିଟା କୋଉଁଠି ରହିଲା।"

ଟର୍ଚ୍ଚଟା ନ ଜଳେଇ ଅଲିଭାର ପାଖ ଚୌକିଟାରେ ବସିପଡ଼ି ସୁକାନ୍ତ କହିଲା, "ହଁ ତମର ଆଖି ଖରାପ କରିବାକୁ ପ୍ରଶ୍ରୟ ଦେବି ରୁହ। ଏ ଅବସ୍ଥାରେ ସାମାନ୍ୟ ଟିକିଏ ପରିଶ୍ରମ ମଧ୍ୟ କରିବାକୁ ହବନି - ମୂଳରୁ ମାଇପ ନାହିଁ, ପୁଅ ନାଁ ଗୋପାଳିଆ। ଏତିକିବେଳୁ ଆରମ୍ଭ ହୋଇଗଲାଣି ମମତା।"

ଚିଡ଼ିଯାଇ ଅଲିଭା କହିଲା, "ବେଶ୍ ହେଲା। ମୁଁ ମୋର ବୁଣିବି। ଖୁବ୍ ପରିଶ୍ରମ କରିବି। ଯାହା ମୁଁ ଭାବୁଛି କରିବା ଦରକାର ତା' ମୁଁ କରିବି। ଦିନରେ ତ ମତେ ଜଗି ବସିବନି ?"

"କରୁନ, କର। ଶେଷକୁ ଯଦି କିଛି ହୋଇବସେ ମୁଁ ଦାୟୀ ହେବିନି। ବୋଉ ପାଖକୁ ସଫା ଲେଖିଦେବି, "ତୋର ଗୁଣଧର ବୋହୂ ମୋ କଥା ନ ମାନିବା ଫଳ ସେ ପାଇଚି।"

'ଲେଖୁନ' କହି ଅଲିଭା ଚୁପ୍ ହୋଇ ବସି ରହିଲା। ଅଲିଭାର ବାଁ ହାତଟାକୁ

ନିଜ ହାତରେ ଧରି ସୁକାନ୍ତ ଆଦର କଲାବେଳେ କଅଁଳ ପଶମର ଅଧବୁଣା ସ୍ୱେଟରଟି ତା' ହାତରେ ବାଜିଲା। ସେଟାକୁ ମୁଠା ଭିତରେ ଧରି ଅନୁଭବ କରୁ କରୁ ଭାବିଲା - ଅଲିଭାର ସୁନ୍ଦର ଗୋରା ତକ୍ ତକ୍ ନରମ ଦେହରୁ ଗୋଟିଏ ଛୁଆ ଜନ୍ମହେବ - ତା'ରି ଭଳି ଗୋରା ତକ୍ ତକ୍। ତା'ର କଅଁଳ ଦେହରେ ଅଲିଭା ଏହି ସ୍ୱେଟରଟି ପିନ୍ଧେଇଦବ - କି ଚମତ୍କାର। ଅଲିଭା ମତେ ଆହୁରି ବେଶୀ ଭଲ ପାଇବ ନିଶ୍ଚୟ ସେତେବେଳେ - କାରଣ...। ତା'ର ଭାବନାରେ ବାଧା ଦେଇ ଅଲିଭା କହିଲା, "ଚୁପ୍ ହୋଇ ବସି ରହିଲ ଯେ, ରାଗିଲ ?"

ଅଲିଭାକୁ ନିଜ ଆଡ଼କୁ ଟିକିଏ ଆଉଜେଇ ନେଇ ସୁକାନ୍ତ କହିଲା - "ମୁଁ ଜାଣେ ଅଲିଭା, ପରିଶ୍ରମ ନ କଲେ ପ୍ରସବ ଯନ୍ତ୍ରଣା ବେଶୀ ହୁଏ। କିନ୍ତୁ ତଥାପି ମୋର କାହିଁକି ଭୟ ହୁଏ - ନେଇତ ଆସିଲି ସାହସ କରି ତୁମକୁ ଏ ମାଳ ଜାଗାକୁ। କିନ୍ତୁ ଏ ସବୁର ଅଭିଜ୍ଞତା ମୋର ବି ନାଇଁ କି ତୁମର ବି ନାଇଁ। ବୋଉ ପାଖରେ ଥିଲେ ମୋର ଏତେ ଚିନ୍ତା କାହିଁକି ହୁଅନ୍ତା ?"

ଅଲିଭା ହସି ହସି କହିଲା, "ବଡ଼ ଡରୁଆ ତୁମେ।"

X X X

କୋଚଟ ମଇଳା ଛିଣ୍ଡା ଲୁଗା ଭିତରୁ ରାଧୀର ନ'ମାସିଆ ପେଟଟା ପଦାକୁ ସଫା ଦେଖାଯାଉଛି ଗର୍ଭିଣୀ ଘୁଷୁରିର ପେଟ ଭଳି। କିନ୍ତୁ ସେଇଥିରେ ବି ରାଧୀ ସକାଳ ପହରୁ ଲାଗିଛି କାମରେ - କାଖତଳୁ ମଇଳାମିଶା ଝାଳଗୁଡ଼ାକ ବୋହିପଡୁଛି ପେଟ ଆଡ଼କୁ - ରନ୍ଧାଠୁଁ ବଢ଼ାଠୁଁ ବଣକୁ କାଠ ଆଣିବାକୁ ଯିବା ପର୍ଯ୍ୟନ୍ତ ସବୁ କାମ କରିବାକୁ ପଡୁଚି ତାକୁ। ସେ, ତା'ର ସ୍ୱାମୀ, ଆଉ ତା'ର ଗୋଟିଏ ବାପ ମା'ଛେଉଣ୍ଡ ସାନଭଉଣୀ ଜେମା - ଏଙ୍କୁଇ ନେଇ ତା'ର ସଂସାର।

ନଟିଆ - ରାଧୀର ସ୍ୱାମୀ ଭିଖ ମାଗି ଯାହା କମେଇଲା ସେତକ ପଇସାରେ ଖାଇଲା ଅଫିମ, ଗୁଲି ଆଉ ଚା' - ଭାତ ଖାଇବା ପ୍ରତି ଲକ୍ଷ୍ୟ ଦାଉରେ ଘରଦ୍ୱାର ଛାଡ଼ି ଏମାନେ ଆସି ପହଞ୍ଚିଲେ ମାଳ ଅଞ୍ଚଳର ଗୋଟିଏ ସମୃଦ୍ଧିଶାଳୀ ଗାଁରେ ଯୁଦ୍ଧବେଳେ, ଯେତେବେଳେ ସବୁ ଖାଦ୍ୟ ଜିନିଷର ଅଭାବ ଘଟିଲା - ମହଙ୍ଗା ହେଲା।

ଗୋଟିଏ ଭଙ୍ଗା ପରିତ୍ୟକ୍ତ ଘରର ବାରଣ୍ଡା ହେଲା ଏମାନଙ୍କର ବାସଗୃହ। ପାଣିପବନ ହେଲେ ପିଣ୍ଡାର ଗୋଟିଏ କଣକୁ ଆଉଜି ଜାକିଜୁକି ହୋଇ ବସନ୍ତି।

ସେ ଦିନ ମଧ୍ୟ ପାଣି ପବନରେ ତିନି ପ୍ରାଣୀଯାକ ଜାକିଜୁକି ହୋଇ ବସିଥିଲାବେଳେ ନଟିଆ ଅଫିମ ନିଶାରେ ଢୁଳୋଉ ଢୁଳୋଉ କହିଲା - "କିଲୋ, ଆଜି କଅଣ ହାଣ୍ଡି ଚୁଲି ଉପରକୁ ଉଠିବନି କି ?"

ରାଧୀ ଚୁପ୍ ହୋଇ ବସି ରହିଲା -

"କିଲୋ ମୋ କଥା ଶୁଭିଲାନି କି ?"

ରାଧୀ କହିଲା - "ଚାଉଳ ନାହିଁ।"

"ନାହିଁ ତ କୁଆଡୁ ମାଗିକରି ଆଣୁନୁ ?"

"ଦୁଆର ଦୁଆର ବୁଲି ଭିଖ ମାଗିବାକୁ ମୋର ଆଉ ବଳ ପାଉନି।" ରାଧୀ କହିଲା।

"କାଇଁକି ପାଉନି ? ଖାଇପିଇ ତ ବେଶ୍ ହେଇଚୁ ଗୋଟିଏ ହାତୀ ଭଳି -"

ରାଧୀ ଚିଡ଼ିଯାଇ କହିଲା, "ମଲା ଆଖି ଦି'ଟା କଅଣ ଚାଳରେ ଖୋସିଚ ନା କଅଣ ? ଆଜି କି କାଲି ତ ଅନ୍ତୁଡ଼ି ଜଳିବ -।"

"ଓଃ ଏଇ ଗୋଟେ ଧମକ- ଗୋଟେ ଓଳି ନ ଖାଇଲେ ଯେ ପେଟ ପିଲା ବି -"

"ହଁ ହଁ ଯୋଉ ପୋଷି ପକଉଚ - ଯାହା ମାଗିକରି ଆଣିଲ ସବୁତ ଗଲା ନିଶାରେ -"

ତଥାପି ରାଧୀର ମନ ସମ୍ଭାଳିଲା ନାହିଁ। ବର୍ଷା ପାଣି ଛାଡ଼ିଲାରୁ ବାହାରିଲା ଭିଖ ମାଗି - ଅନ୍ତସତ୍ତ୍ୱା ରାଧୀର ଗତି ଧୀର, ମନ୍ଥର।

ଅଫିମିଆ ନଟ ଦେଖିଲା ରାଧୀର ଦୁଇ ଚାରିଦିନ ଭିତରେ ପିଲା ହେବ। ତାକୁଇ ଭିକ ମାଗି ଅନ୍ତତଃ ମାସେ ପନ୍ଦର ଦିନ ଚଳେଇବାକୁ ହେବ ରାଧୀର ବଳ ପାଇଲା ଯାଏଁ - ତାହାହେଲେ ତା'ର ଗଞ୍ଜେଇ, ଗୁଲି, ଅଫିମ ପାଇଁ ଆଉ ପଇସା ବଞ୍ଚାଇବା ଆଶା ବୃଥା -

ଦୁର୍ଭାବନାର ଶେଷ ମୀମାଂସା ନଟିଆ କଲା ଅତି ଚମତ୍କାର ଭାବରେ - ଗୁଲି-ଗଞ୍ଜେଇ ମୋହ ଛାଡ଼ି ନ ପାରି ସେ ଛାଡ଼ିଲା ତା'ର ପରିବାରର ମୋହ। ଦୁଇ ତିନିଦିନ ନଟିଆ ପାଇଁ ଅପେକ୍ଷା କରି ଯେତେବେଳେ ରାଧୀ ଦେଖିଲା ଯେ, ସେ ଆଉ ଫେରିବ ନାହିଁ, ସେତେବେଳେ ରାଧୀ ତା'ର ଅତୀତର ସୁଖ କଥା କଳ୍ପନା କରି ଗୋଟାଏ ବିଷାଦବୋଳା ଦୀର୍ଘଶ୍ୱାସ ସଙ୍ଗେ ସଙ୍ଗେ ଟିକିଏ ହସିଥିଲା ମାତ୍ର। ସେ ହସରେ ବିଷାଦ ଆଉ ବ୍ୟଥା ଯାହା ଥାଉନା କାହିଁକି ବେଶୀ ଥିଲା ଭବିଷ୍ୟତକୁ ଖାତିର ନ କରି ସହଜ ଭାବରେ ଗ୍ରହଣ କରିବାର ଭାବ।

X X X

"ଅଲିଭା" -

ଅଲିଭା ମୁହଁ ଟେକି ସୁକାନ୍ତ ଆଡ଼େ ଚାହିଁଲା।

"ତୁମ ପରିସ୍ରାରେ ଆଦୌ ଆଲ୍‌ବୁମେନ ନାହିଁ - ସୁଖବର ନିଶ୍ଚୟ?"

ଅଲିଭା ହସିଲା, କହିଲା "ଏକୁ ମିଶେଇ ଆଠ ଥର ହେଲା ଗୋଟାଏ ମାସ ଭିତରେ, ଡାକ୍ତରବାବୁ ତୁମର ବନ୍ଧୁ ବୋଲି ସିନା ଏତେଥର -"

ସୁକାନ୍ତ ଅଲିଭାକୁ ତା'ର କଥା ସାରିବାକୁ ନ ଦେଇ କହିଲା -

"ହଁ ମନେପଡ଼ିଲା; ନର୍ସକୁ ଖବର ଦେଲି, ସବୁଠୁ ଭଲ ନର୍ସ ଯିଏ ମିସନ୍ ହସ୍ପିଟାଲର; ଡକ୍ଟର ଟମାସଙ୍କୁ ମଧ୍ୟ -"

ଅଲିଭା କହିଲା, "ଡକ୍ଟର ଟମାସଙ୍କର ଆଉ ଆବଶ୍ୟକତା କଅଣ? ଆମ ଡାକ୍ତରବାବୁ ତ ଅଛନ୍ତି - ଡକ୍ଟର ଟମାସ ତ କାଲି ଆସି ପିଲାର ପୋଜିସନ୍ ଦେଖିଗଲେ - ସବୁ ଠିକ୍ -"

"ଆଆଆଃ - ତୁମେ ବଡ଼ ଇୟେ ଦେଖୁଛି। ଆରେ, ହଠାତ୍ କିଛି ହେଲେ ତାଙ୍କୁ ଆଗରୁ କହି ରଖିବାଟା କଅଣ ଖରାପ? ରାମବାବୁ ତ ନିଜେ ମତେ କହିଲେ, ତାଙ୍କୁ ଖବର ଦେଇ ରଖିଥିବା ଭଲ - କାରଣ ସେ midwifery expert"

ଅଲିଭା ପଚାରିଲା, "ସେଇ ବିରାଟ ପାକେଟ୍‌ଟାରେ କଅଣ ଅଛି?"

ସୁକାନ୍ତ ପାକେଟ୍‌ଟାକୁ ସାଙ୍ଗେ ସାଙ୍ଗେ ଖୋଲିବାକୁ ଆରମ୍ଭକରି, "ଆରେ ଭୁଲି ଯାଇଥିଲି- ରୁହ ଖୋଲେ ଦେଖିବ - ଦେଖ, ଏଇଟା ଲାଇସଲ ଶିଶି - ତା' ପରେ... ଏଇଟା ଫିନାଇଲ... ଏଇଟା କଇଁଚି - ପିଲାର ଲାହି କାଟିବାକୁ... ବୋରିକ୍ କଟନ୍ ପାକେଟ୍... ବାଇଣ୍ଡର - ଏଇଟା ତଳିପେଟ ବାନ୍ଧିବାପାଇଁ, ପ୍ରସବ ପରେ - ତା' ନ ହେଲେ ମାରୁଆଡ଼ି ସ୍ତ୍ରୀମାନଙ୍କ ଭଳି ପେଟଟି ଝୁଲିବ ବୁଝିଲ?... ଲାହି ବାନ୍ଧିବା ସୂତା - ଷ୍ଟେରିଲାଇଜଡ଼... ଏଇଟା ଏରଗଟ୍ ମିକ୍‌ସଚର୍... ବାଣ୍ଡେଜ୍ କନା ହେଇ ଦେଖ... ବୋରିକ୍ ପାଉଡର -"

ଅଲିଭା ଓଠରେ କୌତୁକମିଶା ହସ ଦେଖି ସୁକାନ୍ତ କହିଲା, "ହସ ମାଡୁଛି ନାଇଁ? ଦେଖିବ ଏ ସବୁର ଆବଶ୍ୟକତା - ନର୍ସକୁ ପଚାରିବ - ମାଟ୍ରିକରେ ପରା ତୁମର ପାରିବାରିକ ବିଜ୍ଞାନ ଥିଲା?"

ଅଲିଭା ହସି ହସି କହିଲା, "ଥିଲା ତ।"

"ତେବେ ଏ ସବୁର ବ୍ୟବହାର ବିଷୟରେ କିଛି ଜାଣିନ କିପରି?"

"ଜାଣେନି ବୋଲି କିପରି ଜାଣିଲ? ହସିଲି ବୋଲି?"

ସୁକାନ୍ତ ଜିନିଷଗୁଡ଼ାକ ସଜାଡ଼ି ରଖୁ ରଖୁ କହିଲା, "ତୁମ ମୁହଁରୁ ସେହିପରି ତ ମନେ ହେଉଛି -"

"ଓ!" କହି ଚୌକିରୁ ଉଠି ଅଲିଭା ଘରଆଡ଼େ ଯାଉ ଯାଉ କହିଲା, "ଦେଖୁଥା

ତମେ ସେସବୁ - ଖାଲି ଅତିରିକ୍ତତା - ପ୍ରକୃତି ଉପରେ ସବୁ କଥା ଛାଡ଼ି ଦେବାକୁ ହେବ।"

ସୁକାନ୍ତ ଆଶ୍ଚର୍ଯ୍ୟ ହୋଇଯାଇ କହିଲା, ମୁହଁ ଟେକି, "ପ୍ରକୃତି ? ତେବେ ଏ ସବୁର କିଛି ଅର୍ଥ ନାହିଁ ?"

କିନ୍ତୁ ଅଲିଭାର ପାଟି ସେତେବେଳକୁ ଘର ଭିତରୁ ଶୁଣାଗଲା "ନଟ, ବାବୁଙ୍କ ପେଇଁ ଭାତ ବାଢ଼ ବେଇଗି -"

X X X

ପରିତ୍ୟକ୍ତ ଭଙ୍ଗା ଘରର ଗୋଟିଏ କଣରେ ରାଧୀ ତା'ର ଅନ୍ତୁଡ଼ିଶାଳର ପ୍ରାରମ୍ଭିକ ଆୟୋଜନ କରୁଥିଲା - ଗୋଟିଆଗୋଟି କରି କେତେଗୁଡ଼ିଏ କଞ୍ଚା, ଶୁଖିଲା ଜାଳେଣି କାଠ - ପିଲାଟିକୁ ଘୋଡ଼େଇବା ପାଇଁ ଖଣ୍ଡିଆ ଅତି ମଇଳା ମୋଟା ଅଖା - ଲାହି କାଟିବାପାଇଁ ଖଣ୍ଡେ ଭଙ୍ଗା ଖପରା। ଲାହି ବାନ୍ଧିବାପାଇଁ ସୂତା ଖୋଜୁ ଖୋଜୁ ରାଧୀ ପାଇଲା ରାସ୍ତାରୁ ଖଣ୍ଡେ ମୋଟା ସୂତା - ତାକୁ ଝାଡ଼ି ଝୁଡ଼ି ନେଇ ସେ ସାଇତି ରଖିଲା - ସବୁ ଯେପରି ହାତ ବଢ଼େଇଦେଲେ ପାଇବ - ଉଠିବାକୁ କି ଯିବାକୁ ପଡ଼ିବନି କୁଆଡ଼େ। ଏସବୁ ସାରି ରାଧୀ ଭାବୁଛି ଆଉ କଅଣ ଦରକାର ହେବ। ହଠାତ୍ ତା'ର ମନେପଡ଼ିଗଲା ଜେମା ସକାଳ ପହରୁ କିଛି ଖାଇନି - ଜେମା ଶୋଇପଡ଼ିଛି ଅନାହାରର କ୍ଳାନ୍ତିରେ। ପେଟଟି ତା'ର ଯାଇ ପିଠିରେ ଲାଗିଛି - ଏଇ ଦୃଶ୍ୟ ରାଧୀର ବୁକୁର କେଉଁ ଅତଳ ପ୍ରଦେଶରେ ଯାଇ ଆଘାତ କଲା।

ବାସି ତୋରାଣି ମନ୍ଦିଏ ରଖିଥିଲା ପ୍ରସବ ପରେ ଗରମ କରି ଡହ ଡହ ପିଇ ଦେବ ବୋଲି। ସେତକ ଜେମାକୁ ଦେଇ କହିଲା, "ତୁ ଝିଅ ବଇଥା। ମୁଁ ଯାଏଁ ନଈ ଆରପାରି ଗାଁରୁ କଅଣ ହେଲେ ମାଗିକରି ଆଣେ - ପୋଡ଼ପାଡ଼ ମେଘଟା ଏତିକି ବେଳକୁ ଆଇଲାଣି ଘୋଟେଇ -"

X X X

ସୁକାନ୍ତ ଦୁଆରେ ଡକ୍ଟର ଟମାସ୍‌ଙ୍କ କାର୍।

ଘର ଭିତରୁ ଅଲିଭାର ଆର୍ତ୍ତଚିତ୍କାର।

ସୁକାନ୍ତ ବିବ୍ରତ ଓ ଭୟବିହ୍ୱଳ ଆଖିରେ ଡକ୍ଟର ଟମାସ୍‌ଙ୍କୁ ପଚାରିଲା, "କଅଣ କୁହନ୍ତୁ ଡକ୍ଟର ଟମାସ ! ଆଉ କେତେ ସମୟ - ଯନ୍ତ୍ରଣା କ୍ରମେ ଯେ ବଢ଼ି ଚାଲିଛି -" ଡକ୍ଟର ଟମାସ ମୁରୁକି ହସି କହିଲେ, "କିଛି ଭୟ ନାହିଁ - ଏଇ ଯନ୍ତ୍ରଣାଟା ପରେ ପରେ।"

ପାଟି କରି ଡକ୍ଟର ପଚାରିଲେ - "ନର୍ସ କେତେ ଦୂର ?"

ଭିତରୁ ନର୍ସର ଉତ୍ତର ଆସିଲା କିଛି ଭୟ ନାହିଁ।

ସୁକାନ୍ତ ଟିକିଏ ଆଶ୍ୱସ୍ତ ହେଲା।

X X X

ରାଧୀ ଅତି କଷ୍ଟରେ ଭିଖ ମାଗି ଫେରିଆସିଲା ନଈକୂଳ ପର୍ଯ୍ୟନ୍ତ - ପ୍ରସବ ବେଦନାରେ ସେ ଆଉ ଆଗେଇ ପାରିଲା ନାହିଁ - ସଙ୍ଗେ ସଙ୍ଗେ ପ୍ରବଳ ବର୍ଷା - ଗୋଟିଏ ଗଛମୂଳେ ବସିପଡ଼ିଲା ରାଧୀ। କ୍ରମେ ବେଦନା ଘନ ଘନ ଆସିବାକୁ ଲାଗିଲା - ତା'ର ଆର୍ତ୍ତଚିତ୍କାର ପ୍ରବଳ ବର୍ଷା ଓ ପବନର ଶବ୍ଦ ଭିତରେ କୁଆଡ଼େ ମିଳେଇଗଲା। ଅନାହାରକ୍ଲିଷ୍ଟା ରାଧୀ - ପ୍ରକୃତିର ସ୍ୱାଭାବିକ ଗତିକୁ ରୋଧ କରିବାର ଶକ୍ତି ମଧ୍ୟ ନ ଥିଲା ତା'ର।

X X X

କ୍ଲାନ୍ତ ଅଲିଭା ନର୍ସକୁ ପଚାରିଲା। "ପୁଅ ନା ଝିଅ ?"

ନର୍ସ ହସି ଉତ୍ତର କଲା - "ପୁଅ - ପ୍ଲାସେଣ୍ଟା ପଡ଼ିନି, ଆଉ ଟିକିଏ ଚାପ ଦିଅନ୍ତୁ।"

ଅଲିଭାର ପ୍ଲାସେଣ୍ଟା ପଡ଼ିଲା।

ଡାକ୍ତରବାବୁଙ୍କୁ କୁଣ୍ଢେଇ ପକେଇ କହିଲା ସୁକାନ୍ତ, "ବହୁ ଧନ୍ୟବାଦ ଡକ୍ଟର ଟମାସ, ବହୁ -"

X X X

ପ୍ରବଳ ତୋଫାନ ଭିତରେ କାଦୁଅ ପଚ ପଚ ଭୂଇଁ ଉପରେ ରାଧୀ ପ୍ରସବ କଲା - ଗୋଟିଏ ପୁଅ। ଫୁଲ ପଡ଼ିଲା - ମୁହୂର୍ତ୍ତକ ପାଇଁ ରାଧୀ ଅତ୍ୟନ୍ତ ଅବଶ ହୋଇପଡ଼ିଲା। କିନ୍ତୁ ତା' ପରେ ପରେ ସେ ଉଠିବସିଲା - ଲୁଗା ଧଡ଼ି ଚିରି ବାନ୍ଧିଲା ପିଲାର ନାଡ଼ - ଖପରାରେ ଲାହି କାଟିଲା।

ନଈର ଗୋଳିଆ ପାଣିରେ ରାଧୀ ନିଜେ ପରିଷ୍କାର ହୋଇ ଧୋଇଧାଇ ହେଲା ଓ ଶିଶୁକୁ ସଫା କଲା।

ମୁହଁ ସନ୍ଧ୍ୟାରେ ସେ ପହଞ୍ଚିଲା ଥରି ଥରି ସେଇ ଭଙ୍ଗା ଘରର ବାରଣ୍ଡାଟିରେ - ଭୋକରେ ଜେମା ଜାକିଜୁକି ହୋଇ ଶୋଇପଡ଼ିଥିଲା ପାଣି ଛିଞ୍ଚାଡ଼ାରୁ ନିଜକୁ ଯଥାସମ୍ଭବ ରକ୍ଷାକରି। ଜେମାକୁ ଉଠେଇ ରାଧୀ କହିଲା - "ଆଲୋ ମା, ପୁଅକୁ ଟିକିଏ ଗୋଡ଼ରେ ଧ କି ମୁଁ ଟିକିଏ ନିଆଁ ଜାଳେଁ -"

ଜେମା ଆଖି ମଳି ମଳି ଗୋଡ଼ ଲମ୍ବେଇଦେଲା। ହଠାତ୍ ଏ ଦୃଶ୍ୟ ପରିବର୍ତ୍ତନରେ ସେ ଏତେ ଆଶ୍ଚର୍ଯ୍ୟ ହୋଇଯାଇଥିଲା ଯେ କିଛି ପଚାରିବା ତା' ପକ୍ଷରେ ସମ୍ଭବ ହେଲା ନାହିଁ।

ରାଧୀର ଅନ୍ତୁଡ଼ି ଜଳିଲା - ବର୍ଷା ଛାଡ଼ିଯାଇଥିଲା। ସେଇ ବାଟଦେଇ ଯାଉଁ ଯାଉଁ ଘଡ଼ିଏ କାଳ ଗାଲରେ ହାତଦେଇ ଠିଆହୋଇ ରହିଲା ପରେ ସନିଆ ମା' କହିଲା, ସତେଲୋ, ଗରିବକୁ ଦଇବ ସାହା ଯାହା କହନ୍ତି। ବଡ଼ନୁକଙ୍କ କଥା ଛାଡ଼ - ଆମ ଘରେ ତ ପିଲାଟିଏ ହେଲେ କେତେ କଅଣ ହଉଚି। ଆହା - ଆଲୋ ଏ ରାଧୀ, ତୁ ଟିକିଏ ତତଲା ତୋରାଣି କାହାଘରୁ ମାଗି ନ ପିଇଲେ ପିଲା ବଞ୍ଚିବ ନା ଆଗେ? ଥନ ଶୁଖି ଠା ଠା କରିବ ଯେ। ଆମେ ପାଣ ନୁକ, ନଇଲେ ତତେ କହିବାଯାଏଁ ଥାଆନ୍ତା କିଆଁ?

X X X

ଦୁଧ ଫେଣ ଭଳି ଶେଯରେ ଶୋଇଚି ଅଲିଭା ତା'ର ନବଜାତ ଶିଶୁକୁ ଧରି -

ଶାଗୁଆ ଲ୍ୟାମ୍ପ ଆଲୁଅରେ ଘରଟି ଆଲୋକିତ - ଅଲିଭା ରୋଗା ଦେଖାଯିବା ଦ୍ୱାରା ଭାରି ସୁନ୍ଦର ଦେଖାଯାଉଚି। ଧୀରେ ଧୀରେ ସୁକାନ୍ତ ସେ ଘରେ ପ୍ରବେଶ କରି ସ୍ମିତ ମୁଖରେ ଠିଆ ହେଲା ଅଲିଭାର ମୁଣ୍ଡ ପାଖରେ। ଅଲିଭା ମୁହଁ ଈଷତ୍ ଟେକି ଚାହିଁଲା - ସୁକାନ୍ତ ହସି କହିଲା - "ଅଲିଭା, ତୁମେ ଆଜି ଭାରି ସୁନ୍ଦର ଦେଖାଯାଉଚ - ତୁମର ପ୍ରତି ଅଙ୍ଗରୁ ଫୁଟିଉଠୁଚି ମାତୃତ୍ୱର ଗୌରବ - ବାସ୍ତବିକ ନାରୀ ମା' ହବା ଆଗରୁ ଅସମ୍ପୂର୍ଣ୍ଣ ଥାଏ।"

ଅଲିଭା ହସି ହସି କହିଲା, "କଅଣ କବିତ୍ୱ ସରିଲା?"

ସୁକାନ୍ତ ପକେଟରୁ ଖଣ୍ଡେ କାଗଜ ବାହାର କରୁ କରୁ କହିଲା - "ନାଃ ସରିନି - ବସି ବସି ଏଇ କବିତାଟା ମଧ୍ୟ ଲେଖି ପକେଇଚି - ଶୁଣିବ?"

"ପଢ଼ -"

ସୁକାନ୍ତ ପଢ଼ିବାକୁ ଆରମ୍ଭ କରିବା ସମୟରେ ଶିଶୁ କାନ୍ଦିଉଠିଲା।

ବ୍ୟସ୍ତ ହୋଇ କହିଲା ସୁକାନ୍ତ - "ଦେଖ ଅଲିଭା, ପିଲା କାଇଁକି କାନ୍ଦିଲା -"

"କାନ୍ଦିବା କଥା କାନ୍ଦିଲା - କାନ୍ଦିଲେ ଭଲ -"

ସୁକାନ୍ତ କହିଲା - "ଆରେ ନା, ନା, କିଛି ଅଭାବ ହୋଇଚି ତା'ର - ଭୋକ କରୁନି ତ?"

ସୁକାନ୍ତର ନଜର ପଡ଼ିଲା ମେଲା ଝରକାଟା ଉପରେ - "ଏଇ ଦେଖ, ଯୋଉ ପାଣି ପବନ, - ହାତ ଥରି ଯାଉଚି, ଅଥଚ" ଝରକାଟା ବନ୍ଦ କରିଦେଇ ସୁକାନ୍ତ ଫେରିଆସିଲା ଖଟ ପାଖକୁ।

"କବି ପାଲଟି ତମେ ବାସ୍ତବତାର ମୁଣ୍ଡ ଖାଇଚ - ପ୍ରକୃତି ଉପରେ ଅନେକ କଥା ଛାଡ଼ିଦେବାକୁ ହେବ।"

ଚିଡ଼ିଯାଇ ସୁକାନ୍ତ କହିଲା -

"ଖାଲି କଥା କଥାକେ ପ୍ରକୃତି, ପ୍ରକୃତି - ଶୀତଦିନେ ତେବେ ଘୋଡ଼େଇ ହୋଇ ଶୋଇବା ଦରକାର ନାହିଁ - ଶୀତ କରୁଚି କରୁ ସେଇଟା ପ୍ରକୃତିର ବ୍ୟବସ୍ଥା - ବର୍ଷା ହଉଚି ଖୁବ୍ ଭଲକରି ତିନ୍ତ - ଖରାରେ ମୁଣ୍ଡ ଫାଟିଯାଉ ଛତାର ଆବଶ୍ୟକତା ନାହିଁ - ମଣିଷର ଯେତେ ରୋଗ ହଉଚି କାଇଁ ପ୍ରକୃତି ସେସବୁକୁ ଭଲକରି ଦଉନି ? ଏତେ ଔଷଧପତ୍ରର ବ୍ୟବସ୍ଥା କାହିଁକି ?"

ଅଲିଭା କହିଲା - "ମନୁଷ୍ୟ ପ୍ରକୃତିକୁ ଯେତେ ବେଶୀ ଡରେ ସେତେ ବେଶୀ ତା'ଠୁ ଦୂରେଇ ହୋଇଯାଏ ଏବଂ ସେତିକି ବେଶୀ ରୋଗାକ୍ରାନ୍ତ ହୁଏ - ପିଲାଦିନରୁ ଆମେ ଆମର ପିଲାମାନଙ୍କୁ କୃତ୍ରିମତାର ଆବରଣ ଭିତରେ ରଖୁଁ ବୋଲି ବଡ଼ହେଲେ ଆମ ପିଲାମାନେ ପ୍ରକୃତିର ସମ୍ମୁଖୀନ ହେବା ମାତ୍ରକେ ତାଙ୍କର ନାନା ରକମର ଅସୁବିଧା ବା ରୋଗ ହୁଏ। କାରଣ ବାହାରର ପ୍ରକୃତି ସାଥିରେ ମିଶି ଚଳିବାକୁ ଆମ ପିଲାମାନେ ମୂଳରୁ ଅଭ୍ୟସ୍ତ ନୁହନ୍ତି - କିନ୍ତୁ ଗୋଟିଏ ଗରିବ ଚଷା କି ବାଉରି ପିଲାକୁ ଦେଖ ତ - ଶୀତଦିନେ ଫୁଙ୍ଗୁଳା ଦେହରେ ସେ ବଡ଼ି ସଖାଳୁ ବାହାରେ ବୁଲେ - ଖୁବ୍ ଖରାରେ ମଧ୍ୟ ସେ ଛତା ଜୋତାର ସାହାଯ୍ୟ ଆବଶ୍ୟକ କରେନି - ବର୍ଷାରେ ସୁତୁ ବୁଡୁ ହୋଇ ତିନ୍ତିଲେ ମଧ୍ୟ ତା'ର କାଶ ଲସମ ଧରେନା - ସେମାନଙ୍କର ଯାହାକିଛି ରୋଗ ସେ ସବୁ କେବଳ ଉପଯୁକ୍ତ ଖାଦ୍ୟ ଅଭାବରୁ - ପ୍ରକୃତିର ସୃଷ୍ଟି ମାନବ - ପ୍ରକୃତି ଜାଣେ ତାକୁ କିପରି ପାଳିବାକୁ ହେବ - ମନୁଷ୍ୟ ପ୍ରକୃତିକୁ ଜୟ କରିବାକୁ ଯାଇ ବରାବର ପରାସ୍ତ ହୋଇ ଫେରୁଛି -"

ସୁକାନ୍ତ ଅଲିଭା ଦେହରେ ନିଜର ଗରମ ସାଲ୍ ଘୋଡ଼େଇ ଦଉ ଦଉ କହିଲା - "ଠିକ୍ କଥା, ମନୁଷ୍ୟ ପ୍ରକୃତିକୁ ଜୟ କରିପାରିନି ଏବଂ ପ୍ରକୃତିର ଅନେକ ରହସ୍ୟ ଉଦ୍‌ଘାଟନ କରିପାରିନି - ପ୍ରକୃତରେ ଦେଖିବାକୁ ଗଲେ ତୁମେ ଯେ ସବୁକୁ କୃତ୍ରିମ ବୋଲି କହୁଚ, ମନୁଷ୍ୟର ହାତ ତିଆରି ଜିନିଷ ବା ବ୍ୟବସ୍ଥା ବୋଲି କହୁଚ ସେସବୁ ପ୍ରକୃତିର ରୂପାନ୍ତର ମାତ୍ର - ପ୍ରକୃତିରୁ ବିଭିନ୍ନ ଜିନିଷ ଆଣି ସେସବୁକୁ ବିଭିନ୍ନ ଧରଣରେ ଏକତ୍ର କରି ମନୁଷ୍ୟ ଆଉ ଗୋଟିଏ ନୂଆ ଜିନିଷ ତିଆରି କରେ। ସେ ତ ପ୍ରକୃତି ସାହାଯ୍ୟରେ - ମନୁଷ୍ୟ ନିଜେ ଏଇ ବିରାଟ ପ୍ରକୃତିର ଗୋଟାଏ ଅଂଶ ଅଲିଭା - ତେଣୁ ତା'ର ବୁଦ୍ଧି, ସ୍ମୃତି ଇତ୍ୟାଦି ସବୁ ମଧ୍ୟ ପ୍ରକୃତି - ପ୍ରକୃତିରେ ଯାହା କିଛି ରୂପାନ୍ତର ଚାଲିଛି ସେସବୁ ଆପେ ଆପେ ହେଇଯାଉଚି ତା'ରି ଭିତରେ ଭିତରେ - ବିରାଟ

ପ୍ରକୃତି ବାହାରୁ କୌଣସି ଶକ୍ତି ବା ପଦାର୍ଥ ଆସି ଏ ସବୁ କରିଯାଉନି - ତେଣୁ ପ୍ରକୃତ ଓ କୃତ୍ରିମ ବୋଲି କିଛି ନାହିଁ -"

ଅଲିଭା କହିଲା - "ଅଛି, ପ୍ରକୃତିର ସାହାଯ୍ୟରେ ବା ପ୍ରକୃତିରୁ ଯେଉଁସବୁଗୁଡ଼ିକୁ ନେଇ ମନୁଷ୍ୟ ରୂପାନ୍ତରିତ ପ୍ରକୃତି ସୃଷ୍ଟି କରେ ସେସବୁକୁ କୁହାଯାଏ କୃତ୍ରିମ।"

ସୁକାନ୍ତ କହିଲା - "କିନ୍ତୁ ତୁମେ ଯାହା କୁହନା କାହିଁକି ଅଲିଭା, ଏଇ କୃତ୍ରିମ ସାବଧାନତାର ଆବଶ୍ୟକତା ଯଥେଷ୍ଟ ଅଛି - ଅପରିଷ୍କାର ଅପରିଚ୍ଛନ୍ନତା ଓ ଅସାବଧାନତା ହେତୁରୁ ଭାରତବର୍ଷରେ ଏନ୍ତୁଡ଼ିଶାଳରେ ଅନେକ ଶିଶୁ ମରିଯାନ୍ତି। ଶିଶୁ ମୃତ୍ୟୁର ସଂଖ୍ୟା ଭାରତରେ ସବୁଠୁଁ ବେଶୀ - ତା'ର ଏକମାତ୍ର କାରଣ ହେଉଚି ଅପରିଷ୍କାର ଅପରିଚ୍ଛନ୍ନ ପରିସ୍ଥିତି, ଯେଉଁ କାରଣରୁ କି ନାନା ପ୍ରକାର ରୋଗର ବୀଜାଣୁ ଶିଶୁ ଦେହରେ ପ୍ରବେଶ କରି ତା'ର ଆୟୁ କ୍ଷୟ କରନ୍ତି।"

ଅଲିଭା ଉତ୍ତର କଲା - "କିନ୍ତୁ ମୋର ଦୃଢ଼ ଧାରଣା ଯେ ଏଥିପାଇଁ ଅପରିଷ୍କାର ଅପରିଚ୍ଛନ୍ନ ପରିସ୍ଥିତି ବା ବାପ ମାଙ୍କର ଅଜ୍ଞତା ଅପେକ୍ଷା ମା'ର ଉପଯୁକ୍ତ ଖାଦ୍ୟାଭାବ ଓ ଦାରିଦ୍ର୍ୟହିଁ ବେଶୀ ପରିମାଣରେ ଦାୟୀ। ଅତି ପୁରାକାଳରେ ତ କାଇଁ ଭାରତରେ ଏତେ ଶିଶୁ ମୃତ୍ୟୁ ହେଉ ନ ଥିଲା ? ଏବେ କାଇଁକି ? ସେତେବେଳେ କଅଣ ରୋଗର ବୀଜାଣୁ ନ ଥିଲେ ପ୍ରକୃତିରେ ?

ପିଲା ଫେରେ କାନ୍ଦିଉଠିଲା : ସୁକାନ୍ତ କହିଲା - "ଥାଉ ସେସବୁ କଥା। ଦିଅ ତ ତାକୁ ଖାଇବାକୁ।"

ଅଲିଭା କହିଲା - "ହଉ ତୁମେ ଯାଅ।"

ସୁକାନ୍ତ କହିଲା - "ମୁଁ ଥିଲେ ତୁମର କଅଣ ଅସୁବିଧା ହେଉଚି ଶୁଣେ ?" ଅଲିଭା ଦେଖିଲା ସୁକାନ୍ତ ଦୁଷ୍ଟାମି ଆଖିରେ ତା' ଆଡ଼େ ଚାହିଁଛି -

ଲାଜରେ ରଙ୍ଗା ପଡ଼ିଯାଇ କହିଲା ଅଲିଭା "ତୁମେ ଯାଅ ଏଠୁ -"

"ନାଇଁ ମୁଁ ଯିବିନି।"

"ତେବେ କାନ୍ଦୁ ତମ ଛୁଆ - ମୁଁ ଖାଇବାକୁ ଦେବିନି -"

ସୁକାନ୍ତ କହିଲା - "ଓ ! ତେବେ ମୋ ଛୁଆ, ତୁମ ଛୁଆ ନୁହେଁ ?"

ଚିଡ଼ିଯାଇ କହିଲା ଅଲିଭା - "ଏତେ ଫାଜିଲାମିର କି ଦରକାର ? ତୁମେ ଯିବ କି ନାହିଁ କହିଲ ?"

"ନାଇଁ ମୁଁ ଯାଉଚି - ନୂଆ ଧରଣର ଅନୁଭୂତି କି ନା -" ସୁକାନ୍ତ ରହିଯାଇ କାନ ପାରି ଶୁଣିଲା -

ଅଲିଭା ତା' ଆଡ଼େ ଚାହିଁ ପଚାରିଲା - "କଅଣ କିଓ ?"

ସୁକାନ୍ତ ଯାଉ ଯାଉ କହିଲା – "ଦାଣ୍ଡ ଦୁଆରେ କିଏ ଯେପରି ଡାକିଲାଭଳି ମନେ ହେଲା – ଯାଏ ଦେଖେଁ।"

X X X

– "ଖିର ବାହାରୁନି, ଢୋକେ ପିଇଦେଲେ –"

ସୁକାନ୍ତ ଘର ଭିତରକୁ ଯାଇ ଲଣ୍ଠନଟା ନେଇଆସି ରାଧୀର ମୁହଁକୁ କିଛି ସମୟଯାଏଁ ଚାହିଁଲା ପରେ କହିଲା, "ଦେଖି ତୋ ପିଲାକୁ।"

ଲୁଗାତଳୁ ରାଧୀ ତା'ର ସୁସ୍ଥସବଳ ଗୋରା ତକ୍‌ତକ୍ ପୁଅକୁ ବାହାର କରି ଦେଖାଇଲା। ସୁକାନ୍ତ ଆଶ୍ଚର୍ଯ୍ୟ ଓ କୌତୁକମିଶା ଆଖିରେ ନବଜାତ ଶିଶୁକୁ ଦେଖୁ ଦେଖୁ କହିଲା – "ବାଃ ଚମତ୍କାର ପିଲାଟିଏ ତ! ହଇଲୋ ତା' ଲାହିଟା କଅଣ କନା ଧଡ଼ିରେ ବାନ୍ଧିଚୁ – ଛି ଛି ତା' ଲାହି ପାଚିଯିବ ଯେ!"

ରାଧୀ ମୁରୁକିହସି କହିଲା – "ନାଇଁ ବାବୁ, ପାଚିବ ନାଇଁ। ଆମ ଗାଁରେ ଏମିତି କେତେ ମାଇପେ କନାଧଡ଼ିରେ ପିଲାର ଲାହି ବାନ୍ଧନ୍ତି –"

ସୁକାନ୍ତ ପଚାରିଲା – "ତା' ଲାହି କାଟିଲୁ କୋଉଥିରେ?"

ରାଧୀ କହିଲା – "ରାସ୍ତାରୁ ଖଣ୍ଡେ ଖପରା ଗୋଟେଇ ସେଇଥିରେ ଘଷି ଘଷି କାଟିଦେଲି ବାବୁ।"

ସୁକାନ୍ତ ଶିହରି ଉଠିଲା।

"ଆମେ ଗରିବ ଲୋକ – କୋଉଠୁଁ ପାଇବୁଁ ଛୁରୀ କତୁରୀ – ନିବାଡ଼ ଝଡ଼ି ବର୍ଷାବେଳେ ପିଲା ପାଇଲି – ହେଇ ନଈ ଆରପାରି ଗୋଟେ ଗଛମୂଳରେ। ଭିକ ମାଗି ଫେରି ଆସୁ ଆସୁ ତ ସେଇ ଗଛମୂଳେ ବସି ପଇଲି। ଘରଯାଏଁ ସମ୍ଭଳା ପଡ଼ିଲା ନାହିଁ।"

ସୁକାନ୍ତ ହତବାକ୍ ହୋଇ ମା' ଓ ଶିଶୁଆଡ଼େ ଚାହିଁରହିଲା ଅନେକ ସମୟଯାଏଁ। ତା'ପରେ କହିଲା, "ରଇଥା ମୁଁ ଆସୁଚି –"

X X X

"ଆସ ଆସ୍ତେ ଆସ୍ତେ – ତୁମକୁ ଗୋଟେ ଆଶ୍ଚର୍ଯ୍ୟର କଥା ଦେଖେଇବି।"

ଅଲିଭା ସୁକାନ୍ତ ସହିତ ଦାଣ୍ଡ ଦୁଆରଯାଏଁ ଗଲା – ଆଲୁଅଟା ରାଧୀ ଓ ତା'ର ଶିଶୁର ମୁହଁରେ ପକେଇ ସୁକାନ୍ତ କହିଲା, "ଦେଖ" –

ସୁକାନ୍ତ ମୂଳରୁ ସମସ୍ତ ଘଟଣାଟା କହିସାରି କହିଲା –

"ରାଧୀର ଚେହେରାରୁ ତ ତା'ର ବୟସଟା ଅନୁମାନ କରିପାରୁଥିବ ନିଶ୍ଚୟ!

ଅଥଚ ତା'ର ପାଷଣ୍ଡ ସ୍ୱାମୀ... ଏଭଳି ସ୍ତ୍ରୀ ଆଉ ଏଭଳି ପୁଅର ମୋହ ଛାଡ଼ିଲା ଅଫିମ ଗଞ୍ଜେଇ ଛାଡ଼ି ନ ପାରି -"

ବ୍ୟଥିତ କଣ୍ଠରେ କହିଲା ଅଲିଭା -

"ବିଚରା, ସେ କୁଆଡୁ ବୁଝିବ ସୃଷ୍ଟିର ମୂଲ୍ୟ।"

କିଛି ସମୟ ରହି ସୁକାନ୍ତ କହିଲା -

"ଦେଖୁଚ ନା ଅଲିଭା - ତା'ର ସ୍ୱାମୀ ଚାଲିଗଲା... କିନ୍ତୁ ରାଧୀ ତା'ର ଠିକ୍ ଚାଲିଛି - ହୁଏତ ଖାଇନି ଦି' ଦିନ ହେଲା। ଦୁଃଖ ନାହିଁ ତା'ର ସେଥିପାଇଁ... ତା'ରି ଦେହରୁ ଯେ ଆଉ ଗୋଟିଏ ମନୁଷ୍ୟର ସୃଷ୍ଟି ସେ କରିପାରିଚି ସେଇ ତା'ର ଅସୀମ ତୃପ୍ତି - ମାତୃତ୍ୱର ଗୌରବ ଦୀପ୍ତି ତା' ମୁହଁରେ କି ସୁନ୍ଦର ଭାବରେ ଫୁଟିଉଠିଚି।"

ଅଲିଭା ଖାଲି ମା' ଓ ପୁଅଆଡ଼େ ଚାହିଁ ରହିଲା ତା'ର ମାତୃ ହୃଦୟର ସମବେଦନା ଘେନି। ଆଖିରେ ତା'ର ଲୁହ। ସୁକାନ୍ତ ଅଲିଭାର ଆଖିରେ କାହିଁକି ଲୁହ ଆସିଛି ବୁଝିପାରି ପରିହାସ କରି କହିଲା -

"ହଁ, ତା'ର ସ୍ୱାମୀ ଚାଲିଗଲା ତ କଅଣ ହେଲା? ସୃଷ୍ଟିର ଅସଲ ଭାଗ ଓ କର୍ତ୍ତବ୍ୟ ତ ରାଧୀର - ତା'ର ସ୍ୱାମୀର ବି କେତେ ଟିକିଏ। ଜଣେ ବିଖ୍ୟାତ ଲେଖକ କହିଛନ୍ତି - ନାରୀ ମାଆ ନ ହୋଇଥିବା ଯାଏଁ ପୁରୁଷକୁ ଚାହେଁ - ତା' ପରେ ପୁରୁଷଠାରେ ତା'ର ଆଉ କୌଣସି ଆବଶ୍ୟକତା ନ ଥାଏ।"

ଅଲିଭା କହିଲା - "ଯେତେ ବିଖ୍ୟାତ ହୁଅନ୍ତୁନା କାହିଁକି ସେ ଭୁଲ କହିଛନ୍ତି... ଏ ସବୁ କେବଳ ତମରି ଭଳି ଲେଖକ ବା କବିମାନଙ୍କର ଭାଷା ଓ ଭାବର ଇନ୍ଦ୍ରଜାଲ - ବାହାଦୁରି - କୌଣସି ନାରୀ କେବଳମାତ୍ର ଥରେ ସୃଷ୍ଟି କରି ସନ୍ତୁଷ୍ଟ ରୁହେନା। ସେ ଅନେକଥର ସୃଷ୍ଟି କରିବାକୁ ଚାହେଁ, ସୁତରାଂ ସେ ପୁରୁଷକୁ ସବୁବେଳେ ଚାହେଁ ଏବଂ ସବୁବେଳେ ଚାହେଁ ବୋଲି ସେ ପୁରୁଷକୁ ଭଲପାଏ ଏତେ ବେଶୀ-"

ସୁକାନ୍ତ କହିଲା - "ଆଉ ପୁରୁଷ ନାରୀକୁ ଖୁବ୍ ବେଶୀ ଭଲ ପାଏନା?"

ଅଲିଭା କହିଲା "ନା"।

ସୁକାନ୍ତର ରାଧୀ ଆଡ଼େ ଦୃଷ୍ଟି ପଡ଼ିବାରୁ ସେ କହିଲା - ଏ ବିଷୟରେ ତର୍କ ପରେ ମୁଁ କରିବି - ବର୍ତ୍ତମାନ ରାଧୀ କଥା ବୁଝିବା ଦରକାର -

ଅଲିଭା ତା'ର ଶୋଇବା ଘରକୁ ଗଲା -

ସୁକାନ୍ତ ରାଧୀକୁ ଖାଇବାକୁ ଦେଲା ଓ ଦୁଇଟି ଟଙ୍କା ଓ ଖଣ୍ଡିଏ ପୁରୁଣା ଶାଢ଼ି ଦେଇ ନଟକୁ କହିଲା -

"ଯା ତାକୁ ବଜାରରେ ଛାଡ଼ି ଦେଇଆସିବୁ, ଲଣ୍ଠନଟା ସାଙ୍ଗରେ ନେ।"

ସୁକାନ୍ତ ଅଲିଭାର ଶୋଇବା ଘରକୁ ଫେରିଆସିଲା, ଆଗ ଯାଇଁ ଝରକାଟା ସମ୍ପୂର୍ଣ୍ଣ ଖୋଲିଦେଲା -

ଥଣ୍ଡା ପବନରେ ଚମକିପଡ଼ି ଅଲିଭା କହିଲା -

"ଆରେ ଏ କଅଣ କଲ ମ... ଥଣ୍ଡା ପବନ ଆସୁଚି ଯେ..."

ସୁକାନ୍ତ କହିଲା - "ଆସୁ, ଝଡ଼ ପବନ ଭିତରେ ଜନ୍ମ ନେଇ ଯଦି ରାଧୀର ପିଲା ବଞ୍ଚିବ ତେବେ ତୁମର ପିଲା ମଧ୍ୟ ବଞ୍ଚିବ - ତୁମେ ଜିତିଚ ଅଲିଭା - ଏଇ ବିରାଟ ଆଦିମ ପ୍ରକୃତି ଭିତରେ ମନୁଷ୍ୟ ସବୁବେଳେ ନିଜକୁ ଛାଡ଼ିଦେବା ଉଚିତ।"

■

ନାନ୍‌ସି

ସେ ଅନେକ ଦିନ ତଳର ନାନ୍‌ସି । ଆଜି କାଲିର ନୁହେଁ । ଆଉ 'ଅନେକ ଦିନଟା' ହଉଛି ତେତିଶ ବର୍ଷ । ୧୯୬୦ ମସିହା । ହଠାତ୍ ଏତେ ଦିନ ପରେ ଆଜି କାହିଁକି ତା' କଥା ବେଶୀ ମନେ ପଡୁଚି ? ଆମେରିକାରୁ ଫେରିଆସିଲାପରେ ତା କଥା ବହୁତ ବେଶୀ ମନେ ପଡୁଥିଲା । ମୁଁ ତାକୁ ଚିଠି ଦଉଥିଲି । ସେ ବି ମତେ ଚିଠି ଦଉଥିଲା । କ୍ରମେ ଚିଠି ଦବା ନବାର ବ୍ୟବଧାନଟା ଲମ୍ବା ହେବାକୁ ଲାଗିଲା ଉଭୟ ତରଫରୁ । ତା' ପରେ ଉଭୟ ତରଫରୁ ଚିଠି ଦବା ବନ୍ଦ ।

ଜଞ୍ଜାଳ ବଢ଼ି ବଢ଼ି ଚାଲିବାପରେ ବୋଧହୁଏ ମଣିଷ ଜୀବନର ସୂକ୍ଷ୍ମାତିସୂକ୍ଷ୍ମ ଅନୁଭୂତି ଓ ଅଭିଜ୍ଞତାର ଖିଅଗୁଡ଼ାକ ଛିଣ୍ଡି ଛିଣ୍ଡି ଯାଏ । ଏବେ କିନ୍ତୁ ଏଇ ଉତ୍ତର ବୟସରେ ଅତୀତର ରୋମନ୍ଥନ କରିବାକୁ ପ୍ରଚୁର ନ ହେଲେ ମଧ୍ୟ ବେଶ୍ ଅବସର ମିଳେ । ଏଇ ରୋମନ୍ଥନ ଭିତରକୁ ଟାଣି ହୋଇ ଆସନ୍ତା ଅତୀତର ଯେଉଁ ଅଭିଜ୍ଞତା ଓ ଅନୁଭୂତିଗୁଡ଼ିକ ମନର ଚଉଡ଼ା ଛାତିରେ ଗହୀରିଆ ଗାର କାଟି ଦେଇଯାଇଥାଏ । ନାନ୍‌ସି ସେମିତି ଗୋଟିଏ ଗାର ଟାଣି ଦେଇଥିଲା ମୁଁ ଆମେରିକାରେ ଥିଲାବେଳେ ୧୯୬୦ ମସିହାରେ । ନାନ୍‌ସିକୁ କେତେ ବୟସ ହବଣି ଏବେ ? ନିଶ୍ଚୟ ପଞ୍ଚାବନ ପାଖାପାଖି । ତା' ମାନେ ବୁଢ଼ୀ ହେଇଯିବଣି । ତା'ର ଅତି ସୁନ୍ଦର ସାଉଁଳିଆ ଗୋରା ତକ୍‌ତକ୍ ମୁହଁରେ ଛୋଟ ଛୋଟ ବ୍ଲାକ୍ ସ୍ପଟ୍ ଦେଖାଯିବଣି । ଆଖି ପତାତଳ ଚମଡ଼ାଟା ହୁଗୁଳା ହେଇଯାଇ ଧନୁ ଆକାରର ଗୋଟିଏ ଫୁଲା ହିଡ଼ ଭଳି ଦେଖାଯାଉଥିବ ବୋଧହୁଏ । ତା'ର ଏକଦା ଅତି ସୁନ୍ଦର ଆକର୍ଷଣୀୟ ମୁହଁଟି ଏବେ ତା' ନିଜ ଆଖିକୁ ବେଢଙ୍ଗିଆ ଦେଖାଯାଉଥିବ । ନାନ୍‌ସି ! 'ଫାନ୍‌ସି' ଶବ୍ଦଟାର ଉଚ୍ଚାରଣ କାନକୁ ଯେମିତି ମିଠା ଲାଗେ, ସେମିତି 'ନାନ୍‌ସି' ନାଁଟିର ଉଚ୍ଚାରଣ ମିଠା ଲାଗେ । ହେଇପାରେ ଯେ ତା' ସହିତ ପରିଚୟ ହେଲାପରେ ଏବଂ ତା'ର ଜୀବନ ବୃତ୍ତାନ୍ତ ଶୁଣିଲା ପରେ ତାକୁ

ମୁଁ ଖୁବ୍ ସ୍ନେହ କରୁଥିଲି ବୋଲି ତା' ନାଁଟା ମତେ ମିଠା ଲାଗୁଥିଲା। କଅଣ କରୁଥିବ ସେ ଏବେ? ସେଇ ଟିଚରସିପ୍ ନା ତା'ର ଶିକ୍ଷାଗତ ଯୋଗ୍ୟତାକୁ ଆହୁରି ବଢ଼େଇ ଦେଇ କୌଣସି କଲେଜରେ ଲେକ୍‌ଚରର୍ ଓ ଉଠି ଉଠି ପ୍ରଫେସର୍ ହେଇସାରିବଣି? ରିଟାୟାର୍ କରିବାକୁ ଆହୁରି ସାତ କି ଆଠ ବର୍ଷ ବାକି ଥବ ତ! ସେ କଅଣ ବିବାହ କରିଥିବ? ନା ବୋଧହୁଏ। ତା' ସହିତ କଥାବାର୍ତ୍ତାରୁ ଯେଉଁ ଦୃଢ଼ତା ପ୍ରକାଶ ପାଇଥିଲା, ମୋର ଦୃଢ଼ବିଶ୍ୱାସ ଜନ୍ମିଥିଲା ଯେ ସେ କେବେହେଲେ ବିବାହ କରିବନି। ନ କରିଥିଲେ ଭଲ, କରିଥିଲେ ବି ଭଲ। ତା' ଭଳି ତନ୍ୱୀ ସୁନ୍ଦରୀ ଝିଅକୁ କିଏ ବା ଭଲ ପାଇ ବିବାହ ନ କରିବ? ଯଦି ତା'ର ପ୍ରତିଜ୍ଞାରେ ଅଟଳ ରହି ସେ ବିବାହ ନ କରିଥିବ, ତେବେ ରିଟାୟାର ପରେ ତା' ଜୀବନରେ ଗଭୀର ନିଃସଙ୍ଗତାବୋଧ ଦେଖାଦେବ ବା ତା' ଆଗରୁ ଦେଖାଦେଇସାରିବଣି। ତା' ବାକିତକ ଜୀବନକୁ ତା' ଶୋଇଲାଘରର ବିଷାଦ-ବିବର୍ଣ୍ଣ ରଙ୍ଗର ଚାରିକାନ୍ଥ ଆଉ ଛାତକୁ ଚାହିଁ ଚାହିଁ ଆଗାମୀ ଦିନଗୁଡ଼ିକ ସହିତ ଏକ ଅନିଚ୍ଛାକୃତ ସାଲିସ୍‌ପାଇଁ ନିଜକୁ ପ୍ରସ୍ତୁତ କରୁଥିବ ହୁଏତ। କେହି ତା' ପାଖରେ ନ ଥିବେ। ତା' ଆଦରର ପୁଅଟି ହୁଏତ ଚାକିରି କରି ବାହାସାହା ହୋଇ ତା'ଠୁ ଦୂରରେ ରହୁଥିବ - ମଝିରେ ମଝିରେ ଆସି ତା' ମା'କୁ ଦେଖିଯାଉଥିବ। କର୍ମକ୍ଷେତ୍ରରୁ ଫେରି ନାନ୍‌ସି ତା' କିଚେନ୍‌କୁ ଯାଉଥିବ। ଧୀର ମନ୍ଥର ଗତିରେ ନିଜର ଗୋଟାଏ ପେଟ ପାଇଁ ରୋଷେଇ କରୁଥିବ ଏକ ଅନାଗ୍ରହ ନିସ୍ପୃହ ମନ ନେଇ। ଜନ୍ମଠାରୁ ମୃତ୍ୟୁ ପର୍ଯ୍ୟନ୍ତ ଦୀର୍ଘ ବ୍ୟବଧାନର ବନ୍ଧୁରତା ଉପରେ ପାଦ ପକେଇ ଚାଲୁଥିଲାବେଳେ ସେ ତା'ର ଅତୀତ ଦିନଗୁଡ଼ିକର ଛାଇ ଆଲୁଅର ସ୍ମୃତିଗୁଡ଼ିକୁ ସାଉଁଟି ଚାଲୁଥିବ।

ଆଜି ତେତିଶ ବର୍ଷ ତଳର ସେଇ ନାନ୍‌ସିର ଦେହ, ମନ ଓ ଅନ୍ତରର ସମ୍ଭାର ଓ ସୌରଭକୁ ମନେପକେଇଲାବେଳେ ମନଟା ମୋର ଭାରାକ୍ରାନ୍ତ ହୋଇଉଠେ। ଭାବିବସେ - କାହିଁକି ତା'ର ସେ ସମ୍ଭାର ଓ ସୌରଭ ନଷ୍ଟ ହୋଇଗଲା? କାହିଁକି?

୧୯୬୦ ମସିହା। ଏଡୁକେଶନରେ ଫୁଲ୍‌ବ୍ରାଇଟ୍ ଫେଲୋସିପ୍ ପାଇ ମୁଁ ଲସ୍‌ଏଞ୍ଜେଲେସ୍‌ର ଇଉ.ଏସ୍.ସି. ଠାରେ ଅବସ୍ଥାପିତ ହୋଇଥାଏ। - ଥରେ ଗୋଟିଏ ସାଂସ୍କୃତିକ ଅନୁଷ୍ଠାନ ମତେ ତାଙ୍କର ଲଞ୍ଚ୍ ଟେବଲ୍ ସଭାକୁ 'ଚବିଶ ନଭେମ୍ବର ଥାଙ୍କ୍‌ସ ଗିଭିଂ ଡେ'ରେ ଡାକିଲେ 'ଆଧୁନିକ ଭାରତୀୟ ନାରୀ' ଉପରେ ଏକ ଆଭାସ ବକ୍ତୃତା ଦବାକୁ - ଅନୁଷ୍ଠାନର ଉପସ୍ଥିତ କେତେକ ସଭ୍ୟ-ସଭ୍ୟାଙ୍କ ସହିତ ଲୌକିକ ପରିଚୟ ଆଦାନ ପ୍ରଦାନ ପରେ ଲଞ୍ଚ୍ ଖିଆ ସରିଲା - ଖିଆ ସାରି ସଭ୍ୟମାନେ ସେଇ ଲଞ୍ଚ୍ ଟେବୁଲ୍ ପାଖରେ ବସିରହିଲେ। ମୁଁ ପଚିଶ ମିନିଟ୍ ମଧ୍ୟରେ ମୋର ଆଭାସ ବକ୍ତୃତା

ଶେଷ କଲି - ତା'ପରେ ଶ୍ରୋତାମାନଙ୍କ ଆଡୁ ତିନି ଚାରୋଟି ପ୍ରଶ୍ନର ଉତ୍ତର ଦେଲା ପରେ ସଭା ସାଙ୍ଗ ହେଲା।

ଅନୁଷ୍ଠାନ ବାହାରେ ମୁଁ ସଭ୍ୟମାନଙ୍କର ଓ ସଭାକୁ ନିମନ୍ତ୍ରିତ ହୋଇଥିବା ମୋର ସମଧର୍ମୀ ଅନ୍ୟ କେତେଜଣ ଫୁଲ୍‌ବ୍ରାଇଟ୍ ଆଲମ୍ନି ବନ୍ଧୁଙ୍କର ଗୋଟିଏ ଗ୍ରୁପ୍ ଫଟୋ ଉଠେଇଲି। ଫଟୋଟିର ପ୍ରିଣ୍ଟ୍ ଆସିଲା ପରେ ମୁଁ ତାକୁ ଦେଖୁ ଦେଖୁ ମୋ ଆଖି ସ୍ଥିର ହୋଇଗଲା ସାମନା ଧାଡ଼ିରେ ଠିଆ ହୋଇଥିବା ଗୋଟିଏ ସୁନ୍ଦରୀ ତନ୍ୱୀ ତରୁଣୀ ଉପରେ - ମନେ ପଡ଼ିଗଲା - ପରିଚୟ ପ୍ରଦାନ ବେଳେ। ଏଇ ତରୁଣୀଟି ହସି ହସି ମୋ ସହିତ କରମର୍ଦ୍ଦନ କରୁ କରୁ କହିଥିଲା - ନାନ୍‌ସି ସିଗାଲ୍, ଶିକ୍ଷୟିତ୍ରୀ - ମୁଁ ମୋର ମୁହୂର୍ତ୍ତକର ମୁଗ୍ଧ ବିଭୋର ଚାହାଣି ଭିତରେ ଆବିଷ୍କାର କରିଥିଲି ଯେ ଝିଅଟିର ରୂପ ସାଧାରଣ ମାର୍କିନ୍ ଝିଅଙ୍କର ରୂପଠାରୁ କିଛି ଅଲଗା।

ପ୍ରଶିକ୍ଷଣ ପ୍ରୋଗ୍ରାମ ଚାପରେ ଏଇ ଘଟଣାଟିର ସ୍ମୃତି ମୋ ମନରୁ ଲିଭି ଲିଭି ଆସୁଥିଲା। ଇଉନିଭର୍ସିଟି କାଫେଟେରିଆରେ ବସି ଲଞ୍ଚ୍ ଖାଉଥିଲି ଦିନେ, ପ୍ରତିଦିନ ଭଳି। ମୁଣ୍ଡ ସାମାନ୍ୟ ପୋତି ଖାଉଥିଲାବେଳେ ମୋ ଟେବୁଲର ବିପରୀତ ପଟେ ଜଣେ କେହି ଭଦ୍ରମହିଳା ଆସି ବସିଲେ -

ମୁଁ ସାମାନ୍ୟ ମୁଣ୍ଡ ଉଠେଇ ଚାହିଁଲାମାତ୍ରେ ଭଦ୍ରମହିଳା ଈଷତ ହସି କହିଲେ - (ଆମେରିକାରେ ଯେକୌଣସି ବିଶିଷ୍ଟ ଶିକ୍ଷାବିତ୍‌ଙ୍କୁ 'ଡକ୍ଟର' ସମ୍ବୋଧନ କରାଯାଏ) ହାଏ ଡକ୍ଟର କାର୍ ! ମତେ ଚିହ୍ନି ପାରୁଛନ୍ତି ?

ମୋର ବିସ୍ମୟର ସୀମା ରହିଲାନି। ଗ୍ରୁପ୍ ଫଟୋର ପ୍ରଥମ ଧାଡ଼ିରେ ହସ ହସ ମୁହଁରେ ଛିଡ଼ା ହୋଇଥିବା ସେଇ ଝିଅଟି ! ନାନ୍‌ସି ସଶରୀରେ !

ଖୁସି ହୋଇ କହିଲି - ହେଲ୍ଲୋ ମିସ୍ ନାନ୍‌ସି ! ଏଠି କିମିତି... ?

ନାନ୍‌ସି ହସ-ଗଦ୍‌ଗଦ କଣ୍ଠରେ କହିଲା - ମୁଁ ଭାରି ଖୁସି ଯେ ଆପଣ ଗୋଟାଏ ମୁହୂର୍ତ୍ତରେ ଫର୍ମାଲ ପରିଚୟ ପରେ ମତେ ଓ ମୋ ନାଁଟାକୁ ମନେରଖି ପାରିଛନ୍ତି -

ମୁଁ କହିଲି - ଏଇଟା ଏକତରଫା ନୁହେଁ ମିସ୍ ନାନ୍‌ସି। ତମେ ବି ତ ମତେ ମନେରଖି ମୋ ସାମନାରେ ଆସି ବସିଲ।

ନାନ୍‌ସି କହିଲା - ଜଣେ ବିଶିଷ୍ଟ ଶିକ୍ଷାବିତ୍ ଓ ପ୍ରସିଦ୍ଧ ସାହିତ୍ୟିକଙ୍କୁ ମନେରଖିବା ଓ ଜଣେ ଅପରିଚିତ ସାଧାରଣ ଝିଅକୁ ମନେରଖିବା ଭିତରେ ତଫାତ୍ ନାହିଁ ?

ହସି କହିଲି - ଅଛି... କିନ୍ତୁ ତମେ ସାଧାରଣ ନୁହଁ।

- ନୁହେଁ ? ବିସ୍ମିତ ହୋଇ ନାନ୍‌ସି ପଚାରିଲା।

କହିଲି - ନା । ତମର ଚାର୍ମିଂ ପର୍ସନାଲିଟି ବହୁ ଲୋକଙ୍କ ଭିତରେ ବି ବାରିହେଇ ପଡ଼ିଲାଭଳି । ଗ୍ରୁପ୍ ଫଟୋର ଗୋଟାଏ ପ୍ରିଣ୍ଟ୍ ଦେବି - ଦେଖିବ ।

ସାମାନ୍ୟ ଲାଜେଇ ଯାଇ ନାନ୍‌ସି କହିଲା - ଡକ୍ଟର, ମତେ ଏତେ ଟେକନ୍ତୁନି । ଭାରି ଅଡୁଆ ଅଡୁଆ ଲାଗୁଚି - ମୁଁ ଆଦୌ ଅସାଧାରଣ ନୁହେଁ । ଆପଣଙ୍କ ଆଭାସ ବକ୍ତୃତାଟି ମତେ ଭାରି ଭଲ ଲାଗିଲା ।

ଲାଗିଲା ? ଧନ୍ୟବାଦ । ଖୁବ୍ କମ୍ ସମୟ ଭିତରେ ସବୁ କଥା କହି ହୁଏନା ।

ନାନ୍‌ସି କହିଲା - ତଥାପି, ଯେତିକି ଆପଣ ଟପିକ୍ ଉପରେ କହିଲେ ଗୋଟାଏ ମୋଟାମୋଟି ଧାରଣାପାଇଁ ଯଥେଷ୍ଟ ।

କୌତୂହଳ ଚାପି ନ ପାରି ପଚାରି ଦେଲି - ଅନ୍ୟ ଶ୍ରୋତାମାନଙ୍କର ମତ କଅଣ ?

ନାନ୍‌ସି କହିଲା - ସମସ୍ତେ ଆପଣଙ୍କ ବକ୍ତୃତାକୁ ପସନ୍ଦ କଲେ ।

ସାମାନ୍ୟ ସଙ୍କୁଚିତ ହୋଇ ମୁଁ ନାନ୍‌ସିକୁ ପଚାରିଲି - ଯଦି କିଛି ମନେ ନ କର ଗୋଟାଏ କଥା ପଚାରିବି ?

ହସିଦେଇ ସହଜ ଗଳାରେ ନାନ୍‌ସି କହିଲା - ଆରେ, ଆପଣ ଏତେ ଫର୍ମାଲିଟୀ ଜଗୁଛନ୍ତି କାହିଁକି ମୋ ପାଖରେ ? ପଚାରନ୍ତୁ ନା ?

ମୁଁ ତୁମକୁ ମିସ୍ ନା ମିସେସ୍ କଅଣ ବୋଲି ସମ୍ବୋଧନ କରିବି ?

ଦେଖିଲି, ହଠାତ୍ ନାନ୍‌ସିର ହସ-ଉଚ୍ଛଳ ମୁହଁଟି ଫିକା ପଡ଼ିଗଲା... କିନ୍ତୁ କେଇଟି ମାତ୍ର ମୁହୂର୍ତ୍ତପାଇଁ । ପରେ ପରେ ତା'ର ସୁନ୍ଦର ଓଠରେ ଅଳ୍ପ ହସ ଫୁଟେଇ କହିଲା - ମତେ ଖାଲି ନାନ୍‌ସି ବୋଲି ସମ୍ବୋଧନ କଲେ ମୁଁ ଖୁବ୍ ଖୁସି ହେବି ଡକ୍ଟର !

ଏପରି ଗୋଟାଏ ଉତ୍ତର ମୁଁ ଆଶା କରି ନ ଥିଲି । ସେ 'ମିସ୍' କିମ୍ବା 'ମିସେସ'ରୁ ଗୋଟାଏ ନିଶ୍ଚୟ - କିନ୍ତୁ ଏଇଟାକୁ ସେ ଏଡ଼େଇଗଲା ଭଳି ମୋତେ ଲାଗିଲା ।

ପରିବେଶଟାକୁ ସହଜ ଓ ସ୍ୱାଭାବିକ କରିବା ଗଳାରେ ମୁଁ କହିଲି... ଦାଟ୍‌ସ ଫାଇନ୍ । ମୁଁ ତୁମକୁ ଖାଲି ନାନ୍‌ସି ବୋଲି ଡାକିବି ।

ଟିକିଏ ହସିଦେଇ ପୁଣି ଆରମ୍ଭ କଲି - 'ନାନ୍‌ସି' ନାଁଟା ଏତେ ସୁଇଟ୍ ଯେ ତା' ଆଗରେ ବା ପଛରେ ପରିଚୟ ଅଳଙ୍କାରଗୁଡ଼ାକ ଯୋଡ଼ିଦେଲେ ତା'ର ସୁଇଟ୍‌ନେସ୍ ନଷ୍ଟ ହୋଇଯିବ ।

ଉଭୟେ ସାମାନ୍ୟ ଶବ୍ଦ କରି ହସି ପକେଇଲୁ - ହସ ବନ୍ଦ କରି ମୁଁ ପଚାରିଲି - କଅଣ ପିଇବ, ଚା' ନା କଫି ?

ସ୍ମିତ ହସି ନାନ୍‌ସି ଉତ୍ତର କଲା ମୁଣ୍ଡ ସାମାନ୍ୟ ହଲେଇ - ଥାଙ୍କ୍‌ସ। କୌଣସିଟା ନୁହେଁ।

କୋଲା ?

ନାନ୍‌ସି ମୁଣ୍ଡ ଟୁଙ୍ଗାରିଲା - ଉଠିଯାଇ ଦି'ଟା କୋଲା ଓ ପାଇପ୍ ନେଇ ଆସିଲି। ଉଭୟେ କୋଲା ପିଉ ପିଉ କହିଲି - ନାନ୍‌ସି ! ଆମର ଏଇ ଫର୍ମାଲ ଆଳାପ ପରିଚୟଟାକୁ ଆଉ ଟିକିଏ ଇନ୍‌ଫର୍ମାଲ୍ ଓ ଅନ୍ତରଙ୍ଗ କରିବାକୁ ହେଲେ ପରସ୍ପର ବିଷୟରେ ଆଉ କିଛି ଅଧିକ ଜାଣିବା ଉଚିତ ନୁହେଁ କି ?

- ନିଶ୍ଚୟ ଉଚିତ।

ତା'ହେଲେ ମୋ ବିଷୟରେ ମୁଁ କୁହେଁ।

ନାନ୍‌ସି କହିଉଠିଲା ସ୍ମିତ ହସି - ନା, ନା - ଆପଣଙ୍କ ବିଷୟରେ ମୁଁ ଯାହା ଜାଣିବା କଥା ଜାଣିସାରିଛି। ଶିକ୍ଷାବିଭାଗ ଅଫିସ୍‌ର ଆପଣଙ୍କ ଉପରେ ରେକର୍ଡରୁ।

ବିସ୍ମୟ ବିସ୍ଫାରିତ ଆଖିରେ ନାନ୍‌ସି ମୁହଁକୁ ଚାହିଁ ପଚାରିଲି - ଜାଣିସାରିଚ ? ତମେ କଅଣ ଜଣେ ସି.ଆଇ.ଏ. ଏଜେଣ୍ଟ ?

ହସି ହସି ନାନ୍‌ସି କହିଲା... ଯଦି ହୋଇଥାଏ କ୍ଷତି କଅଣ ?

କହିଲି - କ୍ଷତି ? ମୋଟେ ନୁହେଁ ? - ବରଂ ଲାଭ।

- କିମିତି ? ପଚାରିଲା ନାନ୍‌ସି।

କହିଲି - ଲାଭ ନୁହେଁ ଶୁଣ ? ତମ ଦେଶର ଶିକ୍ଷା-ପ୍ରଶାସନ ବିଭାଗ ଆମକୁ ଫୁଲ୍‌ବ୍ରାଇଟ୍ ଫେଲୋସିପ୍ ଦେଇ ପୃଥିବୀର ଦୂରଦୂରାନ୍ତରୁ ଏଠିକି ଅଣେଇଚି ବର୍ଷକ ପାଇଁ କଲଚରାଲ ଆମ୍ବାସାଡ଼ର ଭାବରେ - ତମ ଦେଶର ଶିକ୍ଷିତ ଓ ପ୍ରଶିକ୍ଷଣ ପଦ୍ଧତି, ସଂସ୍କୃତି ଓ ସମାଜ ଉପରେ ଗୋଟାଏ ସ୍ପଷ୍ଟ ଧାରଣା କରି ତା' ଉପରେ ଆମର ନିରପେକ୍ଷ ମତାମତ ସମ୍ବଳିତ ଏକ ରିପୋର୍ଟ ଦେବାପାଇଁ। ଏଠିକି ଆସିବା ଆଗରୁ ୱାସିଂଟନ୍‌ର ଷ୍ଟେଟ ଡିପାର୍ଟମେଣ୍ଟ ଅଫ୍ ଏଡୁକେସନ୍ ଅଫିସ୍‌ରେ ଆମ ପାଇଁ ଗୋଟାଏ ଓରିଏଣ୍ଟସନ୍ ପ୍ରୋଗ୍ରାମର ବ୍ୟବସ୍ଥା ହେଇଥିଲା - ପ୍ରୋଗ୍ରାମର ଶେଷଦିନ ଆମ ପ୍ରୋଗ୍ରାମ୍ ଡାଇରେକ୍ଟର ଡକ୍ଟର ଲାଇକ୍‌ସ ମତେ ହସି କହିଲେ - ଡକ୍ଟର କାର୍, ଆମେ ତମ ପିଠିରେ ଗୋଟାଏ କ୍ୟାପିଟାଲ 'M'ର ମୋହର ମାରି ଦେଇ ଏଠିକି ଆଣିଚୁ ତମ ଦେଶର ଜଣେ କଲଚରାଲ୍ ଆମ୍ବାସାଡର ଭାବରେ। ତେଣୁ ଏଠି କୌଣସି ମାର୍କିନ୍ ଝିଅର ହୃଦୟ ଭାଙ୍ଗିବାକୁ ଚେଷ୍ଟା କରିବନି।

ମୁଁ ହସି ହସି ଉତ୍ତର ଦେଇଥିଲି - କିନ୍ତୁ ଯଦି କୌଣସି ବିବାହିତା ତରୁଣୀର ହୃଦୟ ଭାଙ୍ଗେ ?

ଡକ୍ଟର ଲାଇକସ ଠୋ ଠୋ ହସି କହିଲେ -

ତମେ ବଡ଼ ଚାଲାଖି ଡକ୍ଟର କାର୍ - ସେଥିପାଇଁ ଆମେ ଚିନ୍ତିତ ନୋହୁଁ - ସେଇଟା ଉଭୟଙ୍କର ବ୍ୟକ୍ତିଗତ ରିସ୍କ - ଆଡଲଟ୍ରିରେ ଯଦି ଧରାପଡ଼ ମୁସ୍କିଲରେ ପଡ଼ିଯିବ।

ନାନ୍‌ସି ତା' ପାଟିରେ ହାତ ଚାପି ହସିଉଠିଲା। ତେଣୁ ମୁଁ ଯଦି ତମ ଭଳି ଜଣେ ଚାର୍ମିଂ କୁମାରୀ ସି.ଆଇ.ଏ. ଏଜେଣ୍ଟର ସୁନ୍ଦର ଆଖିର ଦୃଷ୍ଟି ବଳୟ ଭିତରେ ବର୍ଷଟାଏ କଟେଇ ଦେଇପାରେ ତେବେ ତ ମୋର ବହୁତ ଲାଭ।

ମୁଁ ଭାବିଥିଲି ଏକଥା ଶୁଣି ନାନ୍‌ସି ପୁଣିଥରେ ହସିଉଠିବ... ମୁଁ ଦେଖିଲି ସେ ହଠାତ୍ ଗମ୍ଭୀର ହୋଇଗଲା।

ଶଙ୍କିତ ଗଳାରେ ପଚାରିଲି - ନାନ୍‌ସି, କଅଣ ହେଲା ? ମୋ କଥାରେ ତମେ ଅପମାନିତ ବୋଧ କଲ ?

ସାଙ୍ଗେ ସାଙ୍ଗେ ତା'ର ଗାମ୍ଭୀର୍ଯ୍ୟକୁ ପୋଛି ପକେଇ କହିଉଠିଲା ସ୍ମିତ ହସି - ନା ଡକ୍ଟର... ନା, ମୁଁ ମୋଟେ ଅପମାନିତ ହୋଇନି...। ଆପଣଙ୍କ ଭଳି ଜଣେ ପ୍ରସିଦ୍ଧ ଗାଳ୍ପିକ ଓ କଥାକାର ମୁହଁରୁ ଏପରି କାବ୍ୟଧର୍ମୀ କଥାକୁ ମୁଁ ଖୁବ୍ ଏନଜୟ କରୁଚି - ମତେ ବିଶ୍ୱାସ କରନ୍ତୁ।

ତା' କଥାକୁ ବିଶ୍ୱାସ କଲି ସତ - ହେଲେ ମୋର ମନ ତଳେ କେଉଁଠି ଟିକିଏ କେଁ ରହିଗଲା।

ସହଜ ଗଳାରେ କହିଲି - ଏଥର ନାନ୍‌ସି, ତମର ପାଳି - ତମ ବିଷୟରେ - ମାନେ ତମେ ଓ ତମର ପରିବାର ବିଷୟରେ କିଛି ଧାରଣା ଦିଅ।

ନାନ୍‌ସି କହିଲା - ମୁଁ ଜଣେ ଶିକ୍ଷୟିତ୍ରୀ ଆପଣ ଜାଣନ୍ତି - ଡାଡି ମାମିଙ୍କର ଏକମାତ୍ର ସନ୍ତାନ। ଡାଡି ଏ ସହରର ଗୋଟାଏ ବିରାଟ ନିର୍ମାଣ ଫାର୍ମର ଚିଫ୍ କନଷ୍ଟ୍ରକସନ୍ ଇଂଜିନିୟର : - ଜାପାନୀ। ବୁଦ୍ଧିଷ୍ଟ୍। ମାମି ମାର୍କିନ୍ ମହିଳା - ଖ୍ରୀଷ୍ଟିୟାନ୍ - ପ୍ରେମ ବିବାହ। କେହି କାହାର ଧର୍ମରେ ହସ୍ତକ୍ଷେପ କରନ୍ତିନି - ଡାଡି ଡେମୋକ୍ରାଟ - ମାମି ରିପାବ୍ଲିକାନ୍ - ସେ ଲସ୍ ଏଂଜେଲ୍‌ସର ଗୋଟାଏ ମାନସିକ ଅନଗ୍ରସର ଛାତ୍ରଛାତ୍ରୀମାନଙ୍କର ଏଲିମେଣ୍ଟାରୀ ସ୍କୁଲର ପ୍ରିନ୍‌ସିପାଲ।

ପଚାରିଲି - ଆଉ ତମର ଧର୍ମୀୟ ଓ ରାଜନୈତିକ ଫେଥ୍ ?

ନାନ୍‌ସି ହସିଲା - ତା'ପରେ କହିଲା - ମୁଁ ଫେଥ୍‌ର ଶୂନ୍ୟରୁ ଝୁଲି ଆସିଥିବା ଗୋଟାଏ ଦଉଡ଼ିକୁ ଧରି ଝୁଲୁଚି।

- ଅର୍ଥାତ୍ ? ପଚାରିଲି କୌତୂହଳୀ ହୋଇ...

ନାନ୍‌ସି କହିଲା - ପିଲାଟି ଦିନୁ ଡାଡି ବୌଦ୍ଧଧର୍ମର ଜନ୍ମ ପୀଠ ଭାରତର ମହାନ୍ ପ୍ରାଚୀନ ସଭ୍ୟତା, ସଂସ୍କୃତି, ସମାଜ ଓ ରାଜନୀତିର ଯେଉଁ ଧାରଣା ମତେ ଦେଲେ ଏବେବି ମୁଁ ମନେକରେ ଏପରି ବିଶ୍ୱଜନୀନ ମାନବିକ ଧର୍ମ ଅତୁଳନୀୟ। ଭାରତବର୍ଷ ଉପରେ ଇଂରେଜୀରେ ବହୁ ଗ୍ରନ୍ଥ ମୁଁ ପଢ଼ିଚି ଓ ପଢୁଚି।

- ତା' ହେଲେ ତମେ ବୁଦ୍ଧିଷ୍ଟ୍? ପଚାରିଲି -

ନାନ୍‌ସି କହିଲା - ଏଯାଏଁ ମୁଁ ବୁଦ୍ଧିଷ୍ଟ୍ ବା ଖ୍ରୀଷ୍ଟିଆନ୍ ହୋଇନି। ଏଠିକାର କୌଣସି ମନ୍ଦିର ବା ଚର୍ଚ୍ଚକୁ ମୁଁ ଯାଏନି।

- ଡାଡି ମାମି ତମର ଏଇ ମନୋଭାବକୁ ପସନ୍ଦ କରନ୍ତି ?

- ସେମାନେ ମତେ ଏତେ ଭଲପାଆନ୍ତି ଯେ କୌଣସି ପ୍ରକାରର ମତବାଦ ମୋ ଉପରେ ଲଦି ଦେବାକୁ ସେମାନେ ଚାହିଁ ନାହାନ୍ତି। ତେବେ ସେମାନେ ଜାଣନ୍ତି ଯେ ଭାରତବର୍ଷ ପ୍ରତି ମୋର ସଂଭ୍ରମ ଓ ସ୍ନେହ ଖୁବ୍ ବେଶୀ -

- ଭାରତର ଏବକାର ଚେହେରା ବିଷୟରେ ତମର କିଛି ଧାରଣା ଅଛି।

- ନିଶ୍ଚୟ ଅଛି ଡକ୍ଟର - ତଥାପି ମୋର ବିଶ୍ୱାସ ତା'ର ସଂସ୍କୃତି ଓ ସଭ୍ୟତା ଏତେ ସୁଦୃଢ଼ ଯେ ଭବିଷ୍ୟତରେ ପାଶ୍ଚାତ୍ୟର ଏ ବସ୍ତୁବାଦୀ ସଭ୍ୟତାର ଅନୁପ୍ରବେଶ ସେଇ ସଂସ୍କୃତିର ବିଲୋପ ଘଟେଇ ପାରିବନି - ବର୍ତ୍ତମାନର ବସ୍ତୁକ୍ଳାନ୍ତ ପାଶ୍ଚାତ୍ୟ ପ୍ରାଚ୍ୟର, ବିଶେଷ କରି ଗୀତା, ବୁଦ୍ଧ ଓ ଗାନ୍ଧୀର ଦେଶ ପ୍ରତି ବିଶେଷ ଭାବରେ ଆକୃଷ୍ଟ ହେଲାଣି। ତା'ର ଆଧ୍ୟାତ୍ମିକ ଦର୍ଶନ ମତେ ଅଭିଭୂତ କରିଚି।

ସପ୍ରଶଂସ ଆଖିରେ ନାନ୍‌ସି ମୁହଁକୁ ଚାହିଁ କହିଲି - ବାଃ, ନାନ୍‌ସି, ମୁଁ ଦେଖୁଚି ଭାରତକୁ ନ ଦେଖି ବି ତମେ ଯେ ତାକୁ ଏତେ ଭଲପାଅ ସେଥିରୁ ମୁଁ ଜାଣିପାରୁଚି ତମ ହୃଦୟର ପ୍ରସାର କେତେ ବେଶୀ।

ନାନ୍‌ସି ତା'ର ସ୍ୱରରେ ସାମାନ୍ୟ ବ୍ୟର୍ଥତା ମିଶେଇ କହିଲା - ହଁ ଡକ୍ଟର, ତମ ଦେଶଟାକୁ ନ ଦେଖିବି ଦେଖିଲାଭଳି ଲାଗୁଥିଲା। ଦିନେ ମୁଁ ଭାରତର ସ୍ଥାୟୀ ନାଗରିକ ଭାବରେ ରହିବାର ସ୍ୱପ୍ନ ଦେଖୁଥିଲି।

ଏକଥା କହିଲାବେଳେ ନାନ୍‌ସିର ଗଳା ସାମାନ୍ୟ ଥରି ଉଠିଲା ଭଳି ମନେ ହେଲା। ସେ ତା' ମୁହଁଟା ବୁଲେଇ ନେଇ ଅପଲକ ଆଖିରେ ଝରକା ବାହାରକୁ ଚାହିଁ ରହିଲା - ଦେଖିଲି ତା'ର ସୁନ୍ଦର ଆଖି ଦୁଇଟିରେ ଲୁହ ଟଳମଳ କରୁଚି, ବେଶ୍ ଅନୁମାନ କରିପାରିଲି ଯେ କୌଣସି କାରଣରୁ ତା'ର ସ୍ୱପ୍ନ ସ୍ୱପ୍ନରେ ହିଁ ରହିଯାଇଛି।

ନୀରବରେ ଅପେକ୍ଷା କଲି - କିଛି ସମୟ ପରେ ରୁମାଲରେ ଆଖି ପୋଛି

ଦେଇ ମୋ ଆଡ଼େ ଚାହିଁଲା ନାନ୍‌ସି - ମୋର ନିର୍ବାକ୍ ମୁହଁକୁ ଚାହିଁ ଈଷତ୍ ହସି କହିଲା - ମୁଁ ଦୁଃଖିତ ଡକ୍ଟର କାର୍।

ଏଥିରେ ଦୁଃଖ କରିବାର କଅଣ ଅଛି ନାନ୍‌ସି ? ସମବ୍ୟଥୀ କଣ୍ଠରେ କହିଲି।

- ଲଞ୍ଚ ପରେ ଆପଣଙ୍କର ଆଉ କ୍ଲାସ ନବାର ଅଛି ?

କହିଲି - ନା।

ନାନ୍‌ସି ହଠାତ୍ ଉଠୁ ଉଠୁ କହିଲା - ତେବେ ଆପତ୍ତି ନ ଥିଲେ ଆସନ୍ତୁ ମୋ ଘରଟା ଦେଖି ଆସିବେ। ଝରକା ବାଟେ ଦେଖନ୍ତୁ ସେଇ ଯୋଡ଼ ବିରାଟ ପାହାଡ଼ଟା, ଯାହା ଚାରିପଟକୁ ଘେରିରହିଚି ଲସ୍‌ଏଞ୍ଜେଲସ୍ ସହର, ତା'ରି ପାଦତଳେ ମୋ ଘରଟା - ଏଠୁ ପନ୍ଦର ମିନିଟର ଡ୍ରାଇଭ - ଉଠନ୍ତୁ।

- ଗୋଟାଏ ମିନିଟ୍ - କହି ମୋ ଖାଇବା ଟ୍ରେ ଟା ନେଇ କିଚେନ୍‌ର କନ୍‌ଭେୟର୍ ବେଲ୍‌ଟ୍ ଉପରେ ଥୋଇଦେବାକୁ ଗଲି - ଥୋଇ ଦେଇ ଫେରିଆସି କହିଲି ହସି ହସି - ଏଟ୍ ଇୟୋର୍ ଡିସ୍‌ପୋଜାଲ୍ ମାଡାମ୍। ତମ ଘର ମାନେ ? ତମର ଡାଡି, ମମି...

କାଫେଟେରିଆର ପ୍ରସ୍ଥାନଦ୍ୱାର ଆଡ଼େ ଯାଉ ଯାଉ ନାନ୍‌ସି କହିଲା - ଆପଣ ତ ଜାଣନ୍ତି ଡକ୍ଟର, ଆମେରିକାର ଚଳଣି। ପୁଅ କି ଝିଅ ରୋଜଗାରକ୍ଷମ ହେଲେ ବାପ ମା'ଙ୍କଠାରୁ ଅଲଗା ରହନ୍ତି, - ମୋ ଡାଡି ମମି କିନ୍ତୁ ଘୋର ଆପତ୍ତି କରିଥିଲେ। କହିଲି - ସ୍ୱାଭାବିକ, ଗୋଟିଏ ବୋଲି ତ ଝିଅ - ଅଲଗା ରହିବା ଦରକାର ନ ଥିଲା, ହେଲେ... ଏତିକିରେ ରହିଯାଇ ନାନ୍‌ସି ମତେ ତା' କାର୍ ପାଖକୁ ନେଇଗଲା - ନିଜେ ଡ୍ରାଇଭର୍ ସିଟ୍‌ରେ ବସିଲା - ମତେ ତା' ପାଖରେ ବସେଇଲା। କାର୍ ଚାଲିଲା... ଠିକ୍ ପନ୍ଦର ମିନିଟ୍ ପରେ ନାନ୍‌ସି ଗୋଟିଏ କଲୋନିଆଲ୍ ଟାଇପ୍ ଘର ଆଗରେ ତା କାର୍ ଅଟକେଇଲା - ଘରଟି ପାହାଡ଼ର ପାଦଦେଶରେ - ମନୋରମ ପ୍ରାକୃତିକ ପରିବେଶ - ଘର ସାମନାରେ ଗୋଟିଏ ଛୋଟ ଲନ୍ ଓ ତା' ଚାରିପାଖେ ବିଭିନ୍ନ କିସମର ଫୁଲ।

ଗାଡ଼ିରୁ ଓହ୍ଲେଇ ଆମେ ଦୁହେଁ ତା' ଘରଆଡ଼େ ଧୀରେ ଧୀରେ ଆଗେଇଲୁ - ନାନ୍‌ସି ମତେ ପଚାରିଲା - ଡକ୍ଟର, ମୋ ଛୋଟ ଘର ଓ ତା'ର ପରିବେଶଟି କିମିତି ଲାଗୁଚି ?

କହିଲି - ଚମତ୍କାର ! ନଗରୀର ଉପକଣ୍ଠରେ ନୀରବତାର କୋଳରେ ସୁଷମାନ୍ୱିତା ପ୍ରକୃତି। ବେଶ୍ ଲାଗୁଚି। ରୋମାଣ୍ଟିକ୍ !

କିନ୍ତୁ ଘରଟିର ମନୋରମ ବାହ୍ୟ ପରିବେଶ ଯେ ମତେ କିଛି ସମୟ ପରେ ଘର ଭିତରର ଏକ ଟ୍ରାଜିକ୍ ପରିବେଶ ଭିତରକୁ ଟାଣି ନେଇଯିବ - ଏକଥା ମୁଁ

ଆଦୌ କଳ୍ପନା କରି ନ ଥିଲି। ନାନ୍‌ସି ବାହାର ଦରଜାର ଚାବି ଖୋଲି ମତେ ଭିତରକୁ ନେଇଗଲା। ଦେଖିଲି ସୁସଜ୍ଜିତ ଲାଉଞ୍ଜର ଗୋଟିଏ ଗଦି ଅଣ୍ଟା ଚୌକିରେ ଜଣେ ନିଗ୍ରୋ ପ୍ରୌଢ଼ା ବସି ଖଣ୍ଡେ ବହି ପଢୁଛନ୍ତି। ନାନ୍‌ସି ପ୍ରୌଢ଼ାଟିର ପରିଚୟ ଦେଇ କହିଲା - ମୋର ହାଉସ୍ କିପର୍ - ସକାଳ ଆଠଟାବେଳେ ଆସନ୍ତି ଆଉ ସନ୍ଧ୍ୟା ସୁଦ୍ଧା ମୁଁ ଫେରିଲେ ତାଙ୍କ ନିଜ ଘରକୁ ଚାଲିଯାଆନ୍ତି - ଆସନ୍ତୁ ମୋର ବେଡ଼୍‌ରୁମ୍‌କୁ -

ମୁଁ ମନେମନେ ଟିକିଏ ଶଂକିତ ହୋଇଯାଇ କାନ୍ଥରେ ଟଙ୍ଗା ହୋଇଥିବା ଗୋଟିଏ ସିନେରୀ ଦେଖିବାର ଅଭିନୟ କରି ଭାବିଲି - ତା' ବେଡ଼୍‌ରୁମ୍‌କୁ ନାନ୍‌ସି ମତେ ଡାକୁଚି କାହିଁକି ? ଜଣେ ସ୍ୱଳ୍ପ ପରିଚିତ ବିଦେଶୀ ଲୋକକୁ ? ଘରେ ପଶୁ ପଶୁ ନିଜ ବେଡ଼୍‌ରୁମ୍‌କୁ ଅତି ଆଗ୍ରହରେ ଡାକିନେବା ମୂଳରେ କି ଉଦ୍ଦେଶ୍ୟ ଥାଇପାରେ ? ନାନ୍‌ସିର ଅସଲ ସ୍ୱରୂପଟା କଅଣ ତେବେ ?

ନାନ୍‌ସି ପରିହାସ ଛଳରେ ହସି କହିଲା - ଆପଣ ଜଣେ ଆର୍ଟ ପ୍ରିୟ ବି ?

ନାନ୍‌ସିର ମୁହଁକୁ ସିଧାସଳଖ ଚାହିଁ ତା' ମନକଥା ବୁଝିବାପାଇଁ ଚେଷ୍ଟା କରିବା ସଙ୍ଗେ ସଙ୍ଗେ କହିଲି - ତା' ମୁଁ ନୁହେଁ - ବରଂ ଦୃଶ୍ୟଟା ଦେଖି ମନେହେଲା ତୁମେ ଖୁବ୍ ଆର୍ଟ ପ୍ରିୟ।

ନାନ୍‌ସି ଅଧୀର ଗଳାରେ କହିଲା... ଓଃ, ଥାଉ... ପରେ ସେସବୁର ଆଲୋଚନା ହବ। ଆଗ ଆସନ୍ତୁ ମୋ ବେଡ଼୍‌ରୁମ୍‌କୁ -

ଶଙ୍କିତ ଚିତ୍ତରେ ବେଡ୍‌ରୁମ୍ ଭିତରକୁ ଗଲି। ସେ ମୋ ହାତଟା ଧରି ସିଧା ତା' ଶୋଇବା ଖଟ ପାଖକୁ ଟାଣିନେଲା। କହିଲା - ଚାହାନ୍ତୁ - ତା' ବେଡ୍‌କୁ ଚାହିଁଲି - ଦେଖିଲି ସେଠି ଶୋଇଛି ନିଦରେ ଗୋଟିଏ ସୁନ୍ଦର ସ୍ୱାସ୍ଥ୍ୟବାନ୍ ଶିଶୁ ! ମୋର ବିସ୍ମୟର ସୀମା ରହିଲାନି - ମୋ ପାଟିରୁ ବାହାରି ପଡ଼ିଲା - ତେବେ କଅଣ ତମେ... ମାନେ... ବିବାହିତା ?

ଦେଖିଲି ନାନ୍‌ସି ଓଠରେ ହସର ଗୋଟିଏ ଢେଉ ଖେଳିଗଲା - ସେ ହସରେ ଯେପରି ମାତୃତ୍ୱର ଚିରନ୍ତନ ଆନନ୍ଦ ଓ ମହିମା ବିକଶି ଉଠୁଛି।

ନାନ୍‌ସି କହିଲା - ବିବାହ ନ କରି କଅଣ କେହି ମା' ହେଇପାରେନା ?

କହିଲି - ପାରେ, ଗୋଟିଏ ପୋଷ୍ୟ ଶିଶୁର।

ନାନ୍‌ସି କହିଲା - ଇଏ କିନ୍ତୁ ମୋର ଗର୍ଭଜାତ ସନ୍ତାନ।

ମୁଁ ବିସ୍ମିତ ହୋଇ ପଚାରିଲି -ଯାର ଡାଡି ?

ନାନ୍‌ସି ଉତ୍ତର ଦେଲା - ଡାଡି ଅଛି - ଯେ ମୋର କୁମାରୀ ଦେହରେ ଏଇ

ଶିଶୁଟିକୁ ସୃଷ୍ଟି କରି ଦେଇ ମୋ ଜୀବନରୁ ଅପସରି ଯାଇଚି। ହଠାତ୍ କଣ୍ଠ ତା'ର ରୁଦ୍ଧ ହୋଇଆସିଲା। ଆଖିରୁ ଝରିଗଲା ଧାର ଧାର ଲୁହ। ହତବାକ୍ ହୋଇ ନାନ୍‌ସି ମୁହଁକୁ ବେଦନାତୁର ଆଖିରେ ଚାହିଁ ରହିଲି। ରୁଦ୍ଧ କଣ୍ଠରୁ ତା'ର କଥା ବାହାରି ପାରିଲାନି। ନାନ୍‌ସିର ବାଁ ହାତଟା ଧରି ମୁଁ ତାକୁ ତା' ଖଟରେ ବସେଇଦେଲି ଆଉ ତା' ପାଖରେ ବସି ତା' ମୁଣ୍ଡଟି ଆଉଁସି ଦେଲି। ନାନ୍‌ସି ତା' ଦୁଇ ବାହୁରେ ମତେ ଚାପିଧରି ଓ ମୋ କାନ୍ଧରେ ମୁଣ୍ଡରଖି କହିଲା - ଡକ୍ଟର କାର୍, ଇଏ ନିଷ୍ପାପ ଶିଶୁଟିକୁ ମୋ ଦେହରେ ଥାପି ଦେବା ଆଗରୁ ସେ ମୋ ମନରେ ଭରି ଦେଇଥିଲା କେତେ ଆଶା, କେତେ ସ୍ୱପ୍ନ ! ସେ ଆଉ କିଛି କହିପାରିଲାନି - କିଛି ବେଳଧରି ଏକ ଶ୍ୱାସରୁଦ୍ଧ ଅସ୍ୱସ୍ତିର ନୀରବତା ଭିତରେ ମୁଁ କେବଳ ଶୁଣୁଥିଲି ତା'ର ଥରିଲାଗଳାର କଇଁ କଇଁ କାନ୍ଦର ଶବ୍ଦ ! ତା'ପରେ ସେ ଚୁପ୍ କରି ଯାଇ ସହଜ ଭାବରେ ବସି ଆଖିରୁ ଲୁହ ପୋଛିଦେଲା - ଆଉ କହିଲା - ମୋ ପୁଅର ମୁହଁଟିକୁ ଟିକିଏ ଭଲକରି ଚାହାଁନ୍ତୁ ତ।

ପୁଅଟିର ମୁହଁକୁ ନିରୀକ୍ଷଣ କଲି - ସଂକୋଚରେ କହିଲି - ବେବିର ରଙ୍ଗଟା ତ...

- ବ୍ରାଉନ୍... ନାନ୍‌ସି କହିଲା।

କହିଲି - ଗୋରା ହବା କଥା...

ଏତେ ଦୁଃଖରେ ବି ନାନ୍‌ସି ହସିଦେଇ କହିଲା - ତା' ଡାଡି ବ୍ରାଉନ୍ ଡକ୍ଟର କାର୍ -

ବିସ୍ମୟ ପରେ ବିସ୍ମୟ ! ପଚାରିଲି - ଡାଡି ତା'ର ବ୍ରାଉନ୍ ?

ନାନ୍‌ସି କହିଲା - ଭାରତୀୟ।

ବିସ୍ଫାରିତ ଆଖିରେ ନାନ୍‌ସି ମୁହଁକୁ ଚାହିଁ କହିଲି - ଭାରତୀୟ ?

ନାନ୍‌ସି କହିଲା - ହଁ - ତା' ନାଁ ଅନିମେଷ ସିହ୍ନା - ଇଉ.ସି.ଏଲ୍.ଏ.କୁ ଏଡୁକେସନରେ ଡକ୍ଟରେଟ୍ କରିବାକୁ ଆସିଥିଲା - ମୁଁ ସେଇ ଇଉନିଭର୍ସିଟିରେ ଏଡୁକେସନ୍‌ରେ ଏମ୍.ଏସ୍. ପଢୁଥିଲି। ଆମ ପ୍ରଶିକ୍ଷଣ ବିଭାଗରେ ଜଣେ ଭାରତୀୟ ଛାତ୍ର ଡକ୍ଟରେଟ୍ କରୁଚି ଶୁଣି ମୁଁ ନିଜେ, ଉପଯାଚିକା ହୋଇ ତା' ସହିତ ଆଳାପ ପରିଚୟ କଲି - ମୋର ଅତିରିକ୍ତ ଭାରତୀୟ ପ୍ରୀତି ଦେଖି ସେ ଖୁବ୍ ଖୁସି ହେଇଗଲା - ଭାରତର ଐତିହ୍ୟ ବିଷୟରେ ସେ ମୋତେ ବହୁତ ସାହାଯ୍ୟ କରିବ ବୋଲି ପ୍ରତିଶ୍ରୁତି ଦେଲା। ନିଜ ବଂଶ ପରିଚୟ ଓ ପରିବେଶ ବିଷୟରେ ସେ ମୋତେ ଯାହାଯାହା କହିଲା, ସେଥିରୁ ମୁଁ ତା' କଥାକୁ ଅବିଶ୍ୱାସ କରିପାରିଲିନି। ଇଉନିଭର୍ସିଟିକୁ ସେ ତା'ର ଯେଉଁ ବାୟୋ-ଡାଟା ଦେଇଥିଲା ତା' ସହିତ ତା' କଥାର କୌଣସି ପାର୍ଥକ୍ୟ

ନ ଦେଖି ମୁଁ ତାକୁ ଗଭୀର ଭାବରେ ବିଶ୍ୱାସ କଲି - ଅନିମେଷ ବ୍ରାଉନ୍ ହେଲେବି ତା'ର ସ୍ୱାସ୍ଥ୍ୟ ଓ ବ୍ୟକ୍ତିତ୍ୱ ବେଶ୍ ଭଲ। କ୍ରମେ ଆମ ଭିତରେ ସଂପର୍କଟା ନିବିଡ଼ ହେବାକୁ ଲାଗିଲା - ଆମ ଘରକୁ ଯିବା ଆସିବା କଲା- ଭାରତର ଜଣେ ବଡ଼ ସ୍ତାବକଭାବେ ଡାଡି ତ ତାକୁ ଖୁବ୍ ପସନ୍ଦ କଲେ। ମମି ବି। ଭାରତୀୟ ଦର୍ଶନ, ତା'ର ସାମାଜିକ ଜୀବନ, କଳା, ସଂସ୍କୃତି ଉପରେ ତା'ର ପ୍ରଚୁର ଜ୍ଞାନ - ମନ୍ତ୍ରମୁଗ୍ଧ ହୋଇ ମୁଁ ତାଠୁ ସବୁ ଶୁଣେ। ଆମ ବନ୍ଧୁତ୍ୱ କ୍ରମେ ପ୍ରେମ ଓ ପ୍ରଣୟରେ ରୂପାନ୍ତରିତ ହେଲା। ବିବାହ କରି ସେ ମୋତେ ଭାରତକୁ ନେଇଯିବାର ଏକ ସୁନ୍ଦର ସ୍ୱପ୍ନ ମୋର ମନ ଓ ଅନ୍ତରରେ ଭରିଦେଲା। ଖାଲି ବାକି ଥିଲା ତା'ର ପିଏଚ୍.ଡି. ସରିଗଲା ପରେ ଲୌକିକ ବିବାହର ଗୋଟାଏ ମୋହର - ଏକ ମହାନ୍ ପ୍ରାଚୀନ ସଭ୍ୟତା ଓ ସଂସ୍କୃତିର ଦାୟାଦ ଅନିମେଷ ଯେ ମୋତେ ଡିଚ୍ କରିବ, ଏକଥା ମୁଁ ସେତେବେଳେ ଭାବି ପାରିଲିନି ଡକ୍ଟର।

ପିଏଚ୍.ଡି. ଥେସିସ୍ ଦାଖଲ କରିସାରିବାପରେ ସେ କିଛିଦିନ ପାଇଁ ସାନ୍‌ଫ୍ରାନ୍‌ସିସ୍‌କୋ ଗଲା। ବର୍କଲିରେ ତା'ର ଜଣେ ଆତ୍ମୀୟ ଧାତୁ ବିଜ୍ଞାନରେ ଡକ୍ଟରେଟ୍ କରୁଥିଲେ - ସେଠିକି ସେ ଯାଏ ଛୁଟିଛୁଟାରେ - ମତେ କହିଗଲା ଗୋଟିଏ ସପ୍ତାହ ପରେ ଫେରିଆସିବ ବୋଲି। ତାକୁ ମୋର ଅବିଶ୍ୱାସ କରିବାର କିଛି ନ ଥିଲା। ସେ ଯିବା ଦିନ ମତେ ଖୁବ୍ ସୋହାଗ ଆଦର କଲା। ତା' ଛାତିରେ ଗାଲ ରଖି ମୁଁ ତାକୁ କହିଲି - ଅନିମେଷ, ସାତ ଦିନରୁ ଗୋଟିଏ ଦିନ ବି ତୁମେ ଅଧିକା ରହିବନି - ଏ ସାତ ଦିନ ଯେ ମୋର କେମିତି କଟିବ ତୁମେ ଅନୁମାନ କରିପାରୁଥିବ। ଅନିମେଷ ତା' ଛାତିରେ ମତେ ଜାକିଧରି, ମୋ ଓଠରେ ଗାଲରେ, ଛାତିରେ ଅଜସ୍ର ଚୁମା ଦେଇ ଦରଦଭରା ଗଳାରେ କହିଥିଲା - ନାନ୍ସି, ମୁଁ ତୁମକୁ ବେଶୀଦିନ ଛାଡ଼ି ରହିପାରିବି ବୋଲି ତୁମେ କେମିତି ଭାବିପାରୁଚ? ତା' ଆଗରୁ ବି ମୁଁ ଚାଲିଆସିପାରେ। ଦି' ପହର ସମୟ - ଡାଡି ମମି ସେତେବେଳେ ଘରକୁ ମୋଟେ ଫେରନ୍ତି ନାହିଁ। ସ୍ୱଚ୍ଛ ଦିବାଲୋକରେ ନିଜକୁ ଓ ମତେ ସଂପୂର୍ଣ୍ଣ ବିବସ୍ତ୍ର କରି ଚାରିଘଣ୍ଟା ଭିତରେ ସେ ମୋତେ ଉପଭୋଗ କରିଛି ସେଦିନ - ଥରେ ନୁହେଁ, ଦି'ଥର...

ନାନ୍‌ସି ହଠାତ୍ ରହିଗଲା... ଗୁଣୁଗୁଣୁ ସ୍ୱରରେ ସ୍ୱଗତୋକ୍ତି କଲା...

ହୁଁ? - 'ତା' ଆଗରୁ ବି ଚାଲିଆସିପାରେ...

ନାନ୍‌ସି ମନର ନିରଂକୁଶ ଉନ୍ମୁକ୍ତ ଅଭିବ୍ୟକ୍ତିର କାହାଣୀ ମୁଁ ରୁଦ୍ଧଶ୍ୱାସରେ ଶୁଣୁ ଶୁଣୁ ନିର୍ବାକ୍ ନିସ୍ପନ୍ଦ ପ୍ରାୟ ହେଇଯାଇଥିଲି। ତାକୁ କଅଣ କହି ସାନ୍ତ୍ୱନା ଦେବି ଭାବିପାରୁ ନ ଥିଲି। ନାନ୍‌ସିର ମୁଣ୍ଡଟିକୁ ଆଉଁସି ଦଉ ଦଉ କହିଲି -

- ସେ ହତଭାଗା ଆଉ ଫେରିଲାନି ?

ନଃ, ଫେରିଲାନି - ମାସ ମାସ ଧରି ଖୋଜିଲି ତାକୁ ଗୋଟାଏ ନିଷ୍ଫଳ ଆଶାରେ - ତା'ର ଶିଶୁକୁ ପେଟରେ ଧରି - ସାନ୍‌ଫ୍ରାନ୍‌ସିସ୍‌କୋ ଗଲି ତା'ର ଆତ୍ମୀୟଙ୍କ ପାଖକୁ... ସେ ବି ତାଙ୍କ ଥେସିସ୍ ସାରି ଭାରତ ଫେରିଯାଇଥିଲେ। ତା' ଠିକଣାରେ ଭାରତକୁ ଚିଠି ଲେଖିଲି - ଉତ୍ତର ନାହିଁ। ସେତେବେଳେ ଯାଇଁ ବୁଝିଲି କାହିଁକି ତା' ଯିବାର ପୂର୍ବଦିନ ସେ ଏକ ଉଦଗ୍ର କାମନାର ଜ୍ୱାଳାରେ ଜଳିଯାଇ ମତେ ଜାଳିପୋଡ଼ି ଦଉଥିଲା।

- କାହିଁକି ? ମୁଁ ପଚାରିଲି।

ନାନ୍‌ସି କହିଲା - ସବୁଦିନ ପାଇଁ ମତେ ଛାଡ଼ି ଚାଲିଯିବାର ଶେଷ ସିଦ୍ଧାନ୍ତ କଲାପରେ ଶେଷଥର ପାଇଁ ମୋର ସୁନ୍ଦର ସୁଗଠିତ ଦେହାଙ୍ଗ ଗୁଡ଼ାକର ଅନୁଭବ ସେ ତା'ର ଶିରା, ପ୍ରଶିରା ଓ ସ୍ନାୟୁର ପ୍ରବାହ ଭିତରେ ମିଶେଇ ଦବାକୁ ଚାହୁଁଥିଲା।

ପଚାରିଲି - ସେ କଅଣ ସେତେବେଳକୁ ଜାଣିଥିଲା ଯେ ତମେ ତା'ର ସନ୍ତାନର...

- ଜାଣିଥିଲା ବୋଲି ତ ସେ ପଶୁଟା ମୋ ଦେହ ଭିତରେ ତା'ର ପିତୃତ୍ୱ ଛାଡ଼ି ଦେଇ ଯାଉଥିବାର ଗୌରବକୁ ସେଲିବ୍ରେଟ୍ କଲା ସେଦିନ ଅତି ସ୍ୱାର୍ଥପର ଭାବରେ। କହିଲା ନାନ୍‌ସି ବାଷ୍ପରୁଦ୍ଧ କଣ୍ଠରେ।

କହିଲି - ନାନ୍‌ସି, କ୍ଷତିଟା ତା'ର ହିଁ ହେଲା - ତମ ଭଳି ଗୋଟାଏ ରତ୍ନକୁ ହରେଇଲା।

- କ୍ଷତି ? ଡକ୍ଟର, ଯେଉଁମାନେ ସ୍ଥୁଳ ଜଡ଼ବାଦ ଓ ଯୌନତାକୁ ତାଙ୍କ ଜୀବନର ଚରମ ପ୍ରାପ୍ତି ବୋଲି ଭାବନ୍ତି ଓ ସେଥିରୁ ତୃପ୍ତି ପାଆନ୍ତି, ସେମାନଙ୍କପାଇଁ ଲାଭଟା ସେଇଠି। ତେଣୁ କ୍ଷତିର ହିସାବ ସେମାନେ ରଖନ୍ତିନି।

ହଠାତ୍ ଉତ୍ୟକ୍ତ ହୋଇପଡ଼ି କହିଲି - ତମେ ସେଭଳି ଏକ ପାଷଣ୍ଡର ସନ୍ତାନକୁ ଜନ୍ମଦେଲ କାହିଁକି ?

ନାନ୍‌ସି ଅତି ହତାଶା ଓ ଦୁର୍ବଳ କଣ୍ଠରେ କହିଲା ମୋ ବାଁ ହାତ ପାପୁଲିଟାକୁ ବେଶ୍ ଜୋର୍‌ରେ ଚାପି ଧରି - ଆଉ କଅଣ କରିପାରିଥାଆନ୍ତି ଡକ୍ଟର ? ବୁଦ୍ଧ ଓ ଗାନ୍ଧୀର ଦେଶ ପ୍ରତି ମୋର ଗଭୀର ମମତ୍ୱବୋଧ ଓ ମୋହ ତ ମତେ ଟାଣିନେଲା ଏଇ ପରିଣତି ଆଡ଼କୁ - ମୁଁ କଅଣ ତା' ସୃଷ୍ଟି ପାଇଁ ଦାୟୀ ନୁହେଁ ? ମୋର କଅଣ ଭାବିବା ଉଚିତ ନ ଥିଲା ସବୁ ଦେଶ ଭଳି ଭାରତରେ ମଧ୍ୟ ହିପୋକ୍ରିଟ୍‌ସ ଅଛନ୍ତି ବୋଲି। ଯେଉଁ ଜୀବନଟି ମୋର ଜରାୟୁରେ ଅଙ୍କୁରିତ ହେଲା ଏଇ ପୃଥିବୀର ଆଲୋକ

ଦେଖିବା ଆଶାରେ ତାକୁ ମୁଁ ନଷ୍ଟ କରିଦେଇଥାଆନ୍ତି କିମିତି ? ତାକୁ ନଷ୍ଟ କରି ଦେଇ ମୋର କୁମାରୀତ୍ୱ ନଷ୍ଟ ହେଇନି ଭାବି ଆଉ ଜଣେ ପୁରୁଷକୁ ବିବାହ କରି ଯଦି ତା'ର ସନ୍ତାନକୁ ମୁଁ ମୋର ଜରାୟୁରେ ଲାଳନ ପାଳନ କରିଥାଆନ୍ତି ଏଇ ମୃତ ଶିଶୁଟି ଅଭିମାନରେ ମତେ କହି ନ ଥାନ୍ତା - ମମି, ମୁଁ କଅଣ ଦୋଷ କରିଥିଲି ?

ଏଇ ପଦକ କହୁ କହୁ ନାନ୍‌ସିର ହୃଦୟ ବିଦୀର୍ଣ୍ଣ କରି ଉଚ୍ଛୁଳି ଆସିଲା ଲୁହର ପ୍ଳାବନ - ସେ ମୋ କୋଳରେ ମୁଣ୍ଡ ରଖି କାନ୍ଦିଉଠିଲା...

ତା'ର କାନ୍ଦ ବନ୍ଦ ହେଲା ପରେ ଦୁର୍ବଳ ଗଳାରେ କହିଲି -

କିନ୍ତୁ ଶିଶୁଟି ଯେତେବେଳେ ଏ ପୃଥିବୀର ଆଲୋକ ଓ ଜଳବାୟୁରେ ବଢୁବଢୁ ଜାଣିପାରିବ ଯେ ତା'ର ପିତୃପରିଚୟ ନାହିଁ, ସେ ଜାରଜ ସନ୍ତାନ? ନାନ୍‌ସି କିଛି ସମୟ କଅଣ ଯେପରି ଭାବିଲା। ତା'ପରେ କହିଲା - ଡକ୍ଟର, ଏ ପୃଥିବୀରେ ଆମେ ସମସ୍ତେ ତ ଜାରଜ ସନ୍ତାନ। ଯିଏ ଏ ମଣିଷ ଜାତିକୁ ସୃଷ୍ଟି କଲା, ଯିଏ ଜଗତ୍‌ପିତା, ତାଙ୍କୁ କେହି କେବେ ଦେଖିଛି କି ଆଜିଯାଏଁ ? ସେ କେଉଁଠି ? କୋଉଠି ବସି ସେ ଲକ୍ଷ ଲକ୍ଷ କୋଟି କୋଟି ସନ୍ତାନ ଜନ୍ମ କରୁଛନ୍ତି - ମାରୁଛନ୍ତି - କାହିଁକି ? ଆମେ ତଥାପି ତାଙ୍କୁ ଯଦି ପିତା ବୋଲି ସ୍ୱୀକାର କରୁଚୁ ସେମିତି ମୋ ପୁଅର ପିତା କିଏ କେହି ନ ଜାଣିଲେ କ୍ଷତି କଅଣ ? ଯେଉଁ ପ୍ରକ୍ରିୟାରେ ମଣିଷ ଶିଶୁ ଜନ୍ମ ହୁଏ ସେହି ପ୍ରକ୍ରିୟାରେ ମୋ ପୁଅ ଜନ୍ମ ନେଇଚି - ପଶୁ ଶାବକ କଅଣ ଜାଣିପାରେ ତା'ର ପିତା କିଏ ? ବଡ଼ ହେଲେ ସେ ଜାଣିବ ଯେ ମୁଁ ତା'ର ମା। ମୁଁ ତାକୁ ଏ ପୃଥିବୀର ଆଲୋକ, ପାଣି ପବନ ଦେଖେଇଚି - ହୁଏତ ସେ ବଡ଼ ହେଲାବେଳକୁ ଏ ଗ୍ରହଟାର ରଙ୍ଗ ଆହୁରି ବଦଳି ଯାଇଥିବ। ପୁରୁଷ ଶାସିତ ସମାଜ ଚାଲିଯାଇ ପୁଣି ନାରୀ ଶାସିତ ସମାଜ ଫେରି ଆସିବ। ଆସିବାକୁ ଆରମ୍ଭ କଲାଣି ଡକ୍ଟର।

ନାନ୍‌ସିର ଦମ୍ଭୋକ୍ତି ଶୁଣି ମୁଁ ନିର୍ବାକ୍ ରହିଲି କିଛି ବେଳଯାଏଁ।

ହଠାତ୍ ତା' ପୁଅର ନିଦ ଭାଙ୍ଗିଗଲା। ସେ କାନ୍ଦି ଉଠି ଡାକିଲା - ମମି - ନାନ୍‌ସି ଧଡ଼ପଡ଼ ହୋଇ ଉଠିଗଲା। ହସି ହସି ପୁଅକୁ ଉଠେଇ ନେଇ ଆଦର କଲା। ପଚାରିଲି - ଆଚ୍ଛା କହିବ ମତେ, - ତମ ଡାଡି ମମିଙ୍କର ପ୍ରତିକ୍ରିୟା କଅଣ ?

ନାନ୍‌ସି ତା' ପୁଅକୁ ମୋ ହାତକୁ ବଢ଼େଇ ଦେଇ କହିଲା - ଡକ୍ଟର, ଧରନ୍ତୁ ତ ଟିକିଏ - ମୁଁ ତା'ର ଖାଇବାଟା ନେଇଆସେଁ।

ତା' ପୁଅଟି ବିନା ଆପତ୍ତିରେ ମୋ ପାଖକୁ ଚାଲିଆସିଲା। ତା' ଗାଲଟି ଟିପିଦେଇ କହିଲି - ଖୁବ୍ ସୁନ୍ଦର ହବ ନାନ୍‌ସି।

ନାନ୍‌ସି ଖୁସି ହୋଇଯାଇ କହିଲା - ତାକୁ ଆଶୀର୍ବାଦ କରନ୍ତୁ ଡକ୍ଟର। ଡାଡି

ମମିଙ୍କ ପ୍ରତିକ୍ରିୟା ବିଷୟରେ ପଚାରୁଥିଲେ ତ ? ଓ ! ଦେ ଆର୍ ଗ୍ରେଟ୍ ? ଏ ଛୁଆକୁ ସେମାନେ ତାଙ୍କ ପାଖରୁ ଛାଡ଼ିବାକୁ ଇଚ୍ଛା କରୁ ନ ଥିଲେ । କିନ୍ତୁ ମୁଁ ଜିଦ୍ କରି ଆଣିଲି । ସେମାନେ ଯୋଉ ସମାଜରେ ଚଳୁଛନ୍ତି ସେଠି ଏବେବି ଅବିବାହିତା ମା' ପ୍ରତି ଓ ତା'ର ସନ୍ତାନ ପ୍ରତି ନାସିକାକୁଞ୍ଚନ ହୁଏ, ତେଣୁ ମୁଁ ସେମାନଙ୍କୁ ବିବ୍ରତ କରିବାକୁ ଚାହିଁଲି ନାହିଁ । ପ୍ରତି ସପ୍ତାହର ଶେଷରେ ସେମାନେ ଏଠିକି ପଳେଇ ଆସି ତାଙ୍କ ନାତିର ଉଷ୍ମତା ଅନୁଭବ କରି ଫେରିଯାନ୍ତି । ନାନ୍‌ସିର ଆଖି ଛଳ ଛଳ ହେଲା । ଆଗେଇଯାଇ ନାନ୍‌ସିର ସୁନ୍ଦର ଆଖି ଦୁଇଟିରୁ ଗଡ଼ି ଆସିଥିବା ଲୁହଧାର ଦୁଇଟିକୁ ମୋ ରୁମାଲରେ ପୋଛି ଦେଇ କହିଲି - ଯାଅ, ଛୁଆର ଖାଇବା ନେଇଆସ ।

ନାନ୍‌ସି ହସି ହସି ଚାଲିଗଲା । ତା' ଛୁଆଟିକୁ ଆଦର କରୁ କରୁ ପଚାରିଲି - ତୋ ନାଁ କଅଣ ?

- ତା'ର ଦରୋଟି ଭାଷାରେ ସେ ଉତ୍ତର ଦେଲା - ମନତୋଛ ।

- ମମି ନାଁ ?

- ନାନ୍‌ସି ।

- ଡାଡି ନାଁ ?

- ଅନିମେଛ ।

ମନତୋଷକୁ ମୋ ଛାତିରେ ଜାକି ଧରି ନିଜକୁ ଧିକ୍‌କାର କରି ଭାବିଲି - ଇସ୍ ! ଗୋଟିଏ ନିଷ୍ପାପ ସୁନ୍ଦର ଶିଶୁକୁ ସୃଷ୍ଟି କରି ସମାଜର ସବୁ କଟାକ୍ଷ, ବିଦ୍ରୂପ ଓ ନିର୍ଯାତନାକୁ ହସି ହସି ଗୋଡ଼ରେ ଆଡ଼େଇ ଦେଇ ଚାଲିଥିବା ଏଇ ମହୀୟସୀ ନାରୀ ଓ ମା'ଟିକୁ ମୁଁ ପୁଣି ଏଇ ଘଣ୍ଟାକ ଆଗରୁ ସନ୍ଦେହ ଆଖିରେ ଦେଖୁଥିଲି !

ଯେଉଁ ଶିଶୁକୁ ମୁଁ ଛାଡ଼ି ଆସିଚି

ଅତୀତ ଜୀବନର ବହୁ ଅବିସ୍ମରଣୀୟ ଘଟଣାମାନଙ୍କ ମଧ୍ୟରୁ ଏ ଘଟଣାଟି ବି ଗୋଟାଏ। ପ୍ରୌଢ଼ର ଜଞ୍ଜାଳମୟ ଜୀବନ ଭିତରେ ଥରେ ଥରେ ବହୁ ଅତୀତର ଗୋଟିଏ ଶିଶୁର କମନୀୟ ମୁଖକାନ୍ତି ମନେପଡ଼େ - ସରଳ, ସ୍ୱଚ୍ଛ...

ଅତୀତର ସେଇ ଶିଶୁଟି ଆଜି ଯୁବକ - ସଂସାର ପଥରେ ସେ ବି ଆଗେଇ ଚାଲିଚି - ଏଇ କେତେଦିନ ତଳେ ତା' ଘରକୁ ଯାଇଥିଲି - ସୋଫା ଉପରେ ବସି ସାହିତ୍ୟ ଆଲୋଚନା କଲାବେଳେ ହଠାତ୍ ତା'ର ଶିଶୁପୁତ୍ର ମଶାରି ଭିତରୁ କାନ୍ଦିଉଠିଲା... ବ୍ୟସ୍ତ ହୋଇ ସେ ଶିଶୁଟିର କାନ୍ଦ ବନ୍ଦ କରିବାପାଇଁ ବହୁ ସାଧ୍ୟ ସାଧନା କଲା ପରେ ଯେତେବେଳେ ଶିଶୁର କାନ୍ଦ ବନ୍ଦ ହେଲା ନାହିଁ ସେ ଡାକ ପକେଇଲା ଶିଶୁର ମାତାକୁ - ମା' ଆସିଲା... ମାତା ଦେହର ସ୍ପର୍ଶ ପାଇ ଶିଶୁର କାନ୍ଦ ବନ୍ଦ ହେଲା।

ଏସବୁ ଲକ୍ଷ୍ୟ କଲାବେଳେ ମୋର ମଧ୍ୟ ଯୁବକଟିର ସେଇ ଶୈଶବ ଅବସ୍ଥା ମନେ ପଡ଼ି ଯାଇଥିଲା...

ସୋଫା ପାଖକୁ ସେ ଫେରିଆସିଲାରୁ କହିଲି - ତୁ ବି ପିଲାଦିନେ ଏମିତି କାନ୍ଦୁରା ଥିଲୁ ବୁନୁ...

ହସି ହସି ବୁନୁ ଉତ୍ତର କଲା - ଯାଃ, ମିଛକଥା ବୁଢ଼ାଭାଇ।

ବୁନୁ ସ୍ତ୍ରୀ ମଶାରି ଭିତରୁ କହିଉଠିଲା -

ବୁଢ଼ାଭାଇ ମିଛ କହୁ ନାହାନ୍ତି - ମା' ତ କହୁଥିଲେ ତମେ ଭାରି କାନ୍ଦୁରା ଥିଲ - ତମେ ଏବେ ଫାଙ୍କିଲେ କ'ଣ ହବ ? ତା' ନ ହେଲେ ତମ ଛୁଆଟା ଏଡ଼େ କାନ୍ଦୁରା ହୁଅନ୍ତା କାହିଁକି ?

ବୁନୁ ଦବିବାର ପାତ୍ର ନୁହେଁ - କହିଲା, ସିଏ ଯିମିତି କେବଳ ମୋର ପୁଅ ! ତମେ ବି ତ ପିଲାଦିନେ ଭାରି କାନ୍ଦୁରୀ ଥିଲ।

ବୁନୁର ସ୍ତ୍ରୀ ଉତ୍ତର ଦେଲା...

ହଁ, ତୁମେ ଯାଇଁ ମତେ କେତେ ଥର ତୁନି କରିଚ ପରା...

ସ୍ୱାମୀ ସ୍ତ୍ରୀ ମଧ୍ୟରେ ଏଇ ମଧୁରାଳାପ ମତେ ପ୍ରୀତି ପ୍ରଦାନ କରୁଥିଲା...

ଏଇ ସଂସାରଯାତ୍ରୀ ଯୁବକଟି ଅତୀତର ସେଇ ଶିଶୁ ବୁନୁ...

ମୋର ସାହିତ୍ୟିକ ଜୀବନ ସହିତ ବୁନୁର ଶୈଶବ-କୌତୂହଳର ଏକ ଅବିଚ୍ଛେଦ ସମ୍ବନ୍ଧ... ଆଜି ସେଇ ସବୁ ମନେ ପଡ଼େ... ବୁନୁର ଜେଜେବାପା ଉତ୍କଳର ଏକ ସ୍ୱନାମଧନ୍ୟ ସାହିତ୍ୟିକ, ସଂସ୍କାରକ ଓ 'ଉତ୍କଳ' ପତ୍ରିକାର ସଂପାଦକ। ଛାତ୍ର ଜୀବନର ଉଦ୍ଦାମ ଆକାଂକ୍ଷା ନେଇ ସାହିତ୍ୟ ଚର୍ଚ୍ଚା ଆରମ୍ଭ କରିଦେଲି... ଅନ୍ତରରେ ଯେତେ ଅତୃପ୍ତ ବାସନା ଓ ସ୍ୱପ୍ନ ଥିଲା ସବୁ ଉଜାଡ଼ି ଗପ ଗୁଡ଼ିଏ ଲେଖିଲି... କିନ୍ତୁ ପତ୍ରିକାରେ ଛାପିବାକୁ ସାହସ ହେଉ ନ ଥାଏ...

ମନେ ପଡ଼େ... କୌଣସି ପତ୍ରିକାର ସଂପାଦକଙ୍କ ନିକଟକୁ ସାହସ ବାନ୍ଧି ଗଲି ଗୋଟିଏ ଗପ ନେଇ... ସଂପାଦକ କହିଲେ - ଦେଖନ୍ତୁ ଗପଟି ବାହାରିବ କି ନାହିଁ କହିପାରୁନି, ଏ ସଂଖ୍ୟାରେ ଉତ୍କଳର ବିଶିଷ୍ଟ ବିଶିଷ୍ଟ ଲେଖକମାନଙ୍କର ଲେଖା ପ୍ରକାଶ ପାଇବ...

ଗପଟି ତାଙ୍କୁ ଦେଇ ଫେରିଆସିଲି ନିରାଶ ହୋଇ... ଗପଟି ବି ପ୍ରକାଶ ପାଇଲା ନାହିଁ - ସେ ସଂଖ୍ୟାରେ ନୁହେଁ କି ତା'ର ପରବର୍ତ୍ତୀ ସଂଖ୍ୟାରେ ବି ନୁହେଁ - ଗପଟା ଫେରେଇ ଆଣିବାକୁ ଇଚ୍ଛା ହେଲାନି - ଲାଜ ମାଡ଼ିଲା କାଳେ ସଂପାଦକ କହିବେ ଖରାପ ହୋଇଚି ବୋଲି... କିନ୍ତୁ ରଫ୍‌ରୁ ଫେର ସେଇ ଗପଟି ଉତାରି ଭୟଶଙ୍କିତ ଚିତ୍ତରେ ନେଇ ଦେଲି ବୁନୁର ଜେଜେବାପାଙ୍କୁ। ପକ୍ୱଶ୍ମଶ୍ରୁ ଭିତରୁ ମୋ ମୁହଁକୁ ଚାହିଁ ପଚାରିଲେ "ଗପ ଲେଖାଲେଖି କରୁଚ ବାପା ?"

ସସଂଭ୍ରମେ ଉତ୍ତର କଲି -

'ନୂଆ ଆରମ୍ଭ କରିଚି।'

କହିଲେ... ଭଲ, ଭଲ... କଲେଜରେ ପଢ଼ ?

'ହଁ'

'ଆଚ୍ଛା ମୁଁ ଗପଟି ପଢ଼ିବି' ଯଦି ଭଲ ହୋଇଥାଏ ଏଇ ସଂଖ୍ୟାରେ ବାହାର କରିଦେବି - ଯଦି ନ ବାହାରେ କିଛି ଦୁଃଖ କରିବ ନାହିଁ ବାପା - ନୂଆ ଲେଖୁଚ କି ନା - ଅଭ୍ୟାସ କରୁଥାଅ - ଦିନେ ନା ଦିନେ ବାହାରିବ...

ଉତ୍ସାହ ଓ ନିରୁତ୍ସାହର ମଝିରେ ପଡ଼ି ଫେରିଲି - କିନ୍ତୁ ଗପଟି ମୋର ବାହାରିଲା... ଅପରିବର୍ତ୍ତିତ - ଓଃ, କି ଆନନ୍ଦ। ଜୀବନରେ ଏ ଆନନ୍ଦ ବୋଧହୁଏ ଆଉ କେବେ

ମିଳିବା ସମ୍ଭବ ନୁହେଁ... ଛାତି ଫୁଲି ଉଠିଲା... ପତ୍ରିକାଟାକୁ ଧରି ସବୁ ବନ୍ଧୁଙ୍କ ପାଖକୁ ଯାଇ ଗପଟା ତାଙ୍କୁ ପଢ଼ି ଶୁଣେଇବାରେ ସେ ଦିନଟି କଟି ଯାଇଚି ।

ଦୁଇ ଜଣ ବିଶିଷ୍ଟ ଲେଖକଙ୍କ ସହିତ ରାସ୍ତାରେ ଦେଖା ହୋଇଚି...

ତାଙ୍କଠୁ କୌଣସି ଅଂଶରେ ନିଜକୁ ଊଣା ବୋଲି ମୁଁ ଭାବି ପାରିନି ସେତେବେଳେ...

ସେଇଦିନ ସନ୍ଧ୍ୟାରେ ଗଲି ସଂପାଦକଙ୍କୁ କୃତଜ୍ଞତା ଜଣାଇବାକୁ । ବୃଦ୍ଧ ହସିଲେ - କହିଲେ, ଗପଟି ତମର ବାସ୍ତବିକ ଭଲ ହେଇଚି ।

ବାଳକ ବୁନୁ ସେଠି ଠିଆ ହୋଇଥିଲା - ସାହିତ୍ୟର ଦୁନିଆ ବାଳକର କୌତୂହଳଦୀପ୍ତ ଆଖିରେ ସେତେବେଳେ ଅସ୍ପଷ୍ଟ ଭାବରେ ଖୋଲି ଖୋଲି ଆସୁଥିଲା; ପଚାରିଲା...

ଆପଣ ଗପ ଲେଖନ୍ତି ?

ହସି ହସି କହିଲି, ହଁ...

କହିଲା - ଆମ ପତ୍ରିକାରେ ଲେଖନ୍ତି ?

ସଂପାଦକ ନାତିକୁ ପାଖକୁ ଟାଣି ନେଇ କହିଲେ - ହଁ ବାପା, ସେ ଆମ ପତ୍ରିକାରେ ଗପ ଲେଖନ୍ତି - ତାଙ୍କର ଏଇ ସଂଖ୍ୟାରେ ଗୋଟିଏ ଗପ ବାହାରିଚି, ତୋରି ଭଳି ଗୋଟିଏ ଦୁଷ୍ଟ ପିଲା ବିଷୟରେ - ପଢ଼ିକରି ମତେ କହିବୁ କଅଣ ବୁଝିଲୁ...

ତା'ର କେଇଦିନ ପରେ ପରବର୍ତ୍ତୀ ସଂଖ୍ୟାପାଇଁ ଗପଟିଏ ଧରି ଆସିଲି ବୃଦ୍ଧ ସଂପାଦକଙ୍କ ନିକଟକୁ...

ଦ୍ୱାରଦେଶରେ ବାଳକ ବୁନୁ ଆଖିରେ ଉଚ୍ଛ୍ୱସିତ ପ୍ରଶଂସା ଉକୁଟେଇ ମତେ ଅଭିବାଦନ ଜଣେଇଲା -

ଆପଣଙ୍କ ଗପ ମତେ ଭାରି ଭଲ ଲାଗିଲା... ମୁଁ ତିନି ଥର ପଢ଼ିଲି....

ମତେ ତା'ର ଅତି ଆପଣାର ଭାବି ମୋର ହାତ ଧରି କହିଲା -

ସେଇ ଦୁଷ୍ଟପିଲା ମରିଗଲା କାହିଁକି ?

କହିଲି, ମରିଗଲା ତ -

ବୁନୁ ଅଳି କଲାଭଳି କଣ୍ଠରେ କହିଲା -

କାହିଁକି ମରିଗଲା... ମତେ ଭାରି କାନ୍ଦ ମାଡୁଚି...

ଆପଣ କାହିଁକି ଆଉ ଗପ ଦଉ ନାହାନ୍ତି ଆମ ପତ୍ରିକାକୁ... ?

କହିଲି - ଆଣିଚି ପରା...

ଖୁସିରେ ଗଦ୍‌ଗଦ ହୋଇ କହିଲା – କାହିଁ ଦେଖେ ! ମୁଁ ଆଗ ତାକୁ ପଢ଼ିସାରେ କି ପଛେ ଛପେଇବାକୁ ଦେବେ...

କିନ୍ତୁ ଗପଟି ମୋର ଦୁଇଟି ତରୁଣ ହୃଦୟର ପ୍ରଣୟ ଇତିହାସ ବହନ କରିଥିଲା ।

ତେଣୁ କହିଲି –

ଛପା ହୋଇଗଲେ ପଢ଼ିବୁ ବୁନୁ... ଆଜି ଗପ କେଜେବାପାଙ୍କୁ ନ ଦେଲେ ଆଉ ଏ ମାସରେ ବାହାରି ପାରିବନି ଯେ –

ବାଳକ ବୁନୁ କୈଶୋରର ପାଦଦେଶରେ ପହଞ୍ଚିଲା ବେଳକୁ ସେ ପୂରାପୂରି ମୋ ଗପଗୁଡ଼ିକର ଏକ ବଡ଼ ସ୍ତାବକ ହୋଇସାରିଥିଲା –

ମୋର 'ଗୀତମାଷ୍ଟର' ଗପଟି ପଢ଼ିସାରି ସେ ଛୁଟିଥିଲା ମୋ ଘରକୁ... ଆଉ ଉଚ୍ଛ୍ୱସିତ ଭାବରେ ମତେ କହିଥିଲା – ବୁଢ଼ାଭାଇ... ତମର ଏ ଗପଟା ସବୁଠୁ ଭଲ ହୋଇଚି – ସବୁଠୁ ଭଲ...।

ବୁନୁର ଏ ଉଚ୍ଛ୍ୱସିତ ପ୍ରଶଂସା ମୋର ସାହିତ୍ୟିକ ଜୀବନର ଏକ ବଡ଼ ସ୍ମୃତି ।

ପ୍ରୌଢ଼ତ୍ୱର ପରିପକ୍ୱ ବିଚାର ଓ ବୁଦ୍ଧି ଦ୍ୱାରା ଆଜି ମୁଁ ଯେତେବେଳେ ସେଇ ଗପଗୁଡ଼ିକର ବିଚାର କରି ବସେ, ଭାବେ – ବାସ୍ତବିକ ସେସବୁ ଗପଗୁଡ଼ିକର ବିଶେଷତ୍ୱ କିଛି ନାହିଁ – ଜୀବନର ସଂଘର୍ଷ, ବ୍ୟର୍ଥତା ସେଥିରେ ରୂପ ପାଇନି... ରୋମାଣ୍ଟିକ ମନର ପରିପ୍ରକାଶ ଛଡ଼ା ସେସବୁ ଗପରେ ଆଉ କଅଣ ବା ଥିଲା ? କିନ୍ତୁ ତଥାପି ଆଜି ମଧ୍ୟ ପଚିଶ ବର୍ଷର ଯୁବକ ବୁନୁ ସ୍ୱୀକାର କରିବାକୁ ପ୍ରସ୍ତୁତ ନୁହେଁ ଯେ ମୋଠୁଁ କେହି ବେଶୀ ଭଲ ଗପ ଲେଖି ପାରନ୍ତି – ହସ ମାଡ଼େ, କିନ୍ତୁ ବୁନୁକୁ ଦୋଷ ଦେଇପାରେନି ।

ତା'ର ଶୈଶବ ଓ କୈଶୋରର ସ୍ୱପ୍ନ ଭିତରେ ସେ ମୋର ରୋମାଣ୍ଟିକ ଓ ସେଣ୍ଟିମେଣ୍ଟାଲ ଗଳ୍ପଗୁଡ଼ିକର ବିଚାର କରି ଯେଉଁ ପରମ ପରିତୃପ୍ତି ଲାଭ କରିଚି ତାହା ଆଜି ତା'ର ବିଚାରଶୀଳ ମନ ଲିଭେଇଦେଇପାରେନି ।

କିନ୍ତୁ ସବୁଠୁଁ ବଡ଼ ଦୁର୍ଦ୍ଦଶା ଘଟିଚି ମୋରି – ବଞ୍ଚି ରହିବାର ଆକାଂକ୍ଷା ମତେ ମୋର ସାହିତ୍ୟଠାରୁ ଦିନେ ବହୁ ଦୂରକୁ ଠେଲିଦେଲା...।

ଚାକିରିଆ ଜୀବନର ଘସରା କର୍ତ୍ତବ୍ୟ ଓ ସ୍ତ୍ରୀ ସନ୍ତାନର ଜଞ୍ଜାଳ ଭିତରେ ବୁଡ଼ିରହି ମୋର ଜୀବନର ଶ୍ରେଷ୍ଠ ସମ୍ପଦକୁ ପଛରେ ପକେଇ ମୁଁ ଦୁନିଆର ସୁବିପୁଳ ଜନତା ଭିତରେ ଦିନେ ହଜିଗଲି ।

ବୁନୁ ତା'ର ଶୈଶବାବସ୍ଥାର ସାହିତ୍ୟିକ କୌତୂହଳକୁ ଯେ ଦିନେ ସାର୍ଥକ କରିବ ଏ ଧାରଣା ମୋର ନ ଥାଏ ।

ମୁଁ ପୁରୀରେ ଥାଏ - ହଠାତ୍ ଦିନେ ବୁନୁ ମୋ ଘର ଖୋଜି ଖୋଜି ଯାଇ ହାଜର।

ବୁଢ଼ାଭାଇ - ତୁମେ ପୁରୀରେ ଅଛ, ଅଥଚ ମୁଁ ଜାଣେନି... ମିନୁ ପିଉସୀଙ୍କଠୁଁ ଶୁଣିଲି ଯେ ତମେ ତାଙ୍କ ସ୍କୁଲରେ ଛ'ମାସ ହେଲା କୁଆଡ଼େ ଟିଚର୍ ହେଇଚ।

ବୁନୁର ପୁରୁଷୋଚିତ ବପୁ ଉପରେ ସପ୍ରଶଂସ ଦୃଷ୍ଟିରଖି ହସି ଉଠିଲି... କହିଲି-

କିରେ ଟୋକା, ତୁ କଅଣ ମୋତେ ଥଟ୍ଟା ଆରମ୍ଭ କରିଦେଲୁଣି...।

ନିଶ ଦାଢ଼ି ଉଠିଲା ବୋଲି କଅଣ ଗୋଟେ ଭାରି ବଡ଼ ହୋଇଗଲୁଣି ବୋଲି ଭାବୁଚୁ ନା କଅଣ ?

ବୁନୁ ହସି ହସି କହିଲା - ଥଟ୍ଟା କରିବିନି, ଗପ ଲେଖାଲେଖି ଛାଡ଼ି ଆସି ଗୋଟେ ବାଳିକାସ୍କୁଲରେ ଟିଚର ହୋଇଚ - ତମକୁ ଲାଜ ମାଡୁନି !

କହିଲି- ସରକାର ମତେ ଯୋଉଠିକି ବଦଳି କଲେ ମୋର ସେଥିରେ ହାତ କଅଣ ?

ନିଶ୍ଚୟ ତମର ଇଚ୍ଛା ଥିଲା... ମନା କରି ଦେଲନି ! ଝିଅ ସ୍କୁଲର ମାଷ୍ଟ୍ର ହେଲେ ଆଉ ଗପ ଲେଖିବ କଅଣ, ନିଜେ ତ କେତେ ଗପର ହିରୋ ହେଉଥିବ।

ଶାସନଭଙ୍ଗୀରେ ବୁନୁର କାନଟାକୁ ଧରି ପକେଇ କହିଲି - ଚୁପ୍ ଟୋକା, ମତେ ଫେର ଥଟ୍ଟା କରୁଛୁ, ଆ ଭିତରକୁ ଆ।

ବୁନୁ ପକେଟରୁ ସାଙ୍ଗେ ସାଙ୍ଗେ ଗୋଟାଏ ଫର୍ଦ୍ଦ କାଗଜ ବାହାର କରି କହିଲା - ମୁଁ ଗୋଟେ କବିତା ଆଣିଚି ତମକୁ ପଢ଼ି ଶୁଣେଇବାକୁ... ତମକୁ କିମିତି ଲାଗୁଚି କହିବ।

ବୁନୁର କବିତାଟି ଶୁଣି ବିସ୍ମିତ ହେଲି - ଷୋଳ ସତର ବର୍ଷର ପିଲାଟାଏ - ଏଡ଼େ ସୁନ୍ଦର କବିତା ଲେଖିପାରେ ? ମୋର ଉଚ୍ଛ୍ୱସିତ ପ୍ରଶଂସାକୁ ସମ୍ଭାଳି ନ ପାରି ବୁନୁ କହି ପକେଇଲା -

ଥାଉ ଥାଉ ବୁଢ଼ାଭାଇ, ତୁମେ ମତେ ନେଇ ଆଉ ସ୍ୱର୍ଗରେ ବସାଅନି।

ତା'ପରେ ନିୟମିତ ଭାବରେ ବୁନୁ ପୁରୀ ଆସେ ଆଉ ତା'ର କବିତା ଶୁଣାଏ... ତା'ର କବିତା ପତ୍ରପତ୍ରିକାରେ ବାହାରେ। ବହି ଆକାରରେ ବାହାରେ।

ବୁନୁ ଓଡ଼ିଶାରେ ଏକ ପ୍ରଗତିଶୀଳ ତରୁଣ କବି ଭାବରେ ଆଦୃତ ହୁଏ।

କିନ୍ତୁ ବୁନୁର ସାହିତ୍ୟିକ ହିରୋ ମୁଁ? ସାହିତ୍ୟ ମୋଠୁ ଯେ ବହୁ ଦୂରରେ !

ପ୍ଲଟ ମୁଣ୍ଡରେ ଢୁକେନି - ଚେଷ୍ଟା କରି ଲେଖିବାକୁ ବସେ - କିନ୍ତୁ ଲେଖିଲାବେଳକୁ ମନେ ପଡ଼େ -

ଇନ୍ସିଓରେନ୍ସର ଗ୍ରେସ ପିରିଅଡ଼ ଚାଲିଗଲା... ଟଙ୍କା ଦିଆହୋଇପାରିଲାନି। ଫୋର୍ଥ ଇୟରର ଟେଷ୍ଟ ଖାତାର ମାର୍କ୍‌ସ କାଲି ଦାଖଲ କରିବାକୁ ହେବ...

କଲମଟା କେତେବେଳେ ଯେ ଟେବୁଲ୍ ଉପରେ ଶୋଇପଡ଼ିଚି ଜାଣି ପାରିନି-

ବହୁ ସମ୍ପାଦକ ଓ ବନ୍ଧୁଙ୍କର ଉତ୍ସାହ ଓ ଅନୁରୋଧ ମୋର ସାହିତ୍ୟିକ ପ୍ରତିଭାକୁ ଉଦ୍‌ବୁଦ୍ଧ କରିପାରିଲାନି। ବୁନୁ ବର୍ତ୍ତମାନ ଖାଲି ତା'ର କବିତା ମତେ ପଢ଼ାଏନି କବିତାର ପୃଷ୍ଠପଟରେ ଯେଉଁ ପ୍ରେରଣା ଅଛି ତା'ର ଇତିହାସ କହି ବସେ...

ବିଧବା ମାତାର ଏକମାତ୍ର ଅଲିଅଳ ସନ୍ତାନ ସମକ୍ଷରେ ଆଜି ଦୁନିଆ ତା'ର ପ୍ରକୃତ ରୂପରେ ଧରା ଦେଇଚି...

ଜେଜେବାପା ଓ ବାପା ତା'ର ମୃତ... ଉତ୍କଳ ପତ୍ରିକା ବନ୍ଦ ହୋଇଯାଇଚି...

ଅନେକ ଦିନର ପୁରୁଣା ନାଁକରା ପତ୍ରିକା - ବୁନୁ 'ଉତ୍କଳ' ପତ୍ରିକାର ପୁନଃ ପ୍ରକାଶନର ସ୍ୱପ୍ନ ଦେଖେ - କିନ୍ତୁ ଯୌବନସୁଲଭ ସ୍ୱପ୍ନ ଭିତରେ ସେ ସ୍ୱପ୍ନ ଯେପରି ପରାହତ ହୁଏ -

ଦିନେ ଅଭାବିତ ଭାବରେ ମୋରି ଏକ ଛାତ୍ରୀ ସହିତ ତା'ର ପ୍ରଣୟ ବାର୍ତ୍ତା ମୋ ନିକଟକୁ ବହିଆଣେ ବୁନୁ...

ମୋର ଅତୀତର ସେଇ ଶିଶୁ ବୁନୁ ଆଜି ସ୍ୱାମୀ ଓ ପିତା, କର୍ମ ତାଡ଼ନାରେ ସେ ଓ ମୁଁ ଦୂରରେ - ନବଜୀବନର ପ୍ରଭାତ ରଶ୍ମି ପରଶରେ ମତେ ବି ଭୁଲିଯାଇଚି...

ଏହା ଭିତରେ ଗଙ୍ଗାର ବୁକୁରେ ବହୁ ଜଳର ପ୍ରବାହ ଘଟି ଯାଇଚି...

କୌଣସି କାରଣରୁ ବୁନୁ ତା'ର ସାହିତ୍ୟିକ ହିରୋକୁ ଭୁଲ୍ ବୁଝିଥିଲା... ତା' ନିକଟରେ ଅଭିଯୋଗ କରିଥିଲା... ସେଇଟା ଏଠି ମୋର ବକ୍ତବ୍ୟ ନୁହେଁ... ଜୀବନର ସେଇଟା ବି ଗୋଟାଏ ଅଧ୍ୟାୟ, ଭାବିଥିଲି ଅଭିଜ୍ଞତାର ଚାପରେ ବୁନୁ ଭୁଲିଯାଇଚି ଯେ ମୁଁ ଦିନେ ସାହିତ୍ୟିକ ଥିଲି -

କିନ୍ତୁ ବୁନୁ ଭୁଲିନି - ବରଂ ଅତି ବେଶୀ ମନେ ରଖିଚି... ଭୁଲ ବୁଝା ବୁଝି ଶୈଶବର ସେଇ ଗଭୀର ଅନୁଭୂତିକୁ ସ୍ପର୍ଶ କରିପାରିନି -

ବୁନୁ 'ଉତ୍କଳ' ପତ୍ରିକା ଫେର ପ୍ରକାଶ କରିବାକୁ ଲାଗିପଡ଼ିଛି... 'ଉତ୍କଳ'ର ସବୁ ପୁରୁଣା ଲେଖକଙ୍କ ଉପରେ ଏକ ନୈତିକ ଦାବି ଅଛି -

ସେଇ ଦାବି ବହନ କରି ଗୋଟାଏ ଛପା ଅନୁରୋଧ ପତ୍ର ମୋ ନିକଟକୁ ଆସିଲା ଡାକରେ... ମୁଁ ବି ସେତେବେଳକୁ କଟକ ବଦଳି ହୋଇ ଆସିଚି -

କିନ୍ତୁ ଛପା ଅନୁରୋଧର ଠିକ୍ ତଳେ ହାତରେ ଲେଖା ଥିଲା -

"ବୁଢ଼ାଭାଇ, ଅତି ଶୀଘ୍ର ମୋର ଗପ ପଠେଇବ। ସୂଚୀର ତୃତୀୟ ସ୍ଥାନରେ ଯେପରି ତମ ଗପ ରହେ... ଶୀଘ୍ର ନ ଦେଲେ ଦେଖି ନେବି, 'ବୁନୁ'।

ଚିଠି ପଢ଼ି ଅତୀତର ଦୀର୍ଘତା ସଂକୁଚିତ ହୋଇ ଆସିଲା - କୌତୂହଳଦୀପ୍ତ ଦୁଇଟି ସୁନ୍ଦର ଉଜ୍ଜ୍ୱଳ ଆଖି ଭାସିଉଠିଲା ମୋର ମନରେ, ଶୁଭିଲା - ଆପଣ ଆମ ପତ୍ରିକାରେ ଲେଖନ୍ତି ? ସବୁ ମାସରେ ଆପଣ କାହିଁକି ଆମ ପତ୍ରିକାକୁ ଗପ ଦଉ ନାହାନ୍ତି ?

ଅନ୍ତରରେ କେଉଁ ଏକ ଅବିଲୁପ୍ତ ପୁଲକ ସଂଚରିଗଲା... ବୁନୁକୁ ଲେଖିଲି 'ଗପ ଯଥାଶୀଘ୍ର ପଠେଇବି'। ବହୁ ସଂପାଦକଙ୍କୁ ନିରାଶ କରିଛି... କିନ୍ତୁ ଆଜି କାହିଁକି ଏଇ ଶିଶୁ ସଂପାଦକର ଦାବିକୁ ଉପେକ୍ଷା କରିପାରିଲିନି...

କି ଏକ ଶକ୍ତିଦାହ ଭିତରକୁ ମୁଁ ଅସହାୟ ଭାବରେ ଭାସିଗଲି...

ଦିନେ, ଦୁଇ ଦିନ, ଆଠ ଦିନ, କୋଡ଼ିଏ ଦିନ ଚାଲିଗଲା... ବୁନୁର ଅନୁରୋଧ କର୍ମଚାପରେ ଅସ୍ପଷ୍ଟ... କଲେଜ ପ୍ରିନ୍‌ସିପାଲଙ୍କ ଫୋନ୍‌ଟା କିନ୍ତୁ ମତେ ଇୟା ଭିତରେ ତିନି ଥର ଡାକି ସାରିଲାଣି...

ମୁଁ ନ ଥାଏ... କିମ୍ବା କ୍ଲାସରେ ଥାଏ...

ଦିନେ ପ୍ରିନ୍‌ସିପାଲଙ୍କ ଆଗରେ ବସି ତାଙ୍କ ସହିତ ଗପ କରୁଚି, ଫୋନ୍ ରିଙ୍ଗ କଲା... ପ୍ରିନ୍‌ସିପାଲ୍ ଫୋନ୍ ଧଇଲେ...

"କିଏ ?"

"ପ୍ରଶାନ୍ତବାବୁ ? କୋଉଠୁ କହୁଛନ୍ତି, ଓ !"

"ବିମଳବାବୁଙ୍କୁ ଖୋଜୁଛନ୍ତି ?"

ପ୍ରିନ୍‌ସିପାଲ୍ ମୋ ଆଡ଼କୁ ଚାହିଁଥିଲେ।

ଠାରି କହି ଦେଲି ମନା କରିଦେବାକୁ।

କିନ୍ତୁ ପ୍ରିନ୍‌ସିପାଲ ହସି ହସି କହିଲେ -

ଦଉଚି, ହେଇଟି, ମୋ ପାଖରେ ସିଏ ବସିଛନ୍ତି। "ଦିଅନ୍ତୁ ତାଙ୍କୁ ଫୋନ୍‌ଟା"। ଫୋନ୍‌ଟା ଦଉ ଦଉ ପ୍ରିନ୍‌ସିପାଲ୍ କହିଲେ, "ଯାଃ, ପିଲାଟାକୁ ଏମିତି ଠକଉଚ କାହିଁକି। ସେ ବିଚରା ଚାରି ପାଞ୍ଚ ଥର ଫୋନ୍ କଲାଣି, ତାକୁ ଶୀଘ୍ର ଗୋଟାଏ ଗପ ଦିଅ।"

ଫୋନ୍‌ଟା ଧଇଲି।

କାନ ପାଖରେ ଗୁଡ଼ାଏ ଘାଉଁ ଘାଉଁ ଶବ୍ଦ କରି ବୁନୁ ଗାଳି ବର୍ଷଣ କଲା।

"ଭାରି ତ ଲେଖକ ହେଇଚ, ଏଡ଼େ ଠକ, ତମଦ୍ୱାରା କିଛି ପରା ହବନି, ଯାଃ, ମାସେ ହେଇଗଲା, ଆଉ କୋଉ ଦିନ ଦବ, ଆଜି ସନ୍ଧ୍ୟାରେ ନ ଦେଲେ ବୁଢ଼ାଭାଇ ଦେଖିବ ଫେରେ... ଇତ୍ୟାଦି ଇତ୍ୟାଦି।

ମୁସ୍କିଲରେ ପଡ଼ିଲି।

ବୁନୁ ଠିକ୍ ସନ୍ଧ୍ୟାକୁ ଆସି ହାଜର ମୋ ଘରେ - ଦିଅ ଗପ।

ଗୃହିଣୀଙ୍କୁ ଡାକି କହିଲି - ଦବଟି ବୁନୁକୁ ଚା, ଜଳଖିଆ, ପାନ, ସିଗାରେଟ୍-।

ବୁନୁ କହିଲା, ବଡ଼ ପାଟିକରି -

ଥାଉ ଥାଉ... ତମେ ଭାରି ପଟାପଟି କରି ଜାଣ ବୁଢ଼ାଭାଇ... ଲାଜ ମାଡୁନି ତମକୁ... ତମଠୁଁ ସାତ ପଛରେ ସାହିତ୍ୟ ଚର୍ଚ୍ଚା କରି କେତେ ନାଁ କମେଇଲେଣି, ତୁମେ ବସିଥା... ବର୍ତ୍ତମାନ ଦିଅ -

ବହୁ କଷ୍ଟରେ ବୁନୁକୁ ବୁଝାଇବାକୁ ପଡ଼ିଲା। ଅତୀତର ଦୂରଦୂରାନ୍ତରେ ଛାଡ଼ି ଆସିଥିବା ବୁନୁର ଅନୁରୋଧକୁ ମୁଁ ଉପେକ୍ଷା କରିପାରନ୍ତି ବା କିପରି? କିନ୍ତୁ ବୁନୁ କଅଣ ବୁଝୁଛି ମୋର ଅପଦାର୍ଥତା? ତା'ର ସୁକୋମଳ ହୃଦୟରେ ସେ ମୋ ବିଷୟରେ ଯେଉଁ ଧାରଣା ବହନ କରିଚି ବର୍ଷ ବର୍ଷ ଧରି ତାକୁ ଦୂର କରିପାରିବାର ଶକ୍ତି ମୋର କାହିଁ?

ମୋ କଥାରେ ବୁନୁ ବିଶ୍ୱାସ କଲାନି। ମୋ ହାତଘଡ଼ି ଫିଟେଇ ପକେଟରେ ରଖି କହିଲା - କାଲି ଦିନ ଠିକ୍ ବାରଟାବେଳେ ମୋ ଅଫିସରେ ନିଜେ ନେଇ ଗପ ଦେଇ ନ ଆସିଲେ ତମର ଏଇ ଘଡ଼ିଟାକୁ ଛେଚି ଗୁଣ୍ଡା କରିଦେବି। ଆଉ ଶୁଣ, ମିନୁ ରାଣ ମିଲୁ ରାଣ ପକେଇ କହୁଚି ବାରଟା ପାଞ୍ଚ ହୋଇଗଲେ ଘଡ଼ି ଗଲା।

ନିଜର ଶକ୍ତି ଉପରେ ବିଶ୍ୱାସ ନ ଥିଲା, ଭୟାର୍ତ୍ତ ହୋଇ କହିଲି -

ବୁନୁ, ତୁ ଏପରି କଠୋର ପ୍ରତିଜ୍ଞା କଲେ ମୁଁ ଶେଷକୁ ହଇରାଣ ହେବି। ଏଇ ସାମାନ୍ୟ କଥା ପାଇଁ ତୋର ସ୍ତ୍ରୀ ଓ ପୁଅ ରାଣ ପକେଇଦେଲୁ? ଅଥଚ ମୁଁ ଜାଣେ ତୁ ଘଡ଼ିଟା ଭାଙ୍ଗି ପାରିବୁନି।

ଚୌକିରୁ ଉଠିପଡ଼ି କହିଲା -

ଠିକ୍ ପାରିବି - ମୋ ଜିଦ୍ କଥା ତମେ ଜାଣିଚ ତ - ତମେ ପରୀକ୍ଷା କର - ବୁନୁ ଚାଲିଗଲା।

ଘଣ୍ଟାଏ, ଦୁଇ ଘଣ୍ଟା କରି ଘଣ୍ଟାଗୁଡ଼ିକ ଏକ୍ସପ୍ରେସ୍ ଟ୍ରେନ୍‌ରେ ଛୁଟି ଚାଲିଲେ... ରାତିରେ ନିଦ ବି ହେଲାନି କିନ୍ତୁ ଗପ ବାହାରିଲାନି ମୁଣ୍ଡରୁ।

ସକାଳୁ ଉଠି ଦାନ୍ତ ଘଷୁ ଘଷୁ ମୁଣ୍ଡରେ ହଠାତ୍ ପ୍ଲଟ ଢୁକିଲା - କିନ୍ତୁ ଠିକ୍ ବାରଟା ବେଳେ ଗପ ନେଇ ବୁନୁ ପାଖରେ ପହଞ୍ଚି ପାରିଲିନି - ବାରଟା ଦଶ ମିନିଟ୍ ହୋଇଗଲା।

ବୁନୁ ଗମ୍ଭୀର ହୋଇ ବସିଥିଲା ଅଫିସ ଚୌକିରେ।

ହସି ହସି କହିଲି – ମୋ ଘଣ୍ଟାଟା ନିଶ୍ଚୟ ଭାଙ୍ଗି ସାରିଥିବୁ...

ଅଭିମାନସିକ୍ତ କଣ୍ଠରେ ବୁନୁ କହିଲା – ଘଣ୍ଟାଟା ଟେବୁଲ ଉପରେ ରଖିଦେଇ – ନିଅ ତମ ଘଣ୍ଟା – ମୋର ତମ ଗପ ଦରକାର ନାହିଁ...

ବ୍ୟଥିତ କଣ୍ଠରେ କହିଲି –

"ଆଚ୍ଛା ବୁନୁ, ତୁ ତ ଜାଣୁ – ମୁଁ କେତେ କାମ ଭିତରେ ସଢୁଚି... ମାତ୍ର ଦଶ ମିନିଟି ଡେରିରେ ତୋର ଏତେ ରାଗ –"

ଆଖି ଛଳ ଛଳ କରି ବୁନୁ କହିଲା –

ରାଗ ହବନି – ତମେ ଯଦି ମତେ ପ୍ରକୃତରେ ଭଲପାଇଥାନ୍ତ ତେବେ ଗପଟା ଠିକ୍ ଦଶ ମିନିଟ୍ ଆଗରୁ ଆଣିପାରିଥାନ୍ତ। ପାଞ୍ଚ ଥର ମତେ ଜବାବ ଦେଲ – ପାଞ୍ଚ ଥର ଯାକ ଜବାବ ଭାଙ୍ଗିଲ – ଏଥର କିନ୍ତୁ ଭାଙ୍ଗିବ ବୋଲି ମୁଁ ଜାଣି ନ ଥିଲି...

ବୟସ୍କ ବୁନୁର ଅଶ୍ରୁସଜଳ ମୁହଁ ଭିତରେ ମୁଁ କେବଳ ଅଠର ବର୍ଷ ତଳର ଏକ ସରଳ ଉଜ୍ଜ୍ୱଳ ଗୋରା ତକ୍ ତକ୍ ଶିଶୁ ମୁହଁଟିଏ ଛଡ଼ା ଆଉ କିଛି ଦେଖିପାରୁ ନ ଥିଲି...

ମୋ ଘଡ଼ି ଠିକ୍ ଅଛି, କିନ୍ତୁ ବୁନୁର ସାହିତ୍ୟିକ ହିରୋ କୁଆଡ଼େ ହଜି ଯାଇଚି, ରହିଚି କେବଳ ବ୍ୟକ୍ତିତ୍ୱହୀନ ଏକ ମାମୁଲି ସାହିତ୍ୟ ଅଧ୍ୟାପକ।

ସୌରଭ

॥ ୧ ॥

କାଠଯୋଡ଼ିର ଖରାଦିନିଆ ନଈଧାରଟା ହାତୀଗଡ଼ା ଘାଟ ତଳଦେଇ ବୋହିଯାଉଚି। ଧାର ଉପରେ ଖରାଦିନିଆ କଚ୍ଚା ରାସ୍ତାର ପୋଲ - ପୋଲ ତଳେ ତଳେ ପାଣି ଆଣ୍ଠୁଏରୁ ଟିକିଏ ବେଶି। ଖରାରେ ତାଲୁ ଫାଟି ଯାଉଚି। ପୋଲଠୁଁ ଟିକିଏ ଦୂରରେ ପାଣିରେ ଠିଆ ହୋଇ ହରି ସିଂ ଗାଈର ଦେହ ଘଷିବାରେ ଲାଗିଚି - ହାତୀ ଭଳି ଧଳା ଗାଈ। ଯେତେ ଘଷିଲେ ବି ତା' ମନ ମାନୁନି। ଗାଈ ଦେହରୁ ସଫା ପାଣି ନିଗିଡ଼ିଲାଣି, ତଥାପି ଘଷାର ବିରାମ ନାହିଁ।

ଅଦୂରରୁ ଶୁଭିଲା - ସିଂଘେ, ଘଷା ଖାଇ ଖାଇ ଗାଈଟା କ'ଣ ଗୋରା ଫିଟିଗଲାଣି ?

ହରି ସିଂ ବକ୍ତାର କଥା ପ୍ରତି କାନ ଦେଲାନି...

କାଶିଆ ସାହୁ ତା'ର ଦୁଷ୍ମନ୍ -

ହରି ସିଂର ବରା-ପିଆଜି ଦୋକାନ, ଗଣେଶ ଘାଟରେ। କାଶୀ ସାହୁର ହନୁମାନ୍ ଘାଟରେ - ପାଖାପାଖି ଦି'ଟା ଘାଟ। ବିକ୍ରି ମାଲ କାହାର ବଳକା ରହେନି। ଦିନ ଆଠଟା ବେଳକୁ ବରା-ପିଆଜି ସବୁ ଶେଷ ହୋଇଯାଏ। କିନ୍ତୁ ହରି ସିଂ କାଶୀସାହୁ ପରସ୍ପରର ଦୁଷ୍ମନ୍ - କାଶିଆ ସାହୁର ବରା ପିଆଜି ବେଶି ସୁଆଦ। ବାସନାଟା ବି ଚମତ୍କାର ବୋଲି କାଠଯୋଡ଼ି କୂଳର ସବୁ ଅଣଓଡ଼ିଆ ବାବୁମାନେ କାଶିଆଠୁଁ ବରାପିଆଜି କିଣନ୍ତି। କାଶିଆ ସାହୁ ଦୋକାନର ଏଇ ଆଭିଜାତ୍ୟ - ହରି ସିଂ ସହିପାରେନି।

କାଶୀ ସାହୁର ବି ହରି ସିଂ ପ୍ରତି କମ୍ ଈର୍ଷା ନୁହେଁ। ହରି ସିଂର ହାତୀ ଭଳି ଗାଈଟାକୁ ଦେଖିଲେ କାଶୀର ମନ ଖରାପ ହୋଇଯାଏ - ଗାଈଟା ଫଳ ଗଲେ ଚାରି ପାଞ୍ଚ ସେର ଦୁଧରୁ କମ୍ ଦବନି।

ପାଞ୍ଚ ବର୍ଷ ତଳେ ହରି ସିଂ ମାତ୍ର ପନ୍ଦରଟା ଟଙ୍କାରେ ଗୋଟାଏ ମଡ଼ିଆ ବାଛୁରୀ କିଣିଥିଲା । କାଶୀ ସାହୁର ଧାରଣା ନ ଥିଲା ଯେ ସେଇ ମଡ଼ିଆ ଅପରଛନିଆ ବାଛୁରୀଟା ପୁଣି ଏତେ ବଡ଼ ଗାଈଟାଏ ହବ । ହରି ସିଂ ବାଛୁରୀଟାକୁ ଗଣେଶ ଘାଟ ବନ୍ଧ ଉପରେ ଦେଇଥିବା ତା' ବରା-ପିଆଜି ଦୋକାନର ବାଉଁଶ ଖୁଣ୍ଟିରେ ବାନ୍ଧିଦିଏ ସବୁଦିନ ।

ନଈ ପାରି ହୋଇ ଯେତେ ଘାସବାଲୀ ସେଇ ଘାଟବାଟେ ସହର ଭିତରକୁ ଯା'ନ୍ତି ସେମାନେ ସମସ୍ତେ କେରାଏ ଲେଖାଁ ଘାସ ବାଛୁରୀ ମୁହଁ ପାଖେ ପକେଇ ଦେଇ ଯା'ନ୍ତି - ହରି ସିଂ ବି ଘାସବାଲୀମାନଙ୍କୁ ବରାଟାଏ ପିଆଜିଟାଏ ଦେଇ ଖୁସି କରି ରଖିଥାଏ ।

ବିରିଚୋପା ଖେସାରି ଚୋପା ତ ବରା ପିଆଜି ଦୋକାନୀର ଅଭାବ ନାହିଁ... ବାଛୁରୀ ମାସ ଛ'ଟାରେ ମୋଟେଇ ଗଲା - ହରି ସିଂ ଦେଖିଲା ସ୍ୱପ୍ନ... ।

ବାଛୁରୀଟା ବଡ଼ ହବ, ଫଳେଇବ - ଦୁଧ ଦବ - ଗାଈ ପ୍ରତି ତା'ର ମାୟା ବଢ଼ିଲା - ସେ କିମିତି ବେଶୀ ମୋଟା ହବ ସେଇ ହେଲା ତା'ର ଚିନ୍ତା - ।

ଗାଈ ଯଥେଷ୍ଟ ଖାଇଲେ ସୁଦ୍ଧା ହରି ସିଂର ମନ ମାନେନି... ପ୍ରାୟ ସବୁଦିନ ସେ ବରା ପିଆଜି ଦି'ଚାରିଟା ତା' ମୁହଁ ପାଖରେ ପକେଇ ଦିଏ -

ଦୋକାନ ବିକ୍ରି ସରିଲା ସାଙ୍ଗେ ସାଙ୍ଗେ ସେ ଗାଈପିଛା ଲାଗେ । ଗୁହାଳ ପୋଛାଠୁ ଆରମ୍ଭ କରି ଗୁହାଳରେ ଧୂଆଁ ଦବା ପର୍ଯ୍ୟନ୍ତ ସବୁ କାମ ହରି ସିଂ ନିଜ ହାତରେ କରିବାକୁ ଭଲପାଏ - ସେଇଥିପାଇଁ ତା' ଗାଈଟି ଏଡ଼େ ଚକ୍ ଚକ୍ କରେ - ଦେହରେ ଟିକିଏ ଗୋବର ବି କୋଉଠି ଲାଗି ରହେନି -

ଗାଈଟି ତା'ର ଭାରି ଲକ୍ଷ୍ମୀକର - ସୁଧାରିଆ, ତା' ନାଁ ଦିଆ ହୋଇଛି ଲକ୍ଷ୍ମୀ -

ହରି ସିଂ କୁଣ୍ଡା ତୋରାଣୀ ଆଉ ବିରି ଚୋପା ଏକାଠି ଗୋଳେଇ ଖାଇବାକୁ ଦଉଥିବାବେଳେ ଲକ୍ଷ୍ମୀ କୁଣ୍ଡରୁ ମୁହଁ ଉଠେଇ କୁଣ୍ଡା ତୋରାଣୀ ସାଲୁବାଲୁ ମୁହଁରେ ହରି ସିଂର ଦେହ ଚାଟିପକାଏ ତା'ର ଟାଆଁସିଆ ଜିଭରେ । ହରି ସିଂ କପଟ ଭର୍ତ୍ସନା କରି କହେ - ଏଇ ଲକ୍ଷ୍ମୀ, କ'ଣ ଇଏ ହଉଚି ? ମାଡ଼ ମୂଲୋଉଚୁ, ନାଇଁ ?

ହରି ସିଂ କିନ୍ତୁ କେବେ ଲକ୍ଷ୍ମୀକୁ ବାଡ଼େଇନି -

ଦୋଳରେ - ଆନନ୍ଦରେ ହରି ସିଂର ଅନ୍ତର ଉଚ୍ଛୁଳିଉଠେ - ସେ ଦୋଳ ପାଞ୍ଚଦିନ ମଣିଷ ସାଥୀରେ ରଙ୍ଗ ଖେଳେନି... ଖେଳେ ତା' ଲକ୍ଷ୍ମୀ ସାଥିରେ - ସେ ତା' ଦେହକୁ ପିଚକାରି ମାରେ - ମୁଣ୍ଡଟାକୁ ତା'ର ଫଗୁ ବୋଳି ବୋଳି ନାଲି କରିଦିଏ - ବେକରେ ତା'ର ଗଜରା ଫୁଲମାଳ ଝୁଲାଏ । ଗୁହାଳ ଦୁଆର ମୁହଁରେ ଆମ୍ବଡାଳ ଝୁଲାଏ -

ହରି ସିଂର ଏ ପାଗଳାମି ଦେଖି ସାଇପଡ଼ିଶାରେ ସମସ୍ତେ ହସନ୍ତି - କିନ୍ତୁ ତା ଅଲକ୍ଷ୍ୟରେ ତା'ର ଚଉଡ଼ା ଛାତି ଆଉ ବାଘୁଆ ନିଶକୁ ଗଣେଶ ଘାଟରେ ନ ଡରେ କିଏ ଇମିତି କେହି ନାହିଁ -

ହରି ସିଂକୁ ଡରେନି କେବଳ ଜଣେ, ତା' ସ୍ତ୍ରୀ ବିମଳା -

ଲକ୍ଷ୍ମୀ ପ୍ରତି ହରି ସିଂର ଅତିରିକ୍ତ ଯତ୍ନ ଦେଖି ବିମଳାର ଦେହ ଜଳିଉଠେ -

ଲକ୍ଷ୍ମୀ ପାଇଁ ବିମଳା କେତେ ଥର ମାଡ଼ ମଧ୍ୟ ଖାଇଚି...।

ଦିନକର ଘଟଣା -

ଲକ୍ଷ୍ମୀ ପିଠି ଆଉଁସୁଚି ହରି ସିଂ... ଗାଈ ପାଇଁ କିଛି କାମ କରିବାକୁ ନ ଥିଲେ ହରି ସିଂ ତା' ପିଠି ଆଉଁସିବାକୁ ବସିଯାଏ - ବିମଳା ଦିହରେ ଏ ସବୁ ଯାଏନି... ସଂସାରର ଆଉ ସବୁ କଥା ଭୁଲି ଖାଲି ଗାଈଟା ପିଛା ଦିନରାତି ଲାଗିଲେ କିଏବା ନ ଚିଡ଼ିବ। ସେଦିନ ଅନ୍ୟମନସ୍କ ଭାବରେ ହରି ସିଂ ଗାଈର ପିଠି ଆଉଁସୁଥିଲା ବିମଳା ଆସି କହିଲା।

କଅଣ ଛୁଆଟା ପେଇଁ ଟୋପେ ଦବେଇ ଆଣିବାକୁ ଯିବ ନା ନାଇଁମ? ଟୋକାଟା ଦିହରେ ଖଇ ଫୁଟୁଚି -

ହରି ସିଂ କିଛି ଉତ୍ତର ଦେଲାନି। ଚିଡ଼ିଯାଇ ବିମଳା କହିଲା -

ମଲା ମୋ ସୁଆଗ - ଦିନରାତି ଗୋଟେ ବାଞ୍ଝ ଗାଈ ପିଛା କଅଣ ଏତେ ଲାଗିଥିବ ମ -?

ହରି ସିଂ ତାଳୁକୁ ପିତ୍ତ ଚଢ଼ିଗଲା - ଦୌଡ଼ିଆସି ବିମଳାର ଗାଲରେ ଗୋଟାଏ ଜାବଡ଼ା ବସେଇଦେଲା।

ତା' ଗାଈକୁ କେହି ବାଞ୍ଝ କହିଲେ ସେ ଚିଡ଼ିଉଠେ, କାରଣ କଥାଟା ମିଛ... ଅସଲ କଥା ହରି ସିଂ ଏଯାଏ ଗାଈଟାକୁ ଫଳେଇବାର କୌଣସି ବ୍ୟବସ୍ଥା କରିନି... ତିନି ହୋଇଗଲା - କହିବାକୁ ଆରମ୍ଭ କଲେ - ଅଭିଜ୍ଞ ଗଉଡ଼ମାନେ -

"ସିଂଘେ - ଗାଈଟାର ଫଳେଇବା ବୟସ ଗଡ଼ି ଯାଉଚି - ଡେରି କରିଦେଲେ ଆଉ ଫଳ ଯିବ ନାହିଁ - ତେମେବି ଗାଈଟାକୁ ବିରି ଖୁଆଇ ଖୁଆଇ ତା' ଦିହରେ ଚର୍ବି କରିଦେଲଣି...

କଥାଟା ନିହାତି ଅପସନ୍ଦିଆ ଲାଗେନି ହରି ସିଂକୁ ମନେ ମନେ ଶଙ୍କିଯାଏ... କାରଣ 'ଲକ୍ଷ୍ମୀ' ଦିନାଦି ପାଞ୍ଚ ଛ' ସେର ଦୁଧ ଦେବ ଏଇ ତା'ର ଚରମ ଲକ୍ଷ୍ୟ -

ପିଲାଦିନରୁ ହରି ସିଂ ଦାରିଦ୍ର୍ୟ ସହିତ ଲଢ଼େଇ କରି କରି ଆସିଚି - ଗାଈ ଦୁଧ ଟୋପେ ତା' ପାଟିରେ କେବେ ଲାଗିନି - ଟୋପେ ନିରୋଳା ଖାଣ୍ଟି ଦୁଧ ଖାଇବ -

ଖାଣ୍ଟି ଦୁଧର ବାସନା ନିଶ୍ୱାସ ବାଟେ ଅନୁଭବ କରିବ, ଏଇଟା ଯେମିତି ତା'ର ଜୀବନର ପରମ ଅଭିଳାଷ, କିନ୍ତୁ ତା' ବୋଲି ସେ ଗାଈଟାକୁ ଗୋଟେ ଯେମିତି ସେମିତି ଭାବରେ ଫଳଯିବାକୁ ଛାଡ଼ିଦେବ? ରାସ୍ତାର ଏଇ ବାରବୁଲା ଗେଡ଼ା ମଢ଼ିଆ ଷଣ୍ଢଗୁଡ଼ାଙ୍କ ପାଖରେ ସେ ଏ ହାତୀ ଭଳି ଗାଈଟାକୁ ଛାଡ଼ିଦବ ମିଶିବାପାଇଁ? ଗାଈଟା ତା'ର ଖରାପ ହୋଇଯିବ - ଛୁଆଗୁଡ଼ାକ ବି ମଢ଼ିଆ ମଢ଼ିଆ ହେବେ - ଏହିପରି ଏକ ତୁମୁଳ ଦ୍ୱନ୍ଦ୍ୱ ଭିତରେ ପଡ଼ି ହରି ସିଂ ଏପର୍ଯ୍ୟନ୍ତ ଲକ୍ଷ୍ମୀ ପେଇଁ ସାଥି ଯୋଗାଡ଼ କରିପାରିନି-

ଧୈର୍ଯ୍ୟ ସିନା ତା'ର ଅଛି - କିନ୍ତୁ ତା' ସ୍ତ୍ରୀର ନାହିଁ - ଅବୋଧ ନାରୀ - ନିଜ ଛୁଆଟିପେଇଁ ପାଣି ଦୁଧ କିଣୁଚି ଗଉଡ଼ଙ୍କଠୁଁ - ଅଥଚ ଘରେ ଗାଈ ନିଫଳା ରହିଚି -

ସେଇଥିପାଇଁ ସ୍ୱାମୀକୁ ମଝିରେ ମଝିରେ ଖୁଞ୍ଚା ମାରିବାକୁ ସେ ଛାଡ଼େନି...

ସେଦିନ ଗାଈଟାକୁ ଘଷି ଗାଧେଇ ଦେଲାବେଳେ ହରି ସିଂ ସେଇକଥା ଭାବୁଥିଲା...

ତା'ର ସ୍ତ୍ରୀ ସେଦିନ ସକାଳେ ତାକୁ ଭାରି କଡ଼ା କଡ଼ା କଥା କହିଚି -

କହିଚି ଦୋକାନ ପାଇଁ ସିନା ପାହାନ୍ତାରୁ ଉଠି ବିରି, ଖେସାରି ବାଟିବି... ଅଲକ୍ଷଣୀ ଗାଈଟା ପେଇଁ ମୁଁ ଆଉ ସେରେ ଲେଖାଏଁ ବିରି ବାଟି ପାରିବିନି - ଏଥର ଏଣିକି - ତମେ ନିଜେ ବାଟ...

ମିଛୁଟାରେ ତା' ଗାଡ଼ରେ ତିରିଶ ତିରିଶ ଟଙ୍କା ପଡୁଛି - ଆଉ ମୋ ପିଲାଟା ଇଆଡ଼େ କେତେ ନାରଖାର ହଉଚି...' ହରି ସିଂକୁ କଥାଟା ଭାରି ବାଧିଛି - ସେ ଭାବୁଚି କଅଣ କରିବ - ଶୁଣିଚି ପଶୁ ଡାକ୍ତରଖାନାକୁ ଗୋଟାଏ ହରିଆନା ଷଣ୍ଢ ଆସିଚି, ମସ୍ତବଡ଼। ଠିକ୍ ସେତିକିବେଳେ କାଶୀ ସାହୁର କଥାଗୁଡ଼ାକ ତା' କାନରେ ଟାଏଁ ଟାଏଁ ଯାଇ ବାଜିଲା -

ସିଂଘେ! ଗାଈଟା କହରା ମ, ଆଉ ଗୋରା ଫିଟିବ ବୋଲି ଭାବୁଚ? ହରି ସିଂକୁ ଚୁପ୍ ରହିବାର ଦେଖି କାଶୀ ସାହୁ କହିଲା -

ଝିଅ ପେଇଁ ଗୋଟିଏ ବର ଖୋଜ ସିଂଘେ! ଝିଅକୁ ଆଉ ସମ୍ଭାଳି ହବନି - କଟକ ରାସ୍ତାରେ ତ ବହୁତ ବୁଲୁଛନ୍ତି -।

ହରି ସିଂ ହଠାତ୍ ଘଷା ବନ୍ଦ କରି କଟମଟ କରି କାଶୀ ସାହୁକୁ ଚାହିଁଲା। ରାଗିଗଲେ ସେ କଥା କହିପାରେନି। କିଛି ସମୟ ଗଲା ପରେ କହିଲା -

ସାହୁ ଏ! ମୁହଁ ସମ୍ଭାଳି କଥା କହ, ବାବୁଭୟାଙ୍କ ଝିଅ ବୋହୂଙ୍କୁ ମୁଁ ଧାରରେ ବରାପିଆଜି ଦେଇ ପଇସା କରିବା ଲୋକ ନୁହେଁ। ଏମିତି କଥା ଆଉ କହିବ ଫେଣ... ଆଉ ହେଇତିନି... ମୋ ଗାଈ ଉପରେ ଆଉ ଏମିତି ନଜର ଦବତ ଦେଖିଲେବି -

ଗାଈକି ଗାଧୋଇ ଦେଇ ନିଜେ ଗାଧୋଇ ହରି ସିଂ ଚାଲିଆସିଲା...

ମନେ ମନେ ଠିକ୍ କଲା - ନାଃ, ଲକ୍ଷ୍ମୀ ପେଇଁ ଏଥର ଗୋଟାଏ କିଛି ବ୍ୟବସ୍ଥା କରିବାକୁ ହବ।

॥ ୨ ॥

ନଈକୂଳ ବାଟେ ହରି ସିଂ ଆଗେ ଆଗେ ଚାଲିଚି ଲମ୍ବା ପଘାଟା ଧରି। ପଛେ ପଛେ ଚାଲିଚି ଲକ୍ଷ୍ମୀ - ଲକ୍ଷ୍ମୀଟି ଭଳି - ହରି ସିଂର ଆଜି ଭାରି ଆନନ୍ଦ। ଭବିଷ୍ୟତର ସ୍ୱପ୍ନରେ ସେ ମଜଗୁଲ୍। ରାଧୁଆ ଗଉଡ଼ ଆଜି ସକାଳେ କହିଗଲା, ଗାଈଟା ତେଜିଚି, ଏତିକିବେଳିଆ ନେଇ ପଶୁଡାକ୍ତରଖାନାରେ ଛାଡ଼ିଦେଇ ଆସ! ହରି ସିଂ ଭଲ ଦିନ ଦେଖି ଆଜି ଗାଈକୁ ନେଇ ବାହାରିଚି।

ପଘାଟା ଝିଙ୍କି ହେଲା ଭଳି ମନେ ହେଲା। ହରି ସିଂ ପଛକୁ ନ ଚାହିଁ ପଘାଟା ଜୋରରେ ଧରି ଆଗେଇ ଚାଲିଲା - କିନ୍ତୁ ପଘା ବେଶି ଝିଙ୍କି ହେଲା। ପଛକୁ ଚାହିଁ ଦେଖିଲା ଲକ୍ଷ୍ମୀ ପିଛା ଧରିଛି ଗୋଟିଏ କଟକୀ ଗେଡ଼ା ଷଣ୍ଢ - ଷଣ୍ଢ ଲଢ଼େଇରେ ତା'ର ଶିଙ୍ଗ ପଟେ ଭାଙ୍ଗିଯାଇଚି - ଅତି ଧଡ଼ିଆ କଦାକାର।

ହରି ସିଂ ମିଜାଜ୍ ତାତି ଉଠିଲା।

ବଡ଼ ଆସ୍ପର୍ଦ୍ଧା ତ! କିନ୍ତୁ ଲକ୍ଷ୍ମୀ ଯେ ଟାଣି ହେଉଚି ପଛକୁ!... ତା'ର ଗତି ଶିଥିଳ, କାନ ତରାଟି ହୋଇ ଯାଇଚି...

ହରି ସିଂ ଠିଆ ହୋଇଯାଇ ଷଣ୍ଢଟାକୁ ପଘା ହଲେଇ ଘଉଡ଼େଇ ଦେଲା...

-ଚାଲ୍ ଲକ୍ଷ୍ମୀ, କଅଣ ଏମିତି ଦୁଷ୍ଟାମି କରୁଚୁ!... ହୁଁ.... ଚାଲ୍...

ଲକ୍ଷ୍ମୀର ପେଟ ଥାପୁଡ଼େଇ ଦେଲା ହରି ସିଂ... କିନ୍ତୁ ଲକ୍ଷ୍ମୀ ଚଳୁଁନି ମୋଟେ... ଟାଣି ଟାଣି ହରି ସିଂ ଲକ୍ଷ୍ମୀକୁ ଚଲେଇଲା...

ପାଠକୁଣ୍ଠ ବାଳକ ଭଳି ଲକ୍ଷ୍ମୀ ଚାଲିଲା... ହରି ସିଂ ଏ ଘଟଣା ଉପରେ କୌଣସି ଗୁରୁତ୍ୱ ନ ଦେଇ ଧୀରେ ଧୀରେ ଆଗେଇଲା...

ବିଚରା ଷଣ୍ଢଟି ପ୍ରତି ତା'ର ଅଶେଷ ସହାନୁଭୂତି ଜାଗିଲା...

ଆହା ବିଚରା, ବାମନ ହେଇ ଚନ୍ଦ୍ରମାକୁ ହାତ ବଢ଼ଉଚି...

ଭାବନା ଭିତରେ ହରି ସିଂ ଫେର ହଜିଗଲା। କାଶିଆ ଏଇଥର ବୁଝିବ... ଶଳାର ଭାରି ଗର୍ବ ହେଇଯାଇଚି!

ଯେତେବେଳେ ଦିନାଦି ଚାରିପାଞ୍ଚ ସେର କରି ଦୁଧ ଗଉଡ଼ ଆସି ଦୁହିଁ ଦେଇଯିବ, ସେତିକିବେଳେ କାଶିଆ ଜଳି ପୋଡ଼ି ମରିବ। ଗର୍ବରେ ହରି ସିଂ ଓଠରେ ହସ ଫୁଟି ଉଠିଲା।

ହଠାତ୍ ଏକ ଶକ୍ତ ଝିଙ୍କାରେ ହରି ସିଂ ଟଳମଳ ହୋଇ ପଡ଼ିଗଲା...

ଧଡ଼ପଡ଼ ହୋଇ ଉଠି ଦେଖିଲା - ଫେର ସେଇ ଅପରଛନିଆ ଷଣ୍ଢଟା ଗାଈ ପିଛା ଧରିଛି... ମୁହଁଟାକୁ ଅତି ବିକୃତ କରି ସେ ଗାଈର ଦେହକୁ ଲାଗି ଯାଇଚି... କ୍ରୋଧରେ ହରି ସିଂ ପଘାରେ ଦି' ପାହାର ଷଣ୍ଢ ଦେହରେ ବସେଇ ଦେଇଚି କି ନାହିଁ, ଲକ୍ଷ୍ମୀର ମୁନିଆ ଶିଙ୍ଗ ଦି'ଟା ତା' ପେଟ ପାଖକୁ ଲାଗି ଆସିଲା... ତା'ପରେ ହରି ସିଂର ମାଂସଳ ଶରୀରଟି ଉଠିଲା ଶୂନ୍ୟକୁ - କଚାଡ଼ି ହେଇ ହରି ସିଂ ତଳେ ପଡ଼ିଲା, ଯନ୍ତ୍ରଣାରେ ଚିତ୍କାର କରି...

ଯନ୍ତ୍ରଣା ଭିତରେ ଚେତା ହରେଇବା ଆଗରୁ ହରି ସିଂ କେବଳ ଏତିକି ଦେଖିଲା, ତା'ର ଅତି ଆଦରର ଲକ୍ଷ୍ମୀ ଖୁବ୍ ଜୋରରେ ଦଉଡୁଚି ଆଉ ତା' ପଛରେ ସେତିକି ବେଗରେ ଦଉଡୁଚି ସେଇ ଶିଙ୍ଗ ଭଙ୍ଗା ଷଣ୍ଢଟା। ଠିକ୍ ସେତିକିବେଳେ ସେ ଶୁଣିଲା, ଗୋଟାଏ ବିକଟ ହସର ଶବ୍ଦ - ହସଟା କାଶିଆ ସାହୁର। ତା'ପରେ କଅଣ ହେଲା ସେ ଜାଣିନି - ହସ୍‌ପିଟାଲରେ ତା'ର ଦି'ଦିନ ପରେ ଚେତା ହେଲା। ସାରା ଦେହରେ ବ୍ୟଥା ଓ ଜ୍ୱାଳା... ମୁଣ୍ଡରେ ପଟି। ପେଟରେ ପଟି... ବାଁ ହାତରେ ପ୍ଲାଷ୍ଟର ଦିଆ ହୋଇଚି...

ସ୍ତ୍ରୀଠାରୁ ଶୁଣିଲା ତିନି ଦିନ ବାହାରେ ରହିଲା ପରେ ଲକ୍ଷ୍ମୀ ଆପେ ଆପେ ଆସି ଗୁହାଳ ଭିତରେ ଦିନେ ସନ୍ଧ୍ୟାବେଳେ ପଶି ଯାଇଥିଲା। ବାଡ଼ିଆଡ଼କୁ କାଠ ପେଇଁ ଗଲାବେଳେ ସେ ଗୁହାଳ ଭିତରେ ଗୋଟାଏ କଅଣ ଠିଆ ହୋଇଥିବାର ଦେଖି ପ୍ରଥମେ ଚମକି ପଡ଼ିଥିଲା -

ପାଖକୁ ଯାଇଁ ଦେଖେତ ଲକ୍ଷ୍ମୀ ଠିଆ ହୋଇଚି ଚୋରଣୀଟି ଭଳି...

କ୍ରୋଧରେ ହରି ସିଂର ଶିରାଗୁଡ଼ାକ ଫୁଲି ଉଠିଲା। କହିଲା - ସେଇଟାକୁ ବାଡ଼େଇ ଘରୁ ତଡ଼ିଦେ ବିମଳି !

ବିମଳା କହିଲା - ଭଲ କଥା କହୁଚ, ଗାଈ ଭଳି ସମ୍ପତ୍ତିକୁ ଘରୁ ତଡ଼ିଦେବି...

ନା, ତଡ଼ିବାକୁ ହବ।

ବିମଳା କହିଲା - ଆଚ୍ଛା, ତମେ ଭଲ ହେଇସାର। ନିଜ ହାତରେ ତଡ଼ିଦବ...

ହରି ସିଂ ନୀରବ ରହିଲା...

ପୂରା ଦଶ ମାସ ଲାଗିଲା ହରି ସିଂକୁ ଭଲ ହେଇ ଘରକୁ ଫେରିବାକୁ।

ଘରକୁ ଫେରିଲାମାତ୍ରେ ତା' ସ୍ତ୍ରୀ ହସ ଗଦ୍‌ଗଦ ସ୍ୱରରେ କହିଲା -

ଶୁଣିଲଣି - ଲକ୍ଷ୍ମୀ ଜନ୍ମ କରିଚି।

କଅଣ କହିଲୁ ? ଗର୍ଜନ କରି ଉଠିଲା ହରି ସିଂ...

- ତୁ ମତେ ଆଜିଯାଏଁ କାହିଁକି କହି ନ ଥିଲୁ ଲକ୍ଷ୍ମୀ ଫଳ ଯାଇଥିଲା ବୋଲି ?

ଡରରେ କହି ନ ଥିଲି।

ସେ ମା' ଛୁଆଙ୍କୁ ଆଜି ହାଣିଲେ ଯାଇ ମୁଁ ଏ ଘରେ ଭାତ ଖାଇବି...।

ବିମଳା ବାଟ ଓଗାଳିଲା...।

ତାକୁ ଧକାଏ ପକେଇ କବାଟ କୋଣରୁ କଟୁରିଟା ନେଇ ହରି ସିଂ ଦଉଡ଼ିଲା ଗୁହାଳ ଆଡ଼େ -

ବିମଳା ଦଉଡ଼ିଲା ତା' ପଛେ ପଛେ। କଟୁରିଟା ଉଠେଇ ଧରି ହରି ସିଂ ଗୁହାଳ ଭିତରକୁ ପଶିଗଲା - କିନ୍ତୁ ଥମକି ଠିଆ ହେଲା - ଦେଖିଲା ଲକ୍ଷ୍ମୀ ନିର୍ବିକାର ନିର୍ଭୟ ଚିତ୍ତରେ ତା' ଜିଭରେ ଚାଟୁଚି ତା' ଛୁଆକୁ... ଅତି ଗୋଲ୍‌ଗାଲ୍, ଡେଙ୍ଗା ଆଉ କଳା ଗୋଟିଏ କଅଁଳା ବାଛୁରୀଛୁଆକୁ... ବାଛୁରୀର ଆଖି ଯୋଡ଼ିକ ଅସମ୍ଭବ ଭାବରେ କଳା ଦେଖାଯାଉଚି - କପାଳରେ ଗୋଟିଏ ଧଳା ଚାନ୍ଦ...।

ମନ୍ତ୍ର-ମୁଗ୍ଧ ଆଖିରେ ହରି ସିଂ ଚାହିଁ ରହିଲା ଛୁଆଟି ଆଡ଼େ... କଟୁରିଟା ଆସ୍ତେ ନଇଁ ଆସି ତଳେ ପଡ଼ିଗଲା...

ଲକ୍ଷ୍ମୀ ମୁହଁ ଉଠେଇ ଚାହିଁଲା ହରି ସିଂକୁ। ତା'ପରେ ବେକ ବଢ଼େଇ ଦେଇ ଲକ୍ଷ୍ମୀ ଚାଟିବାକୁ ଆରମ୍ଭ କରିଦେଲା। ହରି ସିଂର ଛାତି - ହରି ସିଂ ଥରିଲା ଦେହରେ ଦୋଷୀ ଭଳି ପାଖେଇ ଆସିଲା ଲକ୍ଷ୍ମୀର ଆହୁରି ପାଖକୁ...।

ଆଖିରେ ଆଖିଏ ଲୁହ ଭରି ଲାଜ ଲାଜ ମୁହଁରେ ସିଏ ଗୁହାଳ ଦୁଆର ମୁହଁକୁ ଚାହିଁଲା - ଠିଆ ହେଇଚି... ବିମଳା।

■

ସନ୍ଧ୍ୟା ଆସରର ଭୂତ

ଆସନ୍ନ ସନ୍ଧ୍ୟାର ଅସ୍ପଷ୍ଟ ଆଲୋକରେ ଟେବୁଲ ଚାରିପଟେ ଭଦ୍ରବ୍ୟକ୍ତି ଓ ଭଦ୍ରମହିଳା ମିଶି ପାଞ୍ଚ ଜଣ ବସିଛନ୍ତି - କେହି କାହାର ମୁହଁ ଦେଖିପାରୁ ନାହାନ୍ତି ଭଲ ଭାବରେ। ଘରର ବାହାରେ ଅତି କଦର୍ଯ୍ୟ ଭାବରେ ବତାସ ବୋହୁଚି - ଆକାଶ ମେଘାଚ୍ଛନ୍ନ, ବିଜୁଳି ଆଲୁଅ ମଧ୍ୟ ଜଳୁନି। ମହେନ୍ଦ୍ର ଟିକିଏ ବ୍ୟସ୍ତତା ଦେଖେଇ କହିଲା - କଅଣ କରାଯିବ କୁହ ତ ମିନତି - ଏମିତି ଅନ୍ଧାରରେ ବସିବା ? ତମକୁ ବାରମ୍ବାର କହିଚି ଗୋଟେ ଦି'ଟା ଲଣ୍ଠନ ସବୁବେଳେ ସଜିଲି କରି ରଖିଥିବ।

ମିନତି ନିରୁତ୍ତର ରହିଲା; ମିନତିର ବନ୍ଧୁ ସବିତା ମିନତି ପରିବର୍ତ୍ତେ ଉତ୍ତର ଦେଲା -

ମିନୁକୁ ଆପଣ କାହିଁକି ସବୁ କଥା କରିବାକୁ କହନ୍ତି ? ନିଜେ ତ କରିପାରନ୍ତେ, ସବୁ କାମ ମିନୁ ଉପରେ ଲଦି ଦେଇ ଆପଣ ବସି ହାୱା ଖାଇବେ। ବାଃ, ଭାରି ଚାଲାଖ ଆପଣ !

ମହେନ୍ଦ୍ର ସବିତାର କଥାର କୌଣସି ପ୍ରତିବାଦ ନ କରି କହିଲା - ଏ ହାୱାଖିଆ ଲୋକଙ୍କ ଗଳାରେ ବାପ ମା' ଯେ କାଇଁକି ମିନୁକୁ ଛନ୍ଦି ଦେଲେ !

ମିନତି - ହଉ, ଛାଡ଼ ସେସବୁ କଥା, ଆଲୁଅ ନ ଜଳିବା ଯାଏଁ ଏଇ ଅନ୍ଧକାର ଭିତରେ ହିଁ କଥୋପକଥନ ବ୍ୟାପାରଟା ଚାଲିଥାଉ।

ମହେନ୍ଦ୍ରର ବନ୍ଧୁ ବିପ୍ର କହିଲା - ମନ୍ଦ ନୁହେଁ, କେବଳ ଶବ୍ଦ ଶୁଣି ପରସ୍ପରର ମନୋଭାବ ଜାଣିବାପାଇଁ ଚେଷ୍ଟା କରାଯାଉ।

ଲୀଳା ଏତେବେଳଯାଏ ନୀରବ ହୋଇ ବସିଥିଲା - କହିଲା, ମୁହଁ ନ ଦିଶିଲେ କ୍ଷତି ନାହିଁ। କେବଳ କଥାବାର୍ତ୍ତାରୁ ବି ମୁଖଭଙ୍ଗୀର ପରିବର୍ତ୍ତନ କଳ୍ପନା କରାଯାଇ ପାରେ। ଆଉ ତା' ଛଡ଼ା ଅନ୍ଧକାରର ଅସ୍ପଷ୍ଟତା ଭିତରେ ମନୁଷ୍ୟ ନିଜକୁ ଯେତେ ନଗ୍ନ ଭାବରେ ପ୍ରକାଶ କରିପାରେ ଆଲୋକରେ ତା' ହୁଏତ ପାରନ୍ତା ନାହିଁ।

ବିପ୍ର ପ୍ରଶ୍ନ କଲା - କାହିଁକି ପାରନ୍ତା ନାହିଁ ଲୀଳା ଦେବୀ ?

ଅତି ସହଜ ଉତ୍ତର - ଅନ୍ଧକାର ଭିତରେ ମଣିଷ ମନେ କରେ ଯେପରି ତା' କଥା ଆଉ କେହି ଶୁଣୁ ନାହାନ୍ତି; କାରଣ ସେ କାହାକୁ ଦେଖି ପାରୁନି।

ମହେନ୍ଦ୍ର ହସି ହସି କହିଲା - ତମେ ଠିକ୍ କହିଚ ଲୀଳା, କେହି କିଛି ମନେ ନ କଲେ ମୋ ଜୀବନର ଅଭିଜ୍ଞତାରୁ ଗୋଟାଏ କଥା କହିବି।

ମୁଁ ସ୍କୁଲ ସବ୍‌ଇନ୍‌ସପେକ୍‌ଟର ଥାଏ, ଥରେ ଗୋଟାଏ ସ୍କୁଲ ପରିଦର୍ଶନକୁ ଯାଉଥିଲି। ସାଙ୍ଗରେ ପିଅନ ଫିଅନ କେହି ନ ଥାନ୍ତି। ନିଜେ ନିଜର ପିଅନ୍, ଆମେ ନିଜେ ଅଫିସିଆଲ୍ ଚିଠିରେ ଅଠା ମଡ଼େଇ ନିଜେ ଯାଇଁ ଡାକଘରେ ପକେଇବୁ। ନିଜେ ବି ଅଫିସ୍ ଘରଟି ସଫା କରିବୁଁ... ସେଲ୍‌ଫ୍ ହେଲ୍‌ପ ନୀତି ଚାକିରି କ୍ଷେତ୍ରରେ ମଧ୍ୟ।

ଗାଁ ମୁଣ୍ଡରେ ଗୋଟିଏ ଦଣ୍ଡାବାଟ ପଡ଼ିଲା, ବର୍ଷା ହୋଇଥିଲା, ଖଣ୍ଡେ ବାଟ ଆଣ୍ଠୁଏ ପାଣି ପଡ଼ିଲା, ଦଣ୍ଡାର ଦି'ପଟେ କିଆବୁଦାଗୁଡ଼ିଏ ଧାଡ଼ି ହୋଇ ରହିଚି। ଉପାୟ ନ ଥିଲା - ସାଇକଲ କାନ୍ଧେଇଲି... ଜୋତା ମୋଜା କାଢ଼ି ସାଇକଲ୍ ହାଣ୍ଡଲ୍‌ରେ ଝୁଲେଇ ଦେଇଥିଲି। ହାଫ୍‌ପ୍ୟାଣ୍ଟ, ମୁଣ୍ଡରେ ଟୋପି... ଆଣ୍ଠୁଏ ପାଣି ଭିତରେ ଗୋଟିଏ ଗୋଟିଏ ଚାଲିଲି। ହଠାତ୍ ନଜର ପଡ଼ିଲା ଜଣେ ବ୍ୟକ୍ତି ଗୋଟିଏ କିଆବୁଦା ମୂଳେ ଝାଡ଼ା ବସିଛନ୍ତି। ମତେ ଦେଖି ସେ ଉଠି ପଡ଼ିଲେନି। ହଠାତ୍ ମୁହଁଟାକୁ କିଆବୁଦା ଭିତରେ ଲୁଚେଇଦେଲେ।

ମତେ ହସ ମାଡ଼ିଲା... କିନ୍ତୁ ପରେ ଭାବି ଦେଖିଲି ସେଇ ଗ୍ରାମ୍ୟ ଭଦ୍ରବ୍ୟକ୍ତିଟି କିଛି ଭୁଲ କରି ନାହାନ୍ତି... ମୁହଁଟି ଲୁଚେଇ ଦେଲେ ସବୁ ସରିଲା... ଲଜ୍ଜାଟା ଫୁଟେ ମୁହଁରେ... ମୁଁ ଯଦି ମୁହଁଟି ନ ଦେଖିପାରିଲି ବା ନ ଜାଣିପାରିଲି ସେଇଟା କାହାର ମୁହଁ, ତେବେ ଦେହର ବାକି ଅଂଶତକ ପାଇଁ ଭାବିବାର କଅଣ ଅଛି ? ସେତକ ଏକ୍‌ସ, ୱାଇ, ଜେଡ୍ ଯେକୌଣସି ବ୍ୟକ୍ତିର ହୋଇପାରେ...

ଶ୍ରୋତାମାନେ ହସିଉଠିଲେ...

ବିପ୍ର କହିଲା - ବାଃ... ତୋର ଆନାଲଜିଟି ବଡ଼ ସଙ୍ଗତ।

ସବିତା କଥାର ମୋଡ଼ ଘୂରେଇବା ଉଦ୍ଦେଶ୍ୟରେ କହିଲା - ବର୍ତ୍ତମାନ ତେବେ ଏଇ ଅନ୍ଧକାର ଭିତରେ ପ୍ରତ୍ୟେକ ନିଜ ଜୀବନର କେତେକ ଦାର୍ଶନିକ ଦୃଷ୍ଟିଭଙ୍ଗୀର ଆଲୋଚନା କରନ୍ତୁ... ଆଲୁଅ ଜଳିବାକୁ ଇଲେ ବହୁତ ଡେରି ବୋଲି ମନେ ହଉଚି।

ତେବେ ଲୀଳା ଦେବୀ ଆରମ୍ଭ କରନ୍ତୁ - ବିପ୍ର ଅନୁରୋଧ କଲା।

ଲୀଳା ସାଙ୍ଗେ ସାଙ୍ଗେ ଉତ୍ତର କଲା - ମୋ ଜୀବନରେ ଆଲୋଚ୍ୟ କିଛି ନାହିଁ...

ଆଚ୍ଛା ତୁମେ ବିବାହ କରୁନ କାହିଁକି ଲୀଳା ? ମହେନ୍ଦ୍ର ପ୍ରଶ୍ନ କଲା, ପାଠ ପଢ଼ିଲ, ଚାକିରି ବି ତ କଲ ନିଜ ମନ ମାଫିକ୍, ଆଉ ବିବାହଟା ବାକି ରଖିଚ କାହିଁକି ?

ସାମାନ୍ୟ ଶବ୍ଦ କରି ଲୀଳା ହସିଲା... ହସର ମୃଦୁ ଧ୍ୱନିରେ କେଉଁଠି ଟିକିଏ ବେଦନାର ବ୍ୟର୍ଥତାର ଏକ କ୍ଷୀଣ ଝଙ୍କାର ମହେନ୍ଦ୍ର କାନରେ ବାଜିଲା।

ମିନତି ଭର୍ତ୍ସନା ସ୍ୱରରେ କହିଲା - ତମର ଆଉ କିଛି ବ୍ୟବସାୟ ନାହିଁ। ଯିଏ ବାହା ନ ହେଇଚି ତାକୁ ତମର ଏଇ ଗୋଟିଏ ପ୍ରଶ୍ନ ତମେ ବିବାହ କରୁନ କାହିଁକି ?

ମହେନ୍ଦ୍ର ଭାବିଲା, ମିନତି ବି ଲୀଳାର ମୃଦୁହାସ୍ୟ ଭିତରେ ସେଇ ବେଦନାର ଝଙ୍କାର ଧରିପାରିଚି...

ମହେନ୍ଦ୍ର କହିଲା - ବୁଝୁନ ମିନତି, ଅବିବାହିତ ଯୁବକ ଯୁବତୀଙ୍କ ପ୍ରତି ଏଇଟାହିଁ ଗୋଟାଏ ଅତି ସ୍ୱାଭାବିକ ପ୍ରଶ୍ନ, ଅବଶ୍ୟ ଯେଉଁମାନଙ୍କର ଜୀବନରେ ଅନ୍ୟ କୌଣସି ସମସ୍ୟା ନାହିଁ। ଲୀଳା ତମର ସହପାଠିନୀ, ବନ୍ଧୁ, ବହୁତ ପଢ଼ିଲେ, ଅଧ୍ୟାପିକା ହେଲେ... ଅଭାବ କିଛି ନାହିଁ। ସ୍ୱତଃ ମନକୁ ଆସେ, ଲୀଳା କିଛି ମନେ କରିବନି, ତମର ରୂପଶ୍ରୀ ଅଛି, କାହିଁକି ବା ବିବାହ ନ କରିବ ତମେ ?

ଦୁର୍ବଳ କଣ୍ଠରେ ପ୍ରତିବାଦ ଜଣେଇ ଲୀଳା କହିଲା - କାହିଁକି, ମୁଁ ତ ବେଶ୍ ଅଛି... ଖାଉଚି, ପିଉଚି, ନିଜ ଇଚ୍ଛା ହେଲା ବୁଲୁଚି। ପ୍ରତିବର୍ଷ ଗ୍ରୀଷ୍ମ ଛୁଟିରେ ଯାଇଁ ଭାରତର ବିଭିନ୍ନ ସ୍ଥାନ ଦେଖୁଚି। ଏଇ ଜୀବନଟା ମୋତେ ବେଶ୍ ଭଲ ଲାଗିଗଲାଣି।

ମହେନ୍ଦ୍ର କହିଲା - ହଁ, ନ ଲାଗିବାର କୌଣସି କାରଣ ନାହିଁ... କିନ୍ତୁ କିଛିଦିନ ପରେ ଏଇ ଯାଯାବର ଜୀବନ ପ୍ରତି ବି ଏକ ବିତୃଷ୍ଣା ଦେଖାଦେବ।

ବିପ୍ର କହିଲା - ମୁଁ ସେଇୟା ଭାବୁଚି। ଲୀଳା ଦେବୀ ଭାବୁଚନ୍ତି ଜୀବନଟା ଏଇମିତି କଟିଯିବ। କିନ୍ତୁ ମୋର ତ ମନେହୁଏ ଏଇ ନିଃସଙ୍ଗ ଜୀବନ ବେଶିଦିନ ଆନନ୍ଦ ଦବନି - ବୟସ ଖସିଆସିଲେ କି ନାରୀ, କି ପୁରୁଷ ପୋତାଶ୍ରୟ ଲୋଡ଼ିବେ - ଯେତେବେଳେ ଦେହର ତେଜ ଲିଭି ଆସିବ, ତୁମେ ଅସହାୟ ଅନୁଭବ କରିବ, କେହି ଜଣେ ତମକୁ ଦେହ ମନରେ ସ୍ନେହର ପରଶ ବୋଳି ଦେଇଯିବାପାଇଁ ତମେ ଚାହିଁବନି ?

ଲୀଳା ପୂର୍ବପରି ହସି ହସି କହିଲା - ସବିତା, ବିପ୍ରବାବୁ ତ ଏମିତି କବି ନ ଥିଲେ - ତୁଇ ତାଙ୍କୁ କବି କରିଦେଇ ସାରିଲୁଣି -

ଆପଣଙ୍କ କଥାରେ ଆଂଶିକ ସତ୍ୟତା ଅଛି ଲୀଳା ଦେବୀ - ପରିତୃପ୍ତିର ହସ ହସି ବିପ୍ର କହିଲା -

ସବିତା ଦେବୀଙ୍କର ଯତ୍ନ, ସ୍ନେହ ମୋଠି ଅନେକ ପରିମାଣରେ କବି କବି ଭାବ ଆଣି ଦେଇଛି।

ସବିତା ସହାସ୍ୟ ବିଦ୍ରୂପ ଭଙ୍ଗୀରେ କହିଲା - ହଁ - ତମ କବିତାପଣିଆ ଆମକୁ ଜଣା ଅଛି - ଅଫିସରୁ ଫେରି ଆଉ କିଏ କୁମ୍ଭକର୍ଣ୍ଣ ଭଳି ବିଛଣାରେ ଶୋଇଥାଏ ମ! ମହେନ୍ଦ୍ର ପୂର୍ବ କଥାର ଖିଅ ଧରି କହିଲା - ଲୀଳା, ତମେ ଭାବି ଦେଖିଚ ଆଉ ପାଞ୍ଚ ବର୍ଷ ପରେ ତମର ଏଇ ମନୋବୃତ୍ତି ରହିବ କି ନାହିଁ?

ଲୀଳା ଉତ୍ତର କଲା ଯେ ସେ କେବେ ଏ କଥା ଭାବି ଦେଖିନି -

ଭୟାର୍ତ୍ତ କଣ୍ଠରେ ମିନତି ଲୀଳାକୁ ଲକ୍ଷ୍ୟ କରି କହିଲା - ଲିଲି - ସତରେ ଲୋ - ତୁ ବେଳଥାଉଁ ଜଣେ କାହାକୁ ଭଲ ପାଇ କିମ୍ବା ନ ପାଇ ବାହା ହେଇପଡ଼। ତୋଠୁଁ ଦି'ଚାରି ବର୍ଷ ବଡ଼ ହେଇଥିବ - ବେଶ୍ ଭଲ ଚାକିରି ବାକିରି କରିଥିବ...

ବିପ୍ର ହସି କହିଲା - ଆପଣ ବଡ଼ ଶଂକାକୁଳିତ ଦେଖୁଚି ଲୀଳା ଦେବୀଙ୍କ ବିଷୟରେ।

ମିନତି ସେଇପରି ଭୟମିଶା ସ୍ୱରରେ କହିଲା - ନାଇଁ ବିପ୍ର ବାବୁ, ଆପଣ ବୁଝୁ ନାହାନ୍ତି - ଆଜିକାଲି ଯାହାସବୁ ହେଲାଣି, - ଲିଲି, ତୁ ସତରେ ଆଉ ଡେରି ନ କରି ଗୋଟିଏ ଅବିବାହିତ ଯୁବକଟିଏ ଦେଖି ଘର ସଂସାର ବାନ୍ଧିବାକୁ ଚେଷ୍ଟା କର।

ଈଷତ୍ ବିସ୍ମିତ କଣ୍ଠରେ ବିପ୍ର ପ୍ରଶ୍ନ କଲା - ଅବିବାହିତ ଯୁବକ ମାନେ? ଲୀଳା ଦେବୀ କଅଣ କୌଣସି ବିବାହିତ ଯୁବକକୁ ବିବାହ କରିଥାନ୍ତେ ନା କଅଣ?

ମହେନ୍ଦ୍ର କହିଲା - ଅସମ୍ଭବ ତ କିଛି ନୁହେଁ - ଆଜିକାଲି ପାଠୋଇ ଝିଅମାନେ ତ ପ୍ରାୟ ସେଇୟା କରୁଛନ୍ତି... ଲିଲି, କ୍ଷମା କରିବ। ମୁଁ ଅବଶ୍ୟ ତମେ ସେଇୟା କରିବ ବୋଲି ଭାବୁନି - ମୁଁ ତ ଦେଖୁଚି ମୋ ଆଗରେ କେତୋଟି ଅତି ବିଦୁଷୀ ସୁନ୍ଦରୀ ଝିଅ ଏପରି ଲୋକଙ୍କୁ ବିବାହ କରିଛନ୍ତି ଯାହାଙ୍କର ବୟସ ବେଶି, ବଡ଼ ବଡ଼ ଝିଅ ପୁଅ ଅଛନ୍ତି, ବର୍ତ୍ତମାନ ଆମ ଓଡ଼ିଶାରେ ତ ଏମିତି ବହୁତ ଜାଗାରେ ଘଟିଲାଣି... କ୍ଷତି ବା ଏଥିରେ କଅଣ ଅଛି?

ବିପ୍ର କୌତୂହଳୀ ହୋଇ ପ୍ରଶ୍ନ କଲା - ଆଚ୍ଛା ମହେନ୍ଦ୍ର, ଇୟାର କାରଣ କଅଣ ହୋଇ ପାରେ? କିମିତି ବା ବିଦୁଷୀ ଝିଅମାନେ ଏଭଳି ଲୋକମାନଙ୍କୁ ଭଲ ପାଆନ୍ତି ଓ ସେମାନଙ୍କର ସଂସାର କରନ୍ତି?

ମହେନ୍ଦ୍ର କିଛି ସମୟ ନିରୁତ୍ତର ରହିଲା - ବାହାରେ ବତାସର ପ୍ରକୋପ ପୂର୍ବପରି ଥିଲା - ମଝିରେ ମଝିରେ ପବନର ତୀବ୍ର ହୁଇସିଲ୍ ଶବ୍ଦ। ମହେନ୍ଦ୍ର କହିଲା ଏ ବିଷୟରେ

ମୋର କେତେଗୁଡ଼ିଏ ନିଜସ୍ୱ ମତାମତ ଅଛି – ଭୁଲ ହୋଇପାରେ, ଠିକ୍ ହୋଇପାରେ। କହିବି ଲୀଳା ?

ଲୀଳା ଟିକିଏ ଅପ୍ରସ୍ତୁତ ହୋଇଯିବା ଭଙ୍ଗୀରେ କହିଲା – ମତେ କାହିଁକି ପଚାରୁଛନ୍ତି ? ଆପଣଙ୍କ ମତାମତ ଆପଣ କହିବେ – ମୋର ଅନୁମତି ମାଗୁଛନ୍ତି କାହିଁକି ?

ମହେନ୍ଦ୍ର ବ୍ୟସ୍ତ ଭାବ ଦେଖେଇ କହିଲା – ତମ କଥାରୁ ତମେ ଟିକିଏ ବିବ୍ରତ ବୋଲି ମନେହୁଏ, ତେବେ ସେ ଯାହା ହେଉ- ବ୍ୟକ୍ତିନିରପେକ୍ଷ ଭାବରେ ମୁଁ କହୁଚି-

କହନ୍ତୁ... ମୁଁ ବି ଶୁଣିବାକୁ ଇଚ୍ଛା କରୁଚି – ଲୀଳା କହିଲା।

ମହେନ୍ଦ୍ର କହିଲା – ଏ ଧରଣର ମନର ମେଳ ଓ ବିବାହ ବର୍ତ୍ତମାନ କେତେଗୁଡ଼ିଏ ନିର୍ଦ୍ଦିଷ୍ଟ କାରଣ ଦ୍ୱାରା ପରିଚାଳିତ।

ଆଜିକାଲି ଅର୍ଥନୀତି ଏପରି ହୋଇଚି ଖୁବ୍ କମ୍ ବା ଉପଯୁକ୍ତ ବୟସରେ କୌଣସି ନାରୀ ଉପଯୁକ୍ତ ପାତ୍ର ପାଇପାରୁନି – ଫଳରେ ଭଲ ଶିକ୍ଷା ପାଇ ନିଜର ଭବିଷ୍ୟତର ସଂସ୍ଥା ପାଇଁ ବ୍ୟବସ୍ଥା କରିବା ସଙ୍ଗେ ସଙ୍ଗେ ସେମାନେ ବିବାହର ସୁଯୋଗ ଖୋଜୁଥାନ୍ତି। ଅଧିକାଂଶ କ୍ଷେତ୍ରରେ ବିବାହୋତ୍ତୀର୍ଣ୍ଣ ବୟସ ହୋଇଯାଏ, ବିବାହ ହୁଏନି, ସ୍ୱପ୍ନିଳ ମନରେ କ୍ରମେ ଭଙ୍ଗା ପଡ଼େ, ନାରୀ ଜୀବନରେ ଅଳସ ଅଜଗର ପରି କାମନା ବାସନା ରହିଯାଏ... ଅଜଗର ପରି ମଝିରେ ମଝିରେ ସେସବୁ କଡ଼ ନେଉଟେଇଲା ବେଳେ ନାରୀ ହୃଦୟ ବ୍ୟର୍ଥ ଚିତ୍କାର କରିଉଠେ।

ଯେଉଁ ପୁରୁଷମାନେ – ମୁଁ ଆମରି ଭାରତୀୟ ତଥା ଓଡ଼ିଆମାନଙ୍କୁ ଲକ୍ଷ୍ୟ କରି କହୁଛି – ଯେଉଁ ଯୁବକମାନେ ଆଜିକାଲି ଟିକିଏ ମୋଟା ଦରମାର ଚାକିରି କଲେ ସେମାନେ ଭୟରେ ଏ ସବୁ ଉଚ୍ଚଶିକ୍ଷିତା ନାରୀମାନଙ୍କୁ ଘେନି ସଂସାର କରିବାକୁ କୁଣ୍ଠା ପ୍ରକାଶ କରନ୍ତି –

ଆଉ କେତେକ ନାରୀ ଅଛନ୍ତି ଯେଉଁମାନେ କି ଉଚ୍ଚଶିକ୍ଷା ପାଇବାକୁ ବିଶେଷ ଆଗ୍ରହ ପ୍ରକାଶ କରିବା ସଙ୍ଗେ ସଙ୍ଗେ ଭବିଷ୍ୟତପାଇଁ ଏକ ବିରାଟ ପରିକଳ୍ପନା କରିଥାନ୍ତି – କିନ୍ତୁ ସବୁ ପରିକଳ୍ପନା ଭୁଷୁଡ଼େ।

ବିପ୍ର ଅସ୍ଥିର ହୋଇ କହିଲା – ଆରେ ବାବୁ, ତୁ ଏଠି ତୋର ଥିସିସ୍ ବାଢ଼ି ବସିଲୁଣି... ଆଉ କିଛି ସମୟ ପରେ ତୋର ବର୍ଣ୍ଣନା ବୋରିଂ ହୋଇପଡ଼ିବ। ମୁଁ ପଚାରୁଚି ସେମାନେ ଏଇ ପ୍ରୌଢ଼ ସଂସାରୀମାନଙ୍କ ପ୍ରତି ବର୍ତ୍ତମାନ ବିଶେଷ ଭାବରେ ଆକୃଷ୍ଟ କାହିଁକି ?

ମହେନ୍ଦ୍ର କହିଲା ହସି ହସି – ଲଭ୍ ଇଜ୍ ବ୍ଲାଇଣ୍ଡ...

ତା' ତ ଜାଣେ, ବିପ୍ର ଉତ୍ତର ଦେଲା - କିନ୍ତୁ ବହୁତ ଅଳ୍ପବୟସ୍କ ଅବିବାହିତ ସୁନ୍ଦର ଯୁବକ ବି ତ ଅଛନ୍ତି - କିନ୍ତୁ ଏଇ ବୟସ୍କା ଶିକ୍ଷିତା ସ୍ତ୍ରୀମାନେ ତ ସେମାନଙ୍କ ପ୍ରତି ଆକୃଷ୍ଟ ହେଉ ନାହାନ୍ତି -

ମହେନ୍ଦ୍ର କହିଲା... ମୁଁ ତ ସେଇୟା କହିବାକୁ ଯାଉଥିଲି ରେ ବୋକା - କାଇଁକି ସେମାନେ ସେମାନଙ୍କର ସମବୟସୀ ଯୁବକମାନଙ୍କ ପ୍ରତି ଆକୃଷ୍ଟ ନ ହୋଇ ଏଇ ଫସିଲ୍‌ଗୁଡ଼ିଙ୍କ ପ୍ରତି ଏ ଆକର୍ଷଣ ପ୍ରଦର୍ଶନ କରୁଛନ୍ତି - ପ୍ରଥମତଃ, ସେମାନଙ୍କ ଜୀବନରେ ଉପରୋକ୍ତ କାରଣମାନଙ୍କ ସକାଶେ ଦେଖାଦେଇଥାଏ ଯେଉଁ ବ୍ୟର୍ଥତା - ଦ୍ୱିତୀୟରେ... ଜ୍ଞାନ ଓ ବୁଦ୍ଧି ଓ ଅଭିଜ୍ଞତା ଦିଗରୁ ସେମାନଙ୍କର ସମବୟସୀ ଯୁବକମାନଙ୍କୁ ସେମାନେ ଉଚ୍ଚସ୍ଥାନ ଦେବାକୁ କୁଣ୍ଠା ପ୍ରକାଶ କରନ୍ତି - ସେପରି ଧରଣର ଅଧିକାଂଶ ଯୁବକମାନଙ୍କର ଯୌବନ-ସୁଲଭ ଚପଳତା ଯାଇ ନ ଥାଏ। ଜୀବନ ପ୍ରତି ଏକ ସୁସ୍ପଷ୍ଟ ଓ ସୁପକ୍ୱ ଦୃଷ୍ଟିଭଙ୍ଗୀ ହୋଇ ନ ଥାଏ। ନାରୀ ପୁରୁଷ ସହିତ ଯେତେ ସାମ୍ୟ ଦାବି କରୁନା କାହିଁ କି ସେ ପୁରୁଷର ବିରାଟ ବ୍ୟକ୍ତିତ୍ୱ ଓ ପୁରୁଷର ଛାୟାତଳେ ସତେଜ ଲତାଟି ଭଳି ବଢ଼ିବାକୁ ଭଲପାଏ। ପୁରୁଷର ସୁପରିଅର ବୁଦ୍ଧି ଦେଖି ସେ ଚମତ୍କୃତ ହେବାକୁ ଚାହେଁ... ଏ ଦିଗରୁ କୌଣସି ସୁଶିକ୍ଷିତା ବୟସ୍କା ନାରୀ ଜ୍ଞାନ ବୁଦ୍ଧିରେ ତା'ଠାରୁ ଉଚ୍ଚରେ ଥିବା ଯେକୌଣସି ପୁରୁଷକୁ ଆଶ୍ରୟ କରିବାକୁ ଭଲପାଏ... ସେଇ ଭଲପାଇବା କ୍ରମେ ପ୍ରଣୟରେ ପରିଣତ ହୁଏ... ଓ ପରେ ବିବାହରେ...

ମିନତି ଉତ୍ୟକ୍ତ ହୋଇ କହିଲା... କିନ୍ତୁ ଏ ଧରଣର ବିବାହରେ ସାମାଜିକ ଓ ପାରିବାରିକ ସଂସ୍ଥା ଭୁଶୁଡ଼ି ପଡୁଚି -

ମହେନ୍ଦ୍ର କହିଲା... ହୁଏ ତ ବର୍ତ୍ତମାନର ଦୃଷ୍ଟିରୁ ତୁମ କଥା ଠିକ୍, ଆଉ କିଛିଦିନ ପରେ ବିଧବା ଓ ବିବରା ବିବାହ ପରି ଏଇଟା ବି ସମାଜର ଗୋଟାଏ ସ୍ୱାଭାବିକ ଚଳନି ହୋଇଯିବ - ଛାଡ଼ପତ୍ର ମଧ୍ୟ ଅତି ମାମୁଲି ଏକ ସାମାଜିକ ଚଳନି ରୂପରେ ଦେଖାଦେଇ ପାରେ - କେଇଟା ବର୍ଷ ପରେ - କ୍ଷତିଟା କେଉଁଠି ?

କିନ୍ତୁ ଯେଉଁ ଭାରତୀୟ ଆର୍ଯ୍ୟ ସଂସ୍କୃତିର ପୁନରୁଦ୍ଧାର ପାଇଁ ଆମେ ଚିତ୍କାର କରୁଚୁ ତା'ର ପଥରେ ଏସବୁ ଗୋଟାଏ ଗୋଟାଏ ବିରାଟ ଅନ୍ତରାୟ - ସବିତା କହିଲା।

ମହେନ୍ଦ୍ର କହିଲା... ମୋ ମତରେ କୌଣସି ପ୍ରାଚୀନ ସଂସ୍କୃତି ଠିକ୍ ସେଇ ପୂର୍ବରୂପ ନେଇ ଆଉ ଥରେ ପୃଥିବୀକୁ ଫେରିଆସେନି -

ତା'ପରେ କିଛି ସମୟ ଏକ ଗଭୀର ନିରବତା - ଅନ୍ଧାର ଭିତରେ କେହି କାହାର ମୁହଁ ନ ଦେଖିପାରିଲେ ମଧ୍ୟ ଜଣେ ଯେପରି ଅନ୍ୟ ଜଣଙ୍କର ମନୋଭାବ ବୁଝିପାରୁଚି -

ବାହାରେ ଅସ୍ଥିର ବତାସ ସୁ ସୁ ଗର୍ଜନ କରୁଚି।

ମହେନ୍ଦ୍ର ଲୀଳାକୁ ପ୍ରଶ୍ନ କଲା - କ'ଣ ମୋର ଥିସିସ୍ ସଂପୂର୍ଣ୍ଣ ଭୁଲ୍, ଲୀଳା ?

ଦୁର୍ବଳ କଣ୍ଠରେ ଲୀଳା ଉତ୍ତର କଲା - ଭୁଲ୍ ବୋଲି ବା କିମିତି କହିବି ? ଘଟଣା ଯାହା ଘଟୁଚି ସେଥିରୁ ଆପଣଙ୍କର ଇନ୍‌ଫରେନ୍‌ସ ବେଠିକ୍ ବୋଲି କହିବାକୁ ସାହସ ହେଉନି।

ମିନତି ପୂର୍ବପରି ଚିନ୍ତାବ୍ୟାକୁଳକଣ୍ଠରେ ଲୀଳାକୁ ଲକ୍ଷ୍ୟ କରି କହିଲା - ଲିଲି, ମୋ କଥା ଶୁଣ୍, ତୁ ଆଜିଠୁଁ ଦେଖି ଚାହିଁ ବ୍ୟବସ୍ଥା କର।

ଲୀଳା ସାମାନ୍ୟ ପରିହାସ ମିଶେଇ କହିଲା - ତୁ ତ ମୋପେଇଁ ଏତେ ବ୍ୟସ୍ତ ହଉଚୁ... ନିଜପେଇଁ ତ ବେଶ୍ ବ୍ୟବସ୍ଥା ଲୁଚି ଲୁଚି କରିନେଲୁ... ମୋ କଥା କଅଣ ଭାବିବୁ ?

ସମସ୍ତେ ହସିଉଠିଲେ -

ବିପ୍ର ରସିକତା କରି କହିଲା - ବ୍ରାଭୋ ଲୀଳା ଦେବୀ ! ଭାବି ଭାବି ପଦେ ଏତେବେଳେକେ ଆପଣ କହିଛନ୍ତି, ଯାଃ... ଆଲୁଅ ନାହିଁ... ନ ହେଲେ ମିନତି ଦେବୀଙ୍କର ମୁହଁର ଭାବଟା ଟିକିଏ ଦେଖାଯାଇଥାନ୍ତା।

ମିନତି ହସି ହସି କହିଲା - ଦେଖିବେ ଆଉ କଅଣ, ମୋ ମୁହଁଟା ଲାଜରେ ରଙ୍ଗା ପଡ଼ିଯାଇଚି। ତା'ପରେ ମହେନ୍ଦ୍ରକୁ ଉଦ୍ଦେଶ୍ୟ କରି ମିନତି କହିଲା - ଆଚ୍ଛା, ଶୁଣିଲ, ତମ ବନ୍ଧୁ ରବିବାବୁଙ୍କ ସହିତ ଲିଲିର ପ୍ରସ୍ତାବ ଆଣିଲେ କିମିତି ହୁଅନ୍ତା ?

କେଉଁ ରବି ? ମହେନ୍ଦ୍ର ପଚାରିଲା - ଓ, ଆମ ଏଇ ବୁଢ଼ା ବାଚେଲର୍ ଡାକ୍ତର !... ଆରେ ସେ କଅଣ ଆଉ ବାହା ହବ ?

କାହିଁକି ବାହା ହେବନି ? ପଚାରିଲା ମିନତି।

ମହେନ୍ଦ୍ର ଗୋଟାଏ ଦୀର୍ଘ ନିଃଶ୍ୱାସ ପକେଇ କହିଲା - ନାଃ, ସେ ଆଉ ବାହା ହେବନି - ବହୁତ କାରଣରୁ...

କଅଣ ବହୁତ କାରଣ ଶୁଣିବା ଟିକିଏ - ବିପ୍ର ପଚାରିଲା।

ମହେନ୍ଦ୍ର କହିଲା... ଖେଆଲରେ ସେ ବ୍ୟାଚେଲର୍ ହେଲା... ତା'ର ବନ୍ଧୁମାନେ ଯେତେବେଳେ ବିବାହ କଲେ ସେ ସମସ୍ତଙ୍କୁ କହିଥିଲା ଯେ ସେ ସେମାନଙ୍କ ଭଳି ଏଡ଼େ ଦୁର୍ବଳ ନୁହେଁ... ସେଇ ଜିଦ୍‌ରେ ରହିଯାଇ ଯେତେବେଳେ ତା'ର ବୟସ ପଇଁତିରିଶ ଟପିଗଲା ସେତେବେଳେ ଆଉ କାହାର ବିଶେଷ ଅବିଶ୍ୱାସ ରହିଲାନି ଯେ ରବି ଖାଲି କଥାର କଥା କହୁନି ବୋଲି - ମୁଁ ବହୁବାର ତାକୁ ଅନୁରୋଧ କରିଚି ବିବାହ କରିବାକୁ - କିନ୍ତୁ ସେ ମତେ ନାନା ପ୍ରକାର ଯୁକ୍ତି ଦେଖେଇଚି ତା'ର ମତ

ସପକ୍ଷରେ; କେତେବେଳେ କହିଚି - ସଂସାର ଜଞ୍ଜାଳ ଭିତରେ ପଶି ମୁଁ ଦୁଃଖ କଷ୍ଟ ମୁଣ୍ଡେଇବାକୁ ଭୟ କରେ - କେତେବେଳେ କହିଚି... ଏମିତି ତ ବେଶ୍ ଚଳି ଯାଉଚି... ବିବାହର କୌଣସି ଆବଶ୍ୟକତା ଦେଖାଯାଉନି... ମୁଁ ଅନେକ ସମୟରେ ବଡ଼ ଆଶ୍ଚର୍ଯ୍ୟ ହୁଏ, ଭାବେ ଲୋକଟାର ସ୍ନାୟବିକ ଜଡ଼ତା ଅଛି ନା କଅଣ ? ପଚାରେ ତାକୁ... ସେ ହସେ - କହେ - ତା' ହେଇଥିଲେ ମୋର କୌଣସି ଜଡ଼ତା ନାହିଁ ବୋଲି ପ୍ରମାଣ କରିବାକୁ ଯାଇ ମୁଁ ଜଣେ କାହାକୁ ନିଶ୍ଚୟ ବିବାହ କରିଥାନ୍ତି -

ମୁଁ ଅସ୍ଥିର ହୋଇ ପଚାରେଁ ତେବେ କାହିଁକି ତୁ ବିବାହ କରିବୁନି ?

ସେ ଗୋଟାଏ ନୂଆ ଯୁକ୍ତି ବାଢ଼ି ବସେ - ମୋର ରୋଜଗାର କିଛି ନାହିଁ... ଜଣେ ଶିକ୍ଷିତା ନାରୀଙ୍କୁ ନିଜ ବେକରେ ପକେଇବାକୁ ସାହସ କରିପାରୁନି - ଗଦ ନାହିଁ ହାତରେ, ଅଥଚ ନାଗ ସାପ ବେକରେ ଗୁଡ଼େଇବି - ଅସମ୍ଭବ...

ରବି କିନ୍ତୁ ସବୁ ଦିଗରୁ ଅତି ସ୍ୱାଭାବିକ... କୌଣସି ଅସ୍ୱାଭାବିକ ମନୋଭଙ୍ଗୀ ମୁଁ ତା'ର ଦେଖିପାରୁନି - ଅତି ସାମାଜିକ - ଚିନ୍ତା ତା'ର ଅତି ସଂହତ, ଉପରନ୍ତୁ ସେ ସାହିତ୍ୟକ୍ଷେତ୍ରରେ ବି ଏକ ସମୁଜ୍ଜ୍ୱଳ ତାରକା -

ସବୁଠୁଁ ବେଶି ଆଶ୍ଚର୍ଯ୍ୟ ଲାଗେ - ନାରୀ ଜାତିଟା ସହିତ ମିଶିଚି ସେ ଅତି କମ୍ - ମୋଟେ ନୁହେଁ କହିଲେ ଚଳେ - ଅଥଚ ସେ ତା'ର ସାହିତ୍ୟରେ ଯେଉଁ ନାରୀ ଚରିତ୍ରଗୁଡ଼ିକ ସୃଷ୍ଟି କରିଚି ସେମାନେ କି ସୁନ୍ଦର ଆଉ ବିଚିତ୍ର !

କହେଁ... ରବି, ମୁଣ୍ଡ ଚନ୍ଦା ହେଲା... ବଡ଼ ଲୋକ ତ ହେଲୁନି... କିମିତି ବା ହବୁ... ମାଗଣା ରୋଗୀ ଚିକିତ୍ସା କଲେ... କିନ୍ତୁ ମୋର ତ ମନେହୁଏ... ଜୀବନରେ କୌଣସି କୋମଳ ସ୍ପର୍ଶ ନ ପାଇ ତୁ ଯେପରି ଅତି ନିସ୍ପୃହ ହେଇ ପଡୁଚୁ ଦିନକୁ ଦିନ... ସାହିତ୍ୟ ଚର୍ଚ୍ଚା କମିଗଲାଣି... ବ୍ୟବସାୟରେ ବି କୌଣସି ସ୍ପୃହା ନାହିଁ... ମୋର ଏ ଧାରଣା ବି ହେଇଚି ରବି - ତୁ ନାରୀ ଜାତିଟାକୁ ଭୟ କରୁ... ସେମାନଙ୍କଠୁ ଦୂରେଇ ଦୂରେଇ ରହୁ।

ରବି କହେ... ଭୟ ଠିକ୍ ନୁହେଁ - ତେବେ ଏ କଥା ସତ ଯେ ମୁଁ ସେମାନଙ୍କ ସାମନାରେ ଖୁବ୍ ସହଜ ବୋଧ କରେ ନାହିଁ - ଆଉ ମୋର ମନେହୁଏ ସେମାନେ ବି ମତେ ପସନ୍ଦ କରନ୍ତିନି -

କିମିତି ଜାଣିଲୁ ? ମୁଁ ପ୍ରଶ୍ନ କରେ। ରବି କହେ - ମୋ ନାଁରେ ବହୁତ। ବଦନାମ ତ ସେମାନେ ଶୁଣିବାକୁ ପାଆନ୍ତି - ତୁ ବି ପାଉଥିବୁ - ଆଉ ତା' ଛଡ଼ା ସେମାନେ ଭାବନ୍ତି - ଇଏ ତ ବ୍ୟାଚେଲର ବ୍ରତ ଗ୍ରହଣ କରିଛନ୍ତି - ଏଙ୍କ ସହିତ ବେଶି ମିଳାମିଶା କରିବା ମାନେ ନିରର୍ଥକ ଗୁଡ଼ିଏ ବଦନାମ ଗୋଟେଇବା।

ରବିର ଧାରଣାକୁ ଅସ୍ୱୀକାର କରିପାରିଲି ନାହିଁ।

କିନ୍ତୁ ତମେ ସବୁ ଶୁଣିଲେ ଆଶ୍ଚର୍ଯ୍ୟ ହବ ଯେ ରବିର ଜୀବନରେ ବି ଜଣେ ନାରୀର କଳଧ୍ୱନି ସୃଷ୍ଟି ହୋଇଥିଲା...

ବିପ୍ର ବିସ୍ମିତ ହୋଇ ପଚାରିଲା - କଅଣ କହୁଚୁରେ ମହେନ୍ଦ୍ର - ଆମ ରବି ?

ହଁ ହଁ ଆମ ରବି - ବୁଢ଼ା ବ୍ୟାଚେଲର...

ବିପ୍ର ପଚାରିଲା - ତା' ହୃଦୟରେ ଫେର କିଏ କଳରବ ସୃଷ୍ଟି କଲା..... ?

ମତେ ସେ ନାଁ କହିନି - ସବୁ କହିଲା କିନ୍ତୁ ନାଁ କହିଲାନି।

ତୁ ତା'ର ଏଡ଼େ ଅନ୍ତରଙ୍ଗ ବନ୍ଧୁ - ଅଥଚ ନାଁ କହିଲାନି... ? ବିପ୍ର ପଚାରିଲା।

ମହେନ୍ଦ୍ର କହିଲା - କିଛି ଗୋଟାଏ କାରଣ ନିଶ୍ଚୟ ଅଛି... କିନ୍ତୁ ଘଟଣାଟି ଯେପରି ଭାବରେ ଘଟିଚି ତାହା ଟିକିଏ ଅସ୍ୱାଭାବିକ -

ଉତ୍କଣ୍ଠିତ ହୋଇ ସବିତା କହିଲା ଶୀଘ୍ର ଶୀଘ୍ର କହନ୍ତୁ ମହେନ୍ଦ୍ରବାବୁ... ଆଗ୍ରହ ବଢୁଚି...

ବିପ୍ର ରସିକତା କରି କହିଲା - ଖରାପ ଲକ୍ଷଣ ସବିତା... ମନେହୁଏ...

ଧମକେଇ କହିଲା ସବିତା... ଓଃ, ବନ୍ଦ କର ତମର ରସିକତା - ହଁ କହନ୍ତୁ ମହେନ୍ଦ୍ରବାବୁ...

ମହେନ୍ଦ୍ର କହିଲା... ରବି କଟକରେ ଡାକ୍ତରୀ କରିବାର ପ୍ରଥମ ବର୍ଷ ଜଣେ ନାରୀଙ୍କ ସହିତ ଆକସ୍ମିକ ପରିଚୟ ହୁଏ... ନାରୀଟି ଉଚ୍ଚଶିକ୍ଷିତା, ଭାରୀ ସୌଖୀନ ମ... ସେଣ୍ଟ ଆଉ ସୁଗନ୍ଧ ପୁଷ୍ପ ତାଙ୍କର ଅଶେଷ ମୋହ... ଅନେକ ପରିମାଣରେ ଆମରି ଲୀଳା ଭଳି... ଆଉ ଆମ ଲୀଳା ଯେମିତି ଝାଳଗନ୍ଧ ନାଁରେ ବାନ୍ତି କରିପକାଏ ସେ ବି ଠିକ୍ ସେମିତି... କିନ୍ତୁ ଆଶ୍ଚର୍ଯ୍ୟ କଥା ଆଜିକାଲି ଲୀଳାର କାହିଁକି ମୁଁ ସେସବୁ ବିକାର ବିଶେଷ ଲକ୍ଷ୍ୟ କରୁନି -

ବିପ୍ର କହିଲା - ଲୀଳା ଦେବୀ ନିଜେ ନୁହନ୍ତି ତ ?

ମିନତି ବାଧା ଦେଇ କହିଲା - ଧେତ୍ ସେ କାହିଁକି ହବ ମ... ଆପଣମାନେ ଲୀଳାକୁ ଅଯଥା ବଡ଼ ବ୍ୟତିବ୍ୟସ୍ତ କରୁଛନ୍ତି।

ମହେନ୍ଦ୍ର କହିବାକୁ ଆରମ୍ଭ କଲା - ଜଣେ ବନ୍ଧୁଙ୍କ ସହିତ ରବି ସେଇ ଭଦ୍ରମହିଳାଙ୍କ ଘରକୁ ଗଲା... ବନ୍ଧୁବର ମହିଳାଙ୍କ ଭାଇ, ସେ ମହିଳାଙ୍କର ମା'ଙ୍କର କଅଣ ବେମାରି ହୋଇଥିଲା - ଶୀତ ଦିନ, କିନ୍ତୁ ଝାଳରେ ରବିର ଦେହ ଓଦା ସୁଡୁବୁଡ଼; ରବିର ବିରାଟ ବାଚେଲର ବପୁଟି କିନ୍ତୁ ଆଦିମାନବର ସମସ୍ତ ବର୍ବରତା ବହନ କରିଥିଲା - ଦେହଟି ଲୋମଶ - ଏବଂ ତା' ଦେହରୁ ଅପର୍ଯ୍ୟାପ୍ତ ଝାଳ ବୁହେ

- ଶୀତ ଦିନରେ ମଧ୍ୟ - ଭଦ୍ରମହିଳାଙ୍କ ସହିତ ରବିର ବନ୍ଧୁ ରବିକୁ ପରିଚୟ କରେଇ ଭିତରକୁ ଗଲାପରେ ଭଦ୍ରମହିଳା ରବିକୁ ବସିବାକୁ ଅନୁରୋଧ କଲେ। ରବି ବସିଲା - ଭଦ୍ରମହିଳାଟି ଅନ୍ୟ କୌଣସି ପ୍ରଶ୍ନ ପୂର୍ବରୁ ପଚାରିଲେ - ଆପଣଙ୍କ ଜାମାଟି ଏମିତି ଭିଜିଯାଇଛି କାହିଁକି ?

ରବି ବିବ୍ରତ ନ ହୋଇ ଉତ୍ତର କଲା - 'ଝାଳରେ'।

ମହିଳାଟି ଆଶ୍ଚର୍ଯ୍ୟାନ୍ୱିତ ହୋଇ କହିଲେ ଶୀତ ରାତିରେ ବି ଆପଣଙ୍କ ଦେହରୁ ଏତେ ଝାଳ ବୁହେ ?

ରବି ଅତି ସହଜ ଗଳାରେ ପ୍ରଶ୍ନକଲା - ଅସମ୍ଭବ ? - ଯାହାର ଧାତୁ ଯେପରି - ଆଶ୍ଚର୍ଯ୍ୟ ହବାର କଅଣ ଅଛି ?

ମହିଳାଟି ତାଙ୍କର ସେଣ୍ଟଦିଆ ରୁମାଲଟି ନାକରେ ଦେଇ ଈଷତ୍ ନାସିକା ଓ ଭ୍ରୂକୁଞ୍ଚନ କରି କହିଲେ, ଆପଣ ତେବେ ଗୋଟାଏ ଜାମା ଥରକରୁ ବେଶି ପିନ୍ଧୁ ନ ଥିବେ -

ରବି ଉତ୍ତର କଲା - କାହିଁକି ? ଜାମାଟା ମଇଳା ନ ହେଲା ଯାଏଁ ପିନ୍ଧେ -

ଝାଳ ଗନ୍ଧ କରେନି ? ମହିଳାଙ୍କ ଚକ୍ଷୁରେ ଅପାର ବିସ୍ମୟ !

ଗନ୍ଧ ହୁଏ ତ କରେ - କିନ୍ତୁ ଉପାୟ ନାହିଁ - ପ୍ରତିଦିନ ଗୋଟାଏ କରି ଜାମା ପିନ୍ଧିବା ଭଳି ଶକ୍ତି ମୋର ତ ନାହିଁ !

ଭଦ୍ରମହିଳା କହିଲେ - ମୁଁ କିନ୍ତୁ ଝାଳଗନ୍ଧ ମୋଟେ ସହି ପାରେନି।

ରବି ହସି କହିଲା - ସେଥିପାଇଁ ସେଣ୍ଟଦିଆ ରୁମାଲ ନାକରେ ଦେଇଛନ୍ତି।

ଅନ୍ୟାନ୍ୟ କଥା ପରେ ଓ ରୋଗୀ ଦେଖା ସରିଲାପରେ ରବି ଯିବାକୁ ବାହାରିଲା। ଯିବାବେଳେ ମହିଳାଟି ରବିକୁ ଆଉଦିନେ ଆସି ଚା' ଖାଇ ଯିବାକୁ ଅନୁରୋଧ କଲେ - ରବିର ଆପତ୍ତି ଶୁଣିବାକୁ ରାଜି ହେଲେନି। ରବି ଗଲାବେଳେ କହିଲା ମତେ ଚା' ଖାଇବାକୁ ଡାକି ବିପଦ ବରଣ କରୁଛନ୍ତି।

ମହିଳାଟି ବିସ୍ମୟ ହୋଇ କହିଲେ- ଆପଣଙ୍କ କଥା ମୁଁ ତ କିଛି ବୁଝିପାରୁନି - ?

ବୁଝି ପାରିଲେନି ? - ମାନେ ଆପଣଙ୍କର ରୁମାଲରେ ତାହାହେଲେ ବହୁତ ସେଣ୍ଟ ଢାଳିବାକୁ ହବ -

ମହିଳାଟି ହସି ପକେଇଲେ - ଓ ! ଏଇକଥା - ଆପଣ ଟିକିଏ ଦୂରେଇ ବସିବେ।

ରବି ନାରୀ ପାଖରେ ବିଶେଷ ସାଇନ୍ କରିପାରେନି - ତଥାପି କାହିଁକି ପାଟିରୁ ବାହାରି ପଡ଼ିଲା, ଚା' ଖାଇବାକୁ ଡାକି ଯଦି ଦୂରରେ ବସିବାକୁ କହନ୍ତି ତେବେ ନ ଡାକିଲେ ଭଲ ହୁଅନ୍ତା -

ମହିଳାଟି ଅପ୍ରସ୍ତୁତ ହୋଇଯାଇ କହିଲେ - ଦେଖନ୍ତୁ, ଆପଣ ମୋତେ ଜେରା ଆରମ୍ଭ କରିଦେଲେଣି - ଝାଳଗନ୍ଧ ମୁଁ ସହି ପାରେନା - କିନ୍ତୁ ଆପଣଙ୍କୁ ସହ୍ୟ କରିପାରିବି ବୋଲି ଭାବୁଚି ।

ରବି ସେ ଦିନ ବିଦାୟ ନେଲା - କିନ୍ତୁ ତା' କହିବା ଅନୁସାରେ ସେ କୁଆଡ଼େ ମହିଳାଙ୍କର ଅନୁରୋଧରେ ବହୁତ ଥର ସେଠିକି ଯାଇଥିଲା ।

ଦିନକର ଘଟଣା -

ରବି ଯାଇ ପହଞ୍ଚିଲା - ଦେହରୁ ମୁହଁରୁ ଗମ୍ ଗମ୍ ଝାଳ ବୋହୁଚି - ପତଳା ଜାମାଟା ଝାଳରେ ଓଦା ହୋଇ ତା' ଦେହରେ ଜଡ଼ି ଯାଇଚି - ତା'ର ଚଉଡ଼ା ଛାତିର ବାଳଗୁଡ଼ାକ ପଦାକୁ ଦେଖାଯାଉଚି ସେଇ ଓଦା ଜାମା ଭିତରୁ - ମହିଳାଟି କିଛି ସମୟ ରବିକୁ ଚାହିଁ ରହିଲାପରେ ହଠାତ୍ ଆଗେଇଆସି କହିଲେ କଣ୍ଠରେ ବ୍ୟଗ୍ରତା ଫୁଟେଇ-

ଇସ୍ - ଏ ମାଘ ମାସର ଜାଡ଼ ସନ୍ଧ୍ୟାରେ ମଧ୍ୟ ଏତେ ଝାଳ - ଆପଣ ଗୋଟିଏ ଗୁହାମାନବ - ଖୋଲନ୍ତୁ, ଖୋଲନ୍ତୁ ଆପଣଙ୍କର ସେ ଜାମାଟା -

ରବି ମହିଳାଙ୍କର କଥାରେ ଟିକିଏ ବିସ୍ମିତ ହେଲା - ଏ ଧରଣର କଥାରେ ସେ କିପରି ଗୋଟାଏ ସାନ୍ନିଧ୍ୟର ସନ୍ଧାନ ପାଇଲା - କହିଲା -

- ଜାମାଟା ଖୋଲିବି ? ତା' କିମିତି ହବ - ମୋର ଖୋଲା ଦେହ ଦେଖିଲେ ଆପଣ ହୁଏତ ଅଚେତ ହୋଇଯାଇପାରନ୍ତି - ମୁଁ ଗୋଟେ ହେୟାରି ଏପ୍ -

ଧମକାଇଲା ଗଳାରେ ମହିଳାଟି କହିଲେ - ଖୋଲନ୍ତୁ ନା - ଆପଣ ଯେ ହେୟାରି ଏପ୍ ସେଇଟା ପ୍ରଥମ ଦିନୁ ମୁଁ ଲକ୍ଷ୍ୟ କରିଚି - ଖୋଲନ୍ତୁ... ମୁଁ ବାପାଙ୍କର ଗୋଟାଏ ଜାମା ଆଣି ଦଉଚି -

ମହିଳାଟି ଜାମା ଆଣିବାକୁ ଗଲେ - ଫେରିଆସି ଦେଖିଲେ ରବି ତା'ର ଜାମାଟି କାଢ଼ି ସାରିଚି - ତା' ହାତରୁ ଝାଳୁଆ ଜାମାଟି କାଢ଼ି ନେଇ ସେ ଜାମାଟି ନିଜ କାନ୍ଧରେ ପକେଇ ସେଥିରୁ ବୋତାମଗୁଡ଼ିକ କାଢ଼ିଲେ ଏବଂ ଘରୁ ଆଣିଥିବା ଜାମା ଦେହରେ ବୋତାମ ଦେଲେ - ରବିର ବିସ୍ମୟର ଅବଧି ରହିଲାନି - ସେ ବଲ ବଲ କରି ମହିଳାଟିର ମୁହଁକୁ ଚାହିଁ ରହିଲା - କୌତୂହଳ ଦମନ କରି ନ ପାରି ପଚାରିଲା -

ଆପଣଙ୍କୁ ଜାମାଟା ଝାଳୁଆ ଗନ୍ଧ ହଉନି... ନାସିକାର ଏଡ଼େ ନିକଟରେ ରହିଚି...

ମହିଳାଟି କିଛି ନ କହି ଏକ ସୁନ୍ଦର ସ୍ମିତହାସ୍ୟ କରି ରବି ପ୍ରତି କଟାକ୍ଷ କଲେ...

ରବିର ବ୍ୟାଚେଲରର ମନ ଟିକିଏ ଚହଲିଗଲା... ନାରୀର ଏ ସ୍ପର୍ଶ ତା' ଜୀବନରେ ସେ ଏଇ ପ୍ରଥମ ଅନୁଭବ କରୁଚି - ତାକୁ ଭଲ ଲାଗିଲା -

ତଥାପି କହିଲା - ଜାମାଟା ସେଇ ଚୌକି ଉପରେ ରଖି ଦିଅନ୍ତୁ.... ଛି - ଆପଣଙ୍କର ସେଇ ସୁବାସିତ ତନୁ ବ୍ରତତୀରେ ସେଇଟାର ସ୍ଥାନ ନୁହେଁ।

ମହିଳାଟି ଧୋବ ଜାମାଟା ରବିକୁ ବଢ଼େଇ ଦଉ ଦଉ କହିଲେ - ମୁଁ ଜାଣେ ଆପଣ ଲେଖକ ବି।

ସେ ଦିନର ସେଇ ସନ୍ଧ୍ୟାଟିର ସୁରଭିତ ସ୍ମୃତିଟି ବହନ କରି ରବି ଫେରିଆସିଲା।

ତା'ପରେ ଆଉ ଏକ ଅଦ୍ଭୁତ କଥା ଘଟିଲା - ଯେଉଁଦିନ ରବି ସେ ମହିଳାଙ୍କ ନିକଟକୁ ଯାଏ, ସେଦିନ ତା'ର ଝାଳୁଆ ଜାଗାଟି ମହିଳାଙ୍କ କାନ୍ଧକୁ ଯାଏ ଓ ପୂର୍ବ ଥରର ଜାମାଟି ସଫା ଏବଂ ଇସ୍ତ୍ରୀ ହୋଇ ରବିକୁ ପିନ୍ଧିବାକୁ ଦିଆହୁଏ...

ରବି ଥରେ ପଚାରିଲା - ଦିନେ ଦି'ଦିନ ଭିତରେ ଧୋବା କିମିତି ମୋ ଜାମା କାଚି କରି ଦେଇଯାଉଚି ? ଆଶ୍ଚର୍ଯ୍ୟ କଥା ତ ?

ମହିଳାଟି ଉତ୍ତର ଦେଲେ - ମୁଁ ନିଜେ ଆପଣଙ୍କର ଧୋବା।

ରବି ହୃଦୟରେ ଏକ ପୁଲକ ବିସ୍ମୟ ସଞ୍ଚରିଗଲା - ପଚାରିଲା... ଆପଣ ?

ମହିଳାଟି ମୁହଁ ପୋତି ରହିଲେ। ମଝିରେ ଗୋଟେ ଜାମା ରବି ଫେରି ପାଇଲାନି... ପଚାରିଲା ମୋର ସେ ଡୋରିଆ ଜାମାଟା...

ମହିଳାଟି ସହଜ ଭାବରେ ଉତ୍ତର କଲେ... ଧୋବା ଘରେ ପକେଇ ଦେଇଚି।

କିନ୍ତୁ ଆପଣ ତ ନିଜେ ମୋ ଧୋବା ବୋଲି କହିଥିଲେ...

ଆଉ ଏତେ କାଚି ପାରିବିନି, ଆପଣଙ୍କ ଝାଳୁଆ ଜାମା।

କିନ୍ତୁ ଆଶ୍ଚର୍ଯ୍ୟ କଥା, ତା'ପରେ ସେମିତି ଜାମା କଚା ଚାଲିଲା... କିନ୍ତୁ ଡୋରିଆ ଜାମାଟି ଆଉ ଫେରି ଆସିଲାନି -

ରବିର ପ୍ରଶ୍ନରେ ସବୁବେଳେ ସେଇ ଗୋଟିଏ ଉତ୍ତର ଆସିଲା - ଧୋବା ଘରେ ପଡ଼ିଚି। କିନ୍ତୁ ମୋ ପ୍ରଶ୍ନ ପଚାରିବା ଯେତେବେଳେ ଶେଷ ହେଲାନି ମହିଳାଙ୍କଠାରୁ ଦିନେ ଉତ୍ତର ଆସିଲା, ଧୋବା ସେ ଜାମାଟି ଖୋଜି ପାଉନି...

ରବି ମହିଳାଟିର ଏ କଥାକୁ ବିଶ୍ୱାସ କରି ମଧ କଲାନି।

ରବି ଭାବିଲା ଯଦି ମହିଳାଟି ତା' ପ୍ରତି ଆକୃଷ୍ଟ ତେବେ କାହିଁକି ସ୍ପଷ୍ଟ ଜଣେଇ ଦଉ ନାହାନ୍ତି ?... କିଛି ଠିକ୍ ନ କରିପାରି ରବି ଦିନେ ଗଲା ତା'ର ମନସ୍ତାତ୍ତ୍ୱିକ ଅଧ୍ୟାପକ ବନ୍ଧୁ ସୁରେନ୍ଦ୍ର ପାଖକୁ -

ସୁରେନ୍ଦ୍ର ସବୁ କଥା ଶୁଣି ଉତ୍ତର ଦେଲା - ସେ ଜାମାଟି ଧୋବା ହଜେଇନି -

ସେଇ ମହିଳାଙ୍କ ବାକ୍‌ସରେ ସେ ଜାମାଟି ଠିକ୍ ସେମିତି ଝାଳର ମସିହା ଗନ୍ଧ ବହନ କରି ରହିଚି।

ରବି ପଚାରିଲା - କାରଣ ?

କାରଣଟା ବଡ଼ ପ୍ଲେନ୍ - ଜଳ ଭଳି ସ୍ୱଚ୍ଛ, ମହିଳାଟି ତତେ ଭାରି ଭଲ ପାଆନ୍ତି...

ରବି କହିଲା - ତା' ତ ମୁଁ ଅନେକଟା ଅନୁମାନ କରିପାରିଚିରେ...

ଆଉ ତେବେ କଅଣ କହୁଚୁ ? ପଚାରିଲେ ମନସ୍ତାତ୍ତ୍ୱିକ ଅଧ୍ୟାପକ।

ମୁଁ କହୁଚି ସେ ଝାଳୁଆ ଗନ୍ଧ ଜାମାଟାକୁ ସେ କାହିଁକି ତାଙ୍କ ପାଖରେ ରଖିବେ ? ସେ ତ ଝାଳଗନ୍ଧ ପାଇଲେ ବାନ୍ତି କରି ପକେଇବାର ଉପକ୍ରମ କରନ୍ତି। ସବୁବେଳେ ସେଣ୍ଟ ବ୍ୟବହାର କରନ୍ତି -

ଅଧ୍ୟାପକ କହିଲେ ହସି ହସି - ଆଉ ଏଥର ବାନ୍ତି କରିବେନି - କାରଣ ସେ ତୋତେ ଏତେ ଗଭୀର ଭାବରେ ଭଲ ପାଆନ୍ତି ଯେ ସେ ତୋର ଦେହର ଝାଳଗନ୍ଧକୁ ମଧ୍ୟ ଇଭିନିଂ ଇନ୍ ପ୍ୟାରିସ ଗନ୍ଧଠୁଁ ବେଶି ଭଲ ପାଉଛନ୍ତି।

ରବି ଚିନ୍ତିତ ହୋଇ ପ୍ରଶ୍ନ କଲା - ତେବେ ଉପାୟ ?

ଉପାୟ ? - ଉପାୟ ଆଉ କିଛି ନାହିଁ, ଆମ ଦଳରେ ଭିଡ଼ିଯିବାକୁ ପଡ଼ିବ।

ରବିର ବାଉ୍ତୁଅତ୍ତ୍ୱ ଚିତ୍କାର କରିଉଠିଲା - ନା ନା, ଅସମ୍ଭବ... ତା' ମୁଁ ପାରିବିନି ?

ମୁଁ ଜାଣେ ତୁ କାହିଁକି ପାରିବୁନି... ସୁରେନ୍ଦ୍ର କହିଲା...

କଅଣ ଜାଣୁ ତୁ, କିଛି ଜାଣୁନା। ଜାଣେଁ, ତୋର ଭାନିଟି ତୁ ଛାଡ଼ି ପାରିବୁନି - କୌଣସି ନାରୀର ପ୍ରେମଠାରୁ ତୋର ଭାନିଟିକୁ ତୁ ବେଶି ଭଲ ପାଉ...

ତା'ପରେ ରବି ଆଉ ସେ ଭଦ୍ରମହିଳାଙ୍କ ଘରକୁ ଗଲାନି - ସେ ବହୁବାର ସାଶ୍ରୁ ନିମନ୍ତ୍ରଣ ମଧ୍ୟ ପଠେଇଥିଲେ - କିନ୍ତୁ ଏଇ ନିର୍ମମ ବାଚେଲର୍ ସେ ନିମନ୍ତ୍ରଣକୁ ଉପେକ୍ଷା କଲା...

ସବିତା ରୁଦ୍ଧ କଣ୍ଠରେ ପଚାରିଲା - ରବିବାବୁଙ୍କର ସେଇ ଯେଉଁ ଜାମାଟା ସେ ଭଦ୍ରମହିଳାଙ୍କ ପାଖରେ ଥିଲା ?

ମହେନ୍ଦ୍ର କହିଲା - ସେଟା ତାଙ୍କଠି ରହିଗଲା...

ଅନ୍ଧକାରରେ ଗୋଟିଏ ଦୁଇଟି ଦୀର୍ଘନିଃଶ୍ୱାସର ଅସ୍ପଷ୍ଟ ଧ୍ୱନି ବାୟୁରେ ମିଳେଇ ଗଲା, ବାହାରର ବତାସିର ବେଗ ସାମାନ୍ୟ ଥମି ଆସିଚି...

ପ୍ରକୋଷ୍ଠର ଉନ୍ମୁକ୍ତ ଦ୍ୱାର ବାଟେ ନିସ୍ତେଜ ଆକାଶର କିଛି ଅଂଶ ଦେଖାଯାଉଚି...

ହଠାତ୍ ସବିତା ଚିତ୍କାର କରି ଉଠିଲା - କିଏ ?

ସମସ୍ତେ ଦୁଆର ଆଡ଼େ ଚାହିଁଲେ - ବିପ୍ର କହିଲା ରୂଢ଼ କଣ୍ଠରେ - କିଏ ?

ମନୁଷ୍ୟର ଛାୟାଟି ଦ୍ୱାର ଦେଶରେ ନିଶ୍ଚଳ ହୋଇଗଲା - ବିପ୍ର ପାଟି କଲା... କିଏ ?

ଭୟ ନାହିଁ... ମୁଁ... ଉତ୍ତର ଆସିଲା...

ମୁଁ କିଏ ? ନାଁ କୁହ... ଛାଇ ମୂର୍ତ୍ତିଟି ହଠାତ୍ ଖିଲ୍ ଖିଲ୍ ହସିଉଠିଲା...

ତା'ପରେ କହିଲା - ମୁଁ ଭୂତ ନୁହେଁ... ନିଜ ଟର୍ଚ୍ଚଟି ନିଜ ମୁହଁରେ ପକେଇ କହିଲା - ବର୍ତ୍ତମାନ ଆପଣମାନେ ଚିହ୍ନି ପାରୁଛନ୍ତି ବୋଧହୁଏ।

ମହେନ୍ଦ୍ର ବିସ୍ମିତ ହୋଇ କହିଲା - ରବି ? ଆରେ ? ଆ ଆ -

ସବିତା କହିଲା... ଆସିବେ କଅଣ ମ... ସେ ପରା ଘର ଭିତରୁ ବାହାରକୁ ଯାଉଥିଲେ।

ବିସ୍ମିତ ହୋଇ ମହେନ୍ଦ୍ର ପଚାରିଲା - ମାନେ ?

ରବି ହସି ହସି ଉତ୍ତର କଲା - ମାନେ ଆଉ କଅଣ... ତୋ ଗପ ସରିଗଲା... ମୁଁ ଯିମିତି ଅନ୍ଧାର ଭିତରେ ଚୁପ୍ ଚୁପ୍ ଆସିଥିଲି ସେମିତି ଚୁପ୍‌ଚାପ୍ ଫେରି ଯାଉଥିଲି।

ଓ ! ଏମିତି କଥା - ଏ, ଚୌର୍ଯ୍ୟପ୍ରବୃତ୍ତି କେବେଠୁଁ ? ଆ ଆ ଆଉ ଯିବା ଦରକାର ନାହିଁ... ଧରା ପଡ଼ିଲା ପରେ ଯିବାର କିଛି ମହତ୍ତ୍ୱ ନାହିଁ - ମହେନ୍ଦ୍ର କହିଲା।

ରବି ଫେରିଆସିଲା...

ମହେନ୍ଦ୍ର ପୁନରାୟ କହିଲା - ସବୁ ଶୁଣିଚୁ ତା'ହେଲେ ?

ରବି କହିଲା - ନା ସବୁ ନୁହେଁ... ଅନ୍ଧାରରେ ତମେ ସମସ୍ତେ ମସଗୁଲ୍ ଥିଲ... ମୋତେ ଘରେ ପଶିଲାବେଳେ କେହି ଦେଖି ପାରିନ।

ଠିକ୍ ସେତିକିବେଳେ ଘର ଭିତରର ବିଜୁଳି ଆଲୁଅ ଜଳିଉଠିଲା...

ସମସ୍ତେ ରବିକୁ ଚାହିଁଲେ, ଜାମାଟା ତା'ର ଝାଳରେ ଓଦା ସୁତୁବୁତୁ - ହଠାତ୍ ରବି କହିଉଠିଲା ଲୀଳାକୁ ଦେଖି... ଆରେ ! ଲୀଳାଦେବୀ ଯେ ! ନମସ୍କାର ! ଆପଣ ଏ ସାନ୍ଧ୍ୟମିଳନରେ ଯୋଗ ଦେଇଛନ୍ତି ବୋଲି ମୁଁ ଜାଣି ନ ଥିଲି। ଭଲ ଅଛନ୍ତି ?

କ୍ଷୀଣ ଓ ଭଙ୍ଗା ଭଙ୍ଗା ସ୍ୱରରେ ଲୀଳା କହିଲା... ନମସ୍କାର... ହଁ ଭଲ ଅଛି। ମିନତି ରବିକୁ ଚାହିଁ ପଚାରିଲା - ଆପଣ ଲିଲିକି ଚିହ୍ନନ୍ତି ?

ରବି ବିପର୍ଯ୍ୟସ୍ତ କଣ୍ଠରେ କହିଲା - ହଁ... ତାଙ୍କ ସହିତ ମୋର ପରିଚୟ ଅଛି।

ସବିତା ହଠାତ୍ ରସିକତା କରି ପଚାରିଲା - କେତେଦୂର ପରିଚୟ ଅଛି ? ହଠାତ୍ ଲୀଳା ଠିଆହୋଇ ମିନତିକୁ କହିଲା... ମିନୁ... ମୁଁ ଯିବି। କାହିଁକି କଅଣ

ହେଲା ?... ବ୍ୟସ୍ତ ହୋଇ ପଚାରିଲା ମିନତି। ନାଇଁ କିଛି ହୋଇନି... ମୋ ମୁଣ୍ଡଟା କିମିତି ଟିକିଏ ବୁଲେଇ ଦଉଚି। ମିନତି ଲୀଳା ପାଖକୁ ଯାଇ ତା' କାନ୍ଧରେ ହାତ ରଖି କହିଲା - ଚାଲ୍ ଟିକିଏ ଶୋଇପଡ଼ିବୁ। ନା ନା... ମୁଁ ଯିବି, ମତେ ଗୋଟେ ରିକ୍ସା ଡାକି ଦେ -

ମିନତି କହିଲା... ଏଇ ବତାସରେ ରାସ୍ତାରେ ଗୋଟେ ବି ରିକ୍ସା ମିଳିବନି - ତା' ଛଡ଼ା ତୁ ଯିବୁ ବା କିମିତି ଏଥିରେ ! ବ୍ୟତିବ୍ୟସ୍ତ ହୋଇ ଲୀଳା ବିକଳ ହୋଇ କହିଲା... ନା ମିନୁ - ହଉ ବତାସ, ମୁଁ ସେଇଥିରେ ଚାଲିଯିବି... ତୁ ମଗା ଜଲଦି ରିକ୍ସା।

ଲୀଳା ଚୌକିରେ ହାତ ରଖି ମୁହଁ ତଳକୁ କଲା, ସମସ୍ତେ ଆଶ୍ଚର୍ଯ୍ୟ ହୋଇ ଲୀଳା ଆଡ଼େ ଚାହିଁରହିଲେ।

ହଠାତ୍ ରବି କହିଲା - ମୁଁ ବୋଧହୁଏ ହଠାତ୍ ତମର ଏଇ ସାନ୍ଧ୍ୟମିଳନରେ ବାଧା ଘଟେଇଲି। ବରଂ ମୁଁ ଯାଏଁ...

ମହେନ୍ଦ୍ର କହିଲା - ଆରେ ନା ନା - କଅଣ ଗୁଡ଼ାଏ କହୁଚୁ - ଦେଖିଲୁ ଲୀଳାର ଏମିତି ହଠାତ୍ କାହିଁକି ମୁଣ୍ଡ ବୁଲେଇଲା।

ଗମ୍ଭୀର ଭାବରେ ରବି କହିଲା - ସେଇଟା କିଛି ନୁହଁ - ଭଲ ହୋଇଯିବ।

ମିନତି କହିଲା... ଭଲ ଡାକ୍ତର ଆପଣ ? ରୋଗ ପରୀକ୍ଷା ନ କରି କଅଣ ନା ଭଲ ହୋଇଯିବ।

ରୂଢ଼ଭାବରେ ରବି କହିଲା - ହଁ ହଁ ଭଲ ହୋଇଯିବ... ମୁଁ ଯାଏଁ ମହେନ୍ଦ୍ର, ପରେ ଆସିବି - କହି ରବି ଆଉ କଥା ନ ଶୁଣି ଘରୁ ବାହାରିଗଲା - ସମସ୍ତେ ଆଶ୍ଚର୍ଯ୍ୟ ହୋଇ ପରସ୍ପରର ମୁହଁକୁ ଚାହିଁ ରହିଲେ... ଲୀଳା ମୁହଁ ଟେକିଲା - ତା'ର ମୁହଁ ବିବର୍ଣ୍ଣ, ଅଶ୍ରୁରେ ଚକ୍ଷୁ ଭାରାକ୍ରାନ୍ତ - ଦୃଷ୍ଟି ରବିର ଗତିପଥ ଉପରେ ନିବଦ୍ଧ।

ନିର୍ଜନତାର ରଙ୍ଗ

ଟ୍ରେନ୍ ଷ୍ଟେସନ ଛାଡ଼େ। ସୁନନ୍ଦା ଘର ବାରଣ୍ଡାରେ ଠିଆ ହୋଇ ସେଇଆଡ଼େ ଚାହିଁରହେ ଗୋଟିଏ ଛୋଟ ପିଲାର କୌତୂହଳ ନେଇ। ଶୀତର ଧୂଆଁଳିଆ ସନ୍ଧ୍ୟା। ଝିକିଝିକି ଶବଦରେ ଟ୍ରେନ୍‌ଟା ଆଗେଇଯାଏ କଟକ ପଟର ଡିସଟାଣ୍ଟ ସିଗ୍ନାଲ ଆଡ଼େ। ଆସ୍ତେ ଆସ୍ତେ ଗାଡ଼ିଟା କୁଞ୍ଚି କୁଞ୍ଚି ହୋଇ କିମିତି ଛୋଟ ହୋଇଯାଏ। ତା'ପରେ ଦିଶେ କେବଳ ତା' ପଛଟା - ଅସ୍ପଷ୍ଟ - ସୁନନ୍ଦା ତା' ଛାତି ଭିତରେ ଗୋଟାଏ କିମିତି ହରେଇ ଦବାର ଯନ୍ତଣା ଅନୁଭବ କରେ। ଆଉ ଦି' ତିନି ସେକେଣ୍ଡ ପରେ ଟ୍ରେନ୍ ପାହାଡ଼ ପଛପଟେ ଲୁଚିଯାଏ। ପାହାଡ଼ ମୁଣ୍ଡର ଆକାଶ ଦେହରେ ବଉଦ ଭଳି ଖଣ୍ଡେ ବହଳ ଧୂଆଁ ଚେକା ଲାଖିରହେ ଯାହା କିଛି ବେଳଯାଏଁ। ତଥାପି ସୁନନ୍ଦା ଚାହିଁ ରହେ ସେ ଆଡ଼େ, ସବୁଦିନ ଠିକ୍ ଏଇ ଟ୍ରେନ୍‌ଟା ଯେତେବେଳେ ସନ୍ଧ୍ୟାରେ କଟକ ଆଡ଼େ ଯାଏ। ସନ୍ଧ୍ୟାର ଏଇ ଦୃଶ୍ୟଟା ତା'ର ଧୂସରିଆ ଅତୀତ ସହିତ ଆପେ ଆପେ ଯୋଡ଼ି ହୋଇଯାଏ। ତାକୁ ଭଲଲାଗେ ସବୁଦିନ ଏଇ ଟ୍ରେନ୍‌ଟା - ପାହାଡ଼ ପଛରେ ଲୁଚିଗଲା ବେଳେ ଯେଉଁ କ୍ଷଣକର ବ୍ୟଥା ସେ ଅନୁଭବ କରେ। ପାହାଡ଼ ଆରପଟେ ତା'ର ଅତିପ୍ରିୟ ସହର କଟକଟା... ଅଶୀମାଇଲ ଦୂରରେ ଥିବା କଟକ ମନେହୁଏ ଯେମିତି ପାହାଡ଼ର ଠିକ୍ ଆରପଟେ ଜାକିଜୁକି ହୋଇ ଆରାମରେ ଶୋଇଯାଇଛି। ପାଞ୍ଚ ଛ ବର୍ଷରେ କୌଣସି ପରିବର୍ତ୍ତନ ନ ହୋଇଥିବା କଟକ ସହର - ଯେଉଁଠି ଜନ୍ମରୁ ସେ ପୂରା ଅଠରଟି ବର୍ଷ କଟେଇ ଦେଇଚି, ଆଇ.ଏ. ପାସ୍ କରିବା ଯାଏଁ।

ସ୍ୱାମୀ ସହିତ ପାଞ୍ଚ ଛଅ ବର୍ଷ ଭିତରେ ବହୁତ ଜାଗା ବୁଲି ବୁଲି ଶେଷକୁ ଏଇଠି ଆସି ରହିଚି। ପୁଲିସ ଚାକିରି, ହାଣ୍ଡିରେ କଳା ଲାଗିବା ଆଗରୁ ଗୋଟାଏ ଜାଗାରୁ ଆଉ ଗୋଟାଏ ଜାଗାକୁ ବଦଳି। ଏଠିକି ପୋଷ୍ଟିଂ ହେଲା ପରେ ସେ ଯେତେବେଳେ ପାହାଡ଼ ଘେରା ଏଇ ନିକାଞ୍ଚନିଆ ଜାଗାଟାକୁ ଦେଖିଲା ସେ - ଭୋ ଭୋ କରି କାନ୍ଦିଉଠିଲା ରମାନାଥର ଛାତିରେ ମୁହଁ ଲୁଚେଇ। କିନ୍ତୁ ଉପାୟ ନାହିଁ। ରମାନାଥ ଏଠିକି ଆସିଚି ଥାନା ଅଫିସର ହୋଇ।

ସ୍ୱର ନାହିଁ, ଶବ୍ଦ ନାହିଁ, ବୁଢ଼ା ପାହାଡ଼ଗୁଡ଼ିକ ଯେମିତି ଜନ୍ମ ଜନ୍ମାନ୍ତର ଧରି ଆଜିଭଳି ସ୍ଥିର, ଧୂସର, କର୍କଶ-ସ୍ପନ୍ଦନ ନାହିଁ, ରଙ୍ଗ ବି ନାହିଁ। ସୁନନ୍ଦାର ନିଃଶ୍ୱାସ ବନ୍ଦ ହୋଇଯିବା ଭଳି ମନେହୁଏ। ବେଳେ ବେଳେ, ତା'ର ମନେହୁଏ ସାରା ପୃଥିବୀଟା ସତେ ଯେମିତି ହଠାତ୍ ମୂକ ପାଲଟିଯାଇଛି। ସୁନନ୍ଦା ଭାବିପାରୁନି ତା'ର ଏଠି ଏଇ ଅଳସ, ନିଷ୍କର୍ମା ମୁହୂର୍ତ୍ତଗୁଡ଼ିକ କଟିବ କିମିତି ? ତା'ର ହଜି ଯାଇଥିବା ଛନ୍ଦ ମୁଖର ଦିନଗୁଡ଼ିକୁ ସେ ଫେରି ପାଇବ କିମିତି ? ପାଇବନି କ'ଣ ସେ ?

ତାକୁ ବଡ଼ ବଡ଼ ସ୍ୱପ୍ନ ଦେଖିବାର ସୁଯୋଗ ଦେଇ ତା' ବାପା ଶେଷକୁ ଏ କଅଣ କଲେ ? ସେ କଅଣ ଏଇ ଜୀବନର କଳ୍ପନା କରିଥିଲା ? ଓଡ଼ିଶୀ ନାଚର ଗହଣା ପୋଷାକ ପିନ୍ଧି ସେ ଯେତେବେଳେ ଗୋପାଳକୃଷ୍ଣ ବା କବିସୂର୍ଯ୍ୟ ବା ବନମାଳୀଙ୍କର ଆଦିରସାତ୍ମକ ସୁଲଳିତ ଛାନ୍ଦଗୁଡ଼ିକର ଭାବକୁ ବିଭିନ୍ନ ଭଙ୍ଗୀ ଓ ମୁଦ୍ରା ଭିତରେ ରୂପାୟିତ କରୁଥିଲା - କଥକର କ୍ଷିପ୍ର ଚଞ୍ଚଳ ତାଳ ଓ ପଦଧ୍ୱନିରେ ଦର୍ଶକ ଯେତେବେଳେ ତା'ର ତରଙ୍ଗାୟିତ ତନୁଲତା ଆଡ଼େ ମୁଗ୍ଧ ଦୃଷ୍ଟିରେ ଚାହିଁ କରତାଳି ଧ୍ୱନିରେ ପ୍ରେକ୍ଷାଳୟ ମୁଖରିତ କରୁଥିଲେ - ସେ କ'ଣ ସେତେବେଳେ ଭାବିପାରିଥିଲା ଗୋଟାଏ ପୁଲିସ ଏସ୍.ଆଇ.କୁ ଶେଷରେ ବାହାହବ ?

ତା'ର କଅଣ ଅଭାବ ଥିଲା ? ପାଠ କଅଣ କମ୍ ଭଲ ପଢୁଥିଲା ସେ ? ଆଇ.ଏ. ଯାଏଁ ସବୁବେଳେ ପ୍ରଥମ ପ୍ରଥମ ହେଇ ଆସୁଥିଲା - ସ୍ୱପ୍ନ ଥିଲା ତା' ବାପା ଭଳି ଜଣେ ଖ୍ୟାତନାମା ଅଧ୍ୟାପିକା ହବ। ନାଚରେ ସବୁଠୁ ବଡ଼ ଡିଗ୍ରୀ ହାସଲ କରି, ଜାପାନ ଇଉରୋପ ଆମେରିକା ବୁଲିବ। ତା' ବାପା ତ ଏମିତି ସ୍ୱପ୍ନ ଦେଖିବାକୁ ସୁଯୋଗ ଦେଇଥିଲେ ତାକୁ। ସେ କଅଣ ରୂପସୀ ବୋଲି ଯଥେଷ୍ଟ ଖ୍ୟାତି ପାଇନି ତା' ବନ୍ଧୁ ମହଲରେ ? ସେ ବାହା ହେଇ ସଂସାର କରିବାକୁ ଇଚ୍ଛା କରିଥିଲେ ଖୁବ୍ ଭଲ ପାତ୍ରର କଅଣ ଅଭାବ ଥିଲେ ?

କିନ୍ତୁ କଅଣ ସବୁ ଘଟିଗଲା ତା' ଜୀବନରେ ରଙ୍ଗ ଧରି ଆସିଲା ବେଳକୁ ?

ସେଦିନ... ରାତି ପ୍ରାୟ ଦଶଟା...

ବାପା ସୁବ୍ରତବାବୁ ଆସି ମା'ଙ୍କୁ କହିଲେ - ଶୁଣ ସୁନୁବୋଉ - ମୁଁ ସୁନୁ ପାଇଁ ଖୁବ୍ ଭଲ ପାତ୍ରଟିଏ ଠିକ୍ କରିଚି -

ସୁନୁବୋଉ ଭ୍ରୂକୁଞ୍ଚନ କରି କହିଲେ - ସୁନୁ ପେଇଁ ପାତ୍ର ? - ହଁ। ଖୁବ୍ ଭଲ ପିଲା-ସୁନ୍ଦର ଚେହେରା - ଗରିବ ପିଲା - ପୁଲିସ ଏସ୍.ଆଇ. - ହେଲେ ତା'ର ଭବିଷ୍ୟତ ଖୁବ୍ ଉଜ୍ଜ୍ୱଳ - ସୁବ୍ରତ ହସି ହସି କହିଲେ। ବାହାରି ଆସୁଥିବା କ୍ରୋଧକୁ ଚାପିଦେଇ ସୁନୁ ବୋଉ କହିଲେ - ହଉ, ଖୁବ୍ ଭଲ ପାତ୍ର ଠିକ୍ କରିଚ - ମନେ

ମନେ ପ୍ରସ୍ତାବଟା ରଖିଥା - ସୁନୁ ଏମ୍.ଏ. ପାସ୍ କରିସାରୁ, ନାଚର ପୂରା କୋର୍ସ ସରୁ... ଏଇଲେ ସେସବୁ ମୁଣ୍ଡ ଭିତରେ ପୂରାଅନି - ସୁନୁବୋଉ ଘର ଭିତରକୁ ଚାଲିଗଲେ ଗର୍ ଗର୍ ହୋଇ...

କି ଅକ୍‌କଲରେ ବାବା ! ଗଛରେ ଚଢ଼େଇ ଦେଇ ମଇ କାଢ଼ିନେବା ଲୋକ ! ମାଷ୍ଟ୍ରିଆ ବୁଦ୍ଧି ତ - ଆଃ, କି ବଢ଼ିଆ ଜୋଇଁ ! !

ସୁବ୍ରତବାବୁ ବସିରହିଲେ... ମୁହଁରେ ତାଙ୍କର ନିଜ ମତରେ ସେଇ ଅଟଳ ଭାବ। ସୁନନ୍ଦା କିଛି ନ ଜାଣିଲା ଭଳି ବୈଠକଖାନା ଭିତରେ ପଶିଲା... ତାକୁ ଦେଖି ସୁବ୍ରତବାବୁ ସ୍ନେହବୋଳା କଣ୍ଠରେ ଡାକିଲେ... ମା' ସୁନୁ, ଏଠିକି ଆ... ସୁନନ୍ଦା ମୁହଁ ପୋତି ଯାଇ ସୁବ୍ରତବାବୁଙ୍କ ପାଖରେ ବସିଲା। ସୁବ୍ରତବାବୁ ସୁନନ୍ଦା ମୁଣ୍ଡ ଆଉଁସୁ ଆଉଁସୁ କହିଲେ - ଶୁଣ ମା... ମୁଁ ଯାହା କହୁଚି ତୁ ଟିକିଏ ଭାବି ଦେଖିବୁ - ଭାବିବୁନି ମୁଁ ଗୋଟାଏ ଶିକ୍ଷକ ବୋଲି ତୋ ପାଖରେ ଗୁଡ଼ାଏ ଆଦର୍ଶ ବଖାଣୁଚି।

ଅନେକ ଦିନ ପରେ ମୋର ଗୋଟିଏ ଅତି ପ୍ରିୟ ଛାତ୍ର ରମାନାଥ ସହିତ ହଠାତ୍ ଆଜି ଦେଖାହେଲା... ମତେ ଅତି ବିନମ୍ର ଭାବରେ ନମସ୍କାର କଲା... ମୁହଁକୁ ଚାହିଁ ଚିହ୍ନି ପାରିଲି - କିନ୍ତୁ ପିନ୍ଧିଚି ଖାକି ପୋଷାକ। ବିସ୍ମିତ ହୋଇ ପଚାରିଲି ରମାନାଥ ! ଇଏ କଅଣ ଦେଖୁଚି ! ତମେ ଅନର୍ସରେ ଫାଷ୍ଟକ୍ଲାସ ପାଇଲା ପରେ ମତେ ପ୍ରଣାମ ଜଣେଇ ସେଇ ଗଲ ଯେ ଗଲ - ତମର କିଛି ଖୋଜ ଖବର ପାଇଲିନି ! ଭାବିଲି ତୁମେ ବୋଧହୁଏ ଏଲାହାବାଦ, ଦିଲ୍ଲୀ କି ପାଟନାରେ ପଲ-ସାଇନ୍‌ସରେ ପୋଷ୍ଟଗ୍ରାଜୁଏଟ କରୁଚ...

ନମ୍ର ଗଳାରେ ରମାନାଥ ଉତ୍ତର ଦେଲା - ସାର୍, ସେ ଭାଗ୍ୟ ମୋର କାହିଁ ? ଅନର୍ସ ଫଳ ବାହାରିବାର ମାସେ ପରେ ବାପା ଚାଲିଗଲେ - ବୋଉ ଆଉ ମୋର ମାଟ୍ରିକ୍ ପାସ୍ କରା ଭଉଣୀକୁ ମୋ ହାତରେ ସମର୍ପିଦେଇ - ଦେଖିଲି ମତେ ଚାକିରି କରିବାକୁ ପଡ଼ିବ - ସାଙ୍ଗେ ସାଙ୍ଗେ ଶୁଭାକୁ କଲେଜରେ ପଢ଼େଇବାକୁ ପଡ଼ିବ ଯେମିତି ହେଲେ। ଏସ୍.ଆଇ. ସିଲେକ୍‌ସନରେ ପ୍ରଥମ ହେଲି - ମୋର ସୌଭାଗ୍ୟକୁ -

ସୁବ୍ରତ ଗୋଟାଏ ଦୀର୍ଘଶ୍ୱାସ ନେଇ ପୁଣି କହିଚାଲିଲେ - ମା, ମୁଁ ରମାନାଥକୁ ଚିତ୍କାର କରି ପଚାରିଲି କାହାର ସୌଭାଗ୍ୟକୁ ରମାନାଥ ?... ପୁଲିସ ବିଭାଗ କେବେ ଆଶା କରିପାରିବ ମାଟ୍ରିକ୍‌ରୁ ବି.ଏ. ଯାଏଁ ପ୍ରଥମ ଶ୍ରେଣୀ ପାଇଥିବା ପିଲା ଏସ୍. ଆଇ. ଚାକିରି ପାଇଁ ପ୍ରାର୍ଥୀ ହବ ତା'ର ଉଜ୍ଜ୍ୱଳ ଭବିଷ୍ୟତ ନଷ୍ଟ କରି... ?

ରମାନାଥ ଉତ୍ତର ଦେଲା - ସେମାନେ ବିଶ୍ୱାସ କରୁ ନ ଥିଲେ ମୁଁ ଏ ଚାକିରିରେ

ପଶିବି ବୋଲି, ମତେ ଇଣ୍ଟରଭିଉରେ ପଚାରିଲେ ଡି.ଆଇ.ଜି. - ପୁଲିସ ବିଭାଗ ବିଷୟରେ ଲୋକମାନଙ୍କର ଧାରଣା ବିଷୟରେ ଜାଣିଚ ତ...

କହିଲି - ଜାଣେ ସାର୍, ସାଧୁ, ସଚ୍ଚୋଟ ଲୋକ ଏ ଚାକିରିରେ ପଶିବା ଉଚିତ ନୁହେଁ...

ତମର ଧାରଣା କଅଣ ? ପଚାରିଲେ ଏସ୍.ପି. ।

କହିଲି - ପଶିବା ଉଚିତ। ନ ପଶିଲେ ପୁଲିସ ବିଭାଗରେ କେବଳ ନୁହେଁ, ଅନ୍ୟ ସବୁ ବିଭାଗରେ ଯେଉଁ ଦୁର୍ନୀତି ପଶିଯାଇଚି ତାକୁ ରୋକି ହବନି -

ଡି.ଆଇ.ଜି. ସ୍ମିତ ହସି କହିଲେ - ତମେ ଖୁବ୍ ସଚ୍ଚୋଟ ଓ ନିଷ୍ଠାପର ଭାବରେ କାମ କରିପାରିବ ?

ଉତ୍ତର ଦେଲି - କରିପାରିବି ଏବଂ ଅନ୍ୟକୁ କରେଇବି -

ଏସ୍.ପି. ହସିଉଠିଲେ। କହିଲେ... ବା - ତମର ଉପରିସ୍ଥ ହାକିମମାନଙ୍କୁ ବି ?

ନିର୍ଭୀକଭାବରେ କହିଲି - ହଁ ସାର୍... ସେମାନଙ୍କୁ ବି...

ବିଦ୍ରୂପ ହସି ଏସ୍.ପି. ପଚାରିଲେ - ଏଠି ପ୍ରମୋସନର ଆଶା ରଖି ଆସୁଚ ତ ?

କହିଲି - ସଚ୍ଚୋଟ ଆଉ ନିଷ୍ଠାପର ହେଲେ ପ୍ରମୋସନକୁ କେହି ଅଟକେଇ ପାରିବେନି।

ରମାନାଥ କଥା ମୁଗ୍ଧ ହେଇ ଶୁଣୁଥିଲି ମା ! କହିଲା - ଚାକିରି କରିବା ଦୁଇ ବର୍ଷ ହେଇଗଲା... ଶୁଣି ଖୁସି ହେବେ ସାର୍ ନିଆଁ ଭିତରୁ ଯୋଡ଼ିଏ ଛୁଆଙ୍କୁ ଉଦ୍ଧାର କରିଚି... ଚମ୍ବଲ ଭାଲିର ଦୁର୍ଦ୍ଧର୍ଷ ଡାକୁ ସର୍ଦ୍ଦାର ସୁମନ୍ତ ସିଂକୁ ରାଉରକେଲା ଜଙ୍ଗଲରେ ନିଜେ ଯାଇ ଦେଖାକରି ତା' ମନ ବଦଳେଇ ତାକୁ ସରେଣ୍ଡର କରେଇଚି। ମତେ ଜଣେ ବିରାଟ ଧନୀ ରାଜନୀତିଜ୍ଞ ତାଙ୍କ ପୁଅକୁ ମର୍ଡର କେସରୁ ଖସେଇ ଦବାକୁ କୋଡ଼ିଏ ହଜାର ମତେ ଓ ମୋ ଏସ୍.ପି.ଙ୍କୁ ମୋ ଜରିଆରେ ତିରିଶ ହଜାର ଦବା ପାଇଁ ଇଚ୍ଛା ପ୍ରକାଶ କରିଥିଲେ। ତାଙ୍କୁ ମୋ କ୍ୱାର୍ଟରରେ ଟଙ୍କା ସହ ହାତକଡ଼ି ପକେଇଦେଲି... କୋର୍ଟରୁ ଜାମିନରେ ଆସିଛନ୍ତି।

ଯୋଉ ଏସ୍.ପି. ସାହେବ ମତେ ଗୁଡ଼େଇ ତୁଡ଼େଇ ପ୍ରଶ୍ନ ପଚାରୁଥିଲେ ତାଙ୍କରି ସୁପାରିସରେ ମୁଁ ମାସେ ତଳେ ରାଷ୍ଟ୍ରପତି ପୁରସ୍କାର ପାଇଚି ସାର୍ ଆଉ କେନ୍ଦ୍ରସରକାରଙ୍କ ସୁପାରିସ Country needs such Officers to he encouraged by speedy promotions and rewards.

ବୁଝିଲୁ ମା' - ଏଇ କଥା କହିଲାବେଳେ ରମାନାଥର ମୁହଁ ଉଜ୍ଜ୍ୱଳ ହେଇ ଉଠୁଥିଲା -

ମା' ରେ - ଦେଶ ଏମିତି ଲୋକ ଚାହେଁ -

ସେତିକି କହି ବାପା ହଠାତ୍ କଥା ବନ୍ଦ କରି ଉଠିଗଲେ - ଖାଲି କହିଗଲେ - ତୁ ଖୁବ୍ ଗଭୀର ଭାବରେ ଚିନ୍ତାକର ମା' - ତୁ ଗୋଟାଏ ମଣିଷ ଭଳି ମଣିଷକୁ ଚାହୁଁ ନା ତା'ର ଚାକିରିକୁ -

X X X

ସୁନନ୍ଦା ମଣିଷ ଭଳି ମଣିଷ ପାଇଚି... କିନ୍ତୁ ତଥାପି ସେ ଭାବେ ଏତିକି କଅଣ ଜଣକପାଇଁ ଯଥେଷ୍ଟ ? ଜୀବନର ଆଉ କୌଣସି ରଙ୍ଗ ନାହିଁ ? ଜୀବନରେ ସୌନ୍ଦର୍ଯ୍ୟ ଆଉ ରସାନୁଭୂତିର ସ୍ଥାନ ନାହିଁ? କେବଳ କେତେଗୁଡ଼ିଏ ସାଧୁପଣିଆ, ସଚ୍ଚୋଟ ପଣିଆ, ଦକ୍ଷତାପଣିଆ, ସତ୍ୟପଣିଆର ସମାହାର ? ଆଃ, କାହିଁକି ସେ ଏମିତି ଭାବୁଚି ? ବାପାଙ୍କର ସ୍ୱପ୍ନାଗ୍ନିରେ ତ ସେ ନିଜେ ପୂର୍ଣ୍ଣାହୂତି ଦେଇଥିଲା । ଏସ୍. ଆଇ. ରମାନାଥକୁ ମୁହାଁମୁହିଁ ଦେଖିସାରିଲାପରେ - ବୋଉ, ଭାଇ, ସାଙ୍ଗସାଥୀ ସମସ୍ତଙ୍କୁ ହତଚକିତ କରି...

ଆଜି, ଆଖି ଆଗରେ ନିର୍ଦ୍ୱନ୍ଦ୍ୱ ଅବସର... ଜୀବନ ଏଠି କ୍ଷିପ୍ର ଗତିରେ ଆଗେଇ ଯାଉନି... ରମାନାଥ ଛଡ଼ା ତା' ନାଁ ଧରି ଡାକିବାର ଲୋକ ବି ଏଠି ନାହିଁ... ସ୍ୱଚ୍ଛନ୍ଦରେ ସେ ଦାଣ୍ଡଦୁଆରେ ଠିଆ ହୋଇପାରୁଚି... ଦିହରୁ ମୁଣ୍ଡରୁ ଲୁଗା ଖସିଗଲେ ବି ଏଠାରେ ସଂକୋଚ କରିବା ଦରକାର ପଡୁନି - ପରିପାର୍ଶ୍ୱ ପ୍ରତି ତା'ର ସଂତ୍ରସ୍ତ ଭାବ ନାହିଁ... ତାକୁ କେହି ଏଠି ସମାଲୋଚନା କରୁନି... ଏଠି ତା'ର ସ୍ଥିତି ପ୍ରତି ଯେପରି କେହି ସଚେତ ନୁହେଁ... କୋଳାହଳ ଭିତରେ, ବହୁ ଭିତରେ ନିଜକୁ ଖୋଜି ପାଇବାର ଯେଉଁ ଆନନ୍ଦ ଏଠି ତା' ନାହିଁ । ଏ ନିର୍ଜନତା, ପ୍ରକୃତିର ଏଇ ଶାନ୍ତ, ଶୋଇ ରହିଲା ରୂପ ଭିତରେ ସେ ନିଜକୁ ଆଦୌ ଖୋଜି ପାଉନି... ଅଥଚ ତା'ର ସତ୍ତା, ତା'ର ସ୍ଥିତି ଏଠି ଏତେ ସ୍ପଷ୍ଟ ବାରି ହେଇ ପଡ଼ିଲାଭଳି ଇସ୍ ! ଗୋଟି ଗୋଟି କରି ଅଜସ୍ର କାମନା ଥିବା ମୁହୂର୍ତ୍ତଗୁଡ଼ିକୁ ଏଠି ଖର୍ଚ୍ଚ କରିବ କିମିତି ?...

ସୁନନ୍ଦା ମରିଯିବ ଏଠି ! ସମୟର ଏ ଅକର୍ମ ମୁହୂର୍ତ୍ତ ତାକୁ ପଙ୍ଗୁ କରିଦେବ...

ହଠାତ୍ ସୁନେଲି ବଉଦଗୁଡ଼ିକ ଫିକା ପଡ଼ିଆସିଲାଣି ।

ଛାତି ଭିତରକୁ ଗୋଟେ ବଡ଼ ନିଃଶ୍ୱାସ ଟାଣିନେଇ ସୁନନ୍ଦା ଫେରିଯାଏ ଘର ଭିତରକୁ ଯାହାର ଛାଇଛାଇଆ ସୀମା ଭିତରେ ସେ ତା' ଜୀବନର ଗୋଟିଏ ବାସ୍ତବ ଅଙ୍ଗକୁ ସ୍ୱୀକାର କରିନେଇସାରିଚି...

ଏମିତି ବହୁବାର ସୁନନ୍ଦା ଦାଣ୍ଡ ବାରଣ୍ଡାରେ ଠିଆହୋଇ ବା ବସି ନିଜକୁ ସ୍ୱପ୍ନର ତରୀରେ ଭସାଇ ଦେଇଚି... ଆଖି ତା'ର ଦୂରର ସେଇ ପାହାଡ଼ ପଛପଟେ ଅତୀତର ସ୍ୱପ୍ନକୁ ଖୋଜି ବୁଲୁଚି...

ଚାରିପଟର ପାହାଡ଼ କୋଳରେ ସଂଧ୍ୟା ନଇଁଆସେ... କଳ୍ପନାରେ ଡେଣା ଦୁଇଟିକୁ ଗୋଟେଇ ନେଇ ସୁନନ୍ଦା ଘର ଭିତରେ ଜଞ୍ଜାଳ ଭିତରେ ନିଜକୁ ଭୁଲିଯିବାକୁ ଚେଷ୍ଟାକରେ... କିନ୍ତୁ ଜଞ୍ଜାଳ କାହିଁ ?... ତା' ପାଇଁ କାମ ନାଇଁ, ଖାଲି ସ୍ୱାମୀର ଖାଇବା ପିଇବା ତଦ୍‌ବିର କରିବା ଛଡ଼ା।...

ତଥାପି ସେ କାମ କରିବାକୁ ଚେଷ୍ଟାକରେ... ସଫାସୁତୁରା ଘରଗୁଡ଼ିକୁ ଓଳେଇ ବସେ... ଲୁଗାପଟାଗୁଡ଼ା ଆଲଣାରୁ ବାହାର କରି ପୁଣିଥରେ ସଜାଡ଼ି ରଖେ... ଏତକ ସରିଗଲେ ସମୟର ମୁହୂର୍ତ୍ତଗୁଡ଼ିକ ଫେର୍ ପ୍ରେତାତ୍ମା ଭଳି ତା'ର ମନଟାକୁ ମାଡ଼ି ବସନ୍ତି...

ସବୁଦିନେ ନୁହେଁ... ଦିନେ ଦିନେ ରାତିରେ ଅନ୍ଧାର ଭିତରେ ରମାନାଥ ଯେତେବେଳେ ନିଜ ଖେୟାଲରେ ସୁନନ୍ଦାର ସମସ୍ତ ଦେହଟିକୁ ଚାପିଚୁପି ନିଜ ଦେହ ଭିତରେ ମିଶେଇ ଦେବାକୁ ବ୍ୟାକୁଳ ହୋଇଉଠେ, ସୁନନ୍ଦା ଲାଜ ଆଉ ପୁଲକର ଶିହରଣରେ ସେଇ କିଟିମିଟିଆ ମଫସଲିଆ ଅନ୍ଧାର ଭିତରେ ବି ଆଖିବୁଜି ରମାନାଥର ସୁନ୍ଦର ବଳୁଆ ଦେହ ଭିତରେ ସତସତ ମିଳେଇ ଯିବାକୁ ଚାହେଁ... ତେଇଶ ବର୍ଷର ଅତୀତର ସବୁକିଛି ଦୁଃଖ, ହସ, ଆନନ୍ଦ ଆଉ ସ୍ୱପ୍ନ ଯିମିତି ଛୁଞ୍ଚି ମୁନରେ ଗୋଟିଏ ଅଦୃଶ୍ୟ ବିନ୍ଦୁ ପାଲଟିଯାଏ... କେବଳ ସେଇ ମୁହୂର୍ତ୍ତଟି ସୁନନ୍ଦା ପାଖରେ ଅତି ବାସ୍ତବ, ଅତି ସତ୍ୟ, ଅତି ସୁନ୍ଦର... ସୁନନ୍ଦା ଭୁଲିଯାଏ ଯେ ଚାକିରିଆମାନଙ୍କ ଭିତରେ ରମାନାଥ ତୃତୀୟ ଶ୍ରେଣୀର... ଆଉ ସୁନନ୍ଦା ଭଳି ଏକ ଛନ୍ଦ ଓ କାବ୍ୟକୁ ଛୁଇଁବା ଭଳି ଯୋଗ୍ୟତା ତା'ର ନାହିଁ...

କିନ୍ତୁ ଏଇ ମୁହୂର୍ତ୍ତଟି ମାତ୍ର... ରମାନାଥ ଘୁଁଗୁଡ଼ି ମାରେ - ସୁନନ୍ଦାର ଦେହ ତୃପ୍ତିରେ ଭରିଉଠି ଅବଶ ହୋଇଯାଏ... ସେ ବି ନିଦରେ ହଜିଯାଏ...

କିନ୍ତୁ ତା'ପରେ ଅଖଣ୍ଡ ସମୟ... କଟିବାକୁ ଚାହେନି... ସମୟଟା ଯଦି ଖରସ୍ରୋତା ଭଳି ବୋହି ନ ଯାଏ ଗୋଟିଏ ମୁହୂର୍ତ୍ତକୁ ଆଉ ଗୋଟିଏ ମୁହୂର୍ତ୍ତ ସହିତ ଯୋଡ଼ିଦେଇ... ତେବେ ସୁଖ କାହିଁ ?... ଆନନ୍ଦ କାହିଁ ?...

ଦିନ ଭିତରେ ଯେତୋଟି ଟ୍ରେନ ସେଇ ନିଃଶବ୍ଦ ଉପତ୍ୟକାର ବୁକୁଥରାଇ କଟକ ଆଡ଼େ ଯାଏ ବା କଟକ ଆଡୁ ଆସେ, ସୁନନ୍ଦା ପଦାକୁ ଆସି ସେଗୁଡ଼ିକୁ ଚାହିଁରହେ... ଏ ଶବ୍ଦର କି ସୁନ୍ଦର ଛନ୍ଦ ?... କି ସୁନ୍ଦର ମୂର୍ଚ୍ଛନା ?...

ସୁନନ୍ଦା ବିହ୍ୱଳ ହୋଇ ଚାହିଁରହେ ଟ୍ରେନ୍‌ର ଯାତ୍ରୀଙ୍କ ଆଡ଼େ... କୋଉଆଡୁ

କେତେ ଯାତ୍ରୀ ଯିବାଆସିବା କରୁଛନ୍ତି... ସେମାନଙ୍କର ମୁହଁ ସୁନନ୍ଦା ଦେଖିପାରେ... ସ୍ପଷ୍ଟ ଭାବରେ ନ ହେଲେ ବି... ସେ ଭାବେ ଯାତ୍ରୀମାନେ ତା'ରି ଆଡ଼େ ଚାହିଁ ରହନ୍ତି... ତା'ରି ସୁନ୍ଦର ମୁହଁର ତାରିଫ କରି ବୋଧହୁଏ ଭାବୁଛନ୍ତି; ଏଡ଼େ ସୁନ୍ଦରଝିଅଟିଏ ! ଏଠି କେମିତି ଆସି ରହିଛି ? କିଏ ତା'ର ଏ ସୁନ୍ଦର ରୂପ ଦେଖି ମନ ଭିତରେ ରଙ୍ଗ ଉକୁଟେଉଥିବ ?... କେହି କେହି ଯାତ୍ରୀ ହୁଏତ ସୁନନ୍ଦା ପ୍ରତି ଅନୁକମ୍ପା ଓ ସହାନୁଭୂତିର ଦୀର୍ଘଶ୍ୱାସ ପକାଉଥିବେ।

ନିଜ ମନକୁ ଯାତ୍ରୀର ମନଭିତରେ ରଖି ସୁନନ୍ଦା ନିଜ ପ୍ରତି ସହାନୁଭୂତି ପ୍ରକାଶ କରେ... ତା'ର ଆଖି ଜକେଇଆସେ...

ଏ ସବୁ ସତ୍ତ୍ୱେ ସୁନନ୍ଦା ତା'ର ସ୍ୱାମୀ ରମାନାଥକୁ ଭଲ ପାଏ... ଖୁବ୍ ଭଲପାଏ... କିନ୍ତୁ ରମାନାଥ ତା'ର ଏଇ ଅବସର ମୁହୂର୍ତ୍ତଗୁଡ଼ିକୁ ଭରିଦେବାର କିଛି ବ୍ୟବସ୍ଥା କରୁନି କାହିଁକି ? ଦି, ଚାରି ଦିନ ଧରି କୁଆଡ଼େ ପଳଉଚି ମଫସଲ, ଏଠି ଥିଲେ ସକାଳୁ ସଞ୍ଜ ଯାଏ ଅଫିସ୍‌ର କାମ..., ସେଇ ଖାକି ପୋଷାକ ଚମଡ଼ା ବେଲ୍‌ଟ... ହାତରେ ସେଇ ଗୋବବାଲା ଛୋଟିଆ ବାଡ଼ି ଖଣ୍ଡକ... ମୁଣ୍ଡରେ ସେଇ ଝାଳ ଦାଗର ହ୍ୟାଟ। ନାଲି ଭେଲ୍‌ଭେଟ୍‌ର ଚକିରି ଚିହ୍ନଟା ରହିଚି ହ୍ୟାଟର କଡ଼କୁ... ବାହାଘର ବେଳେ ଗୋଟେ ପଇସା ବି ଛୁଇଁଲେନି - ନିଜେ କିଣିଥିବା ସେଇ ଗ୍ରୀନ୍ ମଡେଲ ସାଇକେଲ... ହାତରେ ଏଭର ବ୍ରାଇଟ୍ ଷ୍ଟିଲ୍'ର ଘଡ଼ି... ଆଉ କମିଜର ଦି' ପକେଟ ଠେଲି ଉଙ୍କି ମାରୁଚି ଗୁଡ଼ାଏ କାଗଜପତ୍ର। ସେଗୁଡ଼ାକୁ ଅଣ୍ଡାଳିଲେ ଗୋଟାଏ ଟଙ୍କିକିଆ ନୋଟ ବି ମିଳିବନି।

ଆଃ ! ସବୁ ଯେମିତି ପୁରୁଣା। ସେଗୁଡ଼ାକର ଯିମିତି ଆଦୌ କ୍ଷୟ ନାହିଁ। କି ଫେର ନୂଆ ହୋଇଯିବାର ଶକ୍ତି ନାହିଁ।

ଠିକ୍ ସେଇ ରକମର ଭଲପାଇବା... ଅନ୍ଧାର ରାତିରେ ନିଜ ଦେହ ଭିତରେ ଚାପିଦେଇ ତା'ର ସ୍ନାୟୁରେ ରମାନାଥ ଯେଉଁ ଅନୁଭୂତି ଖେଳେଇଦିଏ ସେ ଅନୁଭୂତିଟା ଯେତେ ଭଲ ଲାଗିଲେ ବି ସେଇ ଏକା ଧରଣର...

ସୁନନ୍ଦାର ଏଇ ବୈଚିତ୍ର୍ୟହୀନ ଜୀବନରେ ବି ସ୍ୱାଦ ଆସିଛି...

ରମାନାଥକୁ ସେ ବିବାହ କଲାଣି ପାଞ୍ଚ ବର୍ଷ ହେଲା... ଏଇ ସମୟ ଭିତରେ ଦୁଇଟି ରସାଳ ଦେହ ବହୁତଥର ତ ଏକ ହେଲାଣି... ନିବିଡ଼ ଭାବରେ... ସେଇ ମୁହୂର୍ତ୍ତରେ କାମନା ଉତ୍ତେଜନାରେ ଉଭୟେ ତ ଜୈବିକ ବ୍ୟାକୁଳତା ପ୍ରକାଶ କରିଛନ୍ତି... ସବୁ ହେଇଚି... କିନ୍ତୁ କାହିଁ ?... ତା'ପରେ ?...

ଶୀତର ଦ୍ୱିପହର... ଉପରଓଳି ଖରାଟା ତେରେଛେଇ ଆସି ରମାନାଥର କ୍ୱାର୍ଟରରେ

ଗ୍ରୀଲ୍‌ଦିଆ ଓସାରିଆ ବାରଣ୍ଡାଟିରେ ପଡ଼ିଚି... ସୁନନ୍ଦା କାନ୍‌ଭାସ୍ ଆର୍ମଚେୟାରରେ ଅଧା ଆଉଜା ଭାବରେ ବସିରହି ଚାହିଁଛି ଷ୍ଟେସନ ଆଡ଼େ... ଗୋଡ଼ଦୁଇଟା ଖରାକୁ ବଢ଼େଇ ଦେଇଚି... ରମାନାଥ ଯାଇଚି ଗସ୍ତରେ... ଛ' କି ସାତ ଦିନ ପରେ ଫେରିବ... ଶକ୍ତ ଗୋଟାଏ ମର୍ଡ଼ର କେସ୍ ତଦନ୍ତ କରିବାକୁ ଯାଇଚି।

ଏ.ଏସ୍. ଆଇ. ସଦାନନ୍ଦ ଷ୍ଟେସନ ଆଡୁ ସାଇକେଲରେ ଆସୁଚି... ସୁନନ୍ଦା ଚାହିଁଲା... ସଦାନନ୍ଦ ବେଶ୍ ଭଦ୍ର, ବିନୟୀ, ବି.ଏ. ପାସ୍ କରିଚି। ଆଉ ଚେହେରାଟି ? ଅତି ଚମତ୍କାର ! ସୁନନ୍ଦା ଅନେକ ଥର କଣେଇ କଣେଇ ସଦାନନ୍ଦକୁ ସେଇ ବାଟେ ଯିବାବେଳେ ଚାହିଁଛି... ଝରକାପର୍ଦ୍ଦା ଉହାଡ଼ରୁ ଚାହିଁଚି ଆଖି ପୂରେଇ... ସଦାନନ୍ଦର ଖାକିପୋଷାକ ଉପରର କାନ୍ଧ ଓ କମର ବେଲ୍‌ଟ ଚକ୍ ଚକ୍ କରୁଚି।

ଦିନେ ଦିନେ ସଦାନନ୍ଦ ଖାଲି ଲୁଗା ଜାମା ପିନ୍ଧି ଯା'ଆସ କରେ... ସୁନନ୍ଦା ଆଖିକି ସଦାନନ୍ଦ ଖୁବ୍ ଭଲ ଦିଶେ -

ଗରିବ ବୋଲି ସିନା ଏ.ଏସ୍.ଆଇ. ଚାକିରିରେ ପଶିଗଲା ବି.ଏ. ପାସ୍‌କରି - ଠିକ୍ ତା' ସ୍ୱାମୀର ଅବସ୍ଥା... ନ ହେଲେ ଖୁବ୍ ଭଲ ପଢୁଥିଲା - ଏବେବି ତା'ର ପଢ଼ାପଢ଼ି ପ୍ରତି ଝୁଙ୍କ୍... ଯୁଆଡ଼େ ଗଲେ ଅଇଲେ ସାଇକଲ୍ ପଛରେ ଖଣ୍ଡେ ଦି'ଖଣ୍ଡ ବହି ଥିବ... ସେଇତ ସ୍କୁଲ ଲାଇବ୍ରେରୀରୁ ଭଲ ଭଲ ଓଡ଼ିଆ ବଙ୍ଗଳା ନଭେଲ ଆଣିଦିଏ ସୁନନ୍ଦା ପାଇଁ... ରମାନାଥ ଅନୁରୋଧରେ।

ସଦାନନ୍ଦ ପାଖେଇ ଆସିଲାଣି... ତା'ର ଆଖି, କାନ, ନାକ ବେଶ୍ ସ୍ପଷ୍ଟ ହୋଇ ଆସିଲାଣି - ଆହୁରି ବି ସ୍ପଷ୍ଟ ହୋଇଆସିବ... ସୁନନ୍ଦା କିମିତି ଟିକିଏ ଶିହରି ଉଠିଲା... ସଜାଡ଼ି ସୁଜୁଡ଼ି ହୋଇ ବସିଲା...

ଘର ପାଖକୁ ଆସିଲାରୁ ସଦାନନ୍ଦ ଓହ୍ଲାଇପଡ଼ିଲା ସାଇକଲରୁ... ସୁନନ୍ଦାକୁ ହସ ମାଡ଼ିଲା... ତାକୁ ଦେଖିଲେ ସଦାନନ୍ଦ ଏମିତି ସାଇକଲରୁ ଓହ୍ଲାଇପଡ଼େ କାହିଁ କି ମ୍ୟାଁ... ? କଅଣ ଥାନା ଅଫିସରଙ୍କୁ ସମ୍ମାନ ଦେଖାଇବ ବୋଲି ତାଙ୍କ ସ୍ତ୍ରୀଙ୍କୁ ବି ସମ୍ମାନ ଦେଖାଇବାକୁ ପଡ଼ିବ ?... ତାଙ୍କ ଘରେ ବିଲେଇ କୁକୁରଙ୍କୁ ବି ? ନା ନା ଏଗୁଡ଼ାକ ସୁନନ୍ଦାକୁ ଭଲ ଲାଗେନି...

X X X

ସଦାନନ୍ଦ ଆହୁରି ଟିକେ ପାଖେଇ ଆସିଲାରୁ ସୁନନ୍ଦା ସ୍ମିତହସି ଓ ବେକଭାଙ୍ଗି ଚାହିଁଲା ସଦାନନ୍ଦ ମୁହଁକୁ... ସଦାନନ୍ଦ ବି ସାମାନ୍ୟ ହସି ଡାହାଣ ହାତ ଉଠେଇ ନମସ୍କାର କଲା... ସୁନନ୍ଦା କହିଲା - ଆଉ ବହି କାହିଁ ସଦାନନ୍ଦବାବୁ ?... ଯାହା ଦେଇଥିଲେ ସରିଗଲାଣି...

ଠିଆ ହୋଇଯାଇ ସଦାନନ୍ଦ ବେଶ୍ ବିନୟ ଭାବରେ କହିଲା, "ସେଗୁଡ଼ାକ ଫେରେଇ ଦିଅନ୍ତୁ... ଆଉ ଆଣିଚି ଆଜି"... ତେବେ ଟିକେ ରହନ୍ତୁ, ଆଣିଦଉଚି କହି ସୁନନ୍ଦା ଘର ଭିତରକୁ ଚାଲିଗଲା... ଡ୍ରେସିଂ ଟେବୁଲ ଦର୍ପଣ ଆଗରେ ଠିଆ ହୋଇଯାଇ ନିଜ ମୁହଁଟାକୁ ଦେଖିନେଲା... ତା'ପରେ ଦି' ଚାରି ଖଣ୍ଡ ବହିଧରି ଫେରିଆସିଲା... ବାରଣ୍ଡା ତଳେ ସାଇକଲ ଧରି ସଦାନନ୍ଦ ଠିଆ ହୋଇଛି... ବହିତକ ଧରି ବାରଣ୍ଡା ଧାରରେ ଆସି ଠିଆହେଲା... ଚାରିଆଡ଼େ ଟିକେ ଆଖି ବୁଲେଇନେଲା... କେହି କେଉଁଠି ସେମାନଙ୍କୁ ଲକ୍ଷ୍ୟ କରୁନି ତ ?

ବହିଗୁଡ଼ିକ ବଢ଼େଇ ନ ଦେଇ କହିଲା "ଆପଣ ଅଫ୍‌ଡିଉଟି ବେଳେ ଲୁଗାଜାମା ପିନ୍ଧୁ ନାହାନ୍ତି ?

"କାହିଁକି ?" ସଦାନନ୍ଦ ପଚାରିଲା...

ସୁନନ୍ଦା ଅତି ମାମୁଲି ଗଳାରେ କହିଲା... "ସେ ଖାକି ପେଣ୍ଟ ଯେତେ ପରିଷ୍କାର ଆଉ ଚକ୍ ଚକ୍ କଲେ ବି କ'ଣ ଭଲ ଦିଶେ ?... ବରଂ ଏଇ ଲୁଗାଜାମାରେ ଆପଣଙ୍କୁ ?

ରହିଗଲା ସୁନନ୍ଦା... ମୁହଁ ତା'ର ନାଲି ପଡ଼ିଗଲା... କାନ ଗରମ ହୋଇଗଲା... ଛାତିଟା ତା'ର ଧପ୍ ଧପ୍ କଲା... କିଛି ନ କହି ସଦାନନ୍ଦ ହାତକୁ ବହି ବଢ଼େଇଦେଲା ଟିକେ ଥରିଲା ହାତରେ... ସଦାନନ୍ଦ ବହିଗୁଡ଼ା ନେଲାବେଳେ ତା' ହାତ ଆଙ୍ଗୁଠି ଟିକେ ବାଜିଗଲା...

ସଦାନନ୍ଦ ବହିଗୁଡ଼ାକ ନେଇ ଚାଲିଗଲା... ସୁନନ୍ଦା ସେଇଠି ଠିଆହୋଇ ରହିଲା ନିଶ୍ଚଳ ଭାବରେ। ଗୋଟାଏ କିପରି ନୂଆ ଅନୁଭୂତି... ନୂଆ ରକମର ଶିହରଣ... ସମୟର ଫାଙ୍କଟା ପୂରିଯିବା ଭଳି ସୁନନ୍ଦାର ମନେହେଲା ଯେମିତି... ହଠାତ୍ ସୁନନ୍ଦାକୁ ଏ ନିକାଞ୍ଚନିଆ, ନିଛାଟିଆ ଜାଗାଟା ଭଲ ଲାଗିବାକୁ ଆରମ୍ଭ କଲା...

ଇଚ୍ଛାକଲେ ଏଭଳି ଜାଗାରେ ବି ମଣିଷ ତା'ର ଭାବନା ଚିନ୍ତାକୁ ଛନ୍ଦମୁଖର କରିପାରେ ତା'ହେଲେ ?

ଧୂସର ପାହାଡ଼ର ରଙ୍ଗ ବଦଳିଲା ସୁନନ୍ଦା ଆଖିରେ... ପ୍ରତୀକ୍ଷା... ପ୍ରତୀକ୍ଷା ନିଜକୁ ଭୁଲି ଟ୍ରେନ୍ ଆଉ ପାହାଡ଼ଗୁଡ଼ାକ ଆଡ଼େ ନିରର୍ଥକ ଚାହିଁବା ନୁହେଁ... ସ୍ୱପ୍ନର ତରୀକୁ ଲକ୍ଷ୍ୟହୀନ ଭାବରେ ଭସାଇଦବା ନୁହେଁ... ଜଣକ ଲାଗି ଆଗ୍ରହ ଅପେକ୍ଷା, ଜଣକର ସତ୍ତାକୁ ଭଲପାଇ ନିଜର ସତ୍ତା ବିଷୟରେ ସଚେତ ସଜାଗ ହେବାର ଆକାଂକ୍ଷା... ସୁନନ୍ଦାର ସମୟ ଆଜି ପକ୍ଷିରାଜ ଘୋଡ଼ା ଉପରେ ବସି ଛୁଟିଚି...

କିନ୍ତୁ ଏ ଫେର କଅଣ ହେଲା ? ତା' ସ୍ୱାମୀକୁ ତ ସେ ଖୁବ୍ ଭଲପାଏ !

ଅନ୍ୟପୁରୁଷ କଥା ଭାବୁଚି କାହିଁକି ସୁନନ୍ଦା ? ନା ନା... ଅନ୍ୟାୟ... ସେ ବରଂ ରମାନାଥର କଥା ଭାବିବ...

ସୁନନ୍ଦା ତା'ର ମନକୁ ଶାସନ କଲା... ନା ନା ତା'ର ତ କିଛି ଅଭାବ ନାହିଁ... ଜାଣି ଜାଣି ସେ ଅଭାବ ସୃଷ୍ଟି କରୁଚି କାହିଁକି ? ଜୀବନର ଫାଙ୍କା ମୁହୂର୍ତ୍ତଗୁଡ଼ିକ ସେ କଅଣ ଏମିତି ଭାବରେ ଭରିଦବ ? ସୁନନ୍ଦା ଘର ଭିତରକୁ ଚାଲିଗଲା...

ଛ' ସାତ ଦିନ ପରେ... ଦିନ ଦଶଟା... ସୁନନ୍ଦା ଷ୍ଟେସନ ଆଡ଼େ ଚାହିଁଚି... ଦୂରରୁ - ଯେଉଁଠି ନାଲି ସଡ଼କଟା ଯାଇ ପାହାଡ଼ କୋଳରେ ହଜିଯାଇଚି... ଠିକ୍ ସେଇଠି କିଏ ଜଣେ ସାଇକଲରେ ଚଢ଼ି ଆସୁଥିବାର ଦେଖାଗଲା... ସଦାନନ୍ଦ ?... ଛାତିଟା ତା'ର ଧପ୍ କିନା ହେଲା... ଦୃଷ୍ଟିର ସମସ୍ତ ଶକ୍ତି ଦେଇ ସୁନନ୍ଦା ଲୋକଟିକୁ ଚିହ୍ନିବାକୁ ଚେଷ୍ଟା କଲା - ନା ସଦାନନ୍ଦ ନୁହେଁ ତ ?

ରମାନାଥ ଟୁରରୁ ଫେରୁଚି !... ସୁନନ୍ଦା ମୁହଁରୁ ଉତ୍କଣ୍ଠା ଲିଭିଗଲା... ଗୋଟିଏ ଆଶ୍ୱସ୍ତି ଭିତରେ ସେ ଚାହିଁ ରହିଲା ସେଇଆଡ଼େ... ଠିକ୍ ସେଇ ପୁରୁଣା ଅନୁଭୂତି... ଅଧରରେ ସ୍ମିତ ଖେଳାଇ ସୁନନ୍ଦା ସ୍ୱାମୀକୁ ଅଭ୍ୟର୍ଥନା କଲା... ଘର ଭିତରକୁ ପଶିଯାଇ ରମାନାଥ ଛ' ଦିନର ଜମା ହେଇଯାଇଥିବା ସ୍ନେହତକ ସୁନନ୍ଦା ଉପରେ ଅଜାଡ଼ି ଦେଲା...

କିନ୍ତୁ କାହିଁ ? ସୁନନ୍ଦା ଛାତି ଭିତରେ ଶିହରଣ କାହିଁ ?... ବରଂ ତାକୁ ବିରକ୍ତ ଲାଗୁଚି... ତା'ର କହିବାକୁ ଇଚ୍ଛା ହଉଚି... "ଘରେ ପାଦ ଦେଉ ନ ଦେଉଣୁ ଇଏ ସବୁ କି ବେହ୍ୟାମି ଆରମ୍ଭ ହୋଇଗଲା ?" କିନ୍ତୁ ତା' ନ କହି ସୁନନ୍ଦା ବେକ ଓହଳେଇ ହସି ହସି କହିଲା, "ଆରେ ଇଏ କ'ଣ କରୁଚମ୍ଁ ? କିଏ କୋଉଠି ଥିବ... ତମ ଅର୍ଡ଼ର୍ଲିଟା ପଛରେ ଆସୁଥିବ ଯଦି... ?"

ସୁନନ୍ଦାର ଏ କଥାଗୁଡ଼ାକ ରମାନାଥର କାନରେ ପଶିଲା କି ନାହିଁ କେଜାଣି ?... ସୁନନ୍ଦା ଅନୁଭବ କଲା ଗୋଟିଏ ବିରାଟ ବଲୁଆ ଦୈତ୍ୟ ତାକୁ ଶୂନ୍ୟ ଶୂନ୍ୟ ବୋହିନେଇଯାଉଛି... କୁଆଡ଼େ ନଉଚି ତାକୁ ତା'ର ସୁନ୍ଦର ସ୍ୱପ୍ନକୁ ଭାଙ୍ଗି ଚୂରମାର କରିଦେଇ ? ସେ ବାଧା ଦେଇପାରୁନି କାହିଁକି ?... ତା'ର ଦେହ ହିମ କାକର ହେଇ ଯାଉଚି... ରମାନାଥ ମୁଗ୍ଧ ଲୋଲୁପ ମୁହଁରେ ଚାହିଁଚି ସୁନନ୍ଦାର ମୁହଁକୁ... ସୁନନ୍ଦାର ଅବଶ ଆଖିପତା ବୁଜି ହେଇ ଆସିଲା... ତା'ପରେ ଅନୁଭବ କଲା ତା' ଓଠ ଉପରେ କିଏ ଯେମିତି ଗୋଟାଏ ପଥର ଚାପିଦେଲା... ନାଃ ତା' ଦେହରେ ଆଉ ବଳ ନାହିଁ... ତା'ର ଏ ଥଣ୍ଡା ଦେହଟାକୁ ଦୈତ୍ୟ ଦାନବ ଯାହାଇଚ୍ଛା ତା' କରୁ...

ରମାନାଥ ଖାଇପିଇ ବିଶ୍ରାମ ନେଲା... ସୁନନ୍ଦା ତା' ମୁଣ୍ଡ ଆଉଁସିଦେଲା...

ରମାନାଥ ପରମ ତୃପ୍ତିରେ କଥା କହୁ କହୁ ଶୋଇପଡ଼ିଲା। ଛ ଦିନର କ୍ଳାନ୍ତି ଉପରେ ଅତି ଗହଳିଆ ନିଦ... ସୁନନ୍ଦା ଓଠ ଚାପି ରମାନାଥର ବଳିଷ୍ଠ ସୁନ୍ଦର ମୁହଁକୁ ଚାହିଁ ରହିଲା... କିନ୍ତୁ ତା' ଛାତି ଭିତରଟା ଏତେ ଥଣ୍ଡା କାହିଁକି? ରମାନାଥର କପାଳ ଉପରେ ତା'ର ବାଁ ହାତଟା ରଖି ସୁନନ୍ଦା ତା'ର ପୂର୍ବ ଉଷ୍ମତା ଖୋଜିବାକୁ ଚେଷ୍ଟାକଲା...

ଅସହାୟ ନିର୍ଭରଶୀଳ ଶିଶୁଟିଏ ଭଳି ରମାନାଥ ଶୋଇଚି... କାହିଁ ସେ ବଲୁଆ ଦୈତ୍ୟଟା ଯିଏ ତାକୁ ଶୂନ୍ୟେ ଶୂନ୍ୟେ ଟେକି ନେଇଯାଇଥିଲା ଘରେ ପାଦ ଦେଲାମାତ୍ରେ? ଏ ତ ସେ ନୁହେଁ?...

ବାହାରେ ସାଇକଲ ଘଣ୍ଟିର କ୍ଷୀଣ ଆବାଜ। ସୁନନ୍ଦା ଖଟଉପରୁ ଉଠିଯାଇ ଝରକା ପାଖକୁ ଯିବାକୁ ଚେଷ୍ଟାକଲା... କିନ୍ତୁ ସ୍ୱାମୀର କପାଳ ଉପରୁ ହାତଟା ଉଠେଇ ପାରିଲା ନାହିଁ...

ଘଣ୍ଟିଟା ଆଉରି ପାଖରେ ବାଜିଲା... ସଦାନନ୍ଦ ଏବେ କେଇଦିନ ହେଲା କୁଆଡ଼େ ଗଲେ ଅଇଲେ ଘରପାଖରେ ଘଣ୍ଟିଟା ସାମାନ୍ୟ ବଜେଇଦିଏ... ସୁନନ୍ଦା ଛାତି ଧଡ଼୍ ଧଡ଼୍ କଲା... ଖଟରୁ ଅଧା ଉଠିଗଲା... କିନ୍ତୁ ପାରିଲାନି ରମାନାଥ କପାଳରୁ ତା' ହାତଟା ଉଠେଇ...

ତା' ବାଁ ହାତ ପାରାଲିସିସ୍ ହେଇଗଲା ନା କଅଣ? ସୁନନ୍ଦା କାନେଇଲା... ଘଣ୍ଟିର ଭୀରୁ ଶବ୍ଦ ଆଉ ଶୁଣାଗଲାନି... ସୁନନ୍ଦା ତା'ର ରୁଦ୍ଧ ନିଃଶ୍ୱାସକୁ ଧୀରେ ଧୀରେ ଛାତି ଭିତରୁ ବାହାର କଲା... କ୍ଳାନ୍ତ ସେ। ରମାନାଥର ଛାତିରେ ସେ ଗାଲ ରଖିଲା... ଚଉଡ଼ା ଲୋମଶ ଛାତିର ବାଳଗୁଡ଼ାକ ତା'ର କଅଁଳ ଗାଲରେ ଲାଗିଲା... ବେଶ୍ ନରମ ନରମ... ସାଲୁବାଲୁଆ... ସୁନନ୍ଦା ଆଖିବୁଜି ପଡ଼ିରହିଲା...

ତା'ପରେ ଗୋଟିଏ ନିଃସ୍ୱପ୍ନ ନିଦ୍ରା... କେତେବେଳକେ ତା' ନିଦ ଭାଙ୍ଗିଗଲାରୁ ଅନୁଭବ କଲା... ତା' ମୁଣ୍ଡ ଆଉ କପାଳରେ କିଏ ଯେମିତି ଅତି ନରମ ଭାବରେ ହାତ ବୁଲେଇ ଦଉଚି... ଆ ଆଃ! ଭାରି ଭଲ ଲାଗୁଚି... ତା' ସ୍ୱାମୀ ଆଦର କରୁଚି ତାକୁ... ଖାଲି ଦେହର ନୁହେଁ... ଦେହାତୀତର... ଏଇଟା ସ୍ନେହ ମମତାର ଆଦର... ଏଥିରେ ଦେହର ତାତି ନାହିଁ... ସ୍ପର୍ଶ ଭିତରେ ଏହାର ଅନୁଭୂତି ନୁହେଁ... ଏ ଆଦର ସ୍ପର୍ଶାତୀତ...

ହଠାତ୍ ତା'ର ମନେ ପଡ଼ିଲା ମେ ମାସର ପାଞ୍ଚ ତାରିଖଟା ବହୁତ ପଛରେ ପଡ଼ିଗଲାଣି ଦି'ମାସ ପଛରେ... ଅଥଚ ତା'ର କିମିତି ଖିଆଲ ନାହିଁ?... କାହିଁକି ଏମିତି ହେଲା?... କେବେତ ତା'ର... ତେବେ କଅଣ?... ତେବେ କଅଣ?... ଅପୂର୍ବ ଏକ ପୁଲକର ଶିହରଣ ଖେଳିଗଲା ସୁନନ୍ଦାର ସାରା ଅଙ୍ଗରେ... ପ୍ରକୃତରେ

ଯଦି ସେଇୟା ହେଇଥାଏ !... ହେଇଥାଏ କଅଣ ?... ନିଶ୍ଚୟ ସେଇୟା... ସୁନନ୍ଦା ଆଖି ଖୋଲି ଚାହିଁଲା... ସାଦା କାନ୍ଥଟା ଉପରେ ନଜର ପଡ଼ିଲା... ଇସ୍ କି ଧଳା ! ଫେର ଆଖି ବୁଜିଲା... ତା' ଜୀବନର ଫାଙ୍କା ମୁହୂର୍ତ୍ତଗୁଡ଼ିକ ଏଇ ଥର ଠିକ୍ ଭରିଉଠିବ...ନା, ନା... ଆଉ କୌଣସି ଅପରିଷ୍କାର ଭାବନାରେ ନୁହେଁ...

ସୁନନ୍ଦା ତା' ଦେହ ଭିତରେ ଆଉ ଗୋଟିଏ ଦେହର ଅତି କ୍ଷୀଣ ଏକ ସ୍ଥିତି ଅନୁଭବ କଲା ଯିମିତି... ଏଇ : ଏଇ ଯେଉଁ ବନଟି ତା' ଦେହରେ ସଞ୍ଚରି ଯାଉଚି... ଅତି ଆସ୍ତେ... ସେଇ ତା'ର ଅଳସ ମୁହୂର୍ତ୍ତଗୁଡ଼ିକୁ ମୁଖର କରିଦେବ ଏଇଥର ।

ରମାନାଥ ଛାତି ଉପରେ ତା' ଗାଲଟାକୁ ଖୁବ୍ ଜୋରରେ ଚାପି ରଖିଲା ସୁନନ୍ଦା ... ଫେରିଆସୁଚି... ଉଷ୍ମତା ତା' ଦେହ ଭିତରକୁ ଫେରିଆସୁଚି... ଗୋଟିଏ ନୂଆ ରୂପ ନେଇ ଫେରିଆସୁଚି ସେଇଟା... ।

■

ସେହି ଆଦିମ କାଳର ମହାସଙ୍ଗୀତ

ଏ ରାତିଟି ଜୀବନରେ ଗୋଟିଏ ନୀରନ୍ଧ୍ର ଦୁଃଖର ରାତ୍ରି । ମାତ୍ର ଦଶଟି ଦିନର ବ୍ୟବଧାନରେ ଗୋଟିଏ ଆନନ୍ଦମୁଖର ପରିବାରର ବୀଣାରେ ଆଜି ଏକ କରୁଣ ମୂର୍ଚ୍ଛନାର ଝଙ୍କାର ।

ଶୁଭ୍ରା ଭୂଇଁରେ ଲୋଟିପଡ଼ିଛି । ମାତ୍ର ଦଶ ଦିନ ତଳେ ଯେଉଁ ଶୁଭ୍ରାର କମନୀୟ ଆଖି ଦୁଇଟିରେ ଦୀର୍ଘ ଚାରି ବର୍ଷ ପରେ ବାପଘରକୁ ଯିବାର ଅସୀମ ଆଗ୍ରହ, ଉତ୍କଣ୍ଠା ଓ ପୁଲକ ଝଲସିଉଠି ତା'ର ସୁନ୍ଦର ସରଳ ମୁହଁଟିକୁ ଅଭିନବ ଲାବଣ୍ୟରେ ଭରି ଦେଇଥିଲା ସେଇ ଆଖି ଦୁଇଟି ଆଜି ନିଷ୍ପ୍ରଭ । ଅଭାବିତ ଦୁଃଖର ଚାପରେ ନିମୀଳିତ, ଆଖିରୁ ତା'ର ଲୁହ ଝରୁନି । ତା'ର ନିଃଶେଷ, ନିଷ୍ପ୍ରାଣ ଭଳି ଦେହଟି ସ୍ରଷ୍ଟା ସମକ୍ଷରେ ଏକ ନିର୍ବାକ୍ ବିଦ୍ରୋହ ଘୋଷଣା କରି ଯେପରି କହୁଛି -

"ହେ ସ୍ରଷ୍ଟା ! ଏତେବଡ଼ କ୍ଷତି କରିବା ଯଦି ତୁମର ଉଦ୍ଦେଶ୍ୟ ଥିଲା ତେବେ ମୋ ଜୀବନରେ ଏ ଗୌରବ ଆଣି ଦେଇଥିଲ କାହିଁକି ?" ଶୁଭ୍ରାର ବାପଘରକୁ ଯିବା ଦିନର ଦୃଶ୍ୟଟି ମୋ ଆଗରେ ଭାସିଉଠିଲା । ଆଉ ଘଣ୍ଟାକ ପରେ ସେ ବାହାରିବ । ଅଢ଼େଇ ବର୍ଷର ଝିଅ ମିଲିକୁ ଦୁଧ ପିଆଇ ଦେଉଛି । ସ୍ନେହ ଗଦ୍‌ଗଦ କଣ୍ଠରେ କହୁଚି, "ଆଉ ଏଇତକ ପିଇଦେ ମା - ମୋ ସୁନା ଝିଅଟା ପରା - ପିଇଦେ । ଅଜା ଘରକୁ ଯିବା ପରା - ଦେ - ହଁ - ଆଉ ଟିକେ -"

ଦୁଷ୍ଟ ମିଲି ତଥାପି ମୁଣ୍ଡଟା ଏପଟ ସେପଟ କରି ଦୁଧ ପିଆର ପ୍ରବଳ ପ୍ରତିରୋଧ କରୁଛି । ଦେଖିଲି ଶୁଭ୍ରା ଖଣ୍ଡେ ଆଠ ପହରି ହଳଦିଆ କସ୍ତା ପିନ୍ଧିଛି । ପାଦରେ ଖୁବ୍ ଚଉଡ଼ା ନାଲି ଟହଟହ ଅଳତା । ପାଦ ଉପରେ ଅଳତାରେ ଫୁଲର ଡିଜାଇନ ଅଙ୍କା ହୋଇଛି । ବାର ବର୍ଷର ମଝିଆ ନଣନ୍ଦ ସେଲି ଆଙ୍କି ଦେଇଛି !

ଥଟ୍ଟାରେ କହିଲି, "ଶୁଭି, ତୁ କିମିତି ସରିଚୁଆଁ ସରିଚୁଆଁ ଗନ୍ଧଉଚୁ । ଠିକ୍ ଯେମିତି ଗୋଟିଏ ନିପଟ ମଫ -"

ଶୁଭ୍ର ଗୋଟିଏ ସଲଜ୍ଜ ସ୍ମିତହାସ୍ୟରେ ମୋ ଥଟ୍ଟାକୁ ଉପଭୋଗ କରିଥିଲା ସେ ଦିନ। ମାତ୍ର ଦଶ ଦିନ ତଳେ - କିନ୍ତୁ ଠିକ୍ ଦଶ ଦିନ ପରେ ତା'ର ଆନନ୍ଦ ଉଚ୍ଛଳ ଜୀବନ ପ୍ରତି ଭାଗ୍ୟର ଏ କି ନିଷ୍ଠୁର ପରିହାସ ? ନିର୍ମମ ବେଦନା ଆଉ ଆତ୍ମଧିକ୍କାରରେ ସେ ଏକ ନିର୍ବାପିତ ଦୀପ ଶିଖାର ବିଲୀୟମାନ ଶେଷ ଧୂମରେଖାଟି ଭଳି ଭୂଇଁରେ ମିଶି ଯାଇଛି କାହିଁକି ?

ତା' ଜୀବନରେ ଏ ଯେଉଁ କ୍ଷତି ଘଟିଗଲା ତା'ର ପରିମାଣ ମାପି ହେବନି। ଅଥଚ ଏ କ୍ଷତି ପାଇଁ ଯେପରି ସେ ହିଁ ଏକାନ୍ତ ଦାୟୀ, ଏଇ ଭାବ ତା'ର ସଂଜ୍ଞାହୀନ ତନୁଟିକୁ ଆଚ୍ଛନ୍ନ କରି ରହିଚି।

ବୀଣାର ଗୋଟିଏ ତାରରେ ଯେଉଁ ତୀବ୍ର କରୁଣ ଝଙ୍କାର ସୃଷ୍ଟି ହେଲା ତା'ର ମୂର୍ଚ୍ଛନା ଅନ୍ୟ ତାରଗୁଡ଼ିକୁ ସଂଚରିଯାଇ ସେଗୁଡ଼ିକରେ ସୃଷ୍ଟି କଲା ଏକ ଗଭୀର ପ୍ରକମ୍ପନ, ଆଲୋଡ଼ନ।

ଚନ୍ଦ୍ରିକା ନିର୍ବେଦ ଭାବରେ କାନ୍ଥକୁ ଆଉଜି ବସିଛି, ଶୁଭ୍ରାର କିଛି ଦୂରରେ। ଯେପରି ନିର୍ଜୀବ ମାର୍ବଲ ନାରୀ ମୂର୍ତ୍ତି ମ୍ୟୁଜିୟମରେ ସଯତ୍ନ ରକ୍ଷିତା। ତା'ର ଟଣାଟଣା ବୁଦ୍ଧି ପ୍ରଖର ସୁନ୍ଦର ଆଖି ଦୁଇଟି ସଂପୂର୍ଣ୍ଣ ଭାଷାହୀନ। ମ୍ଳାନ ଗୋଧୂଳି ଭଳି ନିସ୍ତେଜ, କିଛି ସମୟ ଆଗରୁ କାନ୍ଦି କାନ୍ଦି ଚନ୍ଦ୍ରିକାର ଆଖି ପତା ଦୁଇଟି ଫୁଲିଉଠିଛି। ତା'ର ଅତି ଆଦରର ଦୀର୍ଘ ଅଯତ୍ନ ବେଣୀଟି ନିଷ୍ଫଳ କାକୁତିରେ ଲୋଟିପଡ଼ିଛି ତା'ର କୋଳରେ।

ଶୁଭ୍ରାର ବଡ଼ ନଣନ୍ଦ ଚନ୍ଦ୍ରିକା। ବୟସରେ ବି ଶୁଭ୍ରାଠାରୁ ବଡ଼। କଲେଜରେ ଅଧ୍ୟାପିକା। ମିଲିର ସେ 'ତୁ ମୋ ମା'। ମିଲି ଶୁଭ୍ରାର ପ୍ରଥମ ସନ୍ତାନ। ଚନ୍ଦ୍ରିକା ମିଲିକୁ ପ୍ରଥମରୁ ଏକ ଅବର୍ଣ୍ଣନୀୟ ସ୍ନେହ ମମତା ଆଉ ଆଦରରେ ନିବିଡ଼ ଭାବରେ ବାନ୍ଧି ରଖିଚି। ମିଲି ଖଣ୍ଡି ଖଣ୍ଡି କଥା କହିବାକୁ ଆରମ୍ଭ କଲା ପରେ ଚନ୍ଦ୍ରିକା ମିଲିର କଅଁଳ ମୁଣ୍ଡଟି ଆଦରରେ ନିଜ କପାଳ ଉପରେ ରଖି ମଝିରେ ମଝିରେ ପଚାରେ-

"ମିଲୁନି, ତୋ ମା', କିଏ କହିଲୁ।" ମିଲି ଉତ୍ତର କରେ "ତୁ ମୋ ମା ପଲା।"

ତା' ପରଠୁଁ ଚନ୍ଦ୍ରିକା ମିଲିର 'ତୁ ମୋ ମା।' ପିଉସୀ ଚନ୍ଦ୍ରିକା ଭଳି ମିଲିର ଆଖି ଦୁଇଟି ବେଶ୍ ଟଣାଟଣା, ଆଉ ଭାଷାରେ ଭରା। ଚନ୍ଦ୍ରିକା ତା'ର ବଡ଼ ବଡ଼ ଆଖିର ଗବାକ୍ଷ ଦେଇ ଅନ୍ତର ଓ ଅବଚେତନ ମନର ଯେତେ କଥା ପ୍ରକାଶ କରେ ଓଷ୍ଠ, ଜିହ୍ୱା ଓ କଣ୍ଠର ଚାଳନାରେ କରେ ତା'ଠୁଁ ଢେର୍ କମ୍। ସ୍ୱଳ୍ପଭାଷିନୀ ଭାବରେ ସେ ବନ୍ଧୁ ମହଲରେ ବେଶ୍ ଜଣାଶୁଣା। କିନ୍ତୁ ବ୍ରେଲ ଉପରେ ଆଙ୍ଗୁଠି ଚଲେଇ ଅନ୍ଧ ଯେପରି

ସବୁ ବିଷୟ ଅନାୟାସରେ ପଢ଼ି ଯାଇପାରେ ଠିକ୍ ସେଇପରି ସୁଦକ୍ଷ ଚକ୍ଷୁ ଭାଷା-ବିଶାରଦ ଚନ୍ଦ୍ରିକାର ଆଖିରୁ ତା'ର ଅନ୍ତରର ସବୁକଥା ପଢ଼ି ଦେଇପାରିବ ଅକ୍ଲେଶରେ।

ସେଇ ଚନ୍ଦ୍ରିକାର ଆଖି ଦୁଇଟିରେ ଆଜି ଭାଷାର ଉତ୍ତାଳ ତରଙ୍ଗ ଉଠୁନି। ତରଙ୍ଗହୀନ ଲୋହିତ ସାଗର ପରି ତାହା ଶାନ୍ତ ବୈଚିତ୍ରହୀନ - ଆଶା ନାହିଁ ଆଶଙ୍କା ନାହିଁ। ଆକାଂକ୍ଷା ନାହିଁ। ନିରାନନ୍ଦ ଓ ନିର୍ବେଦନାର ମିଶ୍ର ଅଭିବ୍ୟକ୍ତି ତା' ଆଖି ଦୁଇଟିକୁ ବେଦନା ଓ ନିସ୍ତରଙ୍ଗତାରେ ଭରିଦେଇଛି। ତା' ପାଖରେ ବସିଛି ଦୁଷ୍ଟ ମିଲି। ଅତି ଦୁଷ୍ଟ, ଚଗଲି ଅସ୍ଥିର ମିଲି! ଯିଏ ପ୍ରତି ମୁହୂର୍ତ୍ତରେ 'ତୁ ମୋ ମା'କୁ ବ୍ୟତିବ୍ୟସ୍ତ କରିପକାଏ। ତା' ଆଖିରେ କେତେବେଳେ ହସର ଶୁଭ୍ରତା, କେତେବେଳେ ଲୁହର କଜ୍ଜଳ ବୋଳିଦିଏ। ସେଇ ମିଲି ଆଜିର ଏଇ ନିର୍ମମ ସନ୍ଧ୍ୟାର ସାନ୍ଦ୍ର ଶୋକାକୁଳତା ଭିତରେ ସଂପୂର୍ଣ୍ଣ ବିହ୍ୱଳ ହୋଇପଡ଼ିଛି।

'ତୁ ମୋ ମା'ର ପାଦ ପାଖରେ ମିଲି ବସିଛି। ଏକ ସୁବୋଧ, ଶାନ୍ତଶିଷ୍ଟ ବାଳିକା ଯେମିତି ! ଆଖରେ ତା'ର ଏକ ନିରୀହ ନିର୍ବୋଧ ବିସ୍ମୟ। ଯାହା ଘଟିଯାଇଛି ଏଇ କେତେ ସମୟ ଆଗରୁ, ତା' ପ୍ରତି ତା'ର ଏକ ନିର୍ଦ୍ୱନ୍ଦ୍ୱ ଅନୁଭୂତି ମାତ୍ର ଜଣାପଡୁଛି ତା'ର ଦୈହିକ ନିଷ୍କ୍ରିୟତା ଭିତରେ। କିନ୍ତୁ ସେ ଚାହିଁରହିଛି ତା'ର ଅତି ଆଦରର 'ତୁ ମୋ ମା'ର ନିଶ୍ଚଳ ଅପଲକ ଆଖିକୁ। ତା'ରି ଗାମ୍ଭୀର୍ଯ୍ୟ ହିଁ ମିଲିକୁ ବେଶୀ ଚିନ୍ତିତ କରିପକେଇଛି। 'ତୁ ମୋ ମା'ର ନିଶ୍ଚୟ କିଛି ଗୋଟାଏ ଘଟିଛି। ସେଇ ଘଟିବାଟା କଅଣ ବୁଝି ନ ପାରିଲେ ବି 'ତୁ ମୋ ମା'ର ଦୁଃଖ ତା'ର ନିଷ୍ପାପ ନିରୀହ ମୁହଁଟିକୁ ଛୁଇଁ ଯାଇଛି।

ବିମଳବାବୁ - ଘରର କର୍ତ୍ତା ଅଗଣାରେ ଗୋଟାଏ ଆର୍ମ ଚେୟାରରେ ବସି ସମାଜ ପଢୁଛନ୍ତି। ତାଙ୍କ ସଂସାରରେ ଯେପରି କୌଣସି ବିପର୍ଯ୍ୟୟ ଘଟିନି। ଏହି ଭାବଟା ତାଙ୍କ ମୁହଁରେ ସୁସ୍ପଷ୍ଟ। ସେ ଗମ୍ଭୀର ସବୁଦିନ ପରି। ଏତେବଡ଼ ଗୋଟାଏ ବିପର୍ଯ୍ୟୟକୁ ଅକାତର ଚିତ୍ତରେ ସେ ସମ୍ଭାଳି ନେଇପାରିଛନ୍ତି। ମୋର ବିସ୍ମୟ- ଅବଧି ରହିଲା ନାହିଁ।

ଦାରୁଣ ଦୁଃସମ୍ବାଦ ପ୍ରଥମେ ପାଇଲେ ବିମଳବାବୁ, ଚାରି ଦିନ ତଳେ। ଅଥଚ ଆଜିଯାଏ ତା'ର କୌଣସି ସୂଚନା କେହି ପାଇ ନ ଥିଲେ କେବଳ ସୁମନ୍ତ ଓ ମୋ ଛଡ଼ା। ଗଭୀର ଦୁଃଖକୁ ଅପ୍ରକାଶ୍ୟ ରଖି ବିଧିର ଅଲଂଘ୍ୟ ବିଧାନକୁ ମାନି ନେଇ କର୍ତ୍ତବ୍ୟ କରି ଚାଲିଯିବାର ଅସୀମ ଧୈର୍ଯ୍ୟ ମୋର ନାହିଁ। ବିମଳବାବୁ ଏଇ ଧୈର୍ଯ୍ୟ ଧରି କାର୍ଯ୍ୟ କରି ନ ଯାଇଥିଲେ ଏ ପରିବାରରେ ଆଉ ଗୋଟିଏ ବଡ଼ ଦୁର୍ଘଟଣା ଘଟିଯାଇଥାଆନ୍ତା। ଅଥଚ ଗଭୀର ଶୋକକୁ ଚାପି ରଖିବାର ଯେଉଁ ମର୍ମ ବେଦନା

ଯେଉଁ ଅସହନୀୟ ଯନ୍ତ୍ରଣା ତା' କ'ଣ ଅନୁଭବ କରି ନ ଥିବେ ବିମଳବାବୁ? ଯେଉଁ ପରିବାର ନୌକାର ମଙ୍ଗ ଧରି ସେ ଏ ସଂସାର ସମୁଦ୍ର ପାରି ହେଉଛନ୍ତି, ଉତ୍‌କ୍ଷିପ୍ତ ଝଡ଼ ଭିତରେ ସେ ନୌକାକୁ ଠିକ୍ ଦିଗରେ ବାହିନେଇ କୂଳରେ ଲଗାଇବ କିଏ ବିମଳବାବୁଙ୍କ ଛଡ଼ା? ତେଣୁ ତାଙ୍କର ଅଶ୍ରୁ ଆଜି ଅନ୍ତର୍ମୁଖୀ। ଯାହା ଝରି ଯାଇ ଶୁଖି ଯିବାକୁ ବାଟ ପାଏନି, ଅନ୍ତର ଭିତରେ ଜମି ରହେ ସ୍ଫୀତ ହୁଏ, ବିକ୍ଷୁବ୍‌ଧ ତରଙ୍ଗ ସୃଷ୍ଟି କରି ତଟଭୂମିକୁ ପ୍ରଚଣ୍ଡ ଆଘାତ କରି ଫେରିଯାଏ।

ବିମଳବାବୁଙ୍କର ଏଇ ଉଦାସ, ନିର୍ବିକାର ଅବସ୍ଥା ପରିଗ୍ରହ କରିବା ଛଡ଼ା ଅନ୍ୟ ପନ୍ଥା ନ ଥିଲା। ସୁମନ୍ତ ନେଳିଆ ଲୁଙ୍ଗିଟିଏ ପିନ୍ଧି ବାରଣ୍ଡାରେ ବୁଲୁଚି। ହାତରେ ମେଞ୍ଚାଏ ଗୁଡ଼ାଖୁ ଧରି ସେ ତା'ର ଦାନ୍ତ ଘଷିଚାଲିଛି। ଏ ମୁହୂର୍ତ୍ତରେ ଏଇଟା କରିବା ଛଡ଼ା ତା' ପକ୍ଷରେ ଆଉ କିଛି ସମ୍ଭବ ବୋଲି ମୋର ମନେ ହେଲା ନାହିଁ।

କୌଣସି ଗଭୀର ଦ୍ୱନ୍ଦ୍ୱ, ବ୍ୟର୍ଥ ଭାବ ହତାଶା ବା ଦୁଃଖ ଆସିଲେ କେହି କେହି ପେଗ୍ ପରେ ପେଗ୍ ମଦ ଖାଇ ଚାଲନ୍ତି। କେହି ହୁଏତ ସିଗାରେଟ ଓ ତା'ର ଅବିରାମ ସ୍ରୋତରେ ନିଜକୁ ଭସାଇଦିଏ ଗଭୀର ଦ୍ୱନ୍ଦ୍ୱର ସମାଧାନ ପାଇଁ। ଜଣେ ଜଣେ ପୁଣି ଡବା ଡବା ଗୁଣ୍ଡିପାନ ଚୋବେଇ ଚାଲିଥିବାର ମୁଁ ଦେଖିଚି। ମୁଁ କିନ୍ତୁ ଏଇ ଅବସ୍ଥାରେ ସୁମନ୍ତ ପରି ମେଞ୍ଚାଏ ଗୁଡ଼ାଖୁ ଧରି ଘଷିବା ଆରମ୍ଭ କରିଦିଏ - ଉତ୍‌କ୍ଷିପ୍ତ ମନଟାକୁ ଧୂଆଁପତ୍ରର କଟୁ ନିଶାରେ କ୍ଳାନ୍ତ କରିଦେବାକୁ ଇଚ୍ଛା ହୁଏ। ସୁମନ୍ତ ଦୁଇ ଦିନ ଆଗରୁ ମୋ'ଠୁଁ ତା'ର ଭାଗ୍ୟ ବିପର୍ଯ୍ୟୟର ସମ୍ବାଦ ପାଇ ଶୋକର ଉଚ୍ଛ୍ୱାସରେ ଫାଟି ପଡ଼ିଥିଲା। ଆଖିରୁ ଲୁହର ବନ୍ୟା ଛୁଟାଇ ସେ ଦୀର୍ଘ ଦୁଇ ଘଣ୍ଟା ମୋ ଛାତିରେ ମୁଣ୍ଡ ରଖି ନିର୍ବେଦ ଅବସ୍ଥାରେ ପଡ଼ି ରହିଥିଲା ସେଦିନ। ତେଣୁ ଆଜି ଯେତେବେଳେ ଶୁଭ୍ରା ବାପଘରୁ ଫେରିଲାପରେ ଅନ୍ୟମାନେ ପ୍ରଥମେ ଏ ଖବର ପାଇଲେ ସେତେବେଳକୁ ସୁମନ୍ତ ହୃଦୟ ସାମାନ୍ୟ ଶାନ୍ତ ପଡ଼ି ଯାଇଥିଲା। ତଥାପି ସେ ଏଇ କିଛି ସମୟ ଆଗରୁ ଅବୋଧ ଶିଶୁ ଭଳି ଶୋକାତୁର ହୋଇପଡ଼ିଥିଲା।

ସୁମନ୍ତ ବିମଳବାବୁଙ୍କ ବଡ଼ପୁଅ। ଶୁଭ୍ରାର ସ୍ୱାମୀ।

ଦେଖିଲି ଗୁଡ଼ାଖୁ ଘଷୁ ଘଷୁ ସୁମନ୍ତ ଏକ ଅନୁକମ୍ପା ବୋଳା କରୁଣ ଆଖିରେ ଘର ଭିତରର ଚଟାଣ ଉପରେ ଶୁଭ୍ରାର ନିଶ୍ଚଳ ଦେହଟିକୁ ଚାହିଁ ରହିଥିଲା। ତା' ପରେ ତା'ର ଉଦ୍‌ଗତ ଅଶ୍ରୁକୁ ରୋଧିବାପାଇଁ ସେ ମୁହଁ ବୁଲେଇନେଇ ଦାଣ୍ଡ ଘରକୁ ଚାଲିଗଲା।

କଅଣ ଭାବୁଚି ସୁମନ୍ତ? ଯେଉଁ ଅପୂରଣୀୟ କ୍ଷତି ଘଟିଗଲା - ଯେଉଁ କ୍ଷତିଟା ଚିର ଜୀବନ କେବଳ କ୍ଷତିରେ ହିଁ ରହିଯିବ ସେଇ କଥା? ନା ଶୁଭ୍ରା କଥା? ଯେଉଁ ଶୁଭ୍ରା ତା' ପିଣ୍ଡରେ ଏକ ଅତି କ୍ଷୀଣ ପ୍ରାଣର ସତ୍ତା ଧରି ବାପଘରୁ କୌଣସିମତେ ଫେରି

ଆସିପାରିଛି - ମଥାରେ ଏକ ଦୋଷୀ ଆସାମୀର ଟିକା ଧରି? ଶୁଭ୍ରା ଏ ଧକ୍କା ସମ୍ଭାଳି ପାରିବ ତ? ଗଲା ଚାରି ଦିନ ଧରି ସେ ଖାଡ଼ା ଓପାସ। ପାଣି ଟୋପେ ମଧ୍ୟ ପିଇ ପାରୁନି, ଅର୍ଦ୍ଧ ଅଚେତ ଅବସ୍ଥାରେ ସେ ରହିଛି। କାର୍‌ରୁ ଓହ୍ଲାଇଲା ପରେ ତା'ର ବଡ଼ ମଝିଆଁ ନଣନ୍ଦ ସୁମିତା ତାକୁ ଧରି ଧରି ଦାଣ୍ଡ ଘରକୁ ଆଣିଲା ସଙ୍ଗେ ସଙ୍ଗେ ସେ ତଳେ ଅଚେତ ହୋଇ ପଡ଼ିଗଲା ଗଛ କାଟିଲା ଭଳି, ସୁମନ୍ତ ସେ ଦୃଶ୍ୟ ଦେଖିଛି। ତା' ହୃଦୟରେ କ'ଣ ସେଇ ମୁହୂର୍ତ୍ତରେ ଆକାଂକ୍ଷା ଜାଗି ନ ଥିବ? ଶୁଭ୍ରାର ଅସହାୟ ତନୁଲତାଟିକୁ ତା'ର ଛାତିରେ ଭିଡ଼ି ଧରି କହିବାକୁ, "ଶୁଭି, ଏତେ ଭାଙ୍ଗି ପଡ଼ିଲେ ଚଳିବ? ଯାହା ଘଟିବାର ତାହା ଘଟିଗଲା, ତୁମେ ତ ତା' ପାଇଁ ଦାୟୀ ନୁହଁ... ?"

ସୁମନ୍ତର ଏଇ ପଦେ ଆଶ୍ୱାସନା ବାଣୀର ଅମିୟ ସୁଧା ଆସ୍ୱାଦନ କରି ଶୁଭ୍ରାର ନିଷ୍ପ୍ରାଣ ତନୁଲତାଟିର ଶିରା ପ୍ରଶିରାରେ ଜୀବନର ସ୍ପନ୍ଦନ ଖେଳି ଯାଇ ନ ଥାନ୍ତା ସେଦିନ?

ଗୋଟିଏ ଆନନ୍ଦ ମୁଖର ପରିବାରରେ ସବୁ ଯେମିତି ଓଲଟ ପାଲଟ ହୋଇଯାଇଛି କେଇଟା ଦିନ ଭିତରେ।

ଅଦୂରରେ ଅସ୍ପଷ୍ଟ ଆଲୋକରେ ଶ୍ରାନ୍ତ କ୍ଳାନ୍ତ ବିପର୍ଯ୍ୟସ୍ତ ଅବସ୍ଥାରେ ଆଉ ଏକ ନାରୀ ମୂର୍ତ୍ତି। ତାଙ୍କୁ ଧରି ବସିଛି ସୁଲେଖା, ମୋ ସ୍ତ୍ରୀ, କିଛି ସମୟ ଆଗରୁ ତାଙ୍କର ବୁକୁଫଟା କାନ୍ଦରେ ନୈଶ ଅନ୍ଧକାର ଥରିଉଠିଛି। ଭୂଇଁରେ ମୁଣ୍ଡଟାକୁ ପିଟିଦେବା ଦ୍ୱାରା ତାଙ୍କର କପାଳ ଫାଟି ଝରୁଛି ରକ୍ତ। ଆଲୁଳାୟିତ କେଶ। ବିତ୍ରସ୍ତ ତାଙ୍କ ଦେହର ଆଭରଣ। ମର୍ମନ୍ତୁଦ ସମ୍ବାଦ ଏଇ ନାରୀଟିର ହୃଦୟକୁ ଯେପରି ଆଲୋଡ଼ିତ କରି ଦେଇଛି ତା'ର ଗଭୀରତା ଅନ୍ୟର ଅନୁଭୂତିରେ ସମ୍ପୂର୍ଣ୍ଣ ପ୍ରତିଫଳିତ ହେବା ସହଜ ନୁହେଁ।

ଗୃହର ସର୍ବମୟୀକର୍ତ୍ତ୍ରୀ, ଶୋଭାଦେବୀ। ସ୍ନେହ, ମମତା ଓ କଲ୍ୟାଣର ଅକୁଣ୍ଠ ବିତରଣରେ ଯେ ଏହି ପରିବାରର ବହୁ ଦୁଃଖ ଦୁର୍ଦ୍ଦିନରେ ବି ତାଙ୍କର ସନ୍ତାନସନ୍ତତିଙ୍କ ଦେହ ଓ ମନରେ ଜୀବନର ଅମୃତ ବାରି ସିଞ୍ଚନ କରିଚାଲିଛନ୍ତି ନିଃସ୍ୱାର୍ଥପର ଭାବରେ। ତାଙ୍କର ସୁନାର ସଂସାର ପରିତ୍ୟାଗ କରି ଯେଉଁ ଅମୂଲ୍ୟ ନିଧି ଆଜି ମହାକାଳର କେଉଁ ଅତଳ ଗର୍ଭରେ ଅତର୍କିତ ଭାବରେ ଲୀନ ହୋଇଗଲା ସେଇ ନିଧିକୁ ଫେରି ପାଇବାପାଇଁ ଶୋଭା ଦେବୀଙ୍କର ଯେଉଁ ଅଧୀର ବ୍ୟାକୁଳତା, ଯେଉଁ ବିକଳ ଚିତ୍କାର!

ଯିଏ ଯାଏ ସେ କ'ଣ ଆଉ ଫେରିଆସେ? ଏ କଥା ସଂସାର-ଅଭିଜ୍ଞ ଶୋଭାଦେବୀ କ'ଣ ବୁଝି ନାହାନ୍ତି? ତଥାପି ହୃଦୟର କେଉଁ ଅତଳ ଗର୍ଭରୁ ମଥା ଟେକେ ଏଇ ଅସମ୍ଭବ ଆକାଂକ୍ଷା! ସଂସାରରେ ଏ କେଉଁ ଅପୂର୍ବ ମାୟାର ଆକର୍ଷଣ!

- ମୋ ଧନ ନିଶ୍ଚୟ ଫେରିଆସିବ ମୋ କୋଳକୁ... ତମେ ସବୁ ତାକୁ କୋଉଠି ଲୁଚେଇ ଦେଇଚରେ... ତମକୁ ସବୁ ମୁଁ ନେହୁରା ହେଉଚି... ମୋ ଧନକୁ ମୋ କୋଳକୁ ଫେରେଇ ଦିଅରେ...

ହଠାତ୍ ଆଉ ଦମକାଏ ବିକଳ ଉଚ୍ଛ୍ୱାସ।

- ମୋ ତାଜୁରେ ଏ... ଏ... ତୁ କେଉଁଠି ତୋ ମୁହଁ ଲୁଚେଇ ଦେଲୁରେ... ମୋ କୋଳରୁ ତତେ ଦଣ୍ଡେ ମୂର୍ଚ୍ଛି ଦେଇ ନ ଥିଲିରେ ମୋ ଧନ... ତୋ ସୁନା ବରଣ ଟିକି ଦେହଟିକୁ ସେ ରାକ୍ଷସଗୁଡ଼ାକ କୋଉଁଠି ନେଇ ପକେଇଦେଇ ଆସିଥିବେରେ ମୋ ଧନ...

ମୁଁ ସ୍ଥାଣୁ ଭଳି ଠିଆ ହୋଇ ଏ ଦୃଶ୍ୟ ଦେଖୁଛି, ଏକ ବର୍ଷୀୟସୀ ନାରୀର ମୋହ ମାୟାଛନ୍ନ ଅସୀମ ସ୍ନେହ ମମତାର କରୁଣ ଏକ ଅଧ୍ୟାୟ।

କଳ୍ପନା କଲି - ତାଜାକୁ କେଉଁଠି ଏମାନେ ନେଇ ଛାଡ଼ି ଦେଇ ଆସିଥିବେ? ନିପଟ ଏକ ମଫସଲ ଗାଁ, ବର୍ଷାଦିନେ କାଦୁଅ ପଚପଚ। ଅପରିଷ୍କାର!

କଅଁଳିଆ ଧୋବ ଫରଫର ଶେଯ ଭିତରେ ସମଗ୍ର ପରିବାରର ସ୍ନେହ-ସେବାଯତ୍ନରେ ଯେଉଁ ପଦ୍ମକୋରକଟି ଏକ ଅପୂର୍ବ ଲାବଣ୍ୟ ଧରି ଫୁଟି ଆସୁଥିଲା ବସନ୍ତର ସମ୍ଭାର ଆଉ ଶରତର ଶୁଭ୍ର ଶୁଚିତା ଧରି, ଯାର ନରମ ଗୁଲୁଗୁଲିଆ ଦେହଟି, ସୁନ୍ଦର ହସ ଆଉ ଅନିନ୍ଦ୍ୟ ଚାହାଣିର ଅପରୂପ ସ୍ୱର୍ଗୀୟ ଭାଷାରେ ଚମକ, ଏଇ ସେଦିନ ଅତି ବାସ୍ତବ, ଅତି ସତ୍ୟ ରୂପେ ପ୍ରତିଭାତ ହେଉଥିଲା, ଯା'ର ପବିତ୍ର, ସୁଠାମ ଉଲଗ୍ନ ତନୁଟିର ନିଦ୍ରିତ ଭଙ୍ଗିମା ସବୁରି ହୃଦୟରେ ଏକ ନୈସର୍ଗିକ ଚିତ୍ର ସୃଷ୍ଟି କରୁଥିଲା ସେ ଆଜି କେଉଁଠି? ଏକ ଅନାମଧେୟ ଅନୁନ୍ନତ ଗାଁର କେଉଁ କୋଣରେ ବର୍ଷଣମୁଖର ପ୍ରକୃତିର କେଉଁ ଗହ୍ୱରରେ? କିଏ ବୁଝୁଚି ତା' କଥା? ତା' ମୁହଁରେ ପାଉଡର, ଆଖିରେ ବହଳିଆ ଗରମ କଳା ଲଗେଇ ଦଉଚି କିଏ? ଏଇ ଶ୍ୱାସରୋଧକ କଳ୍ପନାକୁ ରୋକିପାରିବେ ଶୋଭା ଦେବୀ? ତାଜାକୁ ଯିଏ ଜନ୍ମ କ୍ଷଣରୁ ଆଜିଯାଏ ଇଚ୍ଛାରି ଆସିଛନ୍ତି - ସଂସାର ଭୁଲି, ସମାଜ ଭୁଲି।

ତାଜା ତାଙ୍କର ଏକମାତ୍ର ପୁତ୍ରର ପ୍ରଥମ ପୁତ୍ର... ମିଲିର ତଳେ। ଶୁଭ୍ରା ତାଜାର ଜନ୍ମଦାତ୍ରୀ... କିନ୍ତୁ ଶୋଭାଦେବୀ ତ ତାଜାର ପ୍ରକୃତ ମା - ବହୁସନ୍ତାନବତୀ ଶୋଭାଦେବୀ ସଂସାରର ବିକ୍ଷୁବ୍ଧ ଆବର୍ତ୍ତରେ ଦୁଃଖ ଯନ୍ତ୍ରଣା ଭୋଗ ବହୁବାର କରିଥିଲେ ବି ତାଙ୍କ ହୃଦୟରେ ମାତୃତ୍ୱର ଚିରନ୍ତନ ମମତା ନିଶୁଙ୍କ୍ଷ ନୁହେଁ। ତାଜାର ଜନ୍ମ ପରେ ସେଇ ମାତୃତ୍ୱ ଯେପରି ଏକ ନୂତନ ରୂପ ଧରି ଫେରିଆସିଛି।

ଜନ୍ମ ହେବା ଆଗରୁ ଶୁଭ୍ରର ପୁଅ ହେବ - ଏ ଧାରଣା ଯୁକ୍ତିହୀନ ହେଲେ ବି ସମସ୍ତଙ୍କର ଥିଲା।

ମୋତେ ଶୋଭାଦେବୀ ବହୁବାର ପଚାରିଛନ୍ତି...

ଶୁଭିର ପୁଅ ହେବ କି ଝିଅ ହେବ କହିଲେ ? ପ୍ରତିଥର ମୁଁ ଉତ୍ତର ଦେଇଛି - 'ପୁଅ'।

ତେଣୁ ଜନ୍ମହେବା ଆଗରୁ ଚନ୍ଦ୍ରିକା ପୁଅର ନାଁ ଦେଇସାରିଥିଲା 'ତାଜା'! ବାସ୍ତବିକ ଏଇ ଦଗାଦିଆ ଶିଶୁଟି ତା'ର ନାଁର ସାର୍ଥକତା ବହନ କରି ଏ ଧରାର ମାଟିକୁ ସ୍ପର୍ଶ କରିଥିଲା, କିନ୍ତୁ ଏ ଧରା... ଏ ବିଷାକ୍ତ ଧରାର ମାଟିକୁ ସ୍ପର୍ଶ କରି ଯେ ସେ ଏତେ ଶୀଘ୍ର ବିଷ ଜର୍ଜରିତ ହୋଇଯିବ ଏ କଳ୍ପନା ତ କାହାରି ନ ଥିଲା... !

ଜନ୍ମ ପରେ ଯଦି କେହି ମରିଯାଏ ଏ ପୃଥିବୀର ବିଷାକ୍ତ ବାଷ୍ପରେ ରୁଦ୍ଧ ହୋଇ ତେବେ ସେ ଜନ୍ମ ହୁଏ କାହିଁକି ?

ପ୍ରାଣୀ ଓ ଉଦ୍ଭିଦର ଜନ୍ମ ବା ସୃଷ୍ଟି ଯଦି ପ୍ରକୃତରେ ଏକ ଧରାବନ୍ଧା ନିୟମରେ ଚାଲେ ମୃତ୍ୟୁଟା ଏଡ଼େ ବେନିୟମ କାହିଁକି ? ଏକ ନିଷ୍ପାପ ସରଳ ସୁନ୍ଦର ଶିଶୁର ଅକାଳ ମୃତ୍ୟୁରେ କିଏ, କାହାଠୁଁ କି ନୀତି ଶିକ୍ଷା କରେ ?

ମୋର ଶ୍ୱାସ ରୁଦ୍ଧ ହୋଇଆସିଲା। ତାଜା ଭାସିଉଠିଲା ମୋ ମନ ଆଖିର ପର୍ଦ୍ଦାରେ।... ଗୋଟିଏ ସୁନେଲି ମେଘର ଗାଲିଚାରେ ଉଲଗ୍ନ ତାଜା ଶୋଇଛି। ସମାପ୍ତ ସୂର୍ଯ୍ୟର କନକ ରଶ୍ମି ପଡ଼ିଛି ତା'ର ଗୋରା ଟହଟହ ପୁଚୁକା ପୁଚୁକା ଗାଲ ଦୁଇଟିରେ। ଦୁଷ୍ଟାମୀଭରା ଆଖିରେ ସେ ଡାକୁଛି ଆମ ସମସ୍ତଙ୍କୁ - ଚାଲି ଆସ, ଚାଲି ଆସ। ଧରାର ରୁଗ୍ଣ କାଳିମାରେ ତୁମ୍ଭେମାନେ ସମସ୍ତେ ମଳିନ। ମୁଁ ସେଠାକୁ ଯାଇ ଫେରି ଆସିଲି। ଯେଉଁ ଅନନ୍ତ ସତ୍ତାରୁ ମୁଁ ସୃଷ୍ଟ ହୋଇଥିଲି ପୁଣି ସେଇ ଅନନ୍ତ ସତ୍ତାରେ ମୁଁ ମିଶିଯିବି... ମୁଁ ସ୍ରଷ୍ଟାଙ୍କର ଏକ ଜ୍ୟୋତି। ସେହି ଜ୍ୟୋତିରେ ତୁମମାନଙ୍କୁ ଉଦ୍ଭାସିତ କରିଦେଇଆସିଛି। ଧରାର କୁତ୍ସିତ ବ୍ୟାଧିରୁ ତୁମ୍ଭମାନଙ୍କୁ ମୁକ୍ତ କରିବାକୁ ମୁଁ ଚାହେଁ।

ଆଘାତର ପ୍ରଥମ ଧକ୍‌କା ଶେଷ ହୋଇଯାଇଛି। ଶୋଭାଦେବୀଙ୍କ ଗଳା ବସିଯାଇଛି ଦୀର୍ଘ ଦୁଇ ଘଣ୍ଟାର ଆର୍ତ୍ତ ଚିତ୍କାରରେ। ତଥାପି ନିର୍ଦ୍ଦୟ ସ୍ରଷ୍ଟା ତାଜାକୁ ଫେରେଇଆଣି ତାଙ୍କ କୋଳରେ ଦେଇ ନାହାନ୍ତି।

ଶୋଭାଦେବୀଙ୍କ ପାଖରେ ଯାଇ ବସିଲି। ନିର୍ଜୀବ ଆଖିପତା ଟେକି ସେ ମୋ ମୁହଁକୁ ଚାହିଁ କହିଲେ, ତାଜୁନା ଚାଲିଗଲା। ତମେମାନେ କେହି ତାକୁ ଅଟକାଇ ପାରିଲନି ? ମୁଁ ମନା କରୁଚି ତମ ମଉସାଙ୍କୁ - ଶୁଭି ଯାଉ ପଛେ ତା' ଭଉଣୀ ବାହାଘରକୁ, ମୋ ଛୁଆ ଦି'ଟାଙ୍କୁ ମୁଁ ଛାଡ଼ିବିନି ନିପଟ ମଫସଲ ଗାଁକୁ। ଡାକ୍ତରଖାନା ନାହିଁ। ପାଣି

କାନ୍ଦୁଅ ପଚପଚ। ସନ୍ତସନ୍ତିଆ। ତମ ମଉସା କ'ଣ ମୋ କଥା ଶୁଣିଲେ। କିଛି ଚିକିତ୍ସା ହୋଇପାରିଲାନି ମୋ ତାଜୁନାର। ଏଠି ଥିଲେ ତ ମୋ ତାଜୁନା କେଭେ ମରି ନ ଥାନ୍ତା।

ଅଗଣାରେ ଥାଇ ବିମଳବାବୁ କହିଲେ, ତମେ ତାକୁ ଏଠି ବଞ୍ଚେଇଦେଇଥାଆନ୍ତ ?

ଶୋଭାଦେବୀ କହିଲେ ଉତ୍ତ୍ୟକ୍ତ ହୋଇଯାଇ - ତୁମେ ଆଉ ମୋତେ ଜଳାନି କହୁଛି। ତମରି ପାଇଁ ମୋ ତାଜୁନା ଗଲା। ମୋ କଥା ଯଦି ଶୁଣିଥାନ୍ତ... ପିଲାମାନଙ୍କୁ ଛାଡ଼ି ନ ଥାନ୍ତ ତେବେ କଦାପି ତାଜୁନା ମୋର ମରି ନ ଥାନ୍ତା।

ବିମଳବାବୁ ନୀରବ ରହିଲେ।

ମୁଁ କହିଲି, ମାଉସୀ! ଆମେ କେହି ତାଜାକୁ ବଞ୍ଚେଇପାରି ନ ଥାନ୍ତେ। ରୁଦ୍ଧ ଅଶ୍ରୁ ତାଙ୍କ ଆଖିରୁ ଝରିଗଲା। ଦୁର୍ବଳ କଣ୍ଠରେ କହିଲେ, ମୁଁ କ'ଣ ସେକଥା ବୁଝିପାରୁନି ଗୋପବାବୁ? ତାଜୁ ଯଦି ଏଇଠି ମୋ କୋଳରେ ଆଖି ବୁଜି ଥାଆନ୍ତା ତେବେ ମୋର କିଛି ଦୁଃଖ ହୋଇ ନ ଥାନ୍ତା। ଜାଇଁଲେ, ଆମେ ଆମ ପାରୁପର୍ଯ୍ୟନ୍ତ ତା' ଚିକିତ୍ସା କଲେଁ, କିଛି ହେଲାନି। କିନ୍ତୁ ଅବହେଳାରେ ମୋ ତାଜୁନା... କୋହ ତାଙ୍କ କଣ୍ଠକୁ ଚାପି ଧରିଲା। ଶୋକାତୁର ଏଇ ମାତୃମୂର୍ତ୍ତି ନାରୀକୁ ମୁଁ କି ପ୍ରବୋଧନା ଦେବି ?

ଛଅ ଛଅଟା ପୁଅଝିଅଙ୍କୁ ମଣିଷ କରିଥିବା ଏଇ ସନ୍ତାନରଙ୍କା ମା'ର ବ୍ୟଥିତ ହୃଦୟରେ ମୁଁ କି ଆଶ୍ୱାସନା ଦେଇପାରିବି। ତାଜା ଜନ୍ମର କେଇ ଘଣ୍ଟା ଆଗର କଥା ମନେ ପଡ଼ିଗଲା। ଶୋଭାଦେବୀ ଧରି ନେଇଥିଲେ - ତାଜାହିଁ ଜନ୍ମ ହେବ, ଆଉ କେହି ନୁହେଁ। ତେଣୁ ପ୍ରସବର ଦୁଇ ଘଣ୍ଟା ଆଗରୁ ତାଙ୍କର ଅସ୍ଥିର ଚଲାବୁଲା ଓ କଥାବାର୍ତ୍ତାରେ ଘରର ସମସ୍ତଙ୍କୁ ସେ ବ୍ୟତିବ୍ୟସ୍ତ କରିପକେଇଥିଲେ।

"ଆରେ ଚାନ୍ଦି। (ଚନ୍ଦ୍ରିକାର ସ୍ନେହ ଡାକ) ତାଜାପାଇଁ ଆଉ ଚାରି ଖଣ୍ଡ ପେନି ସିଲେଇ କରିଦେଲୁନି..."

ଚନ୍ଦ୍ରିକା ବୋଉର ଏ କଥାରେ ହସିପକେଇ କହିଲା - ଦଶ ଖଣ୍ଡ ପେନି ଓ ଫ୍ରକ୍ ହେଇଛି, କ'ଣ ତୋ ନାତିର ପାଞ୍ଚ ମିନିଟକୁ ପାଞ୍ଚ ମିନିଟ୍ ପୋଷାକ ବଦଳିବ ନା କ'ଣ ?

ତାଜାର ବଡ଼ି ସକାଳୁ ଜିଭ, ମାଢ଼ି ସଫା ପାଇଁ ମହୁ, ଶୁଭ୍ରା ପାଇଁ ଟୁଥ୍‌ପେଷ୍ଟ, ବ୍ରସ... ଏମିତି ଆହୁରି କେତେ କ'ଣ। ଶୋଭାଦେବୀଙ୍କ ସେ ବ୍ୟତିବ୍ୟସ୍ତତା ବୟସକ୍ଲିଷ୍ଟ ପୃଥୁଳ ଦେହରେ ଏକ ଅନୁପମ ମାତୃତ୍ୱର ଲାବଣ୍ୟ ଓ ଚଞ୍ଚଳତା ଭରି ଦେଇଥିଲା।

ବୟସର ଭାରକୁ ବେଖାତିର କରି ସେ କେବିନ୍‌ରେ ସାତ ଦିନ କାଳ ଉନିଦ୍ର ରଜନୀ ଯାପିଛନ୍ତି।

କୁଳ ଉଜ୍ଜ୍ୱଳ କରି ଶୁଭ ବେଳ ଦେଖି ତାଜା ଆସିଛି। ସେ ଘରେ ନିଶ୍ଚିନ୍ତରେ ଶୋଇବେ? ଆଉ ତାଙ୍କ ବଂଶଧର ତାଜା ଶୋଇଥିବ କେବିନରେ? ଶୁଚି ବାଇଗ୍ରସ୍ତା ଶୋଭାଦେବୀ, ଗାଧୁଆ ପାଧୁଆ ଖିଆପିଆ ଭୁଲି ଦିନରାତି ଯାଇଁ କେବିନ୍‌ରେ।

ଶୁଭ୍ରା ଶାଶୂଙ୍କ ଉପରେ ତାଜା ଦାୟିତ୍ୱ ଛାଡ଼ିଦେଇ ଆରାମରେ ବେଡ୍‌ରେ ଶୋଇ ଶୋଇ ଉପନ୍ୟାସ ପଢୁଛି। ଭାଗ୍ୟବତୀ ସେ। ପ୍ରଥମ ଝିଅ। ବାପର ବିଭବ ବଢ଼ିବ। ତା'ପରେ ପୁଅ। କୁଳଚନ୍ଦ୍ରମା। ଗର୍ବିତା ମାତାର ଏକ ଶାଶ୍ୱତ ପ୍ରତୀକ ଶୁଭ୍ରା ଶୋଇ ଶୋଇ ଉପନ୍ୟାସ ବି ପଢୁଛି।

କେବିନ୍‌ରୁ ତାଜା ଆସିଲା ଘରକୁ, ଛୋଟ ଛୋଟ ପିଉସୀମାନେ ଘେରିଗଲେ। ପରିବାରର ପ୍ରତି ରନ୍ଧ୍ରରେ ଆନନ୍ଦର ଉଚ୍ଛ୍ୱାସ ଚହଟିଗଲା। ସେଇଦିନଠୁ ତାକୁ କେନ୍ଦ୍ର କରି ଜେଜେମା ଶୋଭାଦେବୀଙ୍କର ଯେ କେତେ ପରିକଳ୍ପନା, କେତେ ଯୋଜନା !

ମୁଁ ଯେତେବେଳେ ଯାଏ ଦେଖେ ତାଜା ଶୋଭାଦେବୀଙ୍କ କୋଳରେ। ସମସ୍ତଙ୍କ ସ୍ନେହ, ସେବା, ଯତ୍ନରେ ତାଜା ବଢ଼ିଉଠିଲା ଚନ୍ଦ୍ରକଳା ଭଳି, ତା'ର ରକ୍ତ ଓ ସ୍ନାୟୁରେ ସବୁରି ସ୍ନେହ ଆଶିଷ ସଞ୍ଚରିଗଲା। ପ୍ରଭାତର ଶିଶୁ ସୂର୍ଯ୍ୟ ଦିଗନ୍ତର ସୀମାଛାଡ଼ି ଊର୍ଦ୍ଧ୍ୱକୁ ଉଠିଲା ଧୀରେ ଧୀରେ। ଏ ପରିବାରର ସୁଖ ଦୁଃଖ, ହସ କାନ୍ଦର ପ୍ରତି ରନ୍ଧ୍ରରେ ମୁଁ ପ୍ରବେଶ କରିଛି। ତେଣୁ ତାଜାକୁ ନେଇ ଶୋଭାଦେବୀଙ୍କର ସ୍ୱପ୍ନ ଓ କଳ୍ପନାର ସବିଶେଷ ବିବରଣୀ ମୁଁ ଜାଣେ।

ଦିନେ ଶୋଭାଦେବୀ ରିକ୍‌ସାରେ ଚନ୍ଦ୍ରିକା ସାଙ୍ଗରେ ବାହାରକୁ ଯାଉଥିଲେ। ଦେଖିଲେ ବିପରୀତ ଦିଗରୁ ଆଉ ଗୋଟିଏ ରିକ୍‌ସାରେ ମା' ପାଖରେ ବସି ଚାରି ପାଞ୍ଚ ବର୍ଷର ଗୋଟିଏ ସୁନ୍ଦର ସ୍ୱାସ୍ଥ୍ୟବାନ୍ ଶିଶୁ ଆସୁଛି। ପିନ୍ଧିଛି ଆଜିକାଲିକାର ଗୋଟିଏ ପୋଷାକ। ସାଙ୍ଗେ ସାଙ୍ଗେ ଶୋଭାଦେବୀ କହିଲେ, "ଚାନ୍ଦିଲୋ, ମୋ ତାଜୁନା ବଡ଼ ହେଲେ ଠିକ୍ ଏମିତି ଗୋଟାଏ ପୋଷାକ ତା'ପାଇଁ କିଣିବି।"

ଚନ୍ଦ୍ରିକା ବୋଉର କଥା ଶୁଣି ସ୍ମିତ ହସି କହିଲା, "ଆଚ୍ଛା"। ଚନ୍ଦ୍ରିକାର କୌଣସି ଆଗ୍ରହ ନ ଦେଖି ଆହତ କଣ୍ଠରେ ଶୋଭାଦେବୀ କହିଲେ, "କଅଣମ ଖାଲି 'ଆଚ୍ଛା' କହି ରହିଗଲୁ?" ଚନ୍ଦ୍ରିକା ବୋଉ ମୁହଁକୁ ଟିକେ କଡ଼େଇ ଚାହିଁ କହିଲା - "ଆଉ କ'ଣ କହିଥାଆନ୍ତି? ପାଞ୍ଚ ବର୍ଷ ପରେ ଦୁନିଆଟା ଆଜି ଯେଉଁଠି ଅଛି ଠିକ୍ ସେଇଠି ଥିଲେ ହେଲା।"

ଶୋଭାଦେବୀ ପାଠୋଇ ଝିଅର କଥାର ମର୍ମ ବୁଝିପାରି କହିଲେ, ହସିପକେଇ, "ସିଧାସଳଖ କହିପାରୁନୁଁ କଥାଟା ଯେ ଏତେ ବଙ୍କେଇ ଢଙ୍କେଇ କହୁଛୁ?"

ଶୋଭାଦେବୀଙ୍କ ମୁହଁରୁ ଏଇ ଘଟଣାଟି ଶୁଣିସାରିଲାପରେ ଚନ୍ଦ୍ରିକାର ଶ୍ଳେଷୋକ୍ତିପାଇଁ ତାକୁ ପ୍ରଶଂସା କଲି । କିନ୍ତୁ ସେଇ ମୁହୂର୍ତ୍ତରେ ମୋର ଅନ୍ତର ଭରିଉଠିଲା ଶ୍ରଦ୍ଧାରେ ଏଇ କଲ୍ୟାଣମୟୀ ନାରୀର ନିର୍ବୋଧ ସ୍ନେହାନ୍ଧତା ପାଇଁ ।

ଶୋଭା ଦେବୀ କ୍ଳାନ୍ତି ଓ ଅବସାଦରେ ନିସ୍ତେଜ ଭାବରେ ପଡ଼ି ରହିଛନ୍ତି । ସୁଲେଖା ତାଙ୍କ ଦେହ ଆଉଁସି ଦେଉଛନ୍ତି । ଗଭୀର ଶୋକର ଛାୟାରେ ସମସ୍ତେ ଆଚ୍ଛନ୍ନ ।

ଅତୀତ ଦିନଗୁଡ଼ିକୁ ମୁଁ ଫେରିଯାଇଛି । ତାଜୁ ଆଣି ଦେଇଛି ଏ ସଂସାର ଭିତରେ ଏକ ଆନନ୍ଦମୟ ପରିବେଶ । ଶୋଭାଦେବୀଙ୍କର ଡେରିରେ ଉଠି ଘଣ୍ଟାଏ ଧରି ଦାନ୍ତ ଘଷିବା... ଦୁଇଟାବେଳକୁ ଗାଧୋଇବା ଓ ଖାଇବା ପ୍ରତି ବିମଳବାବୁଙ୍କର ତୀବ୍ର ବ୍ୟଙ୍ଗୋକ୍ତିର ପରିମାଣ ଯଥେଷ୍ଟ କମିଯାଇଛି । ତା'ର କାରଣ ତାଜା । ତା'ରି କାମ ସାରୁ ସାରୁ ଶୋଭାଦେବୀଙ୍କୁ ବେଳ ଅଣ୍ଟେନି । ସେ ଏକ ନିପୁଣା ଧାତ୍ରୀର ପରିପାଟୀରେ ତାଜାର ନିତ୍ୟକର୍ମ ସମାହିତ କରନ୍ତି । ଠିକ୍ ସମୟରେ ଖାଇବା, ଶୋଇବା, ଗାଧୋଇବା ସବୁ ଘଣ୍ଟାଧରି ଚାଲେ । କିନ୍ତୁ ତାଜା ରାତିରେ ଶୋଇଲାବେଳର ଦୃଶ୍ୟଟି ଅତି ମନୋରମ । ସନ୍ଧ୍ୟା ଆଠଟା ବେଳେ ତାଜା ତା' ରାତିର ଖାଦ୍ୟ ଖାଇନିଏ । ତା'ପରେ ସେ ପରମ ତୃପ୍ତିରେ ଜେଜେମା କୋଳରେ ଶୋଇପଡ଼େ । ତା'ର ଶିଶୁ ଧମନୀରେ ଅନନ୍ତ ଅପରିମେୟ ଜୀବନୀଶକ୍ତିର ପ୍ରବାହ ଛୁଟେଇ । ସେଇଠୁ ଚାଲେ ଜେଜେମାଙ୍କ କାମ । ଘୁମନ୍ତ ଶିଶୁର ମଧୁସିକ୍ତ ଲପନରେ ଜେଜେମା ପାଉଡର ବୋଳନ୍ତି । ତାଜା ଏଡ଼େ ଗୋରା, ତଥାପି ପାଉଡର ଲାଗିବା ଦରକାର । ଖାଲି ମୁହଁରେ ତ ନୁହେଁ ଦେହ ସାରା ।

ଦୁଇଟି ଆଙ୍ଗୁଠିରେ ନିଠେଇ ନିଠେଇ ସେ ମୁହଁର ପାଉଡରକୁ ସମତୁଲ କରନ୍ତି । ତା'ପରେ ଦୀପ ଶିଖାରେ ଉଷୁମ କରି ତାଜାର ଆଖିରେ କଜ୍ଜଳ ଲଗେଇ ଦିଅନ୍ତି ।

ବେଳେ ବେଳେ କଜ୍ଜଳ ଲଗେଇଦେଲାବେଳେ ମୁଁ ଥାଏ । କହେ - ଏମିତି ଲେସି ଦଉଚ କାଇଁକି କଜଳ ଗୁଡ଼ା ମାଉସୀ ?

କହନ୍ତି - ତମେ ବୁଝୁନ ଗୋପବାବୁ... ଉଷୁମ କଜଳ ଲଗେଇଲେ ଆଖି ରୋଗ ତ ହବନି । ଆଖିଗୁଡ଼ା ଖୁବ୍ ବଡ଼ ବଡ଼ ହବ । ମୋ ଝିଅମାନଙ୍କର ଆଖିଗୁଡ଼ାକ ଏମିତି ଟଣା ଟଣା କାହିଁକି ? ଖାଲି ଏଇ ଗରମ କଜଳ ଲଗେଇ ।

ଏଥର ସତ୍ୟତା ଅନୁସନ୍ଧାନ, ବୈଜ୍ଞାନିକମାନଙ୍କର କାମ । ମୁଁ ଲେଖକ ଲୋକ । ଭାବାଶ୍ରୟୀ । କଳ୍ପନାପ୍ରିୟ । ଶୋଭାଦେବୀଙ୍କର ଏଇ କଥାରେ ମା'ର ଅପରୂପ ସ୍ନେହର ଯେଉଁ ଅନିନ୍ଦ୍ୟ ସ୍ପର୍ଶ ରହିଛି ତା' ମୋ ପକ୍ଷରେ ଏକ ଚରମ ଉପଭୋଗର ବସ୍ତୁ ।

ଛଅଟି ମାସ ସ୍ୱପ୍ନ ଭଳି କଟିଗଲା, ଶୋଭାଦେବୀଙ୍କ ଜୀବନରୁ। ପଟ୍ଟନାୟକ ବଂଶ ଉଜ୍ଜ୍ୱଳ କରି ନାତି ହୋଇଛି। ଆନନ୍ଦର ସୀମା ନାହିଁ ଶୋଭାଦେବୀଙ୍କର। ଜେଜେବାପା ବିମଳବାବୁ - ପିଲା ଛୁଆଙ୍କ ପ୍ରତି ତାଙ୍କର ସ୍ନେହର ଅଭିବ୍ୟକ୍ତି ଅତି ସଂଯତ। ଉଚ୍ଛ୍ୱସିତ ଆଦର ସେ କେବେ କରନ୍ତି ନାହିଁ।

କିନ୍ତୁ ତାଜା ତାଙ୍କ ପେଟ ଉପରେ ନାଚେ, କୁଦେ, କୁରକୁରେଇ ହସିଉଠେ। ଜେଜେବାପାଙ୍କ ଜାମାପଟା ଓଦା କରିଦିଏ। ତଥାପି ଜେଜେବାପାଙ୍କର ଦୁଃଖ ନାହିଁ। ଏତେ ସୁଖ ଭିତରେ ଏ ସଂସାରରେ ଗୋଟିଏ ଦୁଃଖ ମଝିରେ ମଝିରେ ଗୁମରିଉଠେ।

ଶୁଭ୍ରାର ବିବାହ ପରେ ତାଙ୍କର ଘର ସହିତ ପଟ୍ଟନାୟକ ବଂଶର ମନୋମାଳିନ୍ୟ ଘଟିଛି କେତେକ କାରଣରୁ। ସେ ମନୋମାଳିନ୍ୟ ଦୀର୍ଘ ଚାରି ବର୍ଷ ରହିଗଲା। ଶୁଭ୍ରାର ବାପ, ଭାଇ, କେହି ଶୁଭ୍ରାକୁ ଦେଖିବାକୁ ଆସିଲେ ନାହିଁ। ମିଲିକୁ ଅଢ଼େଇ ବର୍ଷ ହେଲା। ମାମୁଘରର କେହି ଆସି ତାକୁ ଦେଖିଗଲେ ନାହିଁ। ଏକୋଇଶିଆକୁ ଟଙ୍କା କେଇଟା ପଠାଇଥିଲେ। ଶୋଭାଦେବୀ ଅପମାନିତ ବୋଧ କରି ସେ ଟଙ୍କା ଫେରେଇଦେଲେ। ତାଜାର ଏକୋଇଶିଆ ବେଳେ ବି ଠିକ୍ ସେୟା ଘଟିଲା। ଶୁଭ୍ରା ବାପଘରର ସହିତ ସମ୍ବନ୍ଧ ବିଲକୁଲ କଟିଯିବା ଅବସ୍ଥାରେ ଥିଲା। କିନ୍ତୁ ହଠାତ୍ ଭବିତବ୍ୟର ଇଙ୍ଗିତରେ ଯାହା ଘଟିଲା ସେଇ କଥା ମନେପକାଇ ଆଜି ଏ ଶୋକାଚ୍ଛନ୍ନ ସନ୍ଧ୍ୟାରେ ଶୋଭାଦେବୀଙ୍କର ଅପରିସୀମ ଅନ୍ତର୍ଦାହ।

ଶୁଭ୍ରାର ଭଉଣୀର ବିବାହ। ବଡ଼ ଝିଅକୁ ନ ଲୋଡ଼ିଲେ ଦାଣ୍ଡକୁ ଅସୁନ୍ଦର। ବିଶେଷକରି ମଫସଲର ଲୋକେ କେଳେଇ କୁଟେଇ ଖାଇଯିବେ। ବିବାହର ଦି' ତିନି ମାସ ଆଗରୁ ଶୁଭ୍ରାର ବାପାଙ୍କର ହଠାତ୍ ଆବିର୍ଭାବ ହେଲା ପଟ୍ଟନାୟକ ପରିବାରରେ। ଅତୀତର ସମସ୍ତ ଦୋଷ ପାଇଁ କ୍ଷମା ପ୍ରାର୍ଥନା କରି ସେମାନେ ଏ ମନୋମାଳିନ୍ୟର ସମାଧାନ କରିବାକୁ ଚେଷ୍ଟା କଲେ। ଶୁଭ୍ରାର ବିକଳ ଲୁହ ଶୋଭାଦେବୀଙ୍କ ମନ ତରଳେଇ ଦେଲା ସତ, ହେଲେ ଏ ସମାଧାନରେ ଅତୀତର ଗଭୀର ଅପମାନ ଓ କ୍ଷତ ଲିଭିଲା ନାହିଁ। ବୋହୂ ମୁହଁକୁ ଚାହିଁ ଶୋଭାଦେବୀ ନୀରବ ରହିଲେ।

ଆଷାଢ଼ ମାସରେ ଶୁଭ୍ରାର ଭଉଣୀ ବାହାଘର, ଶୁଭ୍ରାକୁ ସେମାନେ ଲୋଡ଼ିଲେ। ଅତି ମାମୁଲି ଧରଣର ଲୋଡ଼ିବା କେବଳ ଲୌକିକତା ରକ୍ଷା।

ଶୋଭାଦେବୀ ଉତ୍ୟକ୍ତ ହୋଇଯାଇ କହିଲେ - 'ଛୁଆ ଦି'ଟାଙ୍କୁ ମୁଁ ଏ ବର୍ଷା କାଦୁଅରେ ନିପଟ ମଫସଲ ଗାଁକୁ ଛାଡ଼ିପାରିବି ନାହିଁ। ଶୁଭି ଯଦି ଯିବ ଯାଉ।' କିନ୍ତୁ ଛ' ମାସର ଛୁଆ ତାଜାକୁ ଛାଡ଼ି ଶୁଭି ଯିବ ବା କେମିତି? ଏକଥା ଶୁଣି ଶୁଭ୍ରା ଦିନ

ରାତି ଆଖି ଛଳ ଛଳ କଲା। ଚାରି ବର୍ଷ ପରେ ବାପଘରକୁ ଯିବ ଏକା ଏକା? ଯେଉଁମାନଙ୍କ ପାଇଁ ସେ ଗର୍ବିଣୀ, ତା' ନାରୀ ଜୀବନର ସାର୍ଥକତା, ସେମାନଙ୍କୁ ନ ନେଇ ସେ ଯିବ ଠୁଙ୍କା ଠୁଙ୍କା? ସେଠି ସବୁ କହିବେ କ'ଣ? ସ୍ତ୍ରୀର ଦୁଃଖ ସୁମନ୍ତ ବୁଝିଲା। ମା'ର ଦୁଃଖ, ଅଭିମାନ ବି ସେ ଜାଣେ। ମିଲି, ତାଜୁ ତା' ବୋଉର ଜୀବନ।

କେଉଁ ଆଡ଼ିକି ଆଉଜିବ ଠିକ୍ କରି ନ ପାରି ସେ ନୀରବ ରହିଲା। ବିମଳବାବୁ ସବୁ ଲକ୍ଷ୍ୟକରି ସବୁ ବୁଝି କହିଲେ - ଶୁଭ୍ରା ଯାଉ ତା' ବାପ ଘରକୁ, ଆଠ ଦଶ ଦିନ ରହି ଚାଲି ଆସିବ - ବିମଳବାବୁ ଥରେ ଯାହା ସ୍ଥିର କରିବେ ତା'ର ଆଉ ଅଦଳ ବଦଳ ନାହିଁ।

ସେୟାଇ ହେଲା। ଶୁଭ୍ରାର ବାପ ଘର ଲୋକ ଆସିଲେ। ହୃଦୟର କୋହକୁ ଚାପି ଶୋଭା ଶୁଭ୍ରା ଓ ନାତି ନାତୁଣୀଙ୍କର ବିଦାୟ ମୁହୂର୍ତ୍ତ ପାଇଁ ପ୍ରସ୍ତୁତ ହେଲେ।

ଶୁଭ୍ରା ମୁହଁରେ ହସ ଫୁଟିଉଠିଲା। କିନ୍ତୁ ଆଉ ଗୋଟିଏ ସ୍ନେହସିକ୍ତ ହୃଦୟ ଯେ ଶତଧା ବିଦୀର୍ଣ୍ଣ ହେବାକୁ ଲାଗିଲା ପ୍ରତି ମୁହୂର୍ତ୍ତରେ, ତା'ର ସୂଚନା କେବଳ ପାଇଥିଲା ଚନ୍ଦ୍ରିକା - ଚନ୍ଦ୍ରିକାର ଆନ୍ତରିକ ଇଚ୍ଛା ନ ଥିଲା ଯେ ନୂଆବୋଉ ପିଲାଛୁଆଙ୍କୁ ଧରି ଏ ଅସମୟରେ ବାପ ଘରକୁ ଯା'ନ୍ତୁ। କିନ୍ତୁ ବାପା ଭାଇଙ୍କ ଡରରେ ସେ ନୀରବ। ତାଜୁ ଜନ୍ମ ହେଲା ପରଠୁ ତ ଚନ୍ଦ୍ରିକା ତାକୁ ବହୁତ ବେଳ ଯାଏ ଆଦର କରେ। ମିଲି ଈର୍ଷାନ୍ୱିତ ହୁଏ। 'ତୁ ମୋ ମା' ପ୍ରତି ଅଭିମାନ କରି 'ସାନମା' ସୁମିତା ପାଖକୁ ଆଉଜିଯାଏ।

ଏଇ କମନୀୟ ମଧୁର ଦୃଶ୍ୟର ଚିତ୍ର ଚନ୍ଦ୍ରିକା ଆଗରେ ଭାସିଯାଏ। କେମିତି ସେ ଏ ଦି'ଟା ଛୁଆଙ୍କୁ ଛାଡ଼ି ରହିବ? କଲେଜରୁ ଫେରି କାହାକୁ ଆଦର କରିବ?

ଶୁଭ୍ରାର ଯିବା ଦିନ ପାଖେଇ ଆସିଲା। ନିରୁପାୟ ଶୋଭାଦେବୀ ହସି ହସି ବୋହୂ ଓ ଛୁଆମାନଙ୍କୁ ବିଦାୟ ଦେବା ପାଇଁ ଜୋରସୋରରେ ଲାଗିପଡ଼ିଲେ।

ମିଲି, ତାଜୁ ପାଇଁ ବଢ଼ିଆ ଡିଜାଇନର ପୋଷାକ କିଣାହୋଇ ଆସିଲା। ବୋହୂ ପାଇଁ ଖୁବ୍ ଦାମିକା ଶାଢ଼ି କିଣା ହୋଇ ଆସିଲା। ପଟ୍ଟନାୟକ ବଂଶର ବୋହୂ ତା' ବାପ ଘରକୁ ଯିବ। କେତେ ଗରିବଗୁରୁବା ତା' ପାଖରେ ଆସି ହାତ ପତେଇବେ।

ସୁମନ୍ତ ଓ ବିମଳବାବୁଙ୍କ ଆପତ୍ତିସତ୍ତ୍ୱେ ଶୁଭ୍ରା ହାତରେ ତିନିଶ ଟଙ୍କା ଦେଲେ ଶୋଭାଦେବୀ। ଭଉଣୀ ଓ ଭଉଣୀ ଜୋଇଁକି ବନ୍ଦେଇବା ପାଇଁ ସୁନାଅଳଙ୍କାର, ମୁଦି, ଶାଢ଼ି, ସାୟା, ବ୍ଲାଉଜ୍ ଏମିତି କେତେ କ'ଣ।

ଏ ସମସ୍ତ ଆୟୋଜନ ଭିତରେ ଗୋଟାଏ ଅତି କୋମଳ ମାତୃ ହୃଦୟ କି ଏକ ଅଜଣା ଆଶଙ୍କାରେ ଦବି ଦବି ଯାଉଥିଲା। ସବୁରି ଅଲକ୍ଷ୍ୟରେ ତାଙ୍କର ଆଖିରୁ ଲୁହ ଝରି ଯାଉଥିଲା।

ପାଉଡର, କଜଳ ଆଉ ନୂଆ ପୋଷାକ ପିନ୍ଧି ତାଜୁନା ଗୋସାଁମା କାଖରୁ ତଳକୁ ଖସୁନି। ସକାଳ ଆଠଟା ବେଳେ ଶୁଭବେଳାରେ ବାହାରିବେ। ଶୋଭାଦେବୀ ତାଜୁନାର ଅପରୂପ ରୂପ-ଲାବଣ୍ୟକୁ କ୍ଷଣେମାତ୍ର ଚାହିଁଦେଇ ମୁହଁ ଅନ୍ୟ ଆଡ଼କୁ ଫେରାଇ ନେଉଛନ୍ତି। ତାଙ୍କର ଅନ୍ତର ଭିତରୁ କିଏ ଯେପରି କହିଉଠୁଚି - ନା ଛୁଆଟା ମୁହଁକୁ ଏମିତି ଡାହାଣୀଙ୍କ ଭଳି ଚାହୁଁଚି କାହିଁକି ? ତାଜୁନାର ମୁଣ୍ଡରେ ଗୋବର ଟୀକା। ଭୟ ନାହିଁ। ଶୋଭାଦେବୀ ଆଖିବୁଜି କହିଲେ, "ମା କଟକଚଣ୍ଡୀ - ମୋ ଛୁଆମାନଙ୍କ ଗୋଡ଼ରେ କଣ୍ଟା ନ ବଜେଇ ତାଙ୍କୁ ଫେରେଇ ଆଣ ମୋ କୋଳକୁ"... ଏ ଚିନ୍ତା କାଇଁକି ଉଠୁଚି ତାଙ୍କ ମନରେ ? ଦିନ ଆଠଟା, କାନ କୁଣ୍ଡେଇଲା ଭଳି ଚାଲିଯିବ। ଏ ଶୁକ୍ରବାରକୁ ଆର ଶୁକ୍ରବାର, ନାଃ ସବୁ ଠିକ୍ ଅଛି। ହସି ହସି ତାଜୁନାର ଗାଲ ଟିପି ଦେଇ କହିଲେ - "ଏ ନାତିଆ ଟୋକା। ଅଜା ଆଇଙ୍କୁ ପାଇ ମତେ ଯଦି ଭୁଲିଯାଉନା ତେବେ -"

ଶୋଭାଦେବୀଙ୍କ ବିକ୍ଷୁବ୍ଧ ଚିନ୍ତା ଭିତରେ 'ତେବେ' ପରେ ଆଉ କ'ଣ ସେ ଭାବି ପାରିଲେ ନାହିଁ।

ବିଦାୟର ଶେଷ ମୁହୂର୍ତ୍ତ ଆସିଲା। ଅଶ୍ରୁବିହ୍ୱଳିତା ଶୁଭ୍ରା କାର୍‌ରେ ଯାଇ ବସିଲା। ଯେତେ ଖୁସିରେ ବାପ ଘରକୁ ବିବାହର ଦୀର୍ଘ ଚାରି ବର୍ଷ ପରେ ଗଲେ ବି ଏ ସଂସାରର ନିବିଡ଼ ମାୟା ଭିତରୁ ସେ ଅପସରି ଯାଉଛି କିଛି ଦିନ ପାଇଁ। ଯେତେ କମ୍ ଦିନ ହେଲେ ବି ସମସ୍ତଙ୍କର ଦୃଷ୍ଟି, ସ୍ନେହ ମମତାର ବାହାରକୁ ତ ଯାଉଛି ! ଜେଜେବାପା କୋଳରେ କାର୍ତ୍ତିକେୟ ତାଜୁନା। ଶୋଭାଦେବୀଙ୍କ ଆଖି ଝଲସି ଉଠିଲା। ମିଲି ଯାଇ କାର୍‌ରେ ବସି ସାରିଲାଣି। ସେତୁ ମୋ ମା'କୁ ଚାହିଁରହିଛି ଏକ ଲୟରେ। ବିମଳବାବୁ ଶୁଭ୍ରା କୋଳକୁ ତାଜୁନାକୁ ବଢ଼ାଇଦେଲେ। ତାଜୁନା ଚାହିଁଛି ଶୋଭାଦେବୀଙ୍କ ମୁହଁକୁ। ଟିକି ପାକୁଆ ପାଟିରେ ସେ ହସୁଚି। ଆଖିର ଉଜ୍ଜ୍ୱଳ ନକ୍ଷତ୍ର ଦୁଇଟି ଭାସମାନ, ଚଞ୍ଚଳ।

ଶୋଭାଦେବୀଙ୍କ ଆଖି ଲୁହରେ ଭରିଗଲା। ଏ ସୁନ୍ଦର, ସୁଖର ଅଥଚ କରୁଣତାର ଦୃଶ୍ୟ ମୋ ଆଖିକୁ ଝାପସା କରିଦେଲା। ଚାହିଁଲି ତାଜୁନା ଆଡ଼େ। ମୋର ଝାପ୍‌ସା ଆଖି ଭିତରେ ଏକ ଅପୂର୍ବ ବର୍ଣ୍ଣିଳ ଛବି। ଗୋଟିଏ ସୁନେଲି ମେଘର ଗାଲିଚାରେ ଉଲଗ୍ନ ତାଜା ଶୋଇଚି। ସମାପ୍ତ ସୂର୍ଯ୍ୟର କନକରଶ୍ମି ତା'ର ସାରା ଦେହରେ ବିଞ୍ଚି ହୋଇଯାଇଛି।

ଦୁଷ୍ଟାମିଭରା ଆଖିରେ ସେ ଡାକୁଚି ଆମ ସମସ୍ତଙ୍କୁ। କାର୍ ଧୀରେ ଧୀରେ ଆଗେଇ ଚାଲିଛି। ଦୂରକୁ ଦୂରକୁ। ସୁନେଲି ମେଘର ନରମ ଗାଲିଚାରେ ଶୋଇଚି ଉଲଗ୍ନ ତାଜା। ହସି ହସି ସେ ଦୂରେଇ ଯାଇଛି, ଆକାଶର ଅନନ୍ତ ନୀଳିମା ଭିତରେ

ସେ ହଜି ହଜି ଯାଉଛି, ତା'ର ଉଲଗ୍ନ ବିଦେହୀ ଆତ୍ମା ଅନନ୍ତ ଆତ୍ମା ଭିତରେ ଲିଭି ଲିଭି ଆସୁଛି। ଚମକି ଦେଖିଲି, ଆଖି ଆଗରେ କାର୍ ନାହିଁ। ଶୋଭାଦେବୀଙ୍କର ଅଧାଚେତା ଅବଶ ଦେହଟିକୁ ଗୋଟିଏ ଆଡୁ ଧରିଛି ସୁମନ୍ତ... ଆଉ ଗୋଟିଏ ପଟୁ ମୁଁ - ଚନ୍ଦ୍ରିକା, ସୁମିତା, ସେଲି; ଛଳ ଛଳ ଆଖିରେ ଚାହିଁ ରହିଛନ୍ତି ଅପସରି ଯାଇଥିବା କାର୍‌ର ଗତି ପଥକୁ।

■

ସୁଅ ମୁହଁର ପତର

ଅପର୍ତ୍ତି କ୍ଷେତ୍ରରେ ହଳ କରୁଛି । ତା'ର ଚିକିଣା ବଳିଷ୍ଠ କଳା ଦେହରୁ ଝାଳ ପାଣି ଭଳି ବୋହିଯାଉଛି । ହଳ କରୁ କରୁ ଅପର୍ତ୍ତି କେତେ କ'ଣ ଭାବି ଭାବି ଯାଉଛି । ଭାବୁ ଭାବୁ ଲଙ୍ଗଳକଣ୍ଟି ଉପରେ ତା' ହାତ କୋହଳ ହୋଇଗଲେ ବଳଦ ଦି'ଟା ଧିମେଇ ଚାଲୁଛନ୍ତି । ଅପର୍ତ୍ତି ଡାହାଣ ହାତରେ ପାଞ୍ଚଣଟାରେ ବଳଦ ଦି'ଟାଙ୍କୁ ପିଟୁ ପିଟୁ କହିଉଠେ, ଗୋସେଇଁ – ଚଙ୍କୁ ନାହାନ୍ତି ମୋଟେ ।

ବଳଦ ଦି'ଟା ଟିକିଏ ଜୋର୍‌ରେ ଚାଲିବାକୁ ଆରମ୍ଭ କଲେ ଅପର୍ତ୍ତି ପୁଣି ତା' ଭାବନା-ରାଜ୍ୟକୁ ଫେରିଯାଏ । ତା'ର ଭାବିବାକୁ ଆଜି ଅନେକ କଥା । ଆଠ ନଅ ବର୍ଷର ଘଟଣା । ଛବି ଭଳି ସେଗୁଡ଼ିକ ଆଖି ଆଗରେ ଭାସିଯାଉଛି । କାଲି ଭଳି ମନେହେଉଛି ସେସବୁ କଥା । ଅପର୍ତ୍ତିକୁ ଆଶ୍ଚର୍ଯ୍ୟ ବି ଲାଗୁଛି । ଏଇ ଆଠ-ନଅଟା ବର୍ଷ ଆଗରୁ ସବୁ ଯେମିତି ଭଲ ଥିଲା । ଲୋକେ ଦୁଃଖେ ସୁଖେ ଶାଗ ପେଜ ଖାଇ ଆରାମରେ ଚଳି ଯାଉଥିଲେ ।

କୁଆଡୁ ଆସିଲା ଏ ହୀନିମାନିଆ ଲଢ଼େଇ – ସବୁ ବଦଳେଇ ଦେଇଗଲା । ଇଂରେଜ ସରକାର ସିଆଡ଼େ କୋଉ ଜରମାନୀ ନା କଅଣ ତା' ସାଙ୍ଗରେ ଯୁଦ୍ଧ ଲାଗିଲା – ଆମର କଅଣ ଗଲା ସେଇଠୁ ?

କହିଲେ କଅଣ ନା ଜାପାନୀ ମାଡ଼ି ଆସୁଛି । ଆମ ଦେଶକୁ ନେଇଯିବ । ଲଢ଼େଇକି ବାହାରିପଡ଼ ।

କିହୋ – ଜାପାନୀ ନେଲେ କେତେ, ଇଂରେଜ ନେଲେ କେତେ – ଆମର କୋଉ ଦୁଃଖ ଯାଉଚି ? ଯିଏ ଆମ ଉପରେ ରାଜା ହେବ, ସିଏ ତା' ଦେଶକୁ ସବୁ ଲୁଟକରି ବୋହିନେବ ।

ଏବେ ଯୁଦ୍ଧ ସରିଲାଣି ତିନି କି ଚାରି ବର୍ଷ ହେଲା; ଜନିଷପାତିର ଦରଦାମ୍ କମନ୍ତା କଅଣ ନା, ଆହୁରି ବଢୁଛି।

ଅପର୍ତ୍ତିକୁ ବଡ଼ ଆଶ୍ଚର୍ଯ୍ୟ ଲାଗେ - ଯୁଦ୍ଧ ହଉଚି କୋଉଠି, ଜିନିଷ ମହଙ୍ଗା ହଉଚି କୋଉଠି। ଆଗ ଆଗ ଅପର୍ତ୍ତି ଆଉ ଅପର୍ତ୍ତି ଭଳି ଲକ୍ଷ ଲକ୍ଷ ଚାଷୀ ଯାର ଭେଦ ପାଇଲେନି। ଲଢ଼େଇ ହବାର କେତେ ମାସ ପରେ ଯେତେବେଳେ ଉଡ଼ାଜାହାଜଗୁଡ଼ାକ ଅପର୍ତ୍ତି ହଳ କଲାବେଳେ ତା' ମୁଣ୍ଡ ଉପର ଦେଇ ଗଁ ଗଁ କରି ଉଡ଼ିଯାଆନ୍ତି, ସେ ହଳ ଛାଡ଼ିଦେଇ ହିଡ଼ ପାଖ ବୁଦା ମୂଳେ ଲୁଚିଯାଇ ଭୟାର୍ତ୍ତ ଆଖିରେ ସେଗୁଡ଼ାକ ଆଡ଼େ ଚାହିଁରହେ। ବଳଦ ଦି'ଟା ବି କାନ ଟରାଟି ଅତର୍ଛିଆ ଅମୁହାଁ ଦୌଡ଼ନ୍ତି ହଳ ଜୁଆଳି ସାଥିରେ।

କିଛିଦିନ ପରେ ତା' ଭୟ କଟିଗଲା। ଏକ ସଙ୍ଗେ ଆଠ ଦଶଟା ଉଡ଼ାଜାହାଜ ତା' କ୍ଷେତ ଉପର ଦେଇ ଉଡ଼ିଗଲାବେଳେ ତାକୁ ଭାରି ଖୁସି ଲାଗେ। ତା'ର ମନେହୁଏ, ଉଡ଼ାଜାହାଜଗୁଡ଼ାକ ତା' ଗାଁ ଉପର ଦେଇ ଯେତେବେଳେ ଉଡ଼ିଯାଉଛନ୍ତି, ନିଶ୍ଚୟ ଏଇ ପାଖରେ କେଉଁଠି ଯୁଦ୍ଧ ଲାଗିଛି - ଆଉ ସେ ଯୁଦ୍ଧରେ ତାଙ୍କ ଗାଁର ସମସ୍ତେ ଯିମିତି ଭାଗ ନେଇଛନ୍ତି।

ଯୁଦ୍ଧର ଏଇ କାଳ୍ପନିକ ଅନୁଭୂତି ତା' ମନରେ ଖୁବ୍ ଉତ୍ତେଜନା ଆଉ ଆନନ୍ଦ ଖେଳେଇ ଦେଇଛି। କ୍ରମେ ସେ ଉତ୍ତେଜନା ତା'ର ସ୍ୱାଭାବିକ ଗତିରେ କମିଆସିଛି। ଦିନେ ଅଧେ ନୁହେଁ, ବର୍ଷ ବର୍ଷ ଧରି ଯୁଦ୍ଧ ଲାଗିଚି; କିନ୍ତୁ ଯୁଦ୍ଧର ଚିତ୍ର ଅପର୍ତ୍ତି ଦେଖିବାକୁ ପାଉନି। କେତେଦିନ ବା ସେ ଉତ୍ତେଜନା ରହନ୍ତା!

ଲଢ଼େଇ ଯେଉଁଠି ଲାଗୁ, ଅପର୍ତ୍ତି ମନରେ ଆସିଛି ବିଷାଦ। ସବୁ ଜିନିଷର ଦାମ୍ ବଢ଼ିଗଲା। କିରାସିନି, ଚାଉଳ, ଲୁଗା ବି ଆଉ ମିଳିବାକୁ ନାହିଁ। ଚାଉଳ ଟଙ୍କାକୁ ଦି' ସେର, ସେ ଠିକ୍ ଘୋଡ଼ାଦାନା। ସେଥିରେ ବି କିଳାପୋତେଇ। ଡିବିରି ଖଣ୍ଡିକରେ ଧୂଳି ଆଙ୍ଗୁଠି ବହଳରେ ଜମିଗଲାଣି। ଟୋପେ କିରାସିନି ବି ତାକୁ ମିଳୁନି। ରାତି ଅନ୍ଧାରରେ ଯିବାଆସିବା କରିବାକୁ ତା' ନିଜର କିଛି ଅସୁବିଧା ହେଉନି; କିନ୍ତୁ ତା' ବୁଢ଼ୀମା! ଦିନବେଳେ ବି ଆଖିକୁ ଭଲ ଦିଶୁନି - ସନ୍ଧ୍ୟା ହେଲାପରେ କୁଆଡ଼େ ଟିକେ ଗୋଡ଼ ବଢ଼ାଇଲେ କଚଡ଼ା ଖାଏ। ଅପର୍ତ୍ତି କେତେଥର ବୁଢ଼ୀମାକୁ ଉଠେଇ ଧରିଛି। ଦେହର ପୀଡ଼ା ଊଣା କରିବାକୁ ତେଲ ମାଲିସ୍ କରିଦେଇଚି।

ତା' ବୁଢ଼ୀମା'ର ଏଇ ଦୁଃଖ ସେ ଆଉ ସହି ପାରେନି। ଧନୀ ସାହୁ ପାଖରେ ଟୋପାଏ କିରାସିନି ପାଇଁ କେତେ ନେହୁରା ହୁଏ, କିନ୍ତୁ ପାଏନି -

ଦିନେ ଅନ୍ଧାରରେ ସେମିତି ଗୋଡ଼ ଖସି ତା' ବୁଢ଼ୀ ମା' ଆଖି ବୁଜିଲା।

ଅପର୍ତ୍ତିର ଶାନ୍ତ ନିରୀହ ମନ ବିଦ୍ରୋହ କରିଉଠିଲା। ଅବାରିତ ଅଶ୍ରୁ ବର୍ଷଣ କରି ସେ ତା'ର ଉଦ୍‌ବେଳିତ ଚିତ୍ତକୁ ଲଘୁ କରିବାକୁ ଚେଷ୍ଟା କଲା। ଅପର୍ତ୍ତିର ଭାରି କ୍ଷୋଭ - ସେ ଯେଉଁ ଭୂଇଁରେ ଫି ବର୍ଷ ସୁନା ଫଳାଏ, ସେ ଭୂଇଁର ଫସଲ ଖାଏ ତା' ସାଉକାର। ତା' ଉପାସିଆ ପେଟକୁ କିଛି ଯୋଗାଏନି।

ସମସ୍ତେ କହିଲେ ଅପର୍ତ୍ତିକୁ, 'ବାହା ହ'।

ଅପର୍ତ୍ତି ବି ଭାବୁଥିଲା ସେଇଆ। ବୁଢ଼ୀମା ଆଖି ବୁଜିଲା ଦିନଠାରୁ ଗଣ୍ଡେ ଫୁଟେଇ ଦେବାକୁ କେହି ନାହାନ୍ତି। କିନ୍ତୁ ଯୁଦ୍ଧବେଳେ ଚିଜପାତି ମହଙ୍ଗାରେ ତା'ର ସାହସ ହେଲାନି। କେହି କହିଲେ ଉତ୍ତର ଦିଏ - ଲଢ଼େଇଟି ସରିଯାଉ, ନିଜେ ତ ଖାଇବାକୁ ପାଉନି, ଘରେ ଆଣି ହାତୀ ବାନ୍ଧିବି।

ମୁହଁ ଜୋରରେ କିଛି ଦିନ ଏମିତି ମାରିଦେଲା ସିନା, କିନ୍ତୁ ମନର ଗୋଟିଏ ନିଭୃତ କୋଣରେ ଗୁରେଇର ଛବି ମଝିରେ ମଝିରେ ଝଲସିଉଠି ତାକୁ ଅସ୍ଥିର କରିପକାଏ।

ସବୁଦିନ ବଡ଼ିଭୋରରୁ ହଳ ବଳଦ ଧରି ଅପର୍ତ୍ତି ବିଲକୁ ଗଲାବେଳେ ଗୁରେଇ ସାନ ସାଆନ୍ତଙ୍କ ପୋଖରୀରୁ ଗାଧୋଇ ଫେରୁଥାଏ - କୁଣ୍ଡରେ ଗୋଟିଏ ପାଣି ଭର୍ତ୍ତି ଗରା - କ୍ଷୀଣ କଟି ଓ ବାଁ ହାତର ବେଷ୍ଟନୀ ଭିତରେ ଆଉ ଗୋଟିଏ ଗରା ଧରି ଗୁରେଇ ତା' ପାଖ ଦେଇ ଚାଲିଯାଏ। ଅପର୍ତ୍ତି ମୁହଁ ଫେରାଇ ଚାହେଁ। କେତେଥର ସେ ଗୁରେଇ ପାଖରେ ଧରା ପଡ଼ିଯାଇଛି - କିନ୍ତୁ ଗୁରେଇ ଭର୍ତ୍ସନା କରିବା ବଦଳରେ ତା'ର ମୌନ ହସ ଦ୍ୱାରା ବରଂ ଉତ୍ସାହିତ କରିଛି।

ଅପର୍ତ୍ତି ଆଉ ବେଶୀଦିନ ଏକା ଚଳିପାରିଲା ନାହିଁ - ଦିନେ ଗୁରେଇ ଗାଧୋଇ ଫେରିଲାବେଳେ ସେ ତାକୁ ଅଟକାଇ ପଚାରିଲା। ଗୁରେଇ କୌଣସି ଆପତ୍ତି ନ କରି ହଁ ଭରିଲା... ଘମାଘୋଟ ଯୁଦ୍ଧବେଳେ ଅପର୍ତ୍ତି ବାହାହେଲା। ଯେତେବେଳେ ପେଟକୁ ଦାନା କି ପିଠିକୁ କନା ମିଳୁନି, ଜାପାନୀ ମାଡ଼ିଆସୁଛି ସିଆଡୁ। ବାହାଘର ପ୍ରଥମ ନିଶା କଟିଯାଏ। ତାଙ୍କର ଦରିଦ୍ର ସଂସାରର, ଅଭାବଗୁଡ଼ିକ କ୍ରମେ ସ୍ପଷ୍ଟତର ହୋଇଉଠେ। କିଛିଦିନ ପରେ ଅପର୍ତ୍ତି ଦେଖିଲା ଗୁରେଇ ଖଦି ଦି'ଖଣ୍ଡ କେତେଠେଇଁ ଚିରିଗଲାଣି। କେତେ ଚେଷ୍ଟାକରି ମଧ୍ୟ ଅପର୍ତ୍ତି ଗୁରେଇ ପାଇଁ ଖଣ୍ଡେ ଖଦି କିଣିପାରେନି। ଅପର୍ତ୍ତି ଆଉ ଚାହିଁପାରୁନି ଗୁରେଇ ଆଡ଼େ। ଯୁଦ୍ଧ ବଜାରରେ କୀଳାପୋତେଇ କରି ଧନୀ ସାହୁ କୋଠା ବନେଇବାକୁ ବସିଲାଣି। ପଇସା ଯାଚି ମଧ୍ୟ ଧନୀ ସାହୁଠୁଁ ସେ ଖଦିଖଣ୍ଡେ ପାଇପାରିଲା ନାହିଁ। କେଡ଼େ ନେହୁରା ହେଲେ ବି କୀଳାପୋତେଇ ବା ପଇସା କାହିଁ।

ବେଳେ ବେଳେ ଅପର୍ତ୍ତି ମନରେ ଭାରି ରାଗ ହୁଏ। ଭାବେ, ଧନୀ ସାହୁ ଦୋକାନରେ ନିଆଁ ଲଗେଇଦେବ - କିନ୍ତୁ କ'ଣ ଭାବି ପୁଣି ଦବିଗଲା।

ଦିନେ ଗାଁର ସମସ୍ତେ ଖବର ପାଇଲେ ସରକାର ଜିତିଛନ୍ତି। ସରକାରୀ କର୍ମଚାରୀମାନେ ଗାଁ ଗାଁ ବୁଲି ଖବରଟା ଶୁଣେଇଦେଇ ଗଲେ। ପ୍ରଚାର ବିଭାଗର ଲାଉଡ଼ସ୍ପିକର ଗାଁଗଣ୍ଡା ଫଟେଇ ପକାଇଲେ। ସମସ୍ତେ ଶୁଣି ଖୁସିହେଲେ। ଅପର୍ତ୍ତି ଖୁସିହୋଇ ଭାବିଲା ଏଥର ନିଶ୍ଚେ ତା' ଦୁଃଖ ଯିବ। ଲୁଗାପଟା ଶସ୍ତା ହେବ। ତା' ଗୁରେଇ ଆଉ ସତରଗଇଁଠା ଖଦି ପିନ୍ଧିବନି। ଗୁରେଇ ଖଦିରେ ନଖ ବହଳରେ ମଇଳା ଜମିଲାଣି, କିନ୍ତୁ କ'ଣ କରାଯିବ? ସଫା କରିବାକୁ ବସିଲେ ତା' ଖଦି ପୁର୍ ପୁର୍ ହୋଇ ଚିରିଯିବ। ସରକାର ଜିତିଛନ୍ତି ବୋଲି ଗାଁରେ ଗରିବଗୁରୁବାଙ୍କୁ ଲୁଗା ବଣ୍ଟା ହେବାପାଇଁ ଡେଙ୍ଗୁରା ଦିଆଗଲା। ଅପର୍ତ୍ତି ପଚାରିଲା ଗୁରେଇକୁ।

"ଗୁରେଇ ଲୋ, ଯିବୁ? ଲୁଗା ବଣ୍ଟା ହଉଚି।" ଏତେ ଦୁଃଖରେ ବି ଅପର୍ତ୍ତି ଉପରେ ଟିକିଏ ହେଲେ ବିରକ୍ତ ନ ହୋଇ ଗୁରେଇ କହିଲା, "ମୁଁ କିମିତି ଯିବି ମ, ଏଇ ଛିଣ୍ଡା ଲୁଗା ପିନ୍ଧି? ମୁଣ୍ଡ ଛିଣ୍ଡିପଡ଼ିବ ଏତେ ଲୋକଙ୍କ ଭିତରେ।"

ଅପର୍ତ୍ତି ବୁଝିଲା - ତେଣୁ ସେ ଏକା ଗଲା। ଖଣ୍ଡିଏ ଷ୍ଟାଣ୍ଡାର୍ଡ଼ ଧୋତି ମିଳିଲା ତାକୁ। ଫେରିଆସି ଗୁରେଇକି ଧୋତିଟି ଦେଇ କହିଲା, "ଯାଇଥିଲେ ଖଣ୍ଡେ ଲୁଗା ପାଇଥାନ୍ତୁ। ନେ, ପିନ୍ଧି ଏଇଟାକୁ - ମୋର ଚଳିଯିବ।" ଯୁଦ୍ଧ ସରିଗଲା। ସାଉକାର କ୍ଷେତରେ ହଳ କଲାବେଳେ ଅପର୍ତ୍ତି ଆଉ ଉଡ଼ାଜାହାଜର ଗାଁ ଗାଁ ଶବ୍ଦ ଶୁଣିବାକୁ ପାଇଲା ନାହିଁ। ଦିନ ଗଡ଼ି ଚାଲିଲା - କିନ୍ତୁ ଚାଉଳ, ଲୁଗା ଆଉ କିରାସିନି ଦର କମିଲା ନାହିଁ। ଅନାହାର, ଅର୍ଦ୍ଧାହାର ଓ ଅଯତ୍ନରେ ଗୁରେଇର ସୁନ୍ଦରପଣିଆ କମିଆସିଲାଣି। ଦେଢ଼ବର୍ଷ ଆଗରୁ ଯେଉଁ ମିଣିପିପିନ୍ଧା ଖଦିଖଣ୍ଡିକ ଅପର୍ତ୍ତି ଦେଇଥିଲା ଗୁରେଇକି, ସେ ଖଣ୍ଡ ବି ଚିରି ଆସିଲାଣି।

କେତେ ଦିନେ ଫେର୍ ସିଏ ପଇସାଧରି ଯାଇ ଧନୀ ସାହୁ ଦୋକାନ ମୁହଁରେ ଠିଆ ହେଲା। ଧନୀ ସାହୁ କହିଲା, "ଯା, ଯା, - ଲୁଗା ନାହିଁ। ତିନିଟା ଟଙ୍କାରେ ଶାଢ଼ି କିଣିବ।" ଅପର୍ତ୍ତି ନମ୍ର ସ୍ୱରରେ କହିଲା, "ସାହୁଏ, କେତେଥର ଫେରାଇ ଦେଲଣି। ଘରେ ସିଆଡ଼େ ଉଧୁ ନଙ୍ଗଳା - ପାଣି ମାଠିଏ ଆଣିବାକୁ ପଦାକୁ ବାହାରିପାରୁ ନାହାନ୍ତି।"

ଧନୀ ସାହୁ ଅପର୍ତ୍ତି ପ୍ରତି ସହାନୁଭୂତି ଦେଖାଇବା ଦୂରେ ଥାଉ, ଓଲଟି ତାକୁ ଭାରି ଅପମାନିଆ ଭାଷାରେ ଗାଳି ଦେଲା। ତା' କଥା ଶୁଣି ଅପର୍ତ୍ତିର ଶିରାପ୍ରଶିରାଗୁଡ଼ାକ ରାଗରେ ଫୁଲିଉଠିଲା। ଆଖି ଯୋଡ଼ାକ ଜଳିଉଠିଲା। ଏଇ ଧନୀ ସାହୁ - ଯୁଦ୍ଧ ଆଗରୁ ବ୍ରାହ୍ମଣ ସାହି, କେଉଟ ସାହି, ସାଇକି ସାହି ଘର ଘର ବୁଲି ପାଟଫୁଲି, ଛୁଞ୍ଚିସୂତା,

ଗନ୍ଧକର୍ପୂର ବିକୁଥିଲା। ତା'ର ଫେର୍ ମୁହଁ ଉପରକୁ ହେଲାଣି। ଦାନ୍ତ ଚିପି ରାଗ ବନ୍ଦ କରି ଫେରିଆସିଲା ଅପର୍ତ୍ତି।

ଗାଁ ଗାଁ ବୁଲି ଦେଶସେବକମାନେ ପ୍ରଚାର କଲେ - ସୂତା କାଟି ଲୁଗା ଅଭାବ ଦୂର କରି ନିଜ ଗୋଡ଼ରେ ନିଜେ ଠିଆହୁଅ। ତା' ନ ହେଲେ ଦାସତ୍ୱର ବେଡ଼ିରୁ ମୁକ୍ତିଲାଭ କରିପାରିବ ନାହିଁ। କେଡ଼େ କେଡ଼େ ଚାଷୀ ମୂଲିଆ ସଭା ହେଲା। କିଏ କହିଲା - ଜମିଦାରଙ୍କୁ କର ଦିଅନି। କିଏ କହିଲା - 'ଧର୍ମଘଟ କର'।

ଅପର୍ତ୍ତି ସବୁ ଶୁଣେ; କିନ୍ତୁ କେହି ତାକୁ ଖାଦ୍ୟପୋଷାକର କାର୍ଯ୍ୟକାରୀ ପନ୍ଥା ଦେଖାନ୍ତି ନାହିଁ। ବିଭିନ୍ନ ରାଜନୀତିକ ଦଳର ବିଭିନ୍ନ ମତବାଦ ପ୍ରଚାରିତ ହୁଏ। ଅପାଠୁଆ ଅଳ୍ପଜ୍ଞାନୀ ଅପର୍ତ୍ତି ମୁଣ୍ଡରେ ସେସବୁ ଢୁକେ ନାହିଁ। ଗୁରେଇର କ୍ଲିଷ୍ଟ, ଅର୍ଦ୍ଧନଗ୍ନ ଦେହ ତାକୁ ଅହରହ ପୀଡ଼ା ଦିଏ। ସନ୍ଧ୍ୟା ହେଲେ ଗୁରେଇ ଯାଏ ପଡ଼ିଆକୁ କିମ୍ବା କୂଅରୁ ପାଣି ଆଣିବାକୁ ଅତି ସନ୍ତର୍ପଣରେ।

ଅପର୍ତ୍ତି କଳ ପରି ତା' ସାଉକାର ପାଇଁ ହଳ କରେ। ପରସ୍ପରରେ ଅପର୍ତ୍ତି ଶୁଣିପାରେ ତା' ଦେଶ ସ୍ୱାଧୀନ ହେବ - ବୁଝିପାରେନି। ଯାକୁ ତାକୁ ପଚାରି କେବଳ ଏତିକି ବୁଝେ - ଆଉ କେଇଟା ଦିନ ଗଲେ ଗୋରା ଲୋକେ ଆମ ଦେଶରେ ଆଉ ରହିବେନି। ଆମରି ଦେଶ ଲୋକେ ଆମ ରାଇଜ ଚଳାଇବେ। କୀଳାପୋତେଇ, ଚୋରାକାରବାର ବନ୍ଦ ହୋଇଯିବ। ଲୁଗା, କିରାସିନି, ଚାଉଳ ଶସ୍ତା ହବ - ଲାଞ୍ଚ ମିଛ ଆଉ ଦେଶରେ ରହିବନି।

ଅପର୍ତ୍ତି ଭାରି ଖୁସି ହୋଇଯାଏ।

ଆନନ୍ଦରେ ଗୁରେଇକି ଯାଇ କହେ - "ଗୁରେଇ ଲୋ, ଆମ ଦୁଃଖ ଏଇଥର ଯିବ। ଆମ ଲୋକମାନେ ଆମକୁ ଚଳେଇବେ ଏଥର। ଗୋରା ଲୋକମାନେ କୁଆଡ଼େ ତାଙ୍କ ନିଜ ଦେଶକୁ ଗଣ୍ଠିଲି ବୁଜୁଲା ବାନ୍ଧି ପଳେଇବେ...।

ଅପର୍ତ୍ତି ଉତ୍ସୁକ ହୋଇ ଚାହିଁରହେ ସେଇ ଦିନକୁ -

ସତଚାଳିଶ ସାଲ ଅଗଷ୍ଟ ପନ୍ଦର। ଉତ୍ସବ ହୁଏ ଘରେ ଘରେ, ଚକ୍ରଚିହ୍ନିତ ତ୍ରିରଙ୍ଗ ପତାକା ଉଡ଼େ ସ୍ୱାଧୀନ ଜୀବନର ଉଦ୍ଦାମ ପ୍ରବାହର ସଙ୍କେତ ଘେନି, ସାମ୍ୟ ମୈତ୍ରୀର ସଙ୍କେତ ଘେନି। ଅପର୍ତ୍ତି ଚାଳରେ ବି ଖଣ୍ଡେ ତ୍ରିରଙ୍ଗା ପତାକା ଉଡ଼େ। ଅପର୍ତ୍ତି ହସି ହସି ସେହି ପତାକା ଆଡ଼େ ଚାହିଁରହେ ଅପଲକ ଆଖିରେ। ସେ ଯେପରି ଦେଖିପାରେ ସେହି ପତାକା ଭିତରେ ତା' ଗୁରେଇ ଭଲ ଭଲ ଖଦିମାନ ପିନ୍ଧି ହସି ହସି ତା' ଆଡେ ଚାହିଁଛି... ପୁଞ୍ଜିପତି ଧନୀ ସାହୁ ହାତରେ ପଡ଼ିଚି ବେଢ଼ି କୀଳାପୋତେଇ କରି ଧରାପଡ଼ିବାରୁ।

ଦିନ ଗଡ଼ିଚାଲେ। ଗାନ୍ଧୀ ବୁଢ଼ାକୁ ଦେଶ ଭୁଲିଯାଏ। ତା'ର ମହତ୍ ଆଦର୍ଶକୁ ବି ଭୁଲିଯାଏ। ତ୍ରିରଙ୍ଗୀ ପତାକାଟିର କଞ୍ଚାରଙ୍ଗ ବାୟୁ ସଂଘାତରେ ଫିକା ପଡ଼ିଆସେ। ଅପର୍ତ୍ତି ସ୍ପଷ୍ଟଭାବରେ ବୁଝିପାରେନି ଦେଶର କି ପରିବର୍ତ୍ତନ ହେଲା - ଗାଁଟା ତ ଠିକ୍ ଯିମିତି ଥିଲା ସେମିତି ଅଛି ! ତା' ଗୁରେଇ ତ ସେମିତି ଛିଣ୍ଡାକନା ପିନ୍ଧୁଛି, କାନସିରି କଇଁବେଣ୍ଟ ସିଝା ଖାଉଛି। ପରିବର୍ତ୍ତନ ତେବେ ହେଲା କେଉଁଠି ? ହଳ ଛାଡ଼ିଦେଇ ଅପର୍ତ୍ତି ଆଣ୍ଠୁ ଉପରେ କହୁଣି ରଖି ହିଡ଼ ଉପରେ ବସି ଭାବେ - କିନ୍ତୁ କାହିଁ ? ପରିବର୍ତ୍ତନ ତ କେଉଁଠି ଦେଖେନି ? ଧନୀ ସାହୁର କଳାବଜାର ତ ଠିକ୍ ସେମିତି ଚାଲିଛି - ତାଙ୍କ ଗାଁ ପୋଖରୀଗୁଡ଼ାକରେ ତ ଦଳ ସେମିତି ଭର୍ତ୍ତି ହୋଇଛି - ମେଲେରିଆ, ହଇଜାରେ ଲୋକ ସେମିତି ମରୁଛନ୍ତି - ଗୁରେଇ ଛିଣ୍ଡା କବଟା ତ ସେମିତି ଦେଖାଯାଉଛି।

କେବଳ ଗୋଟିଏ ବିଷୟରେ ଅପର୍ତ୍ତି ପରିବର୍ତ୍ତନ ଲକ୍ଷ୍ୟ କରେ - ଦେଶ ସ୍ୱାଧୀନ ହେବା ଆଗରୁ ଯେଉଁ ଲୋକମାନେ ଏଇ ଗାଁକୁ ମାସ ଭିତରେ ଅନ୍ତତଃ ଦି'ଥର ଆସି ସଭାସମିତି କରି ସେମାନଙ୍କୁ ରାମରାଜ୍ୟର କଳ୍ପନାପୁରୀକୁ ଘେନି ଯାଉଥିଲେ, ସ୍ୱାଧୀନତା ପରେ ଆଉ ସେମାନେ ଦେଖା ନାହାନ୍ତି। ଯେଉଁ କର୍ମୀ ଜଣକ ଖାଲି ପାଦରେ ଆଣ୍ଠୁ ଉପରକୁ ଖଦି ଖଣ୍ଡିଏ ପିନ୍ଧି କାନ୍ଧରେ ଝୁଲାମୁଣି ଝୁଲେଇ ଏଇ ଗାଁରେ କେତେଥର ସଭାସମିତି କରି ଗାନ୍ଧୀଙ୍କର ନୀତି, ସରଳ ଜୀବନ ଯାପନ ଆଦର୍ଶ ପ୍ରଚାର କରିଯାଇଛନ୍ତି, ସିଏ କେବଳ ଥରେ ଏଇ ବାଟ ଦେଇ ଗୋଟିଏ ବଡ଼ ମଟର ଭିତରେ ବସି ଯାଉଥିବା ଅପର୍ତ୍ତି ଦେଖିଛି - ବେଦନା ଓ ନୈରାଶ୍ୟରେ ଅପର୍ତ୍ତି ହୃଦୟତନ୍ତ୍ରୀଗୁଡ଼ିକ ଛିଡ଼ିଯିବାର ଉପକ୍ରମ କରନ୍ତି।

ଗୁରେଇର ଅନାହାର-କ୍ଲିଷ୍ଟ ଅର୍ଦ୍ଧନଗ୍ନ ଝାଉଁଳା ତନୁଲତାଟି ଆଡ଼େ ଚାହିଁ ତା' ଆଖି ଜକେଇଆସେ। ଅପର୍ତ୍ତି କହେ - ମତେ ବାହାହୋଇ କେତେ ଦୁଃଖ ପାଇଲୁ ଗୁରେଇ ! ଗୁରେଇ ଅପର୍ତ୍ତିର ଏଇ ଦୁଃଖମିଶା କଅଁଳ କଥାରେ କଇଁ କଇଁ ହୋଇ କାନ୍ଦିଉଠେ। ଅପର୍ତ୍ତି ଏଇ ବିରାଟ ନଗ୍ନ ଦାରିଦ୍ର୍ୟ ଭିତରେ ବି ଏଇ ଯେଉଁ ଗୌରବ ଟିକକ ଲାଭ କରେ, ସେଥିରେ ତା'ର ମୁଖରେ ଫୁଟେ ପୁଲକର ପଦ୍ମ।

ଅପର୍ତ୍ତି ଭାବିବସେ ଏଇ କେତେବର୍ଷ ଧରି ସେ ଗୁରେଇକୁ କେତେ ଆଶା ଆଶ୍ୱାସନା ନ ଦେଇଛି ! ଉଜ୍ଜ୍ୱଳ ଭବିଷ୍ୟତର କେତେ ଚିତ୍ର ତା' ଆଖି ଆଗରେ ନ ଦେଖେଇଚି। ସରଳ ମନରେ ଗୁରେଇ ସେସବୁ ବିଶ୍ୱାସ କରିଛି। ଅପର୍ତ୍ତି ଭାବେ ତା'ର ଦୈନ୍ୟ ପାଇଁ ସେ ପ୍ରତିଶୋଧ ନେବ କାହା ଉପରେ ?

ଅପର୍ତ୍ତି ଠିକ୍ କଲା ନିଜ ଦୁଃଖ ତାକୁ ନିଜେ ଘୁଞ୍ଚାଇବାକୁ ହେବ। ନୈଶ

ଅନ୍ଧକାର ଭିତରେ ସେ ଦିନେ ଚାଲିଲା ଧନୀ ସାହୁ ଦୋକାନ ଆଡ଼େ। ନିଦ ମଳମଳ ଆଖିରେ ଗୁରେଇ ଉଠିବସି ଦେଖିଲା ଅପର୍ତ୍ତି ଦି'ଖଣ୍ଡ ମାଇପି ପିନ୍ଧା ଖଦି ଧରି ତା' ପାଖରେ ବସିଛି। କିଛି ବୁଝି ନ ପାରି ପଚାରିଲା, "ଖଦି କେଉଁଠୁ ଆଇଲା ?"

ଅପର୍ତ୍ତି ହସି ହସି କହିଲା - "ଯୋଉଠୁଁ ଆଇଁଲି - ତୁ ଗାଧୋଇ ପାଧୋଇ ପିନ୍ଧିବୁଟି ଆଗେ ଖଣ୍ଡେ ବେଇଗି। ମୁଁ ଆଉ ତୋ ଆଡ଼େ ଅନେଇ ପାରୁନି।"

ସନ୍ଦିଗ୍ଧ ଦୃଷ୍ଟିରେ ଗୁରେଇ ତା' ଆଡ଼େ ଚାହିଁ ରହିଲା। "ଯେଉଁଠୁ ଆଇଁଲ କ'ଣ ମ ? ରାତି ରାତି କ'ଣ ଚାଲବାଟ ଦେଇ ଆଇଲା ?" ଅପର୍ତ୍ତି ଇତସ୍ତତଃ ହୋଇ ଶେଷକୁ କହିଲା, "ଧନୀ ସାହୁ ଦୋକାନରୁ ଚୋରି କରିଛି।"

ଚମକିପଡ଼ି ଗୁରେଇ କହିଲା - "ଚୋରି ?"

"ହଁ, ଚୋରି... କଅଣ ହୋଇଗଲା ସେଇଠୁ ? କିଏ ନ କରୁଚି ଚୋରି ! ଧନୀ ସାହୁ କୀଳାପୋତେଇ କରି ଟଙ୍କାକ ଜାଗାରେ ପାଞ୍ଚ ଟଙ୍କା ନଉଚି - ସେଇଟା କ'ଣ ଚୋରି ନୁହେଁ ? ଯେଉଁ ବାବୁମାନେ ଜାଣିଶୁଣି ତାକୁ ଛାଡ଼ି ଦଉଛନ୍ତି, ସେମାନେ ସବୁ କଅଣ ଭଲ ନୋକ ? ଯେଉଁ ସାହୁକାର ଆମକୁ ଖଟେଇ ଆମ ତଣ୍ଟି ଚିପି ଖଜଣା ଅସୁଲ କରୁଛି, ସିଏ କ'ଣ ଚୋର ନୁହେଁ ? ଆଉ ମୁଁ ଖାଇବାକୁ ପାଉନି, ପିନ୍ଧିବାକୁ ପାଉନି; ଚୋରି କଲି ତ କଅଣ ହେଲା ?"

ଗୁରେଇ ଭୟାର୍ତ୍ତ ଗଳାରେ କହିଲା - "ଯଦି ଧରାପଡ଼ ?"

ଅପର୍ତ୍ତି ନିର୍ଭୀକ ଭାବରେ ଉତ୍ତର ଦେଲା - "ଧରାପଡ଼ିଲେ ପଡ଼ିବି। ତା' ଆଗରୁ ତୁ ଖଣ୍ଡେ ଲୁଗା ହେଲେ ପିନ୍ଧି ପକେଇଥା। ଛିଣ୍ଡା ଲୁଗାଗୁଡ଼ିକ ଏଇ ଅଗଣାରେ ପକେଇଦେ; ଆଉ ଏଇ ଶାଢ଼ି ଖଣ୍ଡ ପାଉଁଶ ଗଦା ଭିତରେ ନୁଚେଇ ଦେଇ ଆ। ଯା - ବେଇଗି ସବୁ କରିପକା।" ଅପର୍ତ୍ତି କହିଲା ପ୍ରକାରେ ଗୁରେଇ ସବୁ କରିଗଲା ଶଙ୍କିତ ଚିତ୍ତରେ। ବାରଟା ବେଳକୁ ପୁଲିସ୍ ଆସି ଘର ଖାନ୍‌ତଲାସ କଲା। ଗୁରେଇ ନୂଆ ଶାଢ଼ୀଟା ପିନ୍ଧି ଲଜ୍ଜାବନତ ମୁଖରେ ଠିଆହେଲା ପୁଲିସ୍ ସାମ୍ନାରେ।

ଗୁରେଇ ପିନ୍ଧା ଶାଢ଼ିକୁ ଦେଖାଇ ପୁଲିସ୍ ପଚାରିଲା ଅପର୍ତ୍ତିକୁ - ଏ ଶାଢ଼ି କେଉଁଠୁ ପାଇଲୁ ?

ଟିକିଏ ବି ଶଙ୍କି ନ ଯାଇ ଅପର୍ତ୍ତି ଉତ୍ତର ଦେଲା - କିଣିଛି।

ପୁଲିସ୍ ପଚାରିଲା - କେଉଁଠୁ କିଣିଲୁ ?

- ହେଇ, ଯିଏ ଆପଣଙ୍କ ସାଥିରେ ଆଇଚି ଧନୀ ସାହୁ - କିଣିଚି ଏଇ ରବିବାର ଦିନ।

ଧନୀ ସାହୁ ଆଡ଼େ ଚାହିଁ ପୁଲିସ୍ ପଚାରିଲା - କିଓ ବିକିଚ ?

ଆଖି ଦି'ଟା ବଡ଼ ବଡ଼ କରି ହାତଯୋଡ଼ି ଧନୀ ସାହୁ କହିଲା - ନାଇଁ ଆଜ୍ଞା ! ଖାତା ଦେଖନ୍ତୁ ତା' ଦସ୍ତଖତ ତ ଥିବ।

ଅପର୍ତ୍ତି ଶ୍ଳେଷମିଶା ଗଳାରେ କହିଲା - ଦସ୍ତଖତ ଆସିବ କେଉଁଠୁ ସାହୁଏ ? ରାତି ବାରଟା ବେଳେ ଚୋରଙ୍କ ଭଳି ବାଡ଼ିପଟେ ତ ଲୁଗା ବିକିବ କୀଳାପୋତେଇରେ। ଅଢ଼େଇ ଟଙ୍କାର ଖଦି ଖଣ୍ଡକ ତ ମୋଠୁ ପାଞ୍ଚ ଟଙ୍କା ସୁଉକାଏ ନେଲ - ଅନ୍ଧାରିଆ ବେଉସା। ଅବିକା ମତେ ଚୋର କରିବାକୁ ବସିଛ କ'ଣ କିଏ ସାହୁ? ପୁଲିସ୍ ଆଡ଼େ ଚାହିଁ ପଚାରିଲା - ଆଜ୍ଞା, ମୁଁ ଚୋର କି ନୁହେଁ ପଚାରନ୍ତୁ ସବୁ ଗାଁବାଲାଙ୍କୁ। ଆଉ ସେମାନଙ୍କୁ ପଚାରନ୍ତୁ ଧନୀ ସାହୁ କୀଳାପୋତେଇରେ ଲୁଗା ବିକେ କି ନାହିଁ ? ତାଙ୍କରି ଭିତରୁ ବି କେତେ କିଣିଥିବେ। ପୁଲିସ୍ ଚାହିଁଲା ଗାଁବାଲାଙ୍କ ଆଡ଼େ। ସମସ୍ତେ ନୀରବ ରହିଲେ। ପୁଲିସ୍ ଧନୀ ସାହୁକୁ ପଚାରିଲା - ତମର କେତେ ଯୋଡ଼ା ଲୁଗା ଚୋରି ଯାଇଛି ?

ଧନୀ ସାହୁ ଥଙ୍ଗେଇ ଥଙ୍ଗେଇ ମନେପକାଇବା ଭଳି ଆଖି ଉପରକୁ କରି କହିଲା - ଆଜ୍ଞା ଦଶ ପନ୍ଦର ଯୋଡ଼ା।

ଧମକ ଦେଇ ସବ୍-ଇନ୍‌ସପେକ୍ଟର କହିଲେ - ଠିକ୍ କେଇଟା ଜାଣିନ ? କଣ୍ଟ୍ରୋଲ ଦୋକନ ତମର, ଲୁଗା ହିସାବ ଠିକ୍ ରଖିନ ?

ଧନୀ ସାହୁ ପାଟି ପାକୁ ପାକୁ କଲା। ପୁଲିସ୍ ଅପର୍ତ୍ତିର ଘରବାଡ଼ି, ସବୁ ଟିକିନିଖି କରି ଖୋଜି କେଉଁଠୁ କିଛି ନ ପାଇ ଧନୀ ସାହୁକୁ ଚାହିଁ କହିଲେ - ଏୟାଡ଼େ ଚୋରିଯିବା ବାହାନା ଦେଖେଇ ସିଆଡ଼େ କୀଳାପୋତେଇ ଚାଲିଛି, ନାଇଁ ? ଆସ ତମ ଦୋକାନ ଖାନତଲାସ୍ କରିବି। ତମେ ବଡ଼ ସୁବିଧା ଲୋକ ନୁହଁ ତ ?

ପୁଲିସ ଆଗେଇ ଚାଲିଲା - ପଛେ ପଛେ ଧନୀ ସାହୁ ଚୋରଙ୍କ ଭଳି ଥରି ଥରି ହାତଯୋଡ଼ି ଚାଲିଲା।

ଅପର୍ତ୍ତି ଚାହିଁଲା ଗୁରେଇ ଆଡ଼େ ହସି ହସି।

ଗୁରେଇ ପଚାରିଲା ଆଶ୍ଚର୍ଯ୍ୟ ହୋଇ "ତମେ ଏତେଗୁଡ଼ାଏ ମିଛ କହିଗଲ ପୁଲିସ୍ ଆଗରେ ? ମୋ ଛାତି ଥରୁଥେଲା ଖାଲି।"

ଅପର୍ତ୍ତି କହିଲା - "ନେଇ ଆଣି ଥୋଇ ଜାଇଁଲେ ଚୋରି ବିଦ୍ୟା ଭଲ।"

ଗୁରେଇ ବ୍ୟସ୍ତହୋଇ କହିଉଠିଲା - "ନାଇଁ ନାଇଁ, ଆମେ ଶୁଖି ଶୁଖି ମରିବା ପଛେ, ତମେ ଏମିତି କେଉଁଠୁ ଚୋରି କରନି। ମୋ ଛାତି ଧଡ଼ପଡ଼ ହେଉଚି।"

ଅପର୍ତ୍ତି କିଛି ସମୟ ଚୁପ୍‌ହୋଇ ବସି ରହିଲା। ତା'ପରେ ଆଖି ଛଳଛଳ କରି ବ୍ୟଥାତୁର କଣ୍ଠରେ କହିଲା - "ଗୁରେଇ ଚୋରି କ'ଣ ମୁଁ ସଉକରେ କଲି ? ବଡ଼

ଲୋକମାନେ ସଉକରେ ହଜାର ହଜାର ଚୋରି କରୁଛନ୍ତି। ଆମେ ହୀନସ୍ଥା ହଉଚେ। ଦି' ଖଣ୍ଡ ଲୁଗା ବି ଆମେ ଚୋରି କରିପାରିବାନି ଖାଲି ନିଜର ମାନମହତ ଘୋଡ଼ାଇବା ଲାଗି ?"

"ସମସ୍ତେ କହିଲେ, ଆମ ଦେଶ ସ୍ୱାଧୀନ ହେଲା, ଆମ ଦୁଃଖ ପାଣି ପରି ବୋହିଯିବ। କିନ୍ତୁ କାହିଁ ?"

ଗୁରେଇ ଉତ୍ୟକ୍ତ ଅପର୍ତ୍ତି କାନ୍ଧରେ ହାତରଖି କହିଲା - ନାଇଁ, ତମେ ମୋ ମୁଣ୍ଡ ଖାଅ - ଯିଏ ଯାହା କରୁ, ତମେ ସେସବୁ ନିଉଛଣା କାମ ଆଉ କରିବନି। ଦୁଃଖ ଆମର ଦିନେ ନା ଦିନେ ଘୁଞ୍ଚିବ। ସବୁଦିନ କ'ଣ ଆଉ ଏକା ଯାଉଥିବ ?"

ଅପର୍ତ୍ତି ତା' ଆଡ଼େ ଚାହିଁ କହିଲା - "ଗୁରେଇ, ଭଲ ନୋକ ହେଲେ ଦୁଃଖ ଭୋଗିବାକୁ ହୁଏ।"

ଗୁରେଇ କହିଲା - "ହଉ ଦୁଃଖ।"

■

ଷଣ୍ଢ ଲଢ଼େଇ

ରାସ୍ତାରେ କେଉଁଠି ଲୋକଗୁଡ଼ାଏ ଜମା ହୋଇଯାଇଥିବାର ଦେଖିଲେ ଅବସରପ୍ରାପ୍ତ ଡାକ୍ତର ପ୍ରଫେସର୍ ସୁରେନ୍ଦ୍ର ପାଢ଼ୀଙ୍କର ପାଦ ଦି'ଟା ସେଇଆଡ଼େ ଅତି କ୍ଷିପ୍ରବେଗରେ ଆଗେଇଯାଏ। ସ୍ନାୟୁରେ ତାଙ୍କର ହଠାତ୍ ଏକ ଉତ୍ତେଜନା ସୃଷ୍ଟି ହୁଏ। ମୁହଁଟା ଲାଲ ପଡ଼ିଯାଏ। ନାଡ଼ିର ଗତି ଦ୍ରୁତ ହୁଏ ଆଖିରେ ବାଳ-ସୁଲଭ ଏକ ଅଦମ୍ୟ କୌତୂହଳ। ତଳ ଓଠ ଉପର ଓଠରୁ ଈଷତ୍ ବିଚ୍ଛିନ୍ନ।

ରାସ୍ତାର ଲୋକ ଭିଡ଼ ସହିତ ସୁରେନ୍ଦ୍ରବାବୁଙ୍କର ଅତୀତର ବହୁ ସ୍ମୃତିଜଡ଼ିତ ତିକ୍ତ ଓ ମଧୁର। ସ୍କୁଲରେ ପଢୁଥିଲାବେଳେ କଟକ କିଲଟରୀ କଚେରି ରାସ୍ତାକଡ଼ରେ ଯେଉଁଠି ଲୋକ ଜମିଲେ ସେଠିକି ସେ ନିଶ୍ଚୟ ଯିବେ ସ୍କୁଲକୁ ଗଲାବେଳେ, ବା ଫେରିଲାବେଳେ କିମ୍ବା ଖେଳଛୁଟି ଘଣ୍ଟାରେ। ଭିଡ଼ ଠେଲିଠାଲି ସେ ସାମନାରେ ଯାଇ ନିଶ୍ଚୟ ଠିଆ ହେବେ - ଦେଖିବେ ହୁଏତ ସାପଖେଳ, ମାଙ୍କଡ଼ ନାଚ ବା ଛାତିରେ ପଞ୍ଚଗୁଣା 'ପ୍ଲାକାର୍ଡ' ଓ ମୁଣ୍ଡରେ 'ଯାଦୁମଲମ'ର ମୁନିଆ ଟୋପର ଲଗେଇ ପଞ୍ଚଗୁଣାତେଲ ଓ ଯାଦୁମଲମର ଗୁଣଗାନ ଦୃଶ୍ୟ। କିନ୍ତୁ ତାଙ୍କ ଶୈଶବ, କୈଶୋର ଓ ଯୌବନର ସବୁଠୁ ବଡ଼ ଆଗ୍ରହ ଓ କୌତୂହଳ ହେଲା ଷଣ୍ଢ ଲଢ଼େଇ ଦେଖିବା - ଶିଂଗକୁ ଶିଂଗ ପକେଇ ଦୁଇଟି ଷଣ୍ଢ ଲଢ଼େଇ କଲାବେଳେ ସୁରେନ୍ଦ୍ରବାବୁ ଭିଡ଼ ଭିତରେ ଏକ ବିଶେଷ ଦ୍ରଷ୍ଟବ୍ୟ ହୋଇପଡ଼ନ୍ତି। ତାଙ୍କ ମୁହଁ, ଆଖି, କାନ ନାଲି ପଡ଼ିଯାଏ - ଷଣ୍ଢ ଦୁଇଟିଙ୍କ ଅତି ପାଖକୁ ଯାଇ ଲଇଁପଡ଼ି ଓ ଲଂଫଝଂପ ଦେଇ ଯେତେବେଳେ ସେ ପାଟିରେ ହାତମାରି 'ଆବା' 'ଆବା' ଶବ୍ଦ କରି ଷଣ୍ଢ ଦୁଇଟିଙ୍କୁ ଲଢ଼େଇ ଚାଲୁ ରଖିବାପାଇଁ ଉତ୍ତେଜିତ ଓ ଉତ୍ସାହିତ କରନ୍ତି ସେତେବେଳେ ଭିଡ଼ ଭିତରେ ଥିବା ଛୁଆମାନେ ମଜାରେ ହସିଉଠନ୍ତି। କୈଶୋର ସମୟରେ ଥରେ ସୁରେନ୍ଦ୍ରବାବୁ ଏକ

ଷଣ୍ଢ ଲଢ଼େଇ ଦୃଶ୍ୟବେଳେ ସେଇ ଉତ୍ତେଜକ ଶବ୍ଦ ସୃଷ୍ଟି କରିବାରେ ଏତେ ମଜ୍ଜି ଯାଇଥିଲେ ଯେ ପୃଷ୍ଠଭଙ୍ଗ ଦେଇ ପଳାତକ ଷଣ୍ଢ ଆଖି ପିଛୁଳାକେ ତାଙ୍କରି ଆଡ଼କୁ କ୍ଷିପ୍ର ବେଗରେ ମାଡ଼ି ଆସିଲା ଓ ତାଙ୍କୁ କଟକର ନାଲି ଗୋଡ଼ିଆ କରକଚା ରାସ୍ତା ଉପରେ ଚିତ୍‌ପଟାଙ୍ଗ କରି ଦେଇ ଦୌଡ଼ିବାକୁ ଆରମ୍ଭ କଲା ଆଉ ବିଜେତା ଷଣ୍ଢଟି ତା'ର ଅନୁଧାବନ କଲାବେଳେ ବାଳକ ସୁରେନ୍ଦ୍ରଙ୍କୁ ଦଳିଚକଟି ଦବାର ମୁହୂର୍ତ୍ତକ ଆଗରୁ ଜଣେ କେହି ତାଙ୍କୁ ରାସ୍ତାକଡ଼କୁ ଭିଡ଼ି ଆଣିଲା। ତାଙ୍କ କପାଳ ଫାଟି ରକ୍ତ ବାହାରିଥିଲା। ଘରକୁ ଫେରି ସେ ଚାରିପାଞ୍ଚଦିନ ଲଙ୍ଘା ଜରରେ ପଡ଼ିଥିଲେ।

ପିଲାବେଳେ ଭିଡ଼ ଭିତରେ ଧସେଇ ପଶିବା ଯୋଗୁଁ ବୟସ୍କ ହାତର ଥୋପି ବି ତାଙ୍କ ମୁଣ୍ଡରେ ବସିଛି। ସ୍କୁଲ ହତାଭିତରେ ରାସ୍ତାର ଦୁଇଟି ଷଣ୍ଢଙ୍କୁ ପୂରେଇଦେଇ ତାଙ୍କୁ ଯୁଦ୍ଧରତ କରିବାକୁ ନାଲି ରୁମାଲ ହଲେଇ ଓ ପାଟିରେ ହାତମାରି 'ଆବା' 'ଆବା' ଶବ୍ଦ କଲାବେଳେ ହେଡ଼ମାଷ୍ଟରଙ୍କଠାରୁ ନିଷ୍ଠୁର ବେତ୍ରାଘାତ ବି ଖାଇଛନ୍ତି - କିନ୍ତୁ ଷଣ୍ଢ ଲଢ଼େଇ ହବା ଦେଖିଲେ ସେ ଦୃଶ୍ୟରେ ସକ୍ରିୟ ଅଂଶ ଗ୍ରହଣ କରିବାକୁ ସେ ଛାଡ଼ି ନାହାନ୍ତି। ତାଙ୍କ ପରିଣତ ବୟସରେ ବି ଯୋଉଠି ଷଣ୍ଢ ଲଢ଼େଇ ଦେଖିବେ ସେଠି ସେ ତାଙ୍କ କାର୍‌ଟାକୁ ରାସ୍ତାକଡ଼ରେ ରଖିଦେଇ ଭିଡ଼ ଭିତରେ ପଶିବେ ଏବଂ ପାଟିରେ ହାତମାରି 'ଆବା' 'ଆବା' କହିବେ। ସେ ଭୁଲିଯିବେ ଯେ ସେ ଜଣେ ଅତି ପ୍ରତିଷ୍ଠିତ ଡାକ୍ତର। କଟକ ସହରରେ ତାଙ୍କୁ ସମସ୍ତେ ଜାଣନ୍ତି ଓ ଖୁବ୍ ଖାତିର ବି କରନ୍ତି। ତାଙ୍କର ଏତାଦୃଶ ବାଳକ-ସୁଲଭ କୌତୂହଳ ଓ ଚପଳତା ଦେଖି ଭିଡ଼ ଭିତରୁ ସେ ବି ଶୁଣିବାକୁ ପାଆନ୍ତି - ବାଃ ଡାକ୍ତରବାବୁଙ୍କର ଭାରି ସଉକ ତ!... ଲିଅ, ବୁଢ଼ା ରସିକ ଅଛି... ଲେଲେରେ... ଇତ୍ୟାଦି କିନ୍ତୁ ଏସବୁ ମନ୍ତବ୍ୟ ଡାକ୍ତର ଅଧ୍ୟାପକ ସୁରେନ୍ଦ୍ରବାବୁଙ୍କ କାନରେ ପଶିଲେ ବି ଷଣ୍ଢ ଲଢ଼େଇରେ ସଂପୂର୍ଣ୍ଣରୂପେ ନିମଜ୍ଜିତ ତାଙ୍କର ଚେତନ ମନକୁ ସେସବୁ ଛୁଏଁନି।

ଚାକିରିରୁ ଅବସର ନେବା ଆଗରୁ ସୁରେନ୍ଦ୍ରବାବୁ ଯେତେବେଳେ କଟକରେ କିଣିଥିବା ଜମି ଉପରେ ଘର ତିଆରି କରିବାକୁ ଇଚ୍ଛା ପ୍ରକାଶ କଲେ ସେତେବେଳେ ତାଙ୍କ ସ୍ତ୍ରୀଙ୍କ ସହିତ ଗୁଡ଼ାଏ ବାକ୍‌ଯୁଦ୍ଧ ହେଲା - ସ୍ତ୍ରୀ କହିଲେ ଭୁବନେଶ୍ୱର ଜମିରେ ଆଗ ଘର କର - ତା'ପରେ କଟକ କଥା... ସୁରେନ୍ଦ୍ରବାବୁ କିନ୍ତୁ ମଙ୍ଗିଲେନି...

ହେଃ... ଭୁବନେଶ୍ୱର କଅଣ ଗୋଟାଏ ସହର? ଯୋଉଠି ରାସ୍ତାରେ ଷଣ୍ଢ ଲଢ଼େଇ ନାହିଁ, ରାସ୍ତାରେ ଯାନବାହନ ପ୍ରତି ଭ୍ରୂକ୍ଷେପ ନ କରି ଯୋଉଠି ଗୋରୁ ଗାଈ ପରମ ନିଶ୍ଚିନ୍ତରେ ଶୋଇରହି ଖାଦ୍ୟ ପାକୁଳେଉ ନାହାନ୍ତି, ଖୋଲା ନର୍ଦ୍ଦମାଧାରକୁ ବସି ପିଲାମାନେ ହଗୁ ନାହାନ୍ତି, ବର୍ଷାଦିନେ ରାସ୍ତାର ଆଣ୍ଠୁଏ ପାଣିରେ ଛୁଆମାନେ

କାନି ପକେଇ ମାଛ ଧରୁ ନାହାନ୍ତି ସେଇଟା ପୁଣି ଗୋଟାଏ ସହରରେ ଲେଖା ! ହେଃ।

କିନ୍ତୁ ଯୁକ୍ତିରେ ହାର୍ ମାନି ସୁରେନ୍ଦ୍ରବାବୁ ଅବସର ପରେ ସେଇ ସହରରେ ନିଜସ୍ୱ ଏକ ରମ୍ୟ ପ୍ରାସାଦରେ ବନ୍ଦୀ ହେଲେ। ତାଙ୍କର ନିଃଶ୍ୱାସ ରୁଦ୍ଧ ହୋଇଆସିଲା।

ଆମେରିକା ପୁଅର ଉତ୍ସାହ ଉଦ୍ଦୀପନା ଓ ଅର୍ଥ ଆଗରେ ମୁଣ୍ଡ ନୋଇଁ ସୁରେନ୍ଦ୍ରବାବୁ ତାଙ୍କ ତଳମହଲାର ତିନୋଟି ପ୍ରଶସ୍ତ କୋଠରିରେ ଗୋଟିଏ ଅତ୍ୟାଧୁନିକ କ୍ଲିନିକ୍ ଖୋଲିଲେ - କିନ୍ତୁ ଷଣ୍ଢ ଲଢ଼େଇ ବିହୀନ ରାଜଧାନୀରେ ଡାକ୍ତରୀ ବ୍ୟବସାୟ କରିବା ଛେଳିକୁ ପାଣିକୁ ଓଟାରିବା ସଦୃଶ ସୁରେନ୍ଦ୍ରବାବୁଙ୍କୁ ମନେ ହେଲା।

ପ୍ରତିଦିନ ସକାଳ ବୁଲାରୁ ଫେରିଲାବେଳେ ସୁରେନ୍ଦ୍ରବାବୁ ଲୋକ ଓ ଯାନବାହନ ଗହଳି 'ଜନପଥ' ରାସ୍ତାରେ ସ୍ନାୟୁ ଉତ୍ତେଜକ ଦୃଶ୍ୟ ଉପଭୋଗ କରିବାପାଇଁ ଉତ୍ସୁକ ନେତ୍ରରେ ଇୟାଡ଼େ ସିଆଡ଼େ ଚାହିଁ ଚାହିଁ ଆସୁ ଆସୁ କେତେବେଳେ ଗୋଟାଏ ସାଇକଲ୍ ବା ସାଇକଲରିକ୍ସାର ମିଠା ଧକ୍‌କା ଯେ ଖାଇ ନାହାନ୍ତି ତା' ନୁହେଁ। ତଥାପି ଏକ ନିର୍ଜୀବ, ଘଟଣାଶୂନ୍ୟ, ଉତ୍ତେଜନାବିହୀନ ନିଶ୍ଚୁପ ଜୀବନଯାପନ ଅପେକ୍ଷା ଏପରି ଦୁର୍ଘଟଣା ଭିତରୁ କିଛି ଟିକିଏ ତ ଉତ୍ତେଜନା ମିଳିବ। ଅତୀତ ଜୀବନର ସ୍ମୃତିଚାରଣ ସେ ବହୁବାର କରିଛନ୍ତି - ସେ ଚାରଣ ତାଙ୍କୁ ଆତ୍ମବିସ୍ମୃତ କରିଚି, ଆତ୍ମବିଭୋର କରିଚି। କିନ୍ତୁ ସେଥିରେ ତାଙ୍କର ସଂପୂର୍ଣ୍ଣ ଆତ୍ମତୃପ୍ତି ଆସିନି। ସେଇ ଅତୀତ ଜୀବନର କେତେକ ମଧୁମୟ ସ୍ମୃତିକୁ ଏ ବୟସର ଅଭିଜ୍ଞତା ଭିତରେ ସେ ଅତି ବାସ୍ତବ ଭାବରେ ଅନୁଭବ ଆଉ ଉପଭୋଗ କରିବାକୁ ଚାହାନ୍ତି - ଏବେବି ତାଙ୍କୁ ଛାଡ଼ିଦେଲେ ସେ ତାଙ୍କର ଗାଁକୁ ଯାଇ ଅତୀତର ପୁନରାବୃତ୍ତି କରିବାକୁ ପ୍ରସ୍ତୁତ - ଗାଁ ମୁଣ୍ଡ ଘଞ୍ଚ ବେତନଟି ପୂର୍ଣ୍ଣ ଆମ୍ବତୋଟାକୁ ହାଫ୍‌ପ୍ୟାଣ୍ଟ ପିନ୍ଧି ମୁଣ୍ଡରେ ଠେକା ଗୁଡ଼େଇ ଟୋକେଇ ଧରି ସେ ବେତନଟି ଭିତରେ ଆଣ୍ଠେଇ ପଶି ଗଛରୁ ପଡ଼ିଥିବା ଗୋଟିଏ ପାଚେଲା ଆମ୍ବ ଗୋଟେଇଲାବେଳେ ପିଠିରେ ବେତକଣ୍ଟା ଆଞ୍ଚୁଡ଼ାର ମଧୁର ଯନ୍ତ୍ରଣା ଅନୁଭବ କରିବାକୁ ଚାହାନ୍ତି। ଗାଁରେ ତାଙ୍କୁ ସମୀହ କରୁଥିବା ଲୋକମାନେ ହୁଏତ ହସିବେ। ତରୁଣ ଶିକ୍ଷିତମାନେ ହୁଏତ କହିବେ Regressive Tendency (ପଶ୍ଚାଦ୍‌ଭିମୁଖୀ ମନୋଭାବ)। କହନ୍ତୁ... ସେ ତ ଅନ୍ତତଃ କିଛି ସମୟପାଇଁ ଭୁଲିଯିବେ ତାଙ୍କ ଚାକିରି ବେଳର ସଂଘର୍ଷ। - ବିଦେଶରୁ ହାସଲ କରିଥିବା ଏମ୍.ଆର୍.ସି.ପି. ଡିଗ୍ରୀ... କ୍ଲିନିକ୍‌ରେ ରୋଗୀମାନଙ୍କର ଅସମ୍ଭବ ଭିଡ଼ - ସ୍ୱାଧୀନ ଭାରତର କଦାକାର ରାଜନୀତିକ, ବ୍ୟକ୍ତିକୈନ୍ଦ୍ରିକ ମୂଷା ଦୌଡ଼... ସଂସାର କରିବାର ତିକ୍ତ ଅଭିଜ୍ଞତା -

ସେ ବୁଝିବାକୁ ନାରାଜ ଯେ ସେ କ୍ରମଶଃ ସ୍ଥାଣୁ ପାଲଟି ଯାଉଛନ୍ତି... ତାଙ୍କ

ଦେହ ପରିବେଶ ପରିସ୍ଥିତି ସହିତ ଆଉ ପାଦ ମିଳେଇ ଚାଲିପାରୁନି... ପରିବାରର ସଜାଗ ଆଖି... କଡ଼ା ପହରା.... ଆଉ ବେଶୀ ପରିଶ୍ରମ କରିବାକୁ ହବନି... ଖୁବ୍ କଲ... ଖୁବ୍ ନାଁ କଲ... ଦେଶ ବିଦେଶ ଖୁବ୍ ବୁଲିଲ... ଫେର୍ ବୁଲ - ମନ ପରିବର୍ତ୍ତନପାଇଁ ଗୋଟାଏ ଅତ୍ୟାଧୁନିକ କ୍ଲିନିକ୍ କଲ। ତମର ସହକର୍ମୀ ଛାତ୍ର ଡାକ୍ତରମାନଙ୍କୁ ତମ ଜ୍ଞାନତକ ବାଣ୍ଟି ଦିଅ - ଗରିବ ରୋଗୀମାନଙ୍କ ପ୍ରତି ସେବା ଓ ସମ୍ମାନ ମନୋଭାବ ସେମାନଙ୍କୁ ଶିଖାଅ... ତମେ କେବଳ ପରାମର୍ଶ ଦିଅ... ବାସ୍ ସେତିକି। ସକାଳ ସନ୍ଧ୍ୟାରେ ବୁଲାବୁଲି କରି ଦେହଟାକୁ ସୁସ୍ଥ ରଖ -

ବାଃ... ଏଇ ହଉଚି ତାଙ୍କର ଉତ୍ତର ଜୀବନର ଏକ ମପାଚୁପା ରେଖାଚିତ୍ର - କିନ୍ତୁ ଏ ରୁଟିନ୍ ଭିତରେ ଏମିତି କେତେ ବର୍ଷ ଚାଲିବ? ଏମିତି ଏକ ନିରୁତ୍ତାପ ଜୀବନର ଆବଶ୍ୟକତା ବା କଅଣ? ଯଦି ଭଗବତ୍ ଅଭିପ୍ରେତ ଜଣେ ଦୀର୍ଘଜୀବୀ ବ୍ୟକ୍ତି ସେ ହୋଇଥାନ୍ତି ତେବେ ଆଗାମୀ କେତେବର୍ଷ ଧରି ସେ ଜଣେ ପରାମର୍ଶଦାତା, ସକାଳ ସଞ୍ଜ ବୁଲାଳି ଆଉ ଖବରକାଗଜ ପାଠକ ହେଇ ରହିବେ? ଠିକ୍ ରାତି ନଅଟାରେ କିଛି ସୁଷମ ହାଲକା ଖାଦ୍ୟ ଖାଇ, ଦୈନିକ ଗୋଟିଏ ବିକୋଜାଇମ୍ ସେବନ କରି ସେ କେତେ ବର୍ଷ ଧରି ଏକ ନିଃସଙ୍ଗ ଅସହାୟ ପ୍ରାଣୀଭାବରେ ତାଙ୍କର ଅନ୍ତ ମୁହୂର୍ତ୍ତକୁ ଚାହିଁ ରହିବେ?

ପୁଅଝିଅମାନେ ବଞ୍ଚିବାର ଉଦଗ୍ର ମୋହ, ଆକାଶଛୁଆଁ ଆଶା-ଆକାଂକ୍ଷା ନେଇ ଆଗେଇ ଚାଲିଛନ୍ତି - ଯୋଜନା ଚାଲିଚି... ସମସ୍ୟା ଅଛି... ଯନ୍ତ୍ରଣା ଅଛି - ଆନନ୍ଦ ଅଛି। କିଏ ବୌଦ୍ଧିକତା ଆଉ କଳାର ଅନୁଧାବକ, କିଏ ଭୌତିକ ସୁଖବିଳାସ ପଛରେ... କାହାର ହୁଏତ ଦିବାସ୍ୱପ୍ନ - ସେ ଦିନେ ମନ୍ତ୍ରୀ ହବ - ହେଲେ ଏ ଦେଶରୁ ନିର୍ମୂଳ କରିଦେବ ଦୁର୍ନୀତି, କଳାବଜାର... ଅତ୍ୟାଚାର, ପୀତ ସାମ୍ବାଦିକତା, ଡକାୟତି, ନାରୀଧର୍ଷଣ ... ବିଚରା ବିକ୍ରମାଦିତ୍ୟଙ୍କ ସିଂହାସନାରୋହଣାଭିଳାଷୀ ଆଉ ସେ? ତ୍ରାସ୍! ତ୍ରାସ୍! ଅଥର୍ବ ବିଲ୍‌କୁଲ୍ ଅଥର୍ବ...

ସ୍ୱପ୍ନୋତିଥିତ ହୋଇ ସୁରେନ୍ଦ୍ରବାବୁ ତାଙ୍କ ସାମନାକୁ ମୁହଁ ଟେକି ଚାହିଁଲେ... କ୍ରାଉଡ! ଇଉରେକ୍‌କା! ଲୋକ ଭିଡ଼ଟା ତାଙ୍କଠୁ ପ୍ରାୟ ଶହେ ମିଟର ଦୂରରେ! ବିଚ୍ ରାସ୍ତା ମଝିରେ ପୁଣି! ସୁରେନ୍ଦ୍ରବାବୁଙ୍କର ନାଡ଼ିର ଧୁକ୍‌ଧୁକି ମୁହୂର୍ତ୍ତକପାଇଁ ଥମିଗଲା - ଲୋକଭିଡ଼ କାହିଁକି? ଗୋଟାଏ ଦୁର୍ଘଟଣା? ଜିପ୍ ଆଉ ରିକ୍‌ସାର? ଟ୍ରକ୍ ଆଉ କାର୍‌ର? ରାସ୍ତା ପାରିହେଉଥିବା କୌଣସି ଶିଶୁ ବା ବୃଦ୍ଧା ଉପରେ ଦ୍ରୁତଗାମୀ ଟ୍ରକ୍ ମାଡ଼ିଯାଇ ପଦାକୁ ବାହାରି ପଡ଼ିଥିବା ଅନ୍ତନାଡ଼ି ଆଉ ପିଚ୍ ପିଚ୍ ବାହାରି ପଡ଼ିଥିବା ପିଚୁରାସ୍ତା ଉପରେ ଏକ ବିରାଟ ରକ୍ତଚକଡ଼ାର ମନୋରମ ଦୃଶ୍ୟ? ରାଜଧାନୀର ସେଇ ନିତିଦିନିଆ

ଦିହଘଷିଆ ଦୁର୍ଘଟଣା ଭଲ ନ ହଉଥିବା ବେକ ପାଖର ଏକ ମଇଁଷିଆ ଯାଦୁ ଭଳି? ନା, ସେମିତି କିଛି ମନେହଉନି ତ?

ତେବେ କଅଣ ଷଣ୍ଢ ଲଢ଼େଇ? ତା'ହେଲେ ତ ପାଟିରେ ହାତ ଦିଆ 'ଆବା' 'ଆବା' ଶବ୍ଦ ବାହାରୁଥାନ୍ତା... ଲୋକମାନେ ଏମିତି ରାସ୍ତା ଅବରୋଧ କରି ନିର୍ଭୟ ନିଶ୍ଚଳ ଭାବରେ ଯୁଦ୍ଧରତ ଷଣ୍ଢଦ୍ୱୟଙ୍କୁ ଘେରି ରହି ନ ଥାନ୍ତେ।

ଏତିକି କଳ୍ପନାଜଳ୍ପନା ଶେଷ ହବା ଆଗରୁ ସୁରେନ୍ଦ୍ରବାବୁଙ୍କ ଶରୀରଟି ଲୋକଭିଡ଼ ଦେହରେ ଲାଗିଗଲାଣି। କୌଣସିମତେ ଭିଡ଼ ଠେଲିପେଲି ସେ ଭିତରେ ପଶିଯାଇ ଯେଉଁ ଦୃଶ୍ୟ ଦେଖିଲେ ସେଥିରେ ତାଙ୍କ ଆଖିଡୋଳା ଦୁଇଟା ବଡ଼ ବଡ଼ ଆଉ ସ୍ଥିର ହୋଇଗଲା।

ଷଣ୍ଢ ଲଢ଼େଇ ବଦଳରେ ଲଢ଼େଇ ଚାଲିଛି ଜଣେ ଯୁବକ ସହିତ ଜଣେ ଯୁବତୀର। ଉଭୟଙ୍କର ଦେହର ବର୍ଣ୍ଣ କଳା ମଚମଚ ହେଲେ ବି ସ୍ୱାସ୍ଥ୍ୟର ପ୍ରାଚୁର୍ଯ୍ୟରେ ପ୍ରାଣବନ୍ତ।

ତେଲେଙ୍ଗା ମିଶା ଓଡ଼ିଆରେ ଯୁବତୀଟି ଯୁବକଟି ଉଦ୍ଦେଶ୍ୟରେ ଶୋଧିବାକୁ ଲାଗିଛି ଆଉ ଯୁବକଟି ନିଶା ଦାଉରେ ଟଳି ଟଳି ଯୁବତୀର ହାତକୁ ଭିଡୁଚି ଆଉ କହୁଚି - ଚାଲ, ଘରକୁ ଚାଲ - ଚାଲ ରିକ୍ସାରେ ବସ। ଯୁବତୀ ଅମିତ ପରାକ୍ରମରେ ଯୁବକ ହାତରୁ ନିଜକୁ ମୁକ୍ତ କରିବାକୁ ଚେଷ୍ଟା କରୁ କରୁ କହୁଚି - ମୁଁ ତୋ ଘରକୁ ଆଉ ଫେରିବି ନାଇଁରେ ଶଳା... ଶଳା ତାଡ଼ି ପିଇ ଘରକୁ ଫେରିବୁ ଆଉ ମତେ ମାଡ଼ ମାରିବୁ? ମଜା ଦେଖୁଥିବା ନୀରବ ଦ୍ରଷ୍ଟାମାନଙ୍କୁ ଉଦ୍ଦେଶ୍ୟ କରି ପୁଣି କହୁଚି... ବାବୁ... ଏ ଶଳା ମର୍ଦ୍ଦ ଯାହା ପଇସା କମେଇଲା ସବୁତକ ତାଡ଼ି ପିଇନଉଚି ଆଉ ମୁଁ ଯାହା କାମ ପାଇଟି କରି କମେଇଲି ତାକୁ ବି ମତେ ମାଡ଼ମାରି ଛଡ଼େଇ ନଉଚି - ଖାଇବୁ କଅଣରେ ଶଳା ବାଡ଼ିପଡ଼ା... ନାଃ... ମୁଁ ଆଉ ରହିବିନି... ଛାଡ଼ ମତେ...

ଚାଲିଛି ଭିଡ଼ା ଓଟରା, ଧସ୍ତାଧସ୍ତି... ହଠାତ୍ ସୁରେନ୍ଦ୍ରବାବୁ ଅବିଷ୍କାର କଲେ ଯୁବତୀଟି ପ୍ରାୟ ଅର୍ଦ୍ଧନଗ୍ନ। ପିନ୍ଧା, ମଇଳାଛିଣ୍ଡା ଶାଢ଼ୀଟା ଦି' ଆଣ୍ଠୁ ଉପରକୁ ଉଠିଯାଇଚି - ଅଧାଚିତ୍ ଅଧା କଡୁଆ ଶୋଇଯାଇଚି ପିଚୁରାସ୍ତା ଉପରେ। ଯୁବକ ତା' ହାତଧରି ଟାଣିଲାବେଳେ ତା'ର ସୁଉଚ୍ଚ ସୁଗୋଲ ସ୍ତନ ଦୁଇଟି ବୋତାମ ଛିଣ୍ଡା ବ୍ଲାଉସ ଭିତରୁ ତା'ର ନଗ୍ନ ଗୌରବ ଜାରି କରୁଚି।

ସୁରେନ୍ଦ୍ରବାବୁ ଏପରି ଏକ ଅପ୍ରତ୍ୟାଶିତ ଦୃଶ୍ୟ ଆଡୁ ମୁହଁଟା ଫେରେଇନେଲେ - ତାଙ୍କର ଶିକ୍ଷା, ସଭ୍ୟତା, ସଂସ୍କୃତି, ରୁଚି ଓ ସର୍ବୋପରି ତାଙ୍କ ସାମାଜିକ ମର୍ଯ୍ୟାଦା ନାରୀଦେହ ପ୍ରତି ଆଦିମ ଆକର୍ଷଣକୁ ମୁହୂର୍ତ୍ତକେ ଲୁଚେଇଦେବାକୁ ପଛେଇଲାନି।

ସେ ଗହଳି କରିଥିବା ଯୁବକ, ପ୍ରୌଢ଼ ଓ ବୃଦ୍ଧମାନଙ୍କ ଉପରେ ଆଖି ବୁଲେଇ ଆଣିଲେ। ସେ ଦେଖିଲେ ପ୍ରାୟ ସମସ୍ତଙ୍କ ଆଖି ଯୁବତୀଟିର ଅନାବୃତ ସ୍ତନାଂଶ ପ୍ରଦକ୍ଷିଣ କରିଯାଉଚି ବାରମ୍ବାର - ପରିସ୍ଥିତି ପ୍ରତି ସଂପୂର୍ଣ୍ଣ ଅସଚେତ ଏ ଦୁଇଟି ଯୁବକ ଯୁବତୀ ଦର୍ଶକମାନଙ୍କ ଆଖି ଭିତରେ ଖୁନ୍ଦିଦେଇଛନ୍ତି ଲୋଲୁପତା, ସ୍ନାୟବିକ ଉତ୍ତେଜନା। କେହିହେଲେ ଆଗେଇ ଆସୁନି ଏମାନଙ୍କର କଳହର ଅବସାନ ଘଟେଇବାକୁ... ସୁରେନ୍ଦ୍ରବାବୁ କେବଳ ଜଣେ କହିବାର ଶୁଣିବାକୁ ପାଇଲେ - 'ଆବେ ରାସ୍ତାରେ ଏ କି ପାଲା ଲଗେଇଚ - ଟିକିଏ ଲାଜ ସରମ ନାହିଁ ? ଏ ଟୋକୀ... ଉଠ୍ ଏଠୁ... ଯା... ଘରେ ତୋର ଯେତେ ଇଚ୍ଛା ଝଗଡ଼ା କର... ଜନତାକୁ ଉଦ୍ଦେଶ୍ୟ କରି କହିଲେ... ଆପଣମାନେ ଭିଡ଼ ଭାଙ୍ଗିଲେ - କଅଣ ଦେଖୁଛନ୍ତି ଏଠି ଠିଆ ହେଇ ?

ସ୍ୱାମୀ ସ୍ତ୍ରୀଙ୍କର ଝଗଡ଼ା ଭାଙ୍ଗିଲା ନାହିଁ କି ଭିଡ଼ ଭାଙ୍ଗିଲା ନାହିଁ। ଲୋକଟିର 'ଦାଦାଗିରି' କିଛି କାମ ଦେଲାନି। ସେ ବି ସେଠୁ ଚାଲିଯାଇ ଦୃଶ୍ୟ ଉପଭୋଗ କଲା। ହଠାତ୍ ସୁରେନ୍ଦ୍ରବାବୁଙ୍କ ଆଖିରେ ପଡ଼ିଲା ତାଙ୍କର ଅତି ପରିଚିତ ଗୋଟିଏ ମୁହଁ - ଦୁଇ ଜଣଙ୍କ ମୁଣ୍ଡ ଭିତରେ ଯେମିତି ଯେତିକି ଫାଙ୍କ ଥିଲା ତା'ରି ଭିତରେ ସେ ମୁହଁଟି ଯୁବତୀର ନଗ୍ନାଂଶକୁ ଆକଣ୍ଠ ଗ୍ରାସ କରୁଚି - ଠାକରାଗାଲରେ ରୁଣ୍ଡିଆ ପାଚିଲା ଦାଢ଼ି ଆଉ କୋରଡ଼ିଆ ଆଖି ତାଙ୍କର ବୟସଟାକୁ ଅତି ଅଲାଜୁକ ଭଳି ପଦାରେ ପକେଇ ଦଉଚି। କୋରଡ଼ ଭିତରୁ ଦୁଇଟି ଆଖି ଯୁବତୀର ଉଚ୍ଛଳ ଯୌନାଙ୍ଗ ଉପରେ ନିବଦ୍ଧ... ଆହାହା... ବିମୁଗ୍ଧ ମାଧବ! ହଉ, ହଉ ବିମୁଗ୍ଧ ହଉ... ଦେହଟା ଆଉ କାମ ନ କଲେ, ବି, ସ୍ନାୟୁରେ ଆଉ ନିଆଁ ନ ଲାଗିଲେ ବି ମନଟାର ତ କିଛି ପରିବର୍ତ୍ତନ ହେଇନି... ସେମିତି ସତେଜ ଆଉ ସକ୍ରିୟ ଅଛି... ବିଚରା! କଲମପେଷା ବୃତ୍ତି ଆଉ ଗାଣ୍ଡେ ପିଲାଛୁଆଙ୍କୁ ମଣିଷ କରିବା ଜୀବନରେ ଆଉ କି ସୁଖ ପାଇଛି ସିଏ ? ଦି'ଟା ପୁଅ... ଜଣେ ଆଇ.ଏ.ଏସ୍. ବିହାର କ୍ୟାଡରରେ ମୂଳରୁ ରହିଛି... ବାହା ହେଇଚି ଜଣେ ପଞ୍ଜାବୀ ମହିଳାଙ୍କୁ... ସେ ବି ଆଲାଏଡ୍‌ରେ... କିରାଣି ବାପ ସହିତ କୌଣସି ସଂପର୍କ ତ ନ ରହିବା କଥା... ଦ୍ୱିତୀୟ ପୁଅ ଜଣେ ବିଧାନସଭା ସଦସ୍ୟ- ସରକାର ବଦଳିଲେ ତା'ର ଦଳ ଆନୁଗତ୍ୟ ବଦଳିଯାଏ ରାତାରାତ୍। ବିଭିନ୍ନ ଆଡୁ ତା'ର ଅର୍ଥର ସମାଗମ ଭୁବନେଶ୍ୱରରେ ଗୋଟିଏ ଚାରିଲକ୍ଷିଆ କୋଠା ବନିସାରିଲାଣି - ଆଇ.ଏ.ଫେଲ୍ ହୋଇ ଘର ଛାଡ଼ିଥିଲା... ରାଜନୀତିର ସହଜ ବାଟଦେଇ ଯାଇ ଏବେ ତୋନାଲ ମୋନାଲ... ବାପା ମା'ଙ୍କୁ ପଚାରେନି। ତିନୋଟି ଝିଅ କୌଣସି ମତେ ପାର ପାଇଯାଇଛନ୍ତି - ଆଉ ଦି' ଜଣ କଲେଜରେ... ବିଚରା ଆଉ ଫୁରସତ ପାଇଲା କୋଉଠୁ ଫୂର୍ତ୍ତି ଆନନ୍ଦ କରିବାକୁ ?...

ଆଜି ହୁଏତ ଏଇ ଅପ୍ରତ୍ୟାଶିତ ଦୃଶ୍ୟ ଭିତରେ ସେ ତା'ର ଅପୂର୍ଣ୍ଣ କେତେକ ଇଛା, କାମନାର ପୂର୍ଣ୍ଣତା ଖୋଜି ବୁଲୁଚି। ବୁଲୁ ବିଚରା ନିତ୍ୟାନନ୍ଦ -

ଷଣ୍ଢ ଲଢ଼େଇ ଦେଖିବା ଆଶାରେ ଆସି ସୁରେନ୍ଦ୍ରବାବୁ ଏଇ ଅଭିନବ ପରିସ୍ଥିତି ଓ ଦୃଶ୍ୟ ଭିତରେ କେମିତି ବିମୂଢ଼ ହୋଇଯାଇଥିଲେ - ଷଣ୍ଢ ଲଢ଼େଇରେ ସେ ନୀରବ ନ ଥିଲେ ତ ! ସକ୍ରିୟ ଅଂଶ ଗ୍ରହଣ କରୁଥିଲେ ଉଭୟ ଷଣ୍ଢଙ୍କୁ ଉତ୍ତ୍ୟକ୍ତ କରିବାରେ - କିନ୍ତୁ ଏ ପରିସ୍ଥିତିରେ ତା' ତ କରିହେବନି ?

ଏଇ ଅବାଞ୍ଛିତ ରୁଚିହୀନ ପରିସ୍ଥିତିର ଅବସାନ ତେବେ ହବ କିପରି ? ଲୋକ ଭିଡ଼ ଭିତରୁ କେତେଙ୍କର କାମୁକ ଲୋଲୁପ ଦୃଷ୍ଟିରୁ ଏଇ ଅର୍ଥ ଉଲଗ୍ନ ଯୁବତୀଟିକୁ ରକ୍ଷା କରାଯାଇପାରିବ ? ଯୁଗ ଯୁଗ ଧରି ସଭ୍ୟତାର ପରିବର୍ତ୍ତନ ପରିମାର୍ଜନା ଭିତରେ ମଣିଷ ତା'ର ଆଧୁନିକ ଖୋଳ ଭିତରେ ସେମିତି ଆଦିମ ରହିଯାଇଚି... ଏ ପରିସ୍ଥିତିରେ ସେ ନିଜେ ? ସେ ନିଜେ କଅଣ ? ତାଙ୍କର ଅମାନିଆ ଆଖି ଦି'ଟା ମଝିରେ କେଉଁ ଆଡ଼କୁ ଚାଲିଯାଉଚି ତାଙ୍କର ଅସତର୍କ ମୁହୂର୍ତ୍ତରେ ? ଜୀବନରେ ସେ ବହୁବାର କଅଣ ଏଇ ଚୌର୍ଯ୍ୟବୃତ୍ତି କରି ନାହାନ୍ତି ? ତଥାପି ତାଙ୍କର ସୁସଂଯତ ମନଟା ଏମିତି ଚଗଲ୍ ଧରୁଚି କାହିଁକି ଏ ବୟସରେ ?

ସେ ଯେମିତି ଅନ୍ୟକୁ ଦେଖି ଭାବୁଛନ୍ତି ତାଙ୍କୁ ଦେଖି ଅନ୍ୟମାନେ ସେୟା ଭାବୁ ନ ଥିବେ ବା କାହିଁକି ?

ଚିନ୍ତାମଗ୍ନ ଓ ବିଚଳିତ ସୁରେନ୍ଦ୍ରବାବୁଙ୍କ କାନରେ ବାଜିଲା -

ବାବୁ... ଏ ଶାଳୀ ମାଇକିନା ଥର ଥର କରି ବାପ ଘରକୁ ପଳଉଚି - ପଳେଇଥିଲା ଦି' ବର୍ଷ ତଳେ... ଏବେ ମାସେ ହେଲା ଗୋଟାଏ ଦି' ମାସର ମାଈପିଲା ଧରି ଆସିଲା... ମୋ ଗୋଡ଼ତଳେ ପଡ଼ିଗଲା ପିଲାଟାକୁ ମାଟିରେ ଶୁଆଇଦେଇ - ପୁଣି କହୁଚି ବାପ ଘରକୁ ଯିବ - ତାକୁ ବାଡ଼େଇବିନି ?

ସ୍ତ୍ରୀଲୋକଟି ଧଇଁସଇଁ ଗଳାରେ କହିଲା... ବାଡ଼େଇବୁ ଶଳା ତା' ବୋଲି ? ରଖିଲୁ ତ ସବୁ ଜାଇଁଲା ପରେ... ପୁଣି ପିଟୁଚୁ କାଇଁକି ଦାରୁ ପିଇ ?... ନାଃ ମୁଁ ଚାଲିଯିବି - ରହିବିନି।

ଧ୍ୱନିତ ହେଲା ପୁରୁଷ କଣ୍ଠ...

ନାଇଁ କାହିଁକି ରହିବୁ ? ଯା, ଫେର ଆଉ ଗୋଟେ ଛୁଆ ସିଆଡୁ ଧରି ଆସିବୁ। ଜନତାକୁ ସମ୍ବୋଧନ କରି ନାରୀ କଣ୍ଠରୁ ଆସିଲା ତା' ମନର ଗୁହାଭିତରୁ... ବାବୁ - ଏ ଶଳା ବାଡ଼ିପୋଡ଼ା ଅଣପୁରୁଷାକୁ ପଚାରିଲ... ମତେ ଦଶ ବର୍ଷ ହେଲା ବାହା ହେଲାଣି - ତା' ଆଡୁ ମୋର ଗୋଟେ ପିଲା ବି ପେଟରେ ରହିଲାନି କାହିଁକି ?

ସ୍ୱାମୀ ସ୍ତ୍ରୀଙ୍କର ବଚସା ସୁରେନ୍ଦ୍ରବାବୁଙ୍କ କାନରେ ଢାଏ ଢାଏ ବାଜିଲା।

ବିଚ୍ ରାସ୍ତା ଉପରେ ଏତେ ଲୋକଙ୍କ ସାମନାରେ ଦୁହେଁ ଦୁହିଁଙ୍କୁ ଏତେ ନିର୍ଲଜ୍ଜ, ନିର୍ବିକାର ଭାବରେ ଖୋଲିଦେଇ ପାରିଲେ ତ! ଦୁହିଁଙ୍କ ଜୀବନରେ ଯାହା ଏକାନ୍ତ ସତ୍ୟ, ମନର ଅତଳ ଗହ୍ୱର ଭିତରେ ଯାହାସବୁ ଯୁଦ୍ଧରତ ଭାବନା ଚିନ୍ତା ସେସବୁକୁ ବିନା ଦ୍ୱିଧାରେ ନିଷ୍କପଟ ଭାବରେ ଏମାନେ ଦୁନିଆର ଦିବାଲୋକରେ ମେଲେଇ ଧରିପାରୁଛନ୍ତି - ସେମାନେ ପ୍ରକୃତରେ କଅଣ ତା' ସେମାନେ ସମସ୍ତଙ୍କୁ ଜଣେଇ ଦେଇପାରୁଛନ୍ତି - ଅଥଚ ଆମେ, - ଯେଉଁମାନେ ସଭ୍ୟ ଶିକ୍ଷିତ ଆମର ସବୁକିଛି ଚିନ୍ତା ଭାବନା ପଥର ଚପା - ଯାହା ପଦାକୁ ଆସେ ସେଥିରୁ ଆମର ଆମେତ୍ୱ ପ୍ରକାଶ ପାଏନା...

ସୁରେନ୍ଦ୍ରବାବୁଙ୍କ ଚିନ୍ତାସ୍ରୋତ ହଠାତ୍ ଥମି ଗଲା - ସେ ଭାବିଲେ ଏ ପରିସ୍ଥିତିରେ ତାଙ୍କୁ କିଛି ଗୋଟାଏ କରିବାକୁ ହବ - ସେ କ୍ଷିପ୍ର ଗତିରେ ଯାଇ ମାତାଲ ସ୍ୱାମୀର ହାତ ଧରି ପକେଇ ତାକୁ ଟାଣୁ ଟାଣୁ କହିଲେ - କାହିଁକି ତୋ ସ୍ତ୍ରୀକୁ ଭିଡ଼ାଓଟରା କରି ବେଇଜତ୍ କରୁଚୁ?... ଦେଖୁନୁ ତା' ଦେହରେ ଲୁଗାପଟା ନାହିଁ -

ମାତାଲ ସ୍ୱାମୀ ସୁରେନ୍ଦ୍ରବାବୁଙ୍କୁ ଗୋଟାଏ ଧକ୍‌କା ଦେଇ ତଳେ ପକେଇ ଦଉ ଦଉ କହିଲା - ତୁ ବୁଢ଼ାବାବୁ ଆମ କଜିଆ ଭିତରେ ପଶନି... ଆମ କଥା ଆମେ ବୁଝିବୁ...

ସୁରେନ୍ଦ୍ରବାବୁ ଏ ଧକ୍‌କା ପାଇଁ ପ୍ରସ୍ତୁତ ନ ଥିଲେ - ଉଠି ଠିଆ ହୋଇଛନ୍ତି କି ନାହିଁ ଭିଡ଼ ଭିତରୁ ଦି'ତିନି ଜଣ ଭେଣ୍ଡା ଟୋକା ଅଭାଷାରେ ଶୋଧି ଶୋଧି ମାତାଲ ସ୍ୱାମୀକୁ ବାଡ଼େଇବାକୁ ବାହାରି ଆସିଲେ। ସୁରେନ୍ଦ୍ରବାବୁ ସେମାନଙ୍କୁ ଅନୁରୋଧ ଭଙ୍ଗିରେ କହିଲେ - ଥାଉ ଥାଉ ବାଡ଼ାନ୍ତୁନି - ସେ କ'ଣ ହୋସ୍‌ରେ ଅଛି? ତା'ପରେ ସୁରେନ୍ଦ୍ରବାବୁ ମାତାଲ ସ୍ୱାମୀକୁ ଶୂନ୍ୟେ ଶୂନ୍ୟେ ଟେକି ନେଲେ ଆଉ ନେଇ ତା' ରିକ୍‌ସା ପାଖରେ ଠିଆ କରି ଦେଇ କହିଲେ - ଏଠୁ ପାଦେ ଘୁଞ୍ଚିଚୁ ତ ଦେଖିବୁ... ଏ ବୟସରେ ସୁରେନ୍ଦ୍ରବାବୁ ଜଣେ ବଳିଷ୍ଠ ସ୍ୱାସ୍ଥ୍ୟବାନ୍ ପୁରୁଷକୁ ଅକ୍ଳେଶରେ ଟେକି ନେଇଯିବାର ଦେଖି ବିସ୍ମିତ ହେଇଗଲେ ସମସ୍ତେ।

ସୁରେନ୍ଦ୍ରବାବୁ ସ୍ତ୍ରୀଲୋକଟି ପାଖକୁ ଯାଇ ଧମକେଇ କହିଲେ... ଯା... ରିକ୍‌ସାରେ ଯାଇ ବସ ଚୁପ୍‌ଚାପ୍ -

ସ୍ତ୍ରୀଲୋକଟି କାହାରି ଆଡ଼କୁ ନ ଚାହିଁ ଦୃପ୍ତ ଗଳାରେ କହିଲା - ତା' ଘରକୁ ଆଉ ଯିବିନି...

ଆଉ କୁଆଡ଼େ ଯିବୁ? ସୁରେନ୍ଦ୍ରବାବୁ ପ୍ରଶ୍ନ କଲେ।

ମୋ ଇଚ୍ଛା ଯୁଆଡ଼େ ବାବୁ...

- ଆଉ ତୋ ଛୁଆ ?

ମୁହଁ ଟେକି ସେ ସୁରେନ୍ଦ୍ରବାବୁଙ୍କୁ ଚାହିଁଲା -

ଆଖିରେ ତା'ର ମମତାଭରା ଏକ କାରୁଣ୍ୟ ଆଶ୍ଚର୍ଯ୍ୟ।

କହିଲା... ସେ ତ ଛୁଆକୁ ଛାଡ଼ିଲାନି ବାବୁ...

ଛାଡ଼ିଲାନି କାହିଁକି ତୁ ବୁଝିପାରୁନୁ? ଯା ସୁନାଝିଅ ଭଳି ରିକ୍ସାରେ ବସ... ଯା... ଚାଲ... ଚାଲ... ବସ ରିକ୍ସାରେ... ସ୍ତ୍ରୀଲୋକଟି କଅଣ ଯେପରି ଭାବିଲା - ତା'ପରେ ପାଦେ ପାଦେ ରିକ୍ସା ଆଡ଼େ ଆଗେଇଲା... ସୁରେନ୍ଦ୍ରବାବୁ ବି ତା' ସାଥି ସାଥି ଆଗେଇଲେ।

ସ୍ତ୍ରୀଲୋକଟି ରିକ୍ସାରେ ଯାଇ ବସିଲା... ଆଉ ବସିଲା ତା' ପାଖରେ ତା' ମାତାଲ ସ୍ୱାମୀ ତାକୁ ତା'ର ଦୁଇ ବଳିଷ୍ଠ ବାହୁରେ ଘେରାଉ କରି... ବାମ ବାହୁଟି ତା' ସ୍ତ୍ରୀର ଆବୃତ ଦୁଇ ସ୍ତନ ଉପରେ ରଖି ତା'ର ସାମାଜିକ ଅଧିକାର ସାବ୍ୟସ୍ତ କଲା... ସେ ତା'ର ସାଙ୍ଗ ରିକ୍ସାବାଲାକୁ ତେଲେଙ୍ଗାରେ କହିଲା - ଚଲା ବେଇଗି - ରିକ୍ସା ଚାଲିଲା... ଭିଡ଼ ଭାଙ୍ଗିଗଲା ପରେ ଜଣେ ଦେଖଣାହାରି - ବୟସ ଅନ୍ଦାଜ ପଚାଶ - ସୁରେନ୍ଦ୍ରବାବୁଙ୍କ ପାଖକୁ ଆସି ହସି ହସି କହିଲେ - ସାର୍ ଯାହାହଉ ଆପଣ ତାଙ୍କ ଝଗଡ଼ା ଭାଙ୍ଗି ଦେଇପାରିଲେ। ସୁରେନ୍ଦ୍ରବାବୁ ଘରମୁହାଁ ଚାଲୁଚାଲୁ ଉତ୍ତର କଲେ - ଏଁ?... ନାଇଁ - ତାଙ୍କ ଝଗଡ଼ା ଆଉ ଭାଙ୍ଗିଲା କୋଉଠୁ...? ରାସ୍ତାର ଭିଡ଼ ଖାଲି ଭାଙ୍ଗିଲା। ଭଦ୍ରଲୋକ ଜଣକ ଏଇ ଉତ୍ତରରୁ କିଛି ବୁଝିପାରନ୍ତୁ ନ ପାରନ୍ତୁ... ପୁଣି କହିଲେ

ଏମିତି ଇତର ଭାବରେ ଏମାନେ ରାସ୍ତାରେ ଝଗଡ଼ା କରନ୍ତି - ଏତେ ଦୃଷ୍ଟିକଟୁ ଆଜ୍ଞା... ଦେଖି ହବନି କି ଶୁଣିହବନି... ଅନ୍ୟମନସ୍କ ସୁରେନ୍ଦ୍ରବାବୁ କହିଲେ ହଁ, ହେଲେ ଏମାନଙ୍କର ଦୋଷ ବା କଅଣ? ଦାରିଦ୍ର୍ୟ ଏମାନଙ୍କୁ କୌଣସି ଆବରଣ ଭିତରେ ରଖେଇ ଦେଇପାରୁନି। ସଭ୍ୟ ସମାଜର ବିଚ୍ ଛାତି ଉପରେ ଏମାନେ ଯେପରି ବେଆବ୍ରୁ କଳହ କରନ୍ତି - ଭୁବନେଶ୍ୱରର ଭଦ୍ର ଅଧ୍ୟୁଷିତ କୋଠାଗୁଡ଼ାକ ସାମନାରେ ଥିବା ସରକାରୀ ପଡ଼ିଆ ଜମି ଉପରେ ଝୁମ୍ପୁଡ଼ି ବସ୍ତିର ସବୁ ବୟସର ପୁରୁଷ ଓ ସ୍ତ୍ରୀ ଯେପରି ଭାବରେ ସେମାନଙ୍କର ମଳମୂତ୍ର ତ୍ୟାଗ କରନ୍ତି ସେ ସବୁ ତ ଆଜିର ସାମାଜିକ ଓ ଶାସନ ସଂସ୍ଥା ପ୍ରତି ସେମାନଙ୍କର ପ୍ରତୀକାତ୍ମକ ପ୍ରତିବାଦ। ଭଦ୍ରଲୋକଟି ସୁରେନ୍ଦ୍ରବାବୁଙ୍କୁ ଟିକିଏ ଚାହିଁ ତାଙ୍କର ବାଟ ଧଇଲେ। ସୁରେନ୍ଦ୍ରବାବୁ ଘରେ ନ ପଶୁଣୁ ନାରୀକଣ୍ଠର ରୁକ୍ଷ ଆବାଜ ତାଙ୍କ କାନରେ ବାଜିଲା - କିଓ ସାହେବ, ଆଜି ସକାଳ

ବୁଲାଟା ଖଣ୍ଡଗିରି ଯାଏଁ ଲାଗିଗଲା କି? ସୁରେନ୍ଦ୍ରବାବୁ ଚାପା ଗଳାରେ କହିଲେ - ଆଃ, ପାଟି କରୁଚ କାହିଁକି? ଶୁଣ -

- କଅଣ ଶୁଣିବି?

- ବହୁତଦିନ ଧରି ନ ଶୁଣିଥିବା କଥା - ସୁରେନ୍ଦ୍ରବାବୁ କହିଲେ ଗୋଟାଏ ତୃପ୍ତିର ହସ ହସି -

- ସତେ? ହଉ ତେବେ ଦି' ପଦରେ ଛିଡ଼େଇ ଦିଅ - ମୋର ବେଳ ନାହିଁ ତମ କଥା ଶୁଣିବାକୁ...

ବୁଝିଲ। ଷଣ୍ଢ ଲଢ଼େଇ... ଏତେ ଦିନକେ!

ତମେ ତେବେ ଏତେ ବେଳଯାଏଁ ଷଣ୍ଢ ଲଢ଼େଇ ଦେଖୁଥିଲ? ପ୍ରତିମାଦେବୀ ଝଙ୍କାର କଲେ... ଆହା, ବୁଢ଼ାଟିଏ ହେଲଣି, ତଥାପି ଷଣ୍ଢ ଲଢ଼େଇ ଦେଖିବାକୁ ପାଗଳ!

ଗଦ୍‌ଗଦ କଣ୍ଠରେ କହିଲେ ସୁରେନ୍ଦ୍ରବାବୁ - ଏଥର କିନ୍ତୁ ଗୋଟାଏ ନୂଆ ଧରଣର ଷଣ୍ଢ ଲଢ଼େଇ ପ୍ରତିମା... ଗୋଟାଏ ଅଣ୍ଡିରା ଷଣ୍ଢ ଆଉ ଗୋଟାଏ ମାଈ।

ପ୍ରତିମା ସୁରେନ୍ଦ୍ରବାବୁଙ୍କ ପାଖକୁ ଲାଗିଆସି କହିଲେ - କ'ଣ କହିଲ ମାଈ ଷଣ୍ଢ? କଅଣ ଆଜି ସିଆଡୁ ଗଞ୍ଜେଇ ଫଞ୍ଜେଇ ଟାଣିକରି ଆସିଚ ନା କଅଣ?

- ବିଚ୍ ରାସ୍ତା ଉପରେ ଧସ୍ତାଧସ୍ତି, ଗଡ୍‌ଡା ଗଡ୍‌ଡି... ମାଈ ଷଣ୍ଢଟିର ଦେହରେ ତ ଆଉ ଲୁଗାପଟା ନ ଥିଲା...

- ମାଈ ଷଣ୍ଢ ଦେହରେ ଲୁଗାପଟା ନ ଥିଲା?...

- ନଗ୍ନ ସ୍ତନ ଉପରେ ଜନତାର ଆଖି!

- କଅଣ ଗୁଡ଼ାଏ ତମେ ବକି ଯାଉଚ?

- ମୁଗ୍ଧ, ଲୋଲୁପ!

- ଏଁ?

- ସେ ଦୁହିଁଙ୍କର ଜୀବନ ସମସ୍ୟାପାଇଁ କେହି ଜଣେ ହେଲେ ବ୍ୟସ୍ତ ନ ଥିଲେ...।

- କଅଣ ପାଗଳ ହେଇଗଲ ନା କଅଣ...?

- ଆମେ ଚାହୁଁଥିଲୁ ତାଙ୍କ ଭିତରେ ଭିଡ଼ା ଓଟରା ଧସ୍ତାଧସ୍ତି ଚାଲୁଥାଉ...

- ଓଃ ଭଗବାନ୍!

- ସେଇ ସୁଯୋଗରେ ଆମ ମନ ଭିତରେ ଏକ ପରୋକ୍ଷ ସ୍ନାୟୁ ମୈଥୁନ ଚାଲୁ...

(ବିରକ୍ତି ସହ) ନିଆଁ, ଚୁଲି, ପାଉଁଶ -

- ତାଙ୍କର ଦୁର୍ଭୋଗ ଆମପାଇଁ ଉପଭୋଗ...

- (ପାଟିକରି) କ'ଣ ଚୁପ୍ ହବ ନା ନାହିଁ ?

ସେମାନଙ୍କର ଯନ୍ତ୍ରଣା ଆମପାଇଁ ମୂଲ୍ୟହୀନ ଅଥଚ...

(ପାଟିକରି) ହେ ଅଥଚ...

କହି ପ୍ରତିମାଦେବୀ ସ୍ୱାମୀଙ୍କ ଦି' ହାତଧରି ଖୁବ୍ ଜୋରରେ ଝାଙ୍କିଦେଲେ... ତା'ପରେ ନିଜର ବାଁ ହାତ ପାପୁଲିଟାକୁ ଚାହିଁ ଚିତ୍କାର କରିଉଠିଲେ - ଏ ମା', ରକ୍ତ !... ସୁରେନ୍ଦ୍ରବାବୁଙ୍କ ଡାହାଣ ହାତ କହୁଣିଟାକୁ ବୁଲେଇ ଧରି କହିଲେ - ଇସ୍ ! ଯାଇଚି ଚେନାଏ ଉଠି ଚମଡ଼ାରୁ, କୋଉଠି ପଡ଼ିଲ ?

ସୁରେନ୍ଦ୍ରବାବୁ ସ୍ମିତ ହସି କହିଲେ - ମାତାଲ ପୁରୁଷ ଷଣ୍ଢଟା ମତେ ତଳେ ପକେଇ ଦେଲା ତ - କହୁଣିଟା ଭୂଇଁରେ ଘଷିହେଇ ଛିଣ୍ଡିଯାଇଚି ବୋଧହୁଏ ।

ପ୍ରତିମାଦେବୀ ବ୍ୟଥାତୁର ଆଖିରେ ସ୍ୱାମୀଙ୍କ ମୁହଁକୁ ଚାହିଁ ପଚାରିଲେ... ବୋଧହୁଏ ? - ତା' ମାନେ ତମେ ଏଯାଏଁ ଜାଣି ନ ଥିଲ ?

ସୁରେନ୍ଦ୍ରବାବୁ ସ୍ତ୍ରୀଙ୍କ କାନ୍ଧରେ ହାତରଖି କହିଲେ - ଏତେ ବ୍ୟସ୍ତ ହେଇପଡୁଚ କାହିଁକି... ? - ଏବେ ଜାଣିଲା ପରେ ବରଂ ଖୁବ୍ ଖୁସି ଲାଗୁଚି -

■

କୋଠା

ନରହରିବାବୁ ହଠାତ୍ ଚେଇଁଉଠିଲେ - କଟକରେ କୋଠା ପିଟିବେ - ଯେମିତି ହଉ ସିଏ କଟକରେ ଖଣ୍ଡେ କୋଠାଘର ତିଆରି କରିବେଇ କରିବେ - ରାମା, ଶାମା, ଦାମା ସମସ୍ତେ ଆଜିକାଲି କୋଠା କରୁଛନ୍ତି, ଆଉ ସିଏ ପାରିବେନି ? ସନାତନ ତାଙ୍କରି ସାଥିରେ ଏକା କ୍ଲାସରେ ପାଠ ପଢୁଥିଲା। ଅଙ୍କରେ ପନ୍ଦରରୁ ଆଉ ବେଶୀ ପାଇ ପାରିଲାନି... ଶିକ୍ଷକଙ୍କ ଦୟାରୁ କୌଣସିମତେ ମାଟ୍ରିକ୍ ପରୀକ୍ଷା ଯାଏଁ ଗଲା - ତିନି ଚାରି ଥର ଫେଲ ହେଲା ପରେ ପାସ୍ କରିଗଲା... ନରହରି ତାକୁ ପଚାରିଲେ "କିରେ ସନା, କଲେଜରେ ପଢ଼ିବୁଟି ?" ସନାତନ ଓଠ ବଙ୍କେଇ କହିଲା, "ଆରେ କଲେଜ... କେମିତି ଖସିଗଲି କହ... ହଇରେ ତୁ ଆସି ବି.ଏ. ପାସ୍ କରିବାକୁ ବସିଲୁଣି... ଆଉ ମୁଁ ଯାଇଁକରି ଫାଷ୍ଟଇଅର କ୍ଲାସରେ ନାଁ ଲେଖାଇବି ?"

ନରହରି ପଚାରିଲେ, "ତେବେ କରିବୁ କ'ଣ ?"

ଦେଖିବି ଖଣ୍ଡେ କିରାଣି ଚାକିରି ବାକିରି କେଉଁଠି...

ବନ୍ଧୁ ସନାତନ ପ୍ରତି ନରହରିବାବୁଙ୍କର ସେ ଦିନ ବହୁତ ବେଶୀ ଦୁଃଖ ହୋଇଥିଲା...

ହେଲେ ସେଇ ସନାତନ କିଲେଟରୀରେ କିରାଣି ହୋଇ ଅଲିଶାବଜାରରେ କେଡ଼େ ସୁନ୍ଦର କୋଠାଟିଏ ତିଆରି କରିସାରିଲାଣି। ଏତେ ଟଙ୍କା ପାଇଲା କେଉଁଠୁ ? ପିଲା ଛୁଆ ତ ହେସେଁ ! ସେମାନଙ୍କୁ ଯୋଗ୍ୟ କରି ଦି' ଦି'ଟା ଝିଅଙ୍କୁ ବାହାସାହା କରିସାରିଲା ପରେ ବି ତା'ର କୋଠା ତିଆରି କରିବାକୁ ଟଙ୍କା ଥିଲା। ଖାଲି ସନାତନ କାହିଁକି ? ଏ ମହଙ୍ଗା ଦିନରେ ବି କେତେ ଲୋକ କଟକରେ କୋଠା ପିଟିଲେଣି ନରହରିଙ୍କ ଆଖି ଆଗରେ। କିନ୍ତୁ ସିଏ କୋଠାଟିଏ ତିଆରି କରିପାରୁ ନାହାନ୍ତି, ହାତରେ ଖଡ଼ାଟିଏ ବି ନାହିଁ -

ତଥାପି ଏପରି ନିଃସମ୍ବଳ ଅବସ୍ଥାରେ ନରହରି ହଠାତ୍ ସେ ଦିନ ମେଘୁଆ ସକାଳ ଶେଯରୁ ଉଠି ଠିକ୍ କରି ପକେଇଲେ ଯେ ସେ କୋଠା ତିଆରି କରିବେ।

ଯିଏ ଶୁଣିଲେ ହସନ୍ତା, ତାଙ୍କ ସିଦ୍ଧାନ୍ତ ଶୁଣି ତାଙ୍କର ସହଧର୍ମିଣୀ ବାସନ୍ତୀଦେବୀ ହସି ପକାଇଲେ। କହିଲେ, କୋଠା... ଆଉ ତମେ?

ନରହରି ଗମ୍ଭୀର ହୋଇ କହିଲେ ଦେଖିବ ମୁଁ କୋଠା ତିଆରି କରୁଚି କି ନାହିଁ?

ବାସନ୍ତୀଦେବୀ କହିଲେ, "କୋଠା ତିଆରି କରିବା ଲୋକ ନିଆରା। ତମେ କରିବ କୋଠା? ନରହରିବାବୁ ସ୍ତ୍ରୀଙ୍କର ମନ୍ତବ୍ୟ ଶୁଣି ଟିକିଏ ବିରକ୍ତ ହୋଇଯାଇ କହିଲେ, "ମୁଁ ଯେ ଟଙ୍କା କମେଇ ପାରିନି, ସେଇଟା ମୋ ଦୋଷ ନାଇଁ? ତମେ ତ ଚବିଶ ପଚିଶ ବର୍ଷ ହେଲା ସଂସାର ଚଳେଇଲ, ସଂଚିଲନି?"

"ହଁ ଶେଷକୁ ଦୋଷ ମୋରି ମୁଣ୍ଡରେ ଲଦା ହେବନି ତ ଆଉ କଅଣ? ଛାଡ଼ ସେ ଚଷୁକୁଟା କଥାଗୁଡ଼ା ପକେଇ କିଛି ଲାଭ ନାହିଁ - ଏଇ ଅଲଣା କଥାରେ ଫେରେ ଲାଗିଯିବ ଖିଟିଖିଟି।" କଥା ଶେଷକରି ବାସନ୍ତୀଦେବୀ ସେଠୁ ଚାଲିଯାଉଥିଲେ ନରହରିବାବୁ ତାଙ୍କୁ ଅଟକେଇ ଦେଇ କହିଲେ, "ଶୁଣ, ଆଜିଠୁ ପ୍ରତି ମାସରେ କିଛି କିଛି ଟଙ୍କା ବଞ୍ଚେଇବାକୁ ଚେଷ୍ଟାକର।"

ବାସନ୍ତୀଦେବୀ କହିଲେ, ମୁଁ ପାରିବିନି - ତମେ ଚେଷ୍ଟାକର।

ନରହରିବାବୁ ମୂଳରୁ ସେତକ କରିପାରି ନାହାନ୍ତି - ସେ ସବୁବେଳେ ଖୋଲା ହାତିଆ। ବଡ଼ ଆଖି, ତା' ସାଙ୍ଗକୁ ଜୁଟିଲେ ବାସନ୍ତୀଦେବୀ ବଡ଼ଘରର ଝିଅ, ଆଡ଼ା ଚଉଡ଼ାରେ ବଢ଼ି ଆସିଛନ୍ତି। ଚିପିଚାପି ଘର ଚଳେଇବା କଅଣ ସେ ଜାଣି ନାହାନ୍ତି...

ଚାକିରି କଲାଦିନୁ ନରହରିବାବୁଙ୍କ ପଇସାରେ ସବୁବେଳେ ପର ଲାଗିଛି... ଭଲ ଘରେ ରହିବା... ଭଲ ଖାଇବା ଆଉ ଭଲ ପିନ୍ଧିବା ହେଲା ନରହରିଙ୍କ ଜୀବନରେ ମଟୋ...

ଚାରୋଟିଯାକ ଛୁଆଙ୍କ ସ୍ୱାସ୍ଥ୍ୟ, ପୋଷାକ ବିଷୟରେ ଦି'ପ୍ରାଣୀଙ୍କର ସଜାଗ ଦୃଷ୍ଟି ସବୁବେଳେ ରହିଥାଏ...

ଖାଲି ସେତିକି ହୋଇଥିଲେ ବି ନରହରିବାବୁ ଟଙ୍କା ସଞ୍ଚିପାରିଥାନ୍ତେ। ତାଙ୍କର ବନ୍ଧାଖର୍ଚ୍ଚ ବାହାରେ ଆଉ କେତେ ବି ଖର୍ଚ୍ଚ ଆସି ପଡ଼ିଯାଏ - ସେସବୁକୁ ଏଡ଼ିଯିବା ସ୍ୱାମୀ ସ୍ତ୍ରୀ କାହାରି ପକ୍ଷରେ ସମ୍ଭବ ନୁହେଁ।

ଭାତହାଣ୍ଡିରୁ ଗୋଟିଏ ଚିପିଲାପରି ଗୋଟିଏ ଘଟଣାରୁ ନରହରି ଓ ତାଙ୍କ ସ୍ତ୍ରୀଙ୍କର ମନର ପରିଚୟ ମିଳିଯିବ।

ଦିନେ ଗୋଟିଏ ବିବାହିତା ସ୍ତ୍ରୀ ଗୋଟିଏ ଛୋଟ ଝିଅକୁ ଧରି ଆସି ପହଞ୍ଚିଲା, ନରହରିବାବୁ ଠିକ୍ ଅଫିସ୍‌କୁ ଯିବାକୁ ବାହାରିଲାବେଳେ।

ବାବୁ, ଟିକିଏ ଶୁଣିବେ ?

ନରହରିବାବୁ ଅଟକିଯାଇ ପଚାରିଲେ...

"କଅଣ କହୁଚ ?"

"ବାବୁ, ଏ ଝିଅଟିର ବାପ ହାସପାତାଳରେ ପଡ଼ିଛନ୍ତି...

ତାଙ୍କୁ ଟି.ବି. ହୋଇଛି।"

ବାସ୍ ସେଇ ଦି'ପଦ କଥା। ଆଉ ଶୁଣିବା ଦରକାର ପଡ଼ିଲା ନାହିଁ... ସେ ସ୍ତ୍ରୀଲୋକଟି ସତ କହୁଚି କି ମିଛ କହୁଚି ଜାଣିବା ଦରକାର ମନେ ନ କରି ନରହରିବାବୁ ଘର ଭିତରକୁ ଫେରିଯାଇ ବାସନ୍ତୀଙ୍କୁ କହିଲେ...

"ବାସ ! ପାଞ୍ଚଟା ଟଙ୍କା ଦେଲ।"

"ଟଙ୍କାର ହଠାତ୍ କ'ଣ ଦରକାର ହେଲା ? ଅଫିସ ତ ଯାଉଥିଲ ?" ବାସନ୍ତୀଦେବୀ ପଚାରିଲେ...

"ଗୋଟିଏ ସ୍ତ୍ରୀଲୋକର ସ୍ୱାମୀ ଟି.ବି.ରେ ଭୋଗୁଚି... । ଅଛି ହାସପାତାଳରେ... ସ୍ତ୍ରୀଟି ଆସିଚି କିଛି ସାହାଯ୍ୟ ପେଇଁ... ଦେଲ ବେଇଗି ପାଞ୍ଚଟା ଟଙ୍କା।"

"ଟଙ୍କା କାହିଁ ? ସବୁତ ସରିଲାଣି, ବାକି ବସାଖର୍ଚ୍ଚ କେଇଟା ଟଙ୍କା ପଡ଼ିଚି... ମାସରୁ କୋଡ଼ିଏ ଦିନ ଯାଇନି..."

"ସେଇଥିରୁ ପାଞ୍ଚ ଟଙ୍କା ଦିଅ ବାସ - ଦେଲ ଦେଲ ମୋର ଅଫିସ୍ ଡେରି ହୋଇଯାଉଚି।"

"ଆଚ୍ଛା ମୁଁ ଦେଇଦେଉଚି - ତମେ ଯାଅ... ଭଲ ପାଲା ଲଗେଇଚ... ଏମିତି ଦାନ ଧର୍ମରେ ତ ଟଙ୍କା ଉଡୁଚି, ଆଉ ମୋ ପିଲାଙ୍କର ଭବିଷ୍ୟତ ଦେଖିବ କଅଣ ?"

ନରହରି ସ୍ତ୍ରୀଙ୍କ କଥାରେ କାନ ନ ଦେଇ 'ଦେଇଦେବ' କହି ଅଫିସ୍ ଚାଲିଗଲେ। ଚାବି ଥୋଲାଟା କାନିରୁ ଫିଟେଇ ବାସନ୍ତୀଦେବୀ ଆଲମାରି ପାଖକୁ ଗଲେ...

ସନ୍ଧ୍ୟାରେ ଅଫିସରୁ ଫେରି ନରହରି ପଚାରିଲେ, "କ'ଣ ଦେଲଟି ସେ ସ୍ତ୍ରୀଲୋକଟିକୁ ପାଞ୍ଚଟା ଟଙ୍କା ?"

"କଅଣ ବିଶ୍ୱାସ ହେଉନି ? ଉଷ୍ମ ଗଳାରେ ବାସନ୍ତୀଦେବୀ ପଚାରିଲେ।

ଜାମାପଟା କାଢୁ କାଢୁ ନରହରିବାବୁ କହିଲେ - "ହଉ ଭୀଷଣ ଭୋକ।" କଅଣ ରଖିଚ ଶୀଘ୍ର ଆଣ...

ବାସନ୍ତୀଦେବୀ ଜଳଖିଆ ଆଣି ସ୍ୱାମୀଙ୍କ ପାଖରେ ରଖୁ ରଖୁ କହିଲେ - "କୋଉ ପସନ୍ଦରେ ପାଞ୍ଚଟା ଟଙ୍କା ଦେବାକୁ କହିଗଲମ ?"

"ତମେ ତେବେ ଦଶ ଟଙ୍କା ଦେଇଚ କୁହ।"

ବାସନ୍ତୀଦେବୀ ହସିପକେଇ କହିଲେ - ବିଚାରୀ ବଡ଼ ଦୁଃଖୀ - ପାଞ୍ଚପାଞ୍ଚଟା ପିଲାଛୁଆ... ସ୍ୱାମୀ ତା'ର ସମ୍ବଲପୁରରେ ଓଭରସିଅର ଥିଲା।

"ସ୍ତ୍ରୀଲୋକଟି ବେଶ୍ ଶିକ୍ଷିତା ମ... ମାଟ୍ରିକ୍ ଫେଲ୍ ହେଇଚି। ତା' କଥାବାର୍ତ୍ତାରୁ ଜଣାଗଲା ସିଏ ମୋଟେ ମିଛ କହୁନି - ଆହା ବିଚାରୀ କେତେ ଦୁଃଖ..." ବାସନ୍ତୀଦେବୀ କହୁ କହୁ ଅଟକିଗଲେ...

ନରହରି କହିଲେ, "ହଁ ବିଚାରୀର ବଡ଼ ଦୁଃଖ - ଏମିତି ଦୁଃଖ ଯେ ଆମକୁ କେବେ ନ ପଡ଼ିବ କିଏ କହିବ ? ମୁଁ ବି ଯଦି ସେମିତି ବେମାର ହୋଇପଡ଼େ.. ବାସନ୍ତୀଦେବୀ ରାଗିଯାଇ ଧଡ଼କିନା ଉଠି ଚାଲିଗଲେ... ଦି' ଦିନଯାଏଁ ଦି'ପ୍ରାଣୀଙ୍କର କଥା ବନ୍ଦ...

କିନ୍ତୁ ଗୋଟିଏ ତାରରେ ଯୋଉଠି ଦୁଇଟି ହୃଦୟ ଗୁନ୍ଥା ହୋଇଚି ସେଠି ଏମିତି ମାନ ଅଭିମାନ ତ ପ୍ରୀତିକର...

ମାସର ପାଞ୍ଚ ଦିନ ଆଗରୁ ଗୃହିଣୀ ସତର୍କବାଣୀ ଶୁଣାଇଦେଲେ ଗୃହକର୍ତ୍ତାଙ୍କୁ...

ମୁଣ୍ଡ ହଲେଇ ନରହରିବାବୁ କହିଲେ - "ମୁଁ କୋଉଠୁ ଧାରଉଧାର ଆଣିପାରିବିନି... ବଜେଟ ଅନୁଯାୟୀ ତମେ ଖର୍ଚ୍ଚ କରିବନି... ଆଉ ମୁଁ ଧାର କରି କରି ମରୁଥିବି ?

"ଏଁ ବଜେଟ ଅନୁଯାୟୀ ମୁଁ ଖର୍ଚ୍ଚ କରୁନି ?"

"କରୁଚ ତ ଅଭାବ ପଡ଼ିଲା କାହିଁକି ?"

"ବୁଝିପାରୁନା କାହିଁକି ଅଭାବ ପଡ଼ିଲା ? ଦାନଧର୍ମରେ ବାବୁଙ୍କର କୋଡ଼ିଏ ଖର୍ଚ୍ଚ ହୋଇଚି ଏଇ ମାସରେ, ଖିଆଲ ଅଛି ?"

ନରହରିବାବୁ ବିଲକୁଲ ଭୁଲିଯାଇଥିଲେ। ଏ କଥାରେ ଟିକିଏ ହସିଦେଇ କହିଲେ, "ମତେ ଏଥିପାଇଁ ଏକା ଦୋଷୀ କରୁଚ କାହିଁକି ବାସ ? ମୁଁ ପାଞ୍ଚ ଦେଲାବେଳକୁ ତମେ ତ ଦଶ..." ହଉ ମୁଣ୍ଡ ଖରାପ କରିବା ଦରକାର ନାହିଁ... ଆଣିଦେବି ଟଙ୍କା..."

ତହିଁ ଆର ମାସଠୁ ମାସିକ ବଜେଟରେ ସେଇ ସ୍ତ୍ରୀଲୋକଟିପାଇଁ ତିନୋଟି ଟଙ୍କା ସ୍ଥାନ ପାଇଲା -

ଖାଲି ଯେ ନରହରି ଆଉ ବାସନ୍ତୀ ଖୋଲାହାତିଆ ତା' ନୁହେଁ... ଯଥା ବୀର୍ଯ୍ୟା ତଥାଙ୍କୁରା...

ଚାରିଟାଯାକୁ ଚାରିଟାଯାକ ଛୁଆ... ତାଙ୍କ କ୍ଲାସର ଗରିବ ସାଙ୍ଗପିଲାଙ୍କୁ ସାହାଯ୍ୟ କରିବାପାଇଁ ମା'ଠୁ ଗୁଳ ଗୁଳ କରି ପଇସା ବୋହି ନେଇଯାନ୍ତି।

ସୁତରାଂ ସତେଇଶ ବର୍ଷ ହେଲା ଚାକିରି କରି, ମୋଟା ଦରମା ପାଇ ନରହରିବାବୁ ଯେ କଟକରେ କୋଠା ପିଟିପାରି ନାହାନ୍ତି ଏଥିରେ ଆଉ ବିସ୍ମିତ ହେବାର କଅଣ ଅଛି ?

କିନ୍ତୁ ଆଜି କୁମ୍ଭକର୍ଣ୍ଣ ଛ' ମାସ ପରେ ନିଦରୁ ଉଠି ଖାଇବାପାଇଁ ହାଉ ହାଉ ହେଲାଭଳି ନରହରିବାବୁ କୋଠା ତିଆରି କରିବାପାଇଁ ହାଉ ହାଉ ହେଉଛନ୍ତି।

ତାଙ୍କ ମୁଣ୍ଡରେ କଥାଟା ଖୁବ୍ ଆଣ୍ଠ କରି ବସିଯାଇଛି... ସେଥିରୁ ମୁକ୍ତି ନାହିଁ।

ସେ ହିସାବ କଲେ... କୋଡ଼ିଏ ବର୍ଷରେ ମାସକୁ ହାରାହାରି ପଚାଶ ଟଙ୍କା ହିସାବରେ ବାର ହଜାର ଟଙ୍କା ଉପରେ ଗଣି ସାରିଲେଣି - ନାଃ ଆଉ ନୁହେଁ - ତୁଳସୀପୁରର ଆଠ ଗୁଣ୍ଠ ଜମିରେ ଘର ନିଶ୍ଚୟ ତିଆରି ହବ।

ଟଙ୍କାର ଦେଖା ନାହିଁ... କିନ୍ତୁ ନରହରିବାବୁ ସହରର ସବୁ ବଡ଼ ବଡ଼ କଣ୍ଟ୍ରାକ୍ଟର ଆଉ ବିଲ୍ଡିଂ ଇଂଜିନିୟରଙ୍କ ପାଖକୁ ଦୌଡ଼ିବାକୁ ଆରମ୍ଭ କରିଦେଲେ... କିଏ କେତେ ପ୍ରକାର ପ୍ଲାନ ବତେଇଲା ଘର ପେଇଁ - କମ୍ ପଇସାରେ ଖୁବ୍ ସୁନ୍ଦର ଘର କରିବାପାଇଁ ନରହରି ଚାହାନ୍ତି।

କୋଠାର ସ୍ୱପ୍ନ ପରେ ସ୍ୱପ୍ନ ସେ ଦେଖି ଚାଲିଲେ... ଦିନେ କଲେଜରୁ ଫେରି ବଡ଼ପୁଅ ବାସନ୍ତୀ ଦେବୀଙ୍କୁ ପଚାରିଲା, "ବୋଉ, ବାପା ଅଫିସ୍‌ରୁ ଫେରି ଜଳଖିଆ ଖାଇ ବୁଲି ଯାଇଛନ୍ତି ?"

ବାସନ୍ତୀଦେବୀ ପୁଅର ଏ ପ୍ରକାର ପ୍ରଶ୍ନରେ ଟିକିଏ ବିବ୍ରତ ହୋଇଯାଇ କହିଲେ-

"ନା, ବାପା ଅଫିସ୍‌ରୁ ଫେରି ନାହାନ୍ତି। କାହିଁକି ? କଅଣ ହେଲାକି ?"

ମୁଁ ଫେରିଲାବେଳେ ଦେଖିଲି ପିଠାପୁରରେ ଗୋଟିଏ ବଡ଼ ନୂଆ କୋଠା ତିଆରି ଚାଲିଚି - ଆଉ ତା'ରି ସାମନାରେ ବାପା ଏବଂ ଆଉ ଜଣେ କିଏ ଭଦ୍ରଲୋକ ବସି ଗପ କରୁଛନ୍ତି -

ବାସନ୍ତୀ କହିଲେ, "ତୋ ବାପାଙ୍କ ମୁଣ୍ଡ ବିଗିଡ଼ି ଗଲାଣି... କୋଠା କୋଠା କରି ତାଙ୍କର ଖାଇବା ଶୋଇବା ସବୁ ବନ୍ଦ ହୋଇଗଲାଣି...

ପ୍ରାୟ ସନ୍ଧ୍ୟା ସାତଟା ବେଳକୁ ନରହରିବାବୁ ସେଦିନ ଘରକୁ ଫେରିଲେ... ବାସନ୍ତୀ ଖିଙ୍କାରି ହୋଇ କହିଲେ,

"କୁଆଡ଼େ ଥିଲ ଏତେବେଳ ଯାଏଁ ?"

ନିରୁଦ୍‌ବିଗ୍ନ ଗଳାରେ ନରହରିବାବୁ କହିଲେ, "ଟିକିଏ କାମ ଥିଲା, ଦେଲ ଦେଲ କଅଣ ଖାଇବାକୁ ରଖିଚ।"

"କିଛି ନାହିଁ, ଇଟା, ଚୂନ, ସୁରକିରେ ତ ପେଟ ପୂରି ଯାଇଥିବ... ଆଉ ଫେରି ଖାଇବାକୁ ମାଗୁଚ କଅଣ ?"

ନରହରିବାବୁ କିଛି ବୁଝି ପାରିଲେ ନାହିଁ... ପଚାରିଲେ...

"କଥା କଅଣ ବାସ ? ଏମିତି ରାଗୁଚ କିଆଁ ?" ବାସନ୍ତୀ କହିଲେ, "ଖା ପିଆ ଭୁଲି ତମକୁ କୋଠା ତିଆରି ଭୂତ ଲାଗିଚି, ରାଗିବିନି ? ଯାଇଁ କୋଉ ପିଠାପୁରରେ କାହା କୋଠା ତିଆରି ଦେଖୁଚ ବସି।"

"ବିକ୍ରମ ଦେଖି ଆସି କହିଚି ବୋଧ ହୁଏ।"

ନରହରିବାବୁ ଈଷତ୍ ହସି କହିଲେ "ଏଇଟା ଗୋଟାଏ କଅଣ ଖରାପ କଥା ? ପିଲାଛୁଆଙ୍କ ମୁଣ୍ଡ ଗୁଞ୍ଜିବାପାଇଁ ନିଜର ବୋଲି ଖଣ୍ଡେ ଘର ନାହିଁ ମୁଁ ଆଖି ବୁଜିଲେ ପିଲାଏ ଭାବିବେ କଅଣ ?"

"ଏ ମହଙ୍ଗା ଦିନରେ କୋଠା କରିବା ନିଶା କାହିଁକି ଲାଗିଚି ଶୁଣେଁ ? ଶସ୍ତା ଦିନରେ ତ ଏ କଥା ଭାବିଲନି - ଏବେ ପିଲାଛୁଆଙ୍କ ପାଠ, ଦି'ଦି'ଟା ଝିଅଙ୍କର ବାହାଘର... ଏ ସବୁଥିପେଇଁ ଟଙ୍କା କୋଉଠୁ ଆସିବ ଯଦି କୋଠା ତିଆରି କର ?"

ନରହରିବାବୁ ଏ କଥାର କିଛି ଉତ୍ତର ଦେଇପାରିଲେନି... ଦିନ ଗଡ଼ି ଚାଲିଲା... କୋଠା ତିଆରିର ନିଶା ଯେତିକି ବଢ଼ିଲା ସେତିକି ସେତିକି ନରହରି ସଂସାରର ଅନ୍ୟାନ୍ୟ କଥାରୁ ନିଜକୁ ଅଲଗେଇ ରଖିଲେ - ସ୍ତ୍ରୀଙ୍କୁ ନ ଜଣେଇ ସରକାରଙ୍କଠାରୁ କୋଠା ତିଆରିପାଇଁ ଋଣ ନେଇ ଆସି ବ୍ୟାଙ୍କରେ ଜମା କଲେ... ପ୍ରାଇଭେଟ୍ ବ୍ୟାଙ୍କ୍‌ରୁ ମଧ୍ୟ ଟଙ୍କା କରଜ କରି ଜମା ରଖିଲେ। ବନ୍ଧୁମାନେ ଉପଦେଶ ଦେଲେ - କୋଠା କାମ ଆରମ୍ଭ କରିଦେଲେ ଟଙ୍କା ଆପେ ଆପେ କୋଉଠୁ ଆସିଯିବ। ଶୁଭବେଳା ଦେଖି ନରହରି ନିଅଁ ଖୋଳେଇଲେ... ଇଟା ସିମେଣ୍ଟ କିଣି ଜମେଇଲେ.... ବଡି ଭୋରରୁ ଉଠି କାମ ଉପରକୁ ଗଲେ.... ନିଜେ ତଦାରଖ ନ କଲେ ଠକି ଯିବେ - କେବଳ ଅଫିସ ଆଉ ରାତିରେ ଶୋଇବା ସମୟତକ ଛାଡ଼ିଦେଲେ ନରହରିଙ୍କୁ ତମେ ଆଉ କୋଉଠି ଦେଖିବନି....

ସ୍ୱାମୀ କୋଠା ତିଆରିବାକୁ ବଦ୍ଧପରିକର। କରଜ ଦାମ କରି କାମ ଆରମ୍ଭ କରି ଦେଲେଣି, ପ୍ରତିଜ୍ଞା କରିବାର ଗୋଟାଏ ବର୍ଷ ଭିତରେ କୋଠାର ସ୍ୱପ୍ନ ଯେ ବାସ୍ତବରୂପ ଧରିବ ଏ କଥା ବାସନ୍ତୀଦେବୀ ବିଶ୍ୱାସ କରୁ ନ ଥିଲେ।

କିନ୍ତୁ ମନେ ମନେ ସେ ଆତଙ୍କିତ ହୋଇଉଠୁଥିଲେ। ପିଲାଛୁଆଙ୍କ ଭବିଷ୍ୟତକୁ ଜଳାଞ୍ଜଳି ଦେଇ ଶେଷକୁ ସର୍ବସ୍ୱାନ୍ତ ହବାକୁ ପଡ଼ିବନି ତ!

ନରହରିବାବୁ ବଡ଼ ଅକଡ଼ବାଗିଆ ଲୋକ ଯାହା ବୁଝିଥିବେ ସେଇୟା - ଘର ତିଆରିପାଇଁ ଟଙ୍କା ଅଭାବ ହେଲେ ଶେଷକୁ ଯେ ସ୍ତ୍ରୀଙ୍କର ଗହଣାତକ ବିକ୍ରି ନ ହେବ ଏ କଥା ବା କିଏ କହିବ? ଘର ଅଣ୍ଟାଏ ଉଞ୍ଚ ଉଠିଗଲାଣି ସେତିକିରେ ପ୍ରାୟ ସାତ ଆଠ ହଜାର ଟଙ୍କା ଉଡ଼ିଗଲାଣି.... ହାତରେ ଆଉ ପୁଞ୍ଜି ମାତ୍ର ତିନି ହଜାର.... ବେଳ ଥାଉଁ ଫେର ଟଙ୍କା ଯୋଗାଡ଼ କରିବାକୁ ପଡ଼ିବ.... କୋଠାର ଅଟକଳ ହୋଇଚି ତିରିଶ ହଜାର।

ଚିନ୍ତିତ ହୋଇ ପଚାରିଲେ "ବାସ, କଅଣ କରିବା? ଆଉ ଦିନ କେଇଟାରେ ତ ଏତକ ସରିଯିବ।"

ନରହରିଙ୍କ ପ୍ରତି କୌଣସି ସହାନୁଭୂତି ନ ଦେଖେଇ ବାସନ୍ତୀଦେବୀ କହିଲେ, "ମୁଁ କି ଜାଣେ.... ଟଙ୍କା କୋଉଠୁ ଆସିବ ତା' ନ ଜାଣି କଅଣ ଏଥିରେ ତମେ ହାତ ଦେଇଚ?"

ନରହରିବାବୁ କଅଣ କହିବାକୁ ଯାଉଥିଲେ ବଡ଼ ପୁଅ ବିକ୍ରମର ପ୍ରବେଶ। ସେଠି ଚୁପ୍ ହୋଇ ଠିଆ ହେଲା ବିକ୍ରମ। ପଦାର୍ଥ ବିଜ୍ଞାନରେ ପ୍ରଥମ ଶ୍ରେଣୀରେ ପ୍ରଥମ-

ନରହରିବାବୁ ପଚାରିଲେ "କିରେ କଅଣ କହିବୁ?" ବିକ୍ରମ କହିଲା "ମୋର ସେଇ ଜର୍ମାନୀ ସ୍କଲରସିପ୍ ହୋଇଗଲା ବାପା.... ଦି' ବର୍ଷପାଇଁ.....।"

ଖୁସିହୋଇ ନରହରି କହିଲେ "ବାଃ, ଖୁବ୍ ଭଲ ହେଲା ବାପା ବିକ୍ରମ। ମେଟାଲର୍ଜିରେ ଏମ୍.ଏସ୍. କରି ଫେରିଲେ ଭାରତରେ ତତେ ବଡ଼ ଚାକିରି ମିଳିବ -

ବିକ୍ରମ କହିଲା, "କିନ୍ତୁ ବାପା, ଯାଉଚି ଯେତେବେଳେ ପିଏଚ୍.ଡି.ଟା ନ ନେଇ ଫେରିବିନି।" ଉଚ୍ଛ୍ୱସିତ ହୋଇ ନରହରିବାବୁ କହିଲେ - "ବେଶ୍ ଭଲ କଥା, କିଏ ନାହିଁ କରୁଚି?..."

"ସେଥିପାଇଁ ଆଉ ତିନି ବର୍ଷ ଅଧିକା ରହିବାକୁ ପଡ଼ିବ ବାପା।"

ନରହରିବାବୁ କହିଲେ - "ହଁ ହଁ ରହିବୁ ମୋର କିଛି ଆପତ୍ତି ନାହିଁ..."

"କିନ୍ତୁ ସେ ତିନି ବର୍ଷ ହାତରୁ ଖର୍ଚ୍ଚ କରି ପଢ଼ିବାକୁ ପଡ଼ିବ'' ନରହରିବାବୁଙ୍କର ମୁହଁ ଶୁଖି ଆସିଲା। କହିଲେ, "ହାତରୁ? କେତେ ଟଙ୍କା ଲାଗିବ?"

ବିକ୍ରମ କହିଲା, "ବହୁତଗୁଡ଼ାଏ ଟଙ୍କା ପଡ଼ିଯିବ ବାପା।"

ବିମର୍ଷ ହେଇ ନରହରିବାବୁ କହିଲେ, "ଏତେଗୁଡ଼ାଏ ଟଙ୍କା ମୁଁ ଏବେ ତତେ ଦେବି କୋଉଠୁ?... ଘର ତିଆରି କରି ତ ସର୍ବସ୍ୱାନ୍ତ ହେବାକୁ ବସିଲିଣି, ସ୍କଲାର୍‌ସିପ୍

ଟଙ୍କାରେ ଯେତିକି ହେଲା ସେତିକି ପଢ଼ି ଫେରିଆ। ତେବେ ମୋର ଶକ୍ତି ନାହିଁ ଏତେଗୁଡ଼ାଏ ଟଙ୍କା ଦେବାକୁ...।"

ବାସନ୍ତୀଦେବୀ କ୍ରୋଧରେ ଅନ୍ୟଆଡ଼େ ମୁହଁ ଘୂରେଇ ନେଲେ...

ବିକ୍ରମ 'ହଉ ତେବେ' କହି ଘରୁ ବାହାରି ଚାଲିଗଲା...

କିପରି ଗୋଟାଏ ଅସ୍ୱସ୍ତିକର ନିସ୍ତବ୍ଧତା ନରହରିଙ୍କୁ ପୀଡ଼ା ଦେଲା... ତାଙ୍କର ନିଜର ଏ ସିଦ୍ଧାନ୍ତରେ ସେ ନିଜେ ଯେପରି ଲଜ୍ଜିତ ଆଉ ଦୋଷୀ ବୋଲି ମନେକଲେ... ଚୌକିରୁ ଉଠି ଠିଆ ହୋଇ କିଛି ସମୟ ଘରେ ଚାଲବୁଲ କରିସାରିଲାପରେ କହିଲେ, "ବାସ, ପୁଅଟା ମୁହଁ ଶୁଖେଇ ଚାଲିଗଲା...

ବାସନ୍ତୀଦେବୀ ଟିକିଏ ଆହତ କଣ୍ଠରେ କହିଲେ...

"ସିଏ ଆଉ କଅଣ କରିଥାନ୍ତା ?"

ପୁଣି ଚୌକିରେ ବସିପଡ଼ି ନରହରିବାବୁ କହିଲେ – "ତାକୁ କହିଦେବ ତା'ର କିଛି ଚିନ୍ତା କରିବା ଦରକାର ନାହିଁ... ତା'ର ଯେତେ ଟଙ୍କା ଅଧିକା ଲାଗିବ ଦିଆଯିବ..."

ବାସନ୍ତୀ ବିସ୍ମିତ ହୋଇ ସ୍ୱାମୀଙ୍କ ମୁହଁକୁ ଚାହିଁଲେ "ଆଉ କୋଠା ?" ବାସନ୍ତୀଦେବୀ ପଚାରିଲେ ଛଳ ଛଳ ଆଖିରେ...

ହସି ହସି ନରହରି ଉତ୍ତର କଲେ – "କୋଠା ?... ମୋ ଜାତକରେ କୋଠା ତିଆରି ଭାଗ୍ୟ ନାହିଁ ବୋଲି ବାଇକୋଳି ମହାପାତ୍ରେ ହାତକାଟି ଲେଖିଦେଇଛନ୍ତି... ପୁଅ ଚାକିରି କଲେ କୋଠାର ମୁଣ୍ଡି ମରିବ – ବର୍ତ୍ତମାନ ପାଣି ଖରା ଖାଇ ମଜଭୁତ ହେଉଥାଉ..."

■

ହେମମୃଗ

ଘର ଭିତରେ ପଶିଗଲାବେଳକୁ ମୁଁ ଦେଖିଲି ଭାଉଜ ଘର ମଝିଟାରେ ଛିଡ଼ା ହୋଇଛନ୍ତି। ଆଉ ହାତରେ ଧରିଛନ୍ତି ଦି' ଚାରିଖଣ୍ଡ ଛିଣ୍ଡାକନା - କନାଗୁଡ଼ାକ ମେଲେଇ ଦେଖୁଛନ୍ତି।

ମତେ ଦେଖିଲାମାତ୍ରେ କହିଲେ - "ହେଇ ଦେଖ ସତ୍ୟ - ତମ ପୁତୁରାଙ୍କ ରାଣ। ମୋର ଗୋଟାଏ ଦଢ଼ ଶାଢ଼ି...ଠାଏ ଚିରିଯାଇଥିଲା ଖୁଞ୍ଚିଲାଗି, ତାକୁ ଟିକି ଟିକି କରି କାଟି କିମିତି ନିଆଁ ଲଗେଇ ଦେଇଚି -"

ପଚାରିଲି, "କାଇଁକି ଏମିତି କରିଚି ଟିକୁ?" ଭାଉଜ କହିଲେ - ଏଇସବୁ ଟିକି ଟିକି କନାକୁ ବାବୁ ଦିହରେ, ହାତରେ, ଅଣ୍ଟାରେ ଗୁଡ଼େଇ ହେଇ ତା' ଉପରେ ଜାମା ପିନ୍ଧୁଛନ୍ତି।

ହସିପକେଇ କହିଲି, "ଓ। ବାବୁ ମୋଟା! ତୁମେ କିମିତି ଜାଣିଲ ସେ ଏସବୁ କନା ଦିହରେ ଗୁଡ଼ୋଉଚି ବୋଲି?

- କନା ଗୁଡ଼େଇ ହଉଥିଲାବେଳେ ମୁଁ ହଠାତ୍ ତା' ପଢ଼ାଘର ଭିତରକୁ ପଶିଗଲି - ପଚାରିଲାରୁ କହିଲା, ମତେ ଶୀତ କରୁଚି ବୋଉ, ମୁଁ କନା ଗୁଡ଼େଇ ହଉଥିଲି ନା - ଗରମକୋଟ୍, ସ୍ୱେଟର ଅଛି - ଶୀତ ପେଇଁ କୁଆଡ଼େ କନା ଗୁଡ଼ା ହୁଏ ଦିହରେ ଶୁଣିଚ?...

ଭାଉଜର ଅସହାୟ ଭାବ ଦେଖି ବ୍ୟଥିତ ହେଲି। କହିଲି, "କାହିଁକି ଆଉ ଟିକୁ ପିଛା ଲାଗିଚ କହିଲ ଭାଉଜ? ତାକୁ ଆଉ ସୁଧାରି ପାରିବ ଭାବୁଚ?" ସିଏ ଯାହା କରୁଚି କରୁ - ଭଲ ପଢ଼ିଥିଲେ ସେ ଏତେବେଳକୁ କୋଉଠି ଯାଇ ଉଠନ୍ତାଣି। ତା' ସାଙ୍ଗର କିଏ ଲେକଚରର୍, କିଏ ଡେପୁଟି ମାଜିଷ୍ଟ୍ରେଟ୍, କିଏ ଆଇ.ଏ.ଏସ., ଆଇ.ପି.ଏସ୍ ହେଇସାରିଲେଣି - କିନ୍ତୁ ପୁଅ ଆମର ଥାର୍ଡଇୟରରେ ବି.ଏ. ପଢୁଛନ୍ତି।

ଦେଖିଲି, ଭାଉଜଙ୍କ ମୁହଁ ଶୁଖିଗଲା।

କଥା ବନ୍ଦ କରି ଡାକିଲି - ଟିଙ୍କୁ, ଟିଙ୍କୁ -

ଡାକର କୌଣସି ଜବାବ ନ ଦେଇ କିଛି ସମୟ ପରେ ଶ୍ରୀମାନ୍ ଦେବୀପ୍ରସାଦ ଓରଫେ ଟିଙ୍କୁ ସଶରୀରେ ମୋ ଆଗରେ ଆସି ଠିଆ ହୋଇଗଲେ। ଟିଙ୍କୁର ମୁଣ୍ଡରୁ ତଳିପା ଯାଏଁ ଚାହିଁ ଯାଇ କହିଲି - "ଆଚ୍ଛା ଟିଙ୍କୁ-"

କହୁ କହୁ ରହିଗଲି - ଭାଉଜ ଟିଙ୍କୁକୁ ଆସିବାର ଦେଖି ସେଠୁ ଚାଲିଗଲେ।

ଚବିଶ ବର୍ଷର ପୁତୁରା...କଅଣ ବା ତାକୁ ଉପଦେଶ ଦେବି ଭାବିପାରିଲିନି। ତଥାପି ଡାକି ସାରିଲିଣି ଯେତେବେଳେ ଦି'ପଦ କହିବାକୁ ହବ -

- ପଢ଼ାପଢ଼ି ତ କିଛି କଲୁନି...ଯାହା ପଢ଼ିବାକୁ ଗଲୁ ତାକୁ ବର୍ଷେ ମାସରେ ଛାଡ଼ିଦେଇ ଶେଷକୁ ଆସି ଏଠି ବି.ଏ. ପଢ଼ିଲୁ... ଫୋର୍ଥ ଇୟରକୁ ପ୍ରମୋସନ ପାଇଚୁ କି ନାହିଁ କହ।

ଓଠ ଚିପି ଓ ପ୍ରତିବାଦ କରିବାର ଭଙ୍ଗୀରେ ଟିଙ୍କୁ ପଚାରିଲା - ଆପଣଙ୍କର ଏପରି ସନ୍ଦେହ କରିବାର କାରଣ ?

ଦୃଢ଼ଗଳାରେ ଉତ୍ତର ଦେଲି - କାରଣ ଯଥେଷ୍ଟ ଅଛି... ପାଠପଢ଼ା ଛାଡ଼ି ଦେହ ହାତରେ ଛିଣ୍ଡା କନା ଗୁଡ଼େଇ ହେଇ ମୋଟା ଦେଖାଯିବାପାଇଁ ଯୋଉ ବୃଥା ଚେଷ୍ଟା କରୁଚୁ -

- ବୋଉ ଆପଣଙ୍କୁ ଏଇ ଧାରଣା ଦେଇଛନ୍ତି...କିନ୍ତୁ ସେ ମତେ ମୋଟେ ବୁଝିପାରିବେନି...

- ନା ନା ? - ପ୍ରଶ୍ନ କଲି।

- ସିଏ ବି ନୁହନ୍ତି।

- ବାସ୍ତବିକ ଟିଙ୍କୁ ତୋର ଏଇ ପ୍ରଶାନ୍ତ ମହାସାଗର ଭଳି ଗଭୀର ଓ ବ୍ୟାପକ ମନଟାକୁ କେହି ବୁଝିପାରିଲେନି - ଯୋଉ ଦୁଃଖର କଥା ଆଚ୍ଛା କହ ତ କାଇଁକି ବୋଉର ଗୋଟାଏ ଦଡ଼ଶାଢ଼ି ଏମିତି ଟିକି ଟିକି କରି ଚିରି ଦେହ ହାତ ଅଣ୍ଟାରେ ଗୁଡ଼େଇ ହଉଥିଲୁ ? କିଛି ତ ଗୋଟାଏ କାରଣ ଥିବ ? ଅଗଷ୍ଟ ମାସରେ ଏଡ଼େ ଶୀତ ଆସିଲା କୋଉଠୁ ବୋଉକୁ କହିଲୁ ଶୀତ କରୁଚି - ବୋଉ ତୋର ପାଠଶାଠ ପଢ଼ିନି ବୋଲି ଭାବିଲୁ ତାକୁ ଏମିତି କହି ଧପେଇ ଦବୁ - କିନ୍ତୁ ପାରିଲୁନି।

ଟିଙ୍କୁ କୌଣସି ଉତ୍ତର ନ ଦେଇ ପାରିଲେ ନୀରବରେ ସେ ଛାଡ଼ି ଚାଲିଯାଏ - ଗୋଟାଏ କିଛି ଘଟି ନ ଥିବା ଭାବ ଦେଖେଇ। ବିରକ୍ତ ଲାଗେ ତା'ର ଏଇ ବ୍ୟବହାରରେ - ଏଥର ବି ସେଇଆ କଲା...

ଟିଙ୍କୁର ଏପରି ଗୋଟାଏ ଅପଦାର୍ଥ ଜୀବନ ପରିବାରର ସମସ୍ତଙ୍କୁ ବିଚଳିତ

କରିଚି। ମୋ ଭାଇନା ଅର୍ଥାତ୍ ଟିକୁର ବାପା ଦେବେନ୍ଦ୍ର ଟିକୁର ମୁହଁ ଚାହିଁବାକୁ ପ୍ରସ୍ତୁତ ନୁହନ୍ତି।

ଘରର ବଡ଼ ପୁଅ - ବାପ ମା'ଙ୍କର ତା' ଉପରେ ଆଶା ସ୍ୱାଭାବିକ। କିନ୍ତୁ ଟିକୁ ବାପମା'ଙ୍କୁ ହତାଶ କରିଚି। ଅଜସ୍ର ପଇସା ଖର୍ଚ୍ଚ କରି ମଧ୍ୟ ତାକୁ ମଣିଷ କରି ନ ପାରିବାର କ୍ଷୋଭରେ ଭାଇନା ରାତିସାରା ତାଙ୍କର ସରକାରୀ କାର୍ଯ୍ୟରେ ବୁଡ଼ି ରହନ୍ତି। ମୋ ସହିତ କଥାବାର୍ତ୍ତା କଲାବେଳେ ଦାନ୍ତ ଓଠ ଚିପି ବିରକ୍ତ ଭାବରେ କହିଉଠନ୍ତି -

- ମୁଁ ସେଇଟାକୁ ତ୍ୟାଜ୍ୟପୁତ୍ର କରିଦେବାକୁ ପ୍ରସ୍ତୁତ - କିନ୍ତୁ, କିନ୍ତୁ ତା'ର ସେଇ ମା'...। ଟିକୁ ବିଷୟରେ ମୁଁ ଯାହା ବ୍ୟବସ୍ଥା କରିବି ସେଥିରେ ସେ ବାଧା ଦବ - ମା'ର ଅତିରିକ୍ତ ସ୍ନେହ ପାଇ ସେଇଟା ଛତରା ହୋଇଗଲା।

ମୋର ମନେ ପଡ଼ିଯାଏ ଅତୀତର କେତେଗୁଡ଼ିଏ ଘଟଣା - ଟିକୁ ଦଶମ ଶ୍ରେଣୀରେ ପଢୁଥିବାବେଳେ ବି ଭାଉଜ ତାକୁ ଭାତ ଖୁଆଇ ଦେଇଛନ୍ତି ସ୍କୁଲକୁ ଗଲାବେଳେ।

ମୁଁ କହିଚି - ଭାଉଜ, ଏତେ ବଡ଼ ପିଲାଟାକୁ ତମେ ଖୋଇ ଦଉଚ କ'ଣ? ତା'ଠୁଁ ସାନମାନେ ତ ଫେର୍ ନିଜ ହାତରେ ଖାଉଛନ୍ତି?

ଭାଉଜ କହନ୍ତି - ଦେଖୁନ କିମିତି ଚେହେରା କରିଚି। ଛାତି ହାଡ଼ ଗଣି ହୋଇଯାଉଚି - ଚଢ଼େଇ ଭଳି ଦି' ଥର ଖୁମ୍ପି ଦେଇ ପଳେଇବ।

ମା'ର ମନ ଉପରେ ପ୍ରଶ୍ନ କରିବା ଅନ୍ୟାୟ ଭାବି ମୁଁ ଚୁପ୍ ରହିଚି। ଭାଉଜ ବହୁତ ଥର ଦୁଧର ବହଳିଆ ସରଟା ତାଙ୍କର ଅନ୍ୟ ଛୁଆମାନଙ୍କୁ ଲୁଚେଇ ଟିକୁକୁ ଖାଇବାକୁ ଦବାର ମୁଁ ଦେଖିଚି। କହିଚି ମଧ୍ୟ - ଏଇଟା ଠିକ୍ ହଉନି ଭାଉଜ - ତା' ସାନ ଭାଇ ଭଉଣୀଙ୍କ ମନରେ ଗୋଟାଏ ରିଆକ୍‌ସନ ମାନେ ପ୍ରତିକ୍ରିୟା ସୃଷ୍ଟି ହୋଇପାରେ - ମାନେ ସେମାନେ ଭାବିପାରନ୍ତି ଯେ ବୋଉ ଟିକୁ ଭାଇନାଙ୍କୁ ବେଶୀ ଭଲ ପାଆନ୍ତି - ଆମକୁ ପାଆନ୍ତି ନାହିଁ।"

କିନ୍ତୁ ମୋ କଥାର ଫଳ କିଛି ହୋଇନି...। ଟିକୁ ପ୍ରତି ଭାଉଜଙ୍କର ଦୁର୍ବଳତା ଓ ବିଶେଷ ନଜର ଦବାଟା କ୍ରମେ ଦୃଷ୍ଟିକଟୁ ହୋଇଉଠିଲେ ଭାଇନା କିମ୍ବା ମୋର ଯୁକ୍ତି ବା ଅନୁରୋଧ ଭାଉଜଙ୍କୁ ତାଙ୍କ ବୁଝାରୁ ତିଳେ ହେଲେ ଟଳେଇ ପାରିନି -

ଆଜିକାଲି ଯଦି କେହି ସେ ବିଷୟ ଉଙ୍କାରିବ ତେବେ, ଭାଉଜ ହଠାତ୍ ଗମ୍ଭୀର ହୋଇଯାଇ ନିଜେ ସେ ଠିକ୍ କରିଛନ୍ତି ସେଇଟା ଜଣେଇ ଦେବେ।

ଏଇ ଟିକୁକୁ କେନ୍ଦ୍ରକରି ବହୁବାର ଦାମ୍ପତ୍ୟ କଳହ ଯେ ନ ହୋଇଚି ତା' ନୁହେଁ - ଭାଇନା କହିଛନ୍ତି - ପିଲାମାନଙ୍କୁ କିମିତି ଶାସନ କରିବାକୁ ହୁଏ ତା'

ତମେ କିମିତି ଜାଣିବ। ଘରୁ ତ ବୁଢ଼ୀ ହେଲାଯାଏ ବାହାରିଲନି କି ଦୁନିଆ ଦେଖିଲନି...ଖାଲି ପୁଅ ପ୍ରତି ଅତିରିକ୍ତ ସ୍ନେହ ଦେଖେଇଲେ ତା'ର ଭବିଷ୍ୟତ ଉଜ୍ଜ୍ୱଳ ହୋଇଯିବନି...।

'ମୁଁ ଯାହା ବୁଝିଚି ଠିକ୍' କହି ଭାଉଜ ବହୁତ ଥର ଯୁକ୍ତି ତର୍କରେ ଅକାଳ ପରିସମାପ୍ତି ଘଟେଇ ଉଠି ଚାଲିଯାନ୍ତି। ଗୋଟାଏ ନିଷ୍ଫଳ କ୍ରୋଧ ଓ ବିରକ୍ତିକୁ ମନ ମଧ୍ୟରେ ଚାପି ଦେଇ ଭାଇନା ତାଙ୍କର କର୍ମମୟ ଜୀବନ ଭିତରକୁ ଫେରିଯାଆନ୍ତି। ଅତି ଉଚ୍ଚ ପାହ୍ୟାର ସରକାରୀ କର୍ମଚାରୀ ଭାବରେ ତାଙ୍କୁ ବହୁତ କଥା ବିବେଚନା କରିବାକୁ ପଡ଼େ। ତାଙ୍କ ପୋଜିସନର ଲୋକର ଘରେ ପୁଅକୁ ନେଇ ସ୍ୱାମୀ ସ୍ତ୍ରୀ ଭିତରେ ଅଶାନ୍ତି ଉପୁଜିଛି - ଏ କଥା ଯେପରି କେହି ବାହାରେ ନ ଜାଣନ୍ତି।

ଆଜିକାଲି ଢେର କମିଗଲାଣି। କିନ୍ତୁ ଏଇ କଥା ନେଇ ଭାଉଜ ଅନେକ ଥର ଅନଶନ କରିଛନ୍ତି। ଲୋକହସାକୁ ଡରି ଭାଇନାଙ୍କୁ ସ୍ୱାକ୍ଷର କରିବାକୁ ପଡ଼ିଛି।

ମୁଁ ଏ ବିଷୟରେ ଭାବି ଦେଖିଚି - ପ୍ରଥମ ଭୁଲ୍ - ଟିକୁ ପାଇଁ ଛୁଆ ବେଳୁ ଟିଉସନ ମାଷ୍ଟର ରଖା ହୋଇ ତାକୁ ଅତ୍ୟନ୍ତ ଗୁରୁମୁଖାପେକ୍ଷୀ କରିଦିଆହୋଇଚି।

କୈଶୋରରେ ଟିକୁର ସିଗାରେଟ୍ ଖିଆ ଓ ସିନେମା ଦେଖା ଯେତେବେଳେ ଭାଉଜ ଧରିପାରିଛନ୍ତି ସେତେବେଳେ ଭାଇନାଙ୍କୁ ନ ଜଣେଇ ଟିକୁକୁ ଖୁବ୍ ସମାଲୋଚନା ଓ ଖୁବ୍ ଗାଳି ଦେଇଛନ୍ତି ସେ କିନ୍ତୁ ଧଡ଼ିଆ ପୁଅର ଅନୁନୟ ବିନୟ, ମିଥ୍ୟା ଶପଥ ଓ ପ୍ରତିଜ୍ଞାରେ ଭଳିଯାଇ ତାକୁ ଭାଉଜ ଖୁବ୍ ପଇସାପତ୍ର ମଧ୍ୟ ଦେଇଛନ୍ତି। ଏମିତି ଅନେକ କିଛି -

କିନ୍ତୁ ଘରେ ଘରେ ଏପରି ଘଟଣା। ବିସ୍ମିତ ହେବାର କିଛି ନାହିଁ - ତା'ରି ଭିତରେ ବି ଅନେକ ପିଲା ପାଠଶାଠ ପଢ଼ି ମଣିଷ ହେଉଛନ୍ତି।

କିନ୍ତୁ ଟିକୁ ନିତାନ୍ତ ଗୋଟାଏ ଅମନୁଷ୍ୟ ହୋଇଗଲା। କାନ୍ଦି କୁନ୍ଥେଇ ଆଇ. ଏସ୍‌ସି. ପାସ୍‌କଲା ପରେ ଭାଉଜ କହିଲେ, ଟିକୁ କଟକରେ ରହି ବି.ଏ. ପଢୁ ସାଇନ୍‌ସ ପାଠ ତା'ର ହବନି।

କିନ୍ତୁ ଭାଇନା କହିଲେ - ବି.ଏ. ପଢ଼ି କିଛି ଲାଭ ନାହିଁ। ଛାତ୍ର ତ ଯାହା - ଗୋଟାଏ ଯତ୍ରେ ତତ୍ରେ ବି.ଏ. ବା ଏମ୍.ଏ. ପାସ୍ କରି କିରାଣିଟିଏ ହବ। ପୁଅଙ୍କର ବିଡ଼ି ସିଗାରେଟ୍ ଖିଆକୁ ଟଙ୍କା ନଅଣ୍ଟ - ତେଣୁ ତାକୁ ବମ୍ବେ ପଠେଇ ଦିଆ ହେଉ - ଟେକ୍‌ସ୍‌ଟାଇଲ ଇଂଜିନିୟରିଂ ପଢ଼େଇବାକୁ।

ଭାଉଜ ବିଗିଡ଼ିଗଲେ। ଖୁବ୍ କମ କଥା କହନ୍ତି - ମୁଁ କହୁଚି ଟିକୁ ବାହାରକୁ ଗଲେ ଏକାବେଳକେ ବିଗିଡ଼ିଯିବ।

ମୁଁ ଓ ଭାଇନା ମତ ଦେଲୁଁ – ଏଇଠି ଥାଇ ବୋଉ ଏବେ କମ୍ ବିଗିଡ଼ିଚି ଯେ ବମ୍ବେ ଗଲେ ବେଶୀ ବିଗିଡ଼ିଯିବ।

କହିଲା – ବୋଉ, ତମେ ଦେଖିବ। ମୁଁ ଥରେ ସୁଦ୍ଧା ଫେଲ ହେବିନି – ବରଂ ସେଠି ଭଲ ଫଳ ଦେଖେଇବି।

ଭାଉଜ ଟିକୁର ଏ କଥାରେ ବିଶ୍ୱାସ କରିପାରିଲେନି – କିନ୍ତୁ ଟିକୁକୁ ବାହାରକୁ ନ ଛାଡ଼ିବାର କୌଣସି ଟାଣୁଆ ଯୁକ୍ତି ଦେଖାଇ ନ ପାରି ଅନଶନ ଆରମ୍ଭ କରିଦେଲେ। ମୋଟ ଉପରେ ସେ ଟିକୁକୁ ପାଖରୁ ଛାଡ଼ିବାକୁ ପ୍ରସ୍ତୁତ ନୁହନ୍ତି। ତାଙ୍କର ଧାରଣା ସେ ଟିକୁର ପ୍ରକୃତି ବଦଳେଇ ପାରିବେ। ତାଙ୍କ ମନ ଭିତରର କଥା ମୁଁ ଜାଣିଚି। ଟିକୁକୁ ଆଖିର ବାହାରେ ଛାଡ଼ିଲେ ସେ ଖାଲି ଭୂତ ଦେଖିବେ।

ଟିକୁ ଜିଦ୍ ନ କରିଥିଲେ କେବଳ ଯେ ଭାଇନାଙ୍କ ଜିଦ୍ ଟିକୁକୁ ବାହାରକୁ ପଠେଇବାରେ ବିଶେଷ କାର୍ଯ୍ୟକାରୀ ହୋଇଥାନ୍ତା ଏ ଧାରଣା ମୋର ନ ଥିଲା, କାରଣ ଭାଉଜଙ୍କର ଅହିଂସ ସତ୍ୟାଗ୍ରହକୁ ଭାଇନାଙ୍କର ଭାରି ଡର।

ଭୀଷ୍ମ ପ୍ରତିଜ୍ଞା କରି ଟିକୁ ବମ୍ବେ ଗଲା – କିନ୍ତୁ କିଛିଦିନ ପରେ ଭାଉଜଙ୍କର ବାକ୍ୟବୋମାଗୁଡ଼ିକ କେତେବେଳେ ମୋ ଉପରେ କେତେବେଳେ ଭାଇନାଙ୍କ ଉପରେ ନିକ୍ଷିପ୍ତ ହେବାକୁ ଲାଗିଲା।

– କିଓ ସତ୍ୟ, ଦି' ଭାଇଯାକ ତ ମୋ କଥା ନ ଶୁଣି ପୁତୁରାକୁ ବମ୍ବେ ପଠେଇଦେଲ – ପ୍ରସନ୍ନ ଲେଖିଚି – ଟିକୁ କିଛି ପଢୁନି। ଲେକ୍‌ଚର କମ୍ ହେବା ଉପରେ।

'ଏଠି ଥିଲେ ବି ସେଇଆ ହୋଇଥାନ୍ତା', କହି ଭାଉଜଙ୍କର ବୋମା ଦାଉରୁ ମୁକ୍ତି ପାଇବାର ଚେଷ୍ଟାକରି – କିନ୍ତୁ ବିଶେଷ କିଛି ଫଳ ହେଲାନି।

କ୍ରମେ ଖବର ଆସିଲା, ଟିକୁବାବୁ ଦିନ ନ'ଟାବେଳେ ଉଠନ୍ତି – ତା'ପରେ ତାଙ୍କରି ଭଳି ଜଣେ କୃତୀଛାତ୍ରଙ୍କ ସହିତ ଟେବୁଲ୍ ଟେନିସ୍ ଖେଳନ୍ତି – ତା'ପରେ ଦାନ୍ତ ଘଷା, ଚା' ଖିଆ ସରୁ ସରୁ ସିଆଡ଼େ ପ୍ରାକ୍‌ଟିକାଲ୍ କ୍ଲାସ ବି ସରି ଯାଇଥାଏ। ପ୍ରିନ୍‌ସିପାଲ୍, ପ୍ରଫେସର ସମସ୍ତେ ବିରକ୍ତ।

କଳିର ଭୀଷ୍ମ ପ୍ରତିଜ୍ଞା ରଖି ନ ପାରି ଘରକୁ ୱାପସ ଆସିଲେ – କିନ୍ତୁ ସାଙ୍ଗରେ ଆଣିଲେ କେତେଗୁଡ଼ିଏ ଅସ୍ୱାଭାବିକ ପ୍ରକୃତି।

ପୁତ୍ରର ପ୍ରତ୍ୟାବର୍ତ୍ତନରେ ଭାଉଜ ଖୁସିହେଲେ ଯେତିକି ଦୁଃଖିତ ହେଲେ ତା'ଠୁଁ ଢେର ବେଶୀ।

ବମ୍ବେରୁ ଦୁଇଟି ଡମ୍ବେଲ ଓ ଗୋଟାଏ ଚେଷ୍ଟ୍ ଏକ୍‌ସପାଣ୍ଡର ସାଥିରେ ଧରି

ଟିକୁବାବୁ ଫେରିଲେ। ପ୍ରତିଜ୍ଞା ଭଙ୍ଗ ପାଇଁ ତିଳେହେଲେ ଅନୁଶୋଚନା ପ୍ରକାଶ ନ କରି ସେ ପର ଦିନଠାରୁ ଛାତ ଉପରେ ସାନ୍ଧ୍ୟ ଜିମନାସିଅମ ଅର୍ଥାତ୍ ବ୍ୟାୟାମାଗାର ଖୋଲିଦେଲେ।

ସକାଳେ, ସନ୍ଧ୍ୟାରେ କେତେବେଳେ ବା ରାତି ଦଶଟାରେ ଛାତ ଉପରେ ଧୁମ୍ ଧାମ୍, ଧଡ୍ ଧାଡ୍, ଶବ୍ଦ ହେଲା। ଭାଇନା ଅଫିସ କାମ କରୁ କରୁ ବିରକ୍ତ ହୋଇ ଉଠନ୍ତି। ଭାଉଜ ବ୍ୟସ୍ତ ହୋଇ ଟିକୁକୁ ମନରେ ଗାଳି ଦିଅନ୍ତି। ବ୍ୟାୟାମ ସକାଳେ ସନ୍ଧ୍ୟାରେ ବନ୍ଦ ହୋଇଯାଏ ହଠାତ୍ ଦିନେ ରାତି ଅଧରେ -

ଭାଉଜ ପଦାକୁ ଆସି କୋଠା ଉପରେ ଧୁମ୍ ଧାମ୍ ଶବ୍ଦ ଶୁଣିପାରିଲେ। ଡରିଯାଇ ଘର ଭିତରକୁ ପଶି ଚୋର ଚୋର ବୋଲି ପାଟିକଲେ - ସମସ୍ତେ ଉଠିଲେ - ବିଜୁଳିଆଲୁଅ ଜଳିଉଠିଲା ଚାରିଆଡ଼େ - ଲାଠି ଆଉ ଟର୍ଚ୍ଚ ନେଇ ସମସ୍ତେ ଛାତ ଉପରକୁ ଉଠିଲେ - ଦେଖାଗଲା - ଶ୍ରୀମାନ୍ ଟିକୁ ଡମ୍ବଲ୍ ଏକ୍‌ସରସାଇଜ୍ କରୁଛନ୍ତି।

ଭାଉଜ ପଚାରିଲେ - ଏଠି କଅଣ କରୁଚୁ ଏତେ ରାତିରେ ?

- ଦେଖୁଚ ତ ମୁଁ କଅଣ କରୁଚି, ଆଉ ପଚାରୁଚ କଅଣ ?

ଉତ୍ତ୍ୟକ୍ତ ହୋଇ କୋଡ଼ିଏ ବର୍ଷର ଭେଣ୍ଡା ପୁଅକୁ ଖୁବ୍ ଜୋରରେ ଗୋଟିଏ ଚଟକଣା ଲଗେଇ ଭାଇନା କହିଲେ - ମା'କୁ କିମିତି କଥା କହିବାକୁ ହୁଏ ଜାଣିନୁ? ପାଠ ନ ପଢ଼ିଲୁ ନାହିଁ - କିନ୍ତୁ ବ୍ୟବହାର ଶିଖିନୁ ସୟତାନ୍ ?

ଟିକୁ ନିର୍ବିକାର ଭାବରେ ଡମ୍ବଲ୍ ଧରି ବ୍ୟାୟାମ କରି ଚାଲିଲା-

ଟିକୁ ବିରୋଧରେ ଭାଉଜଙ୍କର ଅଭିଯୋଗ ବଢ଼ିଚାଲିବା ସଙ୍ଗେ ସଙ୍ଗେ ଦାମ୍ପତ୍ୟ କଳହର ପରିମାଣ ମଧ୍ୟ ବଢ଼ିଲା।

ଭାଇନା କହିଲେ - ସେ ଯାହା କରୁଚି କରୁ - କାହିଁକି ସବୁବେଳେ ତା' ପଛରେ ଲାଗିଚ।

- ମୁଁ ତାକୁ ଭଲ କରିବି।

- ହଁ ଭଲ କରିବ। ମୁଁ ଦେଖୁଚି ତମେ ସେଇଟା କଥା ଭାବି ଭାବି ପାଗଳ ହୋଇଯିବ।

ମୁଁ ଦେଖିଲି ବାସ୍ତବିକ ଭାଉଜଙ୍କର ମୁଣ୍ଡ ଠିକ ନାହିଁ ଟିକୁ ସକାଶେ - ଅନ୍ୟ ପିଲା ଛୁଆଙ୍କ ଖାଇବା ପିଇବା ବା ପଢ଼ାଶୁଣା ଦେଖିବାକୁ ତାଙ୍କୁ ବେଳ ନାହିଁ। ସବୁବେଳେ ଟିକୁର ଭାବନା, ଚିନ୍ତା - ସିଏ କୁଆଡ଼େ ଗଲା - କେତେବେଳେ ଆସିଲା - କଅଣ କଲା - ଇତ୍ୟାଦି।

ଟିକୁ ବୋଉଙ୍କର ସମାଲୋଚନା, ଶୋଧା, ଗାଳିକୁ ବିରାଟ ଉଦାସୀନତା ସମୁଦ୍ର

ଭିତରେ ନିକ୍ଷେପ କରି ତା' ବାଟରେ ଚାଲିଚି - ମୁଁ ଲକ୍ଷ୍ୟ କରି ଦେଖିଚି ତା' ଚାହାଣି ବିଲକୁଲ ଅର୍ଥହୀନ - ବୋକା ବୋକା।

ଟିକୁ ଭାଇନାଙ୍କ ତ୍ରିସୀମାନା ମାଡ଼େନି। ଭାଉଜଙ୍କର ଆଖି ଦୁଇଟା ଦିନ ରାତି ଚବିଶ ଘଣ୍ଟା ଟିକୁର କାର୍ଯ୍ୟକଳାପକୁ ପ୍ରଦକ୍ଷିଣ କରିବାରେ ବ୍ୟସ୍ତ। ସନ୍ଧ୍ୟାରେ ବୁଲି କରି ଫେରିବାକୁ ଯଦି ରାତି ହୋଇଯାଏ ତେବେ ଭାଉଜ ପଚାରନ୍ତି - ଏତେ ବେଳଯାଏଁ କୁଆଡ଼େ ଯାଇଥିଲ ?

- ବୁଲି -

- ପାଞ୍ଚ ଘଣ୍ଟା କାଳ ବୁଲା ହେଉଥିଲା ?

- ଘରେ ବସି କଅଣ କରିଥାନ୍ତି ?

- ଘରେ କାଇଁକି ବସିଚୁ ବୁଝିପାରୁନୁ ? ପୋଥିରେ ତ ଡୋରି ବାନ୍ଧିଲୁ - ଆଉ କରିବୁ କଅଣ ?

ଟିକୁ ନିରୁତ୍ତର ରହି ବେଖାତିର ଭାବ ଦେଖାଇ ସେଠୁ ଚାଲିଯାଏ। ଭାଉଜଙ୍କ ମୁଣ୍ଡବାଳ ଛିଣ୍ଡେଇବାକୁ ମନ ହୁଏ।

ଦିନେ ଦିନେ ଅତି କ୍ଷୋଭ ଓ ଦୁଃଖରେ ଭାଉଜ ମତେ କହନ୍ତି - ସତ୍ୟ, କଅଣ କରିବା କହିଲ ? ଟିକୁଟା ଏମିତି ରହିଲା - ଆଉ ତା'ର କିଛି ହବନି ?

କହେଁ - ମୁଁ ତ କିଛି ଭାବି ଠିକ୍ କରିପାରୁନି ଭାଉଜ - ଦିନକୁ ଦିନ ସେ ବେଶୀ ଖରାପ ହଉଚି।

ଭାଉଜ ଆଖିରେ ଏକ କ୍ଷୀଣ ଆଶା ପ୍ରକାଶ କରି କହନ୍ତି - ତମେ ଏତେ କଲେଜ ପିଲାଙ୍କୁ ପଢ଼ଉଚ - ଟିକୁ ମନ କଥାଟି ଟିକିଏ ଜାଣିପାରୁନ ? ଆଚ୍ଛା ତମେ ତାକୁ ପଢ଼େଇବ ?

- କଅଣ ପଢ଼େଇବି ?

- ସିଏ ବି.ଏ. ପଢ଼ିବ ବୋଲି କହୁଚି ଏଇ ବର୍ଷ।

- ହସ ମାଡ଼େ ଭାଉଜଙ୍କ କଥା ଶୁଣି -

- ମନ ଦେଇ ପଢ଼ିବ ବୋଲି କହୁଚି ?

- ସିଏ ନିଜେ କହୁଚି ଯେ ସେ ବି.ଏ. ପଢ଼ିଲେ ଏକାଥରକେ ପାସ୍ କରିଯିବ।

- ଭଲ କଥା। ଘରେ ଅକାରଣଟାରେ ବସିବ କାହିଁକି, ପଢୁ... ମୁଁ ସାହାଯ୍ୟ କରିବି।

ଟିକୁ ବି.ଏ.ରେ ନାଁ ଲେଖେଇଲା - ଭାଉଜ ସାଙ୍ଗେ ସାଙ୍ଗେ ଖାତାପତ୍ର ବହି ସବୁ କିଣି ଦେଲେ। ପଢ଼ାପଢ଼ି, କଲେଜକୁ ଯିବା ସବୁ ଖୁବ୍ ଜୋରସୋରରେ ଆରମ୍ଭ

ହୋଇଗଲା । କିନ୍ତୁ 'ଆରମ୍ଭ ଗୁର୍ବୀ କ୍ଷୟିଣୀ କ୍ରମେଣ' ରୀତିରେ ଟିକୁବାବୁଙ୍କର ପାଠପଢ଼ା ଧିମେଇ ଆସିଲା ।

ଭାଉଜଙ୍କର ପୁଣି ଆରମ୍ଭ ହୋଇଗଲା ଟିକୁ ପିଛା ଲାଗିବା ।

- କିରେ, ତୋର ତ ସାତୁଟାବେଳେ କଲେଜ - ତୁ ଆଠଟା ବେଳକୁ ଯାଉଚୁ କଅଣ ? - ସେ ମୋଟା ଇତିହାସ ବହିଟା ତୋ ଟେବୁଲ ଉପରେ ନାହିଁ କାହିଁକି ?

- ସବୁ ଅଛି ।

- କାହିଁ ଦେଖେଇଲୁ ?

- ସନ୍ଧ୍ୟାବେଳେ ଦେଖେଇବି, କୋଉଠି ତା'ରି ଭିତରେ ଅଛି ।

ଅତି ବିରକ୍ତ ହୋଇଯାନ୍ତି ଭାଉଜ । କିନ୍ତୁ ତଥାପି ତାଙ୍କର ଆଶା ଟିକୁ ପାଠ ପଢ଼ି ମଣିଷ ହବ ।

ଯାହା ଆଶଙ୍କା କରାଯାଇଥିଲା ଠିକ୍ ସେଇୟା ହେଲା । ଲେକ୍‌ଚର କମିବାରୁ ଟିକୁ ଫୋର୍ଥ ଇୟରକୁ ଉଠି ପାରିଲାନି ।

କେହି ଏ ବିଷୟରେ ଉପଦେଶ ଦେଲେ ଟିକୁ ଚିଡ଼ିଯାଇ କହେ - ତମେ କିଏସ୍ କହିବାକୁ - ଯାହା କହିବେ ମୋ ବାପ ମା' କହିବେ ।

ନିଜର ଇଜ୍ଜତ୍ ଜଗି ଅନ୍ୟମାନେ ଚୁପ୍ ହୋଇଯାନ୍ତି । କିନ୍ତୁ ଖିଲିପାନ ଦୋକାନୀ ବା ଜଳଖିଆ ଦୋକାନୀ ତ ଆଉ ଇଜ୍ଜତ୍ ଜଗି ଚୁପ୍ ରହିବେନି - ହକ୍ ଜଳଖିଆ, ପାନ ସିଗାରେଟ୍ ଉଧାର ଦେଇଛନ୍ତି, ଜଣେ ବଡ଼ହାକିମଙ୍କ ପୁଅ ବୋଲି । ପଇସା ଛାଡ଼ିବେ କାହିଁକି ? ବାଟରେ ଘାଟରେ ବେଇଜିତ୍ କରିବାକୁ ସେମାନେ ପଛାନ୍ତି ନାହିଁ - ଭାଇନାଙ୍କ ଚପରାସୀ ଆସି ଭାଉଜଙ୍କୁ ଖବର ଦିଏ... ଘରର ମାନମହତ୍ ଖାନ୍ଦାନିକୁ ଡରି ଭାଉଜ ଲୁଚେଇ ଉଧାରୀ ଟଙ୍କା ଚପରାସୀ ହାତରେ ପଠେଇ ଦିଅନ୍ତି - ଏମିତି ଚାଲେ ।

ଭାଉଜଙ୍କର ମାନସିକ ଅବସ୍ଥା ଦେଖିଲେ ଦୁଃଖ ହୁଏ । ଖାଇବା ପିଇବା ଛାଡ଼ି ସାରିଲେଣି ଟିକୁ ପାଇଁ । କେତେ ଚେଷ୍ଟା କଲେଣି ତାକୁ ଭଲ କରିବାକୁ ।

ଦିନେ ଟିକୁ ଭାଇନାଙ୍କ ମୁହଁ ଉପରେ ଜବାବ ଦେଲା । ଭାଇନା ଗୋଟିଏ ଚଟ୍‌କଣା ଥୋଇ ତାକୁ ଫାଟକ ପାରି କରିଦେଇ ଆସିଲେ -

ଟିକୁବାବୁ ବି ଡେଙ୍ଗା ପାଦ ପକେଇ ଚାଲିଗଲେ ଅନିର୍ଦ୍ଦିଷ୍ଟ ପଥରେ ।

ସେ ଦିନ ଆଉ ଭାଉଜଙ୍କୁ ଦେଖିବ କଅଣ - ଖାଲି ଦୁଆରୁ ଝରକା, ଝରକାରୁ ଦୁଆର ହେଲେ - କୋଡ଼ିଏ ଥର ଫାଟକ ପାଖକୁ ଆସି ରାସ୍ତାକୁ ଚାହିଁଲେ । ଦି' ଦି'ଟା ଚାକର ଟିକୁବାବୁଙ୍କୁ ସହର ତମାମ ଖୋଜିବାକୁ ଲାଗିଲେ ।

ରାତି ଦଶଟା ବେଳେ ଟିକୁବାବୁଙ୍କର ପତ୍ତା ମିଳିଲା - ସଗର୍ବେ ସେ ଗୃହରେ ପ୍ରବେଶ କଲେ।

ବର୍ତ୍ତମାନ ଟିକୁର ବଡ଼ ମାନିଆ ଅର୍ଥାତ୍ ଶୁଚିବାଇ ଦିହରେ କନା ଗୁଡ଼େଇ ହୋଇ ମୋଟା ଦେଖାଯିବ - ହାତରେ ଆଉ ଛାତିରେ କନା ଗୁଡ଼େଇ ହବାଦ୍ୱାରା ଜାମା ପିନ୍ଧିଲା ପରେ ହାତ ଦୁଇଟା ଫରଚଟେଇ ହେଇ ରହିଲା ଭଳି ଦେଖାଯାଏ।

ଟିକୁର ବୋକା ଚାହାଣି ସାଙ୍ଗକୁ ତା'ର ହାତ ଫରଚଟେଇ ମୁହଁ ସିଧାକରି ଚାଲିବାର ଭଙ୍ଗୀ ବଡ଼ ମଜାଦାର ଦେଖାଯାଏ।

ଦ୍ୱିତୀୟ ମାନିଆ ଦିନ ଭିତରେ ହଜାର ଥର ନିଜ ମୁହଁକୁ ଦର୍ପଣରେ ଚାହିଁବା।

ଭାଉଜ ଏ ଧରଣର ଗୋଟାଏ ଅଭ୍ୟାସ ହଠାତ୍ ଦିନେ ଆବିଷ୍କାର କଲେ - ଟିକୁ ସବୁବେଳେ ଦର୍ପଣଟାକୁ ଚାହୁଁଚି।

- କିରେ କଅଣ ଏତେ ଦର୍ପଣରେ ମୁହଁ ଦେଖୁଚୁ ?

- ଦେଖୁଚି ତ।

- କାହିଁକି ଦେଖୁଚ ?

- ଦେଖିବାକୁ ଇଚ୍ଛାହେଲା ଦେଖୁଚି।

- ଇମିତି ଗୋଟାଏ ନିଉଛଣା ଇଚ୍ଛା କାହିଁକି ହବ ?

- ମୁଁ କିଛି ଜାଣିନି ବୋଉ...ମତେ ବିରକ୍ତ କରନି।

ଚିଡ଼ିଯାଇ ଭାଉଜ କହିଲେ - କୋଉ କଲେଜ ଝିଅ ତୋ ମୁହଁକୁ ପସନ୍ଦ କରିବେ କି ନାଇଁ ସେଇଆ ଦେଖୁଥିବୁ - ସବୁ ତ କଲୁ, ଏଇତକ ବାକି ଥିଲା ? ରାତି ଅଧରେ କସରତ, ଦିହରେ ଛିଡ଼ା ମଇଳା କନା ଗୁଡ଼ା, ଦିନରାତି ଦର୍ପଣରେ ମୁହଁ ଦେଖା, ରାକ୍ଷସଙ୍କ ଭଳି ଗୁଡ଼େ ଭାତ ଗିଳିବା, ଏଇ ତ ହେଲା ତୋର କାମ। ଭାବିଚୁ ବାପ ବଡ଼ ଲୋକ ବୋଲି ତୋପେଇଁ ବ୍ୟାଙ୍କରେ ଟଙ୍କା ଜମେଇ ଦେବେ ଆଉ ତୁ ବସି ବସି ଖାଇବୁ - ସେ କଥା ହୋଇପାରିବନି।

ଭାଉଜ ଭାବିଲେ ଖୁବ୍ କଡ଼ା କହିଲେ ବୋଲି - ଇୟାପରେ ଟିକୁ ବଦଳି ଯାଇପାରେ। କିନ୍ତୁ ତା' ପରିବର୍ତ୍ତେ - ଟିକୁର ଚେହେରା ବାଗେଇବା ବିଷୟରେ ଦିନକୁ ଦିନ ନୂଆ ନୂଆ ଗବେଷଣା ସବୁ ଚାଲିଲା।

କେତେବେଳେ ନାକ ତଳେ ସରୁ ମୁନିଆ ନିଶର ଆବିର୍ଭାବ ହେଲା ତ କେତେବେଳେ ପ୍ରଜାପତିଆ - ପୁଣି କେତେବେଳେ ତା' ସାଙ୍ଗକୁ ଦାଢ଼ି ରଖାହେଲା - ଥରେ ଥରେ ଦେଖାଗଲା ଟିକୁ ମୁହଁରେ ଦାଢ଼ି ନିଶ କିଛି ନାହିଁ - ମୁହଁଟା ପାଲିସ ହୋଇଗଲାଣି -

ମୁହଁର ଏଇ ନବ ନବ କଳେବର ଦର୍ପଣ ଭିତରେ ଦେଖିବାହିଁ ଟିକୁର ହେଲା ପ୍ରଧାନ ସମୟ ବିନୋଦନର ଉପାୟ।

ଦିନେ ଅତି ଚିନ୍ତିତ ହୋଇ ଭାଇନା ମତେ ପଚାରିଲେ - ସତ୍ୟ' କଅଣ ଏ ସବୁ ଅଦ୍ଭୁତ ମାନିଆ ବାହାରିଲାଣି ଟିକୁର ?

ଭାଉଜ ବି ସେଠି ଥିଲେ।

କହିଲି ନାର୍ସିସସ କମ୍ପ୍ଲେକ୍ସ ଛଡ଼ା ଇଏ ଆଉ କିଛି ନୁହେଁ। ନାର୍ସିସସ କମ୍ପ୍ଲେକ୍ସ କଅଣ ସେଇଟା ଭାଇନା ଆଉ ଭାଉଜଙ୍କୁ ବୁଝେଇଦେଲି।

ଏଇଟା କିମିତି ଦୂର ହବ, ସେ ବିଷୟରେ ମସୁଧା ଚାଲିଲା।

ଭାଉଜ ପଚାରିଲେ -

ତାକୁ ବାହା ଫାହା କରିଦେଲେ ଅବା ତା'ର ମନ ବଦଳି ଯାଆନ୍ତା।

ଭାଇନା ଉତ୍ୟକ୍ତ ହୋଇ କହିଲେ - ବାହା ! ତମ ମୁଣ୍ଡ ଖରାପ - ଗୋଟାଏ ଅପଦାର୍ଥ ସହିତ ଗୋଟିଏ ସରଳା ନିରୀହା ଝିଅର ବାହା ଦେବି ? ଝିଅଟିର ଇହକାଳ ପରକାଳ ନଷ୍ଟ କରିବାକୁ ? ନା, ସିଏ ବସି ବସି ତେଲୁଣିପୋକ ଭଳି ଗୁଡ଼ାଏ ପିଲା ଛୁଆ ଜନ୍ମ କରିବ, ଆଉ ମୁଁ ତାଙ୍କୁ ସବୁ ମଲାଯାଏ ପୋଷିବି, ଅସମ୍ଭବ।

ମୁଁ କହିଲି - ଖାଲି ସେତିକି ନୁହେଁ। ଏମିତି ବି ଦେଖାଯାଉଚି - ବଡ଼ ଲୋକଙ୍କର ଅପଦାର୍ଥ ପୁଅ ସହିତ ଗୋଟିଏ ଗରିବ ଘରର ଝିଅର ବିବାହ ହୋଇଚି। କିନ୍ତୁ ଝିଅଟି କିଛି ଦିନ ପରେ ଆତ୍ମହତ୍ୟା କରିଚି କିମ୍ବା ଘର ଛାଡ଼ି ପଳାଇଚି, ଇମିତି ବହୁତ ଘଟୁଛି।

ଭାଇନା କହିଲେ - ନାଇଁ ସେସବୁ କଥା ନୁହେଁ - ତୋ ଭାଉଜଙ୍କୁ କହିଲି ତା' କଥା ଛାଡ଼ିଦିଅ - ଆଉ ତା' ପିଛା ଲାଗନି। ବରଂ ତା'ରି ପେଇଁ ଆଉ ପିଲାଗୁଡ଼ାକ ବି ଖରାପ ହୋଇଯିବେ। ବରଂ ସେମାନଙ୍କର ଦେଖାଚାହାଁ କରିବା ଉଚିତ। ଆମର ତ ଗୋଟିଏ ପିଲା ନୁହେଁ ଯେ ତା' ପିଛା ଲାଗିବା। ଏମିତି ହଜାର ହଜାର ଲୋକଙ୍କ ଘରେ ପୁଅମାନେ ବାଲୁଙ୍ଗାଛତରା ହେଇଯାଉଛନ୍ତି। ସେଥିପାଇଁ ଏତେ ଚିନ୍ତାଗ୍ରସ୍ତ ହବା ଦରକାର କଅଣ ? କିନ୍ତୁ ଭାଉଜ ତୋର କଅଣ ଶୁଣିଲା ହେଲେ ?

ଭାଉଜ ନୀରବରେ ସେଠୁଁ ଚାଲିଗଲେ - ଆଖିରେ ତାଙ୍କର ଲୁହ ଚିକ୍ ଚିକ୍ କରୁଥିଲା।

- ଦେଖୁଚୁ ତ ସତ୍ୟ, ତୋ ଭାଉଜ କିଛି ବୁଝିବନି। ମୋରି ଉପରେ ରାଗିବ। କଅଣ ତା' ସ୍ୱାସ୍ଥ୍ୟ ହେଲାଣି ? ମଝିରେ ମଝିରେ ମୁଁ ଭାବେ ଟିକୁଟା...

ତାଙ୍କ କଥାରେ ବାଧା ଦେଇ କହିଲି - ପିଲା ଝିଲାଙ୍କଠି ଏତେ ମାୟା ମମତା ଲଗେଇବା ଠିକ୍ ନୁହେଁ ଭାଇନା - ଯାହା ହବାର ଥିବ ହବ।

- ହଁ, ଯାହା ହଉଚି ହେଇଯାଉ, ବାପା ମା' ଭାବରେ ଆମେ ଆମ କର୍ତ୍ତବ୍ୟରେ ତ ହେଳା କରିନୁ। ତେଣିକି ତା' ଭାଗ୍ୟରେ ଯାହା ଥିବ।

ଟିଙ୍କୁର ଭବିଷ୍ୟତ କଥା ଭାବିଲେ ମୋର ବି ଦୁଃଖ ହୁଏ - କଅଣ କରିବ ସିଏ? କିଛି ବୁଝିଲାନି...କିନ୍ତୁ ବୁଝିବାର ଶକ୍ତି ତା'ର ଆସୁନି କାହିଁକି?

ଟିଙ୍କୁକୁ ଦିନେ ଡାକି କହିଲି ଅତି ନରମ ଗଳାରେ -

- ଟିଙ୍କୁ, ଆଜି ସନ୍ଧ୍ୟାରେ ତୁ ମୋ ସଙ୍ଗେ ଯିବୁ ସାଇକିଆଟ୍ରିଷ୍ଟ୍ ଡକ୍ଟର ରଥଙ୍କ ପାଖକୁ।

- କାହିଁକି?

- ମୁଁ ଭାବୁଚି ତାଙ୍କ ଚିକିତ୍ସାରେ ତତେ କିଛିଦିନ ରଖିବି। ତୋର ଅନେକ ଗୁଡ଼ାଏ କୁମ୍ପ୍ଲେକ୍ସ ବାହାରିଲାଣି। ଡକ୍ଟର ରଥ ତା'ର କାରଣଗୁଡ଼ା ଆଜି ବାହାର କରିଦେବେ।

- ମୋର କିଛି ହୋଇନି। କହି ଟିଙ୍କୁ ମୋ କଥାରେ ପୂର୍ଣ୍ଣଚ୍ଛେଦ ଟାଣିଦେଇ ସେଠୁ ଚାଲିଯାଇଥିଲା। ଭାଉଜ ଆସି ସେଠି ପହଞ୍ଚିଯାଇ ପଚାରିଲେ - କିରେ, କକେଇ ତ କହୁଛନ୍ତି। ଯାଉନୁ?

ଟିଙ୍କୁ ଖିଙ୍କାରି ହେବାଭଳି କହିଲା - ମୁଁ କଅଣ ପାଗଳ ହେଇଚି?

- ତୁ ପାଗଳ ନୁହେଁ ତ କଅଣ?

- ମତେ ସେମିତି ପାଗଳ ଫାଗଳ କହିବନି, କହି ଟିଙ୍କୁ ତମ ତମ ହୋଇ ଚାଲିଗଲା।

କହିଲି - ତା'ର ବୁଝିବାର ଶକ୍ତି ସିଏ ହରେଇଚି ଭାଉଜ। ଆଉ କାହିଁ କି ସେଇଟା ପିଛା ଲାଗିବ? ତା' ଚାଲି, ତା' ଚାହାଣି, ତା' କଥା, ତା' କାମ, ସବୁଥିରୁ ତା'ର ମନର ଅସ୍ୱାଭାବିକତା ଜଣାପଡୁଚି। ଭାଉଜ କହିଲେ, ଯାହା କରୁଚି ଘରେ ହେଲେ କରନ୍ତା? ପଦାରେ ବି ଯାଇ ନାଁ ପକାଇଚି।

- ଫେର ନୂଆ କୀର୍ତ୍ତି କଅଣ କରିଚି?

- ଜଣେ କିଏ ଭଦ୍ରଲୋକଙ୍କ ସହିତ ଟିଙ୍କୁର ଚିହ୍ନା-ପରିଚୟ ଅଛି। କାଲି ଟିଙ୍କୁ ଘଣ୍ଟାକ ଭିତରେ ଆଠ ଥର ଯାଇ ତାଙ୍କ ଦୁଆରେ ଡାକିଛି ସେ ଭଦ୍ରଲୋକଙ୍କୁ। ଅଥଚ ସବୁଥର ତାଙ୍କ ଘରେ କହୁଛନ୍ତି ଯେ ସିଏ କୁଆଡ଼େ ଯାଇଛନ୍ତି। କେତେବେଳେ ଫେରିବେ ଜଣା ନାହିଁ।

ପଚାରିଲି - ତମେ ଏ କଥା କିମିତି ଜାଣିଲ?

ସେଇ ଭଦ୍ରଲୋକ ଆସି ତମ ଭାଇନାଙ୍କୁ ପଚାରିଲେ - କାହିଁକି ଟିଙ୍କୁ ଏତେ

ଘନ ଘନ ତାଙ୍କୁ ଡାକୁଥିଲା ବୋଲି ! ଟିକୁକୁ ପଚାରିଲାରୁ ସେ କହିଲା ଯେ ଏମିତି ଖାଲି ଗପ କରିବାକୁ ଡାକୁଥିଲା -

କହିଲି - ହୁଏତ ସେଇୟା ସତ ।

- ତା' ବୋଲି ଗୋଟେ ଘଣ୍ଟାକ ଭିତରେ ଯାଇ ଆଠ ଥର ଡାକିବ ?

- ତେବେ ଆଉ କ'ଣ କାରଣ ?

- ସେ ଭଦ୍ରଲୋକଙ୍କର ଯୋଡ଼ିଏ ଝିଅ ଅଛନ୍ତି । ତାଙ୍କୁ ହୁଏତ ଦେଖିବାପାଇଁ ଗୋଟେ ଆଳ କରିଯାଇଥିବ । ମୁଁ ଅନେକଥର ଦେଖିଲିଣି ଯଦି ଛବିର କେହି କଲେଜ ସାଙ୍ଗ ବୁଲିବାକୁ ଆସୁଛନ୍ତି ତେବେ ଟିକୁ କୁଆଡ଼େ ଥିବ ସେଠି ଆସି ଲଙ୍ଗର ପଙ୍ଗର ହବ । ଏଗୁଡ଼ାକ କି ପ୍ରକୃତି କହିଲ ?

- ନିରୁପାୟ, ନିରୁପାୟ..... ଆଉ କିଛି ହେଇପାରିବନି ଭାଉଜ !

ମୁଁ କହୁଚି ତାକୁ ମୋତେ ବାହା କରିଦେଲେ ବୋଧହୁଏ ତା'ର ଏ ପ୍ରକୃତିଗୁଡ଼ାକ ବଦଳିଯାନ୍ତା - ଭାଉଜ ଅନୁନୟ ଭଙ୍ଗୀରେ କହିଲେ ।

କହିଲି - ହୁଏତ ଯାଆନ୍ତା କିନ୍ତୁ ସେ ଦାୟିତ୍ୱ ନେଇ ଗୋଟିଏ ଝିଅର ଜୀବନ ନଷ୍ଟ କରିବାକୁ ଯିବ କିଏ ? ଯିଏ ତାକୁ ବାହାହବ ତାକୁ ସିଏ ଭକ୍ତି ଶ୍ରଦ୍ଧା କରିପାରିଲେ ତ ?

ଭାଉଜ ନୀରବ ରହିଲେ - ଟିକୁର ପରିବର୍ତ୍ତନ ଆଣିବାପାଇଁ ସେ ଯେତେ ପ୍ରକାରର ବ୍ୟବସ୍ଥା ଚାହିଁଲେ ଭାଇନା କିମ୍ବା ମୁଁ ସେସବୁ ନାକଚ କରିଦେଲୁଁ ।

ଭାଉଜଙ୍କର ଦୈନନ୍ଦିନ ବ୍ୟବସାୟ ହେଲା ଟିକୁର ଜାମା ଓ ପ୍ୟାଣ୍ଟ ପକେଟରୁ ବିଡ଼ି ସିଗାରେଟ୍ ବାହାର କରି ଫୋପାଡ଼ିବା, କତୁରିରେ କଟା ହୋଇଥବା ଟିକିଟିକି କନା ସବୁ ଆଣି ପଦାରେ ଫୋପାଡ଼ିବା । ତା' ଛଡ଼ା ଯେତେଟା ଦର୍ପଣ ତା' ଶେଯତଳୁ ବାହାରିଲା ସେତେଟା ନେଇ ଭାଉଜ ଭାଙ୍ଗିଲେ । ତଥାପି କୁଆଡୁ ଫେର ଆସି ଟିକୁ ପଢ଼ା ଘରେ ଏ ସବୁ ଜମା ହୋଇଗଲା ।

ଶେଷକୁ ପରିସ୍ଥିତି ଏପରି ହେଲା ଯେ ଭାଇନାଙ୍କର ଛୋଟ ଦି'ପୁଅ ଟୁଲୁ ଓ ମିଲୁ ଟିକୁର ଅଭିନୟ କଲେ -

ଟୁଲୁ କହିଲା - ମିଲୁ - ତୁ ହ ବୋଉ, ଆଉ ମୁଁ ହେବି ଟିକୁ ଭାଇ.... ମୁଁ ଗୋଟେ ଚଉକିରେ କିଛି ଦଲପନରେ ମୁହଁ ଦେଖୁଥିବି.....ତୁ ବୋଉ ହୋଇ ଆଛି ମତେ କହିବୁ - କିଲେ ଟିକୁ, ତୁ ଦଲପନ୍‌ଲେ କାହିଁକି ଏତେ ତୋ ମୁହଁ ଦେଖୁଚୁ ?...

ଭାଉଜ ଛୁଆ ଦୁହିଁଙ୍କର ଏ ପ୍ରକାର ଅଭିନୟ ଦେଖି ଆତଙ୍କିତ ହୋଇ ଆସି ମତେ କହିଲେ - ଦେଖୁଚ ଦେଖୁଚ ସତ୍ୟ, ଏମାନେ କଅଣ କରୁଛନ୍ତି ? ଭାଉଜ ବର୍ଣ୍ଣନା କରିଗଲେ ସବୁ କଥା -

ଶୁଣିସାରି କହିଲି - ଏ ସବୁର ପ୍ରଭାବ ଯେ ଛୁଆମାନଙ୍କ ଉପରେ ପଡ଼ିବ ତା' ମୁଁ ଜାଣିଥିଲି - କଅଣ ଫେର କରାଯିବ ମତେ କହିଲ।

- ମୁଁ ହେଇଥିଲେ କଅଣ କରିଥାନ୍ତି ଜାଣ ? ମୁଁ କହିଲି।

- କଅଣ କରିଥାନ୍ତ ?

- ଅବଶ୍ୟ ଘରର ପୁଅ ଯେତେବେଳେ ତାକୁ ତଡ଼ିଦେଇ ପାରନ୍ତିନି - କିନ୍ତୁ ଟଙ୍କାର ସୁବିଧା ଯେମିତି ଅଛି ମୁଁ ମିଲୁ ଟୁଲୁଙ୍କୁ ପବ୍ଲିକ ସ୍କୁଲକୁ ପଠେଇ ଦେଇଥାନ୍ତି, ଟିକୁ ପ୍ରଭାବରୁ ସେମାନଙ୍କୁ ମୁକ୍ତ କରିବାକୁ -

- ଖାଲି ସେଇ ଗୋଟାଏ କଥା ତ କହିବ.....ଭାଉଜ କହିଲେ।

- ଆଉ କଅଣ କରିଥାନ୍ତି - ଆରବର୍ଷ ତ ଦିହିଙ୍କପେଇଁ ହାଇଦ୍ରାବାଦ ପବ୍ଲିକ ସ୍କୁଲରେ ନାଁ ଲେଖେଇବାର ସବୁ ଠିକ୍ ସରିଥିଲା - କିନ୍ତୁ ଆରମ୍ଭ କରିଦେଲ ଅନଶନ - ସେଇ ଏକା ଜିଦ୍, ଏଡ଼େ ଟିକି ଟିକି ଛୁଆଙ୍କୁ ଏତେଦୂର ପଠେଇବିନି। କୌଣସି ଛୁଆ ତମ ଆଖି ବାହାରକୁ ଯିବେନି, ଏବେ ସମ୍ଭାଳ - ମୋ କଥା କିମ୍ବା ଭାଇନାଙ୍କ କଥା ତ ତମେ ଶୁଣିବାକୁ ନାରାଜ।

ପୃଷ୍ଠଭଙ୍ଗ ଦେଇ ଭାଉଜ ପଳେଇଲେ - ମୋଠୁଁ ସହାନୁଭୂତି ଆଶା କରିଥିଲେ - କିନ୍ତୁ ପାଇଲେ ନାହିଁ।

ଗୋଟାଏ ଦୀର୍ଘଶ୍ୱାସ ବାହାରିଆସିଲା - ବିଚାରୀ ଭାଉଜଙ୍କର ଜୀବନର ଚବିଶଟି ବର୍ଷ ଟିକୁ-କୈନ୍ଦ୍ରିକ ହୋଇ ବ୍ୟର୍ଥ ହୋଇଗଲା - ଆଉ ଏମିତି କେତେଦିନ ଚାଲିବ କିଏ କହିପାରେ ?

ଭାଉଜଙ୍କ ଆଖିରେ ମୁଁ ଦିନେହେଲେ ଲୁହ ଦେଖିନି କିନ୍ତୁ ଦିନେ ସନ୍ଧ୍ୟାରେ ଯାଇ ଦେଖିଲି ଭାଉଜ ଘର ମଝିରେ ବସିଛନ୍ତି - ଆଖିରୁ ଲୁହ ଗଡ଼ିଯାଉଚି - ମୁହଁରେ ଗୋଟାଏ ଯୁଦ୍ଧକ୍ଳାନ୍ତ ପରାଜିତ ସୈନିକର ଭାବ।

ବୁଝିପାରିଲି କାହିଁକି ଆଜି ତାଙ୍କ ଆଖିରେ ଏ ଲୁହ। ଏଡ଼େବଡ଼ ସରକାରୀ ଚାକିରିଆର ପୁଅ - ସେ ଯେ କିରାଣି ହେଇଚି - ବାପର ଡ୍ରାଇଭର ଯେତିକି ଦରମା ପାଉଚି ସେତିକି ଦରମା ପାଇବ ତାଙ୍କ ପୁଅ ଟିକୁ।

ହେମମୃଗ ପଛରେ ଅନୁଧାବନ କରି ଭାଉଜ ନିରାଶ ହୋଇଛନ୍ତି।

■

ନିଶୀଥର ପ୍ରେତାତ୍ମା

ଗୋଟିଏ ଛୋଟିଆ ଜୀବନର ଛୋଟିଆ ଇତିହାସ - ଭାରତର ଗଣତନ୍ତ୍ର ଶାସନର ଦ୍ୱିତୀୟ ସାଧାରଣ ନିର୍ବାଚନ ପାଇଁ ଛ'ଟି କେନ୍ଦ୍ରରେ ଭୋଟ ଗ୍ରହଣ କାର୍ଯ୍ୟ ଶେଷ କରି ପ୍ରିଜାଇଡିଂ ଅଫିସର ବିଶ୍ୱବନ୍ଧୁ କଟକ ଫେରୁଚି ଇଲେକ୍‌ସନ ଟ୍ରକ୍‌ରେ। ପ୍ରଥମ ସାଧାରଣ ନିର୍ବାଚନରେ ସେ ବସ୍‌ରେ ଯାଇଥିଲା ଫେରିଥିଲା। କିନ୍ତୁ ଏଥର ଦୀର୍ଘ ମାସେ କାଳ ଖରାରେ ତରାରେ ଖାଲ ଢିପ ରାସ୍ତାରେ ଧକଡ଼ ଚକଡ଼ ହୋଇ। ମାଲବୁହା ଟ୍ରକ୍‌ରେ ପୋଲିଂ ପାର୍ଟି ସହିତ ବିଶ୍ୱବନ୍ଧୁ ଫେରୁଚି ଶ୍ରାନ୍ତ କ୍ଲାନ୍ତ ହୋଇ ସାଥିରେ ସେ ପ୍ରଥମ କରି ରକ୍ତଆମାଶୟ ରୋଗ ଧରି ଫେରୁଚି - ତା' ପାଇଁ ଟ୍ରକ୍‌ଟା ବାଟରେ ପାଣିଥିବା ଜାଗା ଦେଖି ପ୍ରାୟ ପନ୍ଦର ଥର ଅଟକିଲାଣି। ରାତି ଦୁଇଟା - ଜହ୍ନ ଆଲୁଅ ରାସ୍ତାକଡ଼ର ଦି'ପଟ ବିଲରେ ବିଞ୍ଚି ହୋଇଯାଇଚି - ବିଶ୍ୱବନ୍ଧୁ ବସିଚି ଡ୍ରାଇଭର ପାଖେ, ଆଉ ତା' ପୋଲିଂ ପାର୍ଟିର ଅନ୍ୟାନ୍ୟ ସଭ୍ୟମାନେ ଟ୍ରକ୍‌ର ଚାଙ୍ଗୁଡ଼ା ଭିତରେ ବିକ୍ଷିପ୍ତଭାବରେ ରଖାହୋଇଥିବା ମାଲପତ୍ର ଭିତରେ କୌଣସି ପ୍ରକାର ଖୁନ୍ଦିଖାନ୍ଦି ହୋଇ ବସିଛନ୍ତି। ଟ୍ରକ୍ ହଠାତ୍ ଖାଲରେ ପଡ଼ି ଉଠିଗଲା ବେଳକୁ ସେମାନଙ୍କ ଶରୀରଗୁଡ଼ିକ ଟ୍ରକ୍ ଚଟାଣ ଦେହରୁ ହାତେ ଉପରକୁ ଉଠିଯାଇ ପୁଣି ଯଥାସ୍ଥାନକୁ ଫେରିଗଲାବେଳେ ତାଙ୍କର ମୁହଁରେ ଯେଉଁ ବିକଳ ଭାବ ଫୁଟିଉଠୁଚି, ତାହା ଇଲେକ୍‌ସନ୍ କର୍ମକର୍ତ୍ତାଙ୍କ ଆଖିରେ ପଡ଼ିପାରୁନି ବୋଲି ବିଶ୍ୱବନ୍ଧୁଙ୍କ ମନରେ ଦାରୁଣ କ୍ଷୋଭ। ପୋଲିଂ କର୍ମଚାରୀମାନଙ୍କୁ ଖରା ଦାଉରୁ ରକ୍ଷା କରିବାପାଇଁ ବତା ଫ୍ରେମ ଉପରେ ଗୋଟିଏ ତାରପୁଲିନ୍ ଢାଙ୍କି ଦିଆହୋଇଚି। ଇଲେକ୍‌ସନ୍ କାମରେ ଶୁଭଯାତ୍ରା ପୂର୍ବଦିନ ଯେତେବେଳେ ଖୋଲା ଟ୍ରକ୍ ଉପରେ ଏଇ ତାରପୁଲିନ୍‌ର ଛାତ ତିଆରି କାମ ଚାଲିଥିଲା, ସେତେବେଳେ କୌତୂହଳ ଦୃଷ୍ଟିରେ ବସ୍ତିର ପାଚିଲା ଦାଢ଼ିଆ ବସିର୍ ମିଆଁଠାରୁ ଆରମ୍ଭ କରି ଚାରିବର୍ଷିଆ ଛୁଆ ପର୍ଯ୍ୟନ୍ତ ସମସ୍ତେ ଟ୍ରକ୍ ଚାରିପଟେ

ଜମା ହୋଇଯାଇଥିଲେ। ବସ୍ତିବାଲାଙ୍କର ଆଗ୍ରହ ଦୃଷ୍ଟି ଟ୍ରକ୍‌ର ଏଇ ଆକସ୍ମିକ ଓ କ୍ଷଣସ୍ଥାୟୀ ପଦୋନ୍ନତି ପ୍ରତି ଏକ କଟାକ୍ଷ ଭାବି ଶିଖ ଡ୍ରାଇଭର ଅଜିତ୍ ସିଂ କିପରି ଗୋଟାଏ ଅସ୍ୱସ୍ତି ଅନୁଭବ କରୁଥିଲା - ସୁତରାଂ ବସ୍ତିବାଲାଙ୍କ ଭିଡ଼ ବଢ଼ିବାରୁ ସେ ସେମାନଙ୍କୁ ଘଉଡ଼େଇବାକୁ ଚେଷ୍ଟା କଲା। କିନ୍ତୁ କଟକୀ ବସ୍ତିର ଛୁଆ ସେମାନେ, ସହଜରେ ହାଲ ଛାଡ଼ନ୍ତି ନାହିଁ।

ବିଶ୍ୱବନ୍ଧୁର ସ୍ତ୍ରୀ ଅଞ୍ଜଳି ଝରକା ପାଖରେ ଠିଆହୋଇ ଟ୍ରକ୍‌ର ଏ ସୌଭାଗ୍ୟ ଲକ୍ଷ୍ୟ କରୁଥିଲେ ମୁରୁକିହସା ଦେଇ - ବିଶ୍ୱବନ୍ଧୁ ତା' ଦେଖିପାରି କହିଲା - "ଏଇ ଟ୍ରକ୍‌ରେ ଆମେ ବୁହା ହୋଇ ଯିବୁ ଶହ ଶହ ମାଇଲ - ଛ' ଛ'ଟା ବୁଥ୍‌ରେ କାମ କରିବୁ -"

- "ମନ୍ଦ କଅଣ? ଇଟା କାଠ ବଦଳରେ ତମେମାନେ ବୁହାହୋଇ ଯିବ" ଅଞ୍ଜଳି ପରିହାସ ଭଙ୍ଗୀରେ କହିଲା।

ମୁଁ ଭାବିପାରୁନି ରିଟର୍ଣ୍ଣିଙ୍ଗ୍ ଅଫିସର ଆମକୁ ସବୁ ଇଟା କାଠ ସଙ୍ଗେ ସାମିଲ କଲେ କିମିତି।"

ଅଞ୍ଜଳି କହିଲା - "କାହିଁକି ଭାବି ପାରିଲନି? ଭୋଟ କାମଟା କଅଣ ଦେଶ କାମ ନୁହେଁ? ସେଥିପାଇଁ ସ୍ୱାର୍ଥ ଓ ସୁଖ-ସ୍ୱାଚ୍ଛନ୍ଦ୍ୟ ତ୍ୟାଗ କରିବାକୁ ପଡ଼ିବ -"

ଅଞ୍ଜଳିର ଏପରି ଏକ ମନ୍ତବ୍ୟ ବିଶ୍ୱବନ୍ଧୁ ଆଶା କରି ନ ଥିଲା - ବ୍ୟଥିତ ହୋଇ କହିଲା - "ଲାଭ?"

"ଲାଭ ନାହିଁ କହୁଚ? ବେଶ୍ ଲାଭ ଅଛି - ଦେଖୁନା ଯେଉଁମାନେ ବ୍ରିଟିଶ ସରକାରଙ୍କ ଅମଳରେ ଦେଶର କଂଗ୍ରେସ ନେତାମାନଙ୍କୁ ଜେଲରେ ଠୁଙ୍କି ଦେଇ ଗୋରାସାହେବମାନଙ୍କଠୁଁ ବାହାବା ପାଉଥିଲେ ସେମାନେ ଏବେ ରାଜଦଣ୍ଡ ଉପାଧି ଛାଡ଼ିଛୁଡ଼ା ଦେଇ ଖଦଡ଼ ପିନ୍ଧି କାର୍ ଚଢ଼ି ବୁଲିବାରୁ ତାଙ୍କୁ ନେତୃତ୍ୱ ଦେବାପାଇଁ ଦେଶଲୋକେ କିମିତି ବ୍ୟାକୁଳ - ଦେଖୁନ ସେମାନଙ୍କର ମହନୀୟ ସ୍ୱାର୍ଥତ୍ୟାଗ ଦେଶବାସୀଙ୍କୁ କିମିତି ମୁଗ୍ଧ କରିଚି -"

"ମୋର ତେବେ ସେମିତି କିଛି ଲାଭ ହବ ବୋଲି ଭାବୁଚ ଅଞ୍ଜଳି?"

"ସେ ଧରଣର ଲାଭ ନ ହୋଇପାରେ - ତେବେ ଇଲେକ୍‌ସନରୁ ଫେରିଆସିଲେ ଅନ୍ତତଃ ଆମାଶୟ, ଇନ୍‌ଫ୍ଲୁଏଞ୍ଜା କିମ୍ବା ଟାଇଫଏଡ୍ ଲାଭ ହବ ତ?"

ବିଶ୍ୱବନ୍ଧୁ ଅଞ୍ଜଳିର ବିଚକ୍ଷଣତାରେ ମୁଗ୍ଧ ହୋଇଯାଇ କହିଲା, "ଅଞ୍ଜଳି, ବି.ଏ. ପାସ୍ ପରେ ମତେ ବାହା ନ ହୋଇ ତମେ ରାଜନୀତି କରିଥିଲେ ଏତେବେଳକୁ ମନ୍ତ୍ରୀ ହୋଇସାରନ୍ତଣି।"

ଅଞ୍ଜଳି ଫିସ୍‌କରି ହସିପକେଇ କହିଲା – "ଭୁଲ୍ କରିପକେଇଥିଲି। ସେତେବେଳେ ଭାବିଲି, ମନ୍ତ୍ରିତ୍ୱ ପାଇବା ସହଜ କିନ୍ତୁ ତମକୁ ପାଇବା ସହଜ ନୁହେଁ।"

ବିଶ୍ୱବନ୍ଧୁ କହିଲା – "ବର୍ତ୍ତମାନ ବି ତ ସେ ଭୁଲଟା ଠିକ୍ କରିନେଇପାରିବ – ତମର ବୁଦ୍ଧି ଅଛି, ବିବାହର ଷୋଳ ବର୍ଷ ପରେ ମଧ୍ୟ ସୌନ୍ଦର୍ଯ୍ୟ ମଳିଚା ଧରିନି।"

ଅଞ୍ଜଳି ବିଶ୍ୱବନ୍ଧୁର କଥାଟାକୁ ଗ୍ରହଣ କରିନେଲା ଭଳି ଭାବଦେଖେଇ କହିଲା– "ମନ୍ଦ ହୁଅନ୍ତା ନାହିଁ। ରାଣୀ ଏଲିଜାବେଥ୍ କୌଣସି ଉତ୍ସବରେ ଯୋଗ ଦେଲାବେଳେ ଡିଉକ୍ ଅଫ୍ ଏଡିନ୍‌ବରା ଯେମିତି ତାଙ୍କ ପଛେ ପଛେ ଚାଲିଥାନ୍ତି ଓ ତାଙ୍କ ପଛରେ ତାଙ୍କ ପିଲାମାନେ, ମୁଁ ସଭା ସମିତି ବା ଉତ୍ସବରେ ଯୋଗ ଦେଲାବେଳେ ମୋ ପଛେ ପଛେ ଛୁଆମାନଙ୍କୁ ଧରି ତମେବି ଚାଲିଥାନ୍ତ – କିମ୍ବା ମୁଁ ଯଦି ତମ ଡିପାର୍ଟମେଣ୍ଟର ମନ୍ତ୍ରୀ ହୁଅନ୍ତି ତେବେ ମତେ ଦିନରାତି ଦଣ୍ଡବତ କରୁଥାନ୍ତ –"

ବିଶ୍ୱବନ୍ଧୁ ହସି କହିଲା – "କିନ୍ତୁ ମାଡାମ୍, ଦି ଡଗ୍ ହ୍ୟାଜ୍ ହିଜ୍ ଡେ ଅଲସୋ। ଘରକୁ ଫେରିଆସିବା ପରେ ପ୍ରିୟ ଆଲବର୍ଟ ରାଣୀ ଭିକ୍‌ଟୋରିଆଙ୍କୁ ଦଣ୍ଡେଇଲାଭଳି ମୁଁ ବି ତମକୁ ଦଣ୍ଡେଇ ଦିଅନ୍ତି–ବୁଝିଲ ?"

ଅଂଜଳି ଓଠ ବଙ୍କେଇ କହିଲା – "ଇସ୍... ଚାକିରି ଭୟ ନାହିଁ ? ସାଙ୍ଗେ ସାଙ୍ଗେ ଅଫିସକୁ ଯାଇ ବରଖାସ୍ତ ଅର୍ଡର।"

"ହଁ ହଁ, ଭାରି ବରଖାସ୍ତ କଲାବାଲା। ପାଞ୍ଚ ବର୍ଷ ପରେ ଯେତେବେଳେ ଆସେମ୍ବ୍ଲିକୁ ନିର୍ବାଚିତ ନ ହୋଇପାରନ୍ତ ସେତେବେଳେ ତମ ମଜାଟା ବାହାରିଯାଆନ୍ତା –"

ସ୍ୱାମୀ ସ୍ତ୍ରୀଙ୍କର ଏଇ ମଧୁରାଳାପରେ ବାଧା ଦେଇ ଶିଖ ଡ୍ରାଇଭର ଆସି କହିଲା – "ଜୀ ହୋଗିୟା।"

ବିଶ୍ୱବନ୍ଧୁ ଦେଖିଲା ଟ୍ରକ୍‌ର ରୂପ ବଦଳିଯାଇଛି। ଟ୍ରକ୍‌ର ଚାଙ୍ଗଡ଼ା ଉପରେ ତାରପୁଲିନ୍ ପଡ଼ିଗଲା ପରେ ଛାତଟା ଶଗଡ଼ ଗାଡ଼ିର ଗୋଲିଆ ତାଳପତ୍ର ବା ତଲେଇ ଛାତ ଭଳି ଦେଖାଯାଉଚି – କିନ୍ତୁ ଶଗଡ଼ ନୁହେଁ କି ବସ୍ ନୁହେଁ – ପଶୁ ନୁହେଁ କି ପକ୍ଷୀ ନୁହେଁ। ଡ୍ରାଇଭର ଟ୍ରକର ପଛପଟେ, କଡ଼ରେ ଓ ସାମନାରେ ଛପା ଅକ୍ଷରରେ ଇଂରେଜୀରେ ଲେଖା ହୋଇଥିବା 'ଅନ୍ ଇଲେକ୍‌ସନ ଡିଉଟି' ଓ 'ପାର୍ଟି ନମ୍ବର ୫୦୦' କାଗଜଗୁଡ଼ିକ ମାରିଦେଇ ଟ୍ରକ୍‌ର ମାନସମ୍ମାନ ବଢ଼ାଇବାରେ ଯଥେଷ୍ଟ କୋସିସ୍ କରିଚି...।

ଆଜି ସେଇ ଟ୍ରକ୍‌ଟି ଜହ୍ନ ରାତିରେ ଫେରୁଚି...ପୋଲିଂ କର୍ମଚାରୀ ଓ ଟ୍ରକ୍‌ର ଗଲାବେଳର ସତେଜତା ଫେରିଲାବେଳକୁ ନାହିଁ – ନୂଆ ମାଟିପକା ରାସ୍ତାରେ ମାଇଲ

ମାଇଲ ପଡ଼ି ଉଠି ଯିବାଦ୍ୱାରା ତାରପୁଲିନ୍ ଛାତଟି ଗୋଟିଏ ଲେସଡ଼ା ଆମ୍ବଭଳି ଦେଖାଯାଉଛି... ଟ୍ରକ୍ ଆସି ବଡ଼ଚଣା ପୁଲିସ ଷ୍ଟେସନ ସାମନାରେ ପହଞ୍ଚିଲା... ବିଶ୍ୱବନ୍ଧୁ ଦେଖିଲା ଗୋଟିଏ ପଡ଼ିଆରେ ବହୁତ ଗୁଡ଼ିଏ ପେଟ୍ରୋମାକ୍‌ସ ଜଳୁଛି... ଦୋଳଯାତ୍ରା - ପୋଲିଂ ଅଫିସରମାନେ କହିଲେ - "ସାର୍, ଆମେ ଟିକିଏ ଯାତ୍ରା ଦେଖିବୁ -"

ବିଶ୍ୱବନ୍ଧୁ ସାଙ୍ଗେ ସାଙ୍ଗେ ରାଜି ହୋଇଯାଇ ପଚାରିଲା, ଏଠି ପାଖରେ ପୋଖରୀ କିମ୍ବା ଗାଡ଼ିଆ ନ ଥିବ ?"

ଟ୍ରକ୍ ରାସ୍ତାକଡ଼ରେ ରହିଲା - ପୋଲିଂ ଅଫିସର୍ ଓ ପୁଲିସ୍ ପାର୍ଟି ଯାତ୍ରା ଦେଖି ବାହାରିଲେ - ଆଉ ପ୍ରିଜାଇଡିଂ ଅଫିସର ଜାମା ପଟା ବାହାର କରି ବାହାରିଲେ ପଡ଼ିଆର ସନ୍ଧାନରେ -

ସାମାନ୍ୟ ସୁସ୍ଥ ବୋଧ କରି ବିଶ୍ୱବନ୍ଧୁ ଫେରିଆସିଲା ଟ୍ରକ୍ ପାଖକୁ - କିନ୍ତୁ ଯାହା ଦେଖିଲା ସେଥିରେ ସେ ବିସ୍ମିତ ହେଲା ।

ଟ୍ରକ୍‌ର ବାଁ ପଟ ପଛ ଓ ସାମନା ଚକ ମଝିରେ ଗୋଟିଏ ଲୋକ ବସିଚି... ବିଶ୍ୱବନ୍ଧୁ ଭାବିପାରିଲା ନାହିଁ କି ଉଦ୍ଦେଶ୍ୟରେ ଗୋଟାଏ ଲୋକ ଟ୍ରକ୍‌ତଳେ ବସିପାରେ । ଟ୍ରକ୍ ତଳ ଅନ୍ଧାର - ଲୋକଟିର ଦେହର ରଙ୍ଗ ମଧ କଳା - ତା'ର ଛିଣ୍ଡା ମଇଳା ଲୁଗାରୁ ଜାଣି ହବନି ଗୋଟାଏ ଲୋକ ଟ୍ରକ୍‌ତଳେ ବସିଚି ବୋଲି...ସେଠି ଲୋକଟାର ଉପସ୍ଥିତି କେହି ଜାଣିପାରି ନ ଥିଲେ ଟ୍ରକ୍ ଯେତେବେଳେ ଚାଲିବାକୁ ଆରମ୍ଭ କରିଥାନ୍ତା ସେ ଲୋକଟି ଅବଶ୍ୟ ମରିଥାନ୍ତା...ତା' ପରେ ?...ତା' ପରେ ଇନ୍‌କୁଆରୀ... ଇଲେକ୍‌ସନ୍ ପାର୍ଟି ନଂ ୫୦୦ ଟ୍ରକ୍ ଗୋଟିଏ ଭିକାରି ଉପରେ ମାଡ଼ିଯାଇ ତାକୁ ମାରିଦେଇଚି...କେହି ବୁଝିପାରି ନ ଥାନ୍ତା ଅସଲ କଥା... ଡ୍ରାଇଭର ହତବାକ୍ ହୋଇ ଭାବିଥାନ୍ତା ଲୋକଟା ଉପରେ ସେ କେତେବେଳେ ଟ୍ରକ୍ ଚଢ଼େଇଦେଲା । ପ୍ରିଜାଇଡିଂ ଅଫିସର ବିଶ୍ୱବନ୍ଧୁ ମଧ୍ୟ ବିସ୍ମିତ ହୋଇ ଠିକ୍ ସେଇକଥା ହିଁ ଭାବନ୍ତା ।

ଉତ୍ତ୍ୟକ୍ତ ଗଳାରେ ପଚାରିଲା - "କିଏ ବସିଚିରେ ମୋଟର ତଳେ ?"

ଲୋକଟି ନିରୁତ୍ତର ରହିଲା । ବେକଟି ନୁଆଁଇ ଦେଇ ସେ ବସି ରହିଲା ଏକ ଚିନ୍ତାଶୀଳ ଦାର୍ଶନିକ ଭଳି ।

ବିଶ୍ୱବନ୍ଧୁର ଗଳା ପଞ୍ଚମକୁ ଉଠିଲା...ତଥାପି ସେ ଲୋକଟି ବସିରହିଲା ଧ୍ୟାନମଗ୍ନ ବୁଦ୍ଧଙ୍କ ଭଳି -

ସପ୍ତମକୁ ଉଠିଲା ବିଶ୍ୱବନ୍ଧୁର ଗଳା -

"କିରେ କିଏ ବସିଚି ସେଠି, ପାଟି ନାହିଁ ?"

କ୍ଷୀଣ ଅଥଚ ଦୃଢ଼ ଏକ ବୃଦ୍ଧ କଣ୍ଠରୁ ଉତ୍ତର ଆସିଲା - "ମୁଁ ବସିଚି... ।"

ନିର୍ଭୟ ନିଃସଙ୍କୋଚ ଗୋଟିଏ ଦି' ପଦିଆ ଉତ୍ତର –

"ତୁ ବୋଇଲେ କିଏ ?"

ବୃଦ୍ଧ ପୁଣି କହିଲା – "ଚୋର ତସ୍କର ନୁହେଁ ବାବୁ...ଆପଣ କାହିଁକି ଏମିତି ରାଗୁଚ।"

ବିଶ୍ୱବନ୍ଧୁର ଚିତ୍କାରରେ ଗାଁର କେତେଗୁଡ଼ିଏ ଲୋକ ଆସି ଜମା ହେଇଗଲେ... ଗୋଟିଏ ପିଲା କହିଲା – "ଆରେ ହେ, ଇଏତ ଚଇଁ ଜେନା କୋଢ଼ିଆ।"

"କାହିଁକି ସେ ଟ୍ରକ୍‌ତଳେ ଯାଇଁ ବସିଚି ?" ବିଶ୍ୱବନ୍ଧୁ ସେଇ ପିଲାଟି ଆଡ଼େ ଚାହିଁ ପଚାରିଲା।

"ମୁଁ କହିପାରିବିନି –"

ଆଉ ଜଣେ ଗ୍ରାମବାସୀ କହିଲା – "ଆଣ୍ଠା କୋଢ଼ିଆଟା – ଭାରି କଷ୍ଟ ପାଉଚି – ମୋଟରତଳେ ଜୀବନ ହାରିଦବାକୁ ବସିଚି ବୋଧେ।" ବିଶ୍ୱବନ୍ଧୁ ଚଇଁ ଜେନାକୁ ଚାହିଁ କହିଲା – "ଏ, ଚାଲିଆ ସେଠୁଁ..."

ବିଶ୍ୱବନ୍ଧୁ ଅପେକ୍ଷା କଲା – କିନ୍ତୁ ଚଇଁ ଜେନା ଚଳିଲା ନାହି। ଜମା ହୋଇଥିବା ଲୋକମାନଙ୍କ ଭିତରୁ ଜଣେ ବୁଢ଼ା କହିଲା –

"କିରେ ଚଇଁଆ, ଆସୁନୁ କିଆଁ... ବାବୁଙ୍କର ଡେରି ହେଉଚି – ମୋଟର ଛାଡ଼ିବେ।"

"ଛାଡୁ ନାହାନ୍ତି ମୋଟର, ମୁଁ କଅଣ ତାଙ୍କୁ ମନା କଲି ?"

"କିମିତି ଛାଡ଼ିବେ, ତୁ ତା' ତଳେ ବଇଚୁ ଅଖଟାକୁ ଜାବୁଡ଼ି ଧରି –।"

"ମୁଁ ଏଇ ଅଖ ଉପରେ ଟିକିଏ ବସି କରି ଚାଲିଯିବି –"

ରାଗିଯାଇ ବିଶ୍ୱବନ୍ଧୁ ପଚାରିଲା – "କୁଆଡ଼େ ଚାଲିଯିବୁ ?"

"ଛତିଆ।"

"ଅଖ ଉପରେ ବସିକରି ଗଲେ ଖସିପଡ଼ିବୁ – ମରିବୁ।"

"ହଉ ବାବୁ, ମଲେ ମରିବି...ବଞ୍ଚି କରି କୋଉ ଲାଭ ହଉଚି ?"

ବିଶ୍ୱବନ୍ଧୁ ହତାଶ ଭାବରେ ଗ୍ରାମବାସୀ ଆଡ଼େ ଚାହିଁ କହିଲା – "ବଡ଼ ମୁସ୍କିଲ କଥା ହେଲା... ଆମେ ଏବେ ଯିବୁ କିମିତି ? ଏ ବୁଢ଼ାର ଆଉ କିଏ ଅଛି ?"

ପୂର୍ବୋକ୍ତ ବୁଢ଼ା ଜଣକ କହିଲା – "ତା'ର ଆଉ କେହି ନାହିଁ – ପୁଅ ମରିଗଲା ପରେ ତା' ବୋହୂ ଆଉ ଜଣକୁ ଦ୍ୱିତୀୟ ହୋଇ ଚାଲିଗଲା।"

ବିଶ୍ୱବନ୍ଧୁ ପକେଟରୁ ଗୋଟିଏ ଆଠଣି ବାହାର କରି ଚଇଁ ଜେନାକୁ ଯାଚିଲା – କିନ୍ତୁ ସେଥିପ୍ରତି ଭ୍ରୂକ୍ଷେପ ନ କରି ସେ କହିଲା, "ମୋର ସିଏ କଅଣ ହବ ବାବୁ...ମତେ ଟିକିଏ ଖାଲି ଛତିଆବଟରେ ପହଞ୍ଚେଇ ଦିଅ।"

ଚଇଁ ଜେନାର ଗଳାରେ ଅନୁନୟ ନ ଥିଲା - ଥିଲା ଦାବି... କହିଲା - "କେତେ ବାବୁ ଏଇ ବାଟେ ମୋଟରରେ ବସି ଗଲେଣି - କେତେ ନେହୁରା ହେଇ କହିଲି ମତେ ଟିକିଏ ଛତିଆରେ ପହଞ୍ଚେଇ ଦିଅ - ମୁଁ ମଟର ତଳେ ବସି ଚାଲିଯିବି - କେହି କିଆଁ ଶୁଣନ୍ତେ।"

ବିଶ୍ୱବନ୍ଧୁ ବୁଝିପାରିଲା ଯେ ଶେଷ ଉପାୟ ଭାବରେ ଚଇଁ ଜେନା କାହାକୁ ଅପେକ୍ଷା ନ କରି ଟ୍ରକ୍ ତଳେ ଆକ୍‌ସେଲକୁ ଜାବୁଡ଼ି ଧରି ବସିଛି - ସେ ଜାଣେ ତାକୁ କେହି ଛୁଇଁବାକୁ ସାହସ କରିବେ ନାହିଁ।

ଧମକଦେଇ ବିଶ୍ୱବନ୍ଧୁ କହିଲା - "ତୁ ଯଦି ଗାଡ଼ି ତଳୁ ନ ବାହାରୁ ପୁଲିସ ଡାକି ତତେ ସେଠୁ ବାହାର କରେଇବି -"

ଚଇଁ ଜେନା ଅତି ନିର୍ବିକାର ଭାବରେ ଏ କଥାଗୁଡ଼ାକ ଶୁଣିଗଲା...।

ଅଜିତ୍ ସିଂ ଡ୍ରାଇଭର ଯାତ ଦେଖି ଫେରିଲା...

ବିଶ୍ୱବନ୍ଧୁ ତାକୁ ଟର୍ଚ୍ଚଟା ଆଣିବାକୁ କହିଲା...ଟର୍ଚ୍ଚର ଆଲୁଅ ଚଇଁ ଜେନାର ବିକଳାଙ୍ଗ ଦେହଟିକୁ ଆଲୋକିତ କଲା...ଶିହରିଉଠିଲା ବିଶ୍ୱବନ୍ଧୁ... ରକ୍ତହୀନ ଠାକରା ମୁହଁରେ ବିଦ୍ରୋହର ଏକ ଦୃଢ଼ ସଙ୍କେତ। ମାଦଳା ହା'ତ ଦୁଇଟା ତାର ଆକ୍‌ସେଲ ଉପରେ ଅଠାରେ ଲାଖି ଗଲାଭଳି ରହିଛି - ଅଜିତ୍ ସିଂ ଘୃଣାରେ ନାକଟେକି କହିଲା ତା' ଓଡ଼ିଆରେ - "ୟେ ତୋ କି ଏକ କୋଢ଼ିଆ ଅଛି ... ଆବ୍‌ବେ ଏ ଲେଙ୍ଗଡ଼ା - ଉହାଁ ବସିକରି କ'ଣ କରୁଚୁ...ଚଲ୍ - ନିକଲ୍।"

ବିଶ୍ୱବନ୍ଧୁ ଡ୍ରାଇଭରକୁ ଇଙ୍ଗିତରେ ଚଇଁ ଜେନାକୁ ଗାଳିଦବାକୁ ମନାକଲା।

ବହୁ ଲୋକଙ୍କର ବହୁ ଅନୁରୋଧ ସତ୍ତ୍ୱେ ବି ଚଇଁ ଜେନା ଟ୍ରକ୍ ତଳେ ଅଚଳ ଅଟଳ ଭାବରେ ବସି ରହିଲା...।

"ଏ ବୁଢ଼ା ଆମକୁ ହରବରରେ ପକେଇବ ଦେଖୁଚି - ହଉ, ଦେଖାଯାଉ କଅଣ ହଉଚି - ଡ୍ରାଇଭର, ତମେ ଯାଅ ଯାତରୁ ସମସ୍ତଙ୍କୁ ଡାକିଆଣିବ - ବୁଢ଼ାକୁ କିଛି ମାରଧର କି ଗାଳିଗୁଲଜ କରିବନି...ମୁଁ ଆସେଁ -" କହି ଆମାଶୟ ରୋଗୀ ବିଶ୍ୱବନ୍ଧୁ ତରତର ହୋଇ ଗାଡ଼ିଆ ଆଡ଼େ ଚାଲିଗଲା।

ଫେରିଆସିଲାବେଳକୁ ଟ୍ରକ୍ ପାଖରେ ଗୋଟିଏ କନଷ୍ଟେବଲ୍ ଛଡ଼ା ଆଉ କେହି ନାହାନ୍ତି - କିନ୍ତୁ ଚଇଁ ଜେନାର କୌଣସି ସ୍ଥାନ ପରିବର୍ତ୍ତନ ହୋଇନି - ଯଥାସମ୍ଭବ ନିକଟକୁ ଯାଇ ବିଶ୍ୱବନ୍ଧୁ କହିଲା -

"ଏଇ ଚଇଁ ଜେନା - ଆ ଚକତଳୁ ବାହାରିଆ - ମୁଁ ତତେ ଗୋଟେ ଟଙ୍କା

ଦଉଚି ନେ... କାଇଁକି ଏମିତି ଆମକୁ ହଇରାଣ କରୁଚୁ କହିଲୁ? ଆ...ବାହାରିଆ - ତା' ନ ହେଲେ ପୁଲିସ ଆସି ତତେ ମାରଧର କରିବ...।"

ନିର୍ଭୀକଭାବରେ ଚଇଁ ଜେନା ଉତ୍ତର କଲା - "ମୁଁ କ'ଣ କଲିକି, ପୁଲିସ ମତେ ମାରିବ...ମୁଁ ଇୟାରି ଉପରେ ଟିକିଏ ବସି ଛତିଆ ଯାଏଁ ଚାଲିଯିବି।"

"ଛତିଆ କାହିଁକି ଯିବୁ କହିଲୁ?"

"ଛତିଆବଟଙ୍କଠେଇ ଅଧିଆ ପଡ଼ିବି।"

ମାଦଳ ହେଇସାରିଲା ପରେ ବି ଚଇଁ ଜେନା ଅଧିଆ ପଡ଼ିବ... ଚଇଁ ଜେନା ବର୍ତ୍ତମାନ ବି ଭାବୁଚି ତା'ର ହାତଗୋଡ଼ ସବୁ କଅଁଳିଯିବ - ବିଶ୍ୱବନ୍ଧୁର ବିସ୍ମୟର ସୀମା ରହିଲାନି -

ସେ ପଚାରିଲା - "ଯେତେବେଳେ ଚାଲିବୁଲିପାରୁଥିଲୁ ସେତେବେଳେ କିଆଁ ଛତିଆବଟକୁ ଚାଲିଗଲୁନି? ମୋଟେ ତ ଛ'କି ସାତ ମାଇଲ ବାଟ -"

ସେଇ ଅନ୍ଧାର ଭିତରେ ବି ଚଇଁ ଜେନାର ବିଦ୍ରୋହୀ ଆଖି ଦୁଇଟି ଜଳିଉଠିଲା ପରି ଜଣାଗଲା...କହିଲା - "ମୁଁ ଯାଇପାରିଥାନ୍ତି - ହେଲେ ଏଇ ଧୋବଧାଉଳିଆ ବାବୁମାନଙ୍କ ପେଇଁ ଯାଇ ପାରିଲିନି।"

"ପାଞ୍ଚ ବର୍ଷ ତଳେ ମୋ ଦେହରେ ଏ ବେମାରି ବାହାରିଲା - ଦିହଯାକ ଛଉ ହେଇଗଲା - କାନ ନାକ ଫୁଲିଗଲା...ମତେ ସମସ୍ତେ କହିଲେ ଛତିଆ ବଟଙ୍କ ପାଖେ ଅଧିଆ ପଡ଼ିଲେ ଭଲ ହେଇଯିବି...ବଡ଼ ପ୍ରତ୍ୟକ୍ଷ ଠାକୁରେ...ସେଇ ବର୍ଷ ଇମିତି ଭୋଟ ନିଆ କାମ ଚାଲିଥାଏ। କେତେ ବାବୁ ଏ ବର୍ଷ ଭଳିଆ ଆସି ଗାଁରେ ସଭାସମିତି କରି ତାଙ୍କୁ ସବୁ ଭୋଟ ଦବାପାଇଁ କହିଲେ। ଯୋଉଁଦିନ ଆମ ଏଠି ଭୋଟ ନିଆହବ, ସେଦିନ ସକାଳୁ ମୁଁ ବାହାରିଲି ଛତିଆବଟ। ମୋ ନାଁ ଭୋଟ ତାଲିକାରେ ଥାଏ - ହେଲେ ମୁଁ ତ ବେମାରିଆ ଲୋକ - ଭୋଟ କଥା ମୋର କିଏ ଭାବୁଚି... ମୁଁ ବାଡ଼ିଖଣ୍ଡିଏ ଧରି ବାହାରିଚି - ଜଣେ ସହରୀବାବୁ ଆସି ମତେ ପଚାରିଲେ - କିରେ ବୁଢ଼ା, ବାହାରିଚୁ ଭୋଟ ଦେବାପାଇଁ? କୋଉ ବାକୁସରେ ଦବୁ? - ମୁଁ କହିଲି - "ବାବୁ, ମୁଁ ଭୋଟ ଦବାକୁ ଯାଉନି - ମୋର ସେଥିରେ କି ଥାଏ? ମୁଁ ଯାଉଛି ଛତିଆବଟ।"

"ବାବୁଜଣକ ପଚାରିଲେ - ଛତିଆ ଯାଉଚୁ କିଆଁ?"

କହିଲି - "ମୋର ବଡ଼ରୋଗ ହେଇଚି ବାବୁ, ଅଧିଆ ପଡ଼ିବି - ଠାକୁରେ ଭଲ କରିଦେବେ।"

ବାବୁଜଣକ ପାଟିକରି ହସି କହିଲେ - "କିରେ ଠାକୁରେ ଯଦି ରୋଗ ଭଲ କରିଦିଅନ୍ତେ ତେବେ ଆଉ ଡାକତର, କବିରାଜ ସବୁ ଥାଆନ୍ତେ କିଆଁ? ଆଜିକାଲି

ଏଇ ବଡ଼ ରୋଗକୁ କେତେ ସବୁ ଭଲ ଭଲ ଓଷଧ ବାହାରିଲାଣି - କଟକ ଯାଇଁ ଚିକିତ୍ସା କଲେ ଭଲ ହେଇଯିବୁ..."

ମୁଁ କହିଲି - "ବାବୁ! କଟକ କିଏ ମୁଁ କିଏ ?"

ସେ ବାବୁଜଣକ କହିଲେ - "ଆରେ, ମୁଁ ନେଇଯିବି...ତୁ ଚାଲ ଆଗ ଭୋଟ ଦବୁ...ଶୁଣ୍...ତୁ 'କଦଳୀ' ଚିତ୍ର ଥିବା ବାକ୍ସରେ ଭୋଟ ଦବୁ...ବୁଝିଲୁ ? ଆମ ପାର୍ଟି ସରକାର ଗଢ଼ିଲେ ଦେଶର କେତେ ଉପକାର କରିବୁଁ - ଆମ ଗାଁ ଗଣ୍ଡାରେ ଯେତେ କୋଢ଼ିଆ ଅଛନ୍ତି ତାଙ୍କୁ ତ ଆଗ ଭଲ କରିବେ ଓଷଧପତ୍ର ଖୁଆଇ - ତୁ ତ ମାସ ଦି'ଟାରେ ଭଲ ହେଇଯିବୁ...ମିଛଟାରେ କିଆଁ ଛତିଆ ବଟରେ ନ ଖାଇ ନ ପିଇ ଅଧିଆ ପଡ଼ିବୁ କହିଲୁ - କିଛି ଫଳ ହବନି -।"

ମୁଁ ପଚାରିଲି - "ବାବୁ, ମୁଁ ନିଶ୍ଚେ ଭଲ ହେଇଯିବି ?"

ସେ ବାବୁ ଜଣକ କହିଲେ - "ମୁଁ କଅଣ ତତେ ମିଛ କହୁଚି ? ଦେଖିବୁନି... ମୁଁ ତତେ ନିଜେ ଆସି ମଟରରେ ବସାଇ କଟକ ନେଇଯିବି...ଚାଲ୍ ସକାଳୁ ସକାଳୁ ଭୋଟ ଦେଇଆସିବୁ, ଚାଲ -"

ମୁଁ କହିଲି - "ବାବୁ, ମୁଁ କୋଢ଼ିଆଟା - ମତେ ସେଠୁ ଘଉଡ଼ି ଦେବେ -"

ବାବୁ କହିଲେ - "କିଏ ଘଉଡ଼ି ଦେବ ମୁଁ ଦେଖିବି - କୋଢ଼ିଆମାନେ ବି ଭୋଟ ଦେଇପାରିବେ ବୋଲି ଆଇନରେ ଅଛି - ଆ, ମୋ ସାଙ୍ଗରେ ଆ - ମୁଁ ସବୁ ସୁବିଧା କରିଦେବି।"

ମୁଁ ସେ ବାବୁଙ୍କ ସାଙ୍ଗେ ଆସିଲି ଭୋଟ ଦବାକୁ -

'କଦଳୀ' ଚିତ୍ର ଯୋଉ ବାକ୍ସ ଦିହରେ ଥିଲା ସେଇଥିରେ ଭୋଟ କାଗଜ ଗଳେଇ ଦେଇ ଆସିଲି...ବାହାରେ ସେଇ ବାବୁ ଥିଲେ - ତାଙ୍କୁ ଆସି କହିଲି... ସେ ଭାରି ଖୁସି ହେଇଗଲେ - କହିଲେ - "ବୁଢ଼ା, ଯା ଘରେ ନିଶ୍ଚିନ୍ତରେ ଖାଇ ପିଇ ବସିଥା - ଏଇ ଭୋଟ କାମ ସରିଲେ ମୁଁ ତତେ ନିଜେ ଆସି କଟକ ବଡ଼ ଡାକ୍ତରଖାନାକୁ ନେଇ ଯିବି... ମୋଟରରେ ବସେଇ..."

ସେଇ ବାବୁଙ୍କ କଥାକୁ ସତ ମଣି ମୁଁ ଘରେ ବସିଲି - ଛତିଆ ଗଲିନି...ଭୋଟ କାମ ସଇଲା... ମାସେ ଗଲା - ଦି' ମାସ ଗଲା...କାଇଁ, ସେ ବାବୁଙ୍କ ଦେଖା - ଚାହିଁ କରି ବସିଥାଏଁ - ବାବୁ ଆସିବେ - ମତେ କଟକ ନେଇ ଭଲ କରିଦେବେ - ବର୍ଷେ ଗଲା - ଶେଷକୁ ମୋ ଆଣ୍ଠୁ ଗଣ୍ଠିକି ବାତ ଧରି ପକେଇଲା - ଆଉ ଉଠି ବସି ପାରିଲିନି - ଯିଏ ଗଣ୍ଡିଏ ଖାଇବାକୁ ଦେଲେ ଖାଇଲି - ନ ହେଲେ ଯୋଉଠି ବସିଲି ସେଇଠି...ସେ ବାବୁ ମତେ କଦଳୀ ଧରେଇ ଦେଇଗଲା...

ପଡ଼ିଆରେ ମେଲଣ ଚାଲିଚି...ଘଣ୍ଟ ବାଦ୍ୟର ଶବ୍ଦ ନିଶୀଥର ରାତିକୁ ଥରେଇ ଦେଇ ଭାସିଆସୁଚି... ବିଶ୍ୱବନ୍ଧୁ ରୁଦ୍ଧ ନିଶ୍ୱାସରେ ଶୁଣି ଯାଉଚି କୋଢ଼ିଆ ଜୀବନର ଗୋଟିଏ କରୁଣ ଅଧ୍ୟାୟ।

ଚଇଁ ଜେନା ତା'ର କଥା ବନ୍ଦ କଲା ଅଣନିଃଶ୍ୱାସୀ ହୋଇଯାଇ - କିନ୍ତୁ ବିଶ୍ୱବନ୍ଧୁ ତଥାପି ଶୁଣୁଚି - ତଥାପି ଶୁଣୁଚି - କେତେ ଭୋଟ ପ୍ରୟାସୀ ଏମିତି କେତେ ଦୁଃସ୍ଥଙ୍କୁ ଏଇପରି ନିଷ୍ଫଳ ଆଶ୍ୱାସନା ବାଣୀ ଶୁଣେଇ ତାଙ୍କଠୁ ଭୋଟ ଆଦାୟପାଇଁ ପରିପ୍ରଚାର କରୁଛନ୍ତି...ଦଶଶିର ଦୁହିଁ ହୋଇଯାଉଚି ସେମାନେ ବକ୍ତୃତା ଦେଲାବେଳେ... ସ୍ୱାର୍ଥତ୍ୟାଗର ଏକ ବିରାଟ ପ୍ରତୀକ ଭାବରେ ସେମାନେ ଜନତା ଆଗରେ ଠିଆ ହୋଇ ରାବିଡ଼ି ଭଳି ଘନ ଓ ମିଠା କଥା କହୁଛନ୍ତି।

ବିଶ୍ୱବନ୍ଧୁ ଚଇଁ ଜେନା ଆଡ଼େ ଚାହିଁଲା...ଟର୍ଚ୍ଚ ପକେଇଲା ତା' ଉପରେ - ଦେଖିଲା ଚଇଁ ଜେନା ତା'ର କଥା କହି ଦେଇ ଯେପରି ଖୁବ୍ ନିଶ୍ଚିନ୍ତ ହୋଇଯାଇଚି...ଚକ ଆକ୍‌ସେଲ ଉପରେ ଚଢ଼ି ଛତିଆ ଯିବାର ଦାବି ଯେପରି ତା'ର ଆହୁରି ଦୃଢ଼ ହୋଇଯାଇଚି।

ବିଶ୍ୱବନ୍ଧୁର ଇଚ୍ଛା ହେଲା ତାକୁ ଟ୍ରକ୍‌ରେ ବସେଇ ଛତିଆଯାଏ ନେଇଯିବ - କିନ୍ତୁ ତା' ବା ସମ୍ଭବ ହେବ କିପରି ? ପୋଲିଂ ଅଫିସର ଓ ପୁଲିସ ପାର୍ଟି ନିଶ୍ଚୟ ଆପତ୍ତି କରିବେ।

ପୋଲିଂ ପାର୍ଟିର ସମସ୍ତେ ଯାତ ଦେଖି ଫେରିଲେ - ଡ୍ରାଇଭରଠାରୁ ସବୁ କଥା ଶୁଣି ସାରିଥିଲେ ସେମାନେ।

ଚଇଁ ଜେନା ଉପରେ ଆରମ୍ଭ ହେଲା ଖୁବ୍ ତେରିମେରି... ଗାଳିଗୁଲଜ...ଶଳା ଠାରୁ ହାରାମଜାଦା ପର୍ଯ୍ୟନ୍ତ...କିନ୍ତୁ କୋଢ଼ିଆ ଚଇଁ ଜେନା ନିର୍ବିକାର...ସେ ଜାଣେ ତାକୁ ସେଠୁ କେହି ଉଠେଇବାକୁ ସାହସ କରିବେ ନାହିଁ - ତାକୁ ଛୁଇଁବାକୁ ଡରିବେ - ବିଷଧର ସାପ ଅପେକ୍ଷା ସେ ଆହୁରି ଭୟଙ୍କର - ଚଇଁ ଜେନା ଯେକୌଣସି ମତେ ଛତିଆ ଯିବ - ଆଜି ଆଉ ସେ କଦଳୀ ଧରିବାକୁ ଚାହେଁନା।

ତେଣୁ ସମସ୍ତେ ଠିକ୍ କଲେ ଗୋଟାଏ ବାଉଁଶ ତଡ଼ା ଆଣି ତାକୁ ସେଠୁ କେଞ୍ଚି ବାହାର କରିବେ। ସେମାନଙ୍କର ଏ ସିଦ୍ଧାନ୍ତ ଶୁଣି ବିଶ୍ୱବନ୍ଧୁ ଚମକିପଡ଼ି ପଚାରିଲା - "ଏଁ, କଅଣ ଆପଣମାନେ? ତାକୁ ସେଠୁ କେଞ୍ଚି ବାହାର କରିବେ?"

ଜଣେ ପୋଲିଂ ଅଫିସର କହିଲେ - "ଆଉ ଉପାୟ କ'ଣ?"

"ଅସମ୍ଭବ, ତା' ହୋଇପାରିବନି?" ବିଶ୍ୱବନ୍ଧୁ ଦୃଢ଼ ଓ କର୍କଶ ଗଳାରେ କହିଲା।

ତେବେ କଅଣ ଏଇଠି ପଡ଼ି ରହିବାକୁ ପଡ଼ିବ ଆପଣ କହୁଛନ୍ତି ? ଭଲକଥା ହେଲା ତ ?

କିନ୍ତୁ ତା' ବୋଲି ତାକୁ କେଞ୍ଚାକେଞ୍ଚି କରି ସେଠୁ ବାହାର କରିବେ ? ସିଏ ଗୋଟାଏ କୁକୁର ନା ବିଲେଇ ନା କଅଣ ? ମୁଁ ବାସ୍ତବିକ ଭାବିପାରୁନି କିମିତି ଆପଣମାନେ ଏ ଧରଣର ଚିନ୍ତା ମନରେ ଆଣି ପାରୁଛନ୍ତି।

ଅନ୍ୟ ଜଣେ ପୋଲିଂ ଅଫିସର ବିରକ୍ତ ହୋଇ କହିଲେ - "ହଉ ଆପଣଙ୍କୁ ତେବେ ଯାହା ଭଲ ଦିଶୁଚି କରନ୍ତୁ।"

ସମସ୍ତେ ଚୁପ୍ କଲେ - ବିଶ୍ୱବନ୍ଧୁ ବୁଝିପାରିଲା, ବହୁତ ଗୁଡ଼ିଏ ମନର ପୁଞ୍ଜୀଭୂତ ବିରକ୍ତି ଓ ଅସନ୍ତୋଷ ତା' ଉପରେ ଅଜାଡ଼ି ହୋଇପଡୁଛି। ବୁଡ଼ିଯାଉଥିବା ଜହ୍ନର ମଇଳା ଆଲୁଅରେ ସେ ଦେଖିପାରିଲା କେତେଗୁଡ଼ିଏ ଗମ୍ଭୀର ନିଶ୍ଚଳ ମୁହଁ - ରୁଦ୍ଧ ସମାଲୋଚନାର ବିଷାକ୍ତ ପରିପ୍ରକାଶ ଯେପରି ସେ ମୁହଁଗୁଡ଼ିକୁ ଅସୁନ୍ଦର କରିପକେଇଚି।

ବିଶ୍ୱବନ୍ଧୁ ସେମାନଙ୍କୁ କୌଶଳରେ ଦୂରକୁ ଡାକିନେଲା - ସେମାନଙ୍କ ସହିତ ବହୁତ ସମୟ ଯାଏଁ ପରାମର୍ଶ କଲା। ସେ ସେମାନଙ୍କୁ ବହୁତ ବୁଝେଇବାକୁ ଚେଷ୍ଟାକଲା - ଧୈର୍ଯ୍ୟ ଧରିବାକୁ କହିଲା - କିନ୍ତୁ ସେମାନେ କେବଳ ଗୋଟିଏ କଥା କହିଲେ - "ନା, ତାକୁ ସେଠୁ ପୁଲିସ ସାହାଯ୍ୟରେ ତଡ଼ାଦ୍ୱାରା କେଞ୍ଚି ବାହାର ନ କଲେ ସେଠୁଁ ନେଇ ଯିବାର ଉପାୟ ନାହିଁ -"

ଶେଷକୁ ନିରୁପାୟ ହୋଇ ବିଶ୍ୱବନ୍ଧୁ ଅଜିତ୍ ସିଂକୁ ଡାକି ତା' ସହିତ କଅଣ କଥାବାର୍ତ୍ତା ହେଲେ।

ତା'ପରେ ଚଇଁ ଜେନାକୁ ଆସି ଅତି ନରମ ଗଳାରେ କହିଲା - "ହଉ ତୁ ବାହାରି ଆ ବୁଢ଼ା - ଆମେ ତତେ ମଟର ଭିତରେ ବସେଇ ନେଇଯିବୁଁ -"

ବାହାରିବାର କୌଣସି ଆଗ୍ରହ ପ୍ରକାଶ ନ କରି ଚଇଁ ଜେନା କହିଲା - "ତମେ ମିଛ କହୁଚ ବାବୁ -"

"ମୁଁ ସତ କହୁଚିରେ - ତୁ ଯିବୁ ଆମ ସାଥିରେ।"

"ହଁ- ମୁଁ କୋଢ଼ିଆଟା-ଘା ଘାଉଡ଼ ଦିହରେ ଭର୍ତ୍ତି। ମତେ ଫେର୍ ତମେ ସାଙ୍ଗରେ ବସେଇ ନବ।"

ଅନ୍ୟାନ୍ୟ ପୋଲିଂ କର୍ମଚାରୀମାନେ ବିଶ୍ୱବନ୍ଧୁର ଏପରି ସିଦ୍ଧାନ୍ତ ଶୁଣି, ପରସ୍ପରର ମୁହଁକୁ ଚାହାଁ ଚାହିଁ ହେବାକୁ ଆରମ୍ଭ କଲେ - ବିସ୍ମୟସୂଚକ ଭଙ୍ଗୀରେ।

ବିଶ୍ୱବନ୍ଧୁ ଆଦେଶ ଦେବା ଭଙ୍ଗୀରେ ଜଣେ କର୍ମଚାରୀଙ୍କୁ କହିଲା - "ଆପଣ

ଉଠିବେଟି ଟ୍ରକ୍ ଉପରେ - ଜିନିଷପତ୍ର ଆଡ଼େଇ ବୁଢ଼ାପେଇଁ ଟିକିଏ ଜାଗା କରିଦେବେ - ଯାନ୍ତୁ ଯାନ୍ତୁ ଉଠନ୍ତୁ।"

ଚଇଁ ଜେନା ଦେଖିଲା ଜଣେ ବାବୁ ଟ୍ରକ୍ ଉପରକୁ ଉଠିଲେ - ଜିନିଷପତ୍ରର ଧଡ୍‌ଧାଡ୍ ଶବ୍ଦ ହେଲା...

ବିଶ୍ୱବନ୍ଧୁ ଚଇଁ ଜେନାକୁ ଡାକିଲା - "ଆ-ବୁଢ଼ା - ମୋଟର ଭିତରକୁ ଯିବୁ ଆ।"

"ମତେ ତା' ଉପରକୁ କିଏ ଉଠେଇଦବ ?"

"ମୁଁ ଉଠେଇ ଦେବି - ତୁ ଆ - ଦେଖିବୁ ମୁଁ ତତେ ଉଠେଇ ଦଉଚି କି ନାହିଁ -"

ଚଇଁ ଜେନା ମୁଣ୍ଡ ଟେକି ବିଶ୍ୱବନ୍ଧୁ ମୁହଁକୁ ଚାହିଁଲା - ତା' ମୁହଁରେ କଅଣ ଦେଖିଲା କେଜାଣି, ଧୀରେ ଧୀରେ ଟ୍ରକ୍ ତଳୁ ବାହାରି ଆସିଲା - ଯେପରି ଯୁଗ ଯୁଗର ଏକ ବିକ୍ଷୁବ୍ଧ ପ୍ରେତାତ୍ମା ହଠାତ୍ ତା' ଘଟ ଭିତରେ ପୁନଃ ପ୍ରବେଶ କରି ପୁଲକ ଚଞ୍ଚଳ ହୋଇଉଠିଚି।

ବିଶ୍ୱବନ୍ଧୁ ଦାନ୍ତ ଓଠ ଚିପି ଠିଆ ହୋଇଚି - ଅନ୍ୟ କର୍ମଚାରୀମାନେ ଉତ୍ତ୍ୟକ୍ତ ହୋଇଯାଇ କଅଣ ସବୁ ଚୁପଚାପ୍ ହେଉଛନ୍ତି - ଟ୍ରକ୍‌ଠାରୁ ତିନି ହାତ ଦୂରକୁ ଚଇଁ ଜେନା ଘୁଷୁରି ଘୁଷୁରି ଆସି ଅତି ତୃପ୍ତ ଗଳାରେ ବିଶ୍ୱବନ୍ଧୁଙ୍କୁ ଚାହିଁ ହାତ ଟେକି କହିଲା -

"ଦିଅ ବାବୁ, ମତେ ମୋଟର ଉପରକୁ ଉଠେଇ ଦିଅ - ତମର ବାବୁ କେତେ -"

ଚଇଁ ଜେନାର କଥାକୁ ଅସଂପୂର୍ଣ୍ଣ ରଖି ଟ୍ରକ ଘରଘର୍ ଶବ୍ଦ କରି ସେଠୁଁ ଚାଲିଗଲା ପ୍ରାୟ ଶହେ ହାତ ଦୂରକୁ।

ଚଇଁ ଜେନାର ହାତ ଦୁଇଟା ତଳକୁ ଖସିପଡ଼ିଲା - ବିଶ୍ୱବନ୍ଧୁ ବିସ୍ମିତ କର୍ମଚାରୀମାନଙ୍କ ଆଡ଼େ ଚାହିଁ କହିଲା - ଆଉ ଠିଆହୋଇ ରହିଲେ କାହିଁକି ଯା'ନ୍ତୁ...ଟ୍ରକ୍‌ରେ ଉଠନ୍ତୁ।

ସମସ୍ତେ ସେଠୁଁ ଚାଲିଗଲେ ନୀରବରେ...ବିଶ୍ୱବନ୍ଧୁ ଚାହିଁଲା ଲଜ୍ଜିତ ମୁହଁରେ ଚଇଁ ଜେନାକୁ - ମୁହଁ ତଳକୁ କରି ଚଇଁ ଜେନା କହିଲା - କ୍ଷୀଣ ସ୍ୱରରେ...

"ମୁଁ ଜାଣିଥିଲି ତମେ ମତେ ଠକେଇ ଦବ - ହଉ, ଯାଅ -"

ବିଶ୍ୱବନ୍ଧୁ ମୁଣ୍ଡ ପୋତି ଟ୍ରକ୍ ଆଡ଼େ ଆଗେଇ ଚାଲିଲା। ଟ୍ରକ୍ ପାଖକୁ ଯାଇ ଫେରି ଚାହିଁଲା -

ଦେଖିଲା - ଚର୍ଚ୍ଚ ଜେନା ସେଠି ନିଶ୍ଚଳ ଭାବରେ ବସିଚି, ଗୋଟିଏ ଅସ୍ପଷ୍ଟ କଳା ମୂର୍ତ୍ତିଟିଏ ଭଳି।

ବିକ୍ଷୁବ୍ଧ ପ୍ରେତାତ୍ମା ପୁଣି ସେ ଘଟ ପରିତ୍ୟାଗ କରିଚି।

■

ତିନୋଟି ଫୁଟିଆସୁଥିବା କଇଁଫୁଲ

ପ୍ରବୀରବାବୁଙ୍କର ଫୁଲବଗିଚା ନିଶା ଖୁବ୍ ଜୋର୍‌ସୋର୍‌ରେ ବଢ଼ିଯାଇଛି ଆଜିକାଲି। ଏ ନିଶା ତାଙ୍କର କେବେ ନ ଥିଲା। ଚାକିରିରୁ ଅବସର ନେବା ଅନେକ ଦିନ ହୋଇଗଲାଣି। ଭୁଲିଗଲେଣି ଯେ ସେ ଦିନେ ଚାକିରି କରୁଥିଲେ। ବିଭିନ୍ନ ସ୍ଥାନକୁ ବଦଳି ହେଉଥିଲେ। ଆଜିକାଲି କାହାର ବଦଳି ଅର୍ଡର ଆସିଲେ ସେ ବଦଳି ହୁଏନି। ଅଧିକାଂଶ ବଦଳି ଅର୍ଡର କ୍ୟାନସଲ ହୋଇଯାଏ। ରାଜନୀତିକ ଚାପ ପଡ଼େ। ବିଭାଗୀୟ ମୁଖ୍ୟଙ୍କର ବଦଳି ଆଦେଶ ଅନେକ କ୍ଷେତ୍ରରେ ଉପରଆଡୁ କାଟ ଖାଇଯାଏ। ବଦଳି ଆଦେଶ ରଦ୍ଦ କରେଇବା ଏବେ ଗୋଟିଏ ଆର୍ଟ (କଳା)ରେ ପରିଣତ ହେଲାଣି। କର୍ତ୍ତୃପକ୍ଷଙ୍କର ବା ରାଜନୀତିକ ନେତା ତଥା ଶାସକମାନଙ୍କର ମୁହାଁମୁହିଁ ହେଲେ ଆଇନ କାନୁନ୍ ଓ ନୀତିନିୟମର ନଜର ଦିଆଯାଏ - ତେଣୁ ବାଡ଼ିପଟିଆ କାରବାର କରିବାକୁ ପଡ଼େ - ଶରତଋତୁ ଆସିଲେ ଯେମିତି ସ୍ୱଚ୍ଛ ନଈପାଣି ଗୋଳିଆ ପାଣିକୁ ତଡ଼ି ନେଇଯାଏ ସେମିତି ଦାଣ୍ଡପଟର ସାଧୁପଣିଆ ବାଡ଼ି ପଟର ଅସାଧୁତାକୁ ଠେଲି ପେଲି ନେଇଯାଏ ସମୁଦ୍ର ଭିତରକୁ। ଏପରି ଦୁର୍ଭାଗ୍ୟରେ ପ୍ରବୀରବାବୁ ଚାକିରି କାଳ ମଧ୍ୟରେ କେଭେଁ ପଡ଼ି ନ ଥିଲେ। ବଦଳି ହେଲା ତ, ଆଦେଶ ମାନି ଚାଲିଲେ ପେଡ଼ିପୁଟୁଳା ଧରି।

ଭୁବନେଶ୍ୱରରେ ଲଟେରୀରେ ପାଇଥିବା ଷ୍ଟାଣ୍ଡାର୍ଡ ଚାରିଗୁଣ୍ଠିଆ ପ୍ଲଟ ଉପରେ ପ୍ରବୀରବାବୁ ଖଣ୍ଡିଏ ଚଳିଯିବାଭଳି ଛୋଟ କୋଠାଟିଏ କରିଛନ୍ତି। ବାକି ସବୁଯାକ ଜାଗା ଫାଙ୍କା। ଆମ୍ବ, ନଡ଼ିଆ, ପିଜୁଳି, ଲେମ୍ବୁ ପାଚେରି କଡ଼େ କଡ଼େ। ଆଉ ବାକି ସବୁତକ ଜାଗା ନାନା କିସମର ଦେଶୀ ବିଦେଶୀ ଫୁଲରେ ଭର୍ତ୍ତି।

- କି ସଉକରେ ତମର ଫୁଲ ଗଛରେ! ଜାଗାଗୁଡ଼ାକ ଅଯଥା ଖାଲି ପକେଇଲ। ରହିବା କୋଠା ଭିତର ଆଡ଼କୁ କରି ସାମନାକୁ ସ୍ୱଚ୍ଛନ୍ଦରେ ପାଞ୍ଚ ଛ'ଟା ଦୋକାନଘର କରି ଭଡ଼ାରେ ଲଗେଇ ଦେଇଥାନ୍ତ। ମାସକୁ ମାସ କମସେ କମ ଚାରି ହଜାରେ

ବ୍ୟାଙ୍କରେ ପଇଠ ହେଉଥାନ୍ତା। ଆରାମରେ ବୁଲୁଥାନ୍ତ। ତୀର୍ଥ କରୁଥାନ୍ତ। ସକାଳୁ ଉଠି ଦେଖ ଗାମୁଛା ଖଣ୍ଡେ ପିନ୍ଧି ଦେଇ ଫୁଲଗଛ ସାଙ୍ଗରେ ଲାଗିଚ। କି ଅଭେଦ୍ୟ ପ୍ରୀତିରେ! ଜଣେ ବନ୍ଧୁଙ୍କର ଏଇ ଟିପ୍ପଣୀ ପରେ ଆଉଜଣେ ବନ୍ଧୁ କହିଲେ -

- ଆହେ ତମେ କିଛି ବୁଝିପାରୁନ। ଅଧ୍ୟାପନା ଚାକିରିରେ ସାରାଜୀବନ ତ ଜୀଅଁନ୍ତା ଫୁଲମାନଙ୍କର ସାନ୍ନିଧ ଲାଭକଲେ। ଏବେ ବସାଦହି ସୁଆଦ ଘୋଳରେ ମେଣ୍ଟୋଉଛନ୍ତି।

ହାତରେ ମାଟି ଖୋସାଟା ଧରି ପ୍ରବୀରବାବୁ ଲୁହା ଫାଟକର ଭିତରପଟେ ଥାଇ ଫାଟକ ବାହାରେ ଠିଆ ହୋଇଥିବା ବନ୍ଧୁଦ୍ୱୟଙ୍କୁ ହସିହସି କହିଲେ - ଯାହା କହିଲେ ଶୁଣିବାକୁ ଖୁବ୍ ଭଲ ଲାଗିଲା। ହେଲେ ତମେ ଦି'ଜଣ ଟୋକାବେଳେ ଯେ, ଜୀଅନ୍ତା ଫୁଲର ବାସ୍ନା ମୋଟେ ଶୁଙ୍ଘିନ ତା' ନୁହେଁ। ଏ ବୟସରେ କିନ୍ତୁ ସେସବୁ ଫୁଲଗୁଡ଼ିକର ବାସ୍ନା ଅପେକ୍ଷା ଏ ସବୁ ଫୁଲର ବାସ୍ନା ବେଶୀ ଭଲ ଲାଗୁଚି। ସେସବୁ ଫୁଲର ବାସ୍ନା ଉପଭୋଗ କରିବାକୁ ଯାଇ ହାତରେ କଣ୍ଟା ଫୋଡ଼ି ହୋଇଯାଉଥିଲା। ଆନନ୍ଦ ଅପେକ୍ଷା ଯନ୍ତ୍ରଣା ଥିଲା ଢେର ବେଶୀ - ବଡ଼ିଭୋରରୁ ଉଠି ଏଇ ଫୁଲଗୁଡ଼ିକର ବାସ୍ନା ଆଘ୍ରାଣ କର ଦେଖିବ ବୁଢ଼ାବୟସଟା କେଡ଼େ ସୁହାଇଯିବ। ଏ ଫୁଲର ଦାବି ନାହିଁ, ଦୌରାତ୍ମ୍ୟ ନାହିଁ, କେବଳ ଅଛି ଦାନ - ଶୋଭା ଓ ସୌରଭର। ଯେଉଁମାନଙ୍କୁ ତମର ଅତି ଆପଣାର ବୋଲି ଅତୀତରେ ଗର୍ବ କରୁଥିଲ ଯେଉଁମାନଙ୍କ ଭବିଷ୍ୟତରେ ସୁଖ, ସ୍ୱାଛନ୍ଦ୍ୟ ଓ ଆନନ୍ଦପାଇଁ ନିଜ ସୁଖକୁ ବଳିଦେଇଥଲ, ବୁଝି ନିଶ୍ଚୟ ପାରୁଥିବ, ସେମାନେ ତମଠୁ କେତେ ଦୂରେଇ ଗଲେଣି। ସେମାନେ ଭଦ୍ର ଭାବରେ ତମର ଅନ୍ତିମ ଯାତ୍ରାପାଇଁ ଅନ୍ତରରେ ଇଚ୍ଛା କରୁଥିବେ - ଆମେ ସବୁ ଗୋଟାଏ ଗୋଟାଏ ହଡ଼ା ଅକାମୀ ବଳଦ - ଖରାଦିନରେ ବି ଆମକୁ ଭୂଇଁଲଗା ଶୁଖିଲା ଘାସ ଚରିବାକୁ ଛାଡ଼ିଦେବେ ସଞ୍ଜ ବୁଡ଼ିଲେ ତମେ ଆସି ତମ ତିଆରି ନିଜଘରର ଗେଟ୍ ପାଖରେ ମୁନ୍ଦେ କୁଣ୍ଡା ତୋରାଣି ପାଇଁ ରଡ଼ି ଛାଡ଼ିବ। ବାସ୍ - ତା'ପରେ ସରକାରୀ ରାସ୍ତା ଉପରେ ଶୋଇ ଶୁଖିଲା ଘାସକୁ ପାକୁଳୋଉଥିବେ - ତେଣୁ, ସେମାନଙ୍କୁ ଉଡ଼ା ଶିଖେଇଦେଲ - ସେମାନେ ମନଖୁସିରେ ଉଡ଼ନ୍ତୁ। ଆଉ ଏତେ ସେମାନଙ୍କପାଇଁ ଚିନ୍ତାଗ୍ରସ୍ତ ନ ହୋଇ ଆଖି ବୁଜିବା ଆଗରୁ ଏଇ ସୁନ୍ଦର ଭୁବନଟାର ନୈସର୍ଗିକ ପ୍ରକୃତିକୁ ଉପଭୋଗ କରେ। ତା' ଉପରେ ତମର ସ୍ନେହ ଢାଳିଦିଅ, ଯତ୍ନ ଢାଳି ଦିଅ ଦେଖିବ - ବଂଚିବାର ସାର୍ଥକତା ତା' ଭିତରେ କେତେ - ଏଥର ଆକାଶ ତଳର ମଣିଷଗୁଡ଼ାଙ୍କୁ ନ ଚାହିଁ ଯେକୌଣସି ମୁହୂର୍ତ୍ତରେ ଛାଡ଼ିବାକୁ ଯାଉଥିବା ଗ୍ରହ, ସୂର୍ଯ୍ୟ, ଚନ୍ଦ୍ର, ଆକାଶ, ତାରା, ପାହାଡ଼, ଝରଣା ବନାନୀର ସବୁଜିମାକୁ ଭଲକରି ଦେଖିନିଅ। ଆଖି ବୁଜିଲେ

ଆଉ ଦେଖିପାରିବନି - ତମର କି କାହାରି ପୁନର୍ଜନ୍ମ ନାହିଁ - ଥିଲେ ବି ତମେ ଯେ ଆଗରୁ ଏଇ ପୃଥିବୀରେ ଥିଲ ତା' ଜାଣିପାରିବନି।

ଜଣେ ବନ୍ଧୁ ଅନ୍ୟ ବନ୍ଧୁ ଜଣକ ଆଡ଼େ ଚାହିଁ କହିଲେ - ହେ ମିଶ୍ରେ ଆମ ବନ୍ଧୁବର ଫୁଲରୁ ଫିଲସଫି ଆଡ଼କୁ ଦାଣ୍ଡେଇଲେଣି। ତାଙ୍କ ଶ୍ରେଣୀଗୃହ ବକ୍ତୃତା ଶୁଣିଲେ କଅଁଳିଆ ସକାଳର ଅମ୍ଳଜାନ ଆଉ ସେବନ କରିପାରିବାନି। ସୂର୍ଯ୍ୟଦେବ ଉଇଁଯିବେ।

ଉଭୟେ ବାଡ଼ି ହଲେଇ ହଲେଇ ଚାଲିଗଲେ। ବାର୍ଦ୍ଧକ୍ୟ-କ୍ଳାନ୍ତ ଅଙ୍ଗପ୍ରତ୍ୟଙ୍ଗଗୁଡ଼ାକର ମରିଚା ଛଡ଼େଇ ତାଙ୍କୁ ଚାଲୁରଖିବାକୁ।

ପ୍ରବୀରବାବୁ ପୁଣି ବଗିଚା କାମରେ ଲାଗିଲେ। ହୋସ ପାଇପ୍‌ରେ ଗଛମୂଳରେ ପାଣି ଦେବାବେଳେ ଯେଉଁ ଚର୍ ଚର୍ ଶବ୍ଦ ହୁଏ ସେଇଟା ତାଙ୍କ କାନକୁ ବେଶ୍ ଭଲ ଲାଗେ। ଘରେ ସ୍ତ୍ରୀ ପିଲାଛୁଆମାନେ ଉଠିବା ଆଗରୁ ତାଙ୍କର ବଗିଚା କାମ ସରିଯାଏ। ଗୋଟାଏ ନିଘଞ୍ଚ ଆତ୍ମତୃପ୍ତିରେ ମନ ତାଙ୍କର ପୂରିଉଠେ। ଜାଙ୍ଗୁଲୁ ଜାଙ୍ଗୁଲୁ ସକାଳୁଆ ରାସ୍ତାରେ ଛୁଆ ଜଣେ ଦି'ଜଣ ଆସି ପାଚେରି ଆରପଟୁ ମାଗନ୍ତି - ଅଜା, ଦି'ଟା ମନ୍ଦାର ଫୁଲ ଦବ ?

ପ୍ରବୀରବାବୁ ମୁହଁ ବୁଲେଇ ଚାହାନ୍ତି - ଗୁଲୁଗୁଲିଆ ପିଲା ଦି'ଟା - ମୁହଁରେ ହସର ଫୁଲ। ପ୍ରବୀରବାବୁ କପଟ ବିରକ୍ତି ପ୍ରକାଶ କରି କହନ୍ତି - ଏଃ, ଆସିଗଲେ - ଅଜା ଫୁଲ ଦି'ଟା ଦବ ? ଅଜା କ'ଣ ତମରିମାନଙ୍କପାଇଁ ଫୁଲଗଛ ଲଗେଇଥିଲେ। ଏକଥା କହିବା ସାଙ୍ଗେ ସାଙ୍ଗେ ତାଙ୍କ ଡାହାଣ ହାତଟା ଆପେ ଆପେ ମନ୍ଦାର ଫୁଲର ଡେମ୍ଫ ପାଖରେ ପହଁଚି ସାରିଥାଏ। ଘର ଭିତରୁ ଝରକାବାଟେ କିଏ ଚାହିଁଚି କି ନାହିଁ ଦେଖିନେଇ ପାଚେରି ପାଖକୁ ଯାଇ ମନ୍ଦାର ଫୁଲ ଦି' ତିନିଟା ବଢ଼େଇ ଦେଇ କହନ୍ତି - ଆଉ କେବେ ମାଗିଲେ ଫୁଲ ଦେବିନି - ଯା ପଳା, ଭାଗୋ - ପିଲା ଦି'ଟା ହସି ହସି ପଳେଇଗଲାବେଳେ କହିଯାନ୍ତି - ପଅରିଦିନ ପୁଣି ଆସିବୁଁ।

ପ୍ରବୀରବାବୁଙ୍କର ଡର ତାଙ୍କ ପିଲା ଓ ସ୍ତ୍ରୀଙ୍କୁ। ସେମାନେ ବଗିଚା ଭିତରେ କାହାରିକି ପୂରେଇଦିଅନ୍ତିନି। ନିଜ ଘରର ଠାକୁରମାନଙ୍କପାଇଁ ଫୁଲ ରଖା ସରିଲେ ଯଦି କେହି ପାଚେରି ସେପଟୁ ଫୁଲ ମାଗନ୍ତି ତେବେ ସେମାନେ ଦିଅନ୍ତି। ଦି' ଚାରିଟା ଠାକୁରଙ୍କପାଇଁ ଫୁଲ ଦବାକୁ କେହି ମନା କରନ୍ତିନି। କିନ୍ତୁ ପ୍ରବୀରବାବୁଙ୍କ ପାଖରେ ଠାକୁର ଅଠାକୁର ସବୁ ସମାନ। ଫୁଲ କେହି ମାଗିଲା ତ ସେ ବଗିଚା କାମ କଲାବେଳେ କେହି ଖାଲି ହାତରେ ଫେରିଯିବନି। କିନ୍ତୁ ତାଙ୍କର ଅଧିକାଂଶ ପୁଷ୍ପଦାନ ବ୍ୟବସାୟ ଚୋରାରେ ଚାଲେ - ଘରଲୋକଙ୍କ ଭୟରେ - ବେଳେ ବେଳେ ଧରାପଡ଼ିଯାନ୍ତି - କିନ୍ତୁ ତାଙ୍କୁ କେହି କିଛି କହନ୍ତିନି। କେବଳ ଆକଟ କରି କହନ୍ତି ଗୋଟାଏ ହେଲେ

ଗୋଲାପଫୁଲ କାହାରିକି ନ ଦେବାକୁ। ପଚାଶ କି ଷାଠିଏ ଗୋଲାପ ଗଛର ଗୋଟିଏ ସ୍ୱତନ୍ତ୍ର ଫୁଟା ଗୋଲାପ ଫୁଟେ - ନାଲି, ଗୋଲାପି, ଧଳା, ହଳଦିଆ ମିଶା ରଙ୍ଗିଆ ନାନା ବର୍ଣ୍ଣରେ। ଖୁବ୍ ସୁନ୍ଦର ଦିଶେ। ସେଗୁଡ଼ିକ ଗଛରେ ମଉଳିଗଲାବେଳକୁ ଆହୁରି ଗୁଡ଼ିଏ ଫୁଟି ହସୁଥାନ୍ତି। ଘରେ କାହାରି ହାତ ବି ଯାଏନି ଗୋଟିଏ ହେଲେ ତୋଳିବାକୁ।

ପ୍ରବୀରବାବୁଙ୍କର କଇଁଫୁଲ ପ୍ରତି ଭୀଷଣ ଦୁର୍ବଳତା। ପିଲାଦିନେ ସେ ତାଙ୍କ ଗାଁ ମୁଣ୍ଡରେ ପୋଖରୀକୁ ଗାଧୋଇବାକୁ ଯାନ୍ତି। ବିରାଟ ପୋଖରୀ... ସେଥିରେ ବହୁତ କଇଁଫୁଲ ଫୁଟେ। ସେଥିପାଇଁ ପୋଖରୀ ନାଁ କଇଁପୋଖରୀ - କାଚକେନ୍ଦୁ ଭଳି ନିର୍ମଳ ପାଣି। ବର୍ଷସାରା ଦଳ କଡ଼ା ଅଭିଯାନ ଚାଲିଥାଏ - ସେ ପୋଖରୀରେ ଧୋବା ଲୁଗା କାଚିବା ମନା, ଗାଈ ମଇଁଷି ପାଣି ପିଇବା ମନା - ଛଅଁଚିବା ମନା... ତେଣୁ ପ୍ରବୀରବାବୁ ଯେତେବେଳେ ସ୍କୁଲ କଲେଜ ଛୁଟି ଦିନମାନଙ୍କରେ ଗାଁକୁ ଯାଆନ୍ତି ଗାଧୁଅନ୍ତି ସେଇ ପୋଖରୀରେ। ପହଁରି ପହଁରି ବିଭିନ୍ନ ରଙ୍ଗର ଛୋଟ ବଡ଼ କଇଁଫୁଲ ତୋଳି ତା' ନାଡ଼ ଭାଙ୍ଗି ଭାଙ୍ଗି ମାଳ ତିଆରି କରି ସାହି ପିଲାଙ୍କୁ ବାଣ୍ଟନ୍ତି। ତାଙ୍କର ଗୋଟିଏ ବୋଲି ଝିଅ, ଡାକ ନାଁ କଇଁ। ରିଟାୟାର କଲା ପରେ ଭୁବନେଶ୍ୱରରେ ଜାଗା କିଣି ଘର କରିବେ ଏବଂ ତା' ଭିତରେ ଗୋଟିଏ ଟିକି କଇଁପୋଖରୀ ହବ ଏ ସ୍ୱପ୍ନ ସେ ଦେଖୁଥିଲେ। ଘର ତିଆରି ଆରମ୍ଭ ଆଗରୁ କଣବାଡ଼ିଆ ଗୋଟିଏ ଜାଗା ଦେଖି ସେ ଗୋଟିଏ ଭ୍ୟାଟ ତିଆରି କଲେ ଏବଂ ସେଇଟିର ଲମ୍ବ ଓସାର ପନ୍ଦର ବାଇ ପନ୍ଦର। ଘର ତିଆରି ସରିଲାପରେ ସେଥିରେ କଇଁଫୁଲ ଫୁଟିଗଲା - ସଦର ପଟ ରାସ୍ତାକୁ ଭ୍ୟାଟଟି ଦେଖାଯାଏ। ସକାଳ ଓ ସନ୍ଧ୍ୟାରେ ତା' ଚାରିପଟେ ଲଗାଯାଇଥିବା ମଖମଲିଆ ଘାସ ଉପରେ ଘରର ବିଭିନ୍ନ ବୟସର ମେମ୍ବରମାନେ ବେଳେ ବେଳେ ବସି କଇଁଫୁଲଗୁଡ଼ିକର ବର୍ଣ୍ଣ-ବିଭବ ଦେଖୁ ଦେଖୁ ନିଜ ନିଜର ସ୍ୱପ୍ନରେ ବୁଡ଼ିଯାନ୍ତି। ପ୍ରବୀରବାବୁଙ୍କର ଏଇ ଫୁଲ ବଗିଚା ଉପରେ ସମସ୍ତଙ୍କର ନଜର ପଡ଼େ - ସେ ନଜର କେତେବେଳେ ମୁଗ୍ଧ, କେତେବେଳେ ଲୋଲୁପ, କେତେବେଳେ ବା ଈର୍ଷା-କାତର। ପ୍ରବୀରବାବୁ ଠଉରେଇ ପାରନ୍ତି। ବର୍ଷସାରା କି ଖରା, କି ବର୍ଷା, କି ଶୀତର ପାହାନ୍ତିଆ ପହରରେ କେତେକ ପ୍ରୌଢ଼ ଡାହାଣ ହାତରେ ଖଣ୍ଡିଏ ଆଙ୍କୁଡ଼ି ଓ ବାଁ ହାତରେ ଖଣ୍ଡିଏ ନାଇଲନ୍ ବ୍ୟାଗ୍ ଝୁଲେଇ ଠାକୁରଙ୍କ ଫୁଲତୋଳା ଅଭିଯାନରେ ବାହାରି ପଡ଼ନ୍ତି। ଠାକୁରଙ୍କପାଇଁ ଫୁଲ ଚୋରି କଲେ ଚୋରିଟା ଆଦୌ ଦୋଷାବହ ନୁହେଁ। ଏହି ଅକାଟ୍ୟ ଯୁକ୍ତି ବଳରେ ଯେକୌଣସି ଭଦ୍ରଲୋକର ଫୁଲଗଛରୁ ଆଙ୍କୁଡ଼ିଦ୍ୱାରା ଫୁଲ ଚୋରାଯାଇପାରେ। ଏ ଚୋରିକୁ ଏକ ଘୃଣ୍ୟକାର୍ଯ୍ୟ ବୋଲି ଭାବି କେହି ଆଇନ ଅଦାଲତରେ ଆଶ୍ରୟ ନିଅନ୍ତିନି - ଆଇନ ବିଭାଗର ଜଣେ ରିଟାୟାର୍ଡ ଡେପୁଟି

ସେକ୍ରେଟାରୀ ସତୁରି ବର୍ଷରେ ଆଙ୍କୁଡ଼ି ଓ ଫୁଲ ବ୍ୟାଗଧରି ନଇଁ ନଇଁ ଏଇ ବାଟେ ଯିବାର ଦୟନୀୟ ଦୃଶ୍ୟ ବୃଦ୍ଧ ପ୍ରବୀରବାବୁଙ୍କ ବାର୍ଦ୍ଧକ୍ୟ ପ୍ରାଣକୁ ବ୍ୟଥିତ କରେ। ସେ ମନ ଆଖିରେ କଳ୍ପନା କରନ୍ତି ସେକ୍ରେଟେରିଏଟ୍‌ର ଘୂରା ଗଦିଆ ଚୌକିରେ ବସିଥିବା କ୍ଷମତାବାନ୍ ଡେପୁଟି ସେକ୍ରେଟେରୀ ଆଉ ଏବର ଅବସରପ୍ରାପ୍ତ ଆଁକୁଡ଼ିଧାରୀ ଧୋତିପିନ୍ଧା ଡେପୁଟି ସେକ୍ରେଟାରୀ ଶ୍ରଦ୍ଧାକରବାବୁଙ୍କ ମଧ୍ୟରେ ପାର୍ଥକ୍ୟଟାକୁ - ସେ କ'ଣ ଘୂରା ଗଦିଆ ଚୌକିରେ ବସିଥିଲାବେଳେ କେବେହେଲେ ଭାବିଥିବେ ଯେ ଦିନେ ଫୁଲବ୍ୟାଗ ଆଉ ଫୁଲତୋଳା ଆଁକୁଡ଼ି ଧରିବେ? - ଅବସ୍ଥା ଓ ମନୋଭାବର କେତେ ପରିବର୍ତ୍ତନ! ଅସହାୟତା ଓ ମାନସିକ ସ୍ଥାଣୁତ୍ୱର ଏମାନେ ଜଣେ ଜଣେ ପ୍ରତିନିଧି।

ଫୁଲବଗିଚାକୁ ଯେ ପ୍ରବୀରବାବୁ ତାଙ୍କ ଜୀବନର ପ୍ରଥମ ପ୍ରେମିକାଠାରୁ ଢେର ବେଶୀ ଭଲ ପାଆନ୍ତି ତା'ର ଗୋଟିଏ ଉଦାହରଣ ଏଠି ଦିଆଯାଇ ପାରେ।

(ଅବଶ୍ୟ ପ୍ରବୀରବାବୁଙ୍କର ଏ ବିଷୟରେ ମତ ନିଆଯାଇ ନାହିଁ)

- ସରସ୍ୱତୀ ବା ଗଣେଶ ପୂଜାର ପୂର୍ବରାତିରେ ରାତି ଉଜାଗର ହୋଇ ପହରା ଦେବା - ପାଳି କରି ସେ ଓ ଫୁଲ ଲୁଚେଇ କରି ଦେବା ନେବା କାରବାରର ବିଶ୍ୱସ୍ତ ଓ ମୂକସାକ୍ଷୀ ଚାକର ଗଣେଶ ବାଡ଼ି ଖଣ୍ଡେ ଧରି ଆଉ ଆଲୁଅ ଜାଳି ପହରା ଦିଅନ୍ତି ସାରାରାତି, ନିଦ ନ ମାଡ଼ିବା ପାଇଁ ବାବୁ ଚାକର ବହୁତ ସୁଖଦୁଃଖ ହୁଅନ୍ତି। ଏ ବ୍ୟବସ୍ଥା ହେଇଛି ବିଗତ ଗୋଟିଏ ଦୁଃଖଦାୟକ ଅଭିଜ୍ଞତାରୁ। ତାଙ୍କ ଘର ସାମନା ହାଇସ୍କୁଲର ଛାତ୍ରମାନେ ଗଣେଶ ମୂର୍ତ୍ତି ସଜାସଜି ସାରି ତାଙ୍କ ସ୍କୁଲର ବିଜୁଳି ଆଲୁଅ ଲିଭେଇଦେଲେ। ତାଙ୍କ ଭିତରୁ ଆଠ ଦଶ ଜଣ ଛାତ୍ର ଅନ୍ଧାର ଭିତରେ ଛପି ଛପି ପ୍ରବୀରବାବୁଙ୍କ ପାଚେରି ଡେଇଁ ଫୁଲ ବଗିଚାରେ ପଶିଲେ। ସେମାନେ କେବଳ ଯେ ଫୁଲଗୁଡ଼ାକ ଲାଣ୍ଡି ବୁଲେଇ ତୋଳିନେଲେ ତା' ନୁହେଁ, ଗଛଗୁଡ଼ାକ ଦଳିଚକଟି ଆଉ ଉପାଡ଼ି ଓ ଫୋପାଡ଼ି ବଗିଚାଟାକୁ ଛାରଖାର ଶ୍ରୀହୀନ କରିଦେଇ ଚାଲିଗଲେ ତାଙ୍କ ପୁଷ୍ପାଭିଯାନର ଗହୀରିଆ ସନ୍ତକ ଛାଡ଼ିଦେଇ। ଯିବାର ମୂଳରେ ଏକ ବାଳସୁଲଭ ହୃଦୟହୀନତାଟାକୁ ଗୋଟିଏ ବିରାଟ ଗଡ଼ଜିତା ବୋଲି ସେମାନେ ମନେକଲେ। ଏଇ ଧ୍ୱଂସଲୀଳା ସାମନା କେବିନ୍‌ର ଧୋବା ଦେଖିଥିଲା। କବାଟ ଫାଙ୍କ ଭିତରେ। ତା'ରିଠୁ ଖବରଟା ମିଳିଲା - ସେଇଦିନ ସନ୍ଧ୍ୟାରେ ହାଇସ୍କୁଲ ପୂଜାକୁ ପ୍ରବୀରବାବୁଙ୍କର ନିମନ୍ତ୍ରଣ ଥିଲା। ପ୍ରଥମେ ଭାବିଲେ ଯିବେନି - କିନ୍ତୁ କ'ଣ ଭାବି ଗଲେ। ଶିକ୍ଷକ ଓ ଛାତ୍ରମାନେ ତାଙ୍କୁ ପାଛୋଟି ନେଲେ ହଲ ଭିତରକୁ ଯେଉଁଠି ଗଣେଶ ସଜା ହୋଇ ବସିଛନ୍ତି - ପ୍ରଧାନଶିକ୍ଷକ ବିଚରା ଅତି ସରଳ ମନରେ ପଚାରିଲେ - ସାର୍, ଆମ ପିଲାମାନେ କିମିତି ସଜେଇଛନ୍ତି?

ଚମତ୍କାର ! ବାଃ, ଏଡ଼େ ବିରାଟ ଗୋଲାପ ମାଳ ପେଇଁ ଅନ୍ତତଃ ପକ୍ଷେ ଶହେ ଦେଢ଼ଶ ନେଇଥିବ ତ ଫ୍ଲୋରିଷ୍ଟ -

ବିଗତ ରାତିର ଘଟଣା ଜାଣି ନ ଥିବା ଜଣେ ଶିକ୍ଷକ ଯିଏକି ପ୍ରବୀରବାବୁଙ୍କୁ ଜାଣନ୍ତିନି ବା ସେ କେଉଁଠି ରହନ୍ତି ଜାଣନ୍ତିନି କହିପକେଇଲେ - ଏତେ ଟଙ୍କା ଦେଇ ଗୋଲାପମାଳ କିଣିପାରିବେ ? ସିଧା ଗଲେ - ଆମ ସ୍କୁଲ ଆଗର ଗୋଟିଏ ଧଳା କୋଠାର ପାଚେରି ଡେଇଁ ରାତିରେ ଗୋଲାପ ଫୁଲ ଓ ଅନ୍ୟାନ୍ୟ ଫୁଲ ନେଇଆସିଲେ ସମସ୍ତେ ଶୋଇଥିଲାବେଳେ ।

ପ୍ରବୀରବାବୁ ଶିକ୍ଷକ ମୁହଁକୁ ମୁରୁକିହସି ଚାହିଁଲେ । ତା'ପରେ କହିଲେ - ପିଲାମାନଙ୍କର ଏଇ କାମଟାକୁ ଆପଣ ଖୁବ୍ ପସନ୍ଦ କଲାଭଳି ଜଣାପଡୁଛି - ଜଣକର ବଗିଚାରୁ ଫୁଲ ଚୋରି କରି ବଗିଚାକୁ ଛାରଖାର କରି ଗଣେଶ ମୂର୍ତ୍ତିଙ୍କୁ ସଜେଇବା ଭିତରେ ଶିକ୍ଷାର କେଉଁ ଦିଗଟି ସାର୍ଥକ ହେଲା କହିପାରିବେ ?

ଛାତ୍ରମାନଙ୍କ ଆଡ଼କୁ ଚାହିଁ କହିଲେ - ପିଲେ ! ମତେ ସକାଳେ ଯାଇ ମାଗିଥିଲେ ତ ମୁଁ ତମକୁ କିଛି ଗୋଲାପ ଓ ଅନ୍ୟାନ୍ୟ ବହୁତ ଫୁଲ ଦେଇଥାନ୍ତି - ଆଚ୍ଛା ଫୁଲ ତ ଆଣିଲ - ବଗିଚାଟାକୁ ଏପରି ନଷ୍ଟଭ୍ରଷ୍ଟ କରିଦେଲ କାହିଁକି ? ବିଦ୍ୟାଦାତା ଗଣେଶ ଏଥିରେ ଖୁବ୍ ଖୁସି ହୋଇଯାଇଥିବେ ତମମାନଙ୍କ ଉପରେ ବୋଲି ଭାବୁଛ ? ଶିକ୍ଷକ ଓ ଛାତ୍ରମାନେ ସେମାନଙ୍କ ମୁହଁ ତଳକୁ ପୋତି ଠିଆ ହୋଇଥିଲେ ସେଦିନ - ସେଇଦିନଠାରୁ ପ୍ରବୀରବାବୁ ଏଇ ଦୁଇଟି ରାତ୍ରିର ନିଦ୍ରାକୁ ନିର୍ବାସନ ଦଣ୍ଡ ଦେଇଛନ୍ତି ।

ପ୍ରକୃତରେ ବର୍ଣ୍ଣାଢ଼୍ୟ ସମ୍ପଦ ଭିତରେ ଏମିତି ବୁଡ଼ିରହି ପ୍ରବୀରବାବୁ ଅନେକ ପରିମାଣରେ ନିଜ ଜୀବନର ଦହନଜ୍ୱାଳାକୁ ଭୁଲି ରହିଛନ୍ତି । ଚିନ୍ତାଚେତନାକୁ ସବୁବେଳେ ବୌଦ୍ଧିକତା ଓ ମାନବିକତାର ତୁଙ୍ଗରେ ରଖିବାଦ୍ୱାରା ସଂସାରୀ ଜୀବନରେ ସଂପୂର୍ଣ୍ଣ ଲିପ୍ତ ତାଙ୍କର ସ୍ତ୍ରୀ, ପିଲାଛୁଆ ଓ ଅତି ଆପଣାର ଲୋକେ ତାଙ୍କୁ ବୁଝିପାରନ୍ତିନି କିମ୍ବା ବୁଝିବାର ଚେଷ୍ଟା ବି କରନ୍ତିନି । ଏପରି ଏକ ଅଭିମାନ ଥାଇ ମଧ୍ୟ ମଝିରେ ମଝିରେ ତାଙ୍କର ଚିତ୍ତଫଳକରେ ଝଲସିଯାଏ ଯେ କେହି ତାଙ୍କୁ ନିଶ୍ଚୟ ବୁଝିପାରୁଥିବେ - ସେ ସେମାନଙ୍କୁ ଖୋଜି ବାହାର କରିବାରେ ହୁଏତ ଅସମର୍ଥ -...

ହଠାତ୍ ଦିନେ ରାସ୍ତାରେ ଏକ ଦୁର୍ଘଟଣାପରେ ମୃତ୍ୟୁ ପ୍ରବୀରବାବୁଙ୍କୁ ଡାକିନେଲା । ଯଦିଓ ତାଙ୍କ କର୍ମ, କ୍ଷମତା, ଚେହେରା ଓ କଥାବାର୍ତ୍ତାରୁ, ଏଥିପାଇଁ ଆଦୌ ପ୍ରସ୍ତୁତ ଥିଲାପରି ଜଣାପଡୁ ନ ଥିଲେ ।

ରବିବାର ଭୋର - ଘର ଆଗର ସବୁଜ କଅଁଳିଆ ଘାସଗାଲିଚା ଉପରେ ପ୍ରବୀରବାବୁ ଶୋଇଛନ୍ତି ତାଙ୍କ ଶବାଧାର ଉପରେ । ପୂର୍ବରାତ୍ରିର ଦୁଇଟା ବେଳେ ସେ

ସବୁଚେଷ୍ଟା ପରେ ବି ଶେଷ ନିଃଶ୍ୱାସ ଛାଡ଼ିଲେ। ଶବାଧାର ବିଭିନ୍ନ ରଙ୍ଗର ଫୁଲରେ ସଜା ହୋଇଛି। ସେଦିନ ତାଙ୍କର ପଛରେ ପକେଇଦେଇ ଯାଇଥିବା ପ୍ରିୟ ବଗିଚାରେ ଯେତେ ଫୁଲ ଫୁଟିଥିଲା ସବୁଯାକ ଶବାଧାରରେ ଠୁଳ କରାଯାଇଛି ପାଦଠୁଁ ବେକଯାଏଁ। ଚାରିକଡ଼େ ଘେରିରହିଛନ୍ତି ତାଙ୍କ ପରିବାରର ଶୋକାଚ୍ଛନ୍ନ ସ୍ତ୍ରୀ-ପିଲାମାନେ ସାଇ ପଡ଼ିଶାର ବହୁ ପରିଚିତ ଅପରିଚିତ ଲୋକ।

ଉଷା ସମୟର ଯେଉଁ ପରିବେଶଟି ସବୁଦିନ ଶାନ୍ତ ଓ ହସ ହସ ଦେଖାଯାଉଥିଲା ଆଜି ତାହା ବର୍ଣ୍ଣହୀନ, ନିଥର, ଅଶ୍ଳୀଳ।

ସମବେତ କେତେକ ବୟସ୍କ ବ୍ୟକ୍ତିଙ୍କୁ ଆଡ଼େଇ ଆଡ଼େଇ ଶବାଧାର ଠାରୁ ତିନି ହାତ ଦୂରରେ ଆସି ଠିଆହେଲେ ତିନୋଟି କିଶୋରୀ। ବୟସ ବାର ତେର ଭିତରେ। ସେମାନଙ୍କ ପୋଷାକରେ ଗୋଟାଏ ସହଜ, ସାବଲୀଳ ଆଭିଜାତ୍ୟ ଓ ରୁଚିର ଇଙ୍ଗିତ। ତିନୋଟିଯାକ ଝିଅ ଦେଖିବାକୁ ସୁନ୍ଦର। ବାଁ ହାତରେ ଝୁଲୁଛି ଗୋଟିଏ ନାଇଲନ ବ୍ୟାଗ। ଜମା ହୋଇଥିବା ଦର୍ଶକମାନେ କେହି ତାଙ୍କୁ ଚିହ୍ନି ପାରିଲେନି - ସେମାନେ ମଧ୍ୟ କାହାରିକୁ ଚିହ୍ନନ୍ତିନି। ତିନି ଜଣଙ୍କ ଆଖିରେ ସ୍ତବ୍ଧ ବିସ୍ମୟ। ସେମାନେ କିଛି ବୁଝିପାରୁ ନାହାନ୍ତି ଯେମିତି। ତାଙ୍କ ଭିତରୁ ଜଣେ ଝିଅ ପାଖରେ ଛିଡ଼ା ହୋଇଥିବା ଭଦ୍ରବ୍ୟକ୍ତିଙ୍କୁ ପଚାରିଲା -

- ଅଜାଙ୍କର କଅଣ ହୋଇଥିଲା ?

- କାଲି ସନ୍ଧ୍ୟାରେ ଗୋଟାଏ ସ୍କୁଟର ସହିତ ଖୁବ୍ ଜୋର୍‌ରେ ଧକ୍କା ହେଇଗଲା - ଚେତା ବୁଡ଼ିଗଲା - ଆଉ ଫେରିଲା ନାହିଁ।

ପ୍ରବୀରବାବୁଙ୍କ ଚିରମୁଦ୍ରିତ ଆଖି ଯୋଡ଼ିକ ଆଡ଼େ ସେମାନେ ଚାହିଁଲେ - ସେମାନଙ୍କର କଅଁଳିଆ ତଳ ଓଠଟିମାନ ଦାନ୍ତରେ ଚାପି ହୋଇଗଲା - ଆଖିରେ ଲୁହ ଟଳମଳ କଲା। ପ୍ରବୀରବାବୁଙ୍କ ମୁହଁଟି ସେମାନଙ୍କୁ ଝାପ୍‌ସା ଦେଖାଗଲା। ସେମାନେ କେବଳ ଦେଖିପାରୁଥିଲେ ଅତି ସ୍ପଷ୍ଟ ଭାବରେ କେବଳ ଗୋଟିଏ ଛବି। ଲାଗ ଲାଗ ମାତ୍ର ତିନୋଟି ବିଗତ ରବିବାରର କେତୋଟି ସାନ୍ଧ୍ୟମୁହୂର୍ତ୍ତର ବାତ୍ସଲ୍ୟ, ପ୍ରୀତି ଓ ମମତାପୂର୍ଣ୍ଣ ଅଙ୍କତା ଓ ଅନୁଭୂତିର ସ୍ନିଗ୍ଧ ଛବି।

- ଅଜା ଆମକୁ କଇଁଫୁଲ ଦିଅ, ସ୍ୱରରେ ଦାବି, ଅନୁରୋଧ ନୁହେଁ। ଗୋଲାପ କୁଣ୍ଡରୁ ଅନାବନା ଘାସ ବାଛୁ ବାଛୁ ଅଜା ମୁହଁ ଉଠେଇ ରାସ୍ତାପଟ ପାଚେରି ଆଡ଼େ ଚାହିଁଲେ - ଚାହିଁ ରହିଲେ - ମୁହଁରେ ତାଙ୍କର ମୁଗ୍ଧ ଭାବ - ଆଃ କି ସୁନ୍ଦର ଝିଅ ତିନୋଟି ! ଫୁଟି ଆସୁଥିବା ତିନୋଟି କଇଁଫୁଲ।

ଅଜା କହିଲେ - ଏଁ -? କଇଁଫୁଲ ନବ !

- ହଁ ଅଜା, କଇଁଫୁଲ।

- ଆଉ କେଉଁ ଫୁଲ ନବନି ?

- ହଁ ନବୁ ଯେ, ଆଗ କଇଁଫୁଲ ତିନିଟା ଦିଅ - କଇଁଫୁଲ ଏଠି କୋଉଠି ମିଳୁନି -

ଅଜାଙ୍କ ପାଟିରୁ ବାହାରିପଡ଼ିଲା - ଆରେ ତମେ ତ ନିଜେ ଗୋଟିଏ ଗୋଟିଏ କଇଁଫୁଲ - ତମର ଫେର କଇଁଫୁଲ କଅଣ ହବ ?

ହସରେ ଲାଜ ମିଶେଇ ସବୁଠୁ ବେଶୀ ସୁନ୍ଦର ଝିଅଟି କହିଲା - ଯାଃ।

ପ୍ରବୀରବାବୁଙ୍କୁ ଝିଅଟିର କହିବାର ଭଙ୍ଗୀଟି ଭାରି ଭଲ ଲାଗିଲା - କାଳବିଳମ୍ବ ନ କରି ସେ କଇଁଫୁଲ କୁଣ୍ଡ ପାଖକୁ ଯାଇ ଭିନ୍ନ ଭିନ୍ନ ରଙ୍ଗର କଇଁଫୁଲ ତୋଳି ସେମାନଙ୍କର ବ୍ୟାଗରେ ଭର୍ତ୍ତି କରିଦେଲେ ଇଆଡ଼େ ସିଆଡ଼େ ଚାହିଁ।

- ହେଲା ତ ?

- ଆଉ ଜଣେ ଝିଅ କହିଲା - ହେଲା କଅଣ ମ ଅଜା ? ଆହୁରି ବହୁତ ଫୁଲ ନବୁ। ଆଜି ପରା ଖୁଦୁରୁକୁଣୀ ଓଷାର ପ୍ରଥମ ରବିବାର -

ପ୍ରବୀରବାବୁ ଆଉଥରେ ଚାରିଆଡ଼ଟା ଦେଖି ନେଲେ -

- ଅଜା, ତମେ ଏମିତି ଛାନିଆ ହେଇ ଚାରିଆଡ଼େ ଚାହୁଁଚ କାହିଁକି ? ଜଣେ ଝିଅ ପଚାରିଲା।

- ନାଇଁ କିଛି ନାଇଁ ଭିତରକୁ ଆସ - ଶୀଘ୍ର ଯାହା ଫୁଲ ନବାର ନେଇ ପଳା - ଅନୁଚ୍ଚସ୍ୱରରେ ଅଜା କହିଲେ।

ଫୁଲ ତୋଳୁ ତୋଳୁ ତାଙ୍କ ଭିତରୁ ଜଣେ ପୁଣି ପଚାରିଲା -

- କାଇଁକି ଅଜା ?

- ଆରେ ବୁଝିପାରୁନ। ତମ ଦେଖାଦେଖି ଏ ସାଇ ଛୁଆଗୁଡ଼ାକ ଫୁଲନବାକୁ ପଶି ଆସିବେନି ? ତାଙ୍କୁ କେମିତି ମନା କରିବି ?

ତିନୋଟିଯାକ ଝିଅ ଖିଲ୍ ଖିଲ୍ ହୋଇ ହସିଉଠିଲେ। ପ୍ରବୀରବାବୁ ବ୍ୟସ୍ତ ହୋଇପଡ଼ିଲେ ଆଉ ଘର ଆଡ଼କୁ ଟଙ୍ଗ ଟଙ୍ଗ ହୋଇ ଚାହିଁଲେ।

- ତମେ ସବୁ ଏଇ ଶହୀଦନଗର ପିଲାଟି ?

- ନାଇଁ ଅଜା, ଆମେ ନ'ନମ୍ବର ପ୍ଲାଟ୍ କ୍ୱାର୍ଟରରେ ଥାଉ - ରିଜିଓନାଲ୍ କଲେଜ ପାଖରେ -

ବିସ୍ମିତ ହୋଇ ପ୍ରବୀରବାବୁ କହିଲେ - ଏଁ! ଏତେ ବାଟରୁ ତମେ ଆସୁଚ ଫୁଲ ନବାକୁ। ଡର ମାଡୁନି ?

ପୁଣି ତିନୋଟିଯାକ ଝିଅ ପାଟିକରି ହସିଉଠିଲେ, କହିଲେ - ଡର କିଆଁ ମାଡ଼ିବ ?

ପ୍ରବୀରବାବୁ ଏମାନଙ୍କର ନିର୍ଭୀକତା ଦେଖି ଟିକିଏ ହଡ଼ବଡ଼େଇଗଲେ - ପୁଣି ଗଳାକୁ ସହଜ କରି କହିଲେ - ନା ନା ଡରିବ ଗୋଟେ କଅଣ ? ଡରିବା ମୋଟେ ଉଚିତ ନୁହେଁ - ଝିଅମାନେ ଦଳବଦ୍ଧ ହୋଇ ପରିସ୍ଥିତିର ସାମନା କରିବା ଉଚିତ -

ଫୁଲତୋଳା ସାରି ଝିଅ ତିନୋଟି ଯିବାକୁ ଉଦ୍ୟତ ହେଲା ବେଳେ ତାଙ୍କ ଭିତରୁ ଜଣେ ହସି ହସି ଗୋଲାପ ବଗିଚା ଆଡ଼କୁ ଆଙ୍ଗୁଠି ଦେଖେଇଲା।

ପ୍ରବୀରବାବୁ କହିଲେ - ଗୋଲାପଫୁଲକୁ ବି ଆଖେଇଲଣି ? ମାଇଲ ମତେ। ମୁଁ ବା ଆମଘରେ କେହି ଗୋଲାପ ଛିଣ୍ଡାଉନି।

ସବୁଠୁ ସୁନ୍ଦର ଝିଅଟି ନରମ ଗଳାରେ କହିଲା - ଥାଉ ତେବେ ଅଜା !

ଇସ୍। ଏଇ ସାମାନ୍ୟ ଅନୁରୋଧଟା ପରୋକ୍ଷରେ ପ୍ରବୀରବାବୁ ଏଡ଼େଇ ଗଲେ ! ଏଡ଼େ ସୁନ୍ଦର ଝିଅତିନିଟା କଅଣ ଭାବୁଥିବେ ମନେ ମନେ। ଭାବୁଥିବେ କେଡ଼େ ଫୁଲରଙ୍କୁଣା କଞ୍ଜୁସ୍ ବୁଢ଼ାଟା ମ। ହସି ହସି କହିଲେ ଆଚ୍ଛା ରହ, ଆଣୁଚି - ତମ ମୁହଁ ଫିକା ପଡ଼ିଗଲାଣି - ହସି ହସି ତିନୋଟି ଲାଲ୍ ଗୋଲାପ ତାଙ୍କ ହାତରେ ଦଉ ଦଉ ପଚାରିଲେ - କଅଣ ହେଲା ? ଏଥର ଖୁସି ତ ?

ଥାଙ୍କ୍ ଇଉ ଅଜା ଡିଅର୍ - ଇଉ ଆର୍ ସୋ ସୁଇଟ୍-ବାଇ-ପୁଣି ଆର ରବିବାର ଆସିବୁଁ।

ଖୁସିରେ ପ୍ରବୀରବାବୁଙ୍କର ପାଟିରୁ କଥା ବାହାରିଲା ନାହିଁ ହଠାତ୍ - ସମ୍ବିତ୍ ଫେରିପାଇ କହିଲେ - ଓ ସିଓର, ଇଉ ଆର୍ ୱେଲ୍‌କମ୍ ମାଇଁ କିଡ୍‌ସ -

X X X

ଆଜି ଥିଲା ସେମାନଙ୍କର ଶେଷ ରବିବାର। କଅଣ ଆଶା ନେଇ ଆସି ଏଇ ତିନୋଟି ସରଳ ନିଷ୍ପାପ କିଶୋରୀ କଅଣ ଦେଖିଲେ ? ତାଙ୍କର ତିନୋଟି ରବିବାର ଭିତରେ ଅଜା ତାଙ୍କୁ କେତେ ଆପଣାର କରିନେଇଥିଲେ। ଫୁଲ ନବାକୁ ଆସିବାଟା ତାଙ୍କର ଗୌଣ ହୋଇଯାଇଥିଲା - ଅଜା ସେମାନଙ୍କୁ ଥଟ୍ଟା କରିବେ, ସେମାନେ ଅଜାଙ୍କୁ। କେତେ ସ୍ନେହ ମାୟା ମମତା, ମିଠା ମିଠା ଉପଦେଶ - ଇଚ୍ଛା ହୁଏ ଘଣ୍ଟା ଘଣ୍ଟା ଧରି ଅଜାଙ୍କ ସାଙ୍ଗରେ ଗପସପ କରନ୍ତେ, ତାଙ୍କ ନିଜ ବାପାଙ୍କ ପାଖରୁ ବି ଏତେ ସ୍ନେହ ଆଦର ସେମାନେ ପାଇ ନାହାନ୍ତି - ଆସିଗଲେ କଇଁଫୁଲମାନେ ସମ୍ବୋଧନରେ କେତେ ଅନ୍ତର ଉକୁଡ଼ା ସ୍ନିଗ୍ଧତା। ରିକାକୁ ଫିକା, ଝୁମ୍‌କିକୁ ଚୁମ୍‌କି, ରିନିକୁ ଫିନି ଡାକି ଆନନ୍ଦର ଏକ ଉଚ୍ଛୁଳା ହସ - ସବୁ ଆଜି ଶେଷ।

ଅନ୍ତରର ଉଦ୍‌ବେଳିତ କୋହ ସେମାନେ ରୋଧି ପାରିଲେନି। କଇଁ କଇଁ ହୋଇ କାନ୍ଦି ଉଠିଲେ। ତିନୋଟି ନରମ ଗୋଲାପି ଓଠ ଥରିଉଠିଲା ବାରମ୍ବାର। ତିନୋଟି ଅପରିଚିତା କିଶୋରୀଙ୍କର ଲୋତକାପ୍ଲୁତ ଅଭିବ୍ୟକ୍ତି ସମସ୍ତଙ୍କୁ ଅବାକ୍ କଲା। ଜଣେ ବ୍ୟକ୍ତିଙ୍କର ପ୍ରଶ୍ନରେ ଘରର ଚାକର ଗଣେଶ ଯିଏକି ତିନୋଟି ରବିବାର ସନ୍ଧ୍ୟାର ଅଭିନବ ଦୃଶ୍ୟର ମୂକସାକ୍ଷୀ ସେ ରୁଦ୍ଧକଣ୍ଠରେ ସମସ୍ତଙ୍କୁ ଶୁଣେଇ କହିଲା - ବଡ଼ବାବୁ ଏଇ ତିନୋଟି ଝିଅଙ୍କୁ ଖୁଦୁରୁକୁଣୀ ଓଷାପାଇଁ ଫୁଲ ଦଉଥିଲେ। ଆଜି ଥିଲା ଶେଷ ରବିବାର।

ପ୍ରବୀରବାବୁଙ୍କ ସାନପୁଅ ଆବେଗରୁଦ୍ଧ ଗଳାରେ - କାଇଁ ଆମକୁ ତ ତୁ ଏକଥା କହିନୁ? ଗଣେଶ ଉତ୍ତର ଦେଲା - ତମେ ସବୁ ରାଗିବ ବୋଲି ବଡ଼ବାବୁ ମତେ ମନା କରିଥିଲେ କହିବାକୁ।

ହଠାତ୍ ସମସ୍ତେ ଦେଖିଲେ -

ଝିଅ ତିନୋଟି ଶବାଧାର ପାଖକୁ ଲାଗିଆସିଲେ। ତାଙ୍କ ନିଜ ନିଜ ବ୍ୟାଗରୁ ବାଟରେ ସଂଗ୍ରହ କରିଥିବା ଅଳ୍ପ ଫୁଲ ସଯତ୍ନରେ ବାହାର କରି ତାଙ୍କ ପ୍ରିୟ ଅଜାଙ୍କ ପାଦପାଖରେ ସଜେଇ ରଖିଲେ - ପାଦକୁ ଛୁଇଁ ମୁଣ୍ଡିଆ ମାରିଲେ - ତା'ପରେ ଆଖିରେ ଅସରା ଅସରା ଲୁହର ବନ୍ୟା ଛୁଟେଇ ସେମାନେ ଧୀରେ ଧୀରେ ଦର୍ଶକମାନଙ୍କ ପଛପଟେ ଅଦୃଶ୍ୟ ହୋଇଗଲେ।

ଠିକ୍ ସେତିକିବେଳେ ଦାଣ୍ଡଦୁଆର ମୁହଁରେ ଠିଆହୋଇ ଦେଖୁଥିବା କେତୋଟି ନାରୀ କଣ୍ଠର ଅନୁଚ୍ଚ ବିକଳ କ୍ରନ୍ଦନ ପ୍ରବୀରବାବୁଙ୍କ ସଯତ୍ନପାଳିତ ଫୁଲ ଗଛଗୁଡ଼ିକୁ ଛୁଇଁ ଛୁଇଁ ଗଲା।

■

ଶ୍ୱେତପଦ୍ମା

ଏକ ପରମ ପରିତୃପ୍ତ ମୁହୂର୍ତ୍ତରେ ଶ୍ୱେତପଦ୍ମା ଅବଶ ହୋଇପଡ଼ିଚି। ସେଇ ଅବସ୍ଥାର ସୁଯୋଗ ନେଇ ମୁଁ ପଚାରିଚି, - "ଶ୍ୱେତା, ଭାରି ଅସୁନ୍ଦର ନା ?" ଶ୍ୱେତପଦ୍ମା କଅଣ ଉତ୍ତର ଦିଅନ୍ତା ସେତେବେଳେ ?

ଅତି ନିବିଡ଼ଭାବରେ ସେ ସେତେବେଳେ ଆମ ଦୁହିଁଙ୍କ ମଧ୍ୟରେ ପରମାଣୁର ବ୍ୟବଧାନକୁ ମଧ୍ୟ କମେଇଦବାକୁ ଚେଷ୍ଟା କରେ।

ପିଲାମାନଙ୍କର ପୋଷାକପତ୍ର ନେଇ ଶ୍ୱେତପଦ୍ମା ଯେତେବେଳେ ମୋ ଉପରେ ଆକ୍ରମଣ ଆରମ୍ଭ କରେ ସେତେବେଳେ ବି ମୋର ପଚାରିବାକୁ ଇଚ୍ଛା ଠିକ୍ ସେଇକଥା; କିନ୍ତୁ ସାହସ ହୁଏନି - କାଳେ ରାଗରେ ତା' ପାଟିରୁ ଅତି ନିର୍ମମ ସତ କଥାଟା ବାହାରି ପଡ଼ିବ !

ଯେଉଁ ସତ୍ୟଟା ବିଷୟରେ ଆମେ ଉଭୟେ ନିଃସନ୍ଦେହ ସେଇ ସତ୍ୟଟାକୁ ସେ କହିବାକୁ କୁଣ୍ଠା ପ୍ରକାଶ କରିବା ଅତି ସ୍ୱାଭାବିକ ଏବଂ ମୋର ନ ଶୁଣିବାକୁ ଚାହିବା ମଧ୍ୟ ସେତିକି ସ୍ୱାଭାବିକ।

କିନ୍ତୁ ତଥାପି କାଇଁକି ଜାଣିବାକୁ ଇଚ୍ଛା ହୁଏ - ଶୁଣିବାକୁ ସାହସ ନ ଥିଲେ ମଧ୍ୟ।

ତେବେ ଗୋଟାଏ କଥା - ମୁଁ ରୋଗା ବୋଲି ହୁଏତ ଅସୁନ୍ଦର - ଆଉ କେତେ ପାଉଣ୍ଡ ମାଂସର ସଂଯୋଗରେ ବୋଧହୁଏ ମୁଁ ଅସୁନ୍ଦର ଦେଖାଯା'ନ୍ତି ନାହିଁ।

ଆରମ୍ଭରୁ ଶ୍ୱେତପଦ୍ମାର ଅବସୋସ ଯେ ମୁଁ ମୋଟା ନୁହେଁ - ବିବାହର କିଛିଦିନ ପରେ ସେ ଅଣ୍ଟା ଭିଡ଼ିଲା ମୋତେ ମୋଟା କରିବାକୁ, କିନ୍ତୁ ତା'ର ଶତ ଚେଷ୍ଟାକୁ ବିଦ୍ରୂପ କରି ପ୍ରକୃତି ମୋତେ ଆଗ ପରି ଠିକ୍ ସେମିତି ରୋଗିଣା ରଖିଲା। ଦିନେ ଦିନେ ନିରୁତ୍ସାହ ଗଳାରେ ଶ୍ୱେତପଦ୍ମା କହେ, "ଘିଅ, ଦୁଧ, ଅଣ୍ଡା ଯାହା ଖାଉଚ କୁଆଡ଼େ ସେସବୁ ଯାଉଚି ? କିଛି ତ ଟିକିଏ ଦେହରେ ଲାଗୁନି।"

ମୁଁ କହେ, "ମୁଁ ବି ବୁଝିପାରୁନି କୁଆଡ଼େ ସେଗୁଡ଼ା ଉଭେଇ ଯାଉଛନ୍ତି! ଅନ୍ତତଃ ତମପ୍ରତି ସହାନୁଭୂତି ଦେଖେଇ ଯଦି ସେମାନେ ମୋ ଦେହରେ ନିଜ ନିଜର ଶକ୍ତି ପ୍ରକାଶ କରିପାରନ୍ତେ। ବେଶ୍ ସୁନ୍ଦର ଦେଖାଯା'ନ୍ତି। ମୁଁ ଜାଣେ ଶ୍ୱେତପଦ୍ମା - ଆଉ ତମ ସାଙ୍ଗକୁ ଠିକ୍ ମ୍ୟାଚ କରନ୍ତି - କିନ୍ତୁ ବଡ଼ ବିଚିତ୍ର ଏ ପ୍ରଜାପତିର ଲୀଳା! ଗୋରୀ କନ୍ୟାକୁ କଳା ବର। ସ୍ୱାସ୍ଥ୍ୟବତୀ ସୁନ୍ଦରୀ ଶ୍ୱେତପଦ୍ମା ପାଇଁ ଗୋଟାଏ ଅତି କ୍ଷୀଣକାୟ ଅସୁନ୍ଦର ମୁଁ - ଅର୍ଥାତ୍ ଗୋଟିଏ ସ୍କୋୟାର୍ କ୍ରୋ।"

ହସିପକେଇ ଶ୍ୱେତପଦ୍ମା କହେ - "ଫାଜିଲାମି ସଇଲା ?"

- "ନା ସରିନି ଶ୍ୱେତା, ଗୋଟେ କଥା ମୋର ମନେ ପଡ଼ିଗଲା। - ଶୁଣିବ କି ଶ୍ୱେତା - ଶୁଣା ଯାଏ ବର୍ଣ୍ଣାଡ଼ଶ'ଙ୍କ ପାଖରୁ" -

ଶ୍ୱେତା ତା' ଦି'କାନରେ ଆଙ୍ଗୁଠି ଦେଇଦେଲା।

ପାଟି କରି କହିଲି, "ଶ' ତ ଦେଖିବାକୁ ଅସୁନ୍ଦର। ଜଣେ ସୁନ୍ଦରୀ ଇଂରେଜ ମହିଳା କୁଆଡ଼େ ତାଙ୍କ ପାଖକୁ ଚିଠି ଲେଖିଥିଲେ - 'ତୁମ୍ଭ ଓ ମୋ ମଧ୍ୟରେ ମିଳନ ହେଲେ ଯେଉଁ ସନ୍ତାନ ଜାତ ହୁଅନ୍ତେ ସେମାନେ ତୁମରି ଭଳି ବୁଦ୍ଧିଆ ଓ ମୋ ଭଳି ସୁନ୍ଦର ହୁଅନ୍ତେ' -"

ଶ୍ୱେତାର ଦି' କାନରୁ ହାତ କାଢ଼ି ଆଣି ଚାପି ଧରି କହିଲି -

"କିନ୍ତୁ ଶ' କି ଉତ୍ତର ଦେଇଥିଲେ ଜାଣ ସେ ମହିଳାଙ୍କୁ? ଉତ୍ତର ଦେଇଥିଲେ - 'ଯଦି ମୋ ଚେହେରା ଓ ତମର ବୁଦ୍ଧି ନେଇ ସନ୍ତାନଗୁଡ଼ିକ ଜାତ ହୁଅନ୍ତି ତେବେ? - ବୁଝିଲ ଶ୍ୱେତା? ସେମିତି ଆମ ସନ୍ତାନଗୁଡ଼ିକ ଯଦି ମୋ ଚେହେରା ଓ ତମର ବୁଦ୍ଧି ନେଇ ଜନ୍ମ ହୁଅନ୍ତି ନା - ତମେ ଅବଶ୍ୟ ସ୍ୱୀକାର କର ଶ୍ୱେତା ଯେ ମୋ ବୁଦ୍ଧିଟା ତମଠୁଁ ଢେର ସରସ -"

ରାଗି ଯାଇ ଦାନ୍ତ ଚିପି ଶ୍ୱେତପଦ୍ମା କହିଲା, "ମୁଁ ତମ କଥା କିଛି ଶୁଣିନି -"

"ଭଲ କରିଚ - ତେବେ ଜୟ କରିଚ - ଆମ ଛୁଆଗୁଡ଼ାକ ତମରି ଚେହେରା ଆଉ ମୋ ବୁଦ୍ଧି ନେଇ ଜନ୍ମ ହେବେ -"

ଆଗ ଆଗ ଏଇ ରସିକତା ଭିତରେ ଶ୍ୱେତପଦ୍ମା ମନରେ ମୋ ଚେହେରା ନେଇ ଗୋଟାଏ ଲଘୁ ଭାବ ଆଣିବାକୁ ଚାହିଁଥିଲି କିନ୍ତୁ କିଛି ଲାଭ ହେଲାନି।

ଶ୍ୱେତପଦ୍ମା ମୋର ରକ୍ତ ଆଉ ମଳ ପରୀକ୍ଷା କରେଇଲା। କିଛି ବାହାରିଲାନି - ସବୁ ଓ.କେ.। ଶ୍ୱେତପଦ୍ମା ବିସ୍ମିତ ହେଲା। ତେବେ ଜୀବନିକା ପରିପୂର୍ଣ୍ଣ ସୁଖାଦ୍ୟଗୁଡ଼ାକ ମୋ ଶରୀର ଭିତରୁ କିଏ ଅପହରଣ କରିନେଉଚି?

ଶ୍ୱେତପଦ୍ମାର ଏଇ ସ୍ନେହର ଅତ୍ୟାଚାରରୁ ହଠାତ୍ ଦିନେ ମୁକ୍ତି ମିଳିଲା। ଶ୍ୱେତା ଯେଉଁଦିନ ଆଗତପ୍ରାୟ ବୁବୁଲ ପେଇଁ ଉଲର ଟିକି କଣ୍ଟାର ବୁଣା ଆରମ୍ଭ କରିଦେଲା,

ସେଦିନ ଭାବିଲି - ଯାଃ, ଏଥର ମଣିଷ ଖଲାସ! ବାସ୍ତବିକ ସେଇଦିନଠୁଁ କେମିତି ଶ୍ୱେତପଦ୍ମା ଏକ ପରାହତ କ୍ଳାନ୍ତ ସୈନିକ ଭଳି ମତେ ଜଣାଗଲା। ତେବେ ତା'ର ଆଖିରେ ଦେଖିଲି ଏକ ନୂଆ ଦୀପ୍ତି - ଅନାଗତର ଅପେକ୍ଷାରେ ସେ ଯେପରି ଆତ୍ମହରା - ଗୋଧୂଳିର ଏକ ଅସ୍ପଷ୍ଟ ଶ୍ୱେତପଦ୍ମା।

ବୁବୁଲ ଜନ୍ମ ହେଲା ପରେ ଶ୍ୱେତପଦ୍ମା ମୋ ସ୍ୱାସ୍ଥ୍ୟ ନେଇ ଆଉ ଏତେ ଧେଇ ଧେଇ ହୋଇ ନାଚିଲା ନାହିଁ। ତା'ପରେ ପରେ ତିନି ତିନୋଟି ପୁଅ ଝିଅଙ୍କୁ ନେଇ ସେ ଏତେ ବ୍ୟସ୍ତ ହୋଇପଡ଼ିଲା ଯେ ମୋ କଥା ଭୁଲିଗଲା।

ମୋର ଭବିଷ୍ୟଦ୍‌ବାଣୀ ଆଂଶିକ ଫଳିଲା। ଛୁଆଗୁଡ଼ାକ ଶ୍ୱେତପଦ୍ମା ଭଳି ସୁନ୍ଦର ହେଲେ। ବୋଧହୁଏ ତା'ରି ବୁଦ୍ଧି ନେଇ ଜନ୍ମ ହେଲେ ବୋଲି ମୋର ମନେ ହେଲା।

ପ୍ରଥମ ସନ୍ତାନ ପରେ ମୁଁ ମୋର ଅଧ ସେର ଦୁଧ ଖାଇବା ବନ୍ଦ କଲି। ସେଇ ଦୁଧ ଦାମ୍‌ରେ ପୁଅ ପେଇଁ ସର୍ଟ, ବେଞ୍ଜାରସ୍ ଫର୍ଟ, ଆଉ ଗ୍ଲାକ୍‌ସୋ କିଣା ହେଲା ପ୍ରତି ମାସରେ। ଶ୍ୱେତପଦ୍ମା ଦୀର୍ଘନିଶ୍ୱାସ ମାରି ଚୁପ୍ ରହିଲା।

ଦ୍ୱିତୀୟ ସନ୍ତାନଟି ତା' ପିତାର ସ୍ୱାସ୍ଥ୍ୟପ୍ରତି ଗଭୀର ସହାନୁଭୂତି ଓ ମାତାର ବର୍ଣ୍ଣ ଓ ସୌନ୍ଦର୍ଯ୍ୟ ପ୍ରତି ଗଭୀର ସ୍ନେହ ପ୍ରକାଶ କରି ଯେତେବେଳେ ଏଇ ଧରା ସ୍ପର୍ଶ କରିବାର ଦାବି ଜଣେଇଦେଲା, ବାପା ମା ଆନନ୍ଦିତ ହେବା ବଦଳରେ ଏତେ ବେଶୀ ଉଦବିଗ୍ନ ହୋଇପଡ଼ିଲେ ଯେ ମୁଁ ହଠାତ୍ ଭାବିପକେଇଲି ମୋର ଇନ୍‌କ୍ରିମେଣ୍ଟ କେବେ ପଡୁଚି। କିନ୍ତୁ ସେ ତାରିଖଟା ବହୁତ ଦୂରରେ ଥିଲା - ତେଣୁ ଶ୍ୱେତପଦ୍ମାର ମନ ନ ଘେନି ମୁଁ ଦିନକୁ ଦୁଇଟି ଅଣ୍ଡାଖିଆର ବିଳାସକୁ ରଦ୍ଦ କରିଦେଲି, ଆଉ ସିନେମା ଦେଖିବା ସଉକଟାକୁ ଛାଡ଼ିଲି।

ତୃତୀୟର ଭାଗରେ ପଡ଼ିଲା ମୋର ଘିଅ ଆଇଟମ୍ - ଯୋଉଟା ମୁଁ ଅବଶ୍ୟ ସବୁଠୁଁ ଭଲ ପାଏଁ। ସୁନାନାକୀ ଝିଅ ପେଇଁ ମୋର ତ୍ୟାଗଟା ହେଲା ଟିକିଏ ବେଶୀ ପରିମାଣରେ - ହବା କଥା - ଝିଅ ପେଇଁ ଏତକ କରିବାକୁ ମତେ ଖୁସି ବି ଲାଗିଲା।

ଏ ବ୍ୟବସ୍ଥାରେ ମୁଁ ହସିଲି। ରାଗରେ ଶ୍ୱେତପଦ୍ମା ମୋ ସହିତ ଦି'ଦିନ ଧରି କଥା ବନ୍ଦ କଲା - କାନ୍ଦିଲା।

ବେଶ୍ ତ ଚାଲିଲା କିଛିଦିନ ଯାଏ। ପିଲାଗୁଡ଼ିକ ବଡ଼ ବଡ଼ ହେଇଗଲା ପରେ ତାଙ୍କର ପଢ଼ାଶୁଣା ଲୁଗାପଟା ନେଇ ଖର୍ଚ୍ଚ ବଢ଼ିଲା - ମୋର ଅଭାବ ବଢ଼ିଲା - ଆଉ ଶ୍ୱେତପଦ୍ମାର ଚିନ୍ତା ବି ବଢ଼ିଲା।

କିନ୍ତୁ ତା' ସାଙ୍ଗେ ଶ୍ୱେତପଦ୍ମାର ପୂର୍ବ ପାଗଳାମି ବଢ଼ିଯିବ ଏ କଥା ମୁଁ ତ ଜାଣି ନ ଥିଲି।

ଦିନେ କଲେଜରୁ ଫେରି ଟିକିଏ ବିଶ୍ରାମ ନଉଚି । ମୁହଁ ପାଖରେ କାଚ ଗିଲାସରେ ଗିଲାସେ ଦୁଧ ଧରି ଶ୍ୱେତପଦ୍ମା କହିଲା – "ନିଅ ପିଇଦିଅ, ଆଜିଠୁଁ ସବୁଦିନ ।" ଶ୍ୱେତପଦ୍ମାର କହିବାର ଦୃଢ଼ତା ଦେଖି ପ୍ରତିରୋଧର ସାହସ ରହିଲାନି ।

ତହିଁ ଆରଦିନ ସକାଳେ ଦୁଇଟି ହାଫ୍‌ବଏଲ୍‌ଡ ଅଣ୍ଡା ଖୁଆଇ ଦଉ ଦଉ କହିଲା ଶ୍ୱେତା –

"ତମକୁ ମୋଟା କରିବି – ସବୁଦିନ ସକାଳୁ ଏଥର ଅଣ୍ଡା ଖାଇବ ଆଉ ଭାତରେ ଘିଅ ବି ଖାଇବ ।"

ସାହସ କରି ପଚାରିଲି – "ଶ୍ୱେତପଦ୍ମା ଦେବୀ – ଏସବୁର ଯେ ପୁଣି ବ୍ୟବସ୍ଥା ହେଲା ନିଅଣ୍ଟିଆ ବଜେଟ୍‌ରେ ସେମାନେ କିମିତି ସ୍ଥାନ ପାଇବେ ଭାବିଚ ?"

ଶ୍ୱେତପଦ୍ମା ଦମ୍ଭ ଗଳାରେ 'ଭାବିଚି' ବୋଲି କହି ମୋ ପ୍ରତିବାଦକୁ ନାକଚ କରିଦେଲା । କିନ୍ତୁ ଏଇ ଅଭାବପୂର୍ଣ୍ଣ ସଂସାରରେ ଶ୍ୱେତପଦ୍ମାର ଏ ଧରଣର ବ୍ୟସ୍ତତା ମତେ ବଡ଼ ବିବ୍ରତ କଲା – କିନ୍ତୁ ନିରୁପାୟ । ସକାଳୁ ଉଠିବା ସାଙ୍ଗେ ସାଙ୍ଗେ କ୍ଲାସ ପାଇଁ ପ୍ରସ୍ତୁତ ହେବା – ସାଢ଼େ ଦଶଟାଠୁଁ ସାଢ଼େ ଚାରିଟା ପର୍ଯ୍ୟନ୍ତ କ୍ଲାସରେ ଗର୍ଜନ – ତା'ପରେ ରାତ୍ରିରେ ପତ୍ରପତ୍ରିକା ପେଇଁ ଲେଖା ଲେଖିବା – ଇୟାରି ଭିତରେ ବୁଡ଼ିରହିଲି ।

ସବୁ କାମଦାମ ସାରି ଦିନେ ରାତିରେ ଶ୍ୱେତପଦ୍ମା କହିଲା, "କାଲିଠୁଁ ଆଉ ପୂଝାରୀ ରହିବ ନି ।" ପଚାରିଲି, "କାହିଁକି ?"

"ଚାକର ଟୋକା ଯଥେଷ୍ଟ – ମୁଁ ତ ରୋଷେଇ ସବୁ କରୁଚି, ଆଉ ମିଛରେ ପୂଝାରୀଟାଏ ଦରକାର କଅଣ ? ଖାଇବ, ପିନ୍ଧିବ, ଫେର୍ ପନ୍ଦର ଟଙ୍କା ।"

"କିନ୍ତୁ ସମୟ ଅସମୟକୁ ଗୋଟାଏ ପୂଝାରୀ ନ ଥିଲେ –"

"କିଛି ଦରକାର ନାହିଁ । ସବୁ ଚଳିଯିବ ।"

"କାଇଁକି ତମେ ଏମିତି ନିଜକୁ ନିର୍ଯାତନା କରି ।"

"ଚୁପ୍‌କର ।"

"ଆଚ୍ଛା, ଶ୍ୱେତା, ସଂସାରକୁ ଠିକ୍ ଭାବରେ ଚଳେଇବାକୁ ଯାଇ ତମେ ନିଜେ ଏମିତି ଯଦି ବିରସ ଦେଖାଯିବ ନା –"

"ମୁଁ କଅଣ କରିବି ? ତମେ ମୋଟା ହଉନ କାଇଁକି ?"

"ସେଇ ଚିନ୍ତା କଅଣ ତମ ମନରୁ ଯିବନି ?"

"କେମିତି ଯିବ ? ଯିବନି ତମେ ମୋଟା ନ ହେଲାଯାଏଁ ।"

ଆଉ କିଛି କହିଲି ନି । ହଠାତ୍ କେମିତି ଗୋଟିଏ ସନ୍ଦେହ ମୋର ହେଲା । ଦୀର୍ଘ ଦଶ ବର୍ଷର ସାନ୍ନିଧ୍ୟ ପରେ ବି କଅଣ ଶ୍ୱେତପଦ୍ମା ଭଲ ପାଇପାରିନି ? କଳ ଭଳି

ସଂସାର କରିଯାଇଚି ପରିସ୍ଥିତିକୁ ସ୍ୱୀକାର କରି ନେଇ। ତା'ର ଶିକ୍ଷା, ସଂସ୍କୃତି ଓ ଆଭିଜାତ୍ୟର ଅଭିମାନ ପାଇଁ ସେ କୌଣସି ପ୍ରକାର ଗଣ୍ଡଗୋଳ ନ କରି, ସମସ୍ୟା ସୃଷ୍ଟି ନ କରି ?

କାହିଁକି ଶ୍ୱେତା ମତେ ମୋଟା କରିବାକୁ ଚାହୁଚି ? ମୋଟା ହେବାର ବୟସ ମଉଳିଗଲା ପରେ - ବାହାଘର ଦଶ ବର୍ଷ ପରେ - ପିଲାଛୁଆ ବଡ଼ ହେଇଗଲା ପରେ ? ଫେର ଏଇ ଦୈନ୍ୟ, ଅନଟନ ଭିତରେ କଅଣ ସେ ଚାହେ ?

ପଚାରିଲେ ଶ୍ୱେତା କେବଳ କହେ, "ମୁଁ କିଛି ଚାହେନି - ତମେ ଖାଲି ମୋଟା ହବ - ବେଶ୍।"

କିନ୍ତୁ ସତେ କଅଣ ସେଇୟା ? ତା'ର ଅବଚେତନ ମନ ଭିତରେ କଅଣ ଆଉ କିଛି ନାହିଁ ? ଶ୍ୱେତା ସ୍ୱାସ୍ଥ୍ୟବତୀ - ଶ୍ୱେତପଦ୍ମ ଭଳି ସେ ସୁନ୍ଦର। - ସେ ତେବେ କଅଣ ମତେ ତା'ର ଯୋଗ୍ୟ ବୋଲି ଭାବିପାରୁନି ?

ମନସ୍ତତ୍ତ୍ୱର 'କ୍ଷତିପୂରଣ' ନିୟମ ଅନୁସାରେ (Theory of compensation) ମୁଁ ତ ମୋର ଦୁର୍ବଳ ସ୍ୱାସ୍ଥ୍ୟର ଯଥେଷ୍ଟ କ୍ଷତିପୂରଣ କରିଚି; କିନ୍ତୁ ଫେର ବେଳେ ବେଳେ ଭାବେ - ପ୍ରକୃତରେ କଅଣ ଶ୍ୱେତା କିଛି ଅନ୍ୟାୟ କରିଚି ଦୁଃଖ କରି ଯେ ତା'ର ସ୍ୱାମୀ ଦୁର୍ବଳ ଓ ଅସୁନ୍ଦର ?

ଯଥେଷ୍ଟ ଅସ୍ୱସ୍ତି ଅନୁଭବ କଲି।

ଦିନେ ଶ୍ୱେତାର ମନ ବିଡ଼ିବାପାଇଁ କହିଲି, "ତମ ବନ୍ଧୁ ମିତ୍ରାର ସ୍ୱାମୀ ବେଶ୍ ଦେଖିବାକୁ। ମତେ ଭାରି ଭଲଲାଗେ ତା' ଚେହେରା। ଆଉ ରେଣୁର ବର ବି ବେଶ୍।"

ଶ୍ୱେତା ମନରେ କୌଣସି ପ୍ରତିକ୍ରିୟା ହେଲାନି; ଠିକ୍ ଆଗପରି ସେ ଦୁର୍ବୋଧ ରହିଗଲା। ମୁଁ ଧରିନେଲି ଯେ ଶ୍ୱେତାର ମନରେ ମୋ ସ୍ୱାସ୍ଥ୍ୟ ନେଇ ଗୋଟାଏ ଦୈନ୍ୟ ଭାବ ରହିଚି।

କିନ୍ତୁ ଦୀର୍ଘ ଦଶ ବର୍ଷ ଧରି ତା'ର ଯେଉଁ ଅଭିଳାଷ ପୂର୍ଣ୍ଣ ହୋଇପାରିଲାନି ଆଜି ତା' ଯେଉଁ ଆଉ ଏ ଅପଚେଷ୍ଟା କାହିଁକି ?

ମିତ୍ରା ଆଉ ତା'ର ସ୍ୱାମୀ ବିନୋଦକୁ ଦିନେ ଶ୍ୱେତା ନିମନ୍ତ୍ରଣ କଲା। ଦେଖିଲି ଶ୍ୱେତା ସେଦିନ ଅତିମାତ୍ରାରେ ଖୁସି। ବିନୋଦ ସାଙ୍ଗେ ଅନର୍ଗଳ ଗପି ଚାଲିଚି।

ମିତ୍ରା ଗୋଟାଏ ଫିଲ୍ମ ଫେୟାର ପଢ଼ିବାରେ ବ୍ୟସ୍ତ। ଖାଇବାବେଳେ ବିନୋଦ ପ୍ରତି ଶ୍ୱେତାର ଅତିରିକ୍ତ ଆଦର ପ୍ରକାଶ ପାଇଲା।

"ଏଇଟା ବାଦାମ ପାଏସ - ଆଉ ଟିକିଏ ଖାଆନ୍ତୁ।"

"ନା ନା ଢେର ହେଇଚି", କହିଲା ବିନୋଦ।

"ନା ଆଉ ଟିକିଏ ଖାଇବାକୁ ହବ। ତା' ନ ହେଲେ –"

ମିତ୍ରା ରସିକତା କରି କହିଲା – "ହୁଁ ଶ୍ୱେତା, ଭାରି ଦରଦ ଯେ ମିଷ୍ଟର ମିଶ୍ରଙ୍କ ପ୍ରତି।"

ଶ୍ୱେତା ହସି ହସି କହିଲା, "ଈର୍ଷାନ୍ୱିତା ହଉଚୁ ନା କଅଣ ?"

ଅତି ଫାଜିଲାମି କରି ମିତ୍ରା କହିଲା, "କିନ୍ତୁ ଯାହା କହ ଶ୍ୱେତା, ତୁ ମି. ମିଶ୍ରଙ୍କ ପାଖରେ ଛିଡ଼ାହେଲେ ବେଶ ମାନୁଚି।"

ଦେଖିଲି ଶ୍ୱେତପଦ୍ମାର ମୁହଁ ଟିକିଏ ଲାଲ ପଡ଼ିଗଲା।

ଶ୍ୱେତା ବିନୋଦର ପ୍ଲେଟ୍‌ରେ ପାଏସ ଦଉ ଦଉ ଧମକେଇ କହିଲା, "ଚୁପ୍ ଫାଜିଲ ଟୋକୀ –"

ମୋର ମନ ଭିତରେ କିପରି ଗୋଟାଏ ଯନ୍ତ୍ରଣା ଅନୁଭବ କଲି। ତେବେ କଅଣ ଶ୍ୱେତା ମୋଠି ଯାହା ପାଇପାରିନି ସେଇଟା ଏଇପରି ଭାବରେ ରୂପ ପାଉଚି ତା' ମନରେ ?

ବୟସର ବୃଦ୍ଧି ମୋ ଦେହ ମନରୁ ଯାହା ତଡ଼ି ଦବାକୁ ଯାଉଚି ଶ୍ୱେତା କଅଣ ତାକୁ ଧରି ରଖିବାକୁ ଚାହେ କୌଣସି ଉପାୟରେ ମତେ ମୋଟା କରେଇ ?

ଅକୂଳ ସାଗର ଭିତରେ ମୁଁ ଥଳକୂଳ ପାଇଲିନି। ଶ୍ୱେତା ପାଖରେ କିମିତି ଗୋଟାଏ ହୀନମନ୍ୟତା ଅନୁଭବ କଲି – ନିଜକୁ ଦୋଷୀ ଦୋଷୀ ମନେହେଲା........

ସଂସାର କିନ୍ତୁ ଠିକ୍ ଚାଲିଲା – କିନ୍ତୁ କେଉଁଠି ଯିମିତି ଗୋଟାଏ ବଡ଼ ଅଭାବ ରହିଗଲା। ସଂସାରଟା ମୋର ଅତି ବିରକ୍ତିକର ଧାରା ଭିତରେ ଯିମିତି ଧିମେଇ ଚାଲିଚି – ଅଥଚ ଚାଲିଚି। ଗତିରେ ବ୍ୟାହତିର ଆଶଙ୍କା ନାହିଁ – ତେଣୁ ବୈଚିତ୍ର୍ୟହୀନ। କ୍ଷିପ୍ର ଗତିର ଆଶା ନାହିଁ – ତେଣୁ ନିରାନନ୍ଦମୟ। ଦୁର୍ବିଷହ ସୁର୍ବିଷହ – ମୋର ନିଶ୍ୱାସ ଅଟକିଗଲା।

ଦିନେ ଅତି ବିରକ୍ତ ହୋଇ କହିଲି – "ଶ୍ୱେତା, ବନ୍ଦ କର ତମର ଏ ଘିଅ, ଦୁଧ, ଅଣ୍ଡା ତାମ୍‌ସା। ଏବେ ଫେରେ କଲିଜା ସିଝା ତା' ସାଙ୍ଗକୁ ମିଶିଲାଣି।"

ଶ୍ୱେତା ମୋ ଆଡ଼କୁ ଟିକିଏ କଣେଇ ଚାହିଁଲା, ତା' ପରେ କହିଲା – 'ନା'।

"ମୁଁ ଆଉ ମୋଟା ହେବିନି।"

"ମୁଁ ଜାଣେ।"

"ତେବେ କାହିଁକି ଏ ଫାର୍ସ ଚାଲିଚି ?"

"ଏମିତି ଚାଲିବ" କହି ଶ୍ୱେତା ସେଠୁ ଚାଲିଯାଉଥିଲା। ତା' ପଛରେ ପାଟି କରି ଅତି ନିର୍ମମଭାବରେ କହିଲି, "ତମର ଏ ବୟସରେ ଆଉ ମତେ ସୁନ୍ଦର ଓ ସ୍ୱାସ୍ଥ୍ୟବାନ୍ କରି ଲାଭ କଅଣ ?"

ଶ୍ୱେତା ପଛକୁ ଫେରି ଟିକିଏ ଖାଲି ଚାହିଁଦେଇ ଚାଲିଗଲା।

ଆଶ୍ଚର୍ଯ୍ୟ। ନିଜ ସ୍ତ୍ରୀ ମନ କଥା ମୁଁ ନିଜେ ବୁଝିପାରୁନି।

ଦିନେ ଶ୍ୱେତାକୁ ପଖାଳ ଖାଉଥିବାର ଦେଖିଲି - ପିଆଜ ଖଟା ଲଗେଇ।

ରୂଢ଼ ଗଳାରେ ପଚାରିଲି, "କେବେଠୁଁ ଏ ପଖାଳଖିଆ ଆରମ୍ଭ ହେଇଚି ତମର?"

ବୁବୁଲ୍ ସେଠି ଠିଆ ହୋଇଥିଲା - କହିଲା, ମାଆ ତ ସବୁଦିନ ସକାଳେ ପଖାଳ ଖାଏ, ବାପା, ତମେ କଲେଜ ଚାଲିଗଲା ପରେ।"

ଶ୍ୱେତା ଶଙ୍କିଯାଇ କହିଲା, "ନାଇଁ ମ - ମତେ ପଖାଳ ଭାରି ଭଲଲାଗେ।"

"କଅଣ ନାଇଁମ - ବୁବୁଲ କଅଣ ଆଉ ମିଛ କହୁଚି? ବେଶ୍, ମୁଁ ବି ଆଜିଠୁ ପଖାଳ ଖାଇବି।"

ବୁଝିଲି - ମତେ ମୋଟା କରିବାର ଅଦମ୍ୟ ଉତ୍ସାହରେ ଶ୍ୱେତପଦ୍ମା ନିଜର ସ୍ୱାସ୍ଥ୍ୟକୁ ତିଳେ ତିଳେ କ୍ଷୟ କରିଚାଲିଚି। ସେଦିନ ଶ୍ୱେତାକୁ ଚାହିଁ ଦେଖିଲି ସେ ଯେମିତି ଝାଉଁଳି ପଡ଼ିଲାଣି। - ଦେହରେ ଯେମିତି ଆଗର ସେ ସତେଜତା ନାହିଁ।

କିଛିଦିନ ପରେ ଜରାୟୁର ଏକ ଦୁରାରୋଗ୍ୟ ବ୍ୟାଧିର ଆରୋଗ୍ୟ ପାଇଁ ଶ୍ୱେତପଦ୍ମାକୁ ଅପରେସନ୍ ଟେବୁଲ ଉପରକୁ ଯିବାକୁ ପଡ଼ିଲା।

ଅନେକ ଦିନ ଧରି ସେ ମୋତେ ଲୁଚେଇଥିଲା। କିନ୍ତୁ ଡକ୍ଟର ମିସ୍ ମହାନ୍ତିଙ୍କଠାରୁ ମତେଇ ଶୋଧା ଖାଇବାକୁ ପଡ଼ିଲା।

"ଆପଣ ଏଡ଼େ ସ୍ୱାର୍ଥପର ଯେ ସ୍ତ୍ରୀର ଅକାତର ସେବା ଯତ୍ନ ନିର୍ବିକାରରେ ମାନିନେଇ ଏତେଦିନଯାଏ ଚୁପ୍ ହୋଇ ବସି ଯାଇଥିଲେ। ସ୍ୱାମୀମାନେ ଯେ କି ଅଦ୍ଭୁତ।"

ଶ୍ୱେତପଦ୍ମା ଉପରେ ମନେ ମନେ ରାଗିଲି। ଶ୍ୱେତପଦ୍ମା ବିଛଣାରେ ଶୋଇଚି। ସେ ଝଡ଼ିଯାଇଚି। ପ୍ରକୋଷ୍ଠର ନେଳି ଆଲୁଅ ତା' ମୁହଁରେ ପଡ଼ିଚି। ମୁଁ ଚାହିଁଚି ତା' ମୁହଁକୁ, କିନ୍ତୁ ଭାବୁଚି ଅନ୍ୟ କଥା।

ଶ୍ୱେତପଦ୍ମା ଅତି ଦୁର୍ବଳ ସ୍ୱରରେ କହିଲା, "ଏଇ ଚାରିଟା ଦିନରେ ତମ ଚେହେରା କଅଣ ହେଇଚି ଦେଖିଲ?'"

ମୁଁ ନୀରବ।

"କଅଣ କଥା କହିବନି?"

"କଅଣ କହ।"

ଅନ୍ୟଆଡ଼େ ମୁହଁ ଘୂରେଇ ନେଇ ଅଭିମାନଭରା କଣ୍ଠରେ ଶ୍ୱେତା କହିଲା, "ନାଃ, କିଛି ନାହିଁ।"

"ଗୋଟିଏ କମଳା ଲେମ୍ବୁ ଖାଇବ ?"

"ମତେ ସେଗୁଡ଼ା ଭଲ ଲାଗୁନି।"

"ଓଭାଲ୍‌ଟିନ୍ ?"

"ବାନ୍ତି ମାଡୁଚି ସେଗୁଡ଼ା ଖାଇଲେ।"

"ଅଣ୍ଡାପୋଚ୍ କରି ଦଉଚି ତେବେ।"

ମୋ ହାତଟା ଧରି ଶ୍ୱେତା କହିଲା, "ନାଃ ତମେ ଖାଲି ମୋ ପାଖରେ ବସ।"

"ତେବେ ପଖାଳ ଗଣ୍ଡେ ଖାଅ ହେଲେ -"

ଶ୍ୱେତା ହସି ପକେଇଲା, କହିଲା - "ଦେଖ ଫାଜିଲାମି ବାହାର କରନି।"

କହିଲି "ଆଚ୍ଛା କହିପାରିବ ଶ୍ୱେତା, ନିଜକୁ କାହିଁକି ଏମିତି ତିଳେ ତିଳେ ହତ୍ୟା କଲ ?"

ଶ୍ୱେତା ସ୍ଥିର ଦୃଷ୍ଟିରେ ସ୍ୱାମୀର ମୁହଁକୁ ଚାହିଁ ମୁରୁକିହସି କହିଲା, "ତମେ ମୋଟା ନ ହେଲାରୁ।"

ଉଷ୍ମ ଗଳାରେ କହିଲି, "ଆଚ୍ଛା କି ପାଗଳାମି ଇଏ ତମର ? ମୁଁ ତ ବାରମ୍ବାର କହିଲି ମୁଁ ପିଲାଦିନେ ଯାହା ଥିଲି ବର୍ତ୍ତମାନ ବି ସେଇୟା। ଯୋଉ ଶହେ କୋଡ଼ିଏ ପାଉଣ୍ଡ ଦଶ ବର୍ଷ ଆଗେ ଥିଲି, ପନ୍ଦର ବର୍ଷ ଆଗେ ଥିଲି, ଆଜି ଠିକ୍ ସେଇୟା। ଦିନେ ମୋର ଜ୍ୱର କିମ୍ବା ସର୍ଦ୍ଦି ହବାର କେବେ ଦେଖିଚ ତମେ ?"

ଶ୍ୱେତା ମୁଣ୍ଡ ହଲେଇ ନାହିଁ କଲା।

ଚିଡ଼ିଯାଇ କହିଲି, "ତେବେ କାହିଁକି ତମେ ଏ ବ୍ୟର୍ଥ ଚେଷ୍ଟା କରି ନିଜର ସର୍ବନାଶକୁ ଡାକିଆଣିଚ ?"

ଶ୍ୱେତପଦ୍ମା କହିଲା, "ତମେ ବି କ'ଣ ପାଗଳ ? ପଖାଳ ଖାଇଲି ବୋଲି ମୋର ଏ ରୋଗ ହେଲା ?"

"ହଁ ହଁ ସେଥିପାଇଁ ହେଲା। ଦେହରେ ଭାଇଟାଲିଟି ନ ଥିଲେ ସବୁପ୍ରକାର ରୋଗ ସମ୍ଭବ ହୁଏ। ଛାଡ଼ କିନ୍ତୁ ଗୋଟାଏ କଥା ଶ୍ୱେତା ! ଆଜିଯାଏଁ କହୁ ନ ଥିଲି , ଆଜି କହିବାକୁ ବାଧ୍ୟ ହଉଚି।"

ଶ୍ୱେତପଦ୍ମା ଉଦ୍‌ବିଗ୍ନ ନେତ୍ରରେ ମୋର ମୁହଁକୁ ଚାହିଁ ପଚାରିଲା, "କଅଣ ?"

"ମୋର ଦୁର୍ବଳ ସ୍ୱାସ୍ଥ୍ୟ ବୋଲି ତମେ ଅନ୍ୟ ପାଖରେ ଲଜ୍ଜିତବୋଧ କର। ତମ ଭଳି ସୁନ୍ଦରୀ ସ୍ତ୍ରୀ ପାଖରେ ମୁଁ ଠିଆ ହେଲେ ଯେ ବେଖାପ୍ ଦିଶେ ଏଇଟା।"

ଚିତ୍କାର କରି ଶ୍ୱେତପଦ୍ମା କହିଲା, "ରଖ ତମର ଥିଓରୀ-ମୁଁ ଶୁଣିବାକୁ ଚାହେଁନି।"

ବିସ୍ମିତ ହେଲି। ପଚାରିଲି, "କାହିଁକି ତେବେ ତମେ ମୋତେ" -

ଦୃପ୍ତ ଗଳାରେ ଶ୍ୱେତପଦ୍ମା କହିଲା, "ମୁଁ କହିବିନି।"

ଶ୍ୱେତାର କପାଳରେ ହାତ ରଖି ଅନୁନୟ କଲି, "କହିବନି ଶ୍ୱେତା ? କୁହ - ତମକୁ ମୋ ରାଣ।"

ଶ୍ୱେତାର ଦି' ଆଖି କଣରୁ ଦି' ଧାର ଲୁହ ସେତେବେଳକୁ ଗଡ଼ି ସାରିଥିଲା, କହିଲା, "ନା, ମୁଁ କିଛି କହିପାରିବିନି - ତମେ ମତେ କିଛି ପଚାର ନି।"

"ତମକୁ କହିବାକୁ ହବ।"

କିଛି ସମୟ ପରେ ହଠାତ୍ ମୋ କୋଳରେ ମୁହଁ ଗୁଞ୍ଜିଦେଇ କହିଲା, "କହିବି ?"

"ହଁ, କୁହ।"

"ମତେ କ୍ଷମା କରିବ ତ ?"

ମୋର ଛାତି ଟିକିଏ ଥରିଗଲା - ଦମ୍ଭ ରଖି ପଚାରିଲି ଅସ୍ଫୁଟ ସନ୍ଦେହମିଶା ସ୍ୱରରେ, 'କୁହ -'

"ରାଗିବ ନି ତ ?"

"ଓଃ ମତେ ଏପରି ସନ୍ଦେହ ଭିତରେ ରଖନି ଶ୍ୱେତା। କହିପକାଅ ଶୀଘ୍ର।"

"ମିତ୍ରା ମତେ ମୋ ବାହାଘର ପରେ ପରେ କହିଥିଲା -"

ଶ୍ୱେତା ଟିକିଏ ରହିଗଲା। ମୁଁ ଅସ୍ଥିର ହୋଇପଡ଼ିଲି।

"କହିଥିଲା ଶ୍ୱେତା ଲୋ - ତୋ ସ୍ୱାମୀ ଭାରି ରୋଗା, ଟିକିଏ ସାବଧାନ ଥିବୁ। ତା' ନ ହେଲେ" - ଶ୍ୱେତପଦ୍ମା ଆଉ କହିପାରିଲାନି।

ହସି ହସି କହିଲି, "ତା' ନ ହେଲେ ତୋ ସ୍ୱାମୀକୁ ଟି.ବି. ହୋଇଯାଇପାରେ - ଏଇୟା ନା ?"

"ଯା, ଏ କଥା ସିଏ କାହିଁକି କହିବ ମ।"

"ଆରେ ସେ ଯାହା ସୂଚନା ଦେଲା ତା'ର ଅର୍ଥ ଠିକ୍ ସେଇୟା।"

ଶ୍ୱେତପଦ୍ମା ଅତି ନିବିଡ଼ଭାବରେ ମୋ କୋଳରେ ତା' ମୁହଁଟାକୁ ଚାପି ରଖିଲା।

ମୋ ମନଟା ହଠାତ୍ ହାଲୁକା ହୋଇଗଲା। ଶ୍ୱେତାର ମୁହଁଟାକୁ ଉଠେଇ ଧରି ଚାହିଁଲି। ଲୁହରେ ଶ୍ୱେତାର ସୁନ୍ଦର ମୁହଁଟି ଓଦା ହୋଇଯାଇଛି - ଚୂର୍ଣ୍ଣକୁନ୍ତଳଗୁଡ଼ିକ ବିପର୍ଯ୍ୟସ୍ତ ଭାବରେ ସେଇ ଲୁହରେ ଓଦା ହୋଇ ଶ୍ୱେତପଦ୍ମାର କପାଳ ଓ ଗଣ୍ଡରେ ଲାଖି ରହିଚି।

■

ଜୀବନ-ନଦୀ

ତିରିଶଟି ବର୍ଷ ଅତିବାହିତ ହୋଇଯିବାପରେ ମଧ୍ୟ ରବି ନୀଡ଼ହୀନ। ଯାହାକୁ ନେଇ ନୀଡ଼ ରଚନାର କଳ୍ପନାରେ ସେ ଦଶଟି ବର୍ଷ କଟେଇ ଦେଇଥିଲା, ସେ କଳ୍ପନା ବି ଆଜି ତା'ର ନାହିଁ।

ଅତୀତର ଯେଉଁ କେତୋଟି ବର୍ଷର ପ୍ରତିଦିନ ଜଣକର ମଧୁ ସ୍ୱପ୍ନରେ କଟିଗଲା ସେହି ଦିନଗୁଡ଼ିକ ଆଉ ଫେରିଲା ନାହିଁ। ବେଦନାର ବୁକୁରେଖା ରବି ବୁକୁରେ ଅଲିଭା ରହିଗଲା ଚିରଦିନ।

ବେଳାଭୂମିରେ ବସି ବଙ୍ଗୋପସାଗରର ନୀଳ ବୁକୁ ଉପରେ ରବି ତା'ର ଅର୍ଥହୀନ ଉଦାସ ଦୃଷ୍ଟି ନିକ୍ଷେପ କରି କଅଣ ଯେପରି ଖୋଜେ ଆଖିପତା ତା'ର ସିକ୍ତ ହୋଇ ଆସେ। କହେ - ରମ୍ଭୁ, କଅଣ ସବୁ ହୋଇଗଲା ସତେ? କିଏ ଭାବିଥିଲା ଦୀର୍ଘ ଦଶ ବର୍ଷର ପ୍ରେମ ଓ ସାନ୍ନିଧ୍ୟ ପରେ ତୁଚ୍ଛ ଧର୍ମ ଆସି ବନ୍ୟାର ମନ ଓ ହୃଦୟକୁ ଏତେ ବେଶୀ ପ୍ରଭାବିତ କରିବ, ଯଦ୍ୱାରା କି ସେ ମୋର ଏଇ ମହାନ୍ ପ୍ରେମକୁ ତୁଚ୍ଛ କରିଦେଇ ମତେ ଫେର କହିବ, "ମୋର ଧର୍ମ ଯଦି ଗ୍ରହଣ ନ କରିପାରିବ ତେବେ ଆମ ଦୁହିଁଙ୍କର ବିବାହ ହୋଇପାରେନା।"

ନିଜ ଧର୍ମ ପ୍ରତି ତା'ର ଏଇ ଅନ୍ଧ ମୋହ ତାକୁ ମୋଠୁ ଯେ କେବେ ଦୂରକୁ ନେଇଯିବ, ଏ କଥା ମୁଁ ସ୍ୱପ୍ନରେ ବି ଭାବି ନ ଥିଲି। ଏଇ ଛ'ମାସ ତଳେ କଟକ ଯାଇଥିଲି। ମତେ ବନ୍ୟା କହିଲା, "ମତେ ତୁମେ ଯଦି ପ୍ରକୃତରେ ଭଲ ପାଉଥାଆନ୍ତ, ତେବେ ମୋ ଧର୍ମ ଗ୍ରହଣ କରିବାରେ ତୁମର କୌଣସି ଆପତ୍ତି ହୁଅନ୍ତା ନାହିଁ।" ବ୍ୟଥା ପାଇଲେ ମଧ୍ୟ ମନେ ମନେ ହସିଲି। ଉଚ୍ଚଶିକ୍ଷିତା ସେ। ତା'ଠୁ ଏଭଳି ଯୁକ୍ତି ଆଶା କରି ନ ଥିଲି। ଅନ୍ତର ମୋର ବିରକ୍ତିର ତା'ପରେ ତାତି ଉଠିଲା।

କୌଣସି ଭାବାନ୍ତର ପ୍ରକାଶ ନ କରି କହିଲି - "ତୁମ ପକ୍ଷରେ ମଧ୍ୟ ସେଇଆ

ପ୍ରଯୁଜ୍ୟ ବନ୍ୟା - ତୁମେ ତ ମତେ ମୋର ଧର୍ମ ଛାଡ଼ିବାକୁ କହୁଛ ଭଲ ପାଇବାର ଦ୍ୱାହି ଦେଇ; କିନ୍ତୁ ମୁଁ ତା' ବି କହୁନି। ମୁଁ କହୁଚି, କେହି କେହି କାହାର ଧର୍ମ ନ ଛାଡ଼, ଅଥଚ ବିବାହ ହେଉ। ମତେ ତୁମେ ଏତେ ଭଲପାଅ; କିନ୍ତୁ ଏତିକି କରିବାକୁ ପ୍ରସ୍ତୁତ ନୁହଁ? ତୁମେ ଯଦି ଏତିକି କରି ନ ପାର, ତେବେ କାହିଁକି ଆଶା କରୁଚ ଯେ, ମୁଁ ତୁମ ପାଇଁ ମୋର ଧର୍ମ ଛାଡ଼ିବି?"

ରବି କ୍ଷଣେ ଚୁପ୍ ରହିଲା। ତା'ର ଉଦାସ ଆଖି ନୀଳ ସମୁଦ୍ରର ବକ୍ଷ ଉପରେ ରହିଚି ସ୍ଥିର ଅଚଞ୍ଚଳ। ଫେର ଆରମ୍ଭ କଲା - ବନ୍ୟା ଏ କଥାର କିଛି ଉତ୍ତର ଦେଇପାରିଲାନି। ଦେଖିଲି ବନ୍ୟା କାନ୍ଦୁଚି, ମୋ ପ୍ରତି ପ୍ରେମ ତା'ର ସେଇପରି ଅକ୍ଷୁଣ୍ଣ ରହିଛି। ତଥାପି, ତଥାପି ସେ ଛାଡ଼ିବନି ତା'ର ସମାଜ, ତା'ର ଧର୍ମ ମୋ ପାଇଁ, ରମୁ। ବିସ୍ମୟର ସୀମା ରହିଲାନି ମୋର। ବନ୍ୟା ଭଳି ଉଚ୍ଚଶିକ୍ଷିତା ଝିଅ ମଧ୍ୟ ଅନ୍ଧ ସମାଜର ଧର୍ମର ନିର୍ଦ୍ଦେଶକୁ ଉପେକ୍ଷା କରିପାରେନା; ଅଥଚ ଏଇ ବନ୍ୟା ପାଇଁ ମୁଁ ଦୀର୍ଘ ଦଶ ବର୍ଷ ଧରି ସହି ଆସିଛି ନିର୍ଯାତନା, ଲାଞ୍ଛନା, ଅପମାନ। କିନ୍ତୁ ମୁଁ ହସି ଉଡ଼େଇ ଦେଇଚି, ସେସବୁକୁ ମନେ କରିନେଇଚି ପ୍ରେମର ପୂଜା ଦୂର୍ବା।

କିଏ କେତେ ସମାଲୋଚନା ନ କରିଚି! ବନ୍ଧୁଠୁଁ, ବାପା ବୋଉଙ୍କଠୁଁ ଆରମ୍ଭକରି। ଅନେକେ ଧରିନେଲେ ଯେ ମୁଁ ବନ୍ୟାକୁ ବିବାହ ନ କରିଥିଲେ ବି ବ୍ରାହ୍ମଧର୍ମ ଗ୍ରହଣ କରି ସାରିଲିଣି, କିନ୍ତୁ ଉନ୍ନତ ଶିର ମୋର ନଇଁଯାଇନି।

ବନ୍ୟାର ଗଭୀର ପ୍ରେମ ମୋତେ ଦେଇଚି ସାହସ। ନିର୍ଦ୍ଦେଶ ଦେଇଚି ମୋର କର୍ମ ପନ୍ଥାର।

ତା'ର ବୁକୁ ଉପରକୁ ମୋର କ୍ଳାନ୍ତ ମଥା ଆଉଜେଇ ନେଇ ମୋର ଅବସାଦ ମଳିନ ମୁହଁଟିକୁ ରୁମାଲରେ ପୋଛିଦେଇ ଶିଶୁକୁ ବୁଝେଇଲା ଭଳି ଅଶେଷ ଆଦର ଭରି ବନ୍ୟା କହେ - ଛି, ତୁମେ ପୁରୁଷ ହୋଇ ଭାଙ୍ଗିପଡ଼ୁଚ? ଦୁନିଆ ହସିବ, ସମାଲୋଚନା କରିବ। ତରୁଣର ପ୍ରେମ ସବୁ ସମୟରେ ଏଇ ଲାଞ୍ଛନା ଭିତରେ ଗତିକରେ। ସେଇଟା ତ ପ୍ରେମର କଷଟି ପଥର। ମୁଁ ନାରୀ ହୋଇ ତ ଏସବୁ ବେଶ୍ ସହ୍ୟ କରିପାରିଛି। ବୁଝିଲ ରମୁ, ଏଇ ସେଇ ବନ୍ୟା ଯେ ମତେ ଦିନେ ଏ କଥା କହିଥିଲା।

ଆରମ୍ଭ ମୌସୁମୀର ପ୍ରବଳ ଝଡ଼ତୋଫାନ ସହିଥିଲି କାହିଁକି? ମୋର ଆଶା ଥିଲା, ଏଇ ମୌସୁମୀ ଦିନେ ଧରାକୁ ଶ୍ୟାମଳ କରିଦେବ। ସବୁଜ ଫସଲରେ ଧରା ହସିଉଠିବ ପରିପୂର୍ଣ୍ଣ ତୃପ୍ତିରେ।

ଆଉ ଦୁଇଟି ଅଶ୍ରୁବିନ୍ଦୁ ରବିର ଆଖିରେ ଚକ୍ ଚକ୍ କଲା।

ଅନ୍ତରରେ ତା'ର ତୀବ୍ର ଦହନ। କି ସାନ୍ତ୍ୱନା ଯେ ମୁଁ ତାକୁ ଦେବି, ଠିକ୍ କରିପାରିଲି ନାହିଁ।

ବନ୍ୟା ବିଷୟରେ ସବୁ କଥା ମତେ ରବି ଅନ୍ତର ଖୋଲି କହେ। ମୁଁ ନିଜେ ବି ଦେଖିଛି ବନ୍ୟା ପାଇଁ ରବି କେତେ ନିର୍ଯାତନା ଆଜିକୁ ଦଶ ବର୍ଷ ହେଲା ସହି ଆସିଛି।

ତା'ର ପ୍ରେମଜୀବନର କେତୋଟି ବିଶିଷ୍ଟ ଘଟଣା ମୋର କଳ୍ପନାରେ ଭାସିଉଠିଲା ସେଇ ଅଳ୍ପ ସମୟ ଭିତରେ।

ବନ୍ୟା ବର୍ଷକ ପାଇଁ ଆଗ୍ରାରେ ଗୋଟାଏ କି ଟ୍ରେନିଂ ପାଇବାକୁ ଯାଇଥିଲା। ଫାଇନାଲ ପରୀକ୍ଷାର ଠିକ୍ ପୂର୍ବରୁ ରବି ଯାଇଥିଲା ଆଗ୍ରା। ପରୀକ୍ଷା ଶେଷ ଦିନର ସନ୍ଧ୍ୟା। ପୂର୍ଣ୍ଣିମାର ଜ୍ୟୋତ୍ସ୍ନାସ୍ନାତ ଶୁଭ୍ର ତାଜମହଲର ପାଦତଳେ ରବି ବନ୍ୟାର କୋଳରେ ମୁଣ୍ଡରଖି ପରମ ତୃପ୍ତିରେ କହିଥିଲା, "ବନ୍ୟା, ଶାହାଜାହାନ କଅଣ ମମତାଜଙ୍କୁ ଇଆଠୁ ବେଶୀ ଭଲ ପାଉଥିଲେ ?"

ବନ୍ୟା ପରିହାସ ସ୍ୱରରେ ଉତ୍ତର ଦେଇଥିଲା – ମୋ ପାଇଁ ଏପରି ତାଜମହଲ ତୋଳି ପାରିବ ?

ରବି ସ୍ୱପ୍ନବିଭୋର କଣ୍ଠରେ ଉତ୍ତର ଦେଇଥିଲା ସେଦିନ –

"ଶାହାଜାହାନ କେବଳ ପ୍ରେମିକ ନ ଥିଲେ – ବାଦଶା ମଧ୍ୟ।"

ଦଶ ବର୍ଷର ଘନସାନ୍ନିଧ୍ୟରେ ପ୍ରତ୍ୟେକଟି ମୁହୂର୍ତ୍ତ ସେମାନଙ୍କର ଏଇପରି ଭାବରେ ପ୍ରେମାପ୍ଲୁତ ହୋଇଉଠିଥିଲା। ହୃଦୟର ମିଳନରେ ସେମାନଙ୍କର ଯେଉଁ ଅନନ୍ତ ପରିପୂର୍ଣ୍ଣତା ଆସିଥିଲା, ସେଥିରେ ଦୈହିକ ମିଳନ ଚିନ୍ତାର କୌଣସି ଅବକାଶ ନ ଥିଲା।

ତଥାପି ଯଦି କେବେ କେବେ ବନ୍ୟାର ମନର ଅବଚେତନାର ଫାଙ୍କରୁ ମାତୃତ୍ୱ ଉଙ୍କିମାରେ, ରବି ତାହା ବୁଝିପାରି ବନ୍ୟାକୁ ନୀଡ଼ ରଚନାର ଅଭିଳାଷ ଜଣାଏ।

କିନ୍ତୁ ବନ୍ୟାହିଁ ନିଜେ ବାରଣ କରି କହେ – ତା'ର ସମୟ ଆସିନି। ତୁମେ ସବୁ ଦିଗରୁ ଆଗ ଟିକିଏ ନିଶ୍ଚିନ୍ତ ହୁଅ, ତା'ପରେ ଯାଇଁ ସବୁକଥା।

ରବିକୁ ବଡ଼ ହେବାର ସବୁପ୍ରକାରର ପ୍ରେରଣା ବନ୍ୟା ଯୋଗେଇଚି। ଆଦର୍ଶବାଦୀ ରବି ତା'ର ପ୍ରତ୍ୟେକ ଗପରେ ଆଦର୍ଶ ପ୍ରେମର ମହତ୍ତ୍ୱ ଫୁଟେଇବାକୁ ଚେଷ୍ଟା କରିଚି। କବିତାର ପ୍ରତି ଛନ୍ଦରେ ସେ ନାରୀର ମହନୀୟ ହୃଦୟର ଉଚ୍ଛ୍ୱସିତ ପ୍ରଶଂସା କରି ଆସିଛି। ନାରୀ ତା' ଆଖିରେ ଛୋଟ ନୁହେଁ...

ହଠାତ୍ ମୋର ଭାବନାର ସୂତ୍ର ଛିନ୍ନ କରି ରବି କହିଲା – "ବନ୍ୟା ଆଜି ମତେ କହୁଚି – ତୁମେ ନିଷ୍ଠୁର; କିନ୍ତୁ ପାଗଳୀ ବୁଝିପାରେନା ଯେ, ଯେଉଁ ମୁହୂର୍ତ୍ତରେ

ମୁଁ ତା' ଧର୍ମକୁ ଗ୍ରହଣ କରି ତାକୁ ବିବାହ କରିବି, ସେଇ ମୁହୂର୍ତ୍ତରେ ସେ ମତେ ଘୃଣା କରିବ - ମୋର ପ୍ରେମକୁ ଆକ୍ଷେପ କରିବ।

ତାକୁ ସ୍ତ୍ରୀରୂପେ ମୁଁ ନ ପାଇଲି ନାଇଁ; ମୋର ପୌରୁଷକୁ ମୁଁ କ୍ଷୁଣ୍ଣ କରିବି? ବନ୍ୟାର ପ୍ରେମ ସାରା ଜୀବନ ଆଦର୍ଶୀଭୂତ ହୋଇ ରହିଯାଉ, ଦୁଃଖ ନାହିଁ।

ମୁଁ କହିଲି - ତୁ କଅଣ ତେବେ ଅନ୍ୟ କୌଣସି ନାରୀକୁ ନେଇ ସଂସାର କରିବୁନି?

ରବିର ଚିନ୍ତାକ୍ଲିଷ୍ଟ ମୁଖରେ ବେଦନାର କ୍ଷତ ଚିହ୍ନ। କଅଣ ଉତ୍ତର ଦେବ କିଛି ଠିକ୍ କରିପାରିଲାନି।

ଅନୁତପ୍ତ ଚିତ୍ତରେ କହିଲି - ଆଘାତ ଦେଲି ବୋଧହୁଏ।

ରବି କ୍ଷୀଣ ହସି କହିଲା - ନା ନା - କିଛି ଭାବି ଠିକ୍ କରିନି। ଗତ ଦୁଇ ବର୍ଷ ହେଲା ମୁଁ ଅପରିସୀମ ଦ୍ୱିଧା ଓ ଦ୍ୱନ୍ଦ୍ୱ ଭିତରେ ପଡ଼ି ଘାଣ୍ଟି ହେଉଚି; କିନ୍ତୁ ବନ୍ୟା ମତେ ମୁକ୍ତି ଦେଇଚି। ଅଶ୍ରୁର ବନ୍ୟା ଛୁଟେଇ ସେ ମତେ ସନ୍ଧ୍ୟାର କ୍ଷୀଣାଲୋକରେ କହିଛି - ତୁମେ ଅନ୍ୟକୁ ବିବାହ କରି ସୁଖୀ ହୁଅ।

ରକ୍ତାକ୍ତ ହୃଦୟରେ ମୁଁ ସେ ଦିନ ବନ୍ୟାର ହାତ ଧରି ଅନୁନୟ କରିଥିଲି।

ବନ୍ୟା, ତୁମ ମୁହଁରେ ଏ କଥା ଶୋଭା ପାଉନି। ତୁମେ ଫେରିଆସ ମୋର ଜୀବନକୁ! ତୁମେଇ ତ ମତେ ଦିନେ କହିଥିଲ - "ତୁମେ ମୋର ସ୍ୱାମୀ, ମୋର ଧର୍ମ, ମୋର ଈଶ୍ୱର!"

"କିନ୍ତୁ ଆଜି ମୁଁ ତୁମର କେହି ନୁହେଁ? ତୁମର ଧର୍ମ, ତୁମର ସମାଜ ଆଜି ତୁମର ସବୁ?"

ମୁଣ୍ଡ ପୋତି ରହିଲା ବନ୍ୟା - ଆଷାଢ଼ର ଜଳଦ ଭଳି ମୁହଁ ତା'ର ଥର ଥର।

ପାଗଳ ଭଳି ଶେଷ ଥର ପାଇଁ କହିଲି - କହ ବନ୍ୟା - କହ, ମୁଁ କଅଣ ତୁମର କେହି ନୁହେଁ? ଅଧର ତା'ର କମ୍ପିଉଠିଲା ଯେଉଁ ଅନୁଚ୍ଚାରିତ ଭାଷା ତା'ର ଅଧରର ପଛପଟେ ଅଟକିଗଲା, ସେଥିରୁ ମୁଁ ବୁଝିଲି -

ମୁଁ ତା'ର ସର୍ବସ୍ୱ।

ରୂଢ଼ ଭାବରେ କହିଲି -

"କିନ୍ତୁ ତଥାପି ତୁମେ ମତେ ଗ୍ରହଣ କରିପାରିବ ନି। କାରଣ ମୁଁ ତୁମ ଧର୍ମର ନୁହେଁ - ତୁମର ଏତେ ଶିକ୍ଷା, ପରିମାର୍ଜିତ ରୁଚି, ଅତଳସ୍ପର୍ଶୀ ପ୍ରେମ ହାର ମାନିଲା ଏଇ ମନୁଷ୍ୟ ଗଢ଼ା ଧର୍ମ ଆଗରେ, ଯାହାର କୌଣସି ବସ୍ତୁଗତ ଭିତ୍ତି ନାହିଁ - ଆଶ୍ଚର୍ଯ୍ୟ! ଦଶ ବର୍ଷ ଆଗରୁ ତୁମେ କାହିଁକି ମତେ ସେ କଥା କହିଲନି ବନ୍ୟା?"

ଅପରାଧୀ ଭଳି ଠିଆ ହୋଇଥିଲା ସେ। ଭୀରୁ ଆଖି ମୋ ଉପରେ ରଖି କହିଲା, "ସେତେବେଳେ ଧର୍ମ ପ୍ରତି ମୋର କୌଣସି ଶ୍ରଦ୍ଧା ବା ଆସକ୍ତି ନ ଥିଲା।"

ପ୍ରାୟ ଚିତ୍‌କାର କରି କହିଲି, "ବର୍ତ୍ତମାନ କାଇଁକି ହେଲା ? ମାନସିକ ଦୁର୍ବଳତା ଆସିବାର ବୟସ ତ ତୁମର ହେଇନି ଯେ ଧର୍ମର ଆଶ୍ରୟ ନେବ? ଓ! ବୁଝିଲି, ପ୍ରେମର ପୂର୍ଣ୍ଣତା ଆସିଗଲା। ବର୍ତ୍ତମାନ ଆସିଚି କ୍ଳାନ୍ତି, ବିରକ୍ତି, ନାଇଁ ? ପ୍ରେମ ଗୋଟାଏ ଭାରି ଶସ୍ତା ଧରଣର ବସ୍ତୁବିଶେଷ ବୋଧହୁଏ ?"

ବନ୍ୟା ତଥାପି ନିରୁତ୍ତର ରହିଲା, ତା'ର କୋମଳ ହୃଦୟରେ ଆଘାତ ଭରିଦେବାରେ ମୋର କିପରି ଗୋଟାଏ ପୈଶାଚିକ ଆନନ୍ଦ ହୋଇଥିଲା ସେ ଦିନ।

କହିଲି - ବନ୍ୟା, ତୁମର ଧର୍ମ ଆଜି ମୋର ପ୍ରତିଦ୍ୱନ୍ଦ୍ୱିତା କରିବ। ବେଶ୍ କରୁ, ତୁମେ ସେଥିପାଇଁ ଆଜି ମତେ ମୁକ୍ତି ଦେବାକୁ ପ୍ରସ୍ତୁତ। ତାହାହିଁ ହେଉ। ମୋର ସମାଜ ମତେ ଏକରକମ ତ୍ୟାଗ କରିଥିଲା। ତୁମରିପାଇଁ ମୁଁ ମୋର ବାପ ମା'ଙ୍କ ଆଖିରେ ଅଶ୍ରୁର ଅବିରାମ ବନ୍ୟା ଛୁଟେଇ ବି ଦିନେ ବ୍ୟଥିତ ହୋଇ ନ ଥିଲି। ଆଜି ଚେଷ୍ଟା କରିବି ତାଙ୍କ ମୁହଁରେ ହସ ଫୁଟେଇବାକୁ। କିନ୍ତୁ ତୁମେ ମୋ ଜୀବନରୁ ଅପସରି ଯିବା ଆଗରୁ ମୁଁ ତୁମକୁ ଅଭିଶାପ ଦେଉଚି ବନ୍ୟା, ତୁମେ ସୁଖୀ ହୋଇପାରିବନି। ବନ୍ୟା ଚାହିଁଲା, ଆଖିରେ ତା'ର ମଲାମଣିଷ ଆଖିର ନିସ୍ତେଜତା।

ଏ କଥାର ଅନେକ ଦିନପରେ ରବି ମତେ ଯେଉଁ ଚିଠିଟି ପଢ଼ିବାକୁ ଦେଲା, ଦେଖିଲି, ସେଇଟି ଆସିଚି ଆରତିଠାରୁ। ରବିର ଭାବୀପତ୍ନୀ ଲେଖିଛି :

ପ୍ରିୟ ମୋର,

ତୁମର ଚିଠି ପାଇଚି। ତାକୁ ପଢ଼ିଚି ଅନେକ ଥର। ଖୁସି ଯେତିକି ହୋଇଚି, କାନ୍ଦିଚି ମଧ୍ୟ ସେତିକି। ତମେ ଏଡ଼େ ଦୁଷ୍ଟ। ତୁମେ କାଇଁକି ଲେଖିବ ଯେ ତୁମେ ବନ୍ୟାଅପାଙ୍କୁ ଭଲ ପାଉଥିଲ ବୋଲି, ମୁଁ ତୁମକୁ ଖୁସି ମନରେ ଗ୍ରହଣ କରିପାରିବିନି ବୋଲି ? ତୁମେ ଜାଣନି, ଅନେକଦିନ ଆଗରୁ ତୁମ ବିଷୟରେ ସବୁ କଥା ଶୁଣି ମଧ୍ୟ ମୁଁ ତୁମକୁ ଭଲ ପାଇଥିଲି। କିନ୍ତୁ ଜୀବନରେ ତୁମକୁ କେବେ ପାଇବି, ଏ ଆଶା ମୋର କେବେ ନ ଥିଲା। କିପରି ବା ହୁଅନ୍ତା ? ମୁଁ ତ ବିଶ୍ୱାସ କରିପାରୁନି ତୁମେ ବାହା ହେବାକୁ ରାଜି ହୋଇଚ ବୋଲି !

ତେଣୁ ବୁକୁ ତଳର ନିଭୃତ କୋଣରେ ତୁମ ପ୍ରତି ମୋର ଯେଉଁ ପ୍ରେମ-ପ୍ରଦୀପଟି ଅନ୍ତର ଉଦ୍ଭାସିତ କରି ଜଳି ଉଠିଥିଲା, ତା'ର ଠିକ୍ ତଳେ ଥିଲା ନିରାଶାର ପ୍ରଗାଢ଼ ଅନ୍ଧକାର।

ତଥାପି ମୁଁ ବୁଝିଥିଲି -

ପ୍ରେମ ଗୋଟିଏ ମଧୁର, ସୁନ୍ଦର ଓ ପବିତ୍ର ପ୍ରଦୀପ। ତାହା ଯେତିକି ଗୋପନରେ ଜଳେ, ତା'ର ଶିଖା ସେତିକି ପ୍ରଜ୍ୱଳିତ ହୁଏ।

ବରଂ ମୋର ଭାବନା, ବନ୍ୟାଅପାଙ୍କ ଭଳି ମୁଁ ତୁମକୁ ସୁଖ ଦେଇପାରିବି କି ନାହିଁ। ତୁମର ଯେ ଅଭାବ ରହିଗଲା, ତାକୁ ମୁଁ କଅଣ ପୂରଣ କରିପାରିବି ?

ଶୁଣ, ତୁମେ ବନ୍ୟାଅପାଙ୍କୁ କଦାପି ଅବହେଳା କରିପାରିବନି। ଯଦି କର, ତେବେ ମୁଁ ବ୍ୟଥିତ ହେବି। ଭଲ ପାଇବା ସୁନ୍ଦର ଓ ଶାଶ୍ୱତ। ତୁମେ ଜୀବନରେ ଭଲ ପାଇଥିବାରୁ ଅନ୍ୟର ଭଲପାଇବାର ମହତ୍ତ୍ୱ ବୁଝିପାରିବ।

ବନ୍ୟାଅପାଙ୍କୁ ବିବାହ ନ କଲେ ମଧ୍ୟ ତୁମେ ତାଙ୍କୁ ଯୁଗ ଯୁଗ ଧରି ପାଇଚ। ଆମ ସଂସାରକୁ ତାଙ୍କର ରହିବ ଅବାଧ ଗତି। ସେ ହେବେ ଆମ ସଂସାରର ମଙ୍ଗଳଦୀପ, କମନୀୟ ଗୋଧୂଳି ଓ ସ୍ନେହାଶିଷ, ବୁଝିଲ ?

ବର୍ତ୍ତମାନ ରାତି ବାରଟା। ଘରର ସମସ୍ତେ ନିର୍ଜନ ନିଶୀଥର କୋଳରେ ଉପଭୋଗ କରୁଛନ୍ତି ନିଃସ୍ୱପ୍ନ ସୁଷୁପ୍ତି।

ମୋ କୋଳ ଭିତରେ 'ସେଲି' (ମୋର କୁକୁରର ନାଁ ସେଲି। ତାକୁ ମୁଁ ଭାରି ଭଲପାଏ। ମୁଁ ଗଲାବେଳେ ତାକୁ ନେବି ସାଙ୍ଗରେ। ତାକୁ ତମେ ଭଲପାଇବ ତ ? ତମକୁ ମୋ ରାଣ, ତାକୁ ଭଲ ପାଇବ, ନଇଲେ ମୁଁ ରାଗିବି) ସେ ବି ଶୋଇଚି ନିଘୋଡ଼। ଶୋଇନି ମୁଁ ଏକା, ଆଉ ମୋର ବୁକୁର ଦୁରୁ ଦୁରୁ କମ୍ପନ ମୋର ସଫଳ ସ୍ୱପ୍ନରେ ଆତ୍ମହରା ହୋଇ। ତୁମକୁ ପାଇବି କେବେ ?

ତମର ଆରତି

ଅଧୀର ଆନନ୍ଦରେ ପାଟିରୁ ମୋର ବାହାରିପଡ଼ିଲା –

"ବାଃ, ଚମତ୍କାର ନାରୀ! ଏ ଉଦାରତା ନେଇ ପୃଥିବୀର ଅନ୍ୟ କୌଣସି ନାରୀ ତତେ ଗ୍ରହଣ କରିପାରିଥାନ୍ତା ବୋଲି ମୋର ମନେ ହୁଏନି।"

ରବିର ମୁହଁକୁ ଚାହିଁ ଅଟକିଗଲି। ଦେଖିଲି ଦ୍ୱିତୀୟ ଚିଠି ଖଣ୍ଡି ସେ ଦୁଇ ହାତରେ ଧରିଚି, ଆଉ ସେଇ ଚିଠିର ଲେଖା ଉପରେ ସଦ୍ୟ ପତିତ ଦୁଇଟି ଅଶ୍ରୁ ବିନ୍ଦୁ ଢଳ ଢଳ କରୁଚି।

ଆସ୍ତେ ରବି ହାତରୁ ଚିଠିଟା ଆଣି ପଢ଼ିଲି – ବନ୍ୟା ଲେଖିଚି –

ଖୁବ୍ ନିକଟରେ ତୁମର ବିବାହ ହେବ ଶୁଣିଲି; କିନ୍ତୁ ଦୟାକରି ବିବାହ ତାରିଖଟା ମତେ କଦାପି ଜଣାଇବନି। କଳ୍ପନା କରି ନ ଥିଲି ଯେ, ତୁମ ନିକଟକୁ ମତେ ଦିନେ ଶେଷ ଚିଠି ଲେଖିବାକୁ ହେବ ଏବଂ କହିବାକୁ ପଡ଼ିବ ଯେ ଭବିଷ୍ୟତ୍‌ରେ ତୁମ ମୋ ମଧ୍ୟରେ ଚିଠିର ଆଦାନ ପ୍ରଦାନ ଜଗତ ସମ୍ମୁଖରେ ବଡ଼ ଅସୁନ୍ଦର।

ମୁଁ ଚିଠି ଦେଲେ ଆରତି ତା'ର କୋମଳ ପ୍ରାଣରେ ଆଘାତ ପାଇବ। ମୁଁ ତ ଜାଣେ ମୁଁ କି ବ୍ୟଥା ଅନୁଭବ କରେଁ, ତୁମେ ଯେତେବେଳେ ଅନ୍ୟ କୌଣସି ନାରୀକୁ ଭୁଲରେ କେବେ ସପ୍ରଶଂସ ଆଖିରେ ଚାହିଁ ବା ହସି କଥା କହ।

ଏଥର ତୁମର ଜନ୍ମଦିନରେ ମୁଁ ତୁମ ପାଖକୁ ଚିଠି ଦେଇନି, କାଇଁକି ବା ଦିଅନ୍ତି। ସବୁଦିନ ଆଜିକାଲି ମୋ ପକ୍ଷରେ ସମାନ।

ଯେଉଁ ଦିନଠୁ ତୁମେ ଦୂରେଇଯାଇଚ, ସେଇ ଦିନଠୁଁ ମୋର କିପରି ମନେ ହୋଇଚି, ତୁମେ ଅତୀତରେ ଶୁଣିଥିବା ଗୋଟିଏ ସୁମଧୁର କରୁଣ ଛନ୍ଦାବଶେଷ।

ଧର୍ମ ଓ ତୁମ ଭିତରୁ ଧର୍ମକୁ ବାସ୍ତବ ଜୀବନର ସଙ୍ଗୀରୂପେ ବାଛି ନେଇ ଦେଖୁଚି ମୁଁ କିଛି ଭୁଲ କରିନି। ମୋର ଧର୍ମଠାରୁ ତୁମେ ମୋ ଆଖିରେ କେତେ ବଡ଼ ତା' ମୁଁ ଜାଣେ। ତେଣୁ ତୁମକୁ ପ୍ରଥମେ ବାସ୍ତବତା ଭିତରକୁ ଟାଣି ଆଣିବାକୁ ଯେଉଁ ପ୍ରୟାସ କରିଥିଲି, ସେଇଟା ମୋର ଭୁଲ। ତା'ର ସଂଘାତରେ ହୁଏତ ତୁମକୁ ଛୋଟ କରି ପକେଇଥାନ୍ତି। ଅନୁଶୋଚନାର ଅନ୍ତ ରହି ନ ଥାନ୍ତା ସେତେବେଳେ।

ତୁମେ ମୋର କଳ୍ପନାରେ ଚିରସୁନ୍ଦର, ଚିରବରେଣ୍ୟ ହୋଇ ରହିଗଲ। ଏଇ ମୋର ନାରୀ ଜୀବନର ଚରମ ଲିପ୍‌ସା ଓ ସାର୍ଥକତା।

ଦୀର୍ଘ ଦଶ ବର୍ଷର ସ୍ମୃତିସୌଧ ଆଜି ମାର୍ବଲ ତାଜ୍‌ଠାରୁ ଆହୁରି କମନୀୟ, ଶାଶ୍ୱତ।

ମନେ ଅଛି ? ଆଗ୍ରାରୁ ଗୋଟିଏ କଣ୍ଢେଇ ତାଜମହଲ କିଣିକରି ଆଣିଥିଲି ଆମର ବିବାହ ରାତ୍ରିରେ ତାକୁ ତୁମକୁ ଉପହାର ଦେବି ବୋଲି। ଦେଇପାରିଲି ନାହିଁ। ମୋର ଅପୂର୍ଣ୍ଣ ଆକାଙ୍‌କ୍ଷାର ପ୍ରତୀକରୂପେ ସେଇଟା ମୋରି ପାଖରେହିଁ ରହିଗଲା ସାରା ଜୀବନ।

ବୁକୁ ଫାଟି ଆଜି ଝରୁଚି ମୋର ଅଶ୍ରୁ, ସେଇ କଥା ମନେ ପଡ଼ିଲେ। ରକ୍ତ ମାଂସର ନାରୀ ତ ମୁଁ।

ଶେଷଥର ପାଇଁ ଆଜି ମୋର ଡାକିବାକୁ ଇଚ୍ଛା ହେଲା।

'ପ୍ରିୟ ମୋର' ଡାକିଲି। କିନ୍ତୁ କିଏ ଶୁଣିଲା ? ମନେ ହେଲା ଏଇଟା ଯେପରି ମୋର ପ୍ରେମଜୀବନର ଆଦ୍ୟ ଅନୁଭୂତି।

ପ୍ରିୟ ! ଜୀବନର ଶେଷ ନିଃଶ୍ୱାସ ମହାଶୂନ୍ୟରେ ବିଲୟ ଲଭିବାର ଠିକ୍ ଆଗରୁ ଯଦି ଖବର ଦିଏ, ତେବେ ତୁମେ ମୋର ଅନ୍ତିମ ଅନୁରୋଧ ରକ୍ଷା କରିଆସିବ ତ ଆରତିକୁ ସାଙ୍ଗରେ ନେଇ ?

ମୋର ଶେଷ ଅନୁରୋଧ ଆରତି ଭିତରେ ତୁମେ ମତେ ବଞ୍ଚେଇ ରଖ।

ବନ୍ୟା

ଲୁହ ମୋର ଗଣ୍ଡ ଉପରେ ଧାର ଧାର ହୋଇ ବହିଯାଇ ଯେ କେତେବେଳେ ସେଇ ବର୍ଷାଋତୁର ଅପରାହ୍‌ଣର ମୁହୂର୍ତ୍ତଗୁଡ଼ିକୁ କରୁଣ କରିପକେଇଥିଲା, ମୁଁ ଜାଣିପାରିନି।

ଉପରକୁ ଚାହିଁ ଦେଖିଲି, ହାସପାତାଳ ପଛପଟେ କୃଷ୍ଣମେଘର ପଟଳ।

■

ବର୍ଷା ବରଣ

ପାହାନ୍ତାପହରୁ ଝଡ଼ବର୍ଷା ସାରା ସହରଟିକୁ ଆଛନ୍ନ କରି ରଖିଛି। କୋଠାବାଡ଼ି, ଗଛ ସବୁ ଅନ୍ଧାରିଆ ଓ ଝାପ୍‌ସା ଦେଖାଯାଉଛି। ବର୍ଷାର ବିରାମ ନାହିଁ କି କ୍ଳାନ୍ତିବୋଧ ନାହିଁ। ମୁଷଳ ଧାରାରେ ପାଣି ଢାଳି ଚାଲିଛି। ସହରର ପିଚୁ ରାସ୍ତା ଓ ଗଳି କନ୍ଦିରେ ପାଣି ସୁଅ ଛୁଟି ଚାଲିଛି। ମାଟିତଳର ପାଣି ନାଳ ଏ ସହରଟିର ନାହିଁ। ରାସ୍ତାର ଦି' କଡ଼ରେ ସିମେଣ୍ଟଲଗା ଖୋଲା ନାଳଗୁଡ଼ାକରେ କୃଷ୍ଣା ତଟିନୀ ବୋହିଯାଉଚି ଶାଖା ପ୍ରଶାଖା ମେଲେଇ। ବତାସରେ ଗଛଗୁଡ଼ାକ ଭୂମିଷ୍ଠ ପ୍ରଣାମ ଜଣେଇବା ଭଙ୍ଗୀରେ ଲଇଁ ପଡୁଛନ୍ତି - ଗୋଟିଏ ଡେଙ୍ଗା ଦେବଦାରୁ ରାସ୍ତା ଆରପଟ ଏକତାଲା କୋଠାର ଛାତକୁ ଛୁଇଁ ଯାଇ ପୁଣି ଖାଡ଼ା ହେଇଯାଉଚି। ମନେ ହେଉଚି ଯେକୌଣସି ମୁହୂର୍ତ୍ତରେ ଭାଙ୍ଗି ଯାଇ ଭୂଶାୟୀ ହେବ।

ବୃଦ୍ଧ ବିକାଶବାବୁ ତାଙ୍କ ଦୋମହଲାର ଗୋଟାଏ ଦାଣ୍ଡପଟ ଝରକା ପାଖରେ ଛିଡ଼ା ହୋଇ ପ୍ରକୃତିର ଏଇ ତାଣ୍ଡବଲୀଳା ଉପଭୋଗ କରୁଥିଲେ। ବର୍ଷକୁ ଥରେ ଦି'ଥର ବର୍ଷାଋତୁର ଏ ଲୀଳା ନ ଦେଖିଲେ ବିକାଶବାବୁଙ୍କୁ ବର୍ଷା ଦିନଟା କେମିତି ପାଣିଚିଆ ଅଲଣା ଲାଗେ। ସେଦିନ ବି ସେମିତି ସେ ଉପଭୋଗ କରୁଥିଲେ ଝଡ଼ବର୍ଷାକୁ। ତାଙ୍କ ମୁହଁ ଓ ଦେହରେ ପାଣିଛିଟା ପଡୁଥିଲା। ପରମ ତୃପ୍ତିରେ ସେ ଆଖି ଦି'ଟା ମଝିରେ ମଝିରେ ବୁଜି ଦେଉଥିଲେ। ପିଲାଦିନେ ଏମିତି ଝଡ଼ବର୍ଷା ହେଲେ ବାପ ମା'ଙ୍କ ତାଗିଦାରେ ସେ ଘରୁ ଗୋଡ଼ କାଢ଼ି ପାରୁ ନ ଥିଲେ। ଝରକା ରେଲିଂକୁ ଧରି ବର୍ଷାର ଝର ଝର ଶବ୍ଦ, ପବନର ସାଇଁ ସାଇଁ ଗର୍ଜନ ସେ ଶୁଣୁଥିଲେ। କିନ୍ତୁ ଭାରି ଇଚ୍ଛା ହେଉଥିଲା ଗାଁର ସାଇପିଲାଙ୍କ ଭଳି ସେ ବି ଗାଁ ଦାଣ୍ଡରେ ବୋହି ଯାଉଥିବା ପାଣିକୁ ଚବର ଚବର କରନ୍ତେ। ମୁଣ୍ଡଟାକୁ ଟେକି ଆଁ କରି ବର୍ଷା ପାଣି ପିଅନ୍ତେ ଆଉ ଘରର ନନା, ବୋଉ, ଭାଇନା, ନାନୀମାନଙ୍କୁ ଜଣେଇ ଦିଅନ୍ତେ - ସେ ନିର୍ଭୀକ,

କେଡ଼େ ସାହସୀ - ବର୍ଷା, ବିଜୁଳି, ଘଡ଼ଘଡ଼ିକୁ ସେ ଜମାରୁ ଡରନ୍ତି ନାହିଁ, ଖାତିରି କରନ୍ତି ନାହିଁ। କିନ୍ତୁ ସେ ଅପୂର୍ଣ୍ଣ ଆଶା ସେମିତି ଅପୂରା ରହିଯାଏ ସ୍କୁଲରେ ପାଠ ପଢ଼ିଲା ଯାଏଁ। ସେ ସ୍କୁଲ ଜୀବନରେ ବର୍ଷାରେ ଫୁଟ୍‌ବଲ ଖେଳିଲାବେଳେ, ସ୍କୁଲକୁ ଗଲା ଅଇଲା ବେଳେ ବେଶ୍ ଭଲଭାବେ ଅନୁଭବ କରିପାରିଲେ ଝଡ଼ିବର୍ଷାରେ ଭିଜିବାର ଉନ୍ମାଦନା। ଏପରିକି ଏକାଦଶ ଶ୍ରେଣୀରେ ପଢୁଥିଲାବେଳେ ଝଡ଼, ବର୍ଷା, ବିଜୁଳି, ଘଡ଼ଘଡ଼ି ଉପରେ ଏକ ସୁନ୍ଦର କବିତା ଲେଖି ତାଙ୍କ ସ୍କୁଲ ମାଗାଜିନ୍‌ରେ ଛପେଇ ପାରିଲେ। ବାଲ୍ୟ, କୈଶୋର ଓ ଯୌବନର ବହୁ ମଧୁର ସ୍ମୃତି ବର୍ଷ ସହିତ ଜଡ଼ିତ ହୋଇ ରହି ଯାଇଚି। ଏ ଉତ୍ତର ଜୀବନରେ ବି ସେସବୁ ତାଙ୍କର ସ୍ମୃତିପଥରେ ଆସି ଠିଆ ହୋଇ ଯା'ନ୍ତି ବର୍ଷାଋତୁରେ।

ଆଜି ବି ପାଣିଛିଟିକା ମାଡ଼ର ପୁଲକ ଭିତରେ ସେ ପିଲାଦିନର ବର୍ଷା ସ୍ମୃତି ସମୁଦ୍ରରେ ପହଁରୁଥିଲେ। ହଠାତ୍ ଶୁଣିବାକୁ ପାଇଲେ -

ଇସ୍! ପାଣି ଛିଟିକାରେ ଛାତି, ମୁହଁ, ମୁଣ୍ଡ ଓଦା ସୁଡୁବୁଡୁ ହେଇଗଲାଣି। ଜାଣିପାରୁନ? - ତା'ପରେ ଗୋଟାଏ ଧମକ - ଝରକା ଦେଇଦିଅ, ଘର ଭିତରେ ପାଣି ଲହଡ଼ି ମାରିଲାଣି -

ସ୍ତ୍ରୀଙ୍କର ଧମକରେ ବିକାଶବାବୁ ଝରକା ବନ୍ଦ କରି କହିଲେ - ଆ ଆଃ, ସୁନୀତା, ମୋର କେଡ଼େ ସୁନ୍ଦର ସ୍ୱପ୍ନଟାକୁ ତମେ ଭାଙ୍ଗି ଦେଲ।

- ଜୀବନଟାଯାକ ତ କେତେ କିସମର ସ୍ୱପ୍ନ ଦେଖିଲ - କୋଉଟା ଆଉ ବାକି ରହିଲା? ତମର କୌଣସି ଗୋଟାଏ ସ୍ୱପ୍ନ ବି ସଫଳ ବା ସତ ହେଲାନି।

ବିକାଶବାବୁ କ୍ଷୋଭଭରା ଗଳାରେ କହିଲେ - "ଏ ସ୍ୱପ୍ନଟା କିନ୍ତୁ ସ୍ୱତନ୍ତ୍ର - ଭବିଷ୍ୟତ ଆଶା-ଆକାଂକ୍ଷାର ସ୍ୱପ୍ନ ନୁହେଁ -

ସୁନୀତାଦେବୀଙ୍କର ବିକାଶବାବୁଙ୍କ ସହିତ ଏଇ ବର୍ଷା ଦିନେ ବେଶୀ ଖିଟ୍‌ଖାଟ୍ ଲାଗେ। ଘମାଘୋଟିଆ ବର୍ଷା ଆସିଲାମାତ୍ରେ ସୁନୀତା ତାଙ୍କ ଦକ୍ଷିଣମୁହାଁ ଦାଣ୍ଡଘରର ଦକ୍ଷିଣ ଆଉ ପୂର୍ବ ପଟର ଝରକାଗୁଡ଼ାକ ବନ୍ଦ କରିଦେବେ। ବର୍ଷା ଯେତେବେଳେ ଖୁବ୍ ଜୋରରେ ପଡ଼ି ତା'ର ଝଙ୍କାର ତୋଳିବ ତା'ର କିଛି ସମୟ ପରେ ସେ ଆସି ଦେଖିବେ ସବୁ ଝରକାଗୁଡ଼ାକ ମେଲା। ଗୋଟିଏ ଚୌକିରେ ବିକାଶବାବୁ ବସି ବାହାରର ବର୍ଷା ଆଡ଼େ ମୁଗ୍ଧ ଦୃଷ୍ଟିରେ ଚାହିଁଛନ୍ତି - ଘର ଭିତରକୁ ପାଣିଛିଟା ମାରି ସୁନ୍ଦର ମୋଜାଇକ୍ ଚଟାଣଟା ଓଦା ସର ସର। ବିରକ୍ତ ହୋଇ ସୁନୀତା ପୁଣି ଝରକାଗୁଡ଼ାକ ବନ୍ଦ କରିବାକୁ ଗଲାବେଳେ ବିକାଶବାବୁ ଦୃଢ଼ ଗଳାରେ କହିବେ - ମେଲା ଥାଉ, ବର୍ଷା ଛାଡ଼ିଗଲେ ମୁଁ ଦାଣ୍ଡଘରଟା ପହଁରି ଦେବି।

ରାଗ ଗରଗର ହୋଇ ସୁନୀତା ପଚାରନ୍ତି - କଅଣ ଏଥିରୁ ତମକୁ ମିଳୁଚି ଶୁଣେ ?

ବିକାଶବାବୁଙ୍କର ମୁହଁରୁ ବାହାରେ ଗୋଟିଏ ଛୋଟିଆ ଉତ୍ତର।

- ମତେ ଭଲ ଲାଗେ।

କିନ୍ତୁ କ'ଣ ଭଲ ଲାଗେ, କାହିଁକି ଭଲ ଲାଗେ, କେମିତି ଭଲ ଲାଗେ ତା' ଜାଣିବାକୁ ସୁନୀତା କେବେହେଲେ ଆଗ୍ରହ ପ୍ରକାଶ କରି ନାହାନ୍ତି। ବିକାଶବାବୁ ବି ତାଙ୍କର ଏଇ ଭଲ ଲାଗିବାଟାର କୌଣସି ବ୍ୟାଖ୍ୟା ଦେଇ ନାହାନ୍ତି। ସେ ଜାଣନ୍ତି ନାରୀ ତା'ର ସଂସାର ବସେଇବା ପର୍ଯ୍ୟନ୍ତ ସ୍ୱପ୍ନ ଦେଖେ, ସଫଳ ବା ଅସଫଳ ସ୍ୱପ୍ନର ସ୍ମୃତି ମନ୍ଥନ କରେ, ରୋମାଞ୍ଚିତ ହୁଏ, ତା'ପରେ ସେ ଆଉ ସ୍ୱପ୍ନ ଦେଖିବାକୁ ଭଲ ପାଏନି - ଯାହା ପଛରେ ପଡ଼ି ରହିଲା ତାକୁ ନେଇ ସେ ସମୟର ପ୍ରତିସ୍ରୋତରେ ପହଁରିବାକୁ ଇଚ୍ଛା କରେନି।

ଚୁପ୍‌ଚାପ୍ କିଛି ବେଳ ଯାଏ ବିକାଶବାବୁ ଅନ୍ଧାରିଆ ଦାଣ୍ଡଘରଟାରେ ବସି କଅଣ ଯେମିତି ଭାବିବାରେ ଲାଗିଲେ। ଚାରିଆଡ଼େ ଶୂନ୍‌ଶାନ୍ - ନିବୁଜ ଘର ଭିତରୁ କିଛି ଜାଣିହେଉନି ଝଡ଼ ବର୍ଷା କେଉଁ ଭଙ୍ଗୀରେ ନାଚି ଯାଉଚି। ହଠାତ୍ ବାହାରେ ଗୋଟାଏ ମଡ଼ ମଡ଼ ଶବ୍ଦରେ ସେ ସାମନା ଝରକାଟା ଖୋଲିଦେଲେ। ଦେଖିଲେ ରାସ୍ତା ଆରପଟଟା ଏକମହଲା କୋଠା ଛାତ ଉପରେ ଡେଙ୍ଗା ଦେବଦାରୁ ଗଛଟା ଅଧାରୁ ଭାଙ୍ଗି ଶୋଇ ଯାଇଛି ଗୋଟିଏ ଶାନ୍ତ ସରଳ ଶିଶୁ ପରି। ବିକାଶବାବୁ ଲକ୍ଷ୍ୟ କଲେ ସୁନୀତା ଏ ଶବ୍ଦ ଶୁଣି କୌଣସି ବ୍ୟସ୍ତତା ଦେଖେଇଲେନି - ବୋଧହୁଏ ରୋଷେଇଘରେ ଜଳଖିଆ ତିଆରି କରିବାରେ ବ୍ୟସ୍ତ ଥିବେ। ଆଉ କିଛି ସମୟ ଅପେକ୍ଷା ପରେ ବିକାଶବାବୁ ଅସ୍ଥିର ହୋଇଉଠିଲେ। ଝଡ଼ର ବେଗ କ୍ରମେ ବଢ଼ି ବଢ଼ି ଯାଉଛି। ବିବାହପରେ ଆଜି ପ୍ରଥମ ଥର ପାଇଁ ସେ ସୁନୀତାଙ୍କ କଥା ଶୁଣିବେ ନାହିଁ।

ଝଡ଼ବର୍ଷା ତାଙ୍କୁ ହାତଠାରି ଡାକୁଚି - ଆସ; ତମ ଘରର ଚାରିକାନ୍ଥ ଭିତରର ସଂସାର ସଂସାର ନୁହେଁ, ତା' ଭିତରୁ ବାହାରିଆସ। ପୃଥିବୀଟାକୁ ଛାଡ଼ି ଯିବା ଆଗରୁ ତାକୁ ଭଲ କରି ଦେଖିନିଅ। ତମ ସଂସାରର ଝଡ଼ ବର୍ଷା ତମକୁ କ୍ଷତବିକ୍ଷତ କରିଛି, କିନ୍ତୁ ତମ ବାଲ୍ୟ ଓ ଯୌବନର ଝଡ଼ ବର୍ଷା ଭିତରକୁ ଆସି ଆଉଥରେ ତାକୁ ତମର ଅଭିଜ୍ଞତା, ଚିନ୍ତା ଓ ଜ୍ଞାନ ଖଟେଇ ପରଖ କରି ଦେଖ ତା' ଭିତରେ ସୃଷ୍ଟିର ମଧୁର ମୂର୍ଚ୍ଛନା କେଉଁ ତାରରେ ଝଙ୍କାରି ଉଠୁଚି... ଆସ।

ବିକାଶବାବୁ ପଞ୍ଜାବିଟା ଗଳେଇ ପକେଇ ଛତା ଧରି ଚୁପ୍ ଚୁପ୍ ବାହାରିପଡ଼ିଲେ। ଚାକର ହରିଆ ଖଣ୍ଡେ ଗାମୁଛା ଘୋଡ଼ି ହୋଇ ଭିତରପଟ ବାରଣ୍ଡାର

ଗୋଟାଏ କଣକୁ ଜାକିଜୁକି ହୋଇ ବସି ଝଡ଼ବର୍ଷା ଆଡ଼େ ଚାହିଁଥିଲା ସକାଳ କାମ ସାରି ଦେଇ। ତାକୁ ଦାଣ୍ଡ କବାଟଟା ଦେଇଦବାକୁ କହି ବିକାଶବାବୁ ଝଡ଼ ବର୍ଷାଭିତରେ ପଶିଗଲେ। ରାସ୍ତାକୁ ଓହ୍ଲେଇ ଛତାଟା ଟାଙ୍ଗିଛନ୍ତି କି ନାହିଁ ପବନରେ ଓଲଟିଗଲା। ଛତା ଖାଡ଼ିଗୁଡ଼ାକୁ ଯଥା ସ୍ଥାନକୁ ଆଣି ପବନ ଆଡ଼କୁ ଛତାଟା ଦେଖେଇ ଧୀରେ ଧୀରେ ପାଣିସୁଅ ଉପରେ ପାଦ ଚଳେଇଲେ। ପବନ ଜୋର୍‌ରେ ଛତା ଖାଡ଼ିଗୁଡ଼ିକ ଲଇଁ ଯାଉଥିଲେ। ତଥାପି କୌଣସିମତେ ଛତା ଭିତରେ ମୁଣ୍ଡଟା ଗୁଞ୍ଜି ସେ ଆଗେଇଲେ ରାସ୍ତା କଡ଼େ କଡ଼େ। ରାସ୍ତାରେ ଗୋଟିଏ ହେଲେ ବି ଯାନବାହନ ଯାଉ ନ ଥିଲା। ଛତା ଭିତରୁ ମଝିରେ ମଝିରେ ଚାରି ଆଡ଼କୁ ଚାହିଁ ପ୍ରକୃତିର ତାଣ୍ଡବ ନୃତ୍ୟ ଦେଖୁଥିଲେ - ତା' ଭିତରୁ ହଜି ଯାଇଥିବା ମଧୁର ଅନୁଭୂତି, ପୁଲକଗୁଡ଼ିକ ଆଉ ଥରେ ତାଙ୍କର ସତ୍ତା ଭିତରୁ ଚେତନାର ସ୍ତରକୁ ଟାଣି ଆଣିବାକୁ କୋସିସ୍ କରୁଥିଲେ ଆଉ ତା' ସାଙ୍ଗେ ସାଙ୍ଗେ ଭାବୁଥିଲେ - ସତେ କଅଣ ତାଙ୍କର ଏଇ ବର୍ଷା ବରଣରେ ତାଙ୍କ ହୃଦୟରେ ସୁଦୂର ଅତୀତର ସେଇ ଅପୂର୍ବ ଉନ୍ମାଦନା, ସେଇ ପୁଲକ, ସେଇ ଶିହରଣ ତାଙ୍କ ଶିରା ପ୍ରଶିରାରେ ଖେଳି ଯାଉଚି ? ସହର ଦାଣ୍ଡରେ ବୋହିଯାଉଥିବା ଦୁର୍ଗନ୍ଧ ନାଳପାଣିମିଶା ଗୋଳିଆପାଣି ଚବର ଚବର କରି ସ୍କୁଲରୁ ଘରକୁ ଫେରୁଥିଲାବେଳେ ନନା, ବୋଉ ଭଉଣୀମାନେ ଯେମିତି ମନ ଦୁନିଆରୁ ପୋଛି ହୋଇ ଯା'ନ୍ତି, ଆଜିର ବର୍ଷାସିକ୍ତ ଦେହରେ ଠିକ୍ ସେଇ ପୁଲକ ଖେଳିଯାଉଚି କଅଣ ? ଏଇ ମୁହୂର୍ତ୍ତରେ ସୁନୀତା ତାଙ୍କର ଏଇ ଅଦ୍ଭୁତ ଖେୟାଲ୍ ଦେଖି ରାଗରେ ତମତମ ଆଉ ଅନ୍ତର ଭିତରେ ଆତଙ୍କିତ ହୋଇ ଦାଣ୍ଡ ଦୁଆରକୁ ଘର ହେଉଥିବେ। ହରିଆ ଉପରେ ଭୀଷଣ ଗାଳି ବୃଷ୍ଟି ହେଉଥିବ। ନିଦରୁ ଉଠି ଆଖି ମଳି ମଳି ତାଙ୍କ ଗେହ୍ଲେଇ ନାତୁଣୀ ଶୁକ୍‌ଲା ସିଧା ଯାଇ ଜେଜେବାପାଙ୍କ କୋଳରେ ବସି ଦି'ଚାରିଟା ଚୁମା ନ ଖାଇଲେ ମୁହଁ ଧୋଇବାକୁ ଯିବନି - ଆଜି ଜେଜେବାପାଙ୍କୁ ନ ଦେଖି ସେ ଚିତ୍କାର ଛାଡୁଥିବ। ଏଇସବୁ ଦୁଷ୍ଚିନ୍ତା ତାଙ୍କ ଚେତନାର ସ୍ତରକୁ ଟାଣି ଆଣିଥିବା ବର୍ଷାନୁଭୂତି ସହିତ ଗୋଳେଇ ପୋଳେଇ ହୋଇଯାଉଚି - ତେବେ ଏ ବୟସରେ ଏ ଦୁଃସାହସିକତା କାହିଁକି ? ଫେରିଯିବେ ଘରକୁ ? ଛତାଟା ମୁଣ୍ଡ ଉପରେ ଧରି ସେ ଆଗେଇପାରୁ ନାହାନ୍ତି। ପବନଟା ତାଙ୍କୁ ଦୋହଲେଇ ଦଉଚି। ନାଃ ଫେରିବେନି ଏତେ ଶୀଘ୍ର - ଅତୀତର ଏଇ ଅଭିନୟ ଭିତରେ ବି ଗୋଟାଏ ସ୍ୱାଦ ଆଉ ଆନନ୍ଦ ଅଛି। ମଦ ପିଇ ସବୁ ଦୁଃଖଯନ୍ତ୍ରଣାକୁ ସାମୟିକ ଭୁଲିଯିବା ଭଳି ଏଇ ବର୍ଷାବରଣ ସେଇ ଭୁଲି ଯିବାର ପ୍ରୟାସ। ଝଡ଼ର ପ୍ରକୋପ ଭିତରେ କିନ୍ତୁ ବିକାଶବାବୁ ବେଶି ଦୂର ଆଗେଇ ପାରିଲେନି। ଝଡ଼ ବର୍ଷାରେ ବନ୍ଧୁମାନଙ୍କ ସହିତ ନବେ କି ଶହେ

କେ. ଜି. ଓଜନର ମୁର୍ଦ୍ଦାରକୁ କୋକେଇରେ ସତୀଚଉରା ଶ୍ମଶାନକୁ କାନ୍ଧ ନ ବଦଳେଇ କାନ୍ଧେଇ ନେବାର ଶକ୍ତି ଆଜି ଆଉ ବିକାଶବାବୁଙ୍କର ନାହିଁ। ତଥାପି ସେ ଆଗେଇଲେ ଝଡ଼-ବର୍ଷାକୁ ଠେଲି ଠେଲି। ଛତାଟା ଟିକିଏ ଟେକି ସେ ଦେଖିଲେ ରାସ୍ତା ଦି' କଡ଼ର ଦୁଆର ଝରକାଗୁଡ଼ାକ ସବୁ ଘରର ବନ୍ଦ। ପ୍ରାୟ ପ୍ରତ୍ୟେକ ଘରର ବାରଣ୍ଡାରେ ଜଣେ ଦି'ଜଣ ଲୋକ ସାଙ୍ଗକୁ ଗୋରୁ, ଗାଈ, ବାଛୁରୀ ମଧ୍ୟ ଆଶ୍ରୟ ନେଇଛନ୍ତି। ଅଦୂରରେ ତାଙ୍କର ଅତି ପରିଚିତ ପାନଦୋକାନ - ଶ୍ୟାମର। ଏଇ ପାନଦୋକାନ କରିବାରେ ବିକାଶବାବୁ ତାକୁ ପୂରା ସାହାଯ୍ୟ କରିଥିଲେ। ଭାବିଲେ ଶ୍ୟାମ ଦୋକାନର ବାଉଁଶ ଠେସଦିଆ ଟିଣ ଛାତ ତଳେ ଝଡ଼-ବର୍ଷା କମିଗଲା ଯାଏଁ ଆଶ୍ରୟ ନେବେ - କିନ୍ତୁ ଶ୍ୟାମ ତାଙ୍କୁ ଦେଖିଲେ ଭୀଷଣ ଗାଳି ଦବ ସେ ଏଇ ପାଗରେ ଘରୁ ଗୋଡ଼ କାଢ଼ିଛନ୍ତି ବୋଲି। ସେଠି ବି ଚାରି ପାଞ୍ଚ ଲୋକ ଆଶ୍ରୟ ନେଇଛନ୍ତି। ଆଉ ଜାଗା ନାହିଁ ଠିଆ ହବାକୁ। ନାଃ, ଆଉ ଅଳ୍ପବାଟ କୌଣସିମତେ ଯାଇପାରିଲେ, ହାସପାତାଳ ହତା ଭିତରେ ପଶିଯାଇ ଅପେକ୍ଷା କରିବେ - ସେ ଘରକୁ ଫେରିଯାଇପାରିଥାନ୍ତେ କାରଣ ପବନଟା ତାଙ୍କୁ ଠେଲି ଠେଲି ଘରେ ପହଞ୍ଚେଇ ଦେଇପାରିଥା'ନ୍ତା। ତା' କିନ୍ତୁ ସମ୍ଭବ ନୁହେଁ - ଘରୁ ବାହାରିଛନ୍ତି ମାତ୍ର ପନ୍ଦର ମିନିଟ୍ ହେଲା। ଏତେ ଶୀଘ୍ର ଘରକୁ ଫେରିଗଲେ ଘରେ କହିବେ, ଯାଙ୍କ ମୁଣ୍ଡ ବିଗିଡ଼ି ଯାଇଚି - ଘର ପାଖରେ କୋଉଠି ଠିଆ ହୋଇ ବର୍ଷାରେ ଭିଜି ଘରକୁ ଫେରିଛନ୍ତି। ତେଣୁ ସେ ଛତାଟା ଶ୍ୟାମ ଦୋକାନଆଡ଼କୁ ସାମାନ୍ୟ ନୁଆଁଇ ଦେଇ ଆଗେଇଲେ ଝଡ଼ ସହିତ ଯୁଦ୍ଧ କରି। ଆଠ-ଦଶ ପାହୁଣ୍ଡ ଯାଇଛନ୍ତି କି ନାହିଁ ଗୋଟାଏ ବଳିଷ୍ଠ ହାତର ଚାପ ତାଙ୍କ ଡାହାଣ ବାହୁ ଉପରେ ଉପରେ ପଡ଼ିଲା। ସେ ଚମକିପଡ଼ି ଠିଆ ହୋଇଗଲେ। ଦେଖିଲେ ଶ୍ୟାମ ତାଙ୍କ ବାହୁଟାକୁ ଚାପି ଧରିଚି। କହିଲା - ମଉସା, ଏମିତି ପାଗରେ ତମକୁ ଘରୁ ବାହାରିବାକୁ କିଏ କହିଲା ? କୁଆଡ଼େ ଯାଉଚ ?

ହଡ଼ବଡ଼େଇ ଯାଇ ବିକାଶବାବୁ କହିପକେଇଲେ - ଆରେ କିଛି ନାହିଁ, ମୁଁ ଦେଖୁଥିଲି ଏଇ ଝଡ଼ବର୍ଷାରେ ହାସପାତାଳ ଯାକେ ଯାଇପାରୁଚି କି ନାହିଁ। ଶ୍ୟାମ କହିଲା - ଦେଖୁଥିଲ ନା ? ଚାଲ ମୋ ଦୋକାନକୁ... ଝଡ଼-ବର୍ଷା ପୂରା ଛାଡ଼ିଲେ ଯାଇ ଘରକୁ ଫେରିବ।

ଟିଣ ଛାତ ତଳେ ଠିଆହୋଇଥିବା ଲୋକମାନେ ଜାକି ହୋଇଯାଇ ବିକାଶବାବୁଙ୍କ ପାଇଁ ଜାଗା କରିଦେଲେ। ବିକାଶବାବୁ ମନେ ମନେ ଯାହା ଚାହିଁଥିଲେ, ସେୟା ହେଲା। ସେ ଦୋକାନରେ ଆଶ୍ରୟ ନେଇଥିବା ଲୋକମାନଙ୍କୁ ଚାହିଁଲେ। ଦେଖିଲେ ଗୋଟିଏ ଅଠର ଊଣେଇଶ ବର୍ଷର ଯୁବକ ଓଦା ସୁଡୁବୁଡୁ ହୋଇ

ଠିଆହୋଇଚି ଟିଣ ଛାତ ଧାରକୁ। ଦୋକାନର ଅଦୂରରେ ଗୋଟାଏ ରିକ୍‌ସା। ଯୁବକଟି ବୋଧହୁଏ ରିକ୍‌ସା ଟାଣେ। ଠିକ୍ ଏଇ ସମୟରେ ଝଡ଼ବର୍ଷାର ଛାତି ଉପରେ ଗୋଟାଏ ନାଟକୀୟ ଘଟଣାର ସୂତ୍ରପାତ ହେଲା।

ହଠାତ୍ ଶୂନ୍ୟରୁ ଯେମିତି ଖସି ଗୋଟାଏ ଲୋକ ରାସ୍ତା ଆର କଡ଼ରେ ଦେଖାଦେଲା। କଙ୍କାଳସାର, ଆଖି କୋରଡ଼ ଭିତରେ, ପିନ୍ଧିଚି ଖଣ୍ଡେ ଆଣ୍ଠୁଲୁଚା ଲୁଗା ଆଉ ଖଣ୍ଡେ ଜାମା। ବର୍ଷାରେ ଭିଜି ଯାଇଚି - ଅତି ଧୀରେ ଦି'ପାଦ ଚାଲିଛି କି ନାହିଁ ଛିଡ଼ା ହୋଇ ଯାଇ ଭୀଷଣ କାଶିବାରେ ଲାଗିଲା - କାଶିଲା ବେଳେ ସେ ବିଲ୍‌କୁଲ୍ ଲଇଁ ଯାଉଥିଲା ଆଉ ଦୋହଲି ଯାଉଥିଲା। ପାନଦୋକାନରେ ଆଶ୍ରୟ ନେଇଥିବା ସମସ୍ତେ ଭାବିଲେ, ବୋଧହୁଏ ମାତାଲଟାଏ। କିନ୍ତୁ ସେ ଯେତେବେଳେ ଲଇଁ ପଡ଼ି ଆଞ୍ଜୁଳାଏ ତାଜାରକ୍ତ ବାନ୍ତି କରିଦେଲା ଆଉ ଦି' ହାତରେ ଭରା ଦେଇ ରାସ୍ତା ଉପରେ ବସି ପଡ଼ିଲା ବିକାଶବାବୁ ଅତି ବ୍ୟସ୍ତଭାବ ଦେଖାଇ କହିପକେଇଲେ -

ଆରେ ଆରେ ବିଚରା ଲୋକଟା ଗୁଡ଼ାଏ ରକ୍ତବାନ୍ତି କରି ପକେଇଲା ନା କଅଣ, ଇସ୍!

ବିକାଶବାବୁ ସମ୍ଭାଳି ନ ପାରି ଲୋକଟା ପାଖକୁ ବିନା ଛତାରେ କ୍ଷିପ୍ରଗତିରେ ଚାଲିଗଲେ। ତାଙ୍କ ପଛେ ପଛେ ରିକ୍‌ସାବାଲା, ଅନ୍ୟ ଚାରି ଜଣ ଲୋକ ଓ ଶ୍ୟାମ ଲୋକଟା ପାଖକୁ ଗଲେ। ବିକାଶବାବୁ ଲୋକଟି ପାଖରେ ବସିପଡ଼ି ଓ ତା' କାନ୍ଧରେ ହାତ ରଖି ଦରଦୀ ଗଳାରେ ପଚାରିଲେ - କଅଣ ହେଲା ତମର ବାପା ?

ଲୋକଟି ହାତ ହଲେଇ ଜମି ଯାଇଥିବା ଲୋକମାନଙ୍କୁ ତା'ଠୁଁ ଦୂରେଇ ଯିବାକୁ ଇଙ୍ଗିତ ଦେଇ ଫିସ ଫିସ ଗଳାରେ କହିଲା... ବାବୁ ମୁଁ ଆଉ ବଞ୍ଚିବିନି। ବିକାଶବାବୁ ଆଶ୍ୱାସନା ଦେବା ଗଳାରେ କହିଲେ - କିଛି ହବନି ତୋର। ତୁ ଠିକ୍ ବଞ୍ଚିବୁ। ଅତି ଉଦ୍‌ବିଗ୍ନ ଗଳାରେ ରିକ୍‌ସାବାଲା କହିଲା -

ବୁଢ଼ାବାବୁ - ହାସପାତାଳ ତ ହେଇ ପାଖରେ, ତାକୁ ରିକ୍‌ସାରେ ନେଇଯିବା। ମୁଁ ମୋ ରିକ୍‌ସାଟା ନେଇଆସେ।

ରିକ୍‌ସାବାଲା ଓ ଆଉ ଦି'ଜଣ ଲୋକଟିକୁ ଟେକିଟାକି ନେଇ ରିକ୍‌ସାରେ ବସେଇଲେ। ବିକାଶବାବୁ ନିଜେ ରିକ୍‌ସାକୁ ଉଠିଯାଇ ଲୋକଟାକୁ ଧରି ବସିଲେ। ରିକ୍‌ସା ଚାଲିଲା ଓ ତା' ପଛେ ପଛେ ଲୋକ ଚାରି ଜଣ। ଶ୍ୟାମ ଫେରିଗଲା ତା' ଦୋକାନକୁ। ରିକ୍‌ସାବାଲା ଆଉଟ୍‌ଡୋରର ପୋର୍ଟିକୋ ତଳେ ନେଇ ରିକ୍‌ସାକୁ ଠିଆ କରିଦେଲା। ରିକ୍‌ସା ପଛେ ପଛେ ଆସୁଥିବା ଲୋକ ଚାରି ଜଣ ଲୋକଟାକୁ ଧୀରେ ଧୀରେ ନେଇ ଆଉଟ୍‌ଡୋର ବାରଣ୍ଡାରେ ଶୁଆଇଦେଲେ।

ବିକାଶବାବୁ ବ୍ୟସ୍ତ ହୋଇ ଧାଇଁଲେ ଆଉଟ୍‌ଡୋର ଭିତରକୁ। ମୁହଁରେ ଘୋର ଉଦ୍‌ବେଗ ଓ ଦୁଷ୍ଚିନ୍ତାର ଚିହ୍ନ। କାଲୁଆ ପବନରେ ଆଉଟ୍‌ଡୋରଟାକୁ ସତେ ଯେମିତି କୋହ୍ଲ ମାରିଯାଇଚି। ବାରଣ୍ଡାଗୁଡ଼ାକର ଚଟାଣରେ ବର୍ଷାରେ ତିନ୍ତିତିନ୍ତି ମଫସଲରୁ ଆସିଥିବା ରୋଗୀ କେତେଜଣ ବସିଛନ୍ତି, ଡାକ୍ତରମାନଙ୍କ ଅପେକ୍ଷାରେ। ବିଭିନ୍ନ ବେମାରିର ଚିକିତ୍ସା ଦାୟିତ୍ୱରେ ଥିବା ଡାକ୍ତରମାନଙ୍କ ନିଜ ନିଜ କୋଠରିରେ ଡାକ୍ତର ବା ନର୍ସ ବସି ନ ଥିବା ଦେଖିଲେ ବିକାଶବାବୁ। ଖୋଜି ଖୋଜି ଯକ୍ଷ୍ମା ବିଭାଗକୁ ଗଲେ। କୋଠରିରେ ପର୍ଦ୍ଦା ଫାଙ୍କରୁ ଦେଖିଲେ ପାଞ୍ଚ ଛଅ ଜଣ ଡାକ୍ତର ଡାକ୍ତରାଣୀ ଚା' ପିଉ ପିଉ ଖୁସ୍ ଗପ କରୁଛନ୍ତି। ବିକାଶବାବୁଙ୍କୁ ରାଗ ଲାଗିଲା। ନ'ଟା ପାଖାପାଖି ହବଣି। ହେଲେ ଆଉଟ୍‌ଡୋରରେ ଏ ଯାଏଁ କାମ ଆରମ୍ଭ ହେଇନି? ଆଶ୍ଚର୍ଯ୍ୟ! ବିକାଶବାବୁ ପର୍ଦ୍ଦା ଆଡ଼େଇ କୋଠରି ଭିତରକୁ ଚାହିଁଲେ। ଜଣେ ଡାକ୍ତର ତାଙ୍କୁ ଚାହିଁ ରୂଢ଼ ଗଳାରେ ପଚାରିଲେ - କଅଣ ଦରକାର?

- ବିକାଶବାବୁ ପାଟିରୁ ଶବ୍ଦ ଇଂରେଜୀରେ ବାହାରି ଆସିଲା - ହସ୍‌ପିଟାଲକୁ କୋଉ ଦରକାରରେ ରୋଗୀ ଆସେ ଏ ଝଡ଼ିବର୍ଷାରେ ବି?

ଡାକ୍ତରବାବୁ ବିକାଶବାବୁଙ୍କ ମୁହଁକୁ ଚାହିଁ କଅଣ ଯେପରି ଭାବିଲେ। ଗଳାର ରୂଢ଼ତା ପରିଷ୍କାର କରି କହିଲେ - ଅପେକ୍ଷା କରନ୍ତୁ ତେବେ - ନର୍ସ, ବେହେରା, କମ୍ପାଉଣ୍ଡରଙ୍କ ଭିତରୁ ଅଧିକାଂଶ ଆସିପାରି ନାହାନ୍ତି ଏଇ ପାଗଯୋଗୁଁ।

ବିକାଶବାବୁ ଓଡ଼ିଆ ଭାଷାକୁ ଫେରିଆସି କହିଲେ - ଆଜ୍ଞା ରୋଗୀର ଅବସ୍ଥା ଅତି ଖରାପ। କଅଣ ହେଇଚି ଜାଣିନି - କାଶି କାଶି ଆଞ୍ଜୁଳାଏ ରକ୍ତବାନ୍ତି କରି ପକେଇଚି। ଆପଣ ଟିକିଏ ଦୟାକରି ଆସନ୍ତୁ - ମରମର ଅବସ୍ଥା - ବୋଧହୁଏ ଯକ୍ଷ୍ମାର ଶେଷ ଅବସ୍ଥା।

ଡାକ୍ତରବାବୁ ବିଦ୍ରୂପ କରି କହିଲେ - ଏମିତି ଅବସ୍ଥାରେ ରୋଗୀକୁ ଡାକ୍ତରଖାନା ଆଣିଲେ ଆମେ କଅଣ କରିପାରିବୁ? ଆପଣ ଶିକ୍ଷିତ ହେଇ ଯଦି...

ବିକାଶବାବୁ ସାମାନ୍ୟ ଉତ୍ତେଜିତ ହୋଇ କହିଲେ - ଆପଣ ଯାହା କହୁଛନ୍ତି ଠିକ୍ - କିନ୍ତୁ ରୋଗୀଟା ମୋର କେହି ନୁହେଁ କି କାହାରି କେହି ନୁହେଁ। ରାସ୍ତା ଉପରେ ତିନ୍ତି ତିନ୍ତି ଯାଉ ଯାଉ ରକ୍ତବାନ୍ତି କଲା... ଆମେ ଦେଖିଲୁ, ଏଠିକି ନେଇଆସିଲୁ।

ଡାକ୍ତରବାବୁ ପୁଣି ବ୍ୟଙ୍ଗୋକ୍ତି କଲେ - ବାଃ, ଏ ଝଡ଼ବର୍ଷାରେ ଏ ବୟସରେ ଆପଣ ରାସ୍ତାରୁ ରୋଗୀ ଗୋଟେଇ ଆଣି ହାସ୍‌ପାତାଳରେ ଭର୍ତ୍ତି କରୁଛନ୍ତି। ବିକାଶବାବୁ କହିଲେ - ଆଜ୍ଞା, ମୁଁ କଅଣ କରୁଚି ନ କରୁଚି ସେଇଟା ବଡ଼କଥା ନୁହେଁ, ଯୋଉଟା ବଡ଼କଥା, ସେଇଟା ହେଲା ମରମର ଅବସ୍ଥାର ରୋଗୀଟା। ସେଇକଥାଟା ଆଗ ଟିକିଏ

ବୁଝନ୍ତୁ। ଦୟାକରି ଟିକିଏ ଆସିବେ କି ନାହିଁ କୁହନ୍ତୁ। ବିକାଶବାବୁଙ୍କ କଣ୍ଠର ଦୃଢ଼ତା ଦେଖି ଡାକ୍ତରବାବୁ ଚୌକିରୁ ଉଠିଲେ।

ରୋଗୀ ପାଖରେ ରିକ୍‌ସାବାଲା ଓ ରୋଗୀ ସହିତ ଆସିଥିବା ଚାରି ଜଣଙ୍କ ବ୍ୟତୀତ ଆଉ ଛ' ସାତ ଜଣ ଲୋକ ଜମିଯାଇ ରୋଗୀ ଆଡ଼େ ଚାହିଁଛନ୍ତି। ସେମାନଙ୍କ ମଧ୍ୟରୁ ଡାକ୍ତରଖାନାର କେତେଜଣ ଖାକି ପୋଷାକ ପିନ୍ଧା ଅତି ତଳିଆ କର୍ମଚାରୀ ମଧ୍ୟ ଅଛନ୍ତି।

ଡାକ୍ତରବାବୁଙ୍କୁ ଦେଖି ସେମାନେ ଟିକିଏ ଆଡ଼େଇଗଲେ। ଡାକ୍ତରବାବୁ ରୋଗୀକୁ ନିରୀକ୍ଷଣ କରିସାରି ବିକାଶବାବୁଙ୍କୁ ପଚାରିଲେ, ୟା ନାଁ କଅଣ? ଘର କେଉଁଠି? ୟାର ନିଜ ଲୋକ କିଏ ଆସିଚି ସାଙ୍ଗରେ?

ବିକାଶବାବୁଙ୍କ ଉତ୍ତରକୁ ଅପେକ୍ଷା ନ କରି ରିକ୍‌ସାବାଲା ଟୋକାଟି ଫଟ୍ ଫଟ୍ ଉତ୍ତର ଦେଲା, ତା' ନାଁ, ଗାଁ ଫାଁ ଆମେ କିଛି ଜାଣିନୁ ଆଜ୍ଞା –।

ଡାକ୍ତରବାବୁ ରିକ୍‌ସାବାଲା ଆଡ଼େ ଗୋଟିଏ କ୍ରୁଦ୍ଧ ଚାହାଣି ନିକ୍ଷେପ କରି ପଚାରିଲେ, ତୁ କିଏରେ?

ମୁଁ ମୋ ରିକ୍‌ସାରେ ତାକୁ ବସେଇ କରି ଆଣିଚି। ହାସ୍‌ପାତାଲରେ ତାକୁ ଭର୍ତ୍ତି କରି ଦିଅନ୍ତୁ। ରିକ୍‌ସାବାଲା କଥାରେ ନିର୍ଭୀକତା ଆଉ ଦାବି।

ଡାକ୍ତରବାବୁ ରାଗିଯାଇ ତାକୁ କହିଲେ, ତୋରି କଥାରେ? ନାଁ ଗାଁ କିଛି ଜଣା ନାହିଁ, ଯା ପୁଲିସ୍‌ରେ ଖବର ଦେ, ପୁଲିସ୍ ଆସିଲା ପରେ ଆମେ ଯାହା କରିବାର କରିବୁ।

ସେତିକିବେଳେ ଦର୍ଶକମାନଙ୍କ ମଧ୍ୟରୁ ଜଣେ କହିଲା – ପାଗ ବାନ୍ଧୁ ବାନ୍ଧୁ କଚିରି ବରଖାସ୍ତ। ରୋଗୀ ସେତେବେଳେ ଯାଏଁ ବଞ୍ଚିଲେ ହେଲା –

ଡାକ୍ତରବାବୁ ରାଗ ତମ ତମ ଆଖିରେ ବକ୍ତାକୁ ଦର୍ଶକମାନଙ୍କ ଭିତରୁ ଆବିଷ୍କାର କରିବାକୁ ଚେଷ୍ଟା କରି ବିଫଳ ହେଲେ। କହିଲେ, ପୁଲିସ ନ ଆସିଲା ଯାଏଁ ଆମେ ତାକୁ ଡାକ୍ତରଖାନାରେ ଭର୍ତ୍ତି କରିପାରିବୁନି।

ବିକାଶବାବୁ ବଡ଼ ବ୍ୟତିବ୍ୟସ୍ତ ହୋଇପଡ଼ିଲେ। କହିଲେ – ଦେଖନ୍ତୁ ଡକ୍ଟର – ପୁଲିସ ପାଇଁ ଅପେକ୍ଷା କରନ୍ତୁନି। ତା'ର ଚିକିତ୍ସା ଆରମ୍ଭ କରିଦିଅନ୍ତୁ, ଦେଖନ୍ତୁ ତା' ଅବସ୍ଥା କିମିତି ଅଛି, ମୁଁ ପୁଲିସକୁ ଖବର ଦଉଚି –

ଡାକ୍ତରବାବୁ ଉତ୍ତର ଦେଲେ ଇଂରେଜୀରେ – ମୁଁ ଦୁଃଖିତ – କିଛି କରିପାରିବିନି ଜଣେ ସଂପୂର୍ଣ୍ଣ ଅଚିହ୍ନା ରୋଗୀର – ପୁଲିସ ନ ଆସିଲା ଯାଏଁ।

ବିକାଶବାବୁ ଉତ୍ତ୍ୟକ୍ତ ହୋଇଯାଇ କହିଲେ ଇଂରେଜୀରେ – କି ଆବ୍‌ସର୍ଡ

କଥା କହୁଛନ୍ତି ଆପଣ? ଅଚିହ୍ନା ଅଜଣା ବୋଲି ଜଣେ ନାଗରିକର ସର୍ବସାଧାରଣ ହାସ୍‌ପାତାଳରେ ଚିକିତ୍ସିତ ହେବାର ଅଧିକାର ନାହିଁ?

ଡାକ୍ତରବାବୁ କହିଲେ - ନିଶ୍ଚୟ ଅଛି - କିନ୍ତୁ ନିୟମକାନୁନ୍ ଅନୁଯାୟୀ ସେଇଟା ହବ।

ବିକାଶବାବୁ ନିଜକୁ ବଡ଼ ଅସହାୟ ମନେକଲେ, କଅଣ କରିବେ, କଅଣ କହିବେ କିଛି ଠିକ୍ କରିପାରିଲେ ନାହିଁ। ଚାରିଆଡ଼କୁ ବିମର୍ଷ ଆଖିରେ ଚାହିଁଲେ। ସେତେବେଳକୁ ଦର୍ଶକ ଓ ହାସ୍‌ପାତାଳର ତଳିଆ କର୍ମଚାରୀଙ୍କ ମଧ୍ୟରେ ଗୋଟାଏ ଯୁକ୍ତିତର୍କ ଆରମ୍ଭ ହୋଇଯାଇଥିଲା - ରୋଗୀକୁ କେହି ଲକ୍ଷ୍ୟ କରୁ ନ ଥିଲେ।

ହଠାତ୍ ରିକ୍‌ସାବାଲା ଟୋକାଟି ପାଟିକରି କହିଲା - ଆଜ୍ଞା ବୁଢ଼ାବାବୁ, ଦେଖିଲେ ଦେଖିଲେ। ରୋଗୀଟା ମରିଗଲା କି କଅଣ? ଆଖିପତା ପଡୁନି; ପେଟଟା ପଡ଼ ଉଠ୍ ହଉନି।

ସ୍ତବ୍ଧ ଦର୍ଶକ ରୋଗୀଆଡ଼େ ଚାହିଁଲେ, ଡାକ୍ତରବାବୁ ଲଇଁପଡ଼ି ରୋଗୀର ନାକ ପାଖକୁ ବାଁ ହାତଟା ନେଲେ, ବାଁହାତ ନାଡ଼ିଟା ଚିପିଲେ, ଆଖିଡୋଳା ପରୀକ୍ଷା କଲେ, ତା'ପରେ ସଳଖ ଠିଆ ହୋଇ ରାୟଦେଲେ, ମରିଯାଇଛି।

ବିକାଶବାବୁ ମର୍ମାହତ ହୋଇ ଅନୁରୋଧ କଣ୍ଠରେ କହିଲେ - ଟିକିଏ ଭଲ କରି ପରୀକ୍ଷା କରନ୍ତୁ।

ଡାକ୍ତରବାବୁ ମୁହଁରେ ଈଷତ୍ ବିଦ୍ରୂପ ହସ ଫୁଟେଇ ବିକାଶବାବୁଙ୍କୁ ଚାହିଁ କହିଲେ - ଆପଣ ଡାକ୍ତର ନା ମୁଁ?

ଦର୍ଶକ ଭିତରୁ ପୁଣି ଜଣେ କେହି ଛିଗୁଲିଆ ଗଳାରେ କହିଲା, ନାଇଁ ଆଜ୍ଞା, ଆପଣ ଡାକ୍ତର ନା, ବୁଢ଼ାବାବୁ କିମିତି ହେବେ? ତା' ନ ହେଇଥିଲେ ମଲାପରେ ରୋଗୀର ମଲା ସାର୍ଟିଫିକେଟ୍‌ଟା ଆଉ କିଏ ଦେଇପାରିଥାନ୍ତା? -

ଲୋକଟା ଏତକ କହିଦେଇ ବାରଣ୍ଡାରୁ ଓହ୍ଲେଇଯାଇ ଟଙ୍ଗ୍ ଟଙ୍ଗ ବର୍ଷାଝଡ଼ ଭିତରେ ପଶିଗଲା।

ହଠାତ୍ ଗହଳି ଭିତରୁ ଜଣେ ୱାର୍ଡ ବେହେରା ଲଇଁପଡ଼ି ଲୋକଟାକୁ ଦେଖି କହିଲା - ଆରେ, ଏ ଲୋକଟା ତ ଆମ ମେଡିସିନ୍ ୱାର୍ଡରେ ପନ୍ଦର ଦିନ ହେଲା ଭର୍ତ୍ତି ହେଇଥିଲା - ପେପ୍‌ଟିକ୍ ଅଲ୍‌ସାର ପାଇଁ ଚିକିତ୍ସା ହଉଥିଲା, ଡାକ୍ତରବାବୁ ଖାଲି ଥଣ୍ଡା କ୍ଷୀର ପିଇବାକୁ କହିଥିଲେ। ହେଲେ ତା'ର ତ କେହି ନ ଥିଲେ - ଡାକ୍ତରଖାନାରୁ ଥଣ୍ଡାଦୁଧ ଦବାର ବ୍ୟବସ୍ଥା କରାହେଇଥିଲା - କଅଣ ହେଲା କେଜାଣି - ଚାରିଦିନ ତଳେ ନର୍ସ ଆଉ ସିଷ୍ଟରଙ୍କ ପାଖେ ଆପତ୍ତି କଲା ତାକୁ କ୍ଷୀର ଠିକ୍ ଭାବେ ଦିଆଯାଉନି

ବୋଲି - ସେମାନେ ଯାକୁ ରାଗିକରି କଅଣ ସବୁ କହିଲେ - ଯେ ବି ପାଟିତୁଣ୍ଡ କଲା - ତା'ପରେ ତ ଚାରିଦିନ ତଳେ ଦେଖିଲାବେଳକୁ ବେଡ୍ ଖାଲି - ଲୁଚିକରି ପଳେଇଚି।"

ବିକାଶବାବୁ ଦେଖିଲେ ମେଡିସିନ୍ ୱାର୍ଡ ବେହେରାଟି ସ୍ପଷ୍ଟବାଦୀ।

ଡାକ୍ତରବାବୁ ବିବ୍ରତ ହୋଇ କହିଲେ - ହଉ ଗହଳି ଭାଙ୍ଗନ୍ତୁ।

ତା'ପରେ ରିକ୍ସାବାଲାକୁ କହିଲେ - ଏ ଟୋକା, ଲାସ୍ ଉଠା ଏଠୁ।

ରିକ୍ସାବାଲା ଦୃପ୍ତ ଗଳାରେ କହିଲା - ମୁଁ କାଇଁକି ଉଠେଇବି ?

ମୁଁ ତାକୁ ହାସପାତାଳକୁ ଆଣିଥିଲି - ହାସପାତାଳରେ ସେ ମଲା - ଏଠିକା ସୁଇପରମାନେ ତାକୁ ଉଠେଇବେ।

ଡାକ୍ତର ତା' ପାଖକୁ ଉହୁଁକିଆସି କହିଲେ - ଉଠେଇବୁନି ?

ତୁ ଅଲବତ୍ ଉଠେଇବୁ ଲାସ୍... ତାକୁ ଆମେ ହାସପାତାଳରେ ଭର୍ତ୍ତି କରିନୁ - ତୁ ଆଣିଥିଲୁ ତୁ ନବୁ।

ରିକ୍ସାବାଲା ଡାକ୍ତରଙ୍କ କଥାକୁ ଭ୍ରୁକ୍ଷେପ ନ କରି ବାରଣ୍ଡା ତଳକୁ ଓହ୍ଲେଇଗଲା - ପୋର୍ଟିକୋ ତଳେ ରଖାହୋଇଥିବା ତା' ରିକ୍ସାକୁ ଧରି ଚାଲିଯାଉଥିବା ବେଳକୁ ଦି'ଜଣ ୱାର୍ଡ ବେହେରା ଦଉଡ଼ି ଆସି ତା' ରିକ୍ସାକୁ ଅଟକେଇ କହିଲେ - ନବୁନି କଅଣ ? - ଉଠା ଲାସ୍‌କୁ ଶୀଘ୍ର, ନେଇ ମଶାଣିରେ ଫୋପାଡ଼ିଦେଇଆ, ନ ହେଲେ ହବ ତୋ ଉପରେ।

ଏଇ ଅମାନୁଷିକ ବ୍ୟବହାର ଦେଖି ବିକାଶବାବୁ ବ୍ୟଥିତ ହେଲେ - ବେହେରାମାନଙ୍କୁ ରୂଢ଼ ଗଳାରେ କହିଲେ - ତାକୁ କାହିଁକି ଧମକ ଦଉଚ - ଜବରଦସ୍ତି କରୁଚ ? ତା' ରିକ୍ସାରେ ମୁଁ ସେ ରୋଗୀକୁ ଆଣିଥିଲି - ମୁଁ ତାକୁ ହାସପାତାଳ ହତା ଭିତରୁ କାଢ଼ିବାର ବ୍ୟବସ୍ଥା କରିବି।

ଡାକ୍ତରବାବୁଙ୍କ ନିର୍ଦ୍ଦେଶରେ ବେହେରାମାନେ ରିକ୍ସାବାଲାକୁ ଛାଡ଼ିଦେଲେ। କିନ୍ତୁ ରିକ୍ସାବାଲା ଚାଲି ନ ଯାଇ ବିକାଶବାବୁଙ୍କୁ କହିଲା - ତମେ ତ ମତେ କହି ନ ଥିଲ - ମୁଁ ନିଜେ ମୋ ରିକ୍ସାରେ ଲୋକଟାକୁ ବସେଇ କରି ଆଣିଛି। ତମେ ମୋ ପାଇଁ ହଇରାଣ ହବ କାହିଁକି - ବୁଢ଼ାଲୋକ - ତମେ କେମିତି କୋଉଠିକି ଯାଇ ଲାସ୍ ଉଠେଇବା ପାଇଁ ଯୋଗାଡ଼ କରିବ। ନାଇଁ ନାଇଁ ମୁଁ ଆଣିଚି ମୁଁ ନେଇଯିବି -

ରିକ୍ସା ସାଙ୍ଗରେ ଆସିଥିବା ଲୋକ ଚାରି ଜଣଙ୍କୁ କହିଲା, ଭାଇ, ଟିକିଏ ଆସ - ଲାସ୍‌ଟାକୁ ରିକ୍ସାକୁ ଉଠେଇଦେବା -

ଲାସ୍‌ଟାକୁ ରିକ୍ସାର ଫୁଟ୍‌ବୋର୍ଡରେ କଡ଼ବାଗିଆ ଶୁଆଇଦେଇ ନିଜ ସିଟ୍‌ରେ ଯାଇ ବସିଲା ରିକ୍ସାବାଲା।

ବିକାଶବାବୁ ରିକ୍ସାବାଲାକୁ କହିଲେ ସ୍ନେହସିକ୍ତ କଣ୍ଠରେ - ଆରେ ଏ, ଏଇ ଝଡ଼ବର୍ଷାରେ ତୁ ଲାସ୍‌ଟାକୁ ଧରି କୁଆଡ଼େ ଯିବୁ? ରହ ମୁଁ ତୋ ସାଥିରେ ଯିବି।

ରିକ୍‌ସାବାଲା କହିଲା - ନାଇଁ ବୁଢ଼ାବାବୁ - ତମେ ଢେର ତିନ୍ତିଲଣି, ଘରକୁ ଯାଅ। ଯାହା କରିବାର ମୁଁ କରିବି -

ରିକ୍‌ସା ଚଳେଇବାକୁ ଆରମ୍ଭ କଲାବେଳେ ପଦେ ଢଗ ଝାଡ଼ିଦେଲା -

'କେଉଟ, ଯୋଉ ବାଟେ ଆଇଥିଲ ସେଇ ବାଟେ ବାଟେ ଲେଉଟ'। ରୁଣ୍ଡ ହୋଇଥିବା ଲୋକମାନଙ୍କୁ ସ୍ତବ୍ଧ-ଚକିତ କରି।

ବିକାଶବାବୁ ଛଳ ଛଳ ଆଖିରେ ପ୍ରକୋପ କମିଯାଇଥିବା ସେଇ ଝଡ଼ବର୍ଷା ଭିତରେ ହାସପାତାଳ ବାହାରକୁ ଆଗେଇଲେ, ଆଜିର ଏଇ ବର୍ଷା ଅନୁଭୂତିର ଶେଷ ଯବନିକା ଏଇଠି କିନ୍ତୁ ପଡ଼ିଲାନି। ସେ ହାସ୍‌ପାତାଳ ଫାଟକ ପାଖେ ପହଞ୍ଚି ଦେଖିଲେ ଏକ ବିଚିତ୍ର ଦୃଶ୍ୟ, ଯାହା ସେ ଆଦୌ କଳ୍ପନା କରି ନ ଥିଲେ, ଫାଟକ ସାମନାରେ ଶୋଇଚି ସେଇ ଅଜଣା ଲୋକଟିର ଶବଟି - ହାସପାତାଳ କଂପାଉଣ୍ଡକୁ ଦି'ହାତ ଛାଡ଼ି - ରାସ୍ତା କଡ଼ର ଘାସ ଉପରେ - ସାରା ଦେହ ଉପରେ ତା'ର ବର୍ଷାପାଣି ଝରୁଚି। ତା' ଉପରେ ରହିଚି କୃଷ୍ଣଚୂଡ଼ା ଫୁଲର ଗୋଟିଏ ପେନ୍ଥା -

ବିକାଶବାବୁ ଚାରିଆଡ଼କୁ ଚାହିଁଲେ, କେହି କେଉଁଠି ଦିଶୁନି, ରିକ୍‌ସାବାଲାର ଚିହ୍ନବର୍ଣ୍ଣ ନାହିଁ, ଶ୍ୟାମ ଦୋକାନ ବନ୍ଦ ହୋଇଯାଇଚି।

ବିକାଶବାବୁ ମନେ ମନେ ରିକ୍‌ସାବାଲାକୁ ପ୍ରଣତି ଜଣେଇଲେ, ତା'ପରେ ଧୀରେ ଧୀରେ ଘରଆଡ଼କୁ ଆଗେଇଲେ ଅତି ବିଚଳିତ ବିକ୍ଷୁବ୍ଧ ମନ ନେଇ - ଆଉ ଭାବୁଥିଲେ - ଆଜିର ଏ ବର୍ଷାବରଣର ରୂପ ଓ ମୂର୍ଚ୍ଛନା ସଂପୂର୍ଣ୍ଣ ନୂଆ।

■

ମଶା

ମଶାରି ଭିତରେ ଲଣ୍ଠନଟା ବାଁ ହାତରେ ଟେକି ଧରି ସୋମନାଥ ମଶା ମାରୁଚି। ମଶାର କ୍ଷିପ୍ର ଗତିକୁ ଅନୁସରଣ କରି ଲଣ୍ଠନଟା ଗତି କରି ଚାଲିଚି। କେତେବେଳେ ମଶାଟା ଦେଖାଯାଉଛି, କେତେବେଳେ ନାହିଁ...। ସୋମନାଥ ଦାନ୍ତ, ଓଠ ଚିପି, ଆଖି ଦୁଇଟାକୁ ସ୍ଥିର କରି ମଶାରିର ଚାରିପଟ ପ୍ରଦକ୍ଷିଣ କରୁଚି ଆଣ୍ଠୁ ଉପରେ ଭରା ଦେଇ।

"ଏଇ ବସିଲା" - ଅତି ଧୀରେ ସୋମନାଥ ଲଣ୍ଠନଟା ଶେଯ ଉପରେ ରଖିଦେଇ ଖୁବ୍ ସନ୍ତର୍ପଣରେ ହାତ ପାପୁଲି ଦୁଇଟା ମେଲେଇ ମଶା ପାଖକୁ ନେଲା। ଝଣ୍ଟୁଆସି ଆକ୍ରମଣ। ଜୋରରେ ତାଳି ପିଟି ଦେଲା -

"ଏଇଥର ମରିଚି ଶଳା" - ବୀର ଦର୍ପରେ ଯୋଡ଼ା ପାପୁଲି ଦି'ଟାକୁ ଖୋଲି ଦେଇ ସୋମନାଥ ଦେଖିଲା ପାପୁଲିରେ ରକ୍ତ କୋଉଠି ଲାଗିନି, ମଶାର ଚିହ୍ନବର୍ଣ୍ଣ ବି ନାହିଁ - ଆଙ୍ଗୁଠି ସନ୍ଧିଗୁଡ଼ାକ ବି ତନ୍ନ ତନ୍ନ କରି ପରୀକ୍ଷା କଲା -

'ଧେତ୍ ଶଳା, ଏଥର ବି ଖସିଗଲା। ଦଶ ଦଶ ଥର ଆକ୍ରମଣ ପରେ ବି ଶତ୍ରୁର ମୃତ୍ୟୁ ହେଲାନି ?'

ଇଆଡ଼େ ସୋମନାଥ ଦେହରୁ ଗମ୍ ଗମ୍ ଝାଳ ବାହାରିସାରିଲାଣି - ତକିଆ ଉପରେ ଖଣ୍ଡେ ଦି'ଖଣ୍ଡ ବହି ଓ ଖାତା ମେଲା ହୋଇ ପଡ଼ିଚି।

ଗରମ ଦିନକୁ ମଶାର ଦୌରାତ୍ମ୍ୟ, ଏଇ ମଣିକାଞ୍ଚନ ସଂଯୋଗ - ବେଳରେ ସୋମନାଥ ଆଇ.ଏ.ଏସ୍. ଦବ। ସେଥିରେ ଫେର୍ କଟକର ଗୋଟିଏ ଅଖ୍ୟାତ ମେସ୍‌ର ଛୋଟିଆ କୋଠରି ଭିତରେ ରହି। - ସୋମନାଥର ମନେ ପଡ଼ିଗଲା -

"ପଛ ଘୁଞ୍ଚା ନାହିଁ ବୀରର ଜାତକେ
ନ ମରେ ସେ କେବେ ପରାଣ ଆତଙ୍କେ।"

ସୋମନାଥ ପୁଣି ଅଭିଯାନ ଆରମ୍ଭ କଲା - "ବୁଝିଲୁ ସୋମା, ତୋର ଏ ଅଭିଯାନ ସ୍ୱର୍ଣ୍ଣାକ୍ଷରରେ ଦିନେ ଲିପିବଦ୍ଧ ହୋଇଯିବ ଇତିହାସରେ।"

ସୋମନାଥର ବନ୍ଧୁ ସୁବୋଧ ଘରେ ପଶିଯାଇ କହିଲା – "ରଃ ଗୋଳମାଳ କରନି" କହି ସୋମନାଥ ପୁଣି ଥରେ ଲଣ୍ଠନଟା ଶେଯ ଉପରେ ଟଳମଳ ଅବସ୍ଥାରେ ରଖିଦେଇ ମଶା ଆଡ଼କୁ ହାତ ପାପୁଲି ଦି'ଟା ଆଗେଇନେଲା –

ଖୁବ୍ ଜୋରରେ ତାଳିଟା ବଜେଇ ଦେଲାବେଳେ ପାଟିରୁ ବାହାରିଲା – ନାଉ ଆର୍ ନେଭର୍ – ଚାରିଆଡ଼ ନିସ୍ତବ୍ଧ – ସୁବୋଧ ଚୁପ୍ – ସୋମନାଥ ଚୁପ୍ – ଧୀରେ ଧୀରେ ହାତ ପାପୁଲି ଦୁଇଟା ଖୋଲୁଚି – କାଳେ ଶତ୍ରୁ ବଞ୍ଚିଥିଲେ ଉଡ଼ି ପଳେଇବ କିମ୍ବା ତା'ର ଅତି କ୍ଷୁଦ୍ର ବପୁଟି ଶେଯରେ ଖସିପଡ଼ି କୁଆଡ଼େ ଲୁଚିଯିବ। ଶତ୍ରୁର ଅବସ୍ଥା ବିଷୟରେ ସୋମନାଥ ନିଃସନ୍ଦେହ ହବାକୁ ଚାହେଁ।

ନାଃ – ମରିଚି – ଶତ୍ରୁର ନିପାତ ଘଟିଚି – ଡାହାଣ ପାପୁଲିର ଠିକ୍ ଆୟୁରେଖା ଉପରେ ଶତ୍ରୁ ଦଳିହୋଇଯାଇଚି – ରକ୍ତ ଲାଗିଚି ସେଠି !

ଲଣ୍ଠନ ଧରି ସୋମନାଥ ମଶାରି ଭିତରୁ ଖୁବ୍ ସାବଧାନରେ ବାହାରିଆସି ମୁଣ୍ଡପାଖ ଟେବୁଲ ଉପରେ ଲଣ୍ଠନଟା ରଖୁ ରଖୁ ସୁବୋଧକୁ ପଚାରିଲା – "ହଁ, କଅଣ କହୁଥିଲୁ ?"

ସୁବୋଧ ସୋମନାଥର ଚୌକିଟାରେ ବସିପଡ଼ି କହିଲା "ଇସ୍ ! ମୁହଁରେ କି ଉଲ୍ଲାସ ! ବିଶ୍ୱବିଜୟୀ ନେପୋଲିୟନଙ୍କ ମୁହଁରେ ବି ଏ ଉଲ୍ଲାସ ଦେଖାଦେଇ ନ ଥିବ – ଆଚ୍ଛା ଏ ଶହେ ତାଳିପକା ମଶାରିଟାକୁ ବାଦ୍ ଦେଲେ ତ ଚଳନ୍ତା – ମଶା ପଶିବାର ସମ୍ଭାବନା ଖୁବ୍ କମ୍ ଥାଆନ୍ତା –

ହଉ ରଖ ତୋ ଉପଦେଶ – ଏଇଟା ଆଉ ମୋ ମୁଣ୍ଡରେ ଢୁକି ନ ଥିଲା –

ଏଇ ବହୁତ ଗୁଡ଼ାଏ ତାଳିପକା ମଶାରିଟାକୁ ସୋମନାଥ ଛାଡ଼ିବାକୁ ନାରାଜ – ନେଟ୍ ମଶାରି – ଗୋଟାଏ ଜାଗାରେ ଟିକିଏ ଛିଣ୍ଡିଲେ ଯାଦୁ ଭଳି ସେଠି କଣାଟା ବଢ଼ିବାକୁ ଆରମ୍ଭ କରେ। ତେଣୁ ଯୋଉଠି ଟିକିଏ ଛିଣ୍ଡିବାର ସୋମନାଥ ଦେଖେ – 'ଏ ଷ୍ଟିଚ୍ ଇନ୍ ଟାଇମ୍' ନୀତିରେ ସୋମନାଥ ନିଜ ହାତରେ ସେଠି ଗୋଟିଏ ତାଳି ପକେଇଦିଏ – ତାଳିସଂଖ୍ୟା ବହୁତ ବଢ଼ିଗଲାଣି – ବହୁଦିନର ପୁରୁଣା ମଶାରି – ପୋରିହାଁ ହୋଇଗଲାଣି – କିନ୍ତୁ ସୋମନାଥ ତା'ର ବହୁ ଦୁର୍ଦ୍ଦିନର ବନ୍ଧୁ ଏଇ ମଶାରିଟିକୁ ଛାଡ଼ିପାରୁନି।

ସୋମନାଥର କାନ ପାଖରେ ଗୋଟିଏ ମଶା ଗୁଣଗୁଣ କଲେ କଥା ସରିଗଲା – ଯେତେବଡ଼ କାମରେ ତା'ର ମନ ଲାଗିଥାଉ ନା କାହିଁକି ସେଇଠି ଭାବନା ଚିନ୍ତା ବନ୍ଦ – ସାଙ୍ଗେ ସାଙ୍ଗେ ସେ ମଶାର ଗତିକୁ ଲକ୍ଷ୍ୟ କରିବ – ଆଖି ଦୁଇଟା ଘାତକର ନୃଶଂସଭାବ ଧରି ଜଳିଉଠିବ... ହାତ ପାପୁଲି ଦୁଇଟା ଶୂନ୍ୟକୁ ଉଠିବ – ସ୍ନାୟୁଗୁଡ଼ାକ ଟାଙ୍ଗ୍ ହୋଇଯିବେ।

ତା'ର ବାଲ୍ୟବନ୍ଧୁ ସୁବୋଧ ଜାଣେ ସୋମନାଥର ଛାତ୍ର ଜୀବନଟା ମାଟି ହୋଇଗଲା ଖାସ୍ ଏଇ ମଶା ପାଇଁ। ସୋମନାଥ ଖୁବ୍ ମେଧାବୀ - କିନ୍ତୁ ମେଧା ଥିଲେ ତ କେହି ଭଲ ଛାତ୍ର ହୋଇଯିବନି - ପଢ଼ିବା ଦରକାର - ସନ୍ଧ୍ୟା ହେଲେ ସୋମନାଥର ମହାବିପଦ - କଟକ ସହରର ମଶା ବିଶ୍ୱବିଖ୍ୟାତ।

ଗଳି ପରେ ଗଳି, ତଦୁପରେ ଥିବା ବିଖ୍ୟାତ ଐତିହାସିକ କଟକ ସହରର ନର୍ଦ୍ଦମାପାଣିର ନାଳଗୁଡ଼ାକ ମଶା ତିଆରି ଫାକ୍ଟରୀ -

ସନ୍ଧ୍ୟା ହେବା ପରେ ପରେ ମଶାମାନେ ତାଙ୍କର ଗୁପ୍ତ ନିବାସରୁ ବାହାରିଆସି ସଙ୍ଗୀତ ଆରମ୍ଭ କରିଦବା ସାଙ୍ଗେ ସାଙ୍ଗେ ସୋମନାଥର ମୁଣ୍ଡ ବିଗିଡ଼ିବାକୁ ଆରମ୍ଭ କରେ - କାଠଯୋଡ଼ି ନଈବନ୍ଧର ବେଞ୍ଚ ଉପରେ ବସି ହାୱା ଖାଉ ଖାଉ ସୋମନାଥ ତା'ର ବନ୍ଧୁ ସହିତ ଗୋଟାଏ ମଜା କଥାରେ ବ୍ୟସ୍ତ ରହିଚି କି ଦର୍ଶନ ଉପରେ ଗୋଟାଏ ଭାଷଣ ଦଉଚି ହଠାତ୍ ରହିଗଲା - ବନ୍ଧୁମାନେ ବୁଝିନେଲେ କଅଣ ଘଟିଲା।

ସନ୍ଧ୍ୟା ସମାଗତ - କ୍ଷୁଦ୍ର କ୍ଷୁଦ୍ର ପରୀଗୁଡ଼ିକ ସୋମନାଥ କାନପାଖେ ମୂର୍ଚ୍ଛନା ତୋଳିଲେଣି।

ଏଇଥିପାଇଁ ସୋମନାଥ ମାଟ୍ରିକ ପରୀକ୍ଷାରେ ଉଚ୍ଚ ସ୍ଥାନ ପାଇଲା ନାହିଁ। ପ୍ରଥମ ଶ୍ରେଣୀରେ ପାସ୍ କଲା ଯାହା - ମଶା ଦାଉରୁ ରକ୍ଷା ପାଇବାପାଇଁ ସେ ମଶାରି ଭିତରେ ପାଠ ପଢ଼ିବ - ମଶାରି ବାହାରେ ଲଣ୍ଠନ - ମଶାରି ଭିତରେ ଗରମ ହୁଏ - ଖାଲି ସେତିକି ନୁହେଁ - ମଶା ଯଦି ମଶାରି ବାହାରେ ଗୁଣ୍ ଗୁଣ୍ କରେ ତେବେ ସୋମନାଥ ଭାବେ ଭିତରେ କରୁଚି - ମଶାରିର ଚାରିଆଡ଼କୁ ତା'ର ଆଖି ପ୍ରଦକ୍ଷିଣ କରିବାରେ ବ୍ୟସ୍ତ ହୋଇପଡ଼େ।

ସୋମନାଥର ଭାଗ୍ୟ ଗୋଟା ବର୍ଷ ତେଜିଥିଲା - ସେ ବର୍ଷ କଟକରେ ଖୁବ୍ କଡ଼ା ଡି.ଡି.ଟି. ପଡ଼ିଲା - ମଶାଙ୍କର ବଂଶ ନିପାତ୍ ହୋଇଗଲା - ନଈବନ୍ଧ ଚୌକିର ବନ୍ଧୁ ମହଲରେ ସୋମନାଥ ସୋଲ୍ଲାସେ କହିଲା - "ଏଇଥର ଫାଷ୍ଟ କ୍ଲାସ ଅନର୍ସଟା ପାଇ ଯିବି - ଟୁ ଚିୟର୍ସ ଫର୍ କଟକ ମ୍ୟୁନିସିପାଲିଟି।

ଜଣେ ବନ୍ଧୁ ହସି ହସି କହିଲା - କିରେ! ତୋ ଫାଷ୍ଟକ୍ଲାସ ସହିତ କଟକ ମ୍ୟୁନିସିପାଲିଟିର କି ସମ୍ବନ୍ଧ?

ସୁବୋଧ ସେଇ ବନ୍ଧୁକୁ ସମ୍ବନ୍ଧଟା ବୁଝେଇଦେଲାପରେ ସେ ଠୋ ଠୋ ହୋଇ ହସିଉଠି କହିଲା - ସୁଖବର - ତେବେ ଥ୍ରି ଚିୟର୍ସ ନ ଦେଇ ଟୁ ଚିୟର୍ସ ଦେଲୁ କିଆଁ?

ସୋମନାଥ କହିଲା - ବୁଝୁନୁଁ ଥ୍ରି ଚିୟର୍ସ ବେଶୀ ହୋଇଯିବ - କଟକର ପଚାନାଳଗୁଡ଼ାକ ବଞ୍ଚି ରହିଥିବା ଯାଏଁ ଥ୍ରି ଚିୟର୍ସ ଦେଇ ହବନି -

ସୁବୋଧ କହିଲା - ତେବେ ୱାନ୍ ଚିୟର୍ସ ଦବା ଉଚିତ ଥିଲା।

ଉହୁଁ, ସେଇଟା ନିତାନ୍ତ କମ୍ ହୋଇଯିବ - ଆମ ମ୍ୟୁନିସିପାଲିଟି ଯେ କଟକରୁ ସମୂଳେ ମଶା ଧ୍ୱଂସ କରିପାରିବ ଏ ଆଶା ମୋର କେବେ ନ ଥିଲା - ଯେତେବେଳେ କରିପାରିଚି ତାକୁ ଉତ୍ସାହ ଦବା ଦରକାର।

ସୋମନାଥ ଫାର୍ଷ୍ଟକ୍ଲାସ ଅନର୍ସ ପାଇଲା ସତ - କିନ୍ତୁ ଏମ୍.ଏ.ରେ କଣ୍ଟାକଣ୍ଟି ସେକେଣ୍ଡ କ୍ଲାସ ହୋଇଗଲା - କାରଣ ବର୍ଷ ଦି'ଟାରେ କଟକର ମଶା ଉପଦ୍ରବ ପୂର୍ବ ଅବସ୍ଥାକୁ ନିଶ୍ଚିତ ଭାବରେ ଫେରିଆସିଲା।

ମ୍ୟାଲେରିଆ ଡାକ୍ତରମାନେ କହିଲେ ଡି.ଡି.ଟି. ପ୍ରତି ମଶାମାନଙ୍କର ପ୍ରତିରୋଧ ଶକ୍ତି ଆସିଗଲା - ଆଉ କେହି କହିଲେ ଡି.ଡି.ଟି. ଚୂନପାଣିରେ ରୂପାନ୍ତରିତ ହେବାରୁ ଏ ଦଶା।

ସେ ଯାହା ହେଉ କୌଣସି ଅବସ୍ଥାରେ ସୋମନାଥ ତା'ର ସେଇ ପ୍ରିୟ ଜଣିକିଆ ନେଟ୍ ମଶାରିଟିକୁ ଛାଡ଼ିପାରିନି - ମୁଣ୍ଡ ସହିତ କାନ ସବୁବେଳେ ଗତି କଲାଭଳି ମଶାରିଟିକୁ ଯୁଆଡ଼େ ଯାଏ ନେଇକରି ଯାଏ।

ଦିନେ ତା'ର ବନ୍ଧୁଗହଣରେ ସୋମନାଥ କହିଥିଲା - 'ଭାଇ, ମୁଁ ଯଦି କେବେ ଫାଶୀ ପାଏ ଓ ମତେ କେହି ପଚାରେ, ତମର ଶେଷ ଇଚ୍ଛା କଅଣ କହ - ମୁଁ ତେବେ ପଚାରିବି ମୋର ମଲା ପରେ ମୁଁ ଯେଉଁଠିକି ଯିବି ସେଠି ମଶା ଅଛନ୍ତି ? - ଯଦି ଅଛନ୍ତି ବୋଲି କହିବେ ତେବେ ମୁଁ ସେମାନଙ୍କୁ ଗୋଟିଏ ନେଟ୍ ମଶାରି ମାଗିବି।'

ସୋମନାଥର କେତେକ ବନ୍ଧୁ ଏଇଟାକୁ ତା'ର ଗୋଟାଏ ମଥାଛିଟିକା ବୋଲି କହନ୍ତି - ଏଥିପେଇଁ ବନ୍ଧୁ ମହଲ ତାକୁ ଅନେକଥର ହଇରାଣ କରିଛନ୍ତି।

ଥରେ ଜଣେ ବନ୍ଧୁର ବାହାଘରରେ ସୋମନାଥ ବରଯାତ୍ରୀ ହେଇ ଯାଇଥିଲା ପୁରୀ। ଗୋଟାଏ ବିରାଟ କୋଠାରେ ତାଙ୍କର ରହିବାପାଇଁ ବ୍ୟବସ୍ଥା ହେଇଛି - ସମୁଦ୍ରକୂଳରୁ ଟିକିଏ ଦୂରରେ ହେଲେବି ବେଶ୍ ପବନ ପିଟୁଚି ଘର ଭିତରକୁ।

ବାହାଘର ପରେ ଖାଇପିଇ ବରର ବନ୍ଧୁମାନେ ବସାକୁ ଫେରିଆସିଲେ। ସମସ୍ତେ ଲମ୍ବ ଲମ୍ବ ହୋଇ ପଡ଼ିଗଲେ ଚଟାଣ ଉପରେ। କିନ୍ତୁ ଘରର ଗୋଟିଏ କୋଣକୁ ନିଜର ଶେଯଟି ପାରି ସୋମନାଥ ତା' ନେଟ୍ ମଶାରିଟି ଟାଙ୍ଗିବାକୁ ପ୍ରସ୍ତୁତ ହେଲା। ସେ ସବୁବେଳେ ସୁଟ୍‌କେଶରେ ଦଶ ବାରଟା ଲୁହା କଣ୍ଟା ନେଇଥାଏ।

ସୋମନାଥ ଦେଖିଲା କେବଳ ତିନିଟା କଣ୍ଟା କାନ୍ଥରେ ବାଡ଼େଇ ହବ, ଚତୁର୍ଥ କଣ୍ଟା ପାଇଁ କିଛି ଆଶ୍ରା ନାହିଁ। ଠିକ୍ କଲା ସେଇ ତିନିଟା କୋଣ ଟାଙ୍ଗି ଦେଇ ଶୋଇପଡ଼ିବ।

କାନ୍ଥରେ କଣ୍ଟା ବାଡ଼େଇବା ପାଇଁ ଗୋଟାଏ ଲୁହା ହାତୁଡ଼ି ସୁଟ୍‌କେଶରୁ ବାହାର କରି କଣ୍ଟା ପିଟିଲାବେଳେ ତା'ର ଜଣେ ବନ୍ଧୁ ରମାନାଥ ଚିତ୍କାର କରିଉଠିଲା -

ଆଃ - କାହିଁକି ଏମିତି ଠକ୍ ଠକ୍ କରି ଆମ ନିଦ ଭାଙ୍ଗୁଚୁ କହିଲୁ ସୋମା।

ସୋମନାଥ କିଛି ଉତ୍ତର ନ ଦେଇ କଣ୍ଟା ବାଡ଼େଇବାରେ ଲାଗିଲା।

ରମାନାଥ ବିରକ୍ତ ହୋଇ କହିଲା - "ଆଚ୍ଛା ଗୋଟାଏ ମାନିଆ ହୋଇଚି ଶଳାର - ହାୱାରେ ମଣିଷ ଉଡ଼ିଯିବାର ଉପକ୍ରମ ହେଲାଣି, ଆଉ ଇୟା ଦିହରେ କୁଆଡ଼େ ମଶା ବସିଯିବେ - ମଶା କାହାନ୍ତି ଯେ ତୁ ମଶାରି ଟାଙ୍ଗୁଚୁ?

ସୋମନାଥ କହିଲା - ମଶା କେଉଁଠି ଥାନ୍ତି ତୁ ବୁଝି ପାରିବୁନି।

ତା' ମୁଁ ପାରିବିନି - କାରଣ ମୁଁ ତ ଆଉ ତୋଭଳି ମଶା ଉପରେ ଗବେଷଣା କରିନି - ସୋମନାଥ ମଶାରିର ଗୋଟାଏ କଣ ଟାଙ୍ଗୁ ଟାଙ୍ଗୁ କହିଲା - ଦେଖିବୁ - ହଠାତ୍ ଯଦି ରାତିରେ ପବନ ବନ୍ଦ ହୋଇ ଯାଏନା ମଶାଗୁଡ଼ିକ ବିଗୁଲ୍, କ୍ଲାରିଓନେଟ ବଜେଇ କିମିତି ଆସି ତତେ ଅଭ୍ୟର୍ଥନା କରିବେ।

"ହଉ, ତୋଭଳି ଆମ ନିଦ ବା ଚମଡ଼ା ଏତେ ପତଳା ନୁହେଁ ଯେ ମଶାଗୁଡ଼ା କାମୁଡ଼ିଲେ ଆମକୁ ଜଣାଯିବ।"

ସୋମନାଥ ହସି ହସି କହିଲା - ତା' ମୁଁ ଜାଣିଚି - ହେଲେ ତୁ ଜାଣିନୁ ରମା, ପୁରୀ ମଶାଗୁଡ଼ାକ ବଡ଼ ବଜାତ୍ - କାମୁଡ଼ିଲେ ଆଉ ରକ୍ଷା ନାହିଁ - ସିଧାସଳଖ ଗୋଦର ଗୋଡ଼ -

'ହଁ ହେଲେ ହବ' କହି ରମାନାଥ ଶୋଇପଡ଼ିଲା - ମଶାରିର ତିନିଟା କୋଣ ଟାଙ୍ଗି : ସୋମନାଥ ତା' ଭିତରେ ପଶିଲା। ପବନରେ ମଶାରି ଉଡ଼ିବାକୁ ଆରମ୍ଭକଲା।

କୌଣସିମତେ ତାକୁ ଶେଯ ତଳେ ଚାପିରଖି ସୋମନାଥ ଶୋଇପଡ଼ିଲା।

ନିଦ ପୂର୍ବରୁ ସେ ବିନା ମଶାରିରେ ଶୋଇଥିବା ବନ୍ଧୁମାନଙ୍କ ପେଇଁ ଦୁଃଖ ପ୍ରକାଶ କଲା - ଆହା - ବିଚରାଗୁଡ଼ିକ - ଯଦି ରାତିରେ ପବନ ବନ୍ଦ ହୋଇଯାଏନା ମଶା ଏମାନଙ୍କୁ ଟେକି ନେଇ ଯିବେ - ନିଅନ୍ତୁ - କିଏ କଅଣ କରିବ? ସ୍ୱାସ୍ଥ୍ୟପ୍ରତି ଯିଏ ଯତ୍ନ ନ ନେବ ତାକୁ ଏବେ କି ଚାରା!

ଅଧରାତିରେ ସୋମନାଥର ନିଦ ଭାଙ୍ଗିଗଲା। ସେ ଅନୁଭବ କଲା ତା' ଦିହ ହାତ କୁଣ୍ଡେଇ ହଉଚି। କାହିଁକି କୁଣ୍ଡେଇ ହେଲା? ମଶା ପଶିଲେ? - ହଠାତ୍ ତା' କାନ ପାଖ ଦେଇ ଗୋଟାଏ ମଶା ଭଣ୍ କରି ଉଡ଼ି ଚାଲିଗଲା। ଗୋଟାଏ ରକେଟ ଭଳି। ଅନ୍ଧାରରେ ସୋମନାଥ ତା'ର ମଶାରି ଅଣ୍ଡାଳିଲା। 'ମଶାରି ନାହିଁ - ନାଃ - ମଶାରି ତ ନାହିଁ। କୁଆଡ଼େ ଗଲା? ସେ ଧଡ଼ାସ୍ କରି ଉଠି ପଡ଼ି ସୁଇଚ୍ ଟିପି ଦେଖିଲା

ମଶାରି ନାହିଁ ପ୍ରକୃତରେ। ବନ୍ଧୁମାନେ ଘୁଙ୍ଗୁଡ଼ି ମାରୁଛନ୍ତି। ମଶାରି କିଏ ନେଲା ? ଆରାମରେ ଶୋଇଥିବା ପ୍ରତି ସାଙ୍ଗର ଶେଯପାଖକୁ ଯାଇଁ ସେ ମଶାରିର ସନ୍ଧାନ ନେଲା - ନାଃ - କେଉଁଠି ତ ନାହିଁ। ତା'ର ଛାତି ଧଡ଼ପଡ଼ କଲା - ତା'ର ଅତିପ୍ରିୟ ମଶାରି ନାହିଁ। ସେ ବିଶ୍ୱାସ କରିପାରୁନି ଯେ !

ଏଇ ବଦ୍‌ମାସ ରମା ନିଶ୍ଚୟ କିଛି ବଦମାସି କରିଚି - ତା' ମୁଣ୍ଡତଳ ତକିଆ ଟେକିଲା - ଦେଖିଲା ତା'ରି ତଳେ ତା' ମଇଳା ମଶାରିଟି ମାଡ଼ିଚକଟି ହେଇ ରହିଚି - ଖୁବ୍ ଜୋର୍‌ରେ ଗୋଟାଏ ଝିଙ୍କାଦେଇ ମଶାରିଟାକୁ ବାହାର କରିଆଣିଲାବେଳେ ରମାନାଥ ନିଦ ବଲ ବଲ ଆଖିରେ ତା' ଆଡ଼େ ଚାହିଁଲା ଓ ପରେ ପରେ ଫେର୍ ଶୋଇପଡ଼ିଲା।

ତହିଁ ଆରଦିନ ସକାଳୁ ସୋମନାଥ ଓ ରମାନାଥର ପରସ୍ପର ସହିତ କଥା ବନ୍ଦ। ସୁବୋଧ ସୋମନାଥର ଏଇ ଜୀବନ ସହିତ ଅତି ପରିଚିତ - ବିଚରା ଆଇ.ଏ.ଏସ୍. ଦଉଚି - ସେ ନିଜେ ବି ତ ଦଉଚି - ତେଣୁ ସୋମନାଥ ସହିତ ଏ ବିଷୟରେ ଆଉ ବେଶୀ କିଛି କଥା ନ ହୋଇ କହିଲା - ଆଚ୍ଛା ବେଶ୍ - ମଶାରିଟା ପ୍ରତି ତୋର ଯଦି ଏତେ ଦୁର୍ବଳତା ତେବେ ତାକୁ ଜାକି ଧରିଥା ଏବେ - ତୋରି ଭଲକୁ କହୁଥିଲି ସିନା - ଯଦି ଆଇ.ଏ.ଏସ୍. ହେଇଯାଏ, ତେବେ କଅଣ ଏଇ ମଶାରିଟା ବ୍ୟବହାର କରିବୁ ? କିମ୍ବା ବାହାଘର ପରେ କଅଣ ତୋ ସ୍ତ୍ରୀ ଏଇ ମଶାରିରେ ଶୋଇବ ତୋ ପାଖେ ?

ସୋମନାଥ ମଶାରି ଭିତରେ ପଶି ଯାଉ ଯାଉ କହିଲା - ଭବିଷ୍ୟତ କଥା ଦେଖାଯିବ। - ସୁବୋଧ ପଚାରିଲା - "ତୋର ବାହାଘର କଥା କେତେଦୂର ଗଲା ? ସେଇ ମହାଜନର ଝିଅ ସାଙ୍ଗେ ?"

ସବୁ ଠିକ୍ ହୋଇଯାଇଚି - ତେବେ ମୁଁ କହୁଚି ମୋର ପରୀକ୍ଷା ପରେ; ସେମାନେ ଲଗେଇଚନ୍ତି ଜୁନ ମାସର ପ୍ରଥମ ତିଥିରେ କରିବାକୁ। ସ୍ୱୟଂ ଶ୍ୱଶୁର ମହାଶୟ ବୋଧହୁଏ ଆଜି କି କାଲି ମତେ ମଙ୍ଗେଇବାକୁ ଆସିବେ।

ତେବେ ସିଏ ଯୋଉ ତିଥିରେ ବାହାଘର ହବାକୁ କହିବେ ତୁ ରାଜି ହେଇଯିବୁ ?

ତୁ ମୋ ପାଇଁ ଏତେ ବ୍ୟସ୍ତ କାହିଁକି ଶୁଣେଁ - ?

ସୁବୋଧ ଉଠି ଠିଆ ହୋଇ କହିଲା - ଆରେ ବୁଝୁନୁ ଶୁଭସ୍ୟ ଶୀଘ୍ରଂ - କଟକରୁ ମଶା ନିପାତ ହେବେନା ତୁ ଆଇ.ଏ.ଏସ୍. ହବୁ ? ଆଇ.ଏ.ଏସ୍. ହବୁ କି ନ ହବୁ - ବରଂ ବଡ଼ଲୋକ ଶ୍ୱଶୁରକୁ ଧରିନେବା ଭଲ ତା' ଆଗରୁ...

ସୁବୋଧ ବୁଲିପଡ଼ି ଘରଭିତରକୁ ଯିବାକୁ ବାହାରିଲା। ଦୁଆର ପାଖରେ ଜଣେ

ପୃଥୁଳକାୟ ପ୍ରୌଢ଼ ବ୍ୟକ୍ତି ଠିଆ ହୋଇଛନ୍ତି, ପିନ୍ଧିଛନ୍ତି ଖଣ୍ଡିଏ ମୋଟା ଧୋତିକୁଞ୍ଚକାନି ଅଣ୍ଟାରେ ଖୋସି। ଦେହରେ ଖଣ୍ଡିଏ ଅଳ୍ପ ମଇଳା ଧଳା ହାଫ୍‌ଶାର୍ଟ, କାନ୍ଧରେ ଖଣ୍ଡିଏ ପାଚିଲା ଗାମୁଛା - ବାଁ କାଖରେ ସେ ଜାକିଛନ୍ତି ମଇଳା ଛତା ଖଣ୍ଡିଏ - ଡାହାଣ ହାତରେ ଗୋଟିଏ କାନ୍‌ଭାସ ବ୍ୟାଗ୍ - ମଫସଲରୁ ଆସିଲାଭଳି ଜଣାଯାଉଛନ୍ତି -

ସୁବୋଧ ପଚାରିଲା, "କାହାକୁ ଖୋଜୁଛନ୍ତି ?" "ସୋମନାଥବାବୁ ପରା ଏଇଠି କୋଉଠି ରହନ୍ତି ?" "ହଁ ଏ ଘରେ - ଆସନ୍ତୁ - ଏଃ ସୋମନାଥ, କିଏ ଆସିଛନ୍ତି।"

ସୋମନାଥ ଧଡ଼ପଡ଼ ହୋଇ ମଶାରି ଭିତରୁ ବାହାରିଆସି ପ୍ରୌଢ଼ଙ୍କୁ ପ୍ରଣାମ କଲା -

ସୁବୋଧ ଏ ବ୍ୟକ୍ତିଟି ସୋମନାଥର ଭାବୀ-ଶ୍ୱଶୁର ବୋଲି ବୁଝିପାରି ମୁରୁକିହସା ଦେଇ ଘରୁ ବାହାରିଗଲା।

ସୋମନାଥ ମହାବ୍ୟସ୍ତ ହୋଇ କହିଲା - "ମୁଁ ଭାବିଥିଲି ଆପଣ କାଲି ଆସିବେ ବୋଲି।"

ପ୍ରୌଢ଼ କହିଲେ - "କାଲି ଆସିଥାନ୍ତି ଯେ - ଦିନଟା ଟିକିଏ ଭଲ ନ ଥିଲା। ଗୋଟିଏ ଶୁଭକାର୍ଯ୍ୟରେ ବାହାରିଥେଇଁ ଯେତେବେଳେ, "ହଉ ଆପଣ ମୁହଁ ହାତ ଧୁଆଧୋଇ କରନ୍ତୁ, ମୁଁ ଟିକିଏ ବାହାରୁ ଆସୁଚି।"

"କିଆଁ ?" କହି ପ୍ରୌଢ଼ ସୋମନାଥ ମୁହଁକୁ ଚାହିଁଲେ। ସୋମନାଥ କହିଲା- "କିଛି ଜଳଖିଆ ନେଇ ଆସେ ଆପଣଙ୍କପାଇଁ।"

"ମୁଁ ସେ କାମ ବଢ଼େଇ ଦେଇ ଆସିଛି; ତମେ ବ୍ୟସ୍ତ ହୁଅନି - ଖାଲି ରାତିଟା ଟିକିଏ ଏଠି କୋଉଠି ଶୋଇପଡ଼ିଲେ ହେଲା - ମେସ୍ କଥା - ଅସୁବିଧା ହବ ବୋଲି ମୁଁ ସେ ଅଡୁଆ ରଖିନି।" ପ୍ରୌଢ଼ ଚୌକିରେ ବସିଲେ - ସୋମନାଥର ବାହାଘର କଥା ପଡ଼ିଲା।

ସୋମନାଥ ଆତଙ୍କ ଗଣିଲା - ସେ ଏ ମଶା ଭିତରେ ବସି ରହିବ କିମିତି -। ଗୋଡ଼ ପାଦ, ପିଠି କାମୁଡ଼ି ଫୁଲେଇ ଦେବେ ଯେ। ଚାଲବୁଲ କଲେ ଅଲଗା କଥା।

ସୋମନାଥ ବୁଲିବାକୁ ଆରମ୍ଭ କଲା - ପ୍ରୌଢ଼ କହିଲେ - "ମୁଁ ଆସିଲି ବୁଝିବାପାଇଁ କଅଣ କରାଯିବ।"

"ଆପଣ ଯାହା ଠିକ୍ କରିବେ ମୋର ସେଥିରେ କିଛି ଆପତ୍ତି ନାହିଁ।"

ପ୍ରୌଢ଼ଙ୍କ ପକ୍ଷରେ ଏ ଉତ୍ତର ଅପ୍ରତ୍ୟାଶିତ, ଖୁସି ହୋଇଯାଇ କହିଲେ - "ମୁଁ ତା' ହେଲେ ଏଇ ଜୁନ ମାସର ପ୍ରଥମ ତିଥିରେ କାର୍ଯ୍ୟଟା ବଢ଼େଇ ଦିଏଁ" -

ସୋମନାଥ ମୁଣ୍ଡ ଟୁଙ୍ଗାରିଲା।

ଅନ୍ୟାନ୍ୟ ବହୁ କଥା ପରେ ପ୍ରୌଢ଼ ଗୋଡ଼ହାତ ଧୋଇବାକୁ ଗଲେ।

ସୋମନାଥ ମହାଚିନ୍ତାରେ ପଡ଼ିଲା - ପ୍ରୌଢ଼ କୋଉଠି ଶୋଇବେ? ମଶାରି ତ ମାତ୍ର ଗୋଟିଏ, ନିଜର ଶେଯ ଓ ତକିଆ ତ ନିଶ୍ଚୟ ଦବ - ସେ ପଛେ ଖାଲି ସତରଞ୍ଜିରେ ଶୋଇପଡ଼ିବ - କିନ୍ତୁ ବୁଢ଼ାକୁ ମଶା ଯେ ଖାଇଯିବେ। ତା' ମଶାରିଟି ଯଦି ଦିଏ ତେବେ ସେ... ନା ନା ଅସମ୍ଭବ।

ଦିହେଁ ମଶାରି ଭିତରେ ଶୋଇବେ। କିନ୍ତୁ ପ୍ରୌଢ଼ର ବିରାଟ ବପୁ ଯେ ସମଗ୍ର ଖଟଟିକୁ ମାଡ଼ି ବସିବ - କିନ୍ତୁ ସେ ମଶାରି ଭିତରେ ଆରାମରେ ଶୋଇବ ଆଉ ବୁଢ଼ା ବିଚାରା ମଶାବାଡ଼ିରେ? ନାଃ ତା' ବା ସମ୍ଭବ ହବ କିପରି - ? ଏମିତି ଏକ ପରିସ୍ଥିତିରେ ତ ସୋମନାଥ କେଭେ ପଡ଼ି ନ ଥିଲା - ଉପାୟ?

ପ୍ରୌଢ଼ ପ୍ରବେଶ କଲେ - ବଡ଼ ଅମାୟିକ ଗଳାରେ କହିଲେ - "ତମର ସପଫପ ଥିଲେ ଖଣ୍ଡେ ଦିଅ - ଟିକିଏ ଗଡ଼ିପଡ଼ିବା।"

"ଦଉଚି - ହେଲେ ଏ ମଶାବାଡ଼ିରେ ଆପଣ ଶୋଇବେ କିମିତି? ଭାରି ମଶା" - ପ୍ରୌଢ଼ ତାଙ୍କ ଗାମୁଛାରେ ଗୋଡ଼ହାତ ପୋଛୁ ପୋଛୁ ପଚାରିଲେ - "ଆମ ଗାଁଠୁଁ ତ ବେଶି ମଶା ହେଇ ନ ଥିବେ - ଏତେ ମଶା ଯେ ପାଟିରେ ନାକରେ ପଶିଯିବେ।"

ଏତେ ମଶା? ବିସ୍ମିତ ହୋଇ ପଚାରିଲା ସୋମନାଥ।

ପ୍ରୌଢ଼ କହିଲେ - "ଜଙ୍ଗଲିଆ ଜାଗା, ନ ହେବ କିଆଁ?"

"ଆପଣମାନେ ତା'ହେଲେ ମଶାରି ନ ଟାଙ୍ଗି ଶୋଇପାରୁ ନ ଥିବେ।"

"ମଶାରି! ମଶାରି କିଆଁ ଟାଙ୍ଗିବୁଁ? ମଫସଲି ଲୋକ ଶେଯ ଶୁଙ୍ଘିଲେ ନିଦ - ଆମେ କେହି ମଶାରି ଟାଙ୍ଗୁନି।"

ସୋମନାଥ ମନେ ମନେ ଭାବିଲା... ଏଁ ଶେଯ ଶୁଙ୍ଘିଲେ ନିଦ! ମଶା ଏମାନଙ୍କୁ ନିଦରେ ବ୍ୟାଘାତ ଦିଏନି? ମଶା କାମୁଡ଼ା ଏମାନେ ସହିପାରନ୍ତି?"

ସୋମନାଥ ପଚାରିଲା - "ମଶା ତ କାମୁଡୁଥିବେ?"

"ହଁ, କାମୁଡୁଥିବେ - ନିଦ ଭିତରେ ସେ କଥା ଆଉ କିଏ ଜାଣୁଚି? ଇସ୍! ଏମାନଙ୍କ ରକ୍ତରେ କେତେ ମ୍ୟାଲେରିଆ, ବାତଜ୍ୱର କୀଟାଣୁ ଭର୍ତ୍ତି ହୋଇ ନ ଥିବେ? ଭଗବାନ୍... କେଡ଼େ ଅଜ୍ଞ ଏମାନେ...। ଗରିବଙ୍କ କଥା ଅଲଗା - ଏମାନେ ଅତି ଧନୀ ଘର ହୋଇ ବି ମଶାରି ବ୍ୟବହାର କରନ୍ତିନି? -"

ସୋମନାଥ ଏ ବିଷୟରେ ଆଉ ବିଶେଷ କିଛି ଜାଣିବାକୁ ଯେପରି ଡରିଗଲା - ମଶାରିଟା ଟେକି ଦେଇ ଶେଯ ତଳୁ ସତରଞ୍ଜିଟା କାଢ଼ି ନେଇ ତଳେ ପକେଇଦେଲା ଓ ଖଟରେ ଶେଯଟା ଝାଡ଼ିଝୁଡ଼ି ଦେଇ ପ୍ରୌଢ଼ଙ୍କୁ ଶୋଇବାକୁ ଡାକିଲା -

ପ୍ରୌଢ଼ ଆପତ୍ତି ଜଣାଇ କହିଲେ - "ନାହିଁ ବାବୁ, ତମେ ଶୁଅ ଖଟରେ - ମୁଁ ଏ ସତରଞ୍ଜିରେ ଗଡ଼ିପଡୁଛି।"

ସୋମନାଥ ପ୍ରୌଢ଼ଙ୍କୁ ବାରମ୍ବାର ଅନୁରୋଧ କଲାପରେ ମଧ୍ୟ ପ୍ରୌଢ଼ ସତରଞ୍ଜିଟା ପାରିଦେଇ ତା' ଉପରେ ବସିପଡ଼ି ବଟୁଆରୁ ପାନ କାଢ଼ି ଭାଙ୍ଗୁ ଭାଙ୍ଗୁ କହିଲେ "ନାଇଁ ବାପା - ତୁମେ ଶୁଅ ଶେଯରେ ମଶାରି ଟାଙ୍ଗି - ମୁଁ ଏଇଠି ବେଶ୍ ଆରାମରେ ଶୋଇପଡ଼ିବି। ତମେ ହେଲ ଆଜିକାଲିକା ପାଠୁଆ ପିଲା। ଶେଯ ମଶାରି ଅଭ୍ୟାସ"-

"ମୁଁ ମଶାରି ଭିତରେ ଶୋଇଲେ ମତେତ ଉଦୁକ୍ରୁରୀ ଲାଗିବ। ଶୁଅ, ବାବୁ ତୁମେ ଶୁଅ" -

ସୋମନାଥ ବିସ୍ମିତ ହେଲା - ଲୋକଟା ମଶାକାମୁଡ଼ା ସହିପାରିବ, ଅଥଚ ଟିକିଏ ଗରମ ସହିପାରିବନି ? ମ୍ୟାଲେରିଆ ବାତଜ୍ୱରର ଭୟ ମୋଟେ ନାହିଁ।

ମଶାର ଦଂଶନ ଯାଙ୍କର ଭାବନା ଚିନ୍ତାରେ ବାଧା ଦିଏନି, ଘୁଷୁରିଭଳି ଏମାନେ ଶୋଇଯାନ୍ତି ନିଶ୍ଚିନ୍ତ ମନରେ ?

ସୋମନାଥ କିପରି ଗୋଟାଏ ଅସ୍ୱାଛନ୍ଦ୍ୟ ବୋଧ କଲା - ପାନ ଖାଇ ସାରି ପ୍ରୌଢ଼ ଗଡ଼ିପଡ଼ିଲେ ସତରଞ୍ଜି ଉପରେ। ଗୋଟାଏ ତକିଆ ନେଇ ସୋମନାଥ ଦେଲା - ପ୍ରୌଢ଼ ଫେରେଇଦେଇ କହିଲେ - "ତମେ କାହିଁକି ବ୍ୟସ୍ତ ହେଉଚ ବାବୁ। ମାଣ୍ଡି ମୋର ନ ହେଲେ ଚଳିଯିବ। ତମେ ମୁଣ୍ଡରେ ଦିଅ। ଯାଅ, ଯିବଟି - ତମେ ଯାଅ ଖାଇବାକୁ ଯାଅ - ଖାଇସାରି ଆସି ଶୋଇପଡ଼ - ଏଇ ଜୁନ୍ ତିଥିପେଇଁ ତେବେ ମୁଁ ସବୁ ଯୋଗାଡ଼ କରୁଚି। ମତେ ତ ଫେର୍ ଆଉଥରେ କଟକ ଆସିବାକୁ ପଡ଼ିବ - କିଣାକିଣି ବହୁତ ଅଛି" - କହୁ କହୁ ପ୍ରୌଢ଼ ଘୁଙ୍ଗୁଡ଼ି ମାରିବାକୁ ଆରମ୍ଭ କଲେ।

ଏଁ ଘୁଙ୍ଗୁଡ଼ି... ସାଙ୍ଗେ ସାଙ୍ଗେ ? ମଶାର ଏ ଗୁଞ୍ଜନ ଭିତରେ - ହା-ହତୋଽସ୍ମି ! କି ଧରଣର ଜୀବ ଏମାନେ ?

ସୋମନାଥର ଯେପରି ନିଶ୍ୱାସ ରୁନ୍ଧି ଆସିଲା ଭଳି ମନେ ହେଲା। ନୀରବରେ ସେ ଉଠି ପଦାକୁ ଚାଲିଗଲା। ଖାଇସାରି ଫେରିଲାବେଳକୁ ଦେଖିଲା ପ୍ରୌଢ଼ ଚାରିକାତ ଲମ୍ବେଇ ଖୁବ୍ ବିକଟ ସ୍ୱରରେ ଘୁଙ୍ଗୁଡ଼ି ମାରୁଛନ୍ତି।

ସୋମନାଥ ତାଙ୍କ ସାମନାରେ ଠିଆ ହୋଇ ବିମୂଢ଼ ଭାବରେ ତାଙ୍କୁ ଚାହିଁଲା।

ଇସ୍, କି gross ! ସୂକ୍ଷ୍ମାନୁଭୂତି ଏମାନଙ୍କର ଟିକିଏ ହେଲେ ନାହିଁ ?

ସୋମନାଥ ଲଣ୍ଠନଟା ଆଉ ଟିକିଏ ତେଜିଦେଲା ଓ ଉଠେଇ ଧଇଲା। ଧୀରେ ଧୀରେ ପ୍ରୌଢ଼ଙ୍କ ପାଖକୁ ଲଣ୍ଠନଟି ନେଲା।

ପ୍ରୌଢ଼ଙ୍କର ମୁହଁଠୁ ପାଦଯାଏ କ୍ଷୁଦ୍ର ପରୀଗୁଡ଼ିକ ବସିଯାଇ ତାଙ୍କର ମୋଟା ଚମଡ଼ାରେ ମୁଣ୍ଡ ଫୁଟେଇ ରକ୍ତ ପିଇବାରେ ଲାଗିପଡ଼ିଛନ୍ତି। କିନ୍ତୁ ପ୍ରୌଢ଼ ଟିକିଏ ହଲ୍‌ଚଲ୍ ବି ହଉ ନାହାନ୍ତି - ଇଃ - କି ବୀଭତ୍ସ ଦୃଶ୍ୟ - ସୋମନାଥ ଦେଖିଲେ କେତେଗୁଡ଼ାଏ ମଶା ରକ୍ତ ପିଇ ପିଇ ଫୁଲିଗଲେଣି -

ତା' ଆଖି ହିଂସ୍ର ହୋଇଉଠିଲା। ଏତେଗୁଡ଼ାକ ମଶା ଯଦି ସେ ଏକାଥରକେ ମାରିପାରନ୍ତା।

ମାରିବ? କିମିତି ମାରିବ? ପ୍ରୌଢ଼ ଯଦି ଘାତରେ ଉଠିପଡ଼ିବେ? କଅଣ ନାଇଁ କଅଣ ଭାବିବେ! ନାଃ ସମ୍ଭବ ନୁହେଁ।

ତା'ର ସ୍ନାୟୁଗୁଡ଼ାକ ଟାଙ୍କି ହୋଇଗଲା - ଦାନ୍ତ ଓଠ ଚାପି ସେ ଗୋଟାଏ ବିକଳ ଅସହାୟତା ଭିତରେ ମଶାଗୁଡ଼ାଙ୍କ ଆଡ଼େ ଚାହିଁ ରହିଲା।

କି ନିର୍ଭୟରେ ଏମାନେ ରକ୍ତପାନ କରୁଛନ୍ତି ସତେ ସେମାନଙ୍କର ଅତି ବଡ଼ ଶତ୍ରୁକୁ ଭ୍ରୂକ୍ଷେପ ନ କରି। ସୋମନାଥ ଆଉ ସହ୍ୟ ନ କରିପାରି ସେଠୁ ଉଠିଆସିଲା ମଶାରି ପକେଇ ଲଣ୍ଠନ ଆଲୁଅରେ ଭିତରଟା ଖୁବ୍ ଭଲକରି ଦେଖିନେଲା - ନାଃ ଗୋଟାଏ ହେଲେ ମଶା ନାହାନ୍ତି - ଗୋଟାଏ ହେଲେ ନାହାନ୍ତି? ଅନ୍ତତଃ ଗୋଟାକୁ ମାରି ସେ ତା'ର ଆତ୍ମା ଶାନ୍ତକରିପାରିଥାନ୍ତା।

ଲଣ୍ଠନଟା ଲିଭେଇଦେଇ ସୋମନାଥ ଶୋଇଲା।

ସୋମନାଥ ସ୍ୱପ୍ନ ଦେଖିଲା - ପ୍ରୌଢ଼ଙ୍କ ଦେହରେ ମଶାଗୁଡ଼ା ଫୁଲିଯାଉଛନ୍ତି - ଖୁବ୍ ଶୀଘ୍ର ଶୀଘ୍ର ସେ ତାଙ୍କର ଫୁଲିବାର ପ୍ରକ୍ରିୟାଟାକୁ ସ୍ପଷ୍ଟଭାବରେ ଲକ୍ଷ୍ୟକରୁଚି କେତେଗୁଡ଼ାଏ ଫୁଲି ଫୁଲି ଫାଟି ଯାଉଛନ୍ତି -

ରକ୍ତଗୁଡ଼ାକ ଚାରିଆଡ଼େ ପିଚ୍‌କି ପଡୁଚି... ସୋମନାଥ ଦେଖିଲା - ଗୋଟିଏ ଖୁବ୍ ଗୋରା ସୁନ୍ଦର ମୁହଁ... ଭ୍ରୂଗୁଡ଼ାକ କି ସୁନ୍ଦର! ଅଧରରେ ସ୍ମିତ ହସ ଟିକିଏ ଲାଗିଚି...

ଗୋଟାଏ ବିରାଟ ମଶା - ଗୋଟାଏ ଶାଗୁଆ ଝିଣ୍ଟିକାଭଳି ମଶା ତା'ର ସେଇ ନାଲି ଟହ ଟହ ଓଠ ଉପରେ ବସି ରକ୍ତଗୁଡ଼ାକ ପିଇଯାଉଚି...

ଆଉ ଗୋଟାଏ ମଶା ସେଇ ଗୋରା ଦେହର ଉନ୍ନତ ବକ୍ଷ ଉପରେ ବସିଚି ସେ ପରିଷ୍କାର ଦେଖିପାରୁଚି... ବକ୍ଷ ତା'ର ସଂକୁଚିତ ହୋଇଆସୁଚି... ଇସ୍!... ସୋମନାଥର ନିଶ୍ୱାସକ୍ରମେ ପ୍ରଖର ହୋଇଉଠିଲା... ଏ ଦୃଶ୍ୟ ସେ ଆଉ ସହ୍ୟ କରିପାରିଲାନି... ସେ ଚିତ୍କାର କରିଉଠିଲା...

ସୋମନାଥର ନିଦ ଭାଙ୍ଗିଗଲା... ଦେଖିଲା ଚାରିଆଡ଼ ଅନ୍ଧାର - ଅନ୍ଧାର ଭିତରୁ

ବିକଟ ଘୁଙ୍ଘୁଡ଼ିର ନାଦ... ଅସ୍ଥିରଭାବରେ ସେ ତକିଆ ଉପରେ ମୁଣ୍ଡ ଗଡ଼େଇଲା... ଦିହରୁ ତା'ର ଗମ୍ ଗମ୍ ଝାଳ ବାହାରି ପଡୁଚି... ହାତ ପଙ୍ଖାରେ ବିଞ୍ଚିହେଲା...

କିନ୍ତୁ ନିଦ ହେଲାନି... ମଶାରି ବାହାରେ ମଶାଙ୍କର ଗୁଞ୍ଜନ ତା' କାନରେ ଗର୍ଜନ ଭଳି ଶୁଭିଲା।...

କାନ ତା'ର ଭାଁ ଭାଁ କଲା... ନାଃ ଆଜି ଆଉ ତାକୁ ନିଦ ହବନି...।

ଇଚ୍ଛା ହେଲା ଉଠିଯାଇ ପ୍ରୌଢ଼ର ଦେହସାରା ଚାପୁଡ଼ାମାରି ମଶାଗୁଡ଼ାକୁ ମାରି ପକେଇବ -

ବହୁତ ସମୟ ଏଇପରି ସୋମନାଥ ଉନ୍ନିଦ୍ର ଅବସ୍ଥାରେ କଟେଇଲା... ଛଟ ପଟ୍ ହେଲା... କ୍ରମେ ତା'ର ମସ୍ତିଷ୍କ ଅତି କ୍ଳାନ୍ତ ଅବଶ ହୋଇପଡ଼ିଲା... ତା'ର ମନେ ହେଲା କଅଣ ଯିମିତି ହୋଇଯାଉଚି... ପରେ ପରେ ସେ ଆଉ କିଛି ଜାଣିପାରିଲାନି...

ସୋମନାଥ ଯେତେବେଳେ ଧଡ଼ପଡ଼ ହୋଇ ଉଠିଲା ସେତେବେଳକୁ ଦିନ ବହୁତ ହେଲାଣି...

ମଶାରି ଭିତରୁ ବାହାରି ଆସିଲାବେଳକୁ ଦେଖିଲା ପ୍ରୌଢ଼ ଗାଧୋଇ ପାଧୋଇ ଲୁଗା ଜାମା ପିନ୍ଧି ଠିଆ ହୋଇଛନ୍ତି ତାକୁ ଅପେକ୍ଷା କରି।

"ମୁଁ ଯାଉଚି, ବସ୍ ବେଳ ହୋଇଗଲାଣି, ତମେ ଉଠି ନ ଥିଲ ବୋଲି ଅପେକ୍ଷା କରିଥିଲି..."

ସୋମନାଥ ହଠାତ୍ ଯେମିତି କିଛି ବୁଝି ପାରିଲାନି। ତା'ପରେ ଉଠି ଠିଆ ହେଲା...

ପ୍ରୌଢ଼ ସ୍ମିତ ହସି କହିଲେ - "ତମର ନିଦ ଛାଡ଼ିନି - ତମେ ଆଉ ଘଡ଼ିଏ ଶୋଇପଡ଼ ବାବୁ - ମୁଁ ଯାଏଁ"... ସେ ବାହାରି ପଡ଼ିଲେ - ସୋମନାଥ ନମସ୍କାର କରିବାକୁ ଭୁଲିଥିଲା... ସେଇଠି ଠିଆ ହୋଇ ସେ କେବଳ ପ୍ରୌଢ଼ଙ୍କ ଯିବାକୁ ଲକ୍ଷ୍ୟ କରୁଥିଲା...

ସେ ଦେଖୁଥିଲା ପ୍ରୌଢ଼ଙ୍କର ନଗ୍ନ ଦେହ... କ୍ରମେ କ୍ରମେ ଗୋଟିଏ ସୁନ୍ଦର ସୁଠାମ ସୁଗୌର ଦେହ - ସେଥି ଭିତରୁ ବାହାରିଆସିଲା... ସାରା ଦେହଟି ତା'ର ଅଗିଆବାତପରି ଫୁଲି ଯାଇଚି - ବହୁତ ଜାଗାରେ ରକ୍ତର ଚିହ୍ନ...

କେତେବେଳଯାଏଁ ସେ ଏମିତି ଠିଆ ହୋଇଥିଲା ଜାଣେ ନା... ସୁବୋଧର ଡାକରେ ତା'ର ସମ୍ବିତ୍ ଫେରିଆସିଲା...

ସୁବୋଧ ପଚାରିଲା - କିରେ ଏମିତି ଖୁଣ୍ଟଟା ଭଳି ଏଠି ଛିଡ଼ା ହୋଇଚୁ କିଆଁ? କଅଣ ହେଲା...?

ସୋମନାଥ କିଛି ନ କହି ସୁବୋଧକୁ ଚାହିଁ ଟିକିଏ ହସିଲା... ଅତି ଶୁଖିଲା ହସ...

ସୁବୋଧ ପଚାରିଲା - "କିରେ କଅଣ ହେଲା? ଏଇ ଜୁନ୍ ତିଥିରେ ବାହାହବାକୁ କଥା ଦେଲୁ ତ?" ସୋମନାଥ କହିଲା - "ହଁ -"

'ହଁ'ତ ଆଉ ଫେର୍ ଭାବୁଚୁ କଅଣ? ସୋମନାଥ କିଛି କହିଲା ନାହିଁ - ସୁବୋଧ ତା' ମୁହଁକୁ ଚାହିଁ କଅଣ ଯେପରି ସନ୍ଦେହ କରି ପଚାରିଲା -

"ଆରେ ତୁ ସେଠି ବାହାହବୁ ତ?"

"ନାଇଁ -"

"ନାଇଁ? ଆଉ କହିଲୁ ଯେ ଜୁନ୍ ତିଥିକୁ ରାଜି ହେଲୁ?"

"ହଁ" -

- "ଆଉ ଫେର୍ ନାହିଁ କଅଣ?"

"ମୁଁ ବାହାହେବିନି ବୋଲି ଚିଠି ଲେଖି ଦେବି" -

ସୁବୋଧ କିଛି ନ ବୁଝିପାରି ସୋମନାଥ ମୁହଁକୁ ଚାହିଁ ରହିଲା।

■

ମେଘୁଆ ତାରାମାନେ

ରଘୁମାଷ୍ଟ୍ରେ ଆଜି ସକାଳୁ କାହିଁକି ଅତିରିକ୍ତ ମାତ୍ରାରେ ଉତ୍ୟକ୍ତ - ଗାଁଟା ସାରା ଲୋକେ କୁହାକୁହି ହଉଛନ୍ତି - କଅଣ ହେଲା ?... ଦାଣ୍ଡ କବାଟ ବନ୍ଦ - ଭିତରେ କଣ୍ଠ ମାଷ୍ଟ୍ରେ - ତାଙ୍କ ଉପରେ ଗାଳିବୃଷ୍ଟି।...

ଗାଁବାଲାଙ୍କ ମୁହଁରେ ଚିନ୍ତା - ଏଥର ଯଦି ରଘୁମାଷ୍ଟ୍ରଙ୍କର ରକ୍ତଚାପ ବଢ଼ିଯାଏନା ତେବେ ସଇଲା - ଆଉ ବର୍ତ୍ତିବେନି - ବଡ଼ ବଡ଼ ଡାକ୍ତରମାନେ କହିଛନ୍ତି ଏଥର ଷ୍ଟ୍ରୋକ୍ ହେଲାମାନେ ରଘୁମାଷ୍ଟ୍ରଙ୍କୁ ବଞ୍ଚେଇବା କାଠିକର ପାଠ ! କଅଣ ? ଆଉ ତ ବଞ୍ଚିବେନି - ଏ ଖଣ୍ଡମଣ୍ଡଳର ଦୀପଟା ଧପ୍‌କରି ଲିଭିଯିବ।

ଏକଥା ଭାବିଦେଲା ବେଳକୁ ଏଡ଼େବଡ଼ ଗାଁଟାର ପିଲାଛୁଆଙ୍କଠୁଁ ଆରମ୍ଭକରି ଅଶୀ ନବେ ବର୍ଷର ବୁଢ଼ାଯାଏଁ ସଭିଙ୍କ ମୁହଁ ପାଉଁଶିଆ ପଡ଼ିଯାଉଚି।

ରଘୁମାଷ୍ଟ୍ରେ, ରଘୁମାଷ୍ଟ୍ରେ ରଘୁମାଷ୍ଟ୍ରେ... ଗାଁଟାର ଖାଇପିଇ ଆଉ କିଛି ଚିନ୍ତା ନାହିଁ... ଖାଲି ସେଇ ଗୋଟିଏ ଲୋକ ରଘୁମାଷ୍ଟ୍ରଙ୍କ ଚିନ୍ତା... ତାଙ୍କର ଟିକିଏ ସର୍ଦ୍ଦି କାଶ ହେଲା ତ ଦୀନୁ ଧଳ ସାମନ୍ତଙ୍କ ଏକମାତ୍ର ଟାକ୍‌ସି ତାଙ୍କୁ ଧରି ଛୁଟିବ କଟକ ବଡ଼ ଡାକ୍ତରଖାନାକୁ... ଗାଁବାଲାଙ୍କର ରଘୁମାଷ୍ଟ୍ରଙ୍କ ପେଇଁ ଟଙ୍କା ଖର୍ଚ୍ଚ କରିବାକୁ ପରବାଏ ନାଇଁ... ଲାଗୁ ଯେତେ ଟଙ୍କା ଲାଗିବ... ରଘୁମାଷ୍ଟ୍ରେ ଆମର ବଞ୍ଚିଥାନ୍ତୁ...

ତାଙ୍କୁ ଟାକ୍‌ସିରେ ବସେଇ କଟକ ଡାକ୍ତରଖାନା ନେଲାବେଳେ ରଘୁମାଷ୍ଟ୍ରେ ଗାଁବାଲାଙ୍କୁ କେତେ ଅନୁନୟ ବିନୟ ହୋଇ କହନ୍ତି - 'ଆରେ ଏ ଚଉରାଶୀ ବର୍ଷର ବୁଢ଼ାହଡ଼ାଟାକୁ ବଞ୍ଚେଇ ରଖି ତମର ଲାଭ କଅଣ କହିଲ ? ମୁଁ କଅଣ ତମ୍ବାପାତିଆରେ ମୁଣ୍ଡ ବାନ୍ଧି ଆସିଚି ?'

କିନ୍ତୁ ତାଙ୍କର ଏ 'ଅରଣ୍ୟରୋଦନ'କୁ କାନ ଦଉଚି କିଏ ?

ସେଦିନ ସନିଆ ହଳବଳଦ ନେଇ ବିଲକୁ ଯାଉ ଯାଉ ମନ୍ତ୍ର ଜପିଲା ଭଳି

କଅଣଗୁଡ଼ାଏ ଗୁଣୁ ଗୁଣୁ ହେଇ କହିଯାଉଥିଲା... ଦାଣ୍ଡପିଣ୍ଡାରେ ବସି ଦାନ୍ତ ଘଷୁଥିଲି - ହସି ହସି ପଚାରିଲି - "କିରେ ସନିଆ, କଅଣ ଏମିତି ଗୁଣୁ ଗୁଣୁ ହଉଚୁ ?"

ସନିଆ ଟିକିଏ ଅଟକିଯାଇ ମୁରୁକି ହସି ଦେଇ କହିଲା - "ଜୁହାରେ ସାଆନ୍ତେ... ଆଜ୍ଞା ଜପୁଥିଲି ଗୋଟେ ମନ୍ତ୍ର।"

"କି ମନ୍ତରେ ? କଅଣ ଦୀକ୍ଷା ନେଇଚୁ କୋଉ ଗୁରୁଙ୍କଠୁଁ?" ମୁଁ ପଚାରିଲି...

ସନିଆ କହିଲା - "ନାଇଁ ସାନ୍ତେ, ଦୀକ୍ଷା ନେଇନି ... ମୁଁ ଜପୁଥିଲି 'ରଘୁମାଷ୍ଟ୍ରେ, ରଘୁମାଷ୍ଟ୍ରେ, ରଘୁମାଷ୍ଟ୍ରେ... ଯୋଉଦିନ ସାଆନ୍ତେ ବିଲକୁ ଗଲାବେଳେ ରଘୁମାଷ୍ଟ୍ରଙ୍କ ଦର୍ଶନ ମିଳିଯାଏ ସେ ଦିନ ତାଙ୍କ ନାଁ ଜପି ଜପି ବିଲକୁ ଗଲେ ଭଲ ଫଳ ହୁଏ।"

'କି ଭଲ ଫଳ ହୁଏ ଟିକିଏ ଶୁଣେ ?' କୌତୂହଳିତ ହୋଇ ପଚାରିଲି...

ସେଦିନ କ୍ଷେତ ମାଟି ଓଦା ହେଇଯାଇଥିବ ବର୍ଷାପାଣିରେ... ନ ହେଲେ ଏ ହଡ଼ାବଳଦ ଦି'ଟା ସେଦିନ କାଇଁକି ବେଶୀ ଫୂର୍ତ୍ତିରେ ଲଙ୍ଗଳଟାକୁ ଭିଡ଼ିନେବେ କ୍ଷେତ ଉପରେ... କିଛି ନ ହେଲେ ମୁଁ ଭୋକଉପାସ ଭୁଲି ହଳ କରି ଚାଲିଥିବି..."

ପ୍ରଥମେ ପ୍ରାଇମେରୀ, ପରେ ମାଇନର ସ୍କୁଲର ବହୁ ବର୍ଷ ଆଗରୁ ଅବସରପ୍ରାପ୍ତ ଏଇ ରଘୁମାଷ୍ଟ୍ରେ... ଏ ଗାଁର ଦେବତା, ତାଙ୍କ ନାଁକୁ ମନ୍ତ୍ରଭଳି ଜପକଲେ ପୁଣି ଭଲ ଫଳ ହୁଏ... ସେ ନାଁଟାରେ ଏତେ ଯାଦୁ!

ଏଇ ଗାଁର ପିଲା ମୁଁ... ମୁଁ ବି ଅଧ୍ୟାପକ ହେଇ ରିଟାୟାର କଲି - ମତେ ନେଇ ଗାଁ ଗର୍ବ କରେ ଦେଖ ହୋ, ଯୋଉ ମନ୍ତ୍ରିମଣ୍ଡଳ ଗାଦିରେ ବସିଲେ ସେଥିରେ ପୁଞ୍ଜାଏ ପାଞ୍ଚୁଟା ମନ୍ତ୍ରୀ ଆମ ବିମଳବାବୁଙ୍କ ଛାତ୍ର। ଆମେ ତ ନିଜ ଆଖିରେ ଦେଖିବା କଥା କିମିତି ସେମାନେ ଆମ ଗାଁକୁ ସଭାସମିତିରେ ଆସିଲେ ବିମଳବାବୁଙ୍କ ପାଦ ଛୁଇଁ ପ୍ରଣାମ କରନ୍ତି -

ଅଥଚ ? ଅଥଚ ପୁଣି କଅଣ ? ମୁଁ ତ ରଘୁମାଷ୍ଟ୍ରେ ହେଇପାରିବିନି ? ମୋ ନାଁଟାକୁ କେହି ଜପାମାଳି କରିଚି ଏ ଗାଁରେ ନା ଏ ଓଡ଼ିଶା ଭୂଇଁରେ! ମାଇନର ସ୍କୁଲର ଅବସରପ୍ରାପ୍ତ ରଘୁମାଷ୍ଟ୍ରଙ୍କ ପାଖରେ ଠିଆ ହୋଇ ଆମେରିକା ଇଉରୋପ ଫେରନ୍ତା ମୁଁ ଯେତେବେଳେ ରଘୁମାଷ୍ଟ୍ରଙ୍କ ପାଦଛୁଇଁ ପ୍ରଣାମ କରେ ଆଉ ସଭକ୍ତି ତାଙ୍କ ସହିତ କଥାଭାଷା ହୁଏ ସେତେବେଳେ ଆମକୁ ବେଢ଼ିଯାଇଥିବା କେତେକ ଗାଁବାଲାଙ୍କ ପରିତୃପ୍ତ ହସ ହସ ଓ ଗର୍ବିତ ଆଖିଗୁଡ଼ା ଚଉରାଶୀ ବର୍ଷର ରଘୁମାଷ୍ଟ୍ରଙ୍କ ମୁହଁ ପ୍ରଦକ୍ଷିଣ କରୁଥାଏ - ମୋ ମୁହଁ ନୁହେଁ।

ଏଡ଼େ ବଡ଼ ଜଣେ ପର୍‌ଫେସାର୍ ଆଉ ଲେଖକ ଆମ ଏ ଓଡ଼ିଶା ଭୂଇଁର, କିମିତି ମଥା ନୁଆଁଇ ଆମ ରଘୁମାଷ୍ଟ୍ରଙ୍କ ସହିତ କଥାଭାଷା ହେଉଛନ୍ତି ଦେଖ। ଆମେ ତ

ଛାର। ରଘୁମାଷ୍ଟ୍ରଙ୍କ ଆଗରେ ଇଏ ବି କିମିତି ବାଧ ଛୁଆଟିଏ ଭଳି ଠିଆ ହେଇଛନ୍ତି ଦେଖ! ହେବେନି? ଏଇ ରଘୁମାଷ୍ଟ୍ରଙ୍କ ପାଖରେ ଇଏତ ପୁଣି ଖଡ଼ି ଛୁଇଁଥିଲେ।

ମନେ ଅଛି ମୋର - ମତେ ସେତେବେଳେ ପାଞ୍ଚ ପୂରି ଛ' ଚାଲୁଥାଏ - ପଚାଶ ବର୍ଷ ତଳର କଥା। ରଘୁମାଷ୍ଟ୍ରେ ସେତେବେଳେ ସତେଇଶ କି ଅଠେଇଶ ବର୍ଷର ଭେଣ୍ଡିଆ। ବଡ଼ିଭୋରରୁ ସ୍କୁଲକୁ ଯିବାବେଳେ ଆମ ଦାଣ୍ଡ ଦୁଆର ସାମନାରେ ଠିଆ ହୋଇ ଯେତେବେଳେ ରଡ଼ିଟାଏ ମାରିଦିଅନ୍ତି - 'କିରେ ବିମଳ, ବେଳ ହେଇନି?' ମୋ ଗୁଣ୍ଡିଆ ଥରିଯାଏ। ପ୍ରଥମ ଯୋଉଦିନ ମତେ ରଘୁମାଷ୍ଟ୍ରେ ସ୍କୁଲକୁ ଟାଣି ଟାଣି ନେଲେ ନାଁ ଲେଖା ପରେ ସେଦିନ କଥା ଭୁଲିନି ମୁଁ - ମୁଁ ଯିବିନି, ହେଲେ ରଘୁମାଷ୍ଟ୍ରେ ଛାଡ଼ିବେନି - ସିଏ ମୋର ଗୋଟାଏ ହାତକୁ ଭିଡୁଛନ୍ତି ବହୁତ କଅଁଳେଇ ଡାକି ଆଉ ମୁଁ ମୋ ବାଁ ହାତଟାରେ ଆମ ଦାଣ୍ଡ କବାଟର ଗୋଟାଏ ଫାଳକୁ ଜାବୁଡ଼ି ଧରି ଘର ଭିତରକୁ ପଶିଯିବାକୁ ଚେଷ୍ଟା କରୁଚି ଏରୁଣ୍ଡିବନ୍ଧ ଭିତରକୁ ଗୋଟାଏ ଗୋଡ଼ ଆଉ ବାହାରକୁ ଗୋଟାଏ। ବୋଉ ମୋର ଭିତରୁ କହୁଚି - ଛତରାଟୋକା, ଛ' ବର୍ଷ ହେଲା ଆସି... ପାଠ କିଆଁ ପଢ଼ିବୁ... ଖାଲି ବିଲବଣ, ପାହାଡ଼ ବୁଲି ବଣି ଧରିବୁ, ନେଉଳ ଧରିବୁ... ଯା ଇସ୍କୁଲକୁ... ଗଲୁ - ମୁଁ ଦାନ୍ତ ଟିପି ଗର୍ଜି ଗର୍ଜି କହିଲି - ନା ଯିବିନି... ରଘୁମାଷ୍ଟ୍ରଙ୍କର ଏଇ ଟାଣିବା ଦୃଶ୍ୟଟା ମନେ ପଡ଼ିଗଲେ ମୋର ପିଲାଦିନର ଆଉ ଗୋଟାଏ ଦୃଶ୍ୟ ମନେ ପଡ଼ିଯାଏ।

ଆମ ଗାଁର ନରି - ମୋଠୁଁ ଦି'ଟା ବର୍ଷ ମାତ୍ର ବଡ଼ - ସପ୍ତମ ଶ୍ରେଣୀରେ ପଢୁଥାଏ... ମୁଁ ପଞ୍ଚମରେ। ଅଥଚ ତା'ର ସାହସ ଅଦ୍ଭୁତ! ସାପ ମାରିବାରେ ଓସ୍ତାଦ୍ - ଗାଁ ଲୋକେ ତା'ର ସାହସ ଦେଖି ହତବାକ୍ ହୋଇଯାନ୍ତି! ସେ ସକାଳ ସନ୍ଧ୍ୟାରେ ଝାଡ଼ାଫେରି ଗଲାବେଳେ ତା' ହାତରେ ଲୁହାମୁନବସା ତେଣ୍ଟା ନିଶ୍ଚୟ ଥିବ - ଯଦି ଦେଖିଲା ଉଇ ହୁଙ୍କା ଗାତ ଭିତରୁ ସାପ ଫଣା ଟେକି ଖେଳୁଚି ନରିର ଅତର୍କିଆ ଝାଡ଼ା ବନ୍ଦ - ସେ ସେଇଠି ରହିଲା। ଆଉ ନରିର ତେଣ୍ଟାରେ ସେଦିନ ସାପର ମୃତ୍ୟୁ ସୁନିଶ୍ଚିତ।

ନରି ଆଜି ବୁଢ଼ା ହେଲାଣି। ରେଳବାଇରେ କାମ କରେ। ବାର୍ଦ୍ଧକ୍ୟ ଓ ଅଭାବ ତାକୁ ନୁଆଁଇ ଦେଲାଣି। ତାକୁ ଚାହିଁ ଦେଖେ ଓ ତା'ର ଅସୀମ ସାହସିକତା କଥା ମନେପକାଏ - ନିର୍ଭୀକ ଭାବରେ ସାପ ମାରିବା ତା' ଜୀବନ କ୍ଷେତ୍ରରେ ଯେଉଁ ନିର୍ଭୀକତା ଆଣିଦେଇଚି ସେଥିପେଇଁ ସେ ଆରମ୍ଭରୁ ରେଳବାଇର ଯୋଉ କାମରେ ଥିଲା ସେଇ କାମରେ ବୁଢ଼ା ହେଲାଯାଏଁ ରହିଗଲା - ଜଟଣୀ ଜଂକ୍ସନ୍‌ରୁ ବଦଳି ହେଲାନି କି ଉପର ପାହ୍ୟାକୁ ସେ ଉଠିପାରିଲାନି। କାରଣ ସେ ନିର୍ଭୀକ, ସେ ସ୍ପଷ୍ଟବାଦୀ

ସେ ସଚ୍ଚୋଟ - ଚାକିରି କ୍ଷେତ୍ରରେ ଅନ୍ୟାୟ ଅବିଚାର ଓ ଦୁର୍ନୀତିର ପ୍ରତିରୋଧ କରିବାପାଇଁ ସବୁବେଳେ ସେ ଉପର ହାକିମମାନଙ୍କ ସାମନାକୁ ଆଗେଇ ଆସିଚି।

କିନ୍ତୁ ମୁଁ?... ସେଇ ନରି ସାଥିରେ କେତେଥର ତା' ସାପମରା ଦେଖିବାକୁ ଯାଇଚି... କିନ୍ତୁ ଭୟରେ ଦୂରରୁ... ନରି ମତେ ଉପହାସ କରିଚି ହସି ହସି... "ଛେରୁଆଟା"... ସାରା ଜୀବନ ମୋର ସେଇ ଛେରୁଆପଣ ପାଇଁ ମୁଁ ଗୋଟାଏ ଭୀରୁ ଅଧ୍ୟାପକ ଭାବରେ କାମ କରି କରି ପେନ୍‌ସନ୍ ନେଲି.... ବ୍ରିଟିଶ ସରକାରଙ୍କ ଅମଳରେ 'ଆପଣଙ୍କର ଅତି ବିଶ୍ୱସ୍ତ ଭୃତ୍ୟ ବିମଳ ଦାସ' ଆଉ କଂଗ୍ରେସୀ ଶାସନ ଅମଳରେ 'ଆପଣଙ୍କର ବିଶ୍ୱସ୍ତ ବିମଳ ଦାସ'।

ବାଃ,... ମନେ ପଡ଼ିଲେ ଏବେ ହସମାଡ଼େ... ନିଜକୁ ଧିକ୍‌କାର ଦିଏ। ଜଣେ ଶିକ୍ଷାମନ୍ତ୍ରୀଙ୍କୁ ଆମ କଲେଜର ଗୋଟାଏ ସାଂସ୍କୃତିକ କାର୍ଯ୍ୟକ୍ରମରେ ମୁଖ୍ୟଅତିଥି ଭାବରେ ନିମନ୍ତ୍ରଣ କରିବାକୁ ଯାଇ ମୁଁ କିମିତି ତାଙ୍କ ଆଗରେ ଠିଆ ହୋଇ କଥା କହିଥିଲି ... ବୋଧହୁଏ ଘରର ଜଣେ ଭୃତ୍ୟ ବି ତା' ମୁନିବ ପାଖରେ ଏମିତି ଠିଆ ହୋଇ କଥା କହୁ ନ ଥିବ - ତାଙ୍କର ଯୋଗ୍ୟତା? ସେ ମାଟ୍ରିକ୍ ପାସ୍ କରା ଲୋକ... ଖଦଡ଼ ପିନ୍ଧି କିଛି ବର୍ଷପାଇଁ ଗୋଟାଏ ହାଇସ୍କୁଲର ସେକ୍ରେଟେରୀ ଥିଲାବେଳେ ନେତାମାନଙ୍କ ପଛରେ ଗୋଡ଼ାଉଥିଲେ - ସ୍କୁଲ ଟଙ୍କାରେ ନିଜ ପରିବାର ଚଳେଇ ଗାଁରେ ଗୋଟେ କୋଠା ବାଡ଼େଇବା ସାଙ୍ଗେ ସାଙ୍ଗେ 'ଶିକ୍ଷା ପ୍ରସାର' ଭଳି ଜନକଲ୍ୟାଣ କାର୍ଯ୍ୟରେ ଜୀବନ ଉତ୍ସର୍ଗ କରିଥିବାରୁ ଖୁସି ହୋଇ ଲୋକେ ତାଙ୍କୁ ଭୋଟ ଦେଇ ଶିକ୍ଷାମନ୍ତ୍ରୀ କରେଇ ଦେଲେ।

ଲେଖକର ମନ ବିଦ୍ରୋହ କରିଉଠେ - ହେଲେ ଗୋଟାଏ ଭୀରୁ ଅଧ୍ୟାପକର ମନ - ଜଳ ସେ ବିଦ୍ରୋହ ନିଆଁକୁ ଲିଭେଇଦିଏ।

ସେଇ ନରି ସାଥିରେ ଥରେ ମୁଁ ସକାଳୁଆ ଆମ ଗାଁ ଦଣ୍ଡାବାଟେ ଯାଉଥିଲି ଝାଡ଼ା ଫେରି... ନରି ହାତରେ ସେଇ ଡେଣ୍ଟା। ହଠାତ୍ ନରିକୁ ଦଉଡ଼ିଯିବାର ଦେଖିଲି ଉଇହୁଙ୍କା ଆଡ଼କୁ - ତା'ପରେ ଯାହା ଦେଖିଲି ତା' ବିଶ୍ୱାସଯୋଗ୍ୟ ନୁହେଁ - ନରି ଗୋଟାଏ ନାଗସାପର ଲାଞ୍ଜଟାକୁ ତା' ବାଁ ହାତରେ ଖୁବ୍ ଜୋରରେ ଧରିପକେଇ ହୁଙ୍କା ଗାତ ଭିତରୁ ସାପଟାକୁ ଭିଡ଼ି ଆଣିବାକୁ ଚେଷ୍ଟା କରୁଚି! କିନ୍ତୁ ସାପ ତା'ର ସମସ୍ତ ଜୋର ଖଟେଇ ଗାତ ଭିତରେ ପଶିଯିବାକୁ ଚେଷ୍ଟା କରୁଚି। ନରି ଉପରକୁ ଭିଡୁଚି, ସାପ ଗାତ ଭିତରକୁ ଭିଡ଼ି ହଉଚି... ଗୋଟାଏ ଚମତ୍କାର ଦୃଶ୍ୟ! ବିପଦ ପରିଧିର ଯଥେଷ୍ଟ ବାହାରେ ରହି ମୁଁ ଏ ଦୃଶ୍ୟକୁ ବେଶ୍ ଉପଭୋଗ କରୁଚି - ଦୀର୍ଘ ଏକ ଘଣ୍ଟା ଯୁଦ୍ଧ ପରେ ନରି ଜିତିଲା। ସାପଟାକୁ ଗୋଟାଏ

ଝିଙ୍କାରେ ଭିଡ଼ିଆଣି ତାଙ୍କୁ ବାଁ ହାତରେ ବୁଲେଇ ବୁଲେଇ ଗୋଟାଏ ପଥର ଦେହରେ ପିଟିଦେଲା।

ମୋ ପିଲାଦିନର ହୀରୋ ନରି ପାଖରେ ମୋ ମୁଣ୍ଡ ସେଦିନ ନଇଁ ଯାଇଥିଲା ବିସ୍ମୟରେ... ଆଉ ଆଜି ଏଇ ବୁଢ଼ା ନରି ପାଖରେ ମୋ ମୁଣ୍ଡ ନଇଁଯାଏ ସଂଭ୍ରମରେ...

ରଘୁମାଷ୍ଟ୍ରେ ମତେ ଠିକ୍ ସେମିତି ଝିଙ୍କି ନେଇ ବିଚ୍ ଗାଁ ଦାଣ୍ଡରେ ଚଲେଇ ଚଲେଇ ସ୍କୁଲକୁ ନେଇ ନ ଥିଲେ ବୋଧହୁଏ ମୋର ବିଷଦାନ୍ତ ଭାଙ୍ଗି ନ ଥାନ୍ତା।

ସେଇ ରଘୁମାଷ୍ଟ୍ରେ ଆଜି କାହିଁକି ଏତେ ଉତ୍ତ୍ୟକ୍ତ! ମୋ ପାଖେ ଗାଁଟା ସାରା ଲୋକ ଆସି ହାଜର - "ଆଜ୍ଞା ସଇଲା - ରଘୁମାଷ୍ଟ୍ର ଆଜି ରାଗରେ ଘର କମ୍ପୋଉଛନ୍ତି - ଭିତରେ କଣ୍ଠମାଷ୍ଟ୍ରେ... ତାଙ୍କ ଉପରେ ଗାଳି ବୃଷ୍ଟି ଚାଲିଚି... ବୁଢ଼ାଙ୍କ ମୁଣ୍ଡକୁ ଯଦି ରକ୍ତ ଚଢ଼ିଯିବ ତେବେ ତାଙ୍କୁ ଆଉ ବଞ୍ଚେଇ ହବନି... ଏ ଗାଁଟା ଅନ୍ଧାର ହୋଇଯିବ"

ପଚାରିଲି - "କଥା କଅଣ ?" ଗାଁ ବାଲାଏ କାରଣ କିଛି କହିପାରିଲେନି...

ଗଲି... ଆଉଜା ହୋଇଥିବା କବାଟ ମେଲେଇ ରଘୁମାଷ୍ଟ୍ରଙ୍କ ଦାଣ୍ଡଘରେ ପଶିଲି... ହେଡ୍‌ମାଷ୍ଟର ନୀଳକଣ୍ଠ ମୁଣ୍ଡପୋତି ଛିଡ଼ା ହୋଇଛନ୍ତି, ଆଉ ରଘୁମାଷ୍ଟ୍ରେ ଗର୍ଜନ କରିଚାଲିଛନ୍ତି... "ନରାଧୀ,... ପାଷଣ୍ଡ... ତୁ ପ୍ରଧାନଶିକ୍ଷକ ହବାର ଯୋଗ୍ୟ ?... ହଇରେ ତତେ ହାତରୁ ଖର୍ଚ୍ଚ କରି ବି.ଏ., ବି.ଇଡି. ପାସ୍ କରେଇଲି... ଦାଣ୍ଡରେ ଭିକ ମାଗି ବୁଲୁଥାନ୍ତୁ, ହାଇସ୍କୁଲର ଏଡ଼େ ବଡ଼ ସୁନାମକୁ ତୁ ନଷ୍ଟ କରିଦେଲୁ ? ଦି' ହଜାର ଟଙ୍କା ତୋଷରପାତ କରିଦେଲୁ ମାତ୍ର ମାସ ଛ'ଟା ହେଡ୍‌ମାଷ୍ଟ୍ରେ ହେଇଚୁ କି ନାହିଁ। ଛି, ଛି ଛି ଛି ଛି... ଛାତ୍ରଗୁଡ଼ାକ ଏକଥା ଜାଣିଲେ ତତେ କଅଣ କହିବେ? ତୁ ମୋ ମୁହଁରେ କାଳି ବୋଳିଦେଲୁ ରେ ଚାଣ୍ଡାଳ! କାଇଁ ସେ ସେକ୍ରେଟେରୀ ବାପୁଡ଼ା କୁଆଡ଼େ ଗଲା ? ରାଜନୀତି କରୁଚି ନାଇଁ? ଆଜି ଏ ଦଳ ତ କାଲି ସେ ଦଳ - ଯିଏ କ୍ଷମତାକୁ ଆସିଲା ତା'ରି ଦଳରେ ମିଶି ଯାଉଚି... ତାଙ୍କ ଗୋଡ଼ାଣିଆ ହେଇ ଭାବିଚି ମନ୍ତ୍ରୀ ହବ... ସ୍କୁଲଟା ଇୟାଡ଼େ ରସାତଳକୁ ଗଲାଣି!" ତାଙ୍କର ଏ ଫଁ ଫଁ ଆଗରେ ଆଗରେ ଠିଆ ହବାକୁ ଡର ମାଡ଼ିଲା ମତେ - ତଥାପି ସାହସ ବାନ୍ଧି, ହାତଯୋଡ଼ି ଅନୁନୟ ସ୍ୱରରେ କହିଲି - "ସାର୍! ଆପଣ ବ୍ୟସ୍ତ ହୁଅନ୍ତୁ ନି, ବୁଝିବି ସେ କଥା... ଆପଣ ଚାଲନ୍ତୁ ଭିତରକୁ... ବିଶ୍ରାମ କରିବେ ଚାଲନ୍ତୁ... ଏ ବୟସରେ, ପୁଣି ରକ୍ତଚାପ ବେମାରିରେ ଆଉ ଏତେ ବେଶୀ ସ୍କୁଲ କଥା ଚିନ୍ତା କରନ୍ତୁନି ଆପଣ।"

ରଘୁମାଷ୍ଟ୍ରଙ୍କ ରାଗଟା ହଠାତ୍ ମୋ ଉପରକୁ ବଦଳି ହୋଇ ଆସିଲା।

"କଅଣ କହିଲୁ ବିମଳ?... ଆଉ ସ୍କୁଲ ଚିନ୍ତା କରିବିନି?... ଆଉ କି ଚିନ୍ତା କରିବି ?"

ଅତି ବିନମ୍ର ଭାବରେ କହିଲି - "ଆପଣ ଏ ସବୁ ମାୟାରେ ଛନ୍ଦି ନ ହେଇ... ।"

ମୋ କଥା ନ ସରୁଣୁ ରଘୁମାଷ୍ଟ୍ରେ ଗର୍ଜିଉଠି କହିଲେ, "ଜପତପ କରିବି? ପୁରୀରେ ବସି ଚକାଡୋଳାର ଭଜନ କରିବି? ମତେ ସ୍ୱର୍ଗକୁ ଯିବାପାଇଁ ବାଟ ଦେଖେଇବାକୁ ଇଚ୍ଛା ଥିଲା ଯେବେ ଏ ସ୍କୁଲର ପ୍ରେସିଡେଣ୍ଟ୍ ହବାକୁ ଅରାଜି ହେଲୁ କାହିଁକି? ପେନ୍‌ସନ୍ ନେଇ ତ ବର୍ଷେ ହେଲା ସହରରେ ବସିଚୁ... ଗାଁ କଥା ଟିକିଏ ଭାବିଲୁଣି?"

ଡରିଲା ଗଳାରେ କହିଲି - "ସାର୍, ମୁଁ ତ ମୋ ଲେଖାଲେଖିରେ..."

"ହଁ ହଁ ମୁଁ ଜାଣେ ତୁ ସେୟା କହିବୁ... ସହରରେ ଖାଲି ଧୋବଧାଉଳିଆଙ୍କ ଜୀବନ ଉପରେ ଗପ ନାଟକ ଲେଖି ଗୋଟାକୁ ଗୋଟା ସାହିତ୍ୟ ପୁରସ୍କାର ଗୋଟୋଉଥା... ଆଉ ଏ ଗାଁ ଲୋକଗୁଡ଼ା ମଣିଷ ନୁହନ୍ତି... ତାଙ୍କ ଜୀବନକୁ ନେଇ ସାହିତ୍ୟ ଗଢ଼ା ଯାଇ ପାରିବନି? ମୁଣ୍ଡପୋତି ଚୁପ୍ ରହିଲି... ଏଡ଼େ ଖାଣ୍ଟି ଅଭିଯୋଗର କିଛି ଉତ୍ତର ନ ଥିଲା... ରଘୁମାଷ୍ଟ୍ରେ ବି ଚୁପ୍ ରହିଯାଇ କଅଣ ଯିମିତି ଭାବିଲେ କିଛି ସମୟ ପାଇଁ... ଘର ଭିତରେ ଗୋଟାଏ ଅଣନିଶ୍ୱାସିଆ ଶୂନ୍ୟତା ଖେଳିଗଲା -

ତା'ପରେ ଅନୁଭବ କଲି ମୋ କାନ୍ଧ ଉପରେ ଗୋଟିଏ ଅତି କଅଁଳିଆ ଚାପର ସ୍ପର୍ଶ... ଗୋଟିଏ ଅଶ୍ରୁରୁଦ୍ଧ ସସ୍ନେହ କଣ୍ଠ ସ୍ୱର - "ହଇରେ ବିମଳ, ମଲାଯାଏଁ ବି ବାପ କଅଣ ତା' ବୁଢ଼ା ପୁଅକୁ ଶାସନ କରିବାକୁ ଛାଡ଼େ? କାହିଁକି ଛାଡ଼େନି... ସ୍ନେହ ଯୋଉଠି ଯେତେ ବେଶୀ ଆସକ୍ତି ସେଇଠି ସେତିକି ବେଶୀ। ଏ ସ୍କୁଲର ଅଧିକରୁ ଅଧିକ ଉନ୍ନତି କଥା ଚିନ୍ତା କରିବା ଛାଡ଼ିଦେଇ ଚକାଡୋଳାକୁ ଦିନରାତି ଭଜିଲେ ମତେ କଅଣ ମୁକ୍ତି ମିଳିବ? ଏଇ ସ୍କୁଲଟା ଯେତେବେଳେ ମାଇନର୍ ଥିଲା ସେଠୁ ତୁ ଓ ତୋ ଭଳି କେତେ ହୀରା ବାହାରି ଏ ଦେଶଟାର ମୁହଁ ଉଜ୍ଜ୍ୱଳ କରିଛନ୍ତି ଜାଣିଛୁ ତ! ମୋର ପଇଁତିରିଶ ବେଳେ ତୋ ମାଉସୀଙ୍କ କାଳ ହେଲା... କିଛି ନେଁଜେରା ନ ଲଗେଇ ସେ ମତେ ଛାଡ଼ି ଚାଲିଗଲା - ତା'ପରେ ଆଉ ସଂସାର କଲିନି କାହିଁକି?... କିଏ ମତେ ବାଧା ଦଉଥିଲା? ଅଥଚ ଏ କଣ୍ଟିଆଟା, ମାସ ଛ'ଟା ହେଡ଼ମାଷ୍ଟର ହେଇଚି କି ନାହିଁ ସ୍କୁଲ ଟଙ୍କାଗୁଡ଼ା ଖାଇଗଲା! ତୁ ଭାବିପାରୁଚୁ ମୋ ହାତଗଢ଼ା ସ୍କୁଲରେ ଏମିତି ଅସାଧୁ ଲୋକ ରହିଲେ ମୋ ମନର ଅବସ୍ଥା କଅଣ ହବ?"

କହିଲି - "ସବୁ ବୁଝୁଚି ସାର୍ - କଣ୍ଟ ଟଙ୍କା ଖାଇଗଲା ବୋଲି କଅଣ ସ୍କୁଲର ସୁନାମରେ ଆଞ୍ଚ୍ ଆସିଗଲା?"

ରଘୁମାଷ୍ଟ୍ରେ କହିଲେ – "ଆସିଲାନି ?... କି ଆଦର୍ଶ ଦେଖାଇଲେ ଏଗୁଡ଼ା ମୋ ସ୍କୁଲର ଶିକ୍ଷକ ହେଇ ?"

ନୀଳକଣ୍ଠ ଅତି କ୍ଷୀଣ ଅନୁତପ୍ତ କଣ୍ଠରେ କହିଲା ।

"ସାର୍ ମତେ କ୍ଷମା କରନ୍ତୁ... ମତେ..."

ପୁଣି ଗର୍ଜିଉଠି ରଘୁମାଷ୍ଟ୍ରେ କହିଲେ – "କଅଣ କହିଲୁ, କଅଣ କହିଲୁ ରେ କଣ୍ଠିଆ ! ତତେ କ୍ଷମା ଦେବି... ? ନା ତତେ ଦିଆନ ଫାଟକ ଦେଖାଇବି ? ତୋ ଭଳି ନାର୍କିକକୁ କ୍ଷମା ?... ମୋ ଆଖି ଆଗରୁ ଚାଲିଯା... ଗଲୁ ? ମୋ ଇଙ୍ଗିତରେ ନୀଳକଣ୍ଠ ମୁଣ୍ଡ ପୋତି ପୋତି ବାହାରକୁ ଚାଲିଗଲା...

X X X

ରଘୁମାଷ୍ଟ୍ରେ ସେଦିନ ରାତିରେ ବିଛଣାରେ କଅଣ ନିଦରେ ଶୋଇଥିଲେ ନା ଅନ୍ଧାର ଘରଟାର ଚାଳଆଡ଼େ ବଲବଲ କରି ଚାହିଁ ଭାବୁଥିଲେ...

କଣ୍ଠିଆ ଶିକ୍ଷକ ହେଲେ ବି ସେଇ ମଣିଷ ତ ? ଗାଣ୍ଡେ ପିଲାଛୁଆ ଜନ୍ମ କରିଚି.... ଅଭାବର ତାଡ଼ନା ସହି ନ ପାରି ଉନ୍ନୟନ ପାଣ୍ଠିରେ ହାତ ପକେଇ ଦେଇଚି... କହିଲା ଭରଣା କରିଦବ । କୋଉବାଟେ ଦବ ? କହୁଚି କଅଣନା ତା'ର ପାଞ୍ଚ ମାସର ଦରମା ଟଙ୍କାଟା ପାଣ୍ଠିରେ ଭରଣା କରିଦବ... ଆଉ ଇୟାଡ଼େ ପିଲାଛୁଆଗୁଡ଼ା ମରିବେ ! ଆଗରୁ ତେବେ ମାରିଦେଲୁନି କାଇଁକି ? ଟଙ୍କା ତୋଷରପାତ୍ କରିବା କି ଦରକାର ଥିଲା ?...

ଏଁ ! ତୋଷରପାତ୍ ! କିଏ ତୋଷରପାତ ନ କରୁଚି ! ତଳଠୁଁ ଉପରଯାଏଁ ଏ ଦେଶଟାରେ ଦୁର୍ନୀତି ଭର୍ତ୍ତି ! ମୁଁ ? ମୁଁ ? ମୁଁ ନିଜେ ସଚ୍ଚୋଟ ତ ? ମୁଁ କେବେ ଦୁର୍ନୀତି କରିନି ?... ଏଇ ଉନ୍ନୟନ ପାଣ୍ଠି... ଟଙ୍କାଟା ପାସ୍ ବହିରେ ନ ଜମେଇ କଣ୍ଠିଆର ମାଟ୍ରିକ୍ ପରୀକ୍ଷା ଫିସ୍ ପଇଁଚାଳିଶ ଟଙ୍କା କିଏ ଦେଇଥିଲା ? ମୋ ଘରୁ ମୁଁ ଦେଇଥିଲି ? ପହିଲାଯାଏଁ ଯୋଡ଼ ପଚିଶ ଦିନ ଟଙ୍କାଟା ପାସ୍ ବହିରେ ନ ଜମେଇ ହାତରେ ରଖିଲି କମ୍ ପଡୁଥିବା ପଇଁଚାଳିଶ ଟଙ୍କାଟା ମୋ ଦରମା ଟଙ୍କାରୁ ଭରଣା ନ କଲାଯାଏଁ ସେଇଟା ଦୁର୍ନୀତି ନୁହେଁ... ସୁନୀତି ? ପରୋପକାର... ? ଅସ୍ଥାୟୀ ତୋଷରପାତ୍ ନୁହେଁ ?... ସ୍କୁଲଟା ପ୍ରାଇମେରୀ ଥିଲାବେଳେ ଯୋଉ ରାହାସ ଦାସ ବିନା ଛୁଟି ଦରଖାସ୍ତରେ ଦଶ ଦିନ ଘରେ ରହିଗଲା ଅଷ୍ଟପ୍ରହରୀ କୀର୍ତ୍ତନରେ ବିଭୋର ହୋଇ, ତାକୁ ଘଣ୍ଟ ଘୋଡ଼େଇ ଦେଇଥିଲା କିଏ ? ମୁଁ ନା ? କିନ୍ତୁ କାହିଁକି ? ସିଏ ଭଲ ମାଷ୍ଟ୍ର ବୋଲି ? ଏଇଟା ଅନ୍ୟାୟ ନୁହେଁ, ପକ୍ଷପାତ ବିଚାର ନୁହେଁ ? ଏମିତି କାହିଁକି କରିଥିଲି ? ବିବାହ ପୂର୍ବରୁ ତା'ର ସୁନ୍ଦରୀ ଯୁବତୀ ଭଉଣୀ ରାଧାପ୍ରତି ମୋର ଗୋଟାଏ ସୁପ୍ତ ଆସକ୍ତି ଆସି ନ ଥିଲା ?

ସନାତନ ମାଷ୍ଟର ଯୋଉଦିନ ବାହାଘର ହେଲା ସେଦିନ ପ୍ରାଇମେରୀ ସ୍କୁଲଟାକୁ ମୁଁ କାହିଁକି ଛୁଟି କରିଦେଇଥିଲି ? ସ୍କୁଲଟାକୁ ଗାଁରେ ମୁଁ ବସେଇଥିଲି... ସରକାରୀ ମଞ୍ଜୁରୀ ମୁଁ ଅଣେଇଥିଲି... ସେଇଥିପେଇଁ।"

ଶୀତୁଆ ଥଣ୍ଡା ରାତିରେ ବି ରଘୁମାଷ୍ଟ୍ରଙ୍କ ଦେହରୁ ଝାଳ ଗମ୍ ଗମ୍ ହେଇ ବୋହିଗଲା।... ସେ ଚିତ୍କାର କରି କହିଉଠିଲେ, "ହଁ, ହଁ, ହଁ, ଏଗୁଡ଼ା ସବୁ ଦୁର୍ନୀତି, ଅନ୍ୟାୟ... କେହି ଜାଣିପାରି ନାହାନ୍ତି ବୋଲି ସେଗୁଡ଼ାକ ତୁଛ କଥା ନୁହେଁ... ମୁଁ ବି ଦୁର୍ବଳ ଥିଲି , ଅସାଧୁ ଥିଲି... ହଁ ହଁ ହଁ।"

ରଘୁମାଷ୍ଟ୍ରଙ୍କର କରୁଣ ଆର୍ତ୍ତ ଚିତ୍କାରରେ ସେଦିନର ନିଥର ଶୀତ ରାତି ଥରି ଉଠିଥିଲା... ସାଇପଡ଼ିଶା ଦାଣ୍ଡକବାଟ ଫିଟେଇ ପଦାକୁ ବାହାରି ଆସିଥିଲେ... କାନ ପାରିଥିଲେ... କିନ୍ତୁ ଆଉ କୌଣସି ଚିତ୍କାର ଶୁଣିବାକୁ ପାଇ ନ ଥିଲେ।

ସକାଳ ହେଲା - ହଠାତ୍ ମୋ ନିଦଟା ଚାଉଁକିନା ଭାଙ୍ଗିଗଲା କାହାର କାନ୍ଦ କାନ୍ଦ ଡାକରେ...

"ଆଜ୍ଞା ସବୁ ସରିଗଲା... ରଘୁମାଷ୍ଟ୍ରଙ୍କର ଅଣଚାଶ ବୋହିଲାଣି... ଠାରରେ ଆପଣଙ୍କୁ ଯିବାକୁ କହିଲେ।"

X X X

ରଘୁମାଷ୍ଟ୍ରେ ଆଖିବୁଜି ଶୋଇଥିଲେ। ନିସ୍ତେଜ, ନିର୍ବେଦ...

ମତେ ଡାକିବାକୁ ଯାଇଥିବା ଘନ ମହାନ୍ତି ମାଷ୍ଟ୍ରଙ୍କ ପାଖକୁ ଯାଇ ଧୀର ଗଳାରେ କହିଲେ ତାଙ୍କ କାନ ପାଖରେ 'ବିମଳ ସାନ୍ତେ ଅଇଲେଣି ଆଜ୍ଞା'- ମୁଁ ତାଙ୍କ ମୁଣ୍ଡ ପାଖେ ଯାଇଁ ବସିଲି। ରଘୁମାଷ୍ଟ୍ରେ ମୋ ଆଡ଼େ ଚାହିଁଲେ... ଥରିଲା ହାତଟାରେ ମୁଣ୍ଡତଳ ତକିଆ ଆଡ଼େ ଠାରି କଅଣ କହିଲେ ମୁଁ ସ୍ପଷ୍ଟ ବୁଝିପାରିଲିନି... ମୋ ମୁଣ୍ଡ ଆଉଁଶି ଦେଲେ। ଘରେ ଖୁନ୍ଦି ହୋଇ ଯାଇଥିବା ଗାଁ ଲୋକଙ୍କ ଆଡ଼େ ଚାହିଁଲେ। ସବୁରି ଆଖିରେ ଲୁହ... ତାଙ୍କ ଆଖିରୁ ବି ଦି'ଟୋପା ଲୁହ ଗଡ଼ିପଡ଼ିଲା - ଓଠରେ କ୍ଷଣକ ପାଇଁ ଟିକିଏ ହସ ସଞ୍ଚରିଗଲା।

ଠିକ୍ ସେତିକିବେଳେ ନୀଳକଣ୍ଠ ଆସି ରଘୁମାଷ୍ଟ୍ରଙ୍କ ଆଗରେ ଠିଆ ହେଲା - ମାଷ୍ଟ୍ରେ ତା' ଆଡ଼େ ଅପଲକ ଆଖିରେ ଚାହିଁଲେ... ତାଙ୍କ ଆଖିରେ କୌଣସି ଭାଷା ନ ଥିଲା...

ତା'ପରେ ଉଠିଲା ହିକ୍କା ପରେ ହିକ୍କା... ରଘୁମାଷ୍ଟ୍ରେ ଘଟ ଛାଡ଼ିଲେ - କିନ୍ତୁ ଅପଲକ ଆଖି ଦି'ଟା ନୀଳକଣ୍ଠ ମୁହଁରେ ସ୍ଥିର ହୋଇ ରହିଗଲା ପରି ଜଣାଗଲା। ରୁଦ୍ଧ କଣ୍ଠରେ ନୀଳକଣ୍ଠ କହିଲା - "ସାର୍ ମତେ ଆପଣ କ୍ଷମା ଦେଇ ଗଲେନି ?"

ମୁଁ ରଘୁମାଷ୍ଟ୍ରଙ୍କ ମୁଣ୍ଡତଳ ତକିଆଟାକୁ ଅତି ଧୀରେ ସାମାନ୍ୟ ଉଠେଇ ତା' ତଳେ ହାତ ପୂରେଇଲି। ବାହାର କଲି ଗୋଟିଏ ଲମ୍ବା ମାଟିଆ ମୁଦ୍ରା ଲଫାଫା... ତାଙ୍କର ଥରିଲା ହାତରେ ରଘୁମାଷ୍ଟ୍ର ଲଫାଫା ଉପରେ ଯାହା ଲେଖିଥିଲେ ପଢ଼ିଲି - ତା'ପରେ ନୀଳକଣ୍ଠ ଆଡ଼କୁ ନ ଚାହିଁ ବଢ଼େଇଦେଲି ସେଇଟା ତା' ହାତକୁ।

ଥର ଥର ହାତରେ ନୀଳକଣ୍ଠ ପଢ଼ିଲେ -

"ବିମଳ,

ଲଫାଫା ଭିତରେ ଦି' ହଜାର ରହିଲା। ସ୍କୁଲ ଉନ୍ନୟନ ପାଣ୍ଠିରେ ଭରଣା କରିଦବୁ... ଗାଁବାଲା ଯେମିତି କେହି କିଛି ଜାଣିବେନି... କଣ୍ଟିଆଟାକୁ କହିବୁ ସ୍କୁଲଟାର ଆଉ ବଦନାମ କରିବନି... ସେଇଟା ଅତି ଅଭାବୀ ଅଭାବରୁ ଏମିତି ବିଷ୍ଠା ଖାଇଦେଲା - ନ ହେଲେ ପିଲାଟା... ହଇରେ। ଏ ଦେଶଟା କଅଣ ଉଧେଇବ କେବେହେଲେ ଏ ମାଷ୍ଟ୍ରଗୁଡ଼ାଙ୍କୁ ଏମିତି ଅଭାବରେ ରଖି?... ସାହିତ୍ୟ ସୃଷ୍ଟି କରି ଏତେ ତ ନାଁ କମେଇଲୁ... ଦେଶର ଏଇ ମାଷ୍ଟ୍ର ଆଉ ତାଙ୍କରି ଭଳି ହତଭାଗାଗୁଡ଼ାଙ୍କ ପେଇଁ କଲମ ଧ ଏଥର।"

'ରଘୁ'

ନୀଳକଣ୍ଠ ଆଖିରୁ ଧାର ଧାର ଲୁହ ବୋହିଗଲା.. ସେ ଚାହିଁଲା ରଘୁମାଷ୍ଟ୍ରଙ୍କ ମୁହଁକୁ। ସେ ତା'ରି ଆଡ଼କୁ ଚାହିଁଛନ୍ତି ଯେମିତି... ଆଉ କହୁଛନ୍ତି "ତଥାପି ତତେ ସାଧୁ, ସଚ୍ଚୋଟ ଆଉ ନିର୍ମଳ ଚରିତ୍ରର ହବାକୁ ପଡ଼ିବ... ଅସାଧୁ ହବାକୁ ଇଚ୍ଛା ଥିଲା ଯଦି, କିଏ କହୁଥିଲା ତତେ ଏ ଦରିଦ୍ର ମାଷ୍ଟ୍ର ବୃତ୍ତି ଧରିବାକୁ?"

X X X

ବହୁତ ସକାଳ ହେଲା... ବହୁତ ରାତି ହେଲା... ବହୁତ ଚନ୍ଦ୍ର ସୂର୍ଯ୍ୟ ତାରା ଉଇଁଲେ... ଗୁଡ଼ାଏ ସମୟ ବୋହିଗଲା ରଘୁମାଷ୍ଟ୍ରେ ଆଖି ବୁଜିଲା ଦିନୁ।

ଭୋରରୁ ଦିନେ ଦାଣ୍ଡପିଣ୍ଡାରେ ବସି ଦାନ୍ତ ଘଷୁଥିଲି। ଦେଖିଲି, ବୁଢ଼ା ସନିଆ ହଳବଳଦ ଧରି ବିଲକୁ ଯାଉଚି... ଗୁଣୁ ଗୁଣୁ ହୋଇ କଅଣ ଗୁଡ଼ାଏ କହିଯାଉଚି ମନ୍ତ୍ର ଜପିଲା ଭଳି। ପଚାରିଲି... 'କିରେ ସନିଆ... ଏବେ କି ମନ୍ତ୍ର ଜପୁଚୁ?'

ସନିଆ ମୁରୁକିହସି ଠିଆ ହେଇ ପଡ଼ିଲା।... ଆଖି ଛଳ ଛଳ କରି କହିଲା "ଯୋଉ ମନ୍ତ୍ର ଜପୁଥିଲି ସା'ନ୍ତେ। ହାଡ଼ମାଉଁସର ମୁହଁଟା ସିନା ଲୁଚିଗଲା ଏ ଗାଁରୁ ... ହେଲେ ମନ ଭିତରୁ ନିଭୁଚି କେତେ?"

ସଂସ୍କାର

ବିପ୍ରବାବୁଙ୍କ ପାଇଁ ଏ ପୃଥିବୀଟା ବହୁତ ପୁରୁଣା ହେଇଗଲାଣି । ତାଙ୍କର ଘଟଣା-ବହୁଳ ଜୀବନରେ କୌଣସି ଘଟଣା ଆଜି ଆଉ ନୂଆ ହୋଇ ନାହିଁ । ଯେଉଁ ଘଟଣାଟି ଉପରେ ଏ ଗଳ୍ପଟି ଆଧାରିତ ସେ ଘଟଣାଟା ତାଙ୍କ ପାଇଁ କିଛି ନୂଆ ନୁହେଁ, ବିଚିତ୍ର ବି ନୁହେଁ । ବହୁ ବର୍ଷ ଆଗରୁ ଦିଲ୍ଲୀ, କଲିକତା, ବମ୍ବେ, ମାଡ୍ରାସ ଭଳି ସହରରେ ଏମିତି ଘଟଣା ସେ ବହୁବାର ଦେଖିଛନ୍ତି । ସିଟିବସ୍‌ଗୁଡ଼ିକରେ ସବୁବେଳେ ଯାତ୍ରୀ ଭିଡ଼ । ଠେଲା ପେଲା ! ରଡ୍‌କୁ ଧରି ନର ପଛରେ ନାରୀ, ନାରୀ ପଛରେ ନର ଠେସା ଠେସି ହେଇ ଯିବାର ଚିତ୍ର ବିପ୍ରବାବୁଙ୍କ ପେଇଁ ନୂଆ ନୁହେଁ । ସେତେବେଳେ କୌଣସି ତରୁଣୀ ଦେହର ଆଗ ବା ପଛର ଉନ୍ନତି ଅଂଶ ତା' ଆଗ ଓ ପଛରେ ଠିଆ ହୋଇଥିବା ବୟସ ନିର୍ବିଶେଷରେ ଯେ କୌଣସି ପୁରୁଷଦେହକୁ ସ୍ପର୍ଶ କରି ମିନିଟ୍ ମିନିଟ୍ ରହିବା କିଛି ଏମିତି ଗୋଟାଏ ବଡ଼କଥା ନୁହେଁ । ବିପ୍ରବାବୁଙ୍କର ପୃଥିବୀର ବହୁ ଅତ୍ୟୁନ୍ନତ ଦେଶର ସିଟିବସ୍‌ଗୁଡ଼ାକରେ ବସିବାର ସୌଭାଗ୍ୟ ଘଟିଛି । ବସ୍ ଷ୍ଟପ୍ ପାଖରେ ଧାଡ଼ି ବାନ୍ଧି ଛିଡ଼ାହୁଅ ଯେତିକିଟି ସିଟ୍ ଖାଲିଥିବ ସେତିକିଟି ଯାତ୍ରୀ ଚଢ଼ିଗଲେ ତା'ପରେ ବସ୍ ଛାଡ଼ିଦେଲା । ବସ୍ ଛାଡ଼ିବାପରେ ସେମିତି ଧାଡ଼ିବାନ୍ଧି ସ୍ଲଟ୍ ବକ୍‌ସରେ ବସ୍‌ଭଡ଼ା ଗଳେଇ ଦେଇ ଖାଲି ସିଟ୍‌ରେ ଯାଇ ବସିଲେ - କଣ୍ଡକ୍ଟର ନାହିଁ କି କ୍ଲିନର୍ ନାହିଁ । ରହିଯିବା ଯାତ୍ରୀମାନେ ଆଠ ଦଶ ମିନିଟ୍ ବ୍ୟବଧାନରେ ନିଶ୍ଚିତ ଭାବରେ ଆସୁଥିବା ବସ୍‌ପାଇଁ ଅପେକ୍ଷା କରି ରହିଲେ । କିନ୍ତୁ ଆମର ଏ ବୁଭୁକ୍ଷୁ ବିକାଶୋନ୍ମୁଖୀ ଦୁର୍ନୀତିଗ୍ରସ୍ତ ଜାତିଟାର ସମସ୍ୟା ଅଲଗା । ଲୋକସଂଖ୍ୟା ଅନୁପାତରେ ଯାନବାହନର ବ୍ୟବସ୍ଥା ନାହିଁ । ସମସ୍ତେ ଏକା ଭଡ଼ା ଦେବେ ଗୋଟିଏ ସ୍ଥାନରୁ ଆଉ ଗୋଟିଏ ସ୍ଥାନକୁ ଗଲାବେଳେ ଅଥଚ ମାଇଲ ମାଇଲ ଧରି ଗୁଡ଼ାଏ ହତଭାଗ୍ୟ ଯାତ୍ରୀ ରଡ୍‌କୁ ଧରି ଠିଆହୋଇଯିବେ ପରସ୍ପର ଉପରେ ଲଦାଲଦିହୋଇ । ଆମର ଟ୍ରକ୍‌ଗୁଡ଼ାକରେ ପାହାଡ଼ ପ୍ରମାଣେ ଚାଉଳ କି ସିମେଣ୍ଟ

କି ଗୋଖାଦ୍ୟ ବସ୍ତା ଲଦା ହୋଇ ଗଲାପରି। ତେଣୁ ସ୍ତ୍ରୀ ଦେହରେ ପୁରୁଷ ଦେହଟା ବାଜିଯିବା ବା ଲାଗିଯିବା ଏକ ଅବଶ୍ୟମ୍ଭାବୀ ଦୃଶ୍ୟ ଆମର ସିଟି ଆଉ ଲାଇନ୍ ବସ୍‌ଗୁଡ଼ିକରେ। କଲିକତାର ସିଟି ବସ୍‌ଗୁଡ଼ାକରେ ପ୍ରତିଦିନ ଗୁଡ଼ାଏ ଯାତ୍ରୀ ବସ୍‌ର ଫୁଟ୍ ବୋର୍ଡରେ ଗୋଟିଏ ପାଦ ରଖି ଓ ଗୋଟାଏ ଗୋଡ଼ ଝୁଲେଇ ଯିବାର ଦୃଶ୍ୟ ଏକ ସବୁଦିନିଆ ଘଟଣା - ସେମାନଙ୍କୁ ବସ୍‌ଭଡ଼ା ଦେବାକୁ ପଡ଼େନି, କାରଣ ଆଦାୟ କରି ହୁଏନି - ଆମ ଏଇ ଓଡ଼ିଶା ଦେଶରେ ବସ୍ ମାଲିକମାନେ ବହୁତ କ୍ଷତି ସହିବାର ନଜିର ଅଛି। ବସ୍ ଭଡ଼ା ଦେଇ କେତେକ ଯାତ୍ରୀ ଟିକଟ ପାଆନ୍ତିନି କିମ୍ବା ମାଗନ୍ତିନି ତେଣୁ ଖୁବ୍ ଜାମ୍ ଭିତରେ ବସ୍‌ଯାତ୍ରୀ ପୁରୁଷ ଓ ନାରୀ ମଧ୍ୟରେ ଦେହ ଦେହର ସ୍ପର୍ଶରେ କିଛି ଅନୈତିକତା ବା ଅଶ୍ଳୀଳତା ରହିଲା ବୋଲି ଆପଣ କହିପାରିବେନି। ଏପରି ସ୍ପର୍ଶରେ କାହା ମନରେ କିପରି ପ୍ରତିକ୍ରିୟା ଜାତ ହେଲା ତା' ବି ଜାଣିବା ମୁସ୍କିଲ କାରଣ ଏଇଟା ପରିସ୍ଥିତିର ସୃଷ୍ଟି ଅବସ୍ଥା। ଯଦି କାହା ମନରେ କିଛି ଯୌନ ଭାବନା ବା କାମନା ଆସୁଥାଏ ତେବେ ଆସୁଥାଉ। ବାୟାଚଢ଼େଇର କି ଯାଏ ନା ବାଆ କଲେ ବସା ଦୋହଲୁ ଥାଏ। ଯଦି ଆପଣ କହିବେ ଏ ଦୃଶ୍ୟ ଅଶ୍ଳୀଳ ତେବେ ସେଇଟା ଆପଣଙ୍କର ମନର ବିକାର। "ଅଶ୍ଳୀଳତା ଦ୍ରଷ୍ଟାର ମନରେ ଥାଏ, ଦୃଷ୍ଟ ବସ୍ତୁରେ ନୁହେଁ।" ଏହି ମର୍ମରେ ଯୁକ୍ତରାଷ୍ଟ୍ର ଆମେରିକାର ସୁପ୍ରିମ୍ କୋର୍ଟ ରାୟ ଦେଇଥିଲେ ଅଶ୍ଳୀଳ ବୋଲି ଅଭିଯୁକ୍ତ ଏରସ୍କିନ୍ କାଲଡୱେଲଙ୍କର ଉପନ୍ୟାସ 'God's Little Acre' ଉପରେ।

କିନ୍ତୁ ଏମିତି ଗୋଟାଏ ଦିହଘଷିଆ ପୁରୁଣା ଘଟଣାର ପୁନରାବୃତ୍ତି ସେଦିନ ବିପ୍ରବାବୁଙ୍କ ଚିନ୍ତାକୁ ଆଲୋକିତ କଲା। ସେ ଟାଉନ୍‌ବସ୍‌ରେ ନିଜ ବପୁଟିକୁ ଯଥେଷ୍ଟ ସଂକୁଚିତ ଓ ବିପଦମୁକ୍ତ କରି ଯିବା ଆସିବା କରନ୍ତି, ହେଲେ ତାଙ୍କର କାମ ଓ ଆଖି ବାଟ ଦି'ଟାକୁ ମନପାଇଁ ଖୋଲା ରଖିଥାନ୍ତି - ବସ୍‌ଗୁଡ଼ାକରେ ବେଶ୍ ବଡ଼ ପାଟିରେ ରାଜନୀତି ଚର୍ଚ୍ଚା କରାଯାଏ, ପରଚର୍ଚ୍ଚା କରାଯାଏ, ଘର ଚର୍ଚ୍ଚାଦି କେହି କେହି ବେଶ୍ ଖୋଲା ଭାବରେ କରି ନିଜର ଖୋଲା ମେଲା ମନର ଢକ୍‌କା ପିଟନ୍ତି। ତା' ଛଡ଼ା କେହି କେହି ଦୁର୍ନୀତିଗ୍ରସ୍ତ ବ୍ୟକ୍ତି ଦେଶର ଘୋର ଦୁର୍ନୀତି ଉପରେ ଆଲୋକପାତ କରି ତାଙ୍କ ଚାରିପଟର ତାଙ୍କୁ ଜାଣି ନ ଥିବା ଯାତ୍ରୀମାନଙ୍କର ପ୍ରଶଂସା ଦୃଷ୍ଟି ଆକର୍ଷଣ କରନ୍ତି ଓ ବିପ୍ରବାବୁଙ୍କ ଭଳି ବ୍ୟକ୍ତିମାନେ ଏମାନଙ୍କର ହିପୋକ୍ରିସି ବୁଝିପାରି ବେଶ୍ ଆମୋଦ ଅନୁଭବ କରନ୍ତି -

ସେଦିନ ବିପ୍ରବାବୁ ନଗର ଉପାନ୍ତରେ ଅବସ୍ଥିତ ଗୋଟିଏ ମହାବିଦ୍ୟାଳୟରୁ ତାଙ୍କ ନାତୁଣୀର ନାଁ ଲେଖା କାମ ସାରି ଘରକୁ ଫେରୁଥିଲେ। ମହାବିଦ୍ୟାଳୟର

ଅନତି ଦୂରରେ ଯାତାୟାତର ସୁବିଧାପାଇଁ ଗୋଟିଏ ବସ୍‌ଷ୍ଟାଣ୍ଡ ତିଆରି ହେଇଚି ନୂଆରେ। ପିଚୁ ରାସ୍ତାର ଦି'କଡ଼ରେ ଗଛଗୁଡ଼ିକ ରାସ୍ତାର ସୌନ୍ଦର୍ଯ୍ୟ ବଢ଼େଇ ଦେଇଚି। ଉପାନ୍ତ ଅଞ୍ଚଳଟି ଆପାତତଃ ବେଶ୍ ଶାନ୍ତ ସ୍ନିଗ୍ଧ ଜଣାପଡୁଛି। କାଳକ୍ରମେ ଜନଗହଳି ବୃଦ୍ଧି ସଙ୍ଗେ ସଙ୍ଗେ ସେଇ ସ୍ନିଗ୍ଧତା ନଷ୍ଟ ହବାର ସମ୍ଭାବନା ରହିଚି। ଗୋଟିଏ ଟାଉନ୍‌ବସ୍ ଛାଡ଼ିବାକୁ ଉଦ୍ୟତ କରୁଚି - ବିପ୍ରବାବୁ ସେଇଆଡ଼କୁ ତାଙ୍କର ସାଧାରଣ ଗତି ବେଗରେ ଆଗେଇଛନ୍ତି - କାରଣ ସେ ଜାଣନ୍ତି ତାଙ୍କ ଆଗରେ ଦଳେ ଛାତ୍ରଛାତ୍ରୀ ଗପସପ କରି ସହଜ ସ୍ୱଚ୍ଛନ୍ଦ ଗତିରେ ବସ୍ ଆଡ଼କୁ ଯାଉଛନ୍ତି। ତାଙ୍କୁ ଛାଡ଼ି ବସ୍ କେଉଁଠି ଯିବନି। ଛାତ୍ରଛାତ୍ରୀମାନେ ବସ୍ ଉପରକୁ ପଛ ଦୁଆର ଦେଇ ଖପ୍ ଖାପ୍ ଉଠିଗଲେ। ତାଙ୍କ ପରେ ବିପ୍ରବାବୁ ଉଠିଲେ ଓ ପଛ ଦୁଆରକୁ ଲାଗି ବସ୍‌ର ସବା ପଛରେ ପ୍ରାୟ ଖାଲିଥିବା ଲମ୍ବା ବେଞ୍ଚଟାରେ ବସିପଡ଼ିଲେ। ତାଙ୍କ ବାଁ କଡ଼ରେ ଦୁଆରଟାର ପାଖକୁ ଲାଗି ବସିଥିଲେ ଜଣେ ପ୍ରୌଢ଼। ବୟସ ପଚାଶ ପାଖାପାଖି। ପରିଧାନରେ ଖଣ୍ଡିଏ ଧୋତି ଆଣ୍ଠୁତଳ ଯାଏଁ ଆଉ ଗୋଟିଏ ଧଳା ହାଫ୍ ଶାର୍ଟ। ଦୁଇଟିଯାକ ପରିଧେୟ ଧୋବାନେଳି ଅଭାବରୁ ଈଷତ୍ ମାଟିଆ ଦେଖାଯାଉଛି। ମୁହଁରେ କଳାଧଳା ଗୁଁଠିଆ ଦାଢ଼ି। ମଥା ବାଳ ଛୋଟ ଛୋଟ କଟା ହେଇଚି। ବାଁ କାନ୍ଧରେ ଗୋଟିଏ ନାଲି ପଟାଦାର ନାଇଲନ୍ ବ୍ୟାଗ୍ ଝୁଲୁଛି। ଡାହାଣ ହାତରେ ଖଣ୍ଡିଏ ଛତା। ତାଙ୍କୁ ଦେଖି ଯେ କେହି କହିବ ଯେ ସେ ଜଣେ ପଲ୍ଲୀ ପ୍ରୌଢ଼। ତାଙ୍କର ବାଁ ଆଣ୍ଠୁଟା ବସ୍ ଦୁଆର ଆଡ଼କୁ ସାମାନ୍ୟ ଆଗେଇ ଯାଇଛି। ଆଣ୍ଠୁ ଉପରୁ ଲୁଗାଟା ସାମାନ୍ୟ ଖସିଯାଇଚି। ପ୍ରୌଢ଼ ନିର୍ଲିପ୍ତ ଆଖିରେ ବସ୍ ଭିତରେ ବସିଥିବା ଅଳ୍ପ ବୟସ୍କ ତରୁଣ ତରୁଣୀଙ୍କ ଆଡ଼କୁ ଚାହୁଁଥାଆନ୍ତି।

ପ୍ରୌଢ଼ଟି କଅଣ ଭାବୁଛନ୍ତି ଏମାନଙ୍କୁ ଦେଖି ? ଆଜିକାଲିର ଦେଶର ଏଇ ଭବିଷ୍ୟତମାନଙ୍କୁ ? ଏମାନଙ୍କ ଭିତରୁ କେତେ ପରସେଣ୍ଟ ଧାନ ଆଉ କେତେ ପରସେଣ୍ଟ ଅଗାଡ଼ି ? ଅଗାଡ଼ିମାନେ କଅଣ କରିବେ ? ଆଗବେଳେ କେହି ଯଦି ବ୍ରିଟିଶ ସରକାରଙ୍କ ଅଧୀନରେ ଖଣ୍ଡେ ଭଲ ଚାକିରି ପାଉ ନ ଥିଲେ ତେବେ ସେମାନେ ଟ୍ରେନିଂ ନେଇ ମାଷ୍ଟର ହେଉଥିଲେ। ଏବେ ଗ୍ରାଜୁଏଟ୍ ବେକାର ସାଙ୍ଗକୁ, ମାଷ୍ଟ୍ର ବେକାର, ଡାକ୍ତର ବେକାର, ଇଂଜିନିୟର ବେକାରଙ୍କ ସଂଖ୍ୟା ବଢ଼ି ବଢ଼ି ଚାଲିଛି।

ବସ୍‌ଟା ଷ୍ଟାର୍ଟରେ ଅଛି - ଡ୍ରାଇଭର୍ ହର୍ଣ୍ଣ ଚିତ୍କାର କରିଉଠିଲା ତୁହାକୁ ତୁହା - କ୍ଲିନର ଟୋକା ତଳେ ଛିଡ଼ା ହୋଇ ବସ୍ ଟିଣିଆ ଦେହରେ ଦି'ଥର ଥାପଡ଼ା ମାରି ଦେଇ ତା'ର ସ୍ୱରରେ ହୁଇସିଲ୍ ମାରିଲା। ବସ୍ ଦି'ପାହୁଣ୍ଡ ଆଗେଇଛି କି ନାହିଁ ଚିତ୍କାର କଲା 'ରହିବ'। ବସ୍ ବ୍ରେକ୍ ଦେଲା। ବିପ୍ରବାବୁ ଦୁଆର ବାଟ ଦେଇ ପଦାକୁ ଚାହିଁବାମାତ୍ରେ ଦେଖିଲେ ଗୋଟିଏ ସାଲ୍‌ୱାର ପଞ୍ଜାବି ପିନ୍ଧା ତରୁଣୀ ବସ୍‌ର ପ୍ରଥମ

ଷ୍ଟେପ୍ ଉପରେ କୁଦିପଡ଼ି କ୍ଷିପ୍ର ଗତିରେ ବସ୍ ଭିତରକୁ ପଶିଗଲାବେଳେ ପ୍ରୌଢ଼ଟିର ଲୁଗା ଖସିଯାଇଥିବା ଆଣ୍ଠୁ ଦେହରେ ତା'ର ବକ୍ଷାଂଶ ଘଷିହୋଇଗଲା। ପ୍ରୌଢ଼ଟି ଆଣ୍ଠୁଟିକୁ ପଛକୁ ଘୁଞ୍ଚେଇ ଆଣିବାକୁ ସମୟ ପାଇବା ପୂର୍ବରୁ ଆଉ ଗୋଟିଏ ସାଲଓ୍ୱାର ପଞ୍ଜାବି ପିନ୍ଧା ତରୁଣୀ, ପ୍ରଥମା ପରେ ପରେ ବସ୍‌କୁ ଉଠି ଗଲାବେଳେ ପୂର୍ବୋକ୍ତ ପ୍ରକ୍ରିୟାର ପୁନରାବୃତ୍ତି ହେଲା - ପ୍ରୌଢ଼ଟି ବିବ୍ରତ ହୋଇ ତା' ବାଁ ଆଣ୍ଠୁଟିକି ପଛକୁ ଘୁଞ୍ଚେଇନେଲା। ବସ୍‌ଟି ରାସ୍ତା ଧରିଲା। ତରୁଣୀ ଦୁଇଟି ବିପ୍ରବାବୁ ଓ ପ୍ରୌଢ଼ଙ୍କୁ ପଛ କରି ଠିଆ ହେଲେ। କଅଣ ଭାବି ପ୍ରୌଢ଼ଟି ଆଡ଼କୁ ଚାହିଁଲେ। ବିପ୍ରବାବୁ ଦେଖିଲେ ତରୁଣୀମାନଙ୍କର ଗୁଞ୍ଜନରେ ଭିତରଟି ସରଗରମ ହୋଇଉଠୁଚି। ହଠାତ୍ ତାଙ୍କ ଦୃଷ୍ଟି ନିବଦ୍ଧ ହେଲା ପଲ୍ଲୀ ପ୍ରୌଢ଼ଙ୍କର ବାଁ ଆଣ୍ଠୁରେ ତାଙ୍କ ବାଁ ହାତ ପାପୁଲିର ଏକ ମନ୍ଥର ଚାଳନ। ଉପରେ ଯେଉଁ ଅଂଶଟିରେ ଟିକକ ଆଗରୁ ଦୁଇଟି ତରୁଣୀଙ୍କ ଅଙ୍ଗ ଛୁଇଁ ଯାଇଥିଲା - ପ୍ରୌଢ଼ ଆଣ୍ଠୁର ସେହି ଅଂଶଟିକୁ ଆଉଁଶିଲା ବେଳେ ମୁହଁରେ କୌଣସି ଭାବାନ୍ତର ନ ଆଣି ଝିଅ ଦୁଇଟିଙ୍କ ଆଡ଼େ ଚାହୁଁଥିଲେ।

ବିପ୍ରବାବୁଙ୍କ ମନକୁ ଏଇ ଦୃଶ୍ୟଟି ଆନ୍ଦୋଳିତ କଲା। ଇଏ କି ଅଭିନବ ପ୍ରତିକ୍ରିୟା ? ଆଣ୍ଠୁର ସେଇ ଜାଗାଟି କଅଣ ଅପରିଷ୍କାର, ଅପବିତ୍ର ହୋଇଗଲା ବୋଲି ପ୍ରୌଢ଼ ଭାବିଲେ ଏବଂ ସେ ଜାଗାଟିକୁ ସେ ଝାଡ଼ି ପରିଷ୍କାର କରିଦେଉଛନ୍ତି ଆବାଲ୍ୟରୁ ବଢ଼ିଆସିଥିବା ଏକ ଗ୍ରାମ୍ୟସଂସ୍କାର ହେତୁ ? କିନ୍ତୁ ନା ତ ! ପାପୁଲିର ଚାଳନାରୁ ଝାଡ଼ଝୁଡ଼ କରିବାର କୌଣସି ସୂଚନା ମିଳୁନି ତ ! ଏପରି ଏକ ଆକସ୍ମିକ ପରିସ୍ଥିତି ତାଙ୍କ ଜୀବନର ଗୋଟାଏ ବଡ଼ ରକମର ଦୁର୍ଘଟଣା ବୋଲି ସେ ଭାବୁଛନ୍ତି କି ? ଆଣ୍ଠୁଟିକି ଆଉଁଶିଲାବେଳେ ସେ ଝିଅ ଦୁଇଟିଙ୍କ ଆଡ଼େ ଏମିତି ଚାହୁଁଛନ୍ତି କାହିଁକି ତେବେ ? ସେ ଦୁହିଁଙ୍କର ଅବୟବର କେଉଁ ଅଂଶରେ ତାଙ୍କ ଆଖି ଡୋଳା ନିବଦ୍ଧ ? ପ୍ରୌଢ଼ଙ୍କ ମନର କେଉଁ ଭାବନାଟି ଠିକ୍ ବିପ୍ରବାବୁ ଠଉରେଇ ପାରିଲେନି। ଆନନ୍ଦ ନା ବିରକ୍ତି ?

ବିପ୍ରବାବୁ ନିଜ ଉପରେ ଟିକିଏ ବିରକ୍ତ ହେଲେ - ଏଇ ସାମାନ୍ୟ ଓ ସାଧାରଣ ଦୁର୍ଘଟଣାରୁ କି ଅର୍ଥ ସେ ବାହାର କରିବାକୁ ଚେଷ୍ଟା କରୁଛନ୍ତି ? ପ୍ରୌଢ଼ଙ୍କର ମନୋବିଶ୍ଳେଷଣ କରୁଛନ୍ତି ନିଜକୁ ତାଙ୍କ ସ୍ଥାନରେ ବସେଇ ? ଏଇଟା ବିପ୍ରବାବୁଙ୍କର ଗୋଟିଏ ନିଉଛଣା ପ୍ରକୃତି। ମଣିଷର ଆଚାର-ବ୍ୟବହାର କଥାବାର୍ତ୍ତାରୁ ତା'ର ଭିତର ମନକୁ ଜାଣିବାର ପ୍ରୟାସପାଇଁ ସେ ତାଙ୍କ ସ୍ତ୍ରୀଙ୍କଠାରୁ ଖେଞ୍ଚା ଖାଆନ୍ତି - ବେଳେ ବେଳେ। ସେ କହନ୍ତି - ହଉ ହଉ ରଖ ତମ ମନସ୍ତାତ୍ତ୍ୱିକ ବିଶ୍ଳେଷଣ - ତମ ବିଶ୍ଳେଷଣଗୁଡ଼ା ଆଦୌ ଠିକ୍ ନୁହେଁ। ସ୍ତ୍ରୀ ପାଖରେ ସିନା ହାର୍ ମାନିବାକୁ ସେ ବାଧ୍ୟ ହୁଅନ୍ତି - କିନ୍ତୁ ଅଧିକାଂଶ କ୍ଷେତ୍ରରେ ତାଙ୍କ ସିଦ୍ଧାନ୍ତ ଠିକ୍ ବୋଲି ପ୍ରମାଣିତ ହୋଇଛି

ପ୍ରୌଢ଼ଙ୍କ କ୍ଷେତ୍ରରେ ସେ କିନ୍ତୁ କୌଣସି ସିଦ୍ଧାନ୍ତରେ ପହଞ୍ଚିପାରୁ ନାହାନ୍ତି। ଠିକ୍ କଲେ ସେ ଆଉ ଯା ଉପରେ ଭାବିବେନି - କିନ୍ତୁ ତାଙ୍କର ନିଉଛଣା ପ୍ରକୃତି - ପୁଣି ଭାବିଲେ...

ଘଟିଯାଇଥିବା ଘଟଣା ଉପରେ ନିର୍ଭର କରି ସେ ଗୋଟିଏ ସାହସିକ ପଦକ୍ଷେପ ନେଲେ - ପ୍ରୌଢ଼ାଙ୍କୁ ପଚାରିଲେ -

ଆପଣ କୋଉଠି ଓହ୍ଲେଇବେ ?

ପ୍ରୌଢ଼ ଆଣ୍ଠୁ ଆଉଁଶା ବନ୍ଦ କରିଦେଇ କହିଲେ - ଷ୍ଟାଣ୍ଡରେ। ଏଇ ଛୋଟିଆ ଉତ୍ତର ବିପ୍ରବାବୁଙ୍କୁ ନିରୁତ୍ସାହିତ କଲା - ତଥାପି ଆଗେଇଲେ। ମନନେଇ କାରବାର କରୁଥିବା ଲୋକ ସହଜରେ ମଣିଷ ଚରିତ୍ର ଜାଣିବାର ଉଦ୍ଦାମ କୌତୂହଳକୁ ରୋକି ପାରେନି। ଯେକୌଣସି ଅପରିଚିତ ବ୍ୟକ୍ତିଙ୍କୁ 'ମଉସା' ସମ୍ବୋଧନରେ ଗୋଟାଏ ଅନ୍ତରଙ୍ଗତା ପ୍ରକାଶ ପାଏ - ବିପ୍ରବାବୁ ପଚାରିଲେ।

"ଆଣ୍ଠୁରେ କଅଣ ମାଡ଼ ବାଜିଲାକି ମଉସା ?"

ପ୍ରୌଢ଼ ବିପ୍ରବାବୁଙ୍କ ମୁହଁକୁ ଆଚମ୍ବିତ ଦୃଷ୍ଟିରେ ଘଡ଼ିଏ ଚାହିଁଲେ - ତା'ପରେ ନିସ୍ପୃହ ଗଳାରେ କହିଲେ - ମାଡ଼ କିଆଁ ହେବ ?

- ଆଣ୍ଠୁଟା ଆଉଁଶୁଥିଲେ ନା ସେଇଥିପେଇଁ ପଚାରିଦେଲି -

କହି ବିପ୍ରବାବୁ ନିରବ ରହିଲେ। ତାଙ୍କର ଗବେଷଣା ଆଉ ଆଗେଇ ପାରିଲାନି - ତରୁଣୀ ଦୁଇଟି ପ୍ରୌଢ଼ ଓ ବିପ୍ରବାବୁଙ୍କ ଆଡ଼େ ଚାହିଁ ତାଙ୍କ କଥା ଶୁଣୁଥିଲେ ବୋଧହୁଏ। ବିପ୍ରବାବୁ ଉପରକୁ ମୁହଁ ଟେକିଲାମାତ୍ରେ ସେମାନେ ମୁହଁ ଘୂରେଇ ନେଲେ। ବିପ୍ରବାବୁଙ୍କ ଚିନ୍ତାସ୍ରୋତ ପୁଣି ପ୍ରଖର ହୋଇଉଠିଲା - ଏ ଦୁହେଁ ଆମ କଥା ଶୁଣୁଥିଲେ କାହିଁକି ? ପ୍ରୌଢ଼ର ଆଣ୍ଠୁ ଆଉଁସାକୁ ଏମାନେ ବି ଲକ୍ଷ୍ୟ କରିଛନ୍ତି ଏବଂ ବସ୍‌କୁ ତରବରରେ ଉଠିଲାବେଳେ ଅନିଚ୍ଛାକୃତଭାବେ ଏମାନେ ଯେ ପ୍ରୌଢ଼ର ଆଣ୍ଠୁ ଦେହରେ ଘଷିହୋଇ ଆସିଛନ୍ତି ସେ ବିଷୟରେ ସେମାନେ ବୋଧହୁଏ ସଚେତ। ଯଦି ସଚେତ ତେବେ ଗାଉଁଲି ଲୋକ ହେଲେ ବି ବୟସ୍କ ଯେତେବେଳେ ସେ ଦୁହେଁ ତ କହିପାରିଥାନ୍ତେ - ମଉସା ଆମେ ଦୁଃଖିତ - ତମ ଦେହରେ ବାଜିଗଲା - କିନ୍ତୁ କିମିତି ସେକଥା କହିବେ ? - ହାତ କି ଗୋଡ଼ ବାଜିଥିଲେ, ଅଲଗା କଥା -

ହୁଏତ, ଏ ଦୁହେଁ ପ୍ରୌଢ଼ ଆଣ୍ଠୁରେ ଘଷି ହୋଇ ଆସିଛନ୍ତି ବୋଲି ଆଦୌ ସଚେତନ ନୁହନ୍ତି - ଦୁଇଟି କାରଣ ହେଇପାରେ - ହୁଏତ ଛାଡୁଥିବା ବସ୍‌ରେ ଚଢ଼ିବାବେଳେ ସେମାନେ ଯେପରି ଉଦ୍‌ବିଗ୍ନ ଓ ବ୍ୟସ୍ତ ଥିଲେ ପରିପାର୍ଶ୍ୱ ପ୍ରତି ସେମାନଙ୍କର ନଜର ନ ଥିଲା - କିମ୍ବା ଏମିତି ଯାମ୍ ଥିବା ବସ୍ ଚଢ଼ି ଚଢ଼ି ଏ ସବୁ

ପ୍ରତି ସଜାଗତା ନଷ୍ଟ ହୋଇଯାଇଚି - ଏତେ ବେଶୀ ସ୍ପର୍ଶକାତର ହେଲେ ଆଜିକାଲିର ଝିଅମାନେ ପଦାକୁ ନ ବାହାରି ଘରର ଚାରିକାନ୍ଥ ଭିତରେ ଆବଦ୍ଧ ହୋଇ ରହିବା କଅଣ ସମ୍ଭବ? ଭାବନାର ସ୍ରୋତରେ ବାଧା ପଡ଼ିଲା... ତାଙ୍କ କାନରେ ପଡ଼ିଲା... କି ନିଲଠା କାଳ ହେଲା... ରାମ୍ ରାମ୍ -

ବିପ୍ରବାବୁ ପ୍ରୌଢ଼ଙ୍କ ମୁହଁକୁ ଚାହିଁଲେ - ଝିଅ ଦୁଇଟି ବି ଈଷତ୍ ବିସ୍ମୟ ଦୃଷ୍ଟିରେ ଚାହିଁଲେ - ଯାହାକୁ ଉପଲକ୍ଷ୍ୟ କରି ଏ ମନ୍ତବ୍ୟଟା ଦିଆ ଯାଇଥାଉନା କାହିଁକି ମନ୍ତବ୍ୟଟା ଅତ୍ୟନ୍ତ ନିରପେକ୍ଷ ଓ ନିର୍ବୈୟକ୍ତିକ - ଗୋଟିଏ ଝିଅ କହି ପକେଇଲା - ଓଠ ବଙ୍କେଇ - ରଷ୍ଟିକ୍! ଆର ଝିଅଟି କହିଲା - ହେଃ ଏମିତି କଅଣ କହୁଚୁ? ଚୁପ୍ କର... ନିମ୍ନ ସ୍ୱରରେ କହିଲେ ମଧ୍ୟ ବିପ୍ରବାବୁ ଶୁଣିପାରିଲେ - ଟିକିଏ ମୁରୁକି ହସିଲେ -

ବସ୍‌ଷ୍ଟାଣ୍ଡ, ବସ୍ ରହିଲା, କ୍ଲିନର ଟୋକା ଦୁଆର ଖୋଲି ଓହ୍ଲେଇଗଲା ମାତ୍ରେ ତରୁଣୀ ଦୁଇଟି ଆଗ ଓହ୍ଲେଇ ପଡ଼ି ଆଗେଇଗଲା ବେଳେ ମୁହଁ ବୁଲେଇ ରଷ୍ଟିକ୍ ପ୍ରୌଢ଼ଟି ଆଡ଼େ ମୁରୁକି ହସି ଚାହିଁଲେ। ବିପ୍ରବାବୁଙ୍କ ଆଖିରେ ଏ ହସଟା ଧରାପଡ଼ିଗଲା - ଅନିଚ୍ଛାକୃତ ଗୋଟିଏ ଘଟଣାପାଇଁ ଝିଅ ଦୁଇଟି ଦାୟୀ ନ ହେଲେ ବି ଘଟଣାଟି କି ଧରଣର ସେ ବିଷୟରେ ସେମାନେ ସଚେତ ଏ କଥା ନିଶ୍ଚିତ ବୋଲି ବିପ୍ରବାବୁ ଧରିନେଲେ। ବସ୍‌ରୁ ଓହ୍ଲେଇ ପ୍ରୌଢ଼ ସେକ୍ରେଟେରିୟେଟ୍ କୋଠାଆଡ଼େ ମୁହାଁଇଲେ - କାମ ନ ଥିଲେ ମଧ୍ୟ ବିପ୍ରବାବୁ ପ୍ରୌଢ଼ଟି ସାଙ୍ଗରେ ପାଦ ମିଳେଇ ସେଇ ଆଡ଼େ ଚାଲିଲେ - ତାଙ୍କ ମନରେ ଉଠିଥିବା ଘଟଣା ସମ୍ପୃକ୍ତ ପ୍ରଶ୍ନର ଅସଲ ସମାଧାନ ହେଇନି-

କିଛି ବାଟ ଯିବା ପରେ ପ୍ରୌଢ଼ଟି ବିପ୍ରବାବୁଙ୍କୁ ଶୁଣେଇ କହିଲା - ଏ ପାଠପଢୁଆ ଝିଅଗୁଡ଼ାକଙ୍କର ଲାଜ ମହତ କିଛି ନାହିଁ।

- କଅଣ ହେଲା କି? ବିପ୍ରବାବୁ ପ୍ରଶ୍ନକଲେ।

ପ୍ରୌଢ଼ ସ୍ୱରରେ ସାମାନ୍ୟ ଅନ୍ତରଙ୍ଗତା ମିଶେଇ କହିଲା -

- ଏଇ ଯୋଉ ଝିଅ ଦି'ଟା ଆମ ସାମନାରେ ବସ୍‌ରଡ୍‌କୁ ଧରି ଛିଡ଼ା ହେଇଥିଲେ ମ -

- ହଁ, ଛିଡ଼ା ହେଇଥିଲେ।

- ସେ ଦି'ଟା ଭାରି ଅବାଗିଆ ଝିଅ... ଉଦ୍ଦଣ୍ଡୀ... ଅଣ୍ଡିରାଚଣ୍ଡୀ

- କଅଣ କଲେ ସେମାନେ? କିଛି ନ ଜାଣିଲା ଭଳି ବିପ୍ରବାବୁ ପ୍ରଶ୍ନ କଲେ।

- ଟିକିଏ ଉତ୍ତେଜିତ ହୋଇ ପ୍ରୌଢ଼ କହିଲେ -

- କଅଣ କଲେ? ବସ୍‌ରେ ଉଠିଲାବେଳେ ଦି'ଟାଯାକ ପଛକୁପଛ ମୋ ବାଁ ଆଣ୍ଠୁରେ ଘଷି ହୋଇଗଲେ। ମୋ ଆଣ୍ଠୁରେ ତାଙ୍କ ଦିହର କୋଉ ଜାଗାଟା ଘସି

ହେଇଗଲା ସେଥିକି ନିଘା ନାହିଁ! ଯେତେହେଲେ ଯୁବତୀ ଝିଅ, ପାଠ ପଢ଼ିଚ, ସହର ବଜାରରେ ଚଳପ୍ରଚଳ ହଉଚ, ନିଜ ଇଜତ ମହତ ନିଜେ ସମ୍ଭାଳିବନି ? ମୁଁ ମଫସଲିଆ ହୁଏ କି ବୁଢ଼ା ହୁଏ - ଯେତେ ହେଲେ ଗୋଟେ ମଣିଷ ତ। ପୁଣି ମିଣିପ ଲୋକ।

ବିପ୍ରବାବୁ କହିଲେ - ବୁଝୁଚି ଯେ... ତମେ ଯାହା କହୁଚ ସତ। ହେଲେ ସେମାନେ ସବୁ ଆଜିକାଲିକାର ପିଲା...

ସେମାନେ ଯାହା ହେଲେ ବା କଲେ - ତମର ତ କିଛି କ୍ଷତି କରି ନାହାନ୍ତି...

ପ୍ରୌଢ଼ ନିର୍ବାକ୍ ହୋଇ ବିପ୍ରବାବୁଙ୍କ ମୁହଁକୁ ଦଣ୍ଡେ ଚାହିଁଲେ... କଅଣ ଯେପରି ଭାବିଲେ ସେଇଠୁ କହିଲେ।

ବୁଝିଲେ ଆଜ୍ଞା, ମୁଁ ତ ମୂର୍ଖ ଲୋକ - ଆପଣଙ୍କ ଭଳି ପାଠୁଆ ଲୋକଙ୍କୁ ମୁଁ ବା କଅଣ କହିବି...? ସବୁ କଥା ସବୁଠି ହଉଚି। ଆମ ଗାଁ ଗଣ୍ଡାରେ ଚୋରେଇ ନୁଚେଇ ଯୋଉ କଥା ହଉଚି ଏଠି ସହର ବଜାରରେ ସେ ସବୁଗୁଡ଼ା ଖୋଲା ମେଲା ଏବେକୁ ଏବେ ହେଇଗଲାଣି - ଟିକିଏ ଲାଜ ସରମ ନାଇଁ - ଶୁଣିଚି ଗୋରାସାଇବଙ୍କ ଦେଶରେ ସେମିତି ହୁଏ... ସବୁ କାମ ଖୋଲା ମେଲା ନଙ୍ଗଳା। ଏଥିରେ କି ସୁଆଦ କି ସୁଖ ଥାଏ ଆପଣ କହୁ ନାହାନ୍ତି ? ଆଜ୍ଞା ଲାଜରେ ମୋ ମୁହଁ ତଳକୁ ହେଇ ଯାଉଚି - ଝିଅ ଦି'ଟା ମୋ ନାତୁଣୀ ବଅସର ହେବେ କି କ'ଣ - ତାଙ୍କ ମନରେ କିଛି ଥାଉ ନ ଥାଉ, ତାଙ୍କ ବେଢ଼ଙ୍ଗିଆ କାମଟା ମୋ ମୁଣ୍ଡରେ ଗୋଟାଏ ପାପ ଚିନ୍ତା ପୂରେଇ ଦେଲାନା - ମନଟା ମୋର ସେତିକି ବେଳୁ ବିଷେଇ ଯାଇଚି...

ବିପ୍ରବାବୁ ଏବେ ବୁଝି ପାରିଲେ କାହିଁକି ପ୍ରୌଢ଼ଟି ତାଙ୍କ ବାଁ ହାତ ପାପୁଲିରେ ତାଙ୍କ ବାଁ ଆଣ୍ଠୁର ଅନାବୃତ ଅଂଶଟିକୁ ଆସ୍ତେ ଆସ୍ତେ ଆଉଁଶୁଥିଲେ।

ଗୋଟାଏ କ୍ଷଣିକ ଉତ୍ତେଜନାବୋଧ ସହିତ ଆଜୀବନ ସଂସ୍କାରର ସଂଘର୍ଷ।

■

ଇଉନିଭର୍ସାଲ ବିଶୁ

॥ ୧ ॥

ଅକ୍‌ସିଜେନ୍‌ର ପ୍ରପର୍ଟିଜ୍‌ଗୁଡ଼ିକ ଏକ, ଦୁଇ, ତିନ୍ କରି ମନେ ରଖୁଥିଲି - ଝରକା ପାଖରେ ଶୁଭିଲା - 'ଏଇ ପ୍ରମୁ, ପଦାକୁ ଆ -'

ବିଶ୍ୱର ପାଟି - ମନେ ମନେ ଟିକିଏ ବିରକ୍ତ ହେଲେ ବି ଉଠି ବାହାରକୁ ଗଲି - ପଚାରିଲି - "କିରେ ପଢ଼ାବେଳେ ବାବୁଙ୍କର ଆଜ୍ଞା ଦବାକୁ ଇଚ୍ଛା ହେଲା ?"

ବିଶୁ ମୋ କଥାର ଉତ୍ତର ନ ଦେଇ କହିଲା - ଦେଲୁ ଦେଲୁ ଖଣ୍ଡେ ହାଫ୍‌ଟନ୍। କହିଲି, ମାଇଲିଏ ଦୂରରୁ ଦଉଡ଼ି ଆସିଚୁ ଏଇଥିପେଇଁ ? ମେସ୍‌ରେ କାହାଠୁଁ ପାଇଲୁ ନାହିଁ ? ମୋ ପାଖେ ନାଇଁ ଯା ଭାକ୍ -

ବିଶୁ ଅନୁନୟ ସ୍ୱରରେ କହିଲା - "ଯାବେ ଖଣ୍ଡେ ହାଫ୍‌ଟନ୍ ଦବୁ, ସେଥିପାଇଁ କେତେ ବକି ଯାଉଚୁ।" ପକେଟ ଅଣ୍ଡାଳିଲି - ଭାଗ୍ୟକୁ ହାଫ୍‌ଟନ୍ ଖଣ୍ଡେ ଥିଲା। ବାହାର କରି ବିଶୁକୁ ଦେଲି - ଖୁସିରେ ହସିଦେଇ ହାଫ୍‌ଟନ୍‌ଟା ମୁହଁରେ ଗୁଞ୍ଜି ଦେଇ କହିଲା -

"କେତେ ଫବେଇ ହଉଥିଲୁ ବେ ?"

ହସି ହସି କହିଲି - କିରେ ହାତରେ ପଡ଼ିଗଲାରୁ ତ କଅଣ ଭାରି ରୁଆବି, ଦିଆସିଲି ଆଣିଦେବି ?

ବିଶୁ ଧମକେଇ କହିଲା - ନାଇଁତ କଅଣ ଶୂନ୍ୟରେ ହାଫ୍‌ଟନ୍‌ରୁ ଧୂଆଁ ବାହାରିବ ? ଘର ଭିତରକୁ ଗଲି ଦିଆସିଲି ଆଣିବାକୁ - ହାଫ୍‌ଟନ୍‌ରେ ଖୁବ୍ ଜୋର୍‌ରେ ଦି'ଟା ଟାଣ ମାରିଦେଇ ବିଶୁ କହିଲା - ଆ ଟିକିଏ ନଈକୂଳେ ବୁଲିଆସିବା। ରଖ୍ ତୋ ପଢ଼ା -

ମୁଁ କହିଲି - ଆବେ ତୋ ଭଳି ଆର୍ଟସ ନୁହେଁ -ସାଇନ୍‌ସ - ହାଫ୍‌ଟନ୍‌ରେ ଆଉ ଟାଣେ ଦେଇ କହିଲା ବିଶୁ - ହଁ ବେ, ଜାଣେ ଖାଲି ନାଲି ନେଳି ପାଣି। ଚାଲ୍ ଚାଲ୍ -

ମୁଁ ଗଲିନି - ବିଶୁ ଧୂଆଁ ଛାଡ଼ୁ ଛାଡ଼ୁ ଚାଲିଗଲା : ଗୋଟାଏ ଦାର୍ଶନିକ ମନୋଭାବ ଦେଖେଇ -

॥ ୨ ॥

ଅଦ୍ଭୁତ ମୋର ଏଇ ସହପାଠୀ ବିଶୁ - ଗରିବ, ଅଭାବଗ୍ରସ୍ତ - ଅଥଚ ଦୁଃଖକୁ ସେ କେବେହେଲେ ପ୍ରଶ୍ରୟ ଦେଇନି ତା'ର ସଦାମୋଦୀ ମନୋଭାବ ଉପରେ ପ୍ରଭାବ ବିସ୍ତାର କରିବାକୁ - ଅଭାବର ତା'ର ସୀମା ନାହିଁ - ବାପ ନାହିଁ, ମା ନାହିଁ - ପିଲାଦିନୁଁ ଟିଉସନ୍ କରି ପାଠ ପଢ଼ିଛି କଟକ ସହର ଭଳି ଜାଗାରେ - ସବୁବେଳେ ରହିଚି ସବୁଠୁ ଖରାପ ମେସ୍‌ରେ। କଟକରେ ନିକଟ ଓ ଦୂର ସମ୍ପର୍କର ଅନେକ ଆତ୍ମୀୟ କୁଟୁମ୍ବ ତା'ର ଅଛନ୍ତି। କିନ୍ତୁ କେହି ଦିନେ ତା' ଭଲମନ୍ଦର ଖୋଜଖବର ନିଅନ୍ତି ନାହିଁ କିମ୍ବା ସେ ମଧ୍ୟ ଦିନେ କାହାର ଦ୍ୱାରସ୍ଥ ହେଇନି ତା' ଦୈନ୍ୟ ନେଇ।

ଜୀବନର ଅଭିଜ୍ଞତା ତା'ର ବହୁମୁଖୀ। ସ୍କୁଲରେ ଫାଷ୍ଟକ୍ଲାସରେ ପାଠ ପଢୁଥିଲାବେଳେ ଦିନେ ଆସି ମତେ ହଠାତ୍ ପଚାରି ବସିଲା - ପ୍ରମୁ, ଦେଖିଲୁ ଦେଖିଲୁ, ମୁଁ ଦେଖିବାକୁ ସୁନ୍ଦର?

କହିରଖେଁ - ବିଶୁ ଦେଖିବାକୁ କୁତ୍ସିତ - କଳା - ମୁହଁଟି ପେଚାଭଳି, ଆଖି ଦୁଇଟି ବି ଗୋଲ - ଗାଲଯାକ ବ୍ରଣ ଭର୍ତ୍ତି - ମୁଣ୍ଡବାଳଗୁଡ଼ିକ ଊର୍ଦ୍ଧ୍ୱଗାମୀ - ଯେତେ ଯତ୍ନରେ କାଷ୍ଟର ଅଏଲ ଭଳି ଅଠାଳିଆ ତେଲ ଦେଇ କୁଣ୍ଡେଇଲେ ମଧ୍ୟ ବାଳଗୁଡ଼ିକ ସବୁବେଳେ ଖାଡ଼ା - ତେଣୁ ତା' ଚେହେରାରୁ କେବଳ ରୁକ୍ଷତା ଏବଂ ବିରକ୍ତିକର ବିକୃତି ଛଡ଼ା ଆଉ କିଛି ଧରା ପଡ଼େ ନାହିଁ।

ହସି ପକାଇଲି - କହିଲି - ଏ ପ୍ରଶ୍ନ କାଇଁକି? ନିଜେ ବୁଝିପାରୁନୁ ତୁ ସୁନ୍ଦର ନା ଅସୁନ୍ଦର?

ବିଶୁ ତଥାପି କହିଲା - ନାଇଁ ବେ, ଥଟ୍ଟା ନାଇଁ, କହ - ମୁଁ ସିରିଅସଲି ପଚାରୁଚି - ମତେ କେହି ଦେଖିଲେ ମୋ ପ୍ରତି ଆକୃଷ୍ଟ ହବ?

"କାହିଁକି? କିଏ ତୋ ପ୍ରତି ଆକୃଷ୍ଟ ହେଇଚି କି?"

"ହଁ ବେ -"

"ସତେ? ସେ ଝିଅ କାହାର, ନାଁ କଅଣ?"

ବିଶୁ ମୁଖ ବିକୃତ କରି କହିଲା - ଭାବି ଭାବି କହିଲା ଝିଅ - କୋଉ ଝିଅ, ମୋ ପ୍ରତି ଆକୃଷ୍ଟ ହେବ ଶୁଣେ ଟିକିଏ ? ତେବେ ?

ସ୍ୱର କମେଇ ଦେଇ କହିଲା ବିଶୁ - ମୋ ରୁମ୍‌ମେଟ୍ ଜନାର୍ଦ୍ଦନବାବୁ - କିଲେଟେରୀ କଚେରି କିରାଣି -

କୌତୂହଳୀ ହୋଇ ପଚାରିଲି - fact ? ବିଶୁ ହସି ହସି କହିଲା - ହଁ ମୋ ଖାଇବା ପିଇବା କଥା ବୁଝିବାରେ ଭାରି ଆଗ୍ରହ । କିନ୍ତୁ କାହିଁକି ଯେ ଏ ଆଗ୍ରହ ମୁଁ ବୁଝିପାରୁନି ।

ବୁଝିଲି - ଏଇଥିପାଇଁ ବିଶୁ ଦଉଡ଼ି ଆସିଲା ମୋ ପାଖକୁ ବୁଝିବାକୁ ସେ ସୁନ୍ଦର କି ନୁହେଁ । ବହୁତ ବେଳଯାଏ ହସିଲି ।

ଅତି କଷ୍ଟରେ ସେ ମେସ୍‌ରେ ଖାଇବା ଓ ତା' ଭାଗ ଘରଭଡ଼ା ଟଙ୍କାଟା ଯୋଗାଡ଼ କରେ । କିନ୍ତୁ ସିଗାରେଟ କି ଜଳଖିଆ ଖାଇବାର ପଇସା ଜୁଟେନି ତା'ର - ସେଥିପାଇଁ ସେ ଦୁଃଖିତ ବା ବିବ୍ରତ ନୁହେଁ ।

କୌଣସି କଲେଜ ସହପାଠୀ ତା' ସିଗାରେଟ୍‌ରୁ ଅଧେ ଖାଇସାରିବା ପରେ ସେ ନିଃସଙ୍କୋଚ ଭାବରେ ତା' ମୁହଁରୁ ଅଧା ପୋଡ଼ା ସିଗାରେଟ୍ ଖଣ୍ଡ ଭିଡ଼ିଆଣି ନିଜର ପୋଡ଼ା ଓଠରେ ଗୁଞ୍ଜିଦିଏ ବନ୍ଧୁ ଆଡ଼କୁ ନ ଚାହିଁ ।

ତା'ର ଏ ଦାବିକୁ ସମସ୍ତେ ମାନି ନେଇଛନ୍ତି । ଏଇ ଅଧାପୋଡ଼ା ସିଗାରେଟ୍‌କୁ ସେ ନାଁ ଦେଇଚି 'ହାଫ୍‌ଟନ୍' । ତା' ଉଦ୍ଭାବିତ ଏଇ ଅଦ୍ଭୁତ ନାମ କଲେଜଟା ଯାକ ବ୍ୟାପିଯାଇଚି - ପ୍ରତିଦିନ ସେ ମୋଠୁଁ ଖଣ୍ଡେ ହାଫ୍‌ଟନ୍ ଆଦାୟ କରେ । ଯେଉଁଦିନ କଲେଜରେ ଆଦାୟ କରିପାରି ନ ଥାଏ ସେଦିନ ସନ୍ଧ୍ୟାରେ ମୋ ଘରଠିକି ଆସି ତା'ର ପାଉଣା ସେ ଆଦାୟ କରି ନେଇଯାଏ ।

କାହାର ଅଇଁଠା କି ରୋଗ କିଛି ବାରଣ ସେ ମାନେ ନାହିଁ । ମୁଁ ବହୁତ ଯୁକ୍ତି କରିଚି ତା' ସହିତ ଏଇକଥା ନେଇ.... କିନ୍ତୁ ସେ ଖାଲି ହସିଦେଇଚି ।

ତା'ର ଯୁକ୍ତି - ସିଗାରେଟ ବା ବିଡ଼ି ଅଧେ ଖାଇ ଲିଭେଇ ରଖିଦେବୁ - ଘଣ୍ଟାକ ପରେ ଖାଇବୁ ଦେଖିବୁ କେମିତି କଡ଼ା ମାଲୁମ ହବ ।

ସେ ଏହି ଧାରଣାଟା ଏତେ଼ ଜୋରସୋରରେ ତା' ବନ୍ଧୁ ମହଲରେ ପ୍ରଚାର କରିଚି ଯେ ମତେ ମିଶେଇ ତା'ର ଅନେକ ବନ୍ଧୁ ଅଧାପୋଡ଼ା ବିଡ଼ି ବା ସିଗାରେଟ୍ ଖାଇ ମତ ଦେଇଚୁଁ ଯେ ବାସ୍ତବିକ ହାଫ୍‌ଟନ୍ ଖାଇଲେ ଆରାମ ଅଛି । କେବଳ ସେତିକି ନୁହେଁ ଆମେ ଏ ବିଷୟରେ ଅନୁକୂଳ ପରିପ୍ରଚାର କରିବାକୁ ମଧ୍ୟ ଛାଡ଼ିନୁ ।

ବିଶୁ ତା'ର ଏଇ କୃତିତ୍ୱପାଇଁ ଅନେକ ସମୟରେ ନିରହଙ୍କାର ଗର୍ବ ମଧ୍ୟ ଅନୁଭବ କରିଚି ।

॥ ୩ ॥

ସେଦିନ ରବିବାର - ଦିନ ପ୍ରାୟ ଏଗାରଟାବେଳେ ବିଶୁର ମେସକୁ ଯାଇ ଯାହା ଦେଖିଲି ସେଥିରେ ସ୍ତମ୍ଭିତ ନ ହୋଇ ରହିପାରିଲି ନାହିଁ।

ସିମେଣ୍ଟ ବାରଣ୍ଡାର ଗୋଟିଏ ଅଂଶ ଧୁଆ ହୋଇଚି - କୁଢ଼ା ହୋଇଚି ତା' ଉପରେ ଭାତ, ଡାଲି, ତରକାରି ଏବଂ ଆରାମ ଓ ନିର୍ବିକାର ଚିତ୍ତରେ ତାକୁ ଭୋଜନ କରୁଚି ଶ୍ରୀମାନ୍ ବିଶୁ ମହାନ୍ତି, ଦ୍ୱିତୀୟ ବାର୍ଷିକ କଳା।

ମୁଣ୍ଡ ଗରମ ହୋଇଗଲା - ଅତି ବିରକ୍ତ ହୋଇ କହିପକେଇଲି ଦାନ୍ତ ଚିପି, "ଦେଖିବାକୁ ଯେମନ୍ତ କୁତ୍ସିତ, ପ୍ରକୃତିଗୁଡ଼ାକ ମଧ୍ୟ ସେହିପରି। ହତଭାଗା - ଅଇଁଠା ବିଡ଼ି ସିଗାରେଟ ଖାଉଥିଲୁ ଦୋସରା କଥା। କିନ୍ତୁ ଏମିତି ତଳେ କୁଢ଼େଇ ଭାତ ଖାଉଚୁ? ଛି, ଛି, ତୋ ପ୍ରତି ମୋର ବଡ଼ ଘୃଣା ହୋଇଗଲାଣି - Cad! I hate you."

ମୋ ସ୍ୱରରେ ଯେଉଁ ଆନ୍ତରିକ ବିରକ୍ତି ଫୁଟି ଉଠିଥିଲା ବିଶୁ ତାକୁ ବୁଝିପାରି ସୁଦ୍ଧା ହସି ଉଡ଼େଇ ଦେଇ କହିଲା, "ଆରେ ଧେତ୍, ମୁଁ ଦେଖୁଥିଲି ନା ତଳେ କୁଢ଼େଇ ଖାଇଲେ କେମିତି ଲାଗେ - Just an experience -"

"ହେ... Experience! Damn it. ସବୁକଥା ଏମିତି ହସି ଉଡ଼େଇଦେଲେ ଭାବିଚୁ ତତେ ସମସ୍ତେ ଭଲ ପାଇ ପକେଇବେ, ନା? ଇଡିଅଟ! ମୁଁ ତୋ ସହିତ ଆଉ କୌଣସି ସମ୍ବନ୍ଧ ରଖିବାକୁ ଇଚ୍ଛା କରେନି।"

ବିଶୁ ଭାତ ଗୁଣ୍ଡାଟା ପାଟିକି ନେଉ ନେଉ ଅଧାବାଟରେ ତା' ହାତ ଅଟକିଗଲା - ମୁହଁ କଢ଼େଇ ମୋ ଆଡ଼େ ଚାହିଁ କହିଲା, "ସତ କହୁଚୁ।"

ରୂଢ଼ ଗଳାରେ ଉତ୍ତର କଲି, "ହଁ ସତ - ତତେ ବନ୍ଧୁଭାବରେ ପରିଚୟ ଦେବାକୁ ମୋର ଲଜ୍ଜା ହୁଏ।"

ଦେଖିଲି ତା'ର ଗୋଲ ଗୋଲ ଆଖି ଦୁଇଟି ଲୁହରେ ପୂରିଉଠିଛି। କିନ୍ତୁ ତଥାପି ସେ ଅବାଧ ହୃଦୟାବେଗକୁ ରୋଧିବାକୁ ଯାଇ ହସିଦେଲା।

ଆଖି କୁଞ୍ଚେଇ ହୋଇଯାଇ ଦୁଇଟି ବଡ଼ ବଡ଼ ଲୁହ ଠୋପା ପଡ଼ିଗଲା ତା' ଭାତ ଉପରେ - ତଥାପି ନିଷ୍ଠୁର ଭାବରେ ମୁଁ ଚାହିଁରହିଲି ତା' ଆଡ଼େ। ମୁହଁ ଅନ୍ୟଆଡ଼େ ଘୂରେଇ ବିଶୁ କହିଲା, "ବେଶ୍ - ମୋ ସହିତ ବନ୍ଧୁତ୍ୱ ରଖି ତୁ ଏପରି ଲଜ୍ଜିତ ବା ଲାଞ୍ଛିତ ହେବୁ, ମୁଁ ଇଚ୍ଛା କରେନି - କିନ୍ତୁ -"

- "କଅଣ କିନ୍ତୁ? କାଇଁକି ତଳେ ଭାତ କୁଢ଼େଇ ଖାଉଚୁ? ଇଏ କ'ଣ କେବଳ ଅଭିଜ୍ଞତା ବୋଲି କହିବାକୁ ଚାହୁଁ "ପୂଝାରୀ! ପୂଝାରୀ!"

ମେସ୍ ପୂଝାରୀ ଆସି ପହଞ୍ଚିଲା - ପଚାରିଲି, "ବିଶୁବାବୁଙ୍କ ବାସନ କୁଆଡ଼େ ଗଲା?"

ପୂଝାରୀ କହିଲା - "ବାସନ କାଲି ବିକ୍ରି ହୋଇଯାଇଚି। ମେସ୍ ଟଙ୍କା ବାବଦକୁ ମାନେଜର ବାସନତକ ନେଇଗଲା -"

ଆଘାତ ଦେବା ଉଦ୍ଦେଶ୍ୟରେ କହିଲି, "ଅଇଁଠା ଦରପୋଡ଼ା ସିଗାରେଟ ଇୟା ତା' ମୁହଁରୁ ଛଡ଼େଇ ଖାଇବାରେ ଲଜ୍ଜା ହୁଏନା - କିନ୍ତୁ ବନ୍ଧୁଠୁଁ ଟଙ୍କା ନବାକୁ ବାଧେ। ଖଲିପତର ଖଣ୍ଡେ ବି ମିଳିଲା ନାହିଁ? - ପଇସା ନ ଥିଲା? ଅପଦାର୍ଥ - ମୋ ସହିତ ବନ୍ଧୁତ୍ୱ ତେବେ କାହିଁକି ରଖିଚୁ।" କଣ୍ଠ ମୋର ବାଷ୍ପରୁଦ୍ଧ ହୋଇ ଆସିଲା। ବିଶୁ ବସି ରହିଲା ନିର୍ବାକ ନିସ୍ପନ୍ଦ - ଯେଉଁ ଲୋକ ଯେକୌଣସି ପରିସ୍ଥିତି ପାଇଁ ହସି ହସି ପ୍ରସ୍ତୁତ, ତା' ଉପରେ ମୁଁ ଆଉ କେତେ ସମୟ ବା ବିରକ୍ତ ହୋଇ ରହିପାରିବି?

କହିଲି, "ନେ ଉଠ୍, ସେ ଭାତ ଆଉ ଖାଇବା ଦରକାର ନାହିଁ।"

ବିଶୁ ହସିଦେଲା - ମୁଁ ବି।

ବିଶୁ କହିଲା, "ବାଃ - ଏତେ ଗୁଡ଼ାଏ ଭାତ! ରହ!" ହାତ ଧରି ଭିଡ଼ି ଉଠେଇଦେଇ କହିଲି - "ଷ୍ଟୁପିଡ୍, ଧୋ ହାତ - ଚାଲ ମୋ ସଙ୍ଗେ ହୋଟେଲକୁ!"

ବିସ୍ମିତ ହୋଇ କହିଲା ବିଶୁ - ହୋଟେଲ!

ମୁହଁରେ ତା'ର ଅପ୍ରତ୍ୟାଶିତ ଆନନ୍ଦ - ଚଟ୍‌କରି ହାତଟା ଧୋଇଦେଇ କହିଲା - "ଚାଲ, ଆଗେ ଦେଲୁ ଖଣ୍ଡେ ହାଫ୍‌ଟନ୍ -"

- "ନାହିଁ।"

"ଯାଃ - ସବୁ ମାଟି କରିଦେଲୁ - ଆଚ୍ଛା ଦେ ତେବେ ବିଲାତି। ଖଣ୍ଡେ ଖାକି ଟାଣି ଦେଇଥିଲେ ଆପିଟାଇଟ୍ ଚୋସ୍ତ ମାର୍ଗେ ଆସିଯାଇଥାନ୍ତା।"

॥ ୪ ॥

ହଇଜା ରୋଗୀ ବସନ୍ତ ରୋଗୀଠାରୁ ଆରମ୍ଭକରି କୋଢ଼ି ପର୍ଯ୍ୟନ୍ତ ସମସ୍ତଙ୍କର ମଡ଼ା କାନ୍ଧେଇବାକୁ ବିଶୁକୁ ଡକରା ଆସେ। ମେସ୍‌ର ଆଖପାଖ ସମସ୍ତଙ୍କର - ମଡ଼ା ଚଣ୍ଡିଆ ଭାବରେ ବିଶୁର ସୁନାମ ଚାରିଆଡ଼େ। ଏପରିକି ତା'ର ସମ୍ପର୍କୀୟ ବନ୍ଧୁବାନ୍ଧବମାନେ ବି ଏଇ ପିତୃମାତୃହୀନ ଯୁବକଟିକୁ ବାସିରେ ନ ପଚାରିଲେ ବି ମଡ଼ା କାନ୍ଧେଇବା ବେଳକୁ କିମ୍ବା ରାତି ଅଧରେ ମୁମୂର୍ଷୁ ରୋଗୀ ପାଇଁ ଡାକ୍ତର ଡାକିବାକୁ ସ୍ମରଣ କରନ୍ତି।

ବିଶୁ ସେମାନଙ୍କୁ କେବେହେଲେ ନିରାଶ କରିନି। କୁଟୁମ୍ବମାନଙ୍କ ପୁଅ ଝିଅ ବାହାବ୍ରତ ବେଳକୁ ବିଶୁର ମୂଲ୍ୟ ସେମାନଙ୍କ ଆଖିରେ ଶତଗୁଣ ବଢ଼ିଯାଏ। ଅକୁଣ୍ଠିତ ଚିତ୍ତରେ ବିଶୁ ରାତି ପାହାନ୍ତିଆ ପର୍ଯ୍ୟନ୍ତ ସେମାନଙ୍କର ଗୋଲାମି କରେ।

କିନ୍ତୁ ସେ ଖାଇଲା କି ନାହିଁ, କେତେବେଳେ ଗଲା ଏ ଖବର ରଖିବାର ଆବଶ୍ୟକତା ସେମାନେ କେବେ ଅନୁଭବ କରି ନାହାନ୍ତି।

ବିଶୁର କୌଣସି ଅଭିଯୋଗ ବି ମୁଁ ଦେଖେନି। ଦିନେ ରାଗିଯାଇ କହିଲି, "ବୋକା, ଦୁନିଆ ତୋଠୁ ତ ବେଶ ଆଦାୟ କରିନଉଚି - ତତେ ଦଉଚି କଅଣ ?"

ଦାନ୍ତ ନିକୁଟି କହିଲା ବିଶୁ, "ସେ କଥା ତ କେବେ ଭାବିନି।"

"ଭାବିବୁ କେବେ ?"

"ତା'ର ଆବଶ୍ୟକତା ବୋଧେ ପଡ଼ିବ ନାହିଁ।"

"ନାଃ ତା' କାଇଁକି ପଡ଼ିବ ?"

"ଛାଡ୍ ଭାଇ, ସେ ସବୁ ବାଜେ କଥା। ଦେଲୁ ଖଣ୍ଡେ ହାଫ୍‌ଟନ୍। ନାକରୁ ପାଣି ଗଡ଼ିଲାଣି।"

ପ୍ୟାକେଟ୍‌ରୁ ଖଣ୍ଡେ ସିଗାରେଟ୍ ବାହାର କରି ଦେଲି। ନେଲାନି - କହିଲା, "ଲଗା।"

ଜାଣେ - ପୂରା ସିଗାରେଟ ଖାଇବା ଅଭ୍ୟାସ ନାହିଁ। ତା'ର ସିଗାରେଟ୍‌ଟା ଠିକ୍ ଅଧେ ସରିଲା ବେଳକୁ ମୋ ମୁହଁରୁ ସେ ଖଣ୍ଡ ଭିଡ଼ିନେଇ ତା' ଓଠରେ ଗୁଞ୍ଜିଦେଇ କହିଲା - "ଖୁବ୍ ଗୋଟେ ଜରୁରି କଥା ଅଛି ତୋ ସାଙ୍ଗେ -"

କହିଲି - କହ।

ମୁହଁରେ ଅତି ଗାମ୍ଭୀର୍ଯ୍ୟ ପ୍ରକାଶ କରି କହିଲା - "ରତନପୁର ଜମିଦାର ପୁଅଟା ମ - କଲିଜିଏଟ୍‌ରେ ପଢୁଥିଲା - ସେଣ୍ଟଅପ୍ ହେଲାନି - ପଳେଇଲା ଘରକୁ - ଟିକିଏ ହେଲେ ମନଦୁଃଖ ହେଲାନି - ଦ୍ୱିତୀୟଥର ବିଚାରରେ ସେ ସେଣ୍ଟଅପ୍ ହେଇଚି।"

ଉଦ୍ୟକ୍ତ ହୋଇ କହିଲି, "ହଁ କ'ଣ ହେଲା ସେଇଠୁ ?"

ଭଡ଼କିଯାଇ କହିଲା, "ପୂରାଟା ନ ଶୁଣି ତ ରାଗିଗଲୁଣି। ତା'ର ଫିସ୍ ଦବାର ଶେଷ ତାରିଖ କାଲି।"

ଆହୁରି ଚିଡ଼ିଯାଇ କହିଲି, "ବୁଝିଲି, ତା' ଗାଁକୁ ଯାଇ ଖବର ଦବୁ ଆଜି ରାତିରେ, ଏଇୟା ନା ? ଇଡିୟଟ୍, ତୋ ଟେଷ୍ଟ କାଲି ନା ? ଯିବେ ମୁଁ ଏତେ ନିଃସ୍ୱାର୍ଥପର ପରୋପକାରୀ ହୋଇପାରିବି ନାହିଁ।"

ମୋର ପ୍ରତ୍ୟେକଟି ଶବ୍ଦ ବୁଲେଟ୍‌ର ଶକ୍ତି ନେଇ ବିଶୁ ଅନ୍ତରକୁ ଆଘାତ କରିଥିବ। କରୁ! ପରବେଇ କରେନି ମୁଁ -

ନୀରବରେ ହାଫ୍‌ଟନ୍ ଟାଣି ଟାଣି ବିଶୁ ଚାଲିଗଲା। ଭାବିଲି ବସାକୁ ଫେରିଯାଇଥିବ। ପରଦିନ ପରୀକ୍ଷା ହଲରେ ବସି ପ୍ରଶ୍ନ ପଢ଼ିବାକୁ ଆରମ୍ଭ କଲିଣି। କିନ୍ତୁ

ବିଶୁ ଏଯାଏଁ ଆସିନି ବୋଲି ବ୍ୟଗ୍ର ହୋଇ ଉଠୁଥିଲି। ହଠାତ୍ ଧଇଁସଇଁ ହୋଇ ପ୍ରବେଶ କଲେ ଶ୍ରୀମାନ୍ ବିଶୁ ମହାନ୍ତି - ମୁଣ୍ଡ ବାଳଗୁଡ଼ାକ ଅଯତ୍ନ, ଆଖିଗୁଡ଼ାକ ନାଲ ଟକ୍ ଟକ୍। ମତେ ଦେଖି ହଠାତ୍ ତା'ର ତ୍ରସ୍ତ ଆଖି ଫେରେଇନେଲା।

ପରୀକ୍ଷା ପରେ ଯେତେବେଳେ ତାକୁ ପଚାରିଲି ନରମ ଗଳାରେ - "କଅଣ ଗଲୁ ପରୋପକାର କରିବାପାଇଁ?"

ସାହସ ପାଇ କହିଲା - "ଯାଃ - ଶଳାଟା ମତେ ଟିକିଏ ପଚାରିଲା ବି ନାହିଁ। ଅନ୍ଧାର ରାତିରେ ଲୁଚି ଲୁଚି ମହାନଦୀ ପୋଲ ପାରି ହୋଇ ପଡ଼ିଉଠି ଗଲି - ସାଇକେଲଟା ଧରି ଧରି। ଆଡ୍ଡ଼ା ଜମେଇ ଟୋକା ଯାତ୍ରା ଦେଖୁଥିଲା। ମୋଠୁ ପାସ୍ ଖବର ପାଇ ଟିକିଏ ବି ଖୁସୀ ହେଲାନି। ଖବରଟା ଶୁଣିସାରି ଫେର ଯାତ ଦେଖାରେ ମନ ଦେଲା - ମୋର ଖାଇବା ଶୋଇବା କଥା କ'ଣ ବା ତାକୁ ପଚାରନ୍ତି? - ବିଡ଼ି ଧୂଆଁରେ ପେଟ ଭର୍ତ୍ତିକରି ଯାତ୍ରା ଦେଖିଲି। ସକାଳୁ ଫେରିଲି ସିଧା ପରୀକ୍ଷା ହଲ୍‌କୁ।"

ବିଦ୍ରୂପ କରି କହିଲି, "ପରୋପକାର କଲେ ଏମିତି ଟିକିଏ କଷ୍ଟ ସହିବାକୁ ପଡ଼େ।"

ମୋ କଥାକୁ ଦିହକୁ ନ ନେଇ କହିଲା, "ଦବୁ ଖଣ୍ଡେ ହାଫ୍‌ଟନ୍?" କହିଲି, "ଆଗ କିଛି ଗିଳିକରି ଆସିବୁ ଚାଲ୍ - ସାରାରାତି ଉପାସ ରହିବୁ।"

ପରୋପକାର କରି କରି ଶେଷକୁ ବନ୍ଧୁ ମୋର ବି.ଏ.ର ଦୁଆରବନ୍ଧ ଡେଇଁପାରିଲେ ନାହିଁ। ମୁଁ ବି.ଏସ୍‌ସି. ପରେ ପାଟଣା ଗଲି ଏମ୍.ଏସ୍‌ସି. ପଢ଼ିବାକୁ। ଦି'ବର୍ଷ ପରେ ବିଶୁ ସହିତ ଥରେ ମାତ୍ର ଦେଖା ହୋଇଥିଲା।

ବିଶୁ ପୁଲିସ୍ ସବ୍‌ଇନ୍‌ସପେକ୍ଟର ହୋଇଛି ଏବଂ ମାତ୍ର ଚାରିଟା ବର୍ଷ ପରେ ତା' ନାଁ ଇନ୍‌ସପେକ୍ଟର ପଦ ପାଇଁ ସୁପାରିସ କରାହୋଇଚି। ଏକଥା କହିଲା ବେଳେ ବିଶୁ ମୁହଁରେ ଗୋଟାଏ ଗଭୀର ଆତ୍ମପ୍ରସାଦ ଲକ୍ଷ୍ୟ କଲି। କହିଲି "ବାଃ, ତୋ ମନ ତା' ହେଲେ ଘର ଧରିଲାଣି - ଆଉ ପରୋପକାର ଫରୋପକାର କରୁନୁ ତ?"

ବିଶୁ ମତେ ଖଣ୍ଡେ ହାଫ୍‌ଟନ୍ ବଢ଼େଇ ଦେଇ ଓ ନିଜେ ଖଣ୍ଡେ ଧରି କହିଲା - "ନାଇଁବେ।"

ଛାତି ପକେଟରୁ ଗାଲାଣ୍ଟ୍ରି ମେଡାଲ ବାହାର କରି ମତେ ଦେଖେଇ କହିଲା, "୧୯୪୨ ଗଣ୍ଡଗୋଳରେ ପାଇଚି -"

କହିଲି - "ସତେ? - କେତେ ଲୋକ ମାରିଚୁ?"

କହିଲା - "ଲୋକ ମାରିଚି? Not one - ମୁଁ ଥିଲି ରଘୁବିଳାସପୁର ଥାନାରେ। ସେଠିକାର ଲୋକେ ମତେ ଭାରି ଭଲ ପାଆନ୍ତି - ଯେଉଁଦିନ ଥାନା ଚଢ଼ଉ କରିବେ

ତା' ଆଗଦିନ ରାତିରେ ମତେ ସେମାନେ ଗୁପ୍ତରେ କହିଲେ - "ଆଜ୍ଞା, ଥାନା ଚଢ଼ଉ କରିବୁ - ବାଧା ଦେବାକୁ ଚେଷ୍ଟା କରିବେ ନାହିଁ। ତାଙ୍କୁ କହିଲି - ବେଶ୍! ଯାହା କରିବ କର - କିନ୍ତୁ ତମ ଦିହରେ ନ ବାଜିଲା ଭଳି ଦି ଚାରିଟା ଗୁଳି ଫୁଟେଇ ଦେବି। ତମେ କିଛି ଭଡ଼କି ଯିବନି। ଠିକ୍ ସେୟା ହେଲା - ସେମାନେ ଥାନା ଆକ୍ରମଣ କଲେ। ଜମାଦାରମାନେ ଯିଏ ଯୁଆଡ଼େ ଭୟରେ ପଳାଇଲେ - କିନ୍ତୁ ମୁଁ ଶେଷ ପର୍ଯ୍ୟନ୍ତ ସାହସର ସହିତ ଉତ୍ତ୍ୟକ୍ତ ଜନତାର ପ୍ରତିରୋଧ କଲି - ଗୋଟେ ଗୁଳି ବି ତାଙ୍କ ଦିହରେ ବାଜିଲାନି। ଥାନା ପୋଡ଼ିଦେଲେ - କିନ୍ତୁ ମୋରି ଡିଆସିଲିରେ। ଏକା ଏକା ଏତେ ବଡ଼ ଗୋଟାଏ ଉତ୍ତ୍ୟକ୍ତ ଜନତାର ପ୍ରତିରୋଧ କରିଥିବାରୁ ମତେ ବ୍ରିଟିଶ ସରକାର ପ୍ରୀତ ହୋଇ ଏଇ ମେଡାଲ ଦେଲେ - ଉପର ପାହ୍ୟାକୁ ପ୍ରମୋସନ ପାଇବାପାଇଁ ମଧ୍ୟ ସୁପାରିସ କରା ହୋଇଛି।

ଅଭିଭୂତ ହୋଇ ବିଶୁ ମୁହଁକୁ ଚାହିଁ ରହିଲି।

॥ ୫ ॥

ଏହି ଘଟଣା ପରେ ବ୍ୟବଧାନ ଦୀର୍ଘ ଛ'ଟି ବର୍ଷ -

ରାତି ଆଠଟାବେଳେ ସାଇକେଲ ଚଢ଼ି ଲାଲବାଗ ରାସ୍ତାରେ ଘରମୁହାଁ ଚାଲିଛି ବାଁ ହାତରେ ଟର୍ଚ୍ଚ - କିନ୍ତୁ ତାକୁ ମୁଁ ଜାଳୁନି।

ହଠାତ୍ ବିପରୀତ ଦିଗରୁ ମୋ ମୁହଁ ଉପରେ ଗୋଟାଏ ଡାଇନାମୋ ଲାଇଟ୍‌ର ତୀବ୍ର ଆଲୋକ ପଡ଼ିଲା - ମୋର ଆଖି ଝଲ୍‌ସି ହୋଇଗଲା - ଏବଂ ମୁଁ କିଛି କହିବା ଆଗରୁ ଶୁଣିପାରିଲି -

- ଓହ୍ଲାନ୍ତୁ।

ସାଇକେଲରୁ ଓହ୍ଲେଇ ପଡ଼ିଲି। ଅନ୍ଧାର, ଆଲୁଅ ପଡ଼ି ଆଖି ବି ମଧ୍ୟ ଜାଲୁଜାଲୁଆ ଦେଖାଯାଉଚି। ତଥାପି ନିରୀକ୍ଷଣ କରି ଦେଖିଲି ଜଣେ ପୁଲିସ କର୍ମଚାରୀ।

ଉତ୍ତ୍ୟକ୍ତ ହୋଇ କହିଲି - ଭଦ୍ରାମି ଜାଣନ୍ତି ନି?

ପୁଲିସ କର୍ମଚାରୀ ଉତ୍ତର ଦେଲେ -

- ସେ କଥା ପରେ। ଲାଇଟ୍ କାହିଁ?

ବାଁ ହାତର ଟର୍ଚ୍ଚଟା ଦେଖେଇ କହିଲି - "ଦେଖି ପାରିଲେ?"

ରୂଢ଼ ଗଳାରେ ସେ କହିଲେ, "କିନ୍ତୁ ତା'ର ସଦ୍‌ବ୍ୟବହାର ତ ଦେଖିପାରିଲି ନାହିଁ - ଚାଲନ୍ତୁ ଲାଲ୍‌ବାଗ ଥାନାକୁ - ବେଶୀ ଦୂର ନୁହେଁ।

କହିଉଠିଲି - ସତେ! ଆପଣଙ୍କର ସେ ଅଧିକାର ଅଛି?

ସେ କହିଲେ - ଅଛି କି ନାହିଁ ବୁଝିପାରିବେ।

କଥାରେ ତାଚ୍ଛଲ୍ୟ ମିଶାଇ କହିଲି - "ବାଃ, ମୁଁ ଜାଣି ନ ଥିଲି - ହେଇଥିବ। ସ୍ୱାଧୀନ ଭାରତରେ ଆପଣମାନେ ସବୁ ନୂଆ ନୂଆ ଅଧିକାର ପାଇଥିବେ। ଆଚ୍ଛା ନମସ୍କାର - ମୁଁ ଯାଉଚି।" ମୁଁ ସାଇକେଲରେ ଉଠିଲାବେଳେ ପୁଲିସ କର୍ମଚାରୀ ମୋ ସାଇକେଲର ହାଣ୍ଡଲଟାକୁ ଧରି ପକେଇ କହିଲା - "ଆବେ ରହ - ଯାଉଚୁ କୁଆଡ଼େ ? ଥାନାମେ ଚଲୋ... ଥାନାମେ -"

ସଫାଙ୍ଗ୍ କରି ଗୋଟାଏ ଚଟକଣା ବସେଇଦେଲି ଭଦ୍ରଲୋକଙ୍କ ଗାଲରେ। ତାଙ୍କ ଟୋପିଟା ଖସି ତଳେ ପଡ଼ିଗଲା। ସେ ଟିକେ ଭଡ଼କିଗଲେ ଏଇ ଅପ୍ରତ୍ୟାଶିତ ଆକ୍ରମଣରେ। ଅତି ନରମ ଗଳାରେ ସିଏ କହିଲେ - "ଯାବେ, ଭାବିଥିଲି ତତେ ଟିକିଏ ଡରେଇ ଦେବି ବୋଲି। ଟିକିଏ ବି ଡରିଲୁନି ?"

ଏଁ - କିଏ ? କାହାର ଗଳା ? ପ୍ରାୟ ଚିତ୍କାର କରି କହିଲି - "କିଏ ? ବିଶୁ ?"

ତା ପରେ କେତେବେଳେ ଯେ ସାଇକେଲ ତଳେ ଥୋଇ ଦୁଇଟି ଶରୀର ପରସ୍ପରକୁ ନିବିଡ଼ ଆଶ୍ଳେଷରେ ବାନ୍ଧି ପକେଇଛନ୍ତି କେହି ଜାଣିପାରିନୁ।

ସଂଜ୍ଞା ଫେରିଆସିଲା ପରେ ଯେତେବେଳେ ପରସ୍ପର ପରସ୍ପରକୁ ଚାହିଁଲୁ ସେତେବେଳେ ଉଭୟଙ୍କ ଆଖିରେ ଲୁହ।

ହସି ହସି ବିଶୁ କହିଲା - ଦେଲୁ ଆଗେ ଖଣ୍ଡେ ହାଫ୍‌ଟନ୍।

ବିସ୍ମିତ ହୋଇ କହିଲି -

"ଦୀର୍ଘ ଆଠ ବର୍ଷ ପରେ ବି ତୋର ସେଇ ହାଫ୍‌ଟନ୍ ଖାଇବା ଅଭ୍ୟାସ ଯାଇନି ?"

ବିଶୁ ହସିଲା ତା'ର ସେଇ ନିର୍ମଳ ନିର୍ବିକାର ହସ।

ବହୁତ କଥା ବାଟଯାକ ହୋଇ ହୋଇ ଯାଇ ପହଞ୍ଚିଲୁ ତା' କ୍ୱାର୍ଟରରେ - ଘର ଭିତରକୁ ଗଲାବେଳେ ପଚାରିଲି, "କେଇଟି ପିଲାଝିଲାରେ ?"

କହିଲା - ଦୁଇଟି।

ମତେ ବସେଇଦେଇ ବିଶୁ ଘର ଭିତରକୁ ଚାଲିଗଲା - ଫେରିଲା ମୋ ପାଇଁ ଗୋଟାଏ ବିରାଟ ବିସ୍ମୟ ବହନ କରି।

ବିଶୁ ପଛରେ ଦୁଇଟି ଶିଶୁ - ଗୋଟିଏ ଝିଅ - ଗୋଟିଏ ପୁଅ - ତାଙ୍କ ପଛେ ପଛେ ସେମାନଙ୍କର ଜନନୀ।

ବିଶୁ ସମେତ କୁତ୍ସିତତାର ପ୍ରତୀକ ଏଇ କ୍ଷୁଦ୍ର ଜଗତଟିକୁ ଦେଖି ଚମକିପଡ଼ିଲି - ଅସୌନ୍ଦର୍ଯ୍ୟର ଜୀବନ୍ତ ପ୍ରତିମୂର୍ତ୍ତି ମିସେସ୍ ମହାନ୍ତି ମତେ ନମସ୍କାର ଜଣେଇଲେ।

ବିଶୁକୁ ପଚାରିଲି - "ବାଃ ତୋର ଏଡ଼େ ଝିଅଟିଏ କେବେ ହେଲାମ ଆ, ମା', ଆ -" ଝିଅଟି ନିଃସଙ୍କୋଚ ଭାବରେ ମୋ ପାଖକୁ ଆସିଲା।

ବିଶୁ କହିଲା - ଏଇଟି ମୋ ସ୍ତ୍ରୀଙ୍କର ପ୍ରଥମ ସ୍ୱାମୀଙ୍କ ଆତ୍ମ - ବାକି ଗୋଟିକର ସ୍ରଷ୍ଟା ଶ୍ରୀମାନ୍ ବିଶୁ ମହାନ୍ତି !

କଅଣ କରିବି କିଛି ବୁଝି ନ ପାରି ଟିକିଏ ହସିଲି ମାତ୍ର। ଭୟ ହେଲା କାଳେ ମିସେସ୍ ମହାନ୍ତିଙ୍କ ମନରେ ମୋର ବ୍ୟବହାରରେ କୌଣସି ଆଘାତ ଲାଗିବ।

ମୋର ବିବ୍ରତ ଭାବ ବୁଝିପାରି ମିସେସ୍ ମହାନ୍ତି କହିଲେ ହସି ହସି - "ଏକଥା ଶୁଣି ଘାବରେଇ ଯାଉଛନ୍ତି ? କଥାଟା ଅତି ସତ୍ୟ - ମୋର ବେଆଇନ୍ ସ୍ୱାମୀ ଅଦ୍ୟାବଧି ଜୀବିତ - ଆପଣଙ୍କର ବନ୍ଧୁ ମୋର ମାନସମ୍ମାନ ବଞ୍ଚେଇଛନ୍ତି।"

ଆଖିରେ ବିସ୍ମୟ ଓ ପ୍ରଶଂସା ଭରି ଯେତେବେଳେ ବିଶୁ ଆଡ଼େ ଚାହିଁଲି ସେ ସେତେବେଳେ କିନ୍ତୁ ନିର୍ବିକାର ଚିତ୍ତରେ ଖଣ୍ଡିଏ ହାଫ୍‌ଟନ୍‌ରେ ଅଗ୍ନିସଂଯୋଗ କରୁଥିଲା।

ପଦ୍ମା

ସୁମନ୍ତବାବୁ ଅଫିସରୁ ଫେରି ଯାହା ଦେଖିଗଲେ ସେଥିରେ ସିଏ ସାମାନ୍ୟ ବିବ୍ରତ ନ ହୋଇ ରହିପାରିଲେନି। କଲିଂବେଲ୍ ଚିପିଲେ ଯିଏ ସଦର ଦରଜା ଖୋଲି କର୍ମକ୍ଳାନ୍ତ ସୁମନ୍ତଙ୍କୁ ସସ୍ମିତ ଅଭ୍ୟର୍ଥନା ଜଣାନ୍ତି ବର୍ଷର ତିନିଶ ପଁଷଠି ଦିନ; ଆଜି ସିଏ ଦରଜା ଖୋଲିଲେନି। ଏଇ ସାମାନ୍ୟ ଗୋଟାଏ ବ୍ୟତିକ୍ରମରେ ସୁମନ୍ତ ବିସ୍ମିତ ନ ହୋଇ ବିବ୍ରତ ହୋଇପଡ଼ିଲେ।

- ମା ଶୋଇଛନ୍ତି - ଧିଅ ଖରାପ। ଯିଏ ଉତ୍ତର ଦେଲା ସିଏ ଘରର ଛୁଆ ଚାକର ରାମିଆ - ଶୋଭାଙ୍କର ଖାସ ଟହଲିଆ। ମୋ ମୁହଁ ଓ ଚାହାଣିର ଢଙ୍ଗରୁ ମୋର ଅନୁଚ୍ଚାରିତ ପ୍ରଶ୍ନର ସଠିକ ଉତ୍ତର ସିଏ ଦେଇଦେଲା।

ଆଖିଟା ମେଲା କରିଛନ୍ତି ଆଉ ଶୋଇଛନ୍ତି ଗୋଟାଏ ଅସ୍ପଷ୍ଟ ଚିତ୍କାର କରି ସୁମନ୍ତ-

'କଅଣ କହିଲୁ ?' କହି ଘର ଭିତରକୁ ପଶିଗଲେ।

ଶୋଭା ଶୋଇଛନ୍ତି ଚିତ୍ ହୋଇ- ସିଲିଂରେ ବୁଲୁଥିବା ପଙ୍ଖା ଉପରେ ତାଙ୍କ ସୁଆୟତ୍ତ ସୁନ୍ଦର ଆଖି ଦୁଇଟି ସ୍ଥିର ଅପଲକ। ସେଇ ଆଖି ପ୍ରତି ସଦା ମୁଗ୍ଧ ସୁମନ୍ତ ତାକୁ ଦେଖି ହଠାତ୍ ଡରିଗଲେ।

ଭଙ୍ଗା ଭଙ୍ଗା ଗଳାରେ ପଚାରିଲେ - କଅଣ ହେଲା ? ଦେହ ଖରାପ ? ଶୋଭା ନିରୁତ୍ତର, ନିଶ୍ଚଳ। ଘରର ସ୍ୱଚ୍ଛାନ୍ଧକାରରେ ସୁମନ୍ତ କିଛି ବୁଝି ନ ପାରି ଘାବୁଡ଼େଇ ଗଲେ। ଶୋଭାଙ୍କର ମୁହଁ ଉପରେ ସାମାନ୍ୟ ଲଇଁପଡ଼ି ଚାହିଁଲେ। ଶୋଭାଙ୍କର ଆଖିରେ ତୀବ୍ର ଭାବନା ଓ ଦୁଶ୍ଚିନ୍ତାର ସ୍ପଷ୍ଟ ସଙ୍କେତ। ତାଙ୍କ ଗାଲରେ ହାତ ରଖି ସୁମନ୍ତ ଦେହର ତାପ ଅନୁଭବ କଲେ।

ଜ୍ୱର ତ ନାହିଁ-ମୁଣ୍ଡ କଅଣ ହଉଛି ?...କଅଣ କିଛି କହୁନ ଯେ ? କଅଣ ହେଇଛି ?

- ନାଇଁମ, ହବ ଛେନା ଛତୁ....

ଶୋଭାଙ୍କର ମିଜାସ୍ ବିଗିଡ଼ି ଥିଲାବେଳେ ସେ ଅନ୍ୟର ନରମ ପ୍ରଶ୍ନରେ ବି ଯେମିତି ଜବାବ ଦିଅନ୍ତି ସେଇଟା କାନକୁ ଠସ୍ ଠସ୍ ବାଜେ। ଏଇ ଉତ୍ତରଟା ବି ସେମିତି। ସୁମନ୍ତଙ୍କ ମନରେ ଉଇଁଥିବା ବହଳିଆ ମେଘଟା ବହୁତ ପାତଳେଇ ଗଲା - ବୁଝି ପାରିଲେ କଳ ବିଗିଡ଼ିଚି।

ନୀରବରେ ସୁମନ୍ତ ଶାର୍ଟଟା ଖୋଲିବାକୁ ଆରମ୍ଭ କଲେ - ସୁମନ୍ତଙ୍କର ଏଇ ନୀରବତା ଆଉ ନିର୍ଲିପ୍ତଭାବ କାଟୁ କଲା ଠିକ୍ -

- ଜାଣିଚ ?

ଶୋଭାଙ୍କର ଏଇ ପଦିକିଆ ପ୍ରଶ୍ନରେ ଯେମିତିକି ଦୁନିଆଟାଯାକର ଆତଙ୍କ, ଭୟ।

ତଥାପି ଗୋଟାଏ ଅନାଗ୍ରହ ସ୍ୱରରେ ସୁମନ୍ତ ଉତ୍ତର କଲେ - ନ କହିଲେ ଜାଣିବି କିମିତି ?

- ପଦ୍ମା ମା'କୁ ଟି.ବି.।

- ଟି.ବି. ?

- ହଁ

- ତମେ କିମିତି ଜାଣିଲ ?

ଶୋଭା ଏତେବେଳଯାଏଁ ପଦ୍ମାମା'ର ଟି.ବି. କଥା ଭାବି ଆତଙ୍କିତ ଥିଲେ - ସୁମନ୍ତଙ୍କର ଶେଷ ପ୍ରଶ୍ନଟାରେ ତାଙ୍କ ମୁହଁର ଭାବ ବଦଳିବାକୁ ଆରମ୍ଭ କଲା - ପଦ୍ମାମା'ର ଟି.ବି. କଥାଟାକୁ ସେ କେମିତି ଆବିଷ୍କାର କଲେ ସେଇକଥା କହିଲାବେଳେ ତାଙ୍କ ମୁହଁରେ ଏକ ଆବିଷ୍କାରକର ଗର୍ବର ଗୋଟାଏ ହାଲୁକା ରଙ୍ଗ ଉକୁଟି ଉଠିଲା। ଶୋଭା ତାଙ୍କ ଆବିଷ୍କାରର ଯେଉଁ ଅଣନିଃଶ୍ୱାସୀ ବର୍ଣ୍ଣନାଟି ଦେଲେ ଲିଭିଂଷ୍ଟୋନ ତମସାଚ୍ଛନ୍ନ ଆଫ୍ରିକା ମହାଦେଶରେ ବା କଲମ୍ବସ ତାଙ୍କ ଆମେରିକା ଆବିଷ୍କାର ପରେ ଏମିତି ଉତ୍ସାହ ଓ ଉତ୍କଣ୍ଠା ସହ ବର୍ଣ୍ଣନା ତାଙ୍କ ସ୍ତ୍ରୀ ବା ବନ୍ଧୁମାନଙ୍କ ଆଗରେ ନିଶ୍ଚୟ ଦେଇ ନ ଥିବେ ବୋଲି ସୁମନ୍ତଙ୍କର ମନେ ହେଲା... ଗୋଟାଏ ଦୁଃସମ୍ବାଦ ଆବିଷ୍କାରର ଯେ ଏପରି ବର୍ଣ୍ଣନା ହୋଇପାରେ ସୁମନ୍ତ କଳ୍ପନା କରିପାରି ନ ଥିଲା...

କିନ୍ତୁ ନିରପେକ୍ଷ ଭାବରେ ବିଚାର କଲେ ଏପରି ଗୋଟାଏ କଥା ଆବିଷ୍କାର କରିବା ବାସ୍ତବିକ ସହଜ କଥା ନୁହେଁ।

ଗରିବଗୁରୁବାମାନେ ବାବୁଭୟାମାନଙ୍କ ଘରେ କାମ ପାଇବାପାଇଁ ନିଜ ଘରର ବେମାରି ଲୁଚେଇ ରଖନ୍ତି - କିମ୍ବା ମୂର୍ଖତା ବା ଅଜ୍ଞତାବଶତଃ ବେମାରିର ଗୁରୁତ୍ୱ ଉପଲବ୍‌ଧି କରିପାରନ୍ତିନି।

କେବଳ ଶୋଭାଙ୍କ ଭଳି ଲୋକ ଏସବୁ କଥା ପଦାକୁ ଟାଣିଆଣିପାରିବେ... ଅର୍ଥାତ୍ ଯେଉଁମାନଙ୍କର ଅତି ବେଶି ପରିଷ୍କାର ପରିଚ୍ଛନ୍ନ ରହିବାର ବେମାରି ଅଛି... ଯେଉଁମାନେ ବଜାର କିଣା ପରିବାକୁ ତିନି ଚାରି ଥର ଧୁଅନ୍ତି... ବଜାରର ରେଜା ପଇସାକୁ ଘରେ ଆଣି ଡେଟଲ ପାଣିରେ ଧୁଅନ୍ତି...

ପଦ୍ମା ଦି' ଦିନ ହେଲା କାମକୁ ଆସି ନ ଥିଲା; ବାସନ ମଜା, ଲୁଗାକଚା, ଘର ଓଳା ଆଉ ଫିନାଇଲ୍ ପାଣିରେ ଦି'ଓଳି ଘର ପୋଛା ହେଲା ପଦ୍ମାର ପ୍ରଧାନ କାମ। ଠିକାରେ କରେ... ତା'ଛଡ଼ା, ଶୋଭା ଯାହା ଅଧିକା କାମ ବତାନ୍ତି - ଗହମ ବଛା, ମସଲା ବଟା, ପରିବା କଟା ଇତ୍ୟାଦି... ସେସବୁ ହସି ହସି କରିଦିଏ... ତେର ଚଉଦ ବର୍ଷର ଗୋଟିଏ ପାତଳା ତେଲେଙ୍ଗା ଝିଅଟିଏ... କାମ କରେ ବିଜୁଳି ଭଳି... ସେ ଯେମିତି ପରିଷ୍କାର ପରିଚ୍ଛନ୍ନ ଭାବରେ କାମ କରେ ତା'ର ଭୁଲ ତ୍ରୁଟି ସହଜରେ କାହା ଆଖିରେ ଧରା ପଡ଼ିବନି, କିନ୍ତୁ ଶୋଭାଙ୍କ ଆଖିରେ ତା' ଧରାପଡ଼େ - ଶୋଭା ପଦ୍ମାକୁ ଯଦି ସେଥିପେଇଁ ଗାଳି ଦିଅନ୍ତି ପଦ୍ମା ମୁହଁଟା କ୍ଷଣକପାଇଁ ସାମାନ୍ୟ ହାଣ୍ଡି କରିଦିଏ - ତା'ପରେ ଯୋଉ କଥାକୁ ସେଇକଥା - ତା'ର ବଡ଼ ବଡ଼ ଦାନ୍ତ ଦେଖେଇବା ଆରମ୍ଭ ହେଇଯାଏ - କଜଳକଳା ମୁହଁରେ ତା'ର ବଡ଼ ବଡ଼ ଦାନ୍ତର ହସ ସହିତ ପ୍ରାଚୀନ କବିମାନଙ୍କ ଭାଷାରେ - କଳାମେଘ କୋଳରେ ବିକମାଳା ତର୍କଣା କରାଯାଇପାରେ - ନିଜର ଦୁର୍ବଳ ସ୍ୱାସ୍ଥ୍ୟ, ଅସୁନ୍ଦର ଚେହେରା ଆଉ ଦେହର କଳାରଙ୍ଗ ପ୍ରତି ସେ ଆଦୌ ସଚେତ ଥିଲା ଭଳି ମନେ ହୁଏନି... ଅଥଚ ଏଇ ବୟସରେ ସହରୀ ପଢୁଆ ଝିଅମାନଙ୍କର ସଚେତନତା ସୀମା ଟପିଯିବାକୁ ବସିଲାଣି...

ପଦ୍ମାର ଦି'ଦିନ ଅନୁପସ୍ଥିତିରେ ଶୋଭା ନୟାନ୍ତ। ଟହଲିଆ ଛୁଆ ଚାକର ରାମିଆ ପରିଷ୍କାର କରି ବାସନ ମାଜି ପାରୁନି... ଲୁଗାକଚା ବି ତଦ୍ରୂପ...

ଶୋଭାଙ୍କ ଡାକରାରେ ସେଇଦିନ ଚାରିଟାବେଳେ ପଦ୍ମା ଆସିଲା...

- କିଲୋ ପୋଡ଼ାମୁହାଁ, ଦି'ଦିନ ହେଲା ଆସିନୁ କାହିଁକି? ପ୍ରକାଶ ଥାଉକି, ଶୋଭା ସ୍ନେହରେ ପଦ୍ମାକୁ ପୋଡ଼ାମୁହାଁ ଭଳି ଅନେକ ବିଶେଷଣ ପ୍ରୟୋଗ କରନ୍ତି।

- ମା'ର ଜର... ମୁହଁ ଶୁଖେଇ ଉତ୍ତର ଦେଲା ପଦ୍ମା।

- ଛାଡ଼ିଲାଣି ?

- ନାଇଁ... କେତେଦିନ ହେଲା ଜର ହେଲାଣି... ଛାଡୁନି... ଖାସ ବି ହଉଚି।

- ଖାସ ?... କଅଣ ଖୁଁ ଖୁଁ ?

- ହଁ... ଜମା ଭୋକ ହଉନି ମା'କୁ...

ଶୋଭାଙ୍କ ମୁହଁରେ କିପରି ଏକ ସନ୍ଦେହର ଛାୟା । ଜର ଛାଡୁନି, ଖୁଁ ଖୁଁ କାଶ, ଭୋକ ନାହିଁ । ପଦ୍ମାକୁ ଚାହିଁ କହିଲେ - ତୋ ମା'କୁ ନେଇ ଡାକ୍ତର ଦେଖାଉନ ।

କାଲି ମୁଁ, ବାପା ଆଉ ମା ବଡ଼ ଡାକ୍ତରଖାନାକୁ ଯାଇଥିଲୁ - ଡାକ୍ତର ପରୀକ୍ଷା କଲା... ଗୋଟେ ଟିକଟ ଦେଲା...

- କଅଣ ବେମାରି ବାହାରିଲା... ?

- ଡାକ୍ତର ଔଷଧ ଲେଖି ଦେଇଚି - ବେମାରି କଅଣ ହେଇଚି ଆମକୁ କିଛି କହିଲାନି...

ପ୍ରଶ୍ନୋତ୍ତର ଛଳରେ ଛାତ୍ରମାନଙ୍କଠୁ ସଠିକ ଉତ୍ତର ଆଦାୟ କଲାଭଳି ଶୋଭା ପ୍ରଶ୍ନ ପରେ ପ୍ରଶ୍ନ ପଚାରି ଚାଲିଲେ ।

- ଯା, ଡାକ୍ତର ଟିକଟଟା ନେଇକରି ଆ - ମୁଁ ଦେଖିବି ।

ପଦ୍ମା ଘରକୁ ଫେରିଗଲା ଆଉ ଡାକ୍ତର ଟିକଟ ଧରି ଫେରିଲା ସାଙ୍ଗେ ସାଙ୍ଗେ ।

ଶୋଭାଙ୍କ ପ୍ରସାରିତ ବାଁ ହାତକୁ ଟିକଟଟା ବଢ଼େଇଦେଲା ପଦ୍ମା... ବିଶି ଓ ବୁଢ଼ାଆଙ୍ଗୁଠି ସାହାଯ୍ୟରେ ଟିକଟ୍‌ଟା ଶୋଭାଦେବୀ ଧରି ପଢ଼ିଲେ ।

ପଢୁ ପଢୁ ତାଙ୍କର ମନେହେଲା ତାଙ୍କ ମନଟା ଘୂରେଇ ଦଉଚି... ଟିକଟର ଲେଖାଗୁଡ଼ିକ ଅସ୍ପଷ୍ଟ ହୋଇଯାଉଚି... ସେ ପଡ଼ିଯିବେ... ଡାହାଣ ହାତରେ ଚୌକିର ପିଠିଟାକୁ ଧରି ପକେଇଲେ... ସେ ଚାହିଁଛନ୍ତି ସେଇ ଟିକଟ ଖଣ୍ଡକ ଆଡ଼େ । ଦେଖୁଛନ୍ତି ଗୋଟାଏ ବିରାଟ ନାଗସାପ ତାଙ୍କର ବାଁ ହାତରେ ଗୁଡ଼େଇ ହେଇଯାଇଚି... ଫଣାଟେକି ତାଙ୍କ ମୁହଁ ଆଡ଼କୁ ଚାହିଁ ଜିଭ ଲହ ଲହ କରୁଚି... ଯେକୌଣସି ମୁହୂର୍ତ୍ତରେ ସେ ଚୋଟମାରି ଦାନ୍ତର ବିଷତକସବୁ ଝାଡ଼ିଦେବ ତାଙ୍କ ଦେହରେ - ବା ଚୋଟ ମାରି ସାରିଲାଣି... ସେ ଜାଣିପାରି ନାହାନ୍ତି...

ଏଇ ଅବସ୍ଥାଟା ଧୀରେ ଧୀରେ କମି ଆସିଲା ପରେ ସେ ଚାହିଁଲେ ପଦ୍ମାକୁ... ନିରୀହା ସରଳା କିଶୋରୀଟିର ମୁହଁରେ ବିସ୍ମୟ... କିଛି ନ ବୁଝି ପାରିବାର...

ଶଙ୍କିତ ଗଳାରେ ପଚାରିଲା -

ତୋ ମା' କାଶରେ କଅଣ ରକ୍ତ ପଡୁଚି ?

- ନାଇଁ ତ ।

- ତୁ ଭଲ କରି ଜାଣିଚୁ ?

- ଜାଣିବିନି ?... ରକ୍ତ ମୋଟେ ପଡୁନି ।

- ଡାକ୍ତର କଅଣ କହିଲା ?

- ଡାକ୍ତର କହିଲା ବର୍ଷେଯାଏଁ ଔଷଧ ଖାଇଲେ ଦିହ ଭଲ ହୋଇଯିବ।

- ଡାକ୍ତର ତମକୁ କହିଲାନି ତୋ ମା'ର ବେମାରି କଅଣ ?

- ନା ତ !

- ତୋ ମା'କୁ ତ ଟି.ବି. ହୋଇଚି ଲୋ !

ପଦ୍ମା ବୁଝି ପାରିଲାନି ଟି.ବି. କି ପଦାର୍ଥ। ବୋକାଙ୍କ ଭଳି ଶୋଭାଙ୍କ ମୁହଁକୁ ଚାହିଁ ରହିଲା।

ଶୋଭାଙ୍କର ମୁହଁ ବି କଳାକାଠ... କେତେ କ'ଣ ଭାବିଗଲେ ସେଇଠି ସେମିତି ଠିଆ ହୋଇ... ଦୀର୍ଘ ବର୍ଷେ ଧରି ପଦ୍ମା ବାସନ ମାଜିଚି, ମସଲା ବାଟିଚି, ମାଛ, ପରିବା କାଟିଚି ... ବିରି ବାଟିଚି ... ଇସ୍ !... ଇନ୍‌ଫେକ୍‌ସନ୍ ! ଟି.ବି.ର ଇନ୍‌ଫେକ୍‌ସନ ପଦ୍ମାର ଫ୍ରକରୁ ବାହାରି, ଶୋଭା, ତା' ପିଲା, ତା' ସ୍ୱାମୀର ସଂସାର ଭିତରେ ଶତ ଶତ ଅଦୃଶ୍ୟ ବିଷଧର ପରି ପଶିଯାଇଚି !

ଶୋଭା ନିଶ୍ଚଳ ! ନିର୍ବେଦ !

କେବଳ ତାଙ୍କ ପାଟିରୁ ଏତିକି ବାହାରିଲା... ଆଚ୍ଛା, ତୁ ଘରକୁ ଯା... ଏ କାଗଜଟା ମୋ ପାଖେ ଥାଉ... ବାବୁ ଆସିଲେ ଦେଖିବେ –

ମୁହଁରେ ଗୋଟାଏ ଅଜଣା ଆତଙ୍କ ଧରି ପଦ୍ମା ଚାଲିଗଲା ... ଶୋଭା ଭାବିଲେ...

ଆହା, ବିଚରା... ନିତାନ୍ତ ଗରିବ... ଏଇ ସ୍ୱାସ୍ଥ୍ୟରେ ବି ଦି'ଘରେ ସାରାଦିନ ଖଟି ତିରିଶଟା ଟଙ୍କା କମେଇ ତା' ଗରିବ ବାପମାଙ୍କୁ ସାହାଯ୍ୟ କରେ... ଏ ଦି'ଘରୁ ଚାକିରି ଚାଲିଗଲେ ସେମାନେ ଚଳିବେ କିମିତି ?... ତା' ମା'ର ଚିକିତ୍ସା ହବ କିମିତି ? ମୋ ମୁଣ୍ଡରୁ ତ ଗୋଟି ଗୋଟି ପାଚଲା ବାଳ ବାଛିଚି ପଦ୍ମା... ତା' ଫ୍ରକ୍ କଅଣ ମୋ ଶାଢ଼ୀରେ ବହୁବାର ବାଜିନି ! ବେଳେ ବେଳେ ବେକ ମୁଣ୍ଡ ବି ତ ଚିପି ଦେଇଚି ମୋ ନାକପାଟିର ଅତି ନିକଟରେ ଥାଇ ! ଟି.ବି.ର ବୀଜାଣୁ କଅଣ ହାୱାରେ ତା' ଦେହରୁ ମୋ ଦେହକୁ ଯାଇନି ?... ନିଶ୍ଚୟ ଯାଇଚି... ମାସ ମାସ ଧରି ତା' ଲୁଗାପଟା ଏ ଘରର ପବନକୁ ଛୁଇଁଚି।

ଇସ୍ ! ଇସ୍... କଅଣ ସବୁ ହୋଇଗଲା ! କିମିତି ଫେର କଅଣ ହେବ !

ଅଣନିଃଶ୍ୱାସୀ ହୋଇ ଶୋଭା ସବୁ କହିଗଲା ପରେ ସୁମନ୍ତଙ୍କ ମୁହଁକୁ ଭୟ ଓ ଆତଙ୍କରେ ଚାହିଁଲେ।

ସୁମନ୍ତ ଯାଇଁ ଶୋଭାଙ୍କ ପାଖରେ ବସିଲେ – ତାଙ୍କ ପିଠିରେ ହାତରଖି କହିଲେ।

ଏଥିରେ ଏତେ ଆତଙ୍କିତ ହବାର କଅଣ ଅଛି ? ଗୋଟାଏ ବ୍ୟବସ୍ଥା କରିବାକୁ ପଡ଼ିବ - କାଇଁ, ସେ ଟିକେଟ୍‌ଟା ଦେଖି !

ଶୋଭା ଟିକେଟ୍‌ଟାକୁ ଗାଧୁଆ ଘରର ଝରକା ଉପରେ ରଖି ଦେଇଥିଲେ... ଖଟରୁ ଓହ୍ଲେଇ କହିଲେ ଆସ -

ଉଭୟେ ଗାଧୁଆ ଘର ଝରକା ପାଖକୁ ଗଲେ -

ସେଇଠି ଅଛି ଦେଖ...

ସୁମନ୍ତ ଦେଖିଲେ... ଗୋଲାପୀ ରଙ୍ଗର ଟିକେଟ୍‌ଟାକୁ ଫିନାଇଲ ବୋତଲ ତଳେ ଚାପା ଦିଆଯାଇଚି।

ସାମାନ୍ୟ ବିସ୍ମିତ ହୋଇ ସୁମନ୍ତ ପଚାରିଲେ - ଫିନାଇଲ୍ ବୋତଲ ତଳେ ରଖିବା ମାନେ... ?

- ମାନେ ଫାନେ କିଛି ନାହିଁ... ପଢ଼ ସେଇଟାକୁ... ସ୍ମିତ ହସି ସୁମନ୍ତ କହିଲେ-

- ଭାବିଲ, ସେ ଟିକେଟ୍‌ଟାରେ ଲାଗିଥିବା ଟି.ବି. ଜୀବାଣୁଗୁଡ଼ାକ ଫିନାଇଲର ବୀଜାଣୁନାଶକ ଶକ୍ତି ତଳେ ବନ୍ଦୀ ହୋଇ ରହିଯିବେ -

ଶୋଭା ବିରକ୍ତ ଭାବ ଦେଖେଇ କହିଲେ, ଛୋପରା ହବ ପଛେ। ଆଗ ଦେଖ କଅଣ ଲେଖାଅଛି ସେଥିରେ। ବାଁ ହାତରେ ଧରି ସେଇଟା...

- କାହିଁକି ? ଡାହାଣ ହାତରେ ଧଇଲେ କଅଣ ହବ ?

- ଓଃ ଏତେ ଯୁକ୍ତି କରନି, ମୁଁ ଯାହା କହୁଛି ସେୟା କର।

ବୁଝିଲି, ଡାହାଣ ହାତଟା ଖାଇବା ହାତ.. କିନ୍ତୁ ବାଁ ହାତର ଆଙ୍ଗୁଠି ବି ତ ଅନେକ ସମୟରେ ନାକପୁଡ଼ା ଭିତରେ ଆପେ ଆପେ ପଶିଯାଏ... ଶୋଭା ଆଉ କିଛି କହିବା ପୂର୍ବରୁ ସୁମନ୍ତ ଟିକେଟ୍‌ଟା ଉଠେଇ ନେଇ ପଢ଼ିଲେ। ଭୃକୁଞ୍ଚିତ କରି ସୁମନ୍ତ କହିଲେ...

ଏକ୍‌ସରେ ଆଉ ସ୍ପୁଟମ୍ ପରୀକ୍ଷା ପାଇଁ ତ ନିର୍ଦ୍ଦେଶ ରହିଚି... ତା'ପରେ ଔଷଧ ଆରମ୍ଭ କରିବା ତାରିଖ - ଆଉ ପ୍ରତିମାସ ତିନି ତାରିଖରେ ଟି.ବି. ଆଉଟ୍ ଡୋରକୁ ଯିବାପାଇଁ ନିର୍ଦ୍ଦେଶ...

କିନ୍ତୁ ଟି. ବି.ର ଏଇଟା କୋଉ ଅବସ୍ଥା... ?

- ଯୋଉ ଅବସ୍ଥା ହଉ ଟି.ବି. ତ ! ପଦ୍ମାକୁ କାଲିଠୁ ମନା କରିଦିଅ କାମକୁ ଆସିବାକୁ... ଅସ୍ଥିର ଭାବରେ କହିଲେ ଶୋଭାଦେବୀ।

ମନା କରିଦବ ? ଆମେ ମନା କରିଦେଲେ ବିପିନ୍ ଘର ବି ମନା କରିଦେବେ - ତାଙ୍କ ପାଖେ ତ ଆଉ ଲୁଚେଇ ହବନି...

ତା' କଅଣ ଲୁଚେଇବା ଠିକ୍ ହେବ ?

- ସେୟାତ, ବିଚରା ଛୁଆଟା ମାସକୁ ମାସ ତିରିଶ ଟଙ୍କା ହରେଇବ -

ଉପାୟ କଅଣ ?

ମା' ତା'ର ପକ୍ଷ ଛାୟାତଳେ ତା'ର ଶାବକମାନଙ୍କୁ ଘୋଡ଼େଇରଖି ବାହାରର ଆକ୍ରମଣରୁ ସେମାନଙ୍କୁ ରକ୍ଷା କରିବାକୁ ଚାହେଁ - ଶୋଭା କିଛି ଭୁଲ୍ କଲେନି।

ସୁମନ୍ତ ଭାବିଲେ - କିନ୍ତୁ ତଥାପି କେଉଁଠି ଗୋଟେ ଭୁଲ ହୋଇ ଯାଉଚି... ପଦ୍ମା, ତା ବାପ ମା, ତାର ଗୋଟିଏ ସାନଭାଇ - ଏମାନେ ବଞ୍ଚିବେ କିମିତି ? ଏମାନେ କାମକରି ଖଟି ଖାଇବାକୁ ପ୍ରସ୍ତୁତ... ରୋଗ ଯଦି ସେଥିରେ ବାଧା ଦିଏ ତେବେ ସେମାନଙ୍କୁ ବଞ୍ଚେଇ ରଖିବା ଦାୟିତ୍ୱ କାହାର ?

ସୁମନ୍ତ ଡାକ୍ତରଖାନାକୁ ଯାଇ ବୁଝିଲେ... ପଦ୍ମା ମା'ର ଅତି ପ୍ରାଥମିକ ଅବସ୍ଥା... ଖଙ୍କାର ନେଗେଟିଭ୍ - ଏକ୍ସରେରେ ଗୋଟାଏ ଅସ୍ପଷ୍ଟ ପ୍ୟାଚ୍ ଫୁସ୍‌ଫୁସ୍‌ରେ ଦେଖି ଡାକ୍ତର ଚିକିତ୍ସା ବ୍ୟବସ୍ଥା କରିଛନ୍ତି - ଆଦୌ ସଂକ୍ରାମକ ଅବସ୍ଥା ନୁହେଁ - ପଦ୍ମା ତାଙ୍କ ଘରେ କାମଦାମ କଲେ ବି କିଛି କ୍ଷତି ନାହିଁ -

ତଥାପି... ଡାକ୍ତରବାବୁ କହିଲେ - ଆପଣଙ୍କର ଯଦି ମନ ଗୁଡ଼ପୁଡ଼ ହଉଚି ତେବେ ପଦ୍ମାର ବି ସ୍କ୍ରିନିଂ କରେଇ ଦିଆଯାଇପାରେ...

ଆପଣମାନଙ୍କର କାହାରି କିଛି ପରୀକ୍ଷାର ଆଦୌ ଆବଶ୍ୟକତା ନାହିଁ...

ପଦ୍ମାର ପରୀକ୍ଷା ହେଲା... କେଉଁଠି କିଛି ବାହାରିଲାନି... ପ୍ରାଥମିକ ଅବସ୍ଥାରେ ଟି.ବି. ଭଲ ହୋଇଯିବାଟା ତ ଆଜିକାଲି ହଜମି ଔଷଧ ଖାଇ ପେଟ ଗୋଳମାଳ ଭଲ କରିବା ସହିତ ସାମିଲ୍...

ତଥାପି... ଗୋଟାଏ ବିକାର - ସୁମନ୍ତ ସେ ବିକାରରୁ ସଂପୂର୍ଣ୍ଣ ମୁକ୍ତ ହେଲେ ବି - ଶୋଭା ହୋଇପାରିଲେନି।

ପଦ୍ମାକୁ ଆମଘରେ ପୁନର୍ନିଯୁକ୍ତି ମିଳିଲାନି...

ଅନେକ ଦିନ ବିତି ଯାଇଛି... ତଥାପି ଏତେଦିନ ପରେ ବି ଗୋଟିଏ ପତଳା କାଳିଝିଅର ବଡ଼ ବଡ଼ ଗୋଲ ଗୋଲ ଆଖି ଦୁଇଟିରୁ ଝରି ପଡୁଥିବା ଲୁହର ଫଟୋ ସୁମନ୍ତଙ୍କର ମନ - ପର୍ଦ୍ଦାରେ ଭାସିଉଠେ - ଶୋଭାଙ୍କର ଅସମୟରେ ଧଳା ହୋଇ ଆସୁଥିବା ବାଳଗୁଡ଼ାକ ଉପରେ ନଜର ପଡ଼ିଗଲେ।

■

ଗଳ୍ପ ନୁହେଁ ଫଟୋଗ୍ରାଫ୍

ଗଲା ଅଇଲା ବେଳେ ମୁହଁଟାକୁ ହାଣ୍ଡି ଭଳି ନ କଲେ ଗୋପାର... ଧେତ୍ କିଏ ଏତେ ମନଜଗି କାମ କରିବ। ବାହା ନ ହେଇଥିଲେ ମଣିଷ ଭାରି ନିଶ୍ଚିନ୍ତରେ ... କଅଣ ବା ଏ ସୌନ୍ଦର୍ଯ୍ୟର ମୂଲ୍ୟ ?... ଗୋପା ଆଉ ଆକର୍ଷଣ କରିପାରୁନି। ଦିହଘଷା... ଗୁହାଳରେ ଗାଈ ବାନ୍ଧିଲା ଭଳି... କୃଷ୍ଣଙ୍କର ପରକୀୟା ପ୍ରୀତି - Unique conception really !

ବାନ୍ଧ ତୁମ ବେଡିଂ ଗୋପା, ଟ୍ରେନ୍ ବେଳ ହେଇଗଲାଣି -

ଗଲା ଅଇଲା ବେଳେ କିଛି ଗୋଟାଏ ଗଣ୍ଡଗୋଳ ସୃଷ୍ଟି କରିବା ତମର ପ୍ରକୃତିଗତ ହେଇଗଲାଣି।

କେହି କାହା ପ୍ରକୃତି ଛାଡ଼ି ପାରେନି। ତୁମେ କଅଣ ଛାଡ଼ି ପାରିଚ ତମ ପ୍ରକୃତି ?

କଅଣ ମୋର ପ୍ରକୃତି ?

ଏଇ - ମୋ ପାଟିରୁ ପଦେ କଥା ବାହାରିଲେଇ ତମ ମୁଣ୍ଡକୁ ପିତ୍ତ ଚଢ଼ିଯାଏ। ଗୋପା ଭୁଲ ତ କିଛି କହୁନି !

ତା'ର କାରଣ ତମେ ଗୁଡ଼ାଏ ଅବାନ୍ତର କଥା କହ... ରୁଚିର ଅଭାବ - ସଂସ୍କୃତିର ଅଭାବ -

ଉଚ୍ଚଶିକ୍ଷିତା ଝିଅ, ବାହା ହବାକୁ କେହି ତମକୁ ମନା କରି ନ ଥିଲା...

ଡାମ୍, ବଡ଼ ବିରକ୍ତ କର ତୁମେ ଗୋପା... ଶୀଘ୍ର ସାର ତମ କାମ...

ଶଙ୍କର ମୁହଁ ଘୂରେଇଲା...

ବିଦ୍ୟାର ଦଉଡ଼ ତ ଦଶମ ଶ୍ରେଣୀ ଯାଏ। ମୋ ଜୀବନଟା... କୌଣସି intellectual companionship...... ଆଃ - ଯଦି ସୁସ୍ମିତା ସାହୁକୁ... ସୁନ୍ଦର ଗାଇ ଜାଣେ, ଛାଡ଼ - କୌଣସି ବିବାହ ସମ୍ପୂର୍ଣ୍ଣ ସୁଖପ୍ରଦ ନୁହେଁ - ଡାମ୍ -

X X X

ଓଃ, କି ମୁସ୍କିଲ - ଏଇ ଭିଡ଼୍ ଠେଲି -

ହଁ ଉଠିଆସ ଗୋପା - କି ଅଭଦ୍ର ସେ ଦୁଇଟା ଲୋକ - ଗୋପା ଦିହକୁ ଲାଗି ଠିଆ ହୋଇଛନ୍ତି -

ରାସ୍କେଲ -

ଓଃ, ଉଠିବାକୁ କେଡ଼େ ଡେରି କରୁଚ -

ଗୋପା ଉଠିଲା।

ବସ ସେଇଠି

ଶଙ୍କର ରୁମାଲ କାଢ଼ି ବିଛିଦେଲା। ଗୋପାର ସାମନା ସିଟ୍‌ରେ ଦୁଇ ଜଣ ଯାକ ଯୁବକ ବସି କଣେଇ କଣେଇ ଗୋପା ଆଡ଼େ ଚାହିଁଲେ -

ଶଙ୍କର ମୁରୁକି ହସି ଅନ୍ୟ ଆଡ଼େ ମୁହଁ ଘୂରେଇନେଲା...

ଚାହାନ୍ତୁ, ଗୋପା ସୁନ୍ଦରୀ... ଚାହିଁବେ ତ - ବିବ୍ରତ ହେବାର କଅଣ ଅଛି -

ଶଙ୍କର କ୍ଳାନ୍ତ...

ବାପରେ ବାପ୍ କି ଭିଡ଼୍!

ବାବୁ ପଇସା -

ଓ ହଁ କେତେ ପଇସା ତୋର? ଶଙ୍କର ପକେଟରୁ ଦୁଇ ଅଣା କାଢ଼ି କୁଲିକୁ ଦେଲା।

ଆଜ୍ଞା ଦି'ଅଣା କଅଣ - ଏତେ ମାଲ - ଏଇ ଭିଡ଼ରେ - ଠିକ୍ ଅଛି - ଯାହା ରେଟ -

ନାଇଁ ବାବୁ ଆଉ ଅଣାଏ ଦିଅ -

ଯା ଯା ବିରକ୍ତ କରନି...

ଆରେ, ସେ ଦିଇଟା ଲୋକ ବଲ ବଲ କରି ଚାହିଁଛନ୍ତି ଗୋପା ଆଡ଼କି? ଚାହୁଁ ଥାନ୍ତୁ, ମୁଁ ଗର୍ବ ଅନୁଭବ କରୁଚି...

ଗୋପା - ବାସ୍ତବିକ ସୁନ୍ଦରୀ ତମେ...

ଜଣେ ଇଙ୍ଗ୍‌ଭାରତୀୟ ଯୁବକ ଓ ଜଣେ ଇଙ୍ଗ୍‌ଭାରତୀୟ ଯୁବତୀ ଡବାରେ ଚଢ଼ିଲେ -

ଲିପ୍‌ଷ୍ଟିକ୍ ଓ ପାଉଡରର ଅଧଇଞ୍ଚ କୋଟିଂ - ଡ୍ୟାମ୍ ଆର୍ଟିଫିସିଆଲ୍

ଶଙ୍କର ଗୋପା ଆଡ଼େ ଚାହିଁଲା - ଆଡ଼ମ୍ବରହୀନ ପ୍ରସାଧନ, ତଥାପି ଗୋପା କେଡ଼େ ସୁନ୍ଦର ଦେଖାଯାଉଛି - ଧେତ୍ ନିଜ ସ୍ତ୍ରୀ ବୋଲି ମୁଁ ଗୁଡ଼ାଏ ଅତି ବେଶୀ... ଡଲ୍ ବିଉଟି... ଆର୍ଟିଷ୍ଟର ମଡେଲ୍ ଭଳି... ଡିସପ୍ଲେର ଅଭାବ...

ଯୁବକ ଯୁବତୀ ଶଙ୍କରର ସାମନା ସିଟ୍‌ରେ ବସିଲେ... ଟ୍ରେନ୍ ଛାଡ଼ିଲା - ଡବା ଭିତରେ ପବନ ପଶିଲା...

ଓଃହୋ... କି ଆରାମ - ଶଙ୍କର ରୁମାଲରେ ମୁହଁ ପୋଛିଲା, ଛାତି ବୋତାମଗୁଡ଼ାକ ଖୋଲିଦେଲା...

ଆଃ ଆଃ... ଘୁମ ମାଡୁଛି... କେଉଁଠି ଟିକିଏ ମୁଣ୍ଡଟା ରଖି...

ଟୋକୀଟା ମୋ ଆଡ଼େ ଚାହିଁଚି - ମୋ ପୋଷାକ ତ ବେଶ୍ ପରିଷ୍କାର ତେବେ - କୌତୂହଳ ?

ଯୁବତୀଟି ଦୁଇ ହାତରେ ଯୁବକର ଗଳା ବେଷ୍ଟନ କରି ବାଁ ଗାଲଟା ଯୁବକର କାନ୍ଧ ଉପରେ ରଖିଲା -

କି ବେହ୍ୟା -

ଯୁବତୀ ଯୁବକଟିର ଗାଲରେ ଗୋଟିଏ ଚଟକଣା ମାରିଲା ହସି ହସି -

ଇସ୍ ଲାଜ ସରମ ଟିକିଏ ହେଲେ - ବାଁ କଡ଼ର ଉଁଚା ଛାତିଟା ଯୁବକର ବାହାରେ -

ଗୋପା ଚାହିଁଚି ବାହାରକୁ -

ଇୟାଡ଼ିକି ଟିକିଏ ଚାହଁ ନା ଗୋପା - ଡାକିବି -

ମୁଁ ବା ଚିଡୁଚି କାଇଁକି - ଆମ ଆଖି ଖରାପ ଦେଖାଯାଇପାରେ, କିନ୍ତୁ ତାଙ୍କ ସମାଜରେ ତ ଏଇୟା ଚଳେ - morality is a relative term ନୈତିକତା ଗୋଟାଏ relative term- relative termର ଓଡ଼ିଆ କଅଣ ? - relative ଆପେକ୍ଷିକ - term ଶବ୍ଦ - ଭଲ ଶୁଭୁନି ତ ଆପେକ୍ଷିକ ଶବ୍ଦ - ଆଉ କଅଣ ହୋଇପାରେ।

ଝିଅଟା ସାବନା - ମିଶା ବୋଧହୁଏ, ବାପ ଭାରତୀୟ ମା' ଆଙ୍ଗ୍ଲୋ - ସ୍ୱାଧୀନ ଭାରତରେ ଏମାନେ କଅଣ ଭାବୁଥିବେ ନିଜର ଅବସ୍ଥା ବିଷୟରେ ? ନିଜକୁ ଭାରତୀୟ ବୋଲି ଭାବୁଥିବେ ତ ? ନା, ତଥାପି ନିଜକୁ ଗୋଟାଏ ସୁପରିଅର ରେସ୍ ବୋଲି କଳ୍ପନା କରୁଥିବେ ? ଇଂଲଣ୍ଡ ସହିତ କଅଣ ବା ଏମାନଙ୍କର ସମ୍ବନ୍ଧ ?

ଗୋପା, ବାସ୍ତବିକ କି ସୁନ୍ଦର ତମେ ! ଓଃ ଚାହିଁଛନ୍ତି ସେ ଲୋକ ଦି'ଟା ଏଯାଏଁ ସୁଦ୍ଧା ! କ୍ଷତି କଅଣ ?

A thing of beauty is a joy for ever.

ଶଙ୍କର ଗୋଟାଏ ସିଗାରେଟ୍ ଲଗେଇଲା। ଧୂଆଁର କୁଣ୍ଡଳିଗୁଡ଼ିକୁ ଲକ୍ଷ୍ୟ କରୁ କରୁ ଶଙ୍କରକୁ ଘୁମ ମାଡ଼ିଲା।

କୋଉଠି ମୁଣ୍ଡ ରଖିବାକୁ ଟିକିଏ ଜାଗା ବି ନାହିଁ...

ଶଙ୍କର ଗୋପା ଆଡ଼େ ଚାହିଁଲା।... ଗୋପା ଚାହିଁଚି ଝରକା ବାହାରକୁ...

ଝକ୍ ଝକ୍ ଝକ୍...ଝକ୍ ଝକ୍ ଝକ୍...ବାଃ... ଭଲ ଲାଗୁଚି... ରିଦ୍‌ମିକାଲ।

ଗୋପାର ଗଣ୍ଡ ଉପରେ ଶଙ୍କର ଚକ୍ଷୁ ନିବଦ୍ଧ... ଶଙ୍କରର ଆଖି ମୁଦି ହୋଇ ଆସିଲା.... ସିଟ୍‌ର ପଛରେ ମୁଣ୍ଡଟି ଢଳିପଡ଼ିଲା।

ଟ୍ରେନ୍‌ର ଗତି ମନ୍ଥର ହୋଇ ଆସିଲା - କୋଉ ଷ୍ଟେସନ ? ଓ ବାରଙ୍ଗ ? ଗ୍ଲାସ ଫାକ୍ଟରୀ ? ବାରଙ୍ଗ ପିଲା ଦିନର କେତେ ସ୍ମୃତି ଏଠି ଜଡ଼ି ରହିଚି ! କି ମଧୁର ! ରାତି ବାରଟାରେ କି ନିଶୂନ ଲାଗେ ଷ୍ଟେସନଟା - ନିଶାର ସାଇଁ ସାଇଁ ଗର୍ଜନ - ସେଇ ରୋଡ୍‌ଟା ତଳେ ଆମେ ଜାକିଜୁକି ହୋଇ ବସୁଁ - ବିଛଣା ଟ୍ରଙ୍କ, ବାପା ବୋଉ ଲଣ୍ଠନର ବ୍ୟାରିକେଡ୍ ଭିତରେ ନିଜକୁ କି ନିରାପଦ ମନେ କରୁଁ... ବାଘ ଭୟ ଉଭେଇ ଯାଏ। ସେଇ ଭୟଙ୍କର ନିର୍ଜନତା ଭିତରେ ମୁଁ ଓ ସୋମନାଥ ପରମ ନିଶ୍ଚିନ୍ତତା ଭିତରେ ଶୋଇପଡ଼ୁଁ।...

ଇସ୍ ଝିଅଟା ଯୁବକର କୋଳରେ ମୁଣ୍ଡରଖି ଶୋଇଛି - ବେକପାଖ ଗାଉନ୍ ଫାଙ୍କରୁ - ସୁନ୍ଦର, ମୁଁ ଉତ୍ତେଜିତ -

ଟ୍ରେନ୍ ଛିଡ଼ା ହେଲା -

ଶଙ୍କର ଉଠି ଦୁଆର ନିକଟକୁ ଗଲା। ବାରଙ୍ଗ ହ୍ରଦ ! ଇୟାରି କୂଳରେ ବସି ଗୋଟାଏ ଗପ ଲେଖିଥିଲି... ହିମ ବର୍ତ୍ତମାନ ତମେ କେଉଁଠି ?... କି ସୁନ୍ଦର ହସ ହସ ହିମର ଆଖି ଦୁଇଟି... ନା ନା ... ଆଉ ସେ ବେଦନାପ୍ଲୁତ ଅତୀତ...

ଶଙ୍କର ଫେରିଆସି ନିଜ ସିଟ୍‌ରେ ବସିଲା।

ଗୋଟେ କାଗଜଠୁଙ୍ଗା ଭିତରୁ ଛଡ଼ା ଚୀନାବାଦାମ ବାହାର କରି ଯୁବକଟି ଯୁବତୀର ପାଟିରେ ଦେଉଚି।

ବାଃ, କଟକ ଗଡ଼ଗଡ଼ିଆ ଘାଟରେ ବାଲିଯାତ୍ରା ଦିନ ଦହିବଡ଼ା, ପକୋଡ଼ି ଖାଇବା ସହିତ Oh my England, my Englandର ସମନ୍ୱୟ ଏମାନେ ସୁନ୍ଦର ରଖି ପାରିଛନ୍ତି ତ -

ଗୋଟିଏ ଅନ୍ଧ ଟ୍ରେନ୍‌ରେ ଉଠିଲା। ଶଙ୍କର ବାଟ ଛାଡ଼ିଦେଲା।...

ଜଗତରେ ଜନେ କହନ୍ତି ତମକୁ

କରୁଣା ବାରିଧିବୋଲି

ମୋ ପାଇଁ କରୁଣା କାହିଁକି ହେ ଊଣା...

ନନ୍‌ସେନ୍‌ସ... କରୁଣା ବାରିଧି...

ଈଶ୍ୱରଙ୍କ ଗୀତ ନ ଗାଇଲେ...

...ମୁଁ କି ଅପରାଧ କଲି

ଜଗତର ଜନେ...

ଯା ଆଗକୁ ଯା...

...କହନ୍ତି ତୁମକୁ କରୁଣା...

ହଁ ସେଇବାଟେ -

...ବାରିଧି ବୋଲି -

ହୋପ୍‌ଲେସ - ବନ୍ଦକର ତୋ ଗୀତ...

ଶଙ୍କର ଅନ୍ଧକୁ ଅଣିଟିଏ ବଢ଼େଇଦେଲା।

ଜୟ ହଉ ବାବୁ...

ଅନ୍ଧ ହାତ ପତେଇ ରହିଲା...

ହଁ ହଁ ତାକୁଇ ମାଗ... ଶାସକ ଜାତି...

କୁଛ୍ ନେହି ମିଲେଗା -

Oh David, don't be so cruel

ଏ ଏଇ ଲେ ଯାଓ...

ଶଙ୍କର ମୁରୁକି ହସିଲା।

ଟ୍ରେନ୍ ଚାଲିବାକୁ ଆରମ୍ଭ କଲା। ଝରକା ପାଖରେ ଦୁଇ ଜଣ ଯାତ୍ରୀଙ୍କର ଗରମ ଆଲୋଚନା -

ଦେଖନ୍ତୁ ଆପଣ - ଭାରତର ଆର୍ଥନୀତିକ ସ୍ୱାଧୀନତା ନ ଆସିବା ଯାଏଁ କୌଣସି ଉନ୍ନତି ସମ୍ଭବ ନୁହେଁ...

ତା' ତ ନିଶ୍ଚୟ କଥା।

କିନ୍ତୁ ସେ ସ୍ୱାଧୀନତା କେବେ ଆସିବ ?

କ୍ରମେ କ୍ରମେ ଦେଶରେ ସାଧୁ ଓ ସଚ୍ଚରିତ୍ର ନାଗରିକର ସଂଖ୍ୟା ନ ବଢ଼ିଲେ ଆର୍ଥନୀତିକ ସ୍ୱାଧୀନତା ଅସମ୍ଭବ...

ହୁଁ... କଳାବଜାରୀଙ୍କ ସଂଖ୍ୟା ତ ତେଲୁଣିପୋକ ମନ୍ଦା ଭଳି ବଢ଼ି ଚାଲିଛି...

- ସେଇୟା ପରା - ବାସ୍ତବିକ ମୋର ଦୁଃଖ ହୁଏ ଏ ଦେଶର ନାଗରିକମାନେ କେଡ଼େ ଅସାଧୁ - ଯେତେହେଲେ ଇଂରେଜ ଜାତିଟା - ଯେତେ ଦୋଷ ଥାଉ ପଛକେ - ବ୍ୟାବସାୟିକ ସାଧୁତା ତାଙ୍କଠୁ ଆମକୁ ଶିଖିବାକୁ ହବ...

ହଁ ହଁ ଠିକ୍ କଥା - ଆଚ୍ଛା ଛାଡ଼ନ୍ତୁ ସେକଥା - ଆପଣଙ୍କ ସିମେଣ୍ଟ ବ୍ୟବସାୟ କିମିତି ଚାଲିଛି -

ଭଦ୍ରଲୋକଙ୍କର ଆଖିର ଉଜ୍ଜ୍ୱଳତା ଲିଭି ଆସିଲା -

କଅଣ ଆଉ ବ୍ୟବସାୟ... ସିମେଣ୍ଟ ବେପାର ପଡ଼ିଗଲାଣି - ବଡ଼ କଡ଼ା ନିଜର ସରକାରଙ୍କର... ଆଗରୁ ଯାହା ଫାଉ ଉଠେଇଥିଲି -

ଏଁ? Devil quoting scriptures ଆଶ୍ଚର୍ଯ୍ୟ! ଶଙ୍କର ମୁରୁକି ହସିଲା - ହାତ ବ୍ୟାଗରୁ ଖଣ୍ଡେ ବହି ବାହାର କରି ପଢ଼ିବାକୁ ଆରମ୍ଭ କଲା -

ଘଡ଼ ଘଡ଼ ଶବ୍ଦ - ବହିଟା ଥରୁଚି - ଅକ୍ଷର ଗୁଡ଼ାକ ବି ଧେତ୍ ଏଥିରେ କଅଣ ପଢ଼ିହୁଏ... ?

ଶଙ୍କର ମୁହଁ ଟେକିଲା - ଫେର ଗାଉନ ଫାଙ୍କରୁ ସେଇ... ଯାଃ... ଏକାଗ୍ରତା ଆସୁନି... ନାଃ - ପଢ଼ିବି... କେଉଁଠୁ ଛାଡ଼ିଥିଲି

Do you think Gandhi was interested in art? I asked.

"Gandhi? No. of course no."

"I think you are right."

I agreed.

"Neither in art nor in Science.

And thats why we killed him."

"We ?"

"Yes. we. The intelligent, the active, the forward looking, the believers in Order & Perfection, whereas Gandhi was a reactionary who believed in people......"

What book is that please ?

ଶଙ୍କର ଚାହିଁଲା ସେଇ ଯୁବତୀଟି ଆଡ଼େ ଗାଉନ୍ ଫାଙ୍କରୁ ସେଇ ନଙ୍ଗଳା - ଇସ୍! ମୁଁ -

"Ape and Essence"

By ?

Aldous Huxley -

What is he ? A poet ?

No.

A crime novelist ?

ଯୁବତୀଟିର ଅଧରରେ ସ୍ମିତହାସ୍ୟ... କୌତୂହଳ... ବେକପାଖ ଗାଉନ୍‌ଟା ଆହୁରି ତଳକୁ ଝୁଲିପଡ଼ିଛି...

"No, a novelist and philosopher"

ଯୁବତୀଟି, ଆଖିବୁଜି ଯୁବକର ଅଣ୍ଟାକୁ ଜାକି ଧରି ଶୋଇବାକୁ ଚେଷ୍ଟା କଲା-

ଶଙ୍କର ବୁଝିପାରି ସ୍ମିତ ହସିଲା -

ନାଃ, ପଢ଼ି ହବନି... ଚେଷ୍ଟାକରେ ନା ଆଉଥରେ ଖାଲି ବସି ବସି - ଗୋପା ସ୍ଥିର ଦୃଷ୍ଟିରେ ବାହାରକୁ ଚାହିଁଚି... ତା'ର ବା କାନର ଦୁଲ୍‌ଟି ହଲୁଚି ମସୃଣ ଗ୍ରୀବା ଚୁମ୍ବନ କରି -

ଶଙ୍କର ପଢ଼ିବାରେ ମନଦେଲା - ଭୁବନେଶ୍ୱର...

ଏଇ ଆଗେ ବଢ଼ୋ - ଦେଢ଼ା ଗାଡ଼ି ଆଜ୍ଞା ଜାଣିଛି ମୋର ବି ଦେଢ଼ା ଟିକିଟ୍...

ଆଃ - କି ଜୋତାରେ! ଇଡିଅଟ୍ - ପ୍ୟାଣ୍ଟ କୋଟ ପିନ୍ଧିବ ବୋଲି ଭାବିବ ତା'ରି ଖାଲି ଯିବାର ପଇସା ଅଛି - ଷ୍ଟୁପିଡ୍ - ଭଦ୍ରଲୋକ ଦରଜା ଛାଡ଼ି ପାଖେଇଗଲେ ମୁହଁରେ ଘୃଣା ଓ ପରାଜୟର ସଂକେତ - ଲୋକଟି ଦରଜା ଖୋଲି ଉଠିଲା - ମୁଣ୍ଡରେ ଚୁଟି - ଅଣ୍ଟାରେ ଝୁଲୁଚି ବଟୁଆ - ଶଙ୍କର ତା ଆଡ଼େ ଚାହିଁଲା -

ପାଆନ ବିଡ଼ି

ବିଚରା ଲୋକଟି ଛିଡ଼ା ହୋଇଛି - କେହି ଟିକିଏ ଜାଗା ଦେଉ ନାହାନ୍ତି - ସ୍ୱାଧୀନ ଭାରତର ନାଗରିକ ଏମାନେ - ସ୍ୱାଇନ୍‌ସ!

ଏଇଠିକି ଆସ, ବସ ଏଇଠି, ଶଙ୍କର ନିଜ ପାଖରେ ସାମାନ୍ୟ ଜାଗା କରିଦେଲା-

ନାଇଁ ଆଜ୍ଞା, ଦି'ଟା ଟେସନ ତ। ଆଙ୍ଗ୍ଲୋ ଯୁବତୀଟି ଚାହିଁଚି ଗୋପା ଆଡ଼େ - ଆଖିରେ ପ୍ରଶଂସମାନ ବିସ୍ମୟ ଓ କୌତୂହଳ -

ଗୋପା, ଦେଖ ନା ଇଆଡ଼େ କେମିତି - ମୋଟେ ମୋ ଆଡ଼େ ଚାହୁଁନି, ରାଗିଚି - ଖାଇବା ବେଳର ସେଇ ସାମାନ୍ୟ କଳି - ଓଃ - ଗୋପା, ତମେ ବଡ଼ ଅଭିମାନୀ... ମନେରଖ ସେଇ କଥା - ଧେତ୍ too much.

ଆସନା, ଛିଡ଼ା ହୋଇ କାହିଁକି ଯିବ - ହକ୍ ପଇସା ଦେଇଚ କମ୍ପାନିକି... ଲୋକଟି ଶଙ୍କର ପାଖରେ ଜାକିଜୁକି ହୋଇ ବସିଲା...

ଚପା ଗଳାରେ ଆଙ୍ଗ୍ଲୋ ଯୁବତୀଟି କହିଲା I Look David - how beautiful!

ଗୋପା, ତୁମେ ସୁନ୍ଦର।

କେଉଁ ଯାଏଁ ଯିବ ?

ଖୋର୍ଦ୍ଧା -

ହକ୍ ଟିକଟ କିଣିଚ - ବାବୁ ଭାୟା ଦେଖିଲେ ଏତେ ଡରି ଯାଉଚ କାହିଁକି ? ସେଗୁଡ଼ାକ ତମର କଅଣ କରିବେ - ଖାଲି ଉପର ଚକ୍ ଚକ୍, ଭିତରଟା ବିଲକୁଲ ଡମ୍ଫା ।

ଟ୍ରେନ୍ ଚାଲିଲା -

ଆ ଆଃ, - କି ଆରାମ ।

ମଳୟ । ଯାଅ ପରଶି ମମ ଅଙ୍ଗ - ଆରେ ଆରେ । I am growing lyrical.

ଶଙ୍କର ବହି ଖୋଲି ପୁନରାୟ ପଢ଼ାରେ ମନ ଦେଲା ।

ଖୋର୍ଦ୍ଧା

କୁଲି କୁଲି କୁଲି - ଏଇ କୁଲି -

ପାଆନ୍ ବିଡିଇଇଇ...

ଏଇ କୁଲି ଇଧର୍ ଆଓ...

Get up Lucy...... ଆରେ । ଲୁସି ଶୋଇ ପଡ଼ିଥିଲା ।

ଲୁସି ଡେଭିଡ୍ ବାହାକୁ ଧରି ଓହ୍ଲେଇଗଲା । - ହାଇହିଲ ଜୋତା ପିନ୍ଧିଲେ ନିତମ୍ବଟି କିନ୍ତୁ...

ବାବୁ ମୁଁ ଯାଉଚି ଆଜ୍ଞା...

ଜୁହାରେ -

ଏଁ ? ହଁ ଆଚ୍ଛା ଯାଅ - ଶଙ୍କର ହସିଲା -

ଗୋପା, ଟିକିଏ ଶୁଣ ଇଆଡ଼େ -

କଟକଠୁଁ ଖୋର୍ଦ୍ଧା ଯାଏ ବସିଚ ବାହାରକୁ ଚାହିଁ ଯେ...

ସ୍ମିତ ହସି ଗୋପା ଚାହିଁଲା...

ଗୋପା ତା'ହେଲେ ରାଗିନି - ଅଭିମାନ ଭାଙ୍ଗିଚି...

ସେ ଲୋକ ଦି'ଟା ମତେ କଟକଠୁଁ ଖାଲି କଣେଇ କଣେଇ ଚାହୁଁଥିଲେ -

ଶଙ୍କର ଦେଖିଲା ସେ ଲୋକ ଦି'ଟା ଓହ୍ଲେଇ ଗଲେଣି -

ଭାରି ଅଭଦ୍ର -

ଆହାହା ବ୍ୟସ୍ତ କାହିଁକି - ଚାହିଁଲେ ତ କ'ଣ ହେଲା... ତମେ ଏତେ ସୁନ୍ଦର କାହିଁକି ହେଲ ? ମୁଁ ତ ତାଙ୍କ ଜାଗାରେ ଠିକ୍ ସେଇଆ କରିଥାନ୍ତି -

ଯାଃ ଭାରି ବେହିଆ ଲୋକ ତମେ ।

- ପୁରି ମିଠାଇ -

ତମେ କିଛି ଖାଇନ - କିଛି ଖାଅ।

ରାଗିଚ ମୋ ଉପରେ ସକାଳୁ ଯେ -

ଶଙ୍କର ହସିଲା।

ତମେ ଖାଇବନି କିଛି ?

ନା - ତମେ ଯାଅ କାଣ୍ଟିନରେ ଖାଇ ଆସ...

ଶଙ୍କର ହସି ହସି ଓହ୍ଲେଇଗଲା - ଏଃ ପିଲାଟା ତଳୁ ମାଟି ସାଲୁ ବାଲୁ ସିଂଗଡ଼ାଟା ଗୋଟେଇ ପାଟିରେ ପୂରେଇଦେଲା, ହାୟରେ ଏ ଯୁଗର ଅଭିଶପ୍ତ। ନାନା ପ୍ରକାର ଇଜ୍‌ମ୍ ଭିତରେ ତୋର ଭବିଷ୍ୟତର ବିଚାର ଚାଲିବ - ତୋର ମୁକ୍ତିର ବାଟ ଖୋଲିଦେବାର ଚେଷ୍ଟା ଚାଲିବ, କିନ୍ତୁ କେବେ ? ଶଙ୍କର ଭାବୁ ଭାବୁ ଆଗେଇ ଚାଲିଲା - କିଏ ପ୍ରେମ ଓ ଚନ୍ଦ୍ରକୁ ସମାଜରୁ ଓ ହୃଦୟରୁ ନିର୍ବାସନ କରି ତୋର ମୁକ୍ତିର ବାଟ ଖୋଜୁଚି - କିଏ ବା ତା'ର ପୁଞ୍ଜି ଭିତରେ ଦେଖୁଚି ତୋର ମୁକ୍ତିର ସ୍ୱପ୍ନ - ଆଟ୍‌ଲାଣ୍ଟିକ୍ ମହାସାଗର ପ୍ରତିବର୍ଷ ବଳକା ଗହମ ତକ ଆତ୍ମସାତ୍ କରି ତୋର ମୁକ୍ତିର ତପସ୍ୟା କରୁଚି।

ଭଗବାନ୍ - ଡାମ୍ - ଭଗବାନ୍ ଫେର କିଏ ?

ଭଗବାନ୍ କେବେ ତମ ସୃଷ୍ଟିରୁ ଯିବ ଏସବୁ -

ଧେତ୍ ଫେର ସେଇ ପ୍ରଭୁ ଯେତେ ଚେଷ୍ଟା କଲେ ବି - ସଂସ୍କାର ପିଲାଦିନୁଁ ବାପ ମା -

କାଣ୍ଟିନ୍ କବାଟ ଖୋଲି ଶଙ୍କର ଭିତରେ ପଶିଲା -

ବିନୟବାବୁ ବାରିଷ୍ଟର। କିଏ ଏଇ ଯୁବତୀଟି। ବାବୁରି ବାଳ - ଦିହରେ ଖଣ୍ଡେ ହେଲେ ଗହଣା ନାଇଁ -

ଗୋଟିଏ ଟେବୁଲରେ ବସିଲା ଶଙ୍କର ସେମାନଙ୍କର ଅଲକ୍ଷ୍ୟରେ -

କ୍ୟା ଚାହିଏ ବାବୁ?

ଏଁ ? ରୋଟି ଆଓର୍ ଗୋସ୍ତ୍ -

ଜୀ।

ଜଲଦି ଲାନା -

ବୟ ଚାଲିଗଲା -

ଯୁବତୀଟି ଟେବୁଲ ଉପରେ ବସି ଗୋଡ଼ ହଲାଉଚି। ବିନୟବାବୁଙ୍କ ଦେହରେ ଗୋଡ଼ଟା ବାଜୁଚି ତା'ର।

ହସି ହସି ବିନୟବାବୁଙ୍କ ଗାଲକୁ ଗୋଟିଏ ଚଟକଣା ମାଇଲା ।

ବାଇ ଜୋଭ୍ । କିଏ ଏ ଯୁବତୀଟି - ନାତୁଣୀ ? କିନ୍ତୁ ପ୍ରୌଢ଼ଙ୍କ ଆଖିରେ କାମାତୁରତା । ନିର୍ଜନ କ୍ୟାଣ୍ଟିନ୍‌ରେ ନିଜକୁ ଉଭୟେ ବେଶ୍ ନିରାପଦ ଅନୁଭବ କରୁଛନ୍ତି - ବାଃ ବେଶ୍ ବେଶ - ବୃଦ୍ଧ ଆଗେଇ ଯାଅ - ତମ ଦେହରୁ କାମନାର ଶେଷ ନିଆଁଟିକ ଲିଭିଯିବା ଯାଏଁ -

ଏଇଟା ବେଶ ନିରାପଦ ସ୍ଥାନ - କଲେଜରେ ପଢୁଥିବା ତମର ପୁଅ ଝିଅ ତ ଏଠି ନାହାନ୍ତି - ବେଶ୍ -

ତମକୁ ଦୋଷ ଦେବିନି ବନ୍ଧୁ - ତମେ କାହିଁକି ଭାରତରେ ଜନ୍ମ ହେଲ ?

ରୋଟି ଦେଇଗଲା ବୟ -

ଖାଉ ଖାଉ ଶଙ୍କର ଦେଖିପାରିଲା ତରୁଣୀର କଅଁଳିଆ ନାଲିଆ ସଜ ଓଠଟି ପ୍ରୌଢ଼ଙ୍କର ଫିକା, ଖତରା ଓଠ ଉପରକୁ ନଇଁ ଆସୁଚି ।

ବେଶ୍ ବେଶ୍ - ମୁଁ ଈର୍ଷା କରୁନି - ମୁଁ ଦରିଦ୍ର । ତମର ଅଛି ସବୁ - ତମ ଭଳି ଲକ୍ଷ ଲକ୍ଷ ଧନୀ ଅର୍ଥର ପଛ ପଟେ ନୈତିକତାକୁ ଜିଆଇ ରଖିଛନ୍ତି -

ଟଙ୍କା ତମର ଯୌବନ -

ଧେତ୍ - ମାଂସଟା କି ଟଫ୍ ।

ଏଇ ବୟ -

ଜୀ ସାବ୍ -

ଏ କ୍ୟା ଗୋସ୍ତ୍ ଦିଆ ହାୟ ତୁମ୍ - ଘୋଡ଼େ କା ? ନରମ ଗୋସ୍ତ୍ ଲାଓ ।

ଜୀ, ଏହି ତୋ ହାୟ -

ଭାଗୋ -

ତରୁଣୀଟି ହସୁଚି । ଆହାହା - ଭ୍ୟାନିଟି ବ୍ୟାଗ୍‌ଟି ପୁଚଲା ପୁଚଲା - ବିଚ୍ ।

ପ୍ରଥମ ଘଣ୍ଟା ପଡ଼ିଲା - ଶଙ୍କର ହାତ ଧୋଇ ବାହାରି ଆସିଲା -

ଚିଓରିୟୋ - ମୁଁ ତମ ଦୁହିଁଙ୍କର ଗୁଡ୍‌ଲକ୍ କାମନା କରୁଚି - ସାମନାରେ ହୁଇଲର ଷ୍ଟଲ୍ - ଜଣେ ଖଦଡ଼ ପରିହିତ ପ୍ରୌଢ଼ - ଶଙ୍କର ଜାଣେ ତାଙ୍କୁ - ସେଲ୍‌ଫ ଷ୍ଟାଇଲଡ୍ ଦେଶପ୍ରେମୀ ଓ ନେତା -

ପୈତୃକ ସଂପତ୍ତି ଭଳି ବଂଶ ପରମ୍ପରାରେ ଦେଶ ପ୍ରେମ ଓ ନେତୃତ୍ୱ ତାଙ୍କର ହକ୍ ବୋଲି ସେ ଭାବନ୍ତି -

ଶଙ୍କର ଖଣ୍ଡେ ଖବରକାଗଜ କିଣି ପଢ଼ିବା ଛଳନା କରି ଲକ୍ଷ୍ୟ କରୁଥିଲା ନେତାଙ୍କୁ ।

ନେତା ତନ୍ମୟ ଚିତ୍ତରେ ଉପଭୋଗରତ -

ଶଙ୍କର ଟିକିଏ ଝୁଙ୍କିପଡ଼ି ଦେଖିଲା - ଲଣ୍ଡନ ଓପିନିୟନ୍ ପତ୍ରିକାର ଗୋଟିଏ ନଗ୍ନ ନାରୀମୂର୍ତ୍ତି -

ବାଃ - ଭଲ - ନେତାଏ - ତମେ ଭଲ ସଂଯମ ଶିକ୍ଷା କରୁଚ -

Hats off to you. ଶଙ୍କର ତା' କମ୍ପାର୍ଟମେଣ୍ଟ ଆଡ଼େ ଚାଲିଲା - ମୁଣ୍ଡ ଆଜି ତା'ର ଗୋଳମାଳ ହୋଇଯାଇଚି -

ଆଜ୍ଞା ଥାର୍ଡ ୱାର୍ଲଡ ୱାର ଲାଗିଯାଇପାରେ -

ଶଙ୍କର ଟିକିଏ ରହିଯାଇ ଫେରିଚାହିଁଲା -

ଜଣେ ଉଚ୍ଚପଦସ୍ଥ ସରକାରୀ କର୍ମଚାରୀ - ଆଉ ବିରାଟ ବସ୍ତୁଧାରୀ ବେହାରୀ ଲାଲ ଠନ୍‌ଠନିଆ - ଯୁଦ୍ଧ ଲାଗିଲେ ତ ଆପଣମାନଙ୍କର ପିହଲ -

ଦାନ୍ତ କିଲେଇ ଠନ୍‌ଠନିଆ କହିଲେ ନାଇଁ ଆଜ୍ଞା - ହାମ୍‌ର୍ ଆଉ କାଣ୍ -

ନାହିଁ କଅଣ କରୁଚ ହୋ - ମଇଦାରେ ତେନ୍ତୁଳି ମଞ୍ଜି ଗୁଣ୍ଡା, ସୋରିଷତେଲରେ ଅଗେରା ମଞ୍ଜିର ନିର୍ଯ୍ୟାସ -

ହେଁ ହେଁ ହେଁ - ହେଁ ହେଁ ହେଁ - ସ୍ୱାଇନ୍ - ହେଁ ହେଁ ହେଁ - ଡାର୍ଟି ଆସ୍।

ଆ - ହାମେ ସେସବୁ କାମ କରିବୁଁ? - ହେଁ ହେଁ - ହାମାରି ଦେଶ ଲୋକ୍ - ଓଡ଼ିଆ କିଏ? ବଙ୍ଗାଲୀ କିଏ? ହାମେ କିଏ? ସବୁ ତ ଏକାଟା। ଶଙ୍କରର ମୁହଁରେ ମାଂସପେଶୀଗୁଡ଼ାକ କୁଞ୍ଚିତ ହୋଇଗଲା - ହାତ ମୁଠାଟା ଶକ୍ତ ହୋଇ ଆସିଲା - ଶଙ୍କର ଆଗେଇ ଚାଲିଲା -।

ଶଙ୍କର ଆଗେଇ ଚାଲିଲା।

ଭାରତ ମାତା, ତୁ ଧନ୍ୟା।

ଧରିତ୍ରୀ - ତୁମେ ବହୁ ବିଚିତ୍ର!

ଶଙ୍କର ତୁ ସ୍ୱର୍ଗରେ ବାସ କରିବାକୁ ଚାହୁଁ? ସ୍ୱର୍ଗ? ଯେଉଁଠି ଉର୍ବଶୀର ଅପରୂପ ଲାସ୍ୟ - ଲୀଳା - ମନୁଷ୍ୟ ହୋଇ ଜନ୍ମିବାର ଭୟ ନାହିଁ - ଚିରଶାନ୍ତି - ଚିର ଆନନ୍ଦ - ଚିର ଯୌବନ - ଚିର ସମ୍ଭୋଗ - ଯିବୁ ସେଠିକି?

ନା -

ଆ?

ଏଇ ପୃଥିବୀରେ ରହିବାକୁ ଚାହୁଁ?

ଏଇଠି? ଯେଉଁଠି ଦିନେ ଗହମ ଦାନାଗୁଡ଼ାକ ମୁରଗୀ ଅଣ୍ଡା ଭଳି ଥିଲା - ଯେଉଁ ପୃଥିବୀରେ ବର୍ତ୍ତମାନ ପୋକରା ଗହମ ବି ଖାଇବାକୁ ମିଳୁନି?

ହଁ ହଁ ଏଇଠି -

ଯେଉଁଠି ଠନ୍‌ଠନିଆ, ଇଜ୍‌ମ ଗୁଡ଼ାକର ସଂଘର୍ଷ, ଆଟମ୍ ଓ ହାଇଡ୍ରୋଜେନ୍ ବମ୍, କୋଢ଼ି, ଟି.ବି. ଆଙ୍ଗ୍ଲୋ ଯୁବତୀର ନଙ୍ଗଳା ଛାତି - ଯେଉଁଠି ନର୍କ ଓ ସ୍ୱର୍ଗର ସମନ୍ୱୟ -

ଟ୍ରେନ୍ ଛାଡ଼ିବାର ହୁଇସିଲ୍ ଦେଲା - ଡବାଟି ନିସ୍ତବ୍ଧ -

ଗୋପା ପରମ ନିର୍ଭାବନା ଭିତରେ ଶୋଇପଡ଼ିଛି -

ଗୋପା, ତମେ କି ସୁନ୍ଦର ! କି ସୁନ୍ଦର ତମର ସ୍ୱଚ୍ଛ ସରଳ ଭାବନା ଚିନ୍ତାହୀନ ମନ ?

■

କ୍ଷତ କଥା କହେ

୧୯୪୮ ଜାନୁଆରୀ ପହିଲା -

ଅଗଣା ପିଣ୍ଡାରେ ବସି ଖରା ପୁଆଉଁ ପୁଆଉଁ ସୁଦର୍ଶନ ତା' ଚଉଡ଼ା ଛାତିରେ ବାଁ ହାତଟା ବୁଲାଇଲାବେଳେ ହାତଟା ଗୋଟେ ଜାଗାରେ ଅଟକିଗଲା। ସୁଦର୍ଶନ ମୁଣ୍ଡ ନୁଆଁଇ ଚାହିଁଲା - ବାଁପଟ ଛାତିରେ ହୃତ୍‌ପିଣ୍ଡର ଠିକ୍ ତଳକୁ ଗୋଟେ ଟଙ୍କା ଆକୃତିର କ୍ଷତଚିହ୍ନ - ସାଉଁଳିଆ, ଉଚ୍ଚା -

ସୁଦର୍ଶନ ଟିକିଏ ମୁରୁକିହସା ଦେଲା। ଏତେ ବର୍ଷ ପରେ ତା' କ୍ଷତ ଚିହ୍ନ ଆଜି କଥା କହୁଛି। ଗର୍ବସ୍ଫୀତ ଚିତ୍ତରେ ସେ ତା' ବାଁ ହାତର ବିଶି ଓ ମଝି ଆଙ୍ଗୁଠି ଯୋଡ଼ି କ୍ଷତଚିହ୍ନଟାକୁ ଆଦରରେ ସାଉଁଳେଇଲା। ଆଜି ତା'ର କ୍ଷତ ଚିହ୍ନ ଜୀବନର କଥା କହୁଛି - ଯେଉଁ କ୍ଷତ ଦିନେ ତାକୁ ମରଣ-ଦୁଆରକୁ ଠେଲି ଦେଇଥିଲା।

ଇୟା ଆଗରୁ କେତେଥର ସେ କ୍ଷତଟା ଉପରେ ହାତ ବୁଲେଇଛି। କିନ୍ତୁ ପ୍ରତିଥର ସେ କ୍ଷତର ଠିକ୍ ତଳେ ଗୋଟାଏ କ୍ଷୁରରେ କାଟି ପକାଇଲା ଭଳି ବେଦନା ଅନୁଭବ କରିଚି -

ତା'ର ଆଶା ନ ଥିଲା ଏଇ କ୍ଷତ ତଳେ ଦିନେ ପୁଲକର ସଞ୍ଚାର ହେବ। କ୍ଷତଟାକୁ ସାଉଁଳେଉ ସାଉଁଳେଉ ସୁଦର୍ଶନ ଅନ୍ୟମନସ୍କ ହୋଇପଡ଼ିଲା.......

ବାର ବର୍ଷ ତଳର କଥା। ବାଇଶ ବର୍ଷର ଯୁଆନ ସୁଦର୍ଶନ - ନୂଆ ବାହା ହେଇଚି -

ସାବୀର ନିଟୋଳ ଯୌବନ ତା' ଆଖିରେ ନିଶା ଲଗେଇଚି। ଦଣ୍ଡକପାଇଁ ପଦାକୁ ଗଲେ ତା'ର ମନେ ହେଉଚି ଯେପରି ସେ ସାବୀ କି ଯୁଗ ଯୁଗ ଧରି ଦେଖିନି।

ସବୁ କାମ ପଛରେ ପକେଇ ତା'ର ଅବାଧ୍ୟ ପାଦ ଦୁଇଟା ଘରମୁହାଁ ଚାଲିବାକୁ ଆରମ୍ଭ କରେ।

ସାବୀ ତା'କୁ ଏଇଥିପେଇଁ ତିରସ୍କାର କରେ। ଅଭିମାନ କରି କାନ୍ଦେ - ମାଇଚିଆ ବୋଲି କହେ; କିନ୍ତୁ ସୁଦର୍ଶନ ଏ ସବୁରେ ଖାଲି ଟିକିଏ ହସିଦେଇ ସାବୀକୁ ତା'ର ଚଉଡ଼ା ବୁକୁ ଉପରେ ଚାପିଧରି କହେ - 'ନିଜକୁ ଦୋଷ ନ ଦେଇ ମତେ କାହିଁକି ଦୋଷ ଦଉଚୁ ସାବୀ?' ସାବୀ ଏ କଥାର ମର୍ମ ବୁଝି ନ ବୁଝିଲାପରି ଭାବ କରେ।

ଦିନେ ଗୋଟିଏ ଶୀତ ରାତ୍ରିର ଘନ ଜଡ଼ତା ଭିତରେ ସାବୀ ଅଙ୍ଗର ଉଷ୍ମତା ଯେତେବେଳେ ସୁଦର୍ଶନକୁ ଗଭୀର ସୁଷୁପ୍ତି ଭିତରକୁ ଟାଣି ନେଇଥିଲା, ଠିକ୍ ସେତିକିବେଳେ ସେ ହଠାତ୍ ଧଡ଼ପଡ଼ ହୋଇ ଉଠି ବସିଲା। ସାବୀ ଚମକିପଡ଼ି ପଚାରିଲା - "ଏଁ କଅଣ ହେଲା?" ନୈଶ ଅନ୍ଧକାର ଭିତରୁ କିଏ ଯେପରି ସୁଦର୍ଶନ କାନରେ କହିଲା - "ମାଇପର ପଣତକାନି ପଛଆଡ଼େ ଲୁଚି ରହିଚୁ କଅଣରେ ସୁଦ! - ରାଜା ଦାଉରେ ତ ଆଉ ଏ ଗାଁରେ ବାସ ମିଳିବନି, ଆ, ବାହାରିଆ। - ବଞ୍ଚିକରି ରହିଲେ ମାଇପ ମୁହଁ କେତେ ଦେଖିବୁ -"

ରାଜ୍ୟରେ ବିଦ୍ରୋହର ନିଆଁ ଜଳିଉଠିଚି - ସୁଦର୍ଶନ ଆଖି ଆଗରେ ଗୋଟି ଗୋଟି କରି କେତୋଟି କଥା ଭାସିଉଠିଲା -

ତା' ଝିଅକୁ ଉଆସକୁ ପଠାଇ ନ ଥିବାରୁ ଅର୍ଜୁନ ପ୍ରଧାନର ଗହଳିଆ ନିଶ ଗୋଟି ଗୋଟି କରି ଉପୁଡ଼ା ହୋଇଥିଲା। ମାଘମାସ ଶୀତ ରାତିରେ ରଘୁ ବେହେରା ବେକେ ପାଣିରେ ପଶି ହୁଡ଼ା ଉପର ନିଆଁ ଆଡ଼େ ଚାହିଁ ରହିଥିଲା। କାରଣ ସେ ରଜାଙ୍କ ପାଖରେ ବସିଥିବା ବୃଦ୍ଧ ଦେୱାନଙ୍କୁ 'ଶଳା' ବୋଲି କହିବାକୁ ରାଜି ହୋଇ ନ ଥିଲା।

ସୁଦର୍ଶନ ଅନ୍ତର ତାତି ଉଠିଲା - ସାବୀର ଅଜଣାରେ ସେ ଟାଙ୍ଗିଆ ଖଣ୍ଡେ ପେଶୀବହୁଳ କାନ୍ଧରେ ପକେଇ ଘରୁ ବାହାରି ଆସିଲା।

ଉଆସ ଘେରାଉ କରି ରହିଚି ଉତ୍ୟକ୍ତ ଜନତା - ଯେଉଁ ଜନତା ତା'ର ରାଜଭକ୍ତିପାଇଁ ଜଣାଶୁଣା, ଯେଉଁ ଜନତା ରାଜସ୍ୱ ଦେବାପାଇଁ ଆସି ସହରରେ ପେଟ ଶୁଖେଇ କୁଲିଗିରି କରେ, ରିକ୍ସା ଟାଣେ, ରୋଲର ଟାଣେ।

ଉତ୍‌କ୍ଷିପ୍ତ ଜନତା- ତରଙ୍ଗ ରୋଧିବାକୁ ଆଜି ରାଜଶକ୍ତି ଅକ୍ଷମ ହୋଇପଡ଼ିଚି।

ହଠାତ୍ ଗୋଟାଏ ପଟୁ 'ଗଡୁମ୍' 'ଗୁଡୁମ୍' ଶବ୍ଦ ଆସି ଜନତାକୁ ତଟସ୍ଥ କରି ପକେଇଲା - କିନ୍ତୁ ହିମାଚଳ ପରି ଜନତା ରହିଲା ଅଟଳ।

ସୁଦର୍ଶନର ବାଁ ଛାତିର ଠିକ୍ ହୃତ୍‌ପିଣ୍ଡ ତଳକୁ ବସିଲା ଗୁଳିର ଚୋଟ।

ହାସପାତାଳରୁ ବାଁ ଛାତିରେ ଗୋଟିଏ ଟଙ୍କା ଆକୃତିର କ୍ଷତ ଚିହ୍ନ ନେଇ ଯେତେବେଳେ ସେ ଗାଁକୁ ଫେରିଲା ଦେଖିଲା ଗାଁର ଚେହେରା ବଦଳି ଯାଇଛି। ଦିନ

ବେଳଟାରେ ବି ରାସ୍ତାରେ ଗୋଟିଏ ଲୋକ ନାହିଁ - ସବୁରି ତାଟିକବାଟ ପଡ଼ିଛି - ମଶାଣି ଭୂଇଁଠୁ ବି ଗାଁ'ଟା ଆହୁରି ନିଛାଟିଆ। ଗାଁ ଦାଣ୍ଡର ଦି'ପଟ ଘରଗୁଡ଼ିକଆଡ଼େ ସ୍ତବ୍‌ଧ ପଲକରେ ଚାହିଁ ଆସୁ ଆସୁ ସେ ଦେଖିଲା - ଗୋଟିଏ ଘରର କବାଟର ଅଳ୍ପ ଫାଙ୍କରେ ଜଣେ ପଦାକୁ ମୁହଁ କାଢ଼ି ଚାହୁଁଚି।

ସୁଦର୍ଶନ ଦେଖିଲା - ସେ ମୁହଁରେ ସାରା ବିଶ୍ୱର ଭୀତି ଜମା ହୋଇଚି। ସୁଦର୍ଶନକୁ ଦେଖି ମୁହଁଟି ତା' ଆଡ଼କୁ ଯିବାକୁ ନିର୍ଦ୍ଦେଶ ଦେଲା। ସୁଦର୍ଶନ କବାଟ ପାଖରେ ଯାଇ ଠିଆହେଲା।

ଚପା ଗଳାରେ ଘର ଭିତର ଲୋକଟି ପଚାରିଲା - "ଡାକ୍ତରଖାନାରୁ ଆଜି ଛାଡ଼ ପାଇଲୁ ସୁଦ ?"

ସୁଦର୍ଶନ ମୁଣ୍ଡଟୁଙ୍ଗାରି ହଁ ଭରିଲା। ଲୋକଟି ବ୍ୟସ୍ତ ହୋଇ କହିଲା - "ଯା, ଯା, ବେଇଗି ଘର ଭିତରେ ପଶିଯା - ସିପେଇଙ୍କ ହାବୁଡ଼େ ପଡ଼ିନୁଁ, ଭାଗ୍ୟ ଭଲ - ସିପେଇଙ୍କ ଦାଉରେ ଦିନରେ ବି କବାଟ ଫିଟେଇ ପଦାକୁ ଯିବାକୁ ଶଙ୍କା ହଉଚି - କାହା ଘର ଝିଅ ବୋହୂଙ୍କ ଇଜ୍ଜତ ଆଉ ନାହିଁରେ ସୁଦିଆ, ଆଉ ନାହିଁ - ଯା', ଯା', ବେଇଗି ଯା -

ସୁଦର୍ଶନ ଘରଯାଏଁ କିମିତି ଆସିଚି ଜାଣେନା।

ତା'ର ଶଂକା - ଉତ୍ତେଜିତ ଡାକରେ ସାବୀ କବାଟ ଖୋଲିଲା, ଆଗ୍ରହରେ ସାବୀକୁ ଆଲିଙ୍ଗନ କରିବାକୁ ଗଲାବେଳେ ସାବୀ କ୍ଷିପ୍ର ଗତିରେ ପଛକୁ ଘୁଞ୍ଚିଯାଇ କହିଲା -

"ମତେ ଛୁଅଁ ନି -"

ସୁଦର୍ଶନ ବିସ୍ମିତ ଆଖିରେ ଚାହିଁଲା ସାବୀର ମୁହଁକୁ - ପଚାରିଲା - 'କାହିଁକି ସାବୀ ?'

ସାବୀ ନିରୁତ୍ତର ରହି ସୁଦର୍ଶନ ମୁହଁକୁ ଚାହିଁ ରହିଲା - ତା' ଗଣ୍ଡ ଧୋଇ ଲୁହଧାର ଗଡ଼ିଚାଲିଲା।

ସାବୀର କଂପିତ ଓଠ କହିଗଲା - 'କିପରି ତାକୁ କେତେଜଣ ଫୌଜ ସିପେଇ ଏକାକିନୀ ଅବସ୍ଥାରେ ଟେକିନେଇ ଚାଲିଗଲେ ଜଙ୍ଗଲର ନିର୍ଜନ ସ୍ଥାନକୁ - କିପରି ତା' ଉପରେ ଆକ୍ରମଣ କଲେ - ତା'ପରେ...'

ସାବୀ କହୁ କହୁ ହଠାତ୍ ରହିଗଲା - ଥରିଲା। ବାଁ ହାତରେ ସେ ତା'ର ବାଁ ପଟ ବୁକୁ ଉପରର ଲୁଗା ଟେକିଦେଲା।

ସୁଦର୍ଶନ ଚିତ୍କାର କରି ଉଠିଲା - "ଇଏ କଅଣ ସାବୀ ?"

ସ୍ଥିର ଦୃଷ୍ଟିରେ ସୁଦର୍ଶନ ମୁହଁକୁ ଚାହିଁ ସାବୀ କହିଲା - "ଚେତା ହେଲାପରେ ମୁଁ ଖାଲି ବାଁପଟ ଛାତିରେ ରକତ ସୁଅ ଛଡ଼ା ଆଉକିଛି ଦେଖିନି - ସାଙ୍ଗେ ସାଙ୍ଗେ ଫେ'ର ଚେତା ବୁଡ଼ି ଯାଇଥିଲା।"

ସୁଦର୍ଶନ ମୁଣ୍ଡରେ ପିତ୍ତ ଚଢ଼ିଗଲା -

କହିଲା - ସାବୀ, ମୋ କାତିଟା ଆଣିଦେ -

ଭୟକାତର କଣ୍ଠରେ ସାବୀ ପଚାରିଲା - କାହିଁକି ?

ସେ କଥା ମତେ ଆଉ ତୁ ପଚାରନା ସାବୀ - ଆଣିଦେ ବେଇଗି - ଗୋଟେ ସିପେଇର ମୁଣ୍ଡ କାଟି ନ ଆଣିଲା ଯାଏଁ ପାଣି ଛୁଇଁବିନି - ସାବୀ - ଡେରି କରନା।

ସାବୀ ସୁଦର୍ଶନ, ଗୋଟାଏ ହାତକୁ ଖପ୍ କରି ଧରିପକେଇ ଲୁହମିଶା ଅନୁନୟ ସ୍ୱରରେ କହିଲା - ନା ନା, ମୁଁ ତୁମକୁ ଆଉ ପାଖରୁ ଛାଡ଼ିବି ନାହିଁ - ଯାହା ହେବାର ହେଲାଣି। ତୁମ ଗୋଡ଼ଧରୁଛି .....

ସୁଦର୍ଶନର ସ୍ୱପ୍ନ ଭାଙ୍ଗିଗଲା। ଜଣକର ଅତି ପରିଚିତ କୋମଳ ସ୍ୱରରେ - ମୁହଁ ଟେକି ଚାହିଁ ଟିକିଏ ମୁରୁକିହସି କହିଲା କିଏ ସାବୀ ?

ସାବୀ ମୁରବିୟାନା ଗଳାରେ କହିଲା - ମତେ ବସେଇ ଉଠେଇ ଦେଲ ନାହିଁ - ପଟୁଆର, ତୋପ ଫୁଟା ଦେଖିଯିବ ବୋଲି କୁଆ ରାବିବା ଆଗରୁ ରାନ୍ଧିବାଢ଼ି ଥୋଇଲି - ଆଉ ତମେ ଏଠିବସି ନିଶ୍ଚିନ୍ତରେ ଖରା ପୋଉଁଥା - ଭୁଲି ଯାଇଚ ବୋଧେ।

ସୁଦର୍ଶନ କହିଲା - କିଏ ଭୁଲିଯିବ ସାବୀ ? ମୁଁ ? ଆ, ମୋ ପାଖରେ ଟିକିଏ ବ -

ସାବୀ ପାଖରେ ବସିଲା - ସୁଦର୍ଶନ ସାବୀକୁ କୋଳକୁ ଟାଣିନେଇ - ତା'ର ଛାତି ଲୁଗାଟାକୁ ଉଠେଇବାକୁ ଗଲାବେଳେ ସାବୀ ସେଇଟାକୁ ଜାପିଧରି କହିଲା -

ଇୟେ କ'ଣ ମ ?

ସୁଦର୍ଶନ ଦୃଢ଼ଗଳାରେ କହିଲା - କିଛି ନାହିଁ ସାବୀ, ତୁ ହାତ କାଢ଼୍, ମୁଁ କହୁଛି-

ସାବୀ ହାତ କାଢ଼ିନେଲା -

ବାମ ସ୍ତନଟି ପରିବର୍ତ୍ତେ ଯେଉଁ ବଡ଼ ଗୋଲିଆ କଟା ଚିହ୍ନଟି ଥିଲା ସୁଦର୍ଶନ ତାକୁଇ ଅପଲକ ଆଖିରେ କିଛି ବେଳଯାଏଁ ଚାହିଁରହିଲା ପରେ କହିଲା -

ସାବୀ, ତୋର ଏଇ କଟାଚିହ୍ନ, ଆଉ ମୋ ଛାତିରେ ଏଇ ଗୁଳିଦାଗ ମତେ ଦେଖିବାକୁ ଆଜି ଭାରି ଭଲ ଲାଗୁଛି।

ସାବୀ କିଛି ବୁଝି ନ ପାରି ସୁଦର୍ଶନ ମୁହଁକୁ ଚାହିଁ ରହିଲା ଖାଲି - ସୁଦର୍ଶନ ହସ ହସ ମୁହଁରେ ସାବୀକୁ ଚାହିଁଲା ଓ ତା' ଓଠଟିକୁ ଆଦରରେ ଛୁଇଁ କହିଲା

"ବୁଝିପାରିଲୁନି ? ଯୋଉ ରଜାପେଇଁ ଆମର ଏଇ ଦଶା, ସିଏ ଆଜିଠୁଁ ଗଲା - ଯିବୁ ପଟୁଆର ଦେଖିବାକୁ ?"

ସାବୀ କହିଲା - "ନେଲେ କିଆଁ ଯିବିନି ?"

ରାଜନଅର ରାସ୍ତାରେ ଲୋକ ଖୁନ୍ଦାଖୁନ୍ଦି। ସବୁରି ମୁହଁରେ ଆନନ୍ଦର ଉତ୍ସାହ ଓ ଉତ୍ତେଜନା। ସୁଦର୍ଶନ ଓ ସାବୀ ଲୋକଙ୍କ ଭିତରେ ଗଳିପଶି ଠେଲିଠାଲି ଆସି ସବା ଆଗରେ କୌଣସିମତେ ଠିଆ ହେଲେ।

ତୋପ ଫୁଟିଲା - ବ୍ୟାଣ୍ଡବାଜା ବାଜି ଆଗେଇ ଆସିଲା। ତା'ପରେ ଆସିଲା ପୁଲିସ ସାହେବଙ୍କ ମଟର। ଶେଷକୁ ଶାସନକର୍ତ୍ତାଙ୍କ ମଟର ପାଖେଇ ଆସିଲା -

ଉଦ୍‌ବେଗ ଓ ଉତ୍କଣ୍ଠାରେ ସୁଦର୍ଶନ ଓ ସାବୀ ନୂଆ ଶାସନକର୍ତ୍ତାଙ୍କୁ ଦେଖିବାକୁ ଚେଷ୍ଟା କରୁଥିଲେ।

ମଟରଟା ଯେତେବେଳେ ତାଙ୍କର ଖୁବ୍ ନିକଟରେ ପହଞ୍ଚିଗଲା, ସୁଦର୍ଶନ ମୁଣ୍ଡ ନୁଆଁଇ ନମସ୍କାର କଲା - ତା' ଦେଖାଦେଖି ସାବୀ ମଧ୍ୟ - ଶାସନକର୍ତ୍ତା ହସି ହସି ପ୍ରତି ନମସ୍କାର କଲେ।

କିନ୍ତୁ ପରମୁହୂର୍ତ୍ତରେ ସେ ବିସ୍ମିତ ହୋଇ ସେ ଦୁହିଁଙ୍କ ଆଡ଼େ ଚାହିଁଲେ - ଡ୍ରାଇଭର ପିଠିରେ ହାତମାରି ସେ ମଟର ଅଟକେଇବାକୁ ନିର୍ଦ୍ଦେଶ ଦେଲେ।

ସୁଦର୍ଶନ ହସୁ ହସୁ ତା' ଆଖିରୁ ଲୁହ ଝର ଝର କରି ତା' ଗାଲବାଟ ଦେଇ ବୋହିଯାଉଥିଲା ସେତେବେଳେ।

ମଟର ଅଟକିଲା - ପଦାକୁ ମୁହଁ ବଢ଼େଇ ଯୁବକ ଶାସନକର୍ତ୍ତା ସୁଦର୍ଶନକୁ ଚାହିଁ କହିଲେ - ତୁମେ କାନ୍ଦୁଚ କାହିଁକି ?

ସୁଦର୍ଶନର ସମ୍ବିତ୍ ଫେରିଆସିଲା - ହାତଯୋଡ଼ି ହସି ହସି ଉତ୍ତରକଲା - 'ନାଇଁ ଆଜ୍ଞା'।

ଖୁସିରେ ମଟର ଆଗେଇଗଲା - ସୁଦର୍ଶନ ସେଇଆଡ଼େ ଚାହିଁରହିଲା। ଆପେ ଆପେ ତା' ବାଁ ହାତର ବିଶି ଓ ମଝିଆଙ୍ଗୁଠି ତା' ଜାମାତଳର ସେଇ କ୍ଷତଟାକୁ ସାଉଁଳୁଥିଲା ସେତେବେଳେ -

ଆଜି ତା'ର କ୍ଷତ କଥା କହେ।

■

ଦୁଇ ସଖୀ

ଦୁଇଟି କନ୍ଧ ଯୁବତୀ - ବାସଲି ଓ ମୁଦାଣି। ବନ୍ଧୁତ୍ୱ ସେ ଦୁହିଁଙ୍କ ଭିତରେ ଅତି ଘନ। ମହୁଲ ଗୋଟା, ଆମ୍ବ ଗୋଟା, ଧାନ ରୁଆ, ଧାନ କଟା - ସବୁ କାମରେ ସେ ଦୁହିଁଙ୍କୁ ଏକାଠି ଦେଖିବ। ପିଲାଦିନରୁ ତାଙ୍କର ବନ୍ଧୁତା। ଏକା ଋତୁରେ, ଏକା ମାସରେ ଉଭୟଙ୍କ ତନୁ ମନରେ ହେଲା ଯୌବନର ଉନ୍ମେଷ। ନିଭୃତ ଅବସ୍ଥାର ସମୟ ତାଙ୍କର କଟେ ଏଇ ଯୌବନୋନ୍ମେଷର ପ୍ରଥମ ଅନୁଭୂତି, ପ୍ରଥମ ଶିହରଣ ଚର୍ଚ୍ଚା କରି କରି। ପରେ ସେମାନଙ୍କର ପ୍ରତି କଥାରେ, ଗତିରେ ଫୁଟିଉଠିଲା ଯୌବନର ଆବେଗ। ଭେଣ୍ଡିଆମାନଙ୍କର ଆଡ଼ ଚାହାଣିରେ ଏଥର ଏଣିକି ସେମାନଙ୍କ ଆଖିପତା ଆପେ ଆପେ ଲାଜରେ ନଇଁଆସିଲା।

ଉଦୟଗିରିଠାରୁ ପ୍ରାୟ ମାଇଲିଏ ଦୂରରେ ସେମାନଙ୍କ ଗାଁଟି ପାହାଡ଼ର କୋଳକୁ ଲାଗି। ଦୁଇ ସଖୀଙ୍କ ନାଡ଼ିନକ୍ଷତ୍ର ଯେପରି ଏକ, ଯୌବନର ପ୍ରଥମ ଉନ୍ମାଦନାରେ ଉଭୟେ ପ୍ରାୟ ଏକ ସମୟରେ ପଡ଼ିଲେ ପ୍ରେମରେ। ଦିନେ ହାଟରେ ମୁଦାଣି ତା'ର ଭେଣ୍ଡିଆ ପାଇଲା। ଚିହ୍ନା ନାଇଁ, ପରିଚୟ ନାଇଁ - ମୁଦାଣି ଲକ୍ଷ୍ୟ କଲା ଗୋଟିଏ ଭେଣ୍ଡିଆ ତା'ରି ପଛେ ପଛେ ଚାଲିଛି ଓ ସବୁବେଳେ ତା'ରିଆଡ଼େ ଚାହୁଛି। ପହିଲେ ପହିଲେ ମୁଦାଣି କିପରି ଗୋଟାଏ ଅସ୍ୱସ୍ତି ଅନୁଭବ କଲା ଏବଂ ସିଧାସଳଖ ହୋଇ ଭେଣ୍ଡିଆଆଡ଼େ ଚାହିଁ ପାରିଲା ନାହିଁ। କିନ୍ତୁ କ୍ରମେ ସେ ସାହସ ସଞ୍ଚୟ କଲା - ଭେଣ୍ଡିଆର ଆଖିରେ ଯେତେବେଳେ ପ୍ରଥମ କରି ଆଖି ପକେଇଲା।

ଭେଣ୍ଡିଆ ଟିକିଏ ହସିଦେଲା - ମୁଦାଣି ସ୍ମିତ ହସି ତା'ର ପ୍ରତ୍ୟୁତ୍ତର ଦେଲା।

ବାସଲି ବୁଝିପାରି କହିଲା ଥଟ୍ଟା କରି - ଡାକିବି ? ମୁଦାଣି କିଛି ନ କହି ଠିଆ ହୋଇ ରହିଲା ମୁହଁରେ ଲାଜଭରି।

ବାସଲି ଡାକିଲା - ଏ ଦାଦା !

ଭେଣ୍ଡିଆ ପାଖକୁ ଆସିଲାରୁ ମୁଦାଣି କାନରୁ ଗୋଟାଏ ଫୁଲ ବାସଲି କାଢ଼ି ନେଇ ଭେଣ୍ଡିଆ କାନରେ ଖୋସିଦେଇ କହିଲା - "ମୋ ସଙ୍ଗାତକୁ ପାନ କିଣିଦେ। ତୋ ନାଁ କ'ଣରେ ଦାଦା ?"

'ରତନ' କହି ଭେଣ୍ଡିଆ ମୁଦାଣିକୁ ମୁଗ୍ଧ ଆଖିରେ ଚାହିଁରହିଲା। ହାଟରେ ବାକି ସମୟତକ ମୁଦାଣି ତା'ର ଯୌବନର ସାଥି ସହିତ ଉତ୍‌ଫୁଲ୍ଲ ମନରେ ଘୂରି ବୁଲିଲା। ବାସଲି ତାଙ୍କ ଦୁହିଁଙ୍କ ପରିଚୟକୁ ଆହୁରି ମଧୁମୟ କରି ତୋଳିଲା ତା'ର ମୁକ୍ତ ପରିହାସରେ।

ରୁଟ (ରାସ୍ତା) କାମ କରୁଥିଲାବେଳେ ବାସଲି ପାଇଲା ତା'ର ପ୍ରିୟତମକୁ। ଅନେକ କନ୍ଧ ଯୁବକ-ଯୁବତୀ ଲାଗିଥାନ୍ତି ରାସ୍ତା କାମରେ। ରାସ୍ତାରେ ଚାଲିଥାଏ ମାଟି ପକା।

କେତେ ଭେଣ୍ଡିଆ ମାଟି ହାଣୁ ଥାଆନ୍ତି। ଡିଣ୍ଡାମାନେ ସିଉରା (ଗାଣ୍ଡୁଆ)ରେ ମାଟି ବୋହିଆଣି ରାସ୍ତାରେ ବିଛେଇ ଦେଉଥାନ୍ତି। ରାଜିଂଗା ହାଣୁଥାଏ ମାଟି। ଅବିରାମ କାଙ୍କଟାକୁ ଉଠେଇ ମାଟିରେ ଚୋଟ ବସାଇଲାବେଳେ ତା'ର ଶରୀରର ପ୍ରତି ଅଂଶର ମାସଂପେଶୀଗୁଡ଼ାକ ଚହଲିଉଠେ। ବାସଲି ମାଟି ନେବାକୁ ଆସିଲାବେଳେ ସପ୍ରଶଂସ ଆଖିରେ ଚାହିଁରହେ ତା'ରି ଆଡ଼େ।

ରାଜିଂଗା ତା'ରି ସିଉରାରେ ମାଟି ଭର୍ତ୍ତି କରିଦିଏ। ତା' ମୁଣ୍ଡକୁ ସିଉରାଟା ଉଠାଇଦିଏ। ବାସଲି ତା'ର ଅସଂଯତ ବକ୍ଷବାସଟା ଟିକିଏ ସଂଯତ କରିବାକୁ ଗଲାବେଳେ ରାଜିଂଗା ଟିକିଏ ତା' ଆଡ଼େ ଚାହିଁ ହସିଦିଏ। ଲାଜରେ ମୁହଁ ଘୂରେଇ ନେଇ ବାସଲି ସେଠୁଁ ଚାଲିଯାଏ।

ପ୍ରତ୍ୟେକ ଥର ମାଟି ନେଲାବେଳେ ଏଇ ମଧୁ ଅଭିନୟ ଚାଲେ। ମୁଦାଣି ଦୂରରୁ ଦୂରରୁ ସବୁ ଲକ୍ଷ୍ୟ କରେ - ଛଳେଇ ଛଳେଇ କହେ।

ବାସଲି - ଏତେ ଲୋକ ମାଟି ହାଣୁଛନ୍ତି - ସବୁଥର ରାଜିଂଗା ପାଖରୁ କାହିଁକି ମାଟି ଆଣୁଛୁ ? ବାସଲି ମୁରୁକିହସି ଉତ୍ତର ଦିଏ - ମଲା, ମତେ ମିସ୍ତ୍ରି ଯୋଉଠୁଁ ମାଟି ଆଣିବାକୁ କହିଛି, ମୁଁ ସେଇଠୁଁ ଆଣିବି, ନା ତୋ କଥାରେ କାମ କରିବି।

ମୁଦାଣି ହସେ - ବାସଲି ହସେ। ଗଛ ଛାଇରେ ବିଶ୍ରାମ ନେଲାବେଳେ ବାସଲି ମୁଦାଣିକୁ କହେ ତା'ର ମନ କଥା - ଦୁହେଁ ଚାହାଁନ୍ତି ରାଜିଂଗାର ପୁଷ୍ଟ ମାଂସପେଶୀ ବହଳ ଚିକ୍‌କଣ ଦେହ ଆଡ଼େ। ଏଇ ନିବିଡ଼ ଖରାରେ ବି ରାଜିଂଗା ମାଟି ହାଣୁଥାଏ। ଯେତେବେଳେ ଅନ୍ୟ ସମସ୍ତେ ବିଶ୍ରାମ ନେଉଥାନ୍ତି, ଦେହରୁ ତା'ର ଗମ୍‌ଗମ୍ ଝାଳ ବହି ପଡୁଥାଏ। ସ୍ତବ୍ଧ ବିସ୍ମୟରେ ଦୁଇ ସଖୀ ଚାହିଁ ରହନ୍ତି ତାରିଆଡ଼େ। ବାସଲି ଆଖିରେ ନିଶା ଲାଗେ - ମୁଦାଣି ତା' ପାଇଁ ଦୁତୀଗିରି କରେ।

ମୁଦାଣି କଥାରେ ରାଜିଂଗା ଉତ୍ତର ନ ଦେଇ କେବଳ ଟିକିଏ ହସେ।

ଦିନ ଦିନ ଧରି ରାସ୍ତା କାମ ଚାଲେ - ବାସଲି ଓ ରାଜିଂଗା ଭିତରେ ପ୍ରେମର ସଂଚାର ହୁଏ। ରାଜିଂଗା ବାସଲି ପାଇଁ କାମ କରେ। ବାସଲି ରାଜିଂଗା ପାଇଁ କାମ କରେ।

ଯେଉଁ ଦିନ କୌଣସି କାରଣରୁ ବାସଲି କାମକୁ ନ ଯାଏ, ରାଜିଂଗାର କାଙ୍କ ଦେହରୁ ବଳ ଖସିଯାଏ - ଅଳ୍ପ କାମ କଲେ ହାଲିଆ ହୋଇପଡ଼େ।

ରାଜିଂଗା ନ ଆସିଲେ ବାସଲିର ଦଶା ବି ସେଇଆ ହୁଏ। ମାଟି ସିଉରାଟା ତା'ର ବେକ ଲଡ୍ ଲଡ୍ କରିପକାଏ। ସେ ଦିନ ବାସଲିର ମଜୁରି କମିଯାଏ।

ଦୁଇଟି ପ୍ରେମାପ୍ଲୁତ ତରୁଣୀଙ୍କର ସ୍ୱପ୍ନାୟିତ ଜୀବନପ୍ରବାହ ଏହିପରି ଚାଲେ ଅନାବିଳ ଆନନ୍ଦ ମଧ୍ୟରେ। ଦିବା ଯାମିନୀର ସୁଖସିକ୍ତ ମୁହୂର୍ତ୍ତଗୁଡ଼ିକ ହୃଦୟ ମଧ୍ୟରେ ସଞ୍ଚୟ କରି ସେ ଦୁହେଁ ଆଗେଇ ଚାଲନ୍ତି ନୀଡ଼ ରଚନାର ଅଧୀର ଅପେକ୍ଷାରେ।

X X X

ଦୁହେଁ ମହୁଲ ଗୋଟାଉ ଗୋଟାଉ ବାସଲି କହିଲା, ସଙ୍ଗାତ, ତୋ ଗଣ୍ଡିବନ୍ଧା ମୋ ଗଣ୍ଡିବନ୍ଧା ଏକାଦିନେ କରିବା।

"ଗଣ୍ଡିବନ୍ଧା ! ଶୁଣିନୁ ପରା ?" ମୁଦାଣି କହିଲା, 'ମୋ ଭେଣ୍ଡିଆ ମିଲଟିଙ୍କୁ ବାହାରିଲାଣି।'

ବାସଲି ଉତ୍ୟକ୍ତ ହୋଇ କହିଲା - ମିଲଟିଙ୍କୁ ଯିବ ରତନ ? ତୁ ତାକୁ ଛାଡ଼ିବାକୁ ରାଜି ହଉଚୁ କେମିତି ? ମୁଦାଣି ଦୀର୍ଘ ନିଶ୍ୱାସ ଟାଣି କହିଲା - ମୋ କଥା ସିଏ ଫେରେ ଶୁଣିବ - ଅଣ୍ଡିରାଗୁଡ଼ାଙ୍କୁ ଧରି ରଖିବାକୁ ଆମର କୋଉ ଚାରା ଅଛି, ଯାହା ତାଙ୍କ ମନକୁ ପାଇବ, ସେଇଆ କରିବେ।

ବାସଲି କହିଲା - ମୋ ଭେଣ୍ଡିଆକୁ ମୁଁ ଛାଡ଼ିବିନି। ମୁଦାଣି କହିଲା - ମଲା ତୁ ଛାଡ଼ିବୁନି କ'ଣମ ? ମତେ ରତନ କହୁଥିଲା ରାଜିଂଗା ବି ମାତିଛି ଯିବାକୁ। ବାସଲି ଅବାକ୍ ହୋଇ ଠିଆ ହୋଇ ରହିଲା।

କାହାରି ମହୁଲ ଗୋଟାଇବା ପାଇଁ ଇଚ୍ଛା ହେଲାନି - ଦୁହିଙ୍କର ହୃଦୟରେ ସମାନ ବ୍ୟଥା, ସମାନ ଆତଙ୍କ। ମହୁଲ ତାଙ୍କର ମୁଣ୍ଡରେ ଦେହରେ ଝଡ଼ିପଡ଼ିଲା; କିନ୍ତୁ ସେମାନେ ନିଶ୍ଚଳ ରହି ଭାବୁଥିଲେ, ସେମାନଙ୍କ ଆସନ୍ନ ବିଚ୍ଛେଦର କଥା।

ଏଇ କମ୍ ସମୟ ଭିତରେ ତାଙ୍କର ପରିସ୍ଥିତିର ଏହି କ୍ଷିପ୍ର ପରିବର୍ତ୍ତନ ସେମାନଙ୍କର ଅନଭିଜ୍ଞ କଅଁଳ ମନକୁ ଦୋହଲେଇ ଦେଲା।

ସନ୍ଧ୍ୟାବେଳ ହେଲା, ସେମାନେ ଜାଣିପାରି ନ ଥିଲେ। ରାଜିଂଗା ଓ ରତନ ଦୁହେଁ ଲାହୋର ଯିବା ପୂର୍ବରୁ ଶେଷଥର ପାଇଁ ମୁଦାଣି ଓ ବାସଲିକୁ ନଚେଇବାପାଇଁ

ଆସିଲେ । ଦୁଇ ସଖୀଯାକ ଠିକ୍ କରିଥିଲେ ଯେ, ସେମାନେ ଆସିଲେ ଏମାନେ ନାଚିବେ ନାହିଁ କି ତାଙ୍କ ସାଥିରେ କଥା ବି ହେବେ ନାହିଁ ।

ରାଜିଂଗା ଓ ରତନର କାତର ଅନୁନୟ ବିନୟରେ ସେମାନେ ତରଳି ନ ଯାଇ କହିଲେ, ତମେ ଆମର କୋଉ କଥା ରଖୁଛ ଯେ, ତମ କଥା ଆମେ ରଖିବୁ ?

ରତନ ମୁଦାଣିକୁ ପାଖକୁ ଆଉଜାଇ ନେଲା । ଆଉ ରାଜିଂଗା ବାସଲିକୁ... ରତନ କହିଲା, ତମ ମାଇକିନିଆଗୁଡ଼ାକୁ ବୁଝାଇ ହବନି । ଏଠି ରହିଲେ କଅଣ ହେବ କହିଲ ? କାନ୍ଦୁଲ ଦୁଇଟି ସିଝା ଖାଉଥିବୁ ଖାଲି - ଲାଉରିକ୍ କେତେ ଭେଣ୍ଡିଆ ଆମ ସାଙ୍ଗରୁ ଗଲେଣି । ପାଣ ଲୋକ, ଖ୍ରୀଷ୍ଟାନ ଲୋକ - ଦେଖୁନ ସବୁ ମାସରେ କିମିତି ଚାଳିଶ, ପଚାଶ ଲେଖାଏଁ ଟଙ୍କା ଘରକୁ ପଠାଉଛନ୍ତି । ତାଙ୍କ ଧାଙ୍ଗେଡ଼ୀମାନଙ୍କ ପାଇଁ କେତେ କଅଣ ସବୁ ରକମମାନ ଆଣୁଛନ୍ତି, ସିଲରେ ଆସିଲାବେଳେ ଅତର, ବାସନାତେଲ, ସାବି, ଜାକେଟି, କାଚ, କେତେ କଅଣ । ଆଉ ଆମେ ତମକୁ କ'ଣ ଦଉଛୁ ?

ବାସଲି ଉତ୍ତ୍ୟକ୍ତ ହୋଇ କହିଲା - ନ ଦେଲେ ନାଇ ପଛେ - ଆମର ସେସବୁ ଲୋଡ଼ା ନାହିଁ । ତମକୁ ଛାଡ଼ି ଆମେ କିମିତି ରହିବୁ ?

ରାଜିଂଗା ଉତ୍ତ୍ୟକ୍ତ ବାସଲିର ଗାଲଟାକୁ ନିଜ ଗାଲ ଉପରେ ରଖି କହିଲା - ଆମେ କଅଣ ଆଉ ଆସିବୁ ନାହିଁ ? ସବୁଦିନ କଅଣ ସେଆଡ଼େ ରହିଥିବୁ ?

ଭେଣ୍ଡିଆମାନଙ୍କର ଉଷ୍ମ ପରଶ ଦୁଇ ସଖୀଙ୍କୁ ସେତେବେଳେ ଦୁର୍ବଳ କରି ସାରିଥିଲା । ଆଉ କିଛି ସମୟ ପରେ ଭେଣ୍ଡିଆମାନେ ସେମାନଙ୍କୁ ମନେଇନେଲେ । ଦି'ଘଡ଼ି ଅନ୍ଧାର ପରେ ଜହ୍ନ ଉଠିଲା । ଯେତେବେଳେ କ୍ରମେ ମୁଦାଣି ଓ ବାସଲିର ମୁହଁରେ ଈଷତ୍ ହସର ଆଭାସ ସେମାନେ ପାଇଲେ, ଦୁହେଁ ଉଠି ଠିଆ ହେଲେ ଓ ତାଙ୍କର ଖଞ୍ଜରୀରେ ହାତ ମାରିଲେ, ଝଣ ଝଣ ଶବ୍ଦରେ କ୍ଷୁଦ୍ର କନ୍ଧପଲ୍ଲୀଟି ଯେତେବେଳେ ଚମକି ଉଠିଲା, ଡିଣ୍ଡା ଘରୁ ଆଉ ଦୁଇ ତିନି ଜଣ ଧାଙ୍ଗେଡ଼ୀ ବାହାରି ପଡ଼ିଲେ - ମୁଦାଣି ଓ ବାସଲିକୁ ମଝିରେ ରଖି ସେମାନେ ଧାଡ଼ି ହୋଇ ଛିଡ଼ା ହେଲେ । ନାଚ ଆରମ୍ଭ ହେଲା - ବଳାର ଠକ୍ ଠକ୍ ଶବ୍ଦରେ ଖଞ୍ଜରୀର ଶବ୍ଦ ସମନ୍ୱୟ ଏଇ ପାହାଡ଼ ଦେଶର ଯୁବକ ଯୁବତୀଙ୍କ ମନରେ ବୋଳିଲା ସ୍ୱପ୍ନ । କ୍ଲାନ୍ତି ଅବସାଦ ସେମାନେ ଭୁଲିଲେ । ମହୁଲ ଫୁଲର ବାସ ଭାସି ଆସୁଥିଲା ଦୂରରୁ । ରାଜିଂଗା ଆରମ୍ଭ କଲା ଗୋଟିଏ କୁଇଗୀତ ।

ଗୋରୀ ମୋର - ମୁଁ ଦୂର ବିଦେଶକୁ ଯାଉଛି । ମୋ ପାଇଁ ତୁ କାହିଁକି ଭାବନା କରୁଛୁ ? ତୋର ଚନ୍ଦ୍ର ମୁହଁରେ ହସ ନାହିଁ, କେଶବାସ ମଳିନ ଦେଖାଯାଉଛି, ଦୂର ବିଦେଶରେ ରହି ତୋର ଏଇ ମଳିନ ମୁଖ ମନେ ପଡ଼ିଲେ ମୁଁ ବ୍ୟଥା ପାଇବି, ତେଣୁ

ତୁ ହସି ହସି ମତେ ବିଦାୟ ଦେ - ମହୁଲ ଫୁଲର ଗନ୍ଧ ଆଜି ପ୍ରାଣରେ ପୁଲକ ସଞ୍ଚାର କରୁନି - ଜହ୍ନ ଆଲୁଅରେ ବି ବେଦନାର କ୍ରନ୍ଦନ ଯେପରି ଖେଳିଯାଉଛି।

ରତନର ଖଞ୍ଜର ବାଜିଲା ବେସୁରା, ବେତାଳିଆ। ରାଜିଂଗା ଗୀତରୁ ଝରିଲା ବ୍ୟଥାର ଅଶ୍ରୁ - ଗଳା ତା'ର ରହି ରହି ଆସିଲା।

ଚନ୍ଦ୍ର କିରଣରେ ମୁଦାଣି ଓ ବାସଲିର ଗଣ୍ଡଦେଶରେ ଲୁହ ଚକ୍ ଚକ୍ କଲା, ତାଙ୍କର ବଳାର ଶବ୍ଦ ଗୀତ ସଙ୍ଗେ ତାଳ ରଖି ଚାଲିପାରିଲା ନାହିଁ। ଆଉ ସମ୍ଭାଳି ନ ପାରି ବାସଲି ଓ ତା' ପଛେ ପଛେ ମୁଦାଣି କୋହ ଚପେଇ ଦଉଡ଼ି ପଳେଇଲେ ଡିଣ୍ଡା ଘର ଭିତରକୁ -

ଖଂଜର ବନ୍ଦ ହେଲା - ଗୀତ ବନ୍ଦ ହେଲା। ଭେଣ୍ଡିଆ ଦୁହେଁ ତାଙ୍କ ପଛେ ପଛେ ଗଲେ -

ସେ ଦିନ ରାତିରେ ଏକ ଅନ୍ୟକୁ ନିବିଡ଼ ଆଲିଙ୍ଗନରେ ବାନ୍ଧି ରଖି ସେମାନେ ଶୋଇଲେ ଆସନ୍ନ ବିଚ୍ଛେଦର କଥା ଭୁଲିଯାଇ।

ତହିଁ ଆରଦିନ ସକାଳେ ଗତ ରାତ୍ରିର ସେଇ ମଧୁମୟ ଆବେଶ ଓ ପରଶ ଦୁଇ ସଖୀଙ୍କର ମୁହଁରେ ବୋଳି ଦେଇଥିଲା ସ୍ୱପ୍ନ, ଏତେ ବିଚ୍ଛେଦ ଭିତରେ ବି।

X X X

ଦୁଇ ଦିନ ପରର ଘଟଣା, ଉଦୟଗିରି ବଜାର ଛକରେ ଅପେକ୍ଷା କରିଛି ମେଲ୍ ଓ ସେରଫ ବସ୍ ଯୁଦ୍ଧକୁ ଯାଉଥିବା କନ୍ଧ, ପାଣ ଯୁବକଙ୍କପାଇଁ। ରତନ ମୁଦାଣିର ହାତ ଧରି ଚାଲିଛି, ରାଜିଂଗା ବାସଲିର, ଆଉ ଚାଲିଛି ତାଙ୍କ ପଛେ ଏକ ବିରାଟ ପଟୁଆର। ମୁଦାଣି ଓ ବାସଲି ପରି ଆଉ କେତେ ଯୁବତୀ ମଧ୍ୟ ତାଙ୍କର ଭେଣ୍ଡିଆମାନଙ୍କ ସାଥିରେ ଚାଲିଛନ୍ତି।

ସବୁରି ଆଖିରେ ଅଶ୍ରୁ - ଆତ୍ମୀୟ ସ୍ୱଜନମାନଙ୍କ କଳକ୍ରନ୍ଦନରେ ଉଦୟଗିରିର ପାହାଡ଼, ରାସ୍ତା କମ୍ପିତ, ବ୍ୟଥିତ।

ମେଲ୍ ବସ୍‌ରେ ଯାଇ ରାଜିଂଗା ଓ ରତନ ଦୁହେଁଯାକ ପାଖାପାଖି ହୋଇ ବସିଲେ।

ମୁଦାଣି ଓ ବାସଲି ସେମାନଙ୍କ ଉଦ୍‌ଗତ ଅଶ୍ରୁକୁ ରୋଧ କରି ତାଙ୍କରି ମୁହଁ ଆଡ଼େ ଚାହିଁ ରହିଲେ।

ବସ୍ ଛାଡ଼ିଲା - ତା'ପରେ ଅଦୃଶ୍ୟ ହୋଇଗଲା। ସମବ୍ୟଥୀ ଦୁଇ ସଖୀଙ୍କୁ ଆଶ୍ୱାସନା ଦେବା ପାଇଁ କେହି ନ ଥିଲେ - ସାଲକି ନଈ କୂଳରେ ଅନେକ ସମୟଯାଏ ଉଭୟେ କାନ୍ଦି କାନ୍ଦି କ୍ଳାନ୍ତ ହୋଇ ଅନେକ ଡେରିରେ ଘରକୁ ଫେରିଲେ।

ଚଞ୍ଚଳ ଉଦ୍ଦାମ ଯୌବନ ସେମାନଙ୍କର ସ୍ଥିର ହୋଇଆସିଲା - ଖରସ୍ରୋତ ଯେପରି ତା'ର ଗତିପଥରେ ହଠାତ୍ ବାଧା ପାଇଲେ ଅଟକିଯାଏ - ହସର କଳନାଦରେ ଆଉ ଗିରିବନ ପ୍ରକମ୍ପିତ ହେଲାନି। ଇୟା ଭିତରେ ଦି'ତିନିଟା ଯାତ ପାଖ ପାଖ ଗାଁରେ ହୋଇଗଲା। ଅଣ୍ଟାରେ ଟଙ୍କା ମାଳ, ମୁଣ୍ଡରେ ଟପେରି, କେକ, ବେକରେ ଖଗଲା ପିନ୍ଧି ମାଳର କେତେ ଧାଙ୍ଗେଡ଼ୀ କେତେ ରକମର ନାଲି ନେଳି ବଉଦିଆ ଖଦି ପିନ୍ଧି ଦଳ ଦଳ ହୋଇ, ଧାଙ୍ଗଡ଼ାମାନଙ୍କ ହାତ ଧରି ହସର ପ୍ରବାହ ଛୁଟେଇ ସେମାନଙ୍କର ଆଖି ଆଗ ଦେଇ ଚାଲିଲେ ଯାତକୁ; କିନ୍ତୁ ଦୁଇ ସଖୀଙ୍କୁ ଏସବୁ ଚଞ୍ଚଳ କରିପାରିଲାନି।

ଦୁଇଟି ବିରହ-କାତର ହୃଦୟ କ୍ରମେ ନିକଟରୁ ନିକଟତର ହୋଇଆସିଲା। ପରସ୍ପରର ମୁହଁକୁ ଘଣ୍ଟା ଘଣ୍ଟା ଧରି ଚାହିଁ ରହିବାରେ ହିଁ ସେମାନେ ପାଇଲେ ସାନ୍ତ୍ୱନା।

X X X

ଚିଠି ଆଶାରେ ଦୁହେଁ ଆସନ୍ତି ପ୍ରତିଦିନ ଉଦୟଗିରି ଡାକଘରକୁ। ଡାକଘର ବାରଣ୍ଡାରେ ସେମାନେ ଅପେକ୍ଷା କରି ରହନ୍ତି। ସନ୍ଧ୍ୟା ପାଞ୍ଚଟାବେଳେ ମେଲ ବସ୍ ଆସେ ବ୍ରହ୍ମପୁର ଆଡୁ - ମଟରର ଶବ୍ଦ ଶୁଣି ସେମାନଙ୍କର ଉତ୍କଣ୍ଠା ବଢ଼ିଯାଏ - ଉଦ୍‌ବିଗ୍ନ ହୋଇ ସେମାନେ ଅପେକ୍ଷା କରି ରହନ୍ତି କେତେବେଳେ ମେଲ ବ୍ୟାଗ ଆସିବ ଡାକଘରକୁ। ଏଇ ସମୟତକ ସେମାନଙ୍କୁ ଯୁଗେ ଭଳି ମନେହୁଏ। ମନର ଉତ୍କଣ୍ଠାକୁ ଦବେଇ ରଖିବାକୁ ବାଜେ କଥା ପଦେ ଦି'ପଦ ସେମାନଙ୍କର ଶୁଷ୍କ କଣ୍ଠରୁ ବାହାରେ। ବ୍ୟାଗ୍ ଆସେ, ପିଅନ ଗୋଟେ ଛୁରୀରେ ସିଲ ଦିଆ ଦଉଡ଼ାଟାକୁ କାଟି ତଳେ ପକେଇଦିଏ - ବ୍ୟାଗକୁ ଓଲଟେଇ ଚିଠିଗୁଡ଼ାକ ତଳେ କୁଢ଼େଇ ଦିଏ - ଚିଠିରେ ମୋହର ଦିଆହୁଏ, ବଣ୍ଟାହୁଏ। ଏଇ ପ୍ରତ୍ୟେକଟି କାର୍ଯ୍ୟ ଦୁହେଁ ଉତ୍କଣ୍ଠାର ସହିତ ଲକ୍ଷ୍ୟ କରନ୍ତି। ଛାତି ଦୁକୁଦୁକୁର ଗତି କ୍ଷିପ୍ର ହୁଏ; କିନ୍ତୁ ସେମାନେ କୌଣସି ଚିଠି ପାଆନ୍ତି ନାହିଁ। ସନ୍ଧ୍ୟାର ପବନରେ ଦୁଇଟି ବ୍ୟଥିତ ଦୀର୍ଘଶ୍ୱାସ ଏକ ସମୟରେ ବାହାରି ମିଳେଇଯାଏ।

କିନ୍ତୁ ତଥାପି ସେମାନେ ଆସନ୍ତି ପ୍ରତିଦିନ ଠିକ୍ ସମୟରେ - ଅବସାଦ ନାହିଁ, ନିରାଶା ନାହିଁ।

ପ୍ରତିଦିନ ଡାକ ଆସିଲାବେଳେ ଅନେକ ଲୋକ ଡାକ ଘର ବାରଣ୍ଡାରେ ଜମା ହୁଅନ୍ତି - କିରାଣି, ମାଷ୍ଟର, କନଷ୍ଟେବଲ, ପିଅନ କେତେ କିଏ। ସେଥି ମଧ୍ୟରୁ କେହି କେହି ସେମାନଙ୍କ ଆଡ଼େ ଚାହାନ୍ତି ବଙ୍କେଇ, ମୁରୁକି ହସି; କିନ୍ତୁ ତାଙ୍କର ହସ ଓ ଚାହାଣି ନିରାଶ ହୋଇ ଫେରିଆସେ। ଦୁଇ ସଖୀଙ୍କର ଆଖିରେ ନ ଥାଏ କୌଣସି ଭାଷା, ଇଙ୍ଗିତ। ଜନତାର ଉପସ୍ଥିତିକୁ ସେମାନେ ଆଦୌ ଅନୁଭବ କରିପାରନ୍ତି ନାହିଁ।

ଦିନେ ଡାକ ଘର ଭିତରୁ ପୋଷ୍ଟ ପିଅନ ପାଟି କରି ପଢ଼ିଲା, "ବାଟୁ କହଁର - କୁମ୍ଭାରୀଙ୍କୁପା" - ତୀର ବେଗରେ ବାସଲି ଛୁଟି ଯାଇ କହିଲା - ହଁ ହଁ, ମୋରି ଭାଇ - ଦେ ମତେ ଚିଠି - କୋଉଠୁଁ ଆସିଛି ?

ପୋଷ୍ଟ ପିଅନ କହିଲା - ଲାହୋର ! ବାସଲି ପଚାରିଲା - ଲାଉରୀ ? ପରିହାସ କରି ପୋଷ୍ଟପିଅନ କହିଲା - "ହଁ ହଁ ଲାଉରୀ - ତୁ କାହିଁକି ଏମତି ଉଛନ୍ନ ହଉଚୁଲୋ ବୁଡ଼୍‌ଢୀ - ତୋ ଭେଣ୍ଡିଆ ଯାଇଚି କି ଲଢ଼େଇ କି ?"

ଲାଜରେ ରଙ୍ଗ ପଡ଼ିଯାଇ ବାସଲି ଟିକିଏ ହସିଦେଲା ଓ କହିଲା - ଦେ ଦେ ଚିଠି - ତୁ ଆଉ ଗମାତ କର ନି -

ଚିଠିଟା ହାତରେ ଧରିଲା ପରେ -

ବାସଲି ଓ ମୁଦାଣି କ୍ଷିପ୍ର ଗତିରେ ଦଉଡ଼ିଲେ ଗାଁ ଆଡ଼େ - ଅଣନିଶ୍ୱାସୀ ହୋଇ ଉଭୟେ ଯାଇ ପହଞ୍ଚିଲେ ବାଟୁ ପାଖରେ ।

ବାଟୁ ଚିଠିଟା ଖୋଲି ଦେଖିଲା ଦି'ଖଣ୍ଡ କାଗଜ ।

ଚିଠି ଓଡ଼ିଆରେ ଲେଖା । ବାଟୁ ଖୁବ୍ ଥଙ୍ଗେଇ ଥଙ୍ଗେଇ ହୋଇ ପଢ଼ିଲା । ଖଣ୍ଡେ କାଗଜ ଉପରେ ଲେଖା ହୋଇଛି ଡିମା ଡିମା, ବଙ୍କା ବଙ୍କା ଅକ୍ଷରରେ 'ମୁଦାଣି' - ଆଉ ଖଣ୍ଡେ ଉପରେ 'ବାସଲି' ।

ଟିକିଏ ମୁରକି ହସି ଯାହାର ଚିଠି ତା' ହାତକୁ ବଢ଼ାଇଦେଲା ।

ବାସଲି ଅଭିମାନିଆ ସୁରରେ କହିଲା - ମଲା, ଆମେ ସାସି (ଓଡ଼ିଆ) କଥା ପଢ଼ି ପାରିବୁ ନା କଅଣ ? ତୁ ଟିକିଏ ପଢ଼ି ଦେ ।

ବାଟୁ ହସି ହସି କହିଲା - ତମ ଭେଣ୍ଡିଆମାନଙ୍କ ଚିଠି ମୁଁ କାଇଁକି ପଢ଼ିବି ?

ମୁଦାଣି ଓ ବାସଲି ଉଭୟ ଏକା ସାଙ୍ଗରେ କହିଉଠିଲେ - ଆମର ଅରାଜି ନାହିଁ, ପଢ଼ି ଦେ ।

ସେମାନଙ୍କର ଉତ୍କଣ୍ଠାକୁ ବଢ଼ାଇବାପାଇଁ ବାଟୁ କହିଲା - କାହାକୁ ଆଗ ପଢ଼ିବି, ତୋର ନା ମୁଦାଣିର ?

ମୁଦାଣି ଅଧୀର ହୋଇଯାଇ କହିଲା - "ଓଃ କେତେ ଛଇ କାଢୁଛୁ ? ପଢ଼ ତୋର ଯୋଉଟା ଇଚ୍ଛା ହେଉଛି ଆଗ ।"

ବାଟୁ ମୁଦାଣିର ଚିଠି ଆଗ ପଢ଼ିଲା - ଥଙ୍ଗେଇ ଥଙ୍ଗେଇ । ମୁଦାଣି ଓ ବାସଲିର ଉଦ୍‌ବେଗର ଅନ୍ତ ନାହିଁ ।

ବାଟୁ ପଢ଼ିଲା - "ଆମେ ଦୁହେଁ ବଲରେ ଲାଉରୀ ଆସିଲା - ଲାଉରୀ ସଅର ବାରି ବଲ ଲାଗୁସୁ - ଉଦିଗିରି ବଲି ଏଠି ଏତେ ଗର ସବୁ ନାଇଁ - ଖାଲି ବଡ଼

ଖୋଟାଗର ସବୁ ଅସି - ଉଃ - କେତେ ମୋଟ୍ର ! ସଂଜ ହେଲେ କିରି ଓଃ ! କେତେ ବିଜୁଳି ଆଲୁଅ ସବୁ ରୁଟ୍ରରେ ଜଳିଥାଉସୁ -

ମୁଁ ବଲ ଅସି - ତୋ କଥା ମନେ ପକାଉସି - ସିଲରେ ଗଲେ ତୋ ପାଇଁ ସାବି, ଅତର, ଜାକେଟି ନେବ - ତୁ ମତେ ମନା ପକାଉସି ନାଁ।

ତୁର୍ ଭେଣ୍ଡିଆ

ରତନ୍ ମଲିକ"

ମୁଦାଣିର ଆଖିରେ ଆନନ୍ଦର ଲୁହ - ବାସଲି ମୁହଁରେ ଅଧୀର ଉତ୍କଣ୍ଠା । ତା' ଭେଣ୍ଡିଆ ବି ତା' ପାଖକୁ ଏ ସବୁ ଲେଖିଥିବ... "ତା ପାଇଁ ସାବୁନ ଅତର ସବୁ ଆଣିବାକୁ କହିଥିବ !

ବାଟୁ ତା'ପରେ ପଢ଼ିଲା ବାସଲିର ଚିଠି - ମୁଦାଣିର ଚିଠିରେ ଯାହା ଲେଖାଥିଲା, ଏଥିରେ ବି ସେଇୟା।

କେବଳ ଶେଷକୁ ଲେଖାଥିଲା... "ତୁଇ ଆର୍ କୋଉ ଭେଣ୍ଡିଆକୁ ରସିବୁ ନାଇଁ।

ତୁର ଭେଣ୍ଡିଆ

ରାଜିଂଗା କଅଁର"

ଦୁଇ ସଖୀ ଯାକ ସେଦିନ ଅକଥନୀୟ ଆନନ୍ଦର ସୁଅରେ ଭାସିଗଲେ।

ଜୀବନର ଗତାନୁଗତିକ ପ୍ରବାହ ଭିତରେ ବି ସେମାନେ ଚାଲିଲେ - ମଝିରେ ମଝିରେ ଯେଉଁ ଦିନ ସେମାନଙ୍କର ଲାଉରୀରୁ ଚିଠି ଆସେ, ସେଇ ଦିନଟି କେବଳ ଘୂରିବୁଲନ୍ତି ମନ ଆନନ୍ଦରେ - କର୍ମ ପ୍ରବାହରୁ ନିଜକୁ ଅଲଗେଇ ରଖି। ନିଜ ନିଜ ଭେଣ୍ଡିଆ ସାଥୀରେ ସେମାନେ ଯାହା ଯାହା ସବୁ କରିଛନ୍ତି, ସେସବୁ ନେଇ ଦୁହିଁଙ୍କ ଭିତରେ କଥାବାର୍ତ୍ତା ଚାଲେ - ପୁରାତନ ହେଲେ ମଧ୍ୟ ସେସବୁ କଥା ତାଙ୍କୁ ପ୍ରତିଥର ନୂଆ ଲାଗେ।

ଦିନେ ଚିଠି ଆସିଲା - ରାଜିଂଗା ଓ ରତନ ଦୁହେଁଯାକ ଗଲେ ଆସାମର କୋହିମାକୁ - ଯେଉଁଠି ଘମାଘୋଟିଆ ଯୁଦ୍ଧ ଲାଗିଚି।

ଆତଙ୍କର ଶିହର ଦୁଇଟି ବିରହକାତର କୋମଳ ବୁକୁକୁ ଥରେଇ ଦେଇଥିଲା ସେଦିନ।

ସେଦିନ - ଅନେକ ମାସ ପରେ - ସନ୍ଧ୍ୟାକୁ ଗ୍ରେସିଙ୍ଗିଆରେ ଯାତ। ଗଲାବର୍ଷ ଏଇ ଶୀତ ଦିନର ଶେଷାଶେଷି, ଯେତେବେଳେ ବସନ୍ତ ଆସି ପ୍ରକୃତି ଦେହରେ ତା'ର ତୂଳି ଚଳାଉଥିଲା - ଠିକ୍ ସେତିକିବେଳେ ଏ ଦୁହେଁ ତାଙ୍କର ଜୀବନର

ଚିରସାଥୀଙ୍କୁ ପାଇଥିଲେ। ବର୍ଷ ଘୂରି ଯାଇଛି - ଫେର୍ ଆସିଛି ବସନ୍ତ - ମାନ୍ଦର ପ୍ରଥମ ଯାତ ଆଜି ଗ୍ରେସିଙ୍ଗିଆରେ। ତା'ପରେ ପରେ ଚାରିଆଡ଼େ ବ୍ୟାପିବ - ବସନ୍ତର ଉତ୍ସବରେ ମାତିବେ ସମସ୍ତେ - ବୁଢ଼ା ବୁଢ଼ୀ - ଧାଂଗଡ଼ା ଧାଂଗଡ଼ୀ, ଛୁଆଏ - ସଲପ ରସରେ ସେମାନେ ହେବେ ମାତାଲ। ପୂନେଇ ଜହ୍ନର ଆଲୁଅ, ମଳୟ ପବନ ଯୁବକ ଯୁବତୀ ଦେହମନରେ ସଂଚାର କରିବ ଯୌନକ୍ଷୁଧା, ପିପାସା... ସଂକୋଚ ନାହିଁ... ବାଧା ନାହିଁ... ବାପ, ମା, ଭାଇ ସମସ୍ତେ ବୁଲୁଥିବେ ଯାତରେ - କିନ୍ତୁ ତଥାପି ପୁଅ ଚାଲିଥିବ ତା'ର ଧାଂଡ଼ୀକୁ ଜାକି ଧରି - ଝିଅ ଚାଲିଥିବ ତା'ର ଧାଂଡ଼ାର ଅଣ୍ଟାକୁ ଜାପି ଧରି... ମୁକ୍ତ ଆକାଶର ମୁକ୍ତ ବିହଙ୍ଗ ପରି।

ଯାତ ଶେଷ ହେବ - ଦଳ ଦଳ ହୋଇ ରାସ୍ତାରେ ବୁଲୁଥିବେ ଧାଂଗଡ଼ା ଧାଂଗଡ଼ୀ - ରାସ୍ତା କଡ଼ର ବୁଦା ପଛପଟୁ ଶୁଭୁଥିବ ଦୁଇଟି ତରୁଣ ତରୁଣୀର କାମୋଦ୍ଦୀପ୍ତ ହସର ମଧୁ ଗୁଂଜରଣ!

ବସନ୍ତର ଏଇ ମନମତାଣିଆ ଆହ୍ୱାନ, ଇଙ୍ଗିତ ମୁଦାଣି ଓ ବାସଲି ମନରେ ରେଖାପାତ କରିପାରେନି।

ସକାଳେ ବାସଲିର ଘର ସାମନାରେ ବସିଥିଲେ ଦୁଇ ସଖୀଯାକ - ଆମ୍ବ ଟାକୁଆକୁ ଫଟେଇ କୋଇଲିଗୁଡ଼ିକ ବାହାର କରି ଏକାଠି ଜମା କରୁଥିଲେ।

ମୁଦାଣି ପଚାରିଲା, "ଯିବୁ କିଲୋ ଯାତକୁ?" ବାସଲି କହିଲା - "କିଏ ଯାଉଛି - କୋଉ ସୁଖ ଅଛି ଯାତରେ - କାହିଁକି, ତୁ ଯିବୁ କି?"

ମୁଦାଣି କହିଲା, "ମଲା, ତୋ ପେଇଁ ସୁଖ ନାଇଁ, ଆଉ ମୋ ପେଇଁ ଅଛି?"

ବାସଲି କହିଲା, "ଆଉ ତ କାହିଁକି ଚିଠି ଆସୁନି?"

ମୁଦାଣି କହିଲା, "ବେଳ ହେଉ ନ ଥିବ ବୋଧେ!"

■

ଅପର୍ତ୍ତିର ଉତ୍ତରପୁରୁଷମାନେ

ଅପର୍ତ୍ତି ବୁଢ଼ା ତା' ଦାଣ୍ଡ ପିଣ୍ଡାରେ ବସି ଖିଲି ଖିଲି, ଠୋ ଠୋ ହସୁଚି। ହସ ଜମାରୁ ବନ୍ଦ ହଉନି। ଭୁତୁରା ନୁଖୁରା ମୁଣ୍ଡ ବାଳଗୁଡ଼ାକ ତା'ର ଦିହ ଥରା ହସରେ ନାଚି ନାଚି ତା' ଆଖିପତା ଘୋଡ଼େଇ ପକୋଉଚି। ବେଦମ ହସି ହସି ବୁଢ଼ା କାଶି ପକୋଉଚି। ଆଖିରୁ ପାଣି ନିଗିଡ଼ି ପଡୁଚି। ତଥାପି ବୁଢ଼ାର କାଶମିଶା ହସ ବନ୍ଦ ହବାକୁ ନାଇଁ। ପିଣ୍ଡାତଳେ ପାଇକସାହିର ବାରବୁଲା କୁକୁରଟା ତା'ର ପଛ ଦି' ଗୋଡ଼ରେ ବସି ଅପର୍ତ୍ତି ମୁହଁକୁ ଚାହିଁ ଜିଭ ଲହ ଲହ କରୁଚି। ସେଇବାଟେ ଗାଁର ଚାରି ପାଞ୍ଚ ଜଣ କଲେଜ ପିଲା ଯାଉଥିଲେ। ଅପର୍ତ୍ତିର ଏ ହସ ଦେଖି ସେମାନେ ତାଜୁବ୍। ଜେଜେପାର ମୁଣ୍ଡ ବିଗିଡ଼ି ଗଲା ନା କଅଣ? କାଇଁ କେବେ ତ ତାକୁ ଏମିତି ହସିବାର କେହି ଦେଖିନି! ଏ ବୁଢ଼ା ବୟସରେ ବି ତା' ଧନ୍ଦାରେ ସେ ଲାଗିଥାଏ। ଏକଲା ଲୋକ। ଓଳିଏ ରାନ୍ଧି ଦି'ଓଳି ଖାଏ। କଅଣ ଏମିତି ହେଲା ବୁଢ଼ାର।

ପିଲାମାନେ ଅପର୍ତ୍ତି ବୁଢ଼ା ପାଖକୁ ଗଲେ। ପଚାରିଲେ - ଜେଜେପା, କଅଣ ହେଲା ତମର? ହସ ବନ୍ଦ କର। କାଶ ଉଠିଲାଣି।

ସେଇ କାଶମିଶା ହସ ଭିତରେ ଅପର୍ତ୍ତିବୁଢ଼ା ରହି ରହି କହିଲା - ହସଟା ବନ୍ଦ ହଉନେଇରେ ନାତିଆଟୋକେ। ପିଲାମାନଙ୍କ ଭିତରୁ ଜଣେ ପିଣ୍ଡା ଉପରକୁ ଉଠିଯାଇ ଅପର୍ତ୍ତି ବୁଢ଼ାର ପିଠି ଆଉଁଶି ଦଉ ଦଉ ଧମକେଇ କହିଲା - ହସ ବନ୍ଦ କର। ନ ହେଲେ ହସି ହସି ତମେ ବେଦମ ହେଇଯିବ। କାଶ ଉଠିଲାଣି। ଦମ ଅଟକିଯିବ।

ଅପର୍ତ୍ତି ବୁଢ଼ା ଡାହାଣ ହାତ ଉପରକୁ ଉଠେଇ ନାସ୍ତିସୂଚକ ଇଙ୍ଗିତ ଦଉ ଦଉ କହିଲା - କିଛି ହବନି - ମୁଁ କଅଣ ସହଜରେ ମରିବି?

ସମସ୍ତେ ଚୁପ୍ ରହି ଅପେକ୍ଷା କଲେ। ଆସ୍ତେ ଆସ୍ତେ ହସଟା କମି କମି ଆସି ବନ୍ଦ ହୋଇଗଲା। ଅଧା ମଇଳା ଧୋତି କାନିରେ ଆଖିରୁ ଲୁହ ପୋଛୁ ପୋଛୁ ଅପର୍ତ୍ତି କହିଲା - ଓହୋ... ଏମିତିଆ ହସ ଆଗରୁ ମତେ ମାଡ଼ି ନ ଥିଲା।

ସେୟା ତ - କୋଉ କଥାକୁ ଏମିତି ହସିଲ ? - ପିଲାମାନେ ପଚାରିଲେ।

- କାଲି ସଞ୍ଜବୁଢ଼େ ଦୋଳପଡ଼ିଆ ସଭାକୁ ଯାଇଥିଲଟି ତେମେ ସବୁ ?

- ଯାଇଥିଲୁ। ଗୋପାଳ ନାମଧାରୀ ପିଲାଟି କହିଲା।

- ଶୁଣିଲଟି ସେଇ କୁଜି ନେତା ସପନି ଧଳ ତା' ବକ୍ତୃତାରେ କଅଣ କହିଲା ? ସିଏ ସରପଞ୍ଚ ପେଇଁ ଠିଆ ହଉଚି ଏଥର।

- କହିଲା ସିଏ ସରପଞ୍ଚ ହେଲେ ଆମ ଗାଁରେ ବାଇଗଣ କିଲୋ କୋଡ଼ିଏ ପଇସାକୁ ଖସିଆସିବ।

- କିଲୋ ଏବେ କେତେ ହେଇଚି ? ଗୋପାଳ କହିଲା - ତିନି ଟଙ୍କା ପଚାଶେ...

- କଟକ ହାଟରେ ?

- ଚାରି ଟଙ୍କା ପଚାଶେ

- ଆଳୁ କିଲୋ ?

- ଚାରି ଟଙ୍କା - ସିଏ ପୁଣି ଶୀତଳ ଭଣ୍ଡାରର ସୁକୁଟା ଆଳୁ - କିଲୋ ଚାଳିଶ ପଇସାକୁ ଖସିବ ବୋଲି ଧଳ କହିଲା।

ଅପର୍ତ୍ତି ବୁଢ଼ା କହିଲା - ଏଇଥିରୁ ବୁଝ। ଦେଶର ଗତି କୁଆଡ଼େ - ରସୁଣ ଶହ ଚାରି ଟଙ୍କା ଦେଇ କେବେ ଗାଁ ହାଟରୁ କିଣିଥିଲ ?

- ନା।

- ଯୋଉ ଜିନିଷର ଦରଦାମ ବଢ଼ି ଚାଲିଚି ଆଉ ଖସୁଚି ଠିକ୍ ଆଗ ରେଟ୍‌କୁ ?

- ଖସୁନି।

- ସେ ବାହାପିଆ ଧଳ ଟୋକାର ଭଡ଼ଙ୍ଗ କଥାଗୁଡ଼ାକ ମନେ ପଡ଼ିଗଲା ତ - ହସ ମାଡ଼ିଲା... ଦେଶୀ ସରକାର ଆସିଲା ଦିନୁ ମୁଁ ଏମିତି ଭଡ଼ଙ୍ଗ କଥା ଶୁଣି ଶୁଣି ମୋ କାନ ତାବେଦା ହେଇଗଲାଣି। ଭୋଟ ବେଳ ଆସିଲାମାତ୍ରେ ସବୁ ଦଳର ନେତାମାନେ ସେଇ ଏକା କଥା କହିଆସୁଛନ୍ତି - ଭୋଟ ପାଇ ଗାଦି ମାଡ଼ି ବସି ସାଇଲେ ଆଉ କାଶିଆ କପିଳାର ଭେଟ ନାହିଁ। ଭୁବନେଶ୍ୱରର ସେଇ ବଡ଼ କୋଠାଟା ଭିତରକୁ ତେମେ ଆଉ ପଶିପାରନି ପୁଣି ଆସନ୍ତା ପାଞ୍ଚ ବର୍ଷଯାଏଁ। ପୁଣି ଭୋଟ ବେଳ ଆସିଲେ ସେଇମାନେ ତମ ମାଟି କୁଡ଼ିଆ ଆଗରେ ହାତଯୋଡ଼ି ଠିଆ ହୋଇ ଦାନ୍ତ ନିକୁଟି ହେବେ। ହସ ନ ମାଡ଼ିଥାନ୍ତା କିମିତି କହିଲ ପିଲେ ?

ବୁଢ଼ାର ପିଠି ଆଉଁଶି ଦେଉଥିବା ଭେଣ୍ଡିଆ ହରି କହିଲା -

- ତା' ବୋଲି ତମେ ଏମିତି ହସିବ, ନାହିଁ ନ ଥିବା ହସ ? ଆମେ ତ ଡରି ଯାଇଥିଲୁ ଜେଜେପା - ତମର ଯଦି କିଛି ହେଇଯାଇଥାନ୍ତା ନା, ଆମ ଗାଁରୁ ଗୋଟେ ତରା ଖସି ପଡ଼ିଥାନ୍ତା -

ଅପର୍ତ୍ତି ବୁଢ଼ା ହସିଦେଲା - ଏତେ ବୁଢ଼ା ହେଲେବି ତା' ଦାନ୍ତ ଗୋଟେ ହେଲେ ପଡ଼ିନି - କହିଲା।

- ତୋ କଥାଟା ମତେ ଜମାରୁ ପସନ୍ଦିଆ ଲାଗିଲାନିରେ ହରି। ହଇରେ... ତେମେ ସବୁ ଇସ୍କୁଲରେ ପଢ଼ିଲା ବେଳେ ଯାହା କହିଥିଲି ହେଜ ଅଛିଟି ?

ଗୋପାଳ କହିଲା - ଖୁବ୍ ହେଜ ଅଛି ଜେଜେପା... ତମ କଥା ସବୁ ଠିକ୍ ଠିକ୍ ଘଟି ଯାଉଚି। ମାଳିକା ବଚନଠୁଁ ବି ତମ କଥା ବଳେ...

ବିଷଣ୍ଣ କ୍ଷୁବ୍ଧ କଣ୍ଠରେ ଅପର୍ତ୍ତି କହିଲା - ଆଉ ବଞ୍ଚିବାକୁ ଇଚ୍ଛା ହଉନିରେ ପିଲେ ! ବେଶୀଦିନ ବଞ୍ଚିଲେ ଆହୁରି କେତେ ଦୁଃଖ ଆଖିରେ ପଡ଼ିବ। ଯୁଆନ ପାଠୁଆ ଭେଣ୍ଡାଗୁଡ଼ାକ ଗାଁରେ ବେକାର ହେଇ ବସିଛନ୍ତି - ତାଙ୍କ ପେଇଁ ପିଅନ ଚାକିରି ଖଣ୍ଡେ ବି ମିଳୁନି...

କହୁ କହୁ ଅପର୍ତ୍ତି ବୁଢ଼ାର ମୁହଁ ପୁଣି ଗମ୍ଭୀର ହୋଇଗଲା - ଗାଁର ପାହାଡ଼ିଆ ଦିଗ୍‌ବଳୟଆଡ଼େ ଶୂନ୍ୟ ଦୃଷ୍ଟିରେ ସେ ଚାହିଁ ରହିଲା। ତା' ଓଠଟା ଟିକିଏ ଥରିଉଠିଲା... ପିଲାମାନେ ଚୁପ୍ ହୋଇ ଠିଆ ହୋଇ ରହିଲେ। କଲେଜ ପିଲାମାନେ ତାଙ୍କ ସାଇର ଏଇ ଏକମାତ୍ର ବୟୋବୃଦ୍ଧ ଲୋକର ଜୀବନ ଇତିହାସ ଭଲ କରି ଜାଣିଥିଲେ ମଧ୍ୟ ତା' ନିଜ ମୁହଁରୁ ବାରମ୍ବାର ଶୁଣିବାକୁ ଭଲ ପାଆନ୍ତି। ସ୍ୱାଧୀନତା ପରଠାରୁ ଦୀର୍ଘ ଅଣଚାଳିଶ ବର୍ଷ ଧରି ତା' ରୋମାଣ୍ଟିକ ଓ ବାସ୍ତବ ଜୀବନର ସଂଘର୍ଷ ଭିତରେ ସେମାନେ ତାଙ୍କ ଗାଁର ସେଇ ବେଳର ଇତିହାସ ଅପର୍ତ୍ତି ମୁହଁରୁ ଯେତେ ରସୁଆଳ ଭାବେ ଶୁଣିପାରନ୍ତି ଅନ୍ୟ କେହି ସେମିତି ବଖାଣି ପାରିବେନି। ସେ ସ୍ମୃତିର ଉଜାଣି ସୁଅରେ ଭାସିଯାଇ ତା' କଥା କହିଲାବେଳେ ଅତୀତର ସବୁ ଭୂତ ପ୍ରେତଗୁଡ଼ିକ ତା' ଘଟରେ ପ୍ରବେଶ କରିଯାନ୍ତି। ଆଉ ଅପର୍ତ୍ତି ବୁଢ଼ା ସ୍ଥାନ କାଳ ପାତ୍ର ଭୁଲି ତା' ଅଭିଜ୍ଞତା ଭଉଁରି ଭିତରେ ଖେଳି ବୁଲେ। ସବୁଥର ଏକା କଥା କିନ୍ତୁ ପ୍ରତିଥର ନୂଆ ଭାଷା, ଘଟଣାବିନ୍ୟାସର ପରିବର୍ତ୍ତନ, ନୂଆ ଇମୋସନ୍ ଆଉ ନୂଆ ନୂଆ ଚିତ୍ରକଳ୍ପ - ନିପଟ ଗାଉଁଲି ଅପର୍ତ୍ତି ଜେଜେପା ଯେ ତା'ର ଅନୁଭୂତି ରସାଣିତ ଅଭିଜ୍ଞତାକୁ ସୁନ୍ଦର କାବ୍ୟ ମାଧୁର୍ଯ୍ୟ ଦେଇ ନାଟକୀୟ ଭଙ୍ଗୀରେ ବଖାଣିପାରେ ସେଥିରେ ସେମାନେ ସାମୟିକଭାବେ ଉଦ୍‌ବୁଦ୍ଧ ହୋଇଯାନ୍ତି। ଅପର୍ତ୍ତି ବୁଢ଼ାକୁ ତା'ର ଏଇ ଏକାନ୍ତ ଆତ୍ମସ୍ଥ ଅବସ୍ଥାରୁ ଫେରାଇ ଆଣିବାକୁ ଜଣେ ସ୍ନାତକୋତ୍ତର ଛାତ୍ର ରବୀନ୍ଦ୍ର ପଚାରିଲା -

ଆଚ୍ଛା ଜେଜେପା, ତମେ ତ ଧନୀ ସାହୁକୁ ଜେଲ ଦିଆଇଲ ହେଲେ ଧନୀ ସାହୁ ଦୋକାନ ପଛପଟ କବାଟ ଭାଙ୍ଗି ଦି'ଖଣ୍ଡ ଶାଢ଼ି ଚୋରି କରିବାଟା ଚୋରି ନୁହେଁ ବୋଲି କାହିଁକି ଭାବିଲ ? ଅପର୍ତ୍ତି ବୁଢ଼ା ଦୂର ଦିଗ୍‌ବଳୟରୁ ତା' ଆଖି ଫେରେଇ ଛାତ୍ରମାନଙ୍କୁ ଚାହିଁଲା କିଛି ବେଳ ଯାଏ। ଅନୁଶୋଚନାର ଗୋଟାଏ ସୁସ୍ପଷ୍ଟ ଛାପ ତା' ମୁହଁରେ -

କହିଲା - ଭାବିଲି ସିନା, ହେଲେ ସେଇଟା ନିଶ୍ଚେ ଚୋରି। ହେଲେ ତମ ଗୁରେଇ ଜେଜୀକୁ ନେଇ ଯୋଉ ଆତ୍ମାକୁ ବାଧିଲା ଭଳି ଅସଭ୍ୟ କଥା ଧନୀ ସାହୁ କହିଲାନା ମୋ ମୁଣ୍ଡ ବିଗିଡ଼ିଗଲା। ଭଲ ମନ୍ଦର ବିଚାର ରହିଲାନି - ଦଶଦିଗ ଶୂନ୍ୟ ଦିଶିଲା - ଧନୀ ସାହୁ ଉପରେ କେମିତି ହେଲେ ଦାଉ ସାଧିବି ସେଇକଥା ଛଡ଼ା ଆଉ କିଛି ଭାବି ପାରିଲିନି - ଧନୀ ସାହୁକୁ ନେଇ ପୁଲିସ୍ ଚାଲିଗଲା ପରେ ଯେତେବେଳେ ତମ ଜେଜୀ 'ତେମେ ଶାଢ଼ି ଚୋରି କରିଚ' ବୋଲି ଜେରା କଲା ସେତେବେଳେ ଯାଇଁ ମୋର ଚେତା ପଶିଲା - ହେଲେ ଜେଜୀକି ଡରି ଭୁରୁଡୁ ମାଇଲି - ମାଇଲି ସିନା ଜେଜୀ ସେଇଠି କଥାଟାକୁ ଛାଡ଼ି ଦେଲାନି - ପିନ୍ଧିଥିବା ନୂଆ ଶାଢ଼ି ଖଣ୍ଡିକ ପାଲଟି ପକେଇ ତା'ର ସେଇ କୋଚଟ ମଇଳା ସାତସିଆଁ ଖଦି ଖଣ୍ଡକ ପିନ୍ଧିଲା ଆଉ ପାଉଁଶଗଦା ଭିତରୁ ଆର ନୂଆ ଶାଢ଼ିଟା ଆଣି ଦି'ଟାଯାକ ଶାଢ଼ିକୁ ଟିକି ଟିକି ଚିରି ସେଥିରେ ନିଆଁ ନଗେଇ ଦେଲା -

ଅଶ୍ରୁଳ ଆଖିରେ ଅପର୍ତ୍ତି କହି ଚାଲିଲା...

ମୁଁ ସେଇଦିନ ବୁଝିଲି ତମ ଜେଜୀ ଗୋଟାଏ ଖାଣ୍ଟି ସୁନା... ଅନ୍ୟାୟ, ଅନାଚାର ତା' ଧିଅରେ ଯିବନି। ନାଜରେ ମୋ ମୁଣ୍ଡ ତଳକୁ ହେଇଗଲା - ତହିଁ ଆରଦିନ ସଲଖିଲି ବାଙ୍କୀ-ଚର୍ଚ୍ଚିକାର ବନାଭାଇନାଙ୍କୁ ସବୁକଥା କହିଲି - ତାଙ୍କ କଣ୍ଟ୍ରୋଲ କାର୍ଡରେ ଦି'ଖଣ୍ଡ ମାନ୍ଦ୍ରାଜୀ ଶାଢ଼ି କିଣି ଫେରିଲି -

ହରି ପରିହାସ କରି ପଚାରିଲା - ଜେଜୀପେଇଁ ଖାଲି ମାନ୍ଦ୍ରାଜୀଶାଢ଼ି ଦି'ଖଣ୍ଡ ଆଣିଲ ଜେଜେପା... ଜାମା ଦି'ଖଣ୍ଡ ଆଣିଲନି -

ଅପର୍ତ୍ତି ବୁଢ଼ା ହରି ମୁହଁକୁ ବଲ ବଲ କରି ଚାହିଁ କହିଲା - ସେଗୁରା ଚଳୁ ନ ଥିଲା ସେତେବେଳେ... ହରି କହିଲା - ଚଳୁଥିଲା ଯେ ତେମେ ଜାଣି ଜାଣି ଆଣିଲନି-

- ଜାଣି ଜାଣି ? କିଛି ନ ବୁଝି ପାରିଲା ଭଳି ବୁଢ଼ା ପଚାରିଲା - ହରି ଛିଗୁଲେଇ କହିଲା - ନୁହଁ ? ଜେଜୀ ସେଗୁଡ଼ା ପିନ୍ଧିଥିଲେ ତମେ ଅସୁବିଧାରେ ପଡ଼ିଥାନ୍ତ - ଖାଲି ଜେଜୀର ମୁହଁ ଆଉ ହାତ ଛଡ଼ା ଆଉ କିଛି ଦେଖିପାରୁ ନ ଥାନ୍ତ। ପରିହାସର ଅର୍ଥ ବୁଝିପାରି ଅପର୍ତ୍ତି ଖିଁକାରି ଉଠି କହିଲା

- କଲେଜିରେ ପାଠ ପଢ଼ି ତମେଗୁଡ଼ା ବେଶ୍ୟା ଅଲାଜୁକ ହେଇଗଲଣି। ସିନିମା ଦେଖି ତମ ମୁଣ୍ଡ ବିଗିଡ଼ି ଗଲାଣି। ବୁଢ଼ା ମୁହଁରେ କିନ୍ତୁ ବହୁଦିନ ତଳୁ ଲିଭିଯାଇଥିବା ଗୋଟାଏ ଉଲ୍ଲସିତ ଶିହରଣ ଉକୁଟି ଉଠିବା ଲକ୍ଷ୍ୟ କଲେ ଟୋକାମାନେ।

ଗୋପାଳ ତା' ସାଙ୍ଗମାନଙ୍କୁ ଶାସେଇ କହିଲା - ହେଃ, କାହିଁକି ଜେଜେପାଙ୍କୁ ଚିଡ଼େଇ ଦେଉଚ କହିଲ -?

ହଁ ଜେଜେପା, କହିବଟି ସେଇଠୁ କଅଣ ହେଲା?

ଅପର୍ତ୍ତି ବୁଢ଼ା ହତାଶିଆ ଗଳାରେ କହିଲା - ହବ ଆଉ କଅଣ?... ଆମ ଗାନ୍ଧି ସରକାର ଆସିଲା - ଭାବିଥିଲି ଯୁଦ୍ଧ ବେଳର ଏଇ ସବୁ କଳାବଜାରୀ, ମୁନାଫାଖୋରଗୁଡ଼ାକ ଜେଲରେ ଠୁଙ୍କା ହେବେ। ତାଙ୍କ ପିଠିରେ ବିଚ୍ ଗାଁ ଦାଣ୍ଡରେ ଚାବୁକ ମାଡ଼ଦେଇ ବାନ୍ଧିକରି ନେଇଯିବେ - ଶସ୍ତାରେ ଡାଲି ଚାଉଳ ପରିବା, ମାଟିତେଲ, ନୁଗା ମିଳିବ, ଟାଇଲି ଘର ହେଲେ ଘରପୋଡ଼ି ଦାଉରୁ ରକ୍ଷା ମିଳିବ, ଗାଁ ଗଣ୍ଡାରେ ଆଉ କେହି ଅପାଠୁଆ ରହିବେନି... ଏମିତି କେତେ କ'ଣ। ଛାତ୍ରମାନଙ୍କ ଭିତରୁ ଆଉ ଜଣେ କହିଲା - ଏ ସବୁ କ'ଣ କିଛି ହେଇନି; ଆମ ଦେଶୀ ସରକାର ହେଲା ଦିନଠୁ?

- ହେଇନି କାଇଁକି, ହେଇଚି - ହେଲେ ଆମ ଦୁଃଖ ଗଲାନି କାଇଁକି ଜାଣିଚରେ ପିଲେ? ବନ୍ଧ ବାଡ଼ ହେଲା - କେନାଲ ଖୋଳା ହେଲା - ବଢ଼ିରେ ଫିବର୍ଷ ଘାଇ ହେଇ ମଣିଷ ମଲେ, ଗାଈ ଗୋରୁ ମଲେ, ଜମିଗୁଡ଼ାକରେ ବାଲି ଚରିଗଲା... ଆମ ସଡ଼କଗୁଡ଼ାକ ଚଉଡ଼ା ହେଲା... ବହୁତ ବସ୍ ମଟର ପେଁ ପାଁ ହେଇ ଚାଲିଲା ଦେଶଟା ସାରା... ଯେତିକି ଯେତିକି ଏ ଗୁରା ବଢ଼ିଲା ସେତିକି ସେତିକି ବସଗୁରାରେ ଆଉ ତିଳ ଧାରଣର ଜାଗା ରହିଲାନି... ବସ ମାଲିକମାନେ ଯାହାଙ୍କୁ ବସ ଚଳେଇବା ପାଇଁ ମୁତୟନ କଲେ ସେମାନେ ଗୁଡ଼ାଏ ପାସେଞ୍ଜରଙ୍କଠୁ ପଇସା ନେଲେ ଟିକେଟ ଦେଲେନି... ଏମାନେ ବି ଟିକେଟ ମାଗିଲେନି... ତମେ କଲେଜ ଟୋକାମାନେ ବସ ଚଢ଼ିବ... ହେଁକେଡାମି କାଢ଼ିବ - ସେଇଠୁ ମାରପିଟ୍... ବସ ପୋଡ଼ାଜଳା - ଚାଲିଚି।

ଦେଶରେ କେହି ଅପାଠୁଆ ମୂରୁଖ ରହିବେନି - ପିଲାଠୁ ବୁଢ଼ାଯାଏଁ। ହାଇସ୍କୁଲ ଛତୁଫୁଟିଲା - ଗୋଟେ ସ୍କୁଲରେ ପିଲାମାନେ ପାଟିଗୋଳ କଲେ ଆର ଇସ୍କୁଲକୁ ଶୁଭିବ - କିରେ ଏମିତି ହେଇନି? ଇସ୍କୁଲରେ ପିଲା ତିରିଶ ଚାଳିଶ - ସେକ୍ରେଟେରୀ ଯିଏ ହେଲା ଲୁଟିଲା ତମ ପଇସା - ଇସ୍କୁଲ ଭାଙ୍ଗିଲା... ଏଇଟା ଗୋଟାଏ ବେଉସା ହେଇଗଲା - ଯିଏ ସରକାର ଗଢ଼ିଲା ତା'ରି ଦଳ ନୋକମାନେ ଏଇ ଧନ୍ଦା ଚଳେଇଲେ

- କଲିଜି ବସିଲା ଯୋଉଠି ସେଇଠି - ହେଲେ କି ପାଠ ପଢ଼ିଲେ ଆମ ପିଲେ? ଇସ୍କୁଲ କଲେଜରେ ପାଠ ପଢ଼ା ହଉଚି? ତମେ ସବୁ ମାଷ୍ଟରଗୁଡ଼ାଙ୍କୁ ବାଡ଼େଇ, ଧମକେଇ, ଚମକେଇ, ଛୁରୀ ଦେଖେଇ କପି କଲ - ଗଦା ଗଦା ଫେଲ୍ ହେଲ - ଯୋଉଗୁରା ପାସ୍ କଲେ ସେଥିରେ ବାଲୁଙ୍ଗାଗୁରା କପି କରି ଧାନଗୁରାଙ୍କ ଉପରେ ଯାଇଁ ବସିଲେ। ସୁନା ଲୁହା ସବୁ ଏକାକାର। ସେଥିରୁ ଗୁରାଏ ବେକାର, ଅକର୍ମା ହେଇ ବସିଛନ୍ତି - ତାଙ୍କ ପେଇଁ ଧନ୍ଦା ନାଇଁ, ଚାକିରି ନାଇଁ, ପେଟ ପୋଷିବାର ଅନ୍ୟ କିଛି ରାହା ମଧ ନାହିଁ...

ଗୋପାଳ ହଠାତ୍ କହିଉଠିଲା... ଜାଣିଚନା ଜେଜେପା... ଏବେ ଆଉ ଗୋଟେ ବଢ଼ିଆ ଧନ୍ଦା ଜୁଟିଲାଣି। କଲେଜରୁ ଯୋଉମାନେ ବି.ଏ. ପାସ୍ କରି ବାହାରିଲେ ସେମାନେ ତ ଚାକିରି ପାଇଲେନି - ଯୋଉମାନେ ଖୁବ୍ ଭଲ ପଢ଼ିଲେ ଉପରକୁ ଉଠିଲେ... ଆଉ ଏମାନେ କଅଣ କରିବେ? ତାଙ୍କୁ ସବୁ 'ବସିବା ଅପେକ୍ଷା କାଶିବା ଭଲ'ର ବ୍ୟବସ୍ଥା କରାଗଲା... ସେମାନଙ୍କ ଦୁଃଖ ସହି ନ ପାରି ଭବିଷ୍ୟତରେ ମନ୍ତ୍ରୀ, ଏମ୍.ପି., ଏମ୍. ଏଲ୍.ଏ. ହବା ପାଇଁ ମନସ୍ଥ କରି ଥୋକେ ତାଙ୍କ ପେଇଁ ଲୁହ ଗଡ଼େଇଲେ ଲୋକେ କହିଲେ - ବସିବ କିଆଁ - ଚକେ ଗଲେ ବାର ହାତ - ଶିକ୍ଷକ ତାଲିମ ପାଠ ବର୍ଷେ ଲେଖାଏଁ ପଢ଼ - ଏତେ ସ୍କୁଲ ଖୋଲିଲାଣି... ତାଲିମପ୍ରାପ୍ତ ଶିକ୍ଷକ ନାହାନ୍ତି ହେଲେ ଏତେ ଟ୍ରେନିଂ କଲେଜ ତ ଆମ ଦେଶରେ ନାହିଁ - ଫେର୍ ଟ୍ରେନିଂ କଲେଜ ଛତୁ ଗୁଡ଼ା ଫୁଟିଲା - ଗୋଟେ ଗୋଟେ ଜିଲ୍ଲାରେ ଚାରିଟା, ପାଞ୍ଚଟା - ଜଣ ପିଛା ହଜାରେ, ପନ୍ଦରଶହ, ରାଜ୍ୟ ବାହାର ଛାତ୍ର ହେଲେ ଦି'ହଜାରେ, ତିନି ହଜାର କଲେଜକୁ ଚାନ୍ଦା ଆକାରରେ ଦେଇ, ଛାତ୍ରମାନେ ନାଁ ଲେଖାଇଲେ - ପାଠ ପଢ଼ା କଅଣ ହେଉଛି କେଜାଣି ଗୁରୁ ଛାତ୍ରଛାତ୍ରୀମାନେ ପରୀକ୍ଷା ହଲରେ ବେପରୱା କପି ଚଲେଇଲେ - କାହାରି ପାଟି ଫିଟିଲା ନାହିଁ... ମୁଠା ମୁଠା ଟଙ୍କା ଦେଇଛନ୍ତି - କପି କରିବେ।

ବୁଢ଼ା କହିଲା - ଏ କଥା ମୋ କାନରେ ପଡ଼ିଚିରେ ନାତିଆ - ଆଉ ଏଇମାନେ ମାଷ୍ଟ୍ର ହେଇ ପିଲାମାନଙ୍କୁ ପଢ଼େଇବେ କଅଣ...? ମଣିଷ ଗଢ଼ିବେ କଅଣ - କହନାରେ ନାତିଆ। ଶୁଣିଲେ ନିଶ୍ୱାସ ବନ୍ଦ ହେଇଯାଉଚି - ଛାତରୁ ନିଆଁହୁଳା ବାହାରି ପଡୁଚି।

ଫଳ ଏୟା... ରାଇଜଗୁଡ଼ାକରେ ପାଠୁଆ ଚୋର, ପାଠୁଆ କଳାବଜାରୀ, ପାଠୁଆ ଠକ ବିଞ୍ଚି ହେଇଗଲେଣି... ପାଠୁଆ ପୁଅମାନେ ଆଉ ବାପାଙ୍କ କଥା ମାନୁ ନାହାନ୍ତି। ବାପ ଯଦି କହିଲା - ପୁଅରେ ଗଲୁ, ଗାଈଟା ମୁହଁରେ ନଡ଼ା ବିଜେ ପକେଇ ଦେଇ ଆସିଲୁ - ପୁଅ ଫାଏଁ କିନେ ହେବ - ପ୍ୟାଣ୍ଟ ଜାମା ଜୋତା ପିନ୍ଧା ପୁଅ

ହାତରେ ଚୋରାରେ ବିକ୍ରି ଘଡ଼ି - କିଏ 'ବେ' ପାସ୍ କରିଚି - କିଏ, 'ମେ' ପାସ୍ କରିଚି - ମଫସଲୀ ବୁଢ଼ା ବାପଟା କହୁଚି କ'ଣ ନା ନଡ଼ା ବିଡ଼େ ଗାଈ ମୁହଁରେ ପକେଇ ଦେଇ ଆ... ବୁଢ଼ା ଆଖିକୁ ଦିଶୁନି?

ଯାହା ବା ହେଇଥାନ୍ତା... ସରକାର ଯୋଉ ବାବଦରେ ଯେତେ ଟଙ୍କା ଦେଲେ ତାକୁ ତାଙ୍କ ବାହନମାନେ ଅଧା ଚଲୁ କରିଦେଲେ - ହରିବୋଲ ସବୁ ହରିବୋଲ ହେଇ ଯାଉଚିରେ ପିଲେ।

ଅପର୍ତ୍ତି ବୁଢ଼ା ଟିକିଏ ଦମ୍ ମାଇଲା - ଜଣେ ନାତିଆ ଟୋକା କହିଲା - ଜେଜେପା - ତମେ ହାଲିଆ ହେଇଗଲଣି - ତମ ଖାଇବା ବେଳ ଗଡ଼ିଗଲାଣି - ଗଲ - ଭିତରକୁ... ଖାଇ ପିଇ ଘଣ୍ଟେ ହାଲିଆ ମାରିବ -

ବ୍ୟଥିତ ଗଳାରେ ବୁଢ଼ା କହିଲା - ଆଉ ଭିତର? ଘରେ ପାଇବାକୁ ମନ ଟେକୁନି - ଏଇ ଦାଣ୍ଡ ପିଣ୍ଡାରେ ବସି ବସି ଦିନ କାଟିବାକୁ ଭଲ ନାଗୁଚି... ତମକୁ ସବୁ ଦେଖୁଚି... ମନ କଥା ଖୋଲି କହୁଚି - ତମ ଜେଜୀ ଆଖି ବୁଜିଲା ଦିନୁ ସବୁ ସରାଗ ଗଲା - ଘରର ଲକ୍ଷ୍ମୀ ଚାଲିଗଲା - ଭାଗ୍ୟ କରିଥିଲା - ଅହିଅରେ ଗଲା - ଶଂଖା ସିନ୍ଦୂର ନାଇ ଝିଅ ଦି'ଟାଙ୍କୁ ଭଲରେ ବାହା କରିଦେଲା - ପୁଅଟିଏ ପେଇଁ ଠାକୁରଙ୍କ ପାଖେ କେତେ ନେହୁରା, ଓପାସ ବ୍ରତ କଲା - ହେଲେ କପାଳରେ ତ ନାହିଁ - ବୁଝିଲରେ ପିଲେ, ପୁଅ ନ ହେଇଛି ବି ଭଲ ହେଇଚି - ଧାନ ନ ହେଇ ବାଲୁଙ୍ଗା ହେଇଥିଲେ ହାତ ପିଠିରେ ନୁହ ପୋଛି ପୋଛି ମରିଥାନ୍ତା ତମ ଜେଜୀ... ଦେଖୁନ ଆମ ଏଇ ମୁଲକଟାରେ କେତେ ଟାଉଟର, କଳାବଜାରୀ ଖେଦି ଗଲେଣି... ଅଧା ପାଠୁଆ ହେଲେ - ଘାସକୁ ବଡ଼ ପାଳକୁ ଛୋଟ... ଆଉ କ'ଣ କରନ୍ତେ! ଗୁଡ଼ାଏ ଟୋକା ନେତାମାନଙ୍କର ଗୋଡ଼ାଣିଆ ହେଇ କଅଣ ସବୁ କରୁଛନ୍ତି ଦେଖୁନ?

ହରି ମୁହଁ ଶୁଖେଇ କହିଲା - ସତରେ ଜେଜେପା, ଏମାନେ ଯାହା କରୁଛନ୍ତି ନା ତାଙ୍କୁ ରୋକି ହେବନି।

ଅପର୍ତ୍ତି ବୁଢ଼ା କହିଲା - ଆରେ କିଏ ରୋକିବ କହୁନୁ? ଯିଏ ରୋକନ୍ତା ସିଏତ ଏମାନଙ୍କ ସାଥିରେ ବସି ଗୋଟାଏ ଚିଲମରୁ ଗଞ୍ଜେଇ ଟାଣିଲା - ଜନାକାରୀ କଲେ, ଛାଡ଼ ପାଇଲେ, ମଡ଼ର କଲେ - ଖସିଗଲେ। ଏମାନଙ୍କୁ ତ ବଡ ବଡ଼ ନେତାମାନେ ହାତବାରସି କରି ରଖିଲେ। ତାଙ୍କ ବହପ ବଢ଼ିଯିବନି? ଷଣ୍ଢ ଭଳି ବୁଲୁଛନ୍ତି ସମସ୍ତଙ୍କୁ ଡରେଇ ଥରେଇ - ଆରେ ଆମକୁ ଠିକ୍ ହେଇଚି - ଆମେ ଭୋଗିବାନି ତ ଆଉ କିଏ ଭୋଗିବ? ହଇରେ ବିଚ୍ ସହର ରାସ୍ତାରେ ଦିନ ବେଲୁଟାରେ - ଗାଡ଼ିମଟର ଲୋକମାନଙ୍କ ଗହଳିବେଳେ ଟୋକାଗୁଡ଼ାକ ସ୍କୁଲ କଲେଜ

ଝିଅଗୁଡ଼ାଙ୍କୁ ଟେକି ନେଇ ତାଙ୍କ ଉପରେ ଅତ୍ୟାଚାର କରୁଛନ୍ତି... ଆମେ ଜଳ ଜଳ ଆଖିରେ ଚାହିଁ ଦେଖୁଚୁ... ହେଲେ ବାଧା ଦଉନୁ... ବୁଝିଲ - ଆମେ ମାଇଚିଆ ମାଧିଆ... ଅପର୍ତ୍ତି ବୁଢ଼ା ଧଇଁ ସଇଁ ହେବା ସାଥି ସାଥି ଉତ୍ୟକ୍ତ ବି ହେଇଯାଇଥିଲା...

ଗୋପାଳ ନାତିଆ କହିଲା - ଜେଜେପା... ତେମେ କାହିଁକି ମିଛଟାରେ ଏସବୁ କଥା ମୁଣ୍ଡରେ ପୂରେଇ କଷ୍ଟ ପାଉଚ କହିଲ। ତମ ଭଳି କେଇଟା ଲୋକ କଅଣ ଦେଶଟାକୁ ସଜାଡ଼ି ପାରିବେ? ଏବେ ପରା କମ୍ବଳ ଯାକ ବାଳ - କାହାକୁ ବାଛିବ?

କ୍ଷୁବ୍ଧ ବ୍ୟଥିତ କଣ୍ଠରେ ଅପର୍ତ୍ତିବୁଢ଼ା କହିଲା - ସମ୍ଭାଳି ହଉନିରେ ନାତିଟୋକେ... ହଇରେ ତମ କେଇଟା ଭିତରୁ କ'ଣ ଆମ ଦେଶ ପାଇଁ ଗାନ୍ଧି ବୁଢ଼ା, ଦାସେ ଆପଣେ ବାହାରି ପାରିବେନି? ଗାନ୍ଧି ବୁଢ଼ା ତ ପୁଣି ଆମ ଦେଶଟାକୁ ତତେଇ ମତେଇ ଗୋରା ଲୋକଗୁଡ଼ାଙ୍କୁ ଏଠୁ ତଡ଼ିଦେଇ ପାରିଲା?

ହରି କହିଲା - ଆଉ ଗୋଟେ ଗାନ୍ଧି ଏ ଦେଶରେ ଜନ୍ମ ନବ ବୋଲି କାଇଁ ବିଶ୍ୱାସ ହଉନି ଜେଜେପା -

ଅପର୍ତ୍ତି ବୁଢ଼ା କହିଲା - ହବରେ ହବ - ଠିକ୍ ବେଳେ ସିଏ ଜନମିବ... ପାପ ଭାରା ଆଉ ଟିକିଏ ବଢ଼ିଯାଉ।

ଆଉ କେତେ ବଢ଼ନ୍ତା - ଜେଜେପା...? ଫି ବରଷ କୋଉଠି ବଢ଼ି ତ କୋଉଠି ମରୁଡ଼ି ହେଇ ଲୋକଗୁଡ଼ା ଝଡ଼ିପୋକ ଭଳି ମଲେ -

ଶୁଷ୍କ ହସି ଅପର୍ତ୍ତି ବୁଢ଼ା ଗାଲରେ ହାତ ଦି'ଟା ରଖି ହତାଶ ଗଳାରେ କହିଲା... ସବୁ ଆମରି ହାତ ତିଆରିରେ ବାପ। ଡାହାଣ ହାତରେ ଶହ ଶହ ଗଛ ଲଗେଇ ଦଉଚୁ - କହୁଚୁ ଗଛ ଆମର ସଂପଦ - ଗାନ୍ଧି ଦିବସରେ, ନେହରୁ ଦିବସରେ ଗଛ ପୋତା କାମ ଚାଲୁଚି... ଯାଡ଼େ ବାଁ ହାତରେ ଶାଗୁଆନି, ପିଆଶାଳ, ଶାଳ ଜଙ୍ଗଲଗୁଡ଼ାକର ଗଛଗୁରା ଚୋରାରେ କଟା ହୋଇ କୁଆଡ଼େ ଉଭେଇ ଯାଉଚି - ଆମ ଏଇ ଗାଁଟା ଭିତରେ କଅଣ ହଉଚି ଦେଖୁନୁ? ଟୋକାଗୁଡ଼ାକ ଗାଁର ନାଁ ପକେଇଲେ - କୋଡ଼ିଏ ବରଷ ତଳେ ଆମର ଯୋଉ ଶାଗୁଆନି ଗଛଗୁରା ନଗା ହୋଇଥିଲା - ବରଷ କେଇଟାରେ କେଡ଼େ ବଡ଼ ଶାଗୁଆନି ଜଙ୍ଗଲ ନ ହେଲା? ଦେଖିଲେ ପେଟ ପୂରି ଯାଉଥିଲା - ଏବେ ଯାଉନ ଦେଖିବ ଜଙ୍ଗଲଟା ପଦା ହବାକୁ ବସିଲାଣି - ତିରସ୍ତା ସନ ରଘୁନି ନନାଙ୍କ ସେଇ ବାଲୁଙ୍ଗା ପୁଅ ନିତେଇଟା - ଚାରିଥର ମେଟେରିକି ଫେଲ ହେଇ ଏବେ ଚୋରା ଶାଗୁଆନି କାଠ କାରବାର କରୁଚି - ଫରେଷ୍ଟଗାର୍ଡକୁ ହାତ କରି କେଇଟା ଟାଉଟରିଆ ଟୋକା ଶାଗୁଆନ୍ ଗଡ଼ଗୁରା ଜଙ୍ଗଲରୁ ଉଭାନ୍ କରିଦଉଛନ୍ତି -

ସାଥି ସାଥି ପଟାହେଇ ଥାକମରା ହେଇଯାଉଚି - ପୁଲିସି ଧରୁଚି ? ନା ପୁଲିସ ଧରି କେଶ୍ ଦେଲେବି କିଛି ଦଣ୍ଡ ହଉଚି ?

ଗୋପାଳ ବିସ୍ମୟ-ବିସ୍ଫାରିତ ନେତ୍ରରେ ଅପର୍ତ୍ତି ଆଡ଼େ ଚାହିଁ ପଚାରିଲା - କଅଣ କହୁଚ ଜେଜେପା... କାଇଁ ଆମେ ତ କିଛି ଶୁଣିଚୁ ଜାଣିନୁ...

- କିମିତି ଜାଣିମ... କଟକ ଭୁବନେଶ୍ୱରରେ ରହି ପାଠ ଶାଠ ପଢ଼ିଲ - ଛୁଟି ଛୁଟାରେ ଗାଁକୁ ଆସିଲ - ବୁଲାବୁଲି କଲ - ଗାଁ ଭଲ କି ମନ୍ଦ ବୁଝାବୁଝି କିଛି କଲ ହେଲେ ? ସେଇଠୁ ବଡ଼ ବଡ଼ ଚାକିରି କରିବ - ବାହାସାହା ହେଇ ସେଇଆଡ଼େ - ଗାଁ କଥା ମନରୁ ପୋଛି ପକେଇବ। ହଁ ଶୁଣ - ଗଲାସନ ଶାମବାବୁ ପରଫେସାର ପେନିସିନି ପାଇ ଗାଁ ବୁଲି ଆସିଥିଲେ - ଇସ୍କୁଲ ହାକିମ ଥିଲା ବେଳେ ଆମ ଗାଁ ମାଇନର ସ୍କୁଲକୁ ହାଇସ୍କୁଲ କରେଇଥିଲେ। ଜମି ଛାଡ଼ି ଦେଇଥିଲେ ବାଉରୀ ସାହିରୁ ବ୍ରାହ୍ମଣ ସାହି ଯାଏଁ ଗୋଟାଏ କୋଡ଼ିଏ ଫୁଟ ଚଉଡ଼ା ପକା ସଡ଼କ କରିବାକୁ... ବୁଢ଼ା ନୋକ - ତାଙ୍କର କେତେ ମାନ ସନମାନ। କେତେ ଦିନେ ତାଙ୍କ ପାଦ ଆମ ଗାଁରେ ପଇଲା - ଏ ନିତେଇଟା ତାଙ୍କ ଆଗଟାରେ ଠିଆ ହେଇ ପଡ଼ି ଜୁହାରଟେ ପକେଇ ଦେଲା - ନମସ୍କାର ଜେଜେପା। ବୁଢ଼ା ତାକୁ ଚିହ୍ନି ନ ପାରି ପଚାରିଲେ... ତୁ ବାପା କାହାପୁଅ ?

ନିତେଇ କହିଲା - ମୁଁ ପରା ରଘୁନାଥ ରଥଙ୍କ ପୁଅ ?

ବୁଢ଼ା ଟିକିଏ ହସି ଦେଇ ଖୁସି ହେଇ କହିଲେ - ଆରେ ତୁ ଆମ ସ୍କୁଲର ହେଡ୍‌ପଣ୍ଡିତ ରଘୁନି ପଣ୍ଡିତ ପୁଅ ? ଭଲ ଭଲ - କଣ କରୁଚୁ ?

ଟିକିଏ ବି ଶଂକି ନ ଯାଇ ଟୋକା କହିଲା - ପାଠ ସାଠ କିଛି ହେଲାନି ଜେଜେବାପା ?

ହସିଦେଇ ବୁଢ଼ା କହିଲେ... କିରେ ପଣ୍ଡିତ ପୁଅ ମୂର୍ଖ ହେଲୁ ?

ନିଲଠାଙ୍କ ଭଳି ଦାନ୍ତ ଦେଖେଇ କହିଲା - କଅଣ ଖାଲି ପାଠ ପଢ଼ିଲେ ପଣ୍ଡିତ ହନ୍ତି ?

ବୁଢ଼ା ତା' ମୁହଁକୁ ଚାହିଁ ପଚାରିଲେ - ଆଉ ?

ତାଙ୍କ କଥାର ଉତ୍ତର ନ ଦେଇ ନିତେଇ ପଚାରିଲା - ଜେଜେବାପା, ତମେ ପରା ଭୁବନେଶ୍ୱରରେ ଘର କରୁଚ ?

ବୁଢ଼ା କହିଲେ - ହଁ, କରୁଚି କୁଡ଼ିଆ ଖଣ୍ଡେ - ହେଲେ ପାଞ୍ଚ ଛ ସାଲ ହେଇଗଲା... ମୁଣ୍ଡି ମରୁନି।

ନିତେଇ କହିଲା - ତମ କବାଟ ଝରକା ସବୁ ଫାର୍ଷ୍ଟକ୍ଲାସ ସିଜନଡ୍ ଶାଗୁଆନରେ କରିବ -?

ବୁଢ଼ା କହିଲେ... ଶାଗୁଆନ କୋଉଠୁ ପାଇବିରେ ଟୋକା... ଫୁଟ (ଘନଫୁଟ) ଅଢ଼େଇଶ - ମୋର ପଇସା କାହିଁ।

ଅବିଶ୍ୱାସ ଗଳାରେ ନିତେଇ କହିଲା - ହେଁ, ତମର ଫେର୍ ପଇସା ନାହିଁ। ମୁଁ ତମକୁ ଫୁଟ ଚଉବନ ଟଙ୍କାରେ ବଢ଼ିଆ ଶୁଖିଲା ଶାଗୁଆନ୍ ଦେବି - ଯେତେ ଚାହିଁବ-

ଆଖି ଖୋସି ଦେଇ ଶାମବାବୁ ନିତେଇ ମୁହଁକୁ ଚାହିଁ ପଚାରିଲେ - ତୁ ଦବୁ?... ଏତେ ପଟା ତୁ କୋଉଠୁ ପାଇଲୁ?

ବାହାଦୁରିଆ ବାହାପିଆ ଟୋକାଟା କେତେ ଦମ୍ଭରେ ନ କହିଲା ସତେ! ମତେ ତାଟେଙ୍ଗ ଲାଗୁଚି! କହିଲା - ଚୋରାରେ ଯାହାକୁ ଯେତେ - ଫରେଷ୍ଟଗାର୍ଡର ହାତ ଚିକ୍କଣ କରିଦେଲେ ହେଲା, ମୁଁ କଅଣ ଏକା... ?

ବିଚରା ଶାମବାବୁଙ୍କ ମୁହଁ ଶୁଖିଗଲା - ଦୁଃଖରେ କହିଲେ - ହଇରେ ପାଠ ଶାଠ ପଢ଼ି ଏୟା କଲ ଶେଷକୁ? ତୋ କଥା ଶୁଣି ମୋ ଛାତିଟା କଅଣ ହେଇଯାଉଚିରେ ବାପା - ଛତରା ଟୋକାଟା ବୁଢ଼ାଙ୍କ କଥାରୁ କଅଣ ବୁଝିଲା କେଜାଣି, ବେଖାତିରିଆ ଢଙ୍ଗରେ କହିଲା - ତମେ ଡରିଯାଉଚ କି ଜେଜେବାପା? ମୁଁ ତମ ଘର କବାଟ ଝରକା ମାପ ନେଇ ଆସି ଯୋଉ ଡିଜାଇନ୍ କହିବ ସେଇ ଡିଜାଇନ୍‌ରେ କବାଟ ଝରକା ଏଠି ତିଆରି କରି ସେଠି ଯାଇ ଫିଟ୍ କରିଦେଇ ଆସିବି - କେହି ଧରିବେ ନି - ଏମିତି ଆମେ କରୁଚୁ ନା - ଭୁବନେଶ୍ୱରର କେତେ ବଡ଼ ବଡ଼ ଅଫିସରଙ୍କୁ ମୁଁ ଶାଗୁଆନ୍ କବାଟ ଝରକା ସପ୍ଲାଇ କରିସାରିଲିଣି।

ଶାମବାବୁ ଟୋକାକୁ କଅଣ କହିବେ ଭାବି ପାରିଲେନି... ତାଙ୍କ ପାଟି ଆଫା ଆଫା ହେଇଗଲା - ଖାଲି ପଦେ ପଚାରିଲେ - ତୋ ନନା ଜାଣିଚି?

ନିତେଇ କହିଲା - ମଲା - ନନା ନ ଜାଣି କାମ ହଉଚି?

ମୁଣ୍ଡ ପୋତି ଶାମବାବୁ ସେଇଠୁ ଫେରି ମୋ ଦୁଆରେ ପହଞ୍ଚିଲେ। ସବୁ କଥା ମତେ କହିଲେ - ମୋ ମୁଣ୍ଡ ଛିଡ଼ି ପଡ଼ିଲା - ତମ ଗୁରେଇ ଜେଜୀ ଅଧଆଉଜା କବାଟ ଆଢୁଆଳରୁ ମୁହଁ ଅଳ୍ପ କାଢ଼ି ତମ୍ପ ଭଳି ଗର୍ଜନ କରି କହିଲା - ଭାଇନା, ତମପରା ନୋକକୁ ସେ ଅଳପେଇସିଆଟା ଏମିତି କଥା କହିପାରିଲା? ତା' ଜିଭ ନେଉଟିଲା? ଆଉ ତେମେ ତାକୁ ଦି' ଚଟକଣା ମାରି ପାରିଲନି?

ବାଷ୍ପରୁଦ୍ଧ କଣ୍ଠରେ ଅପର୍ତ୍ତି ବୁଢ଼ା କହିଲା - ବୁଝିଲରେ ପିଲେ - ଶାମବାବୁ ମୁହଁ ଶୁଖେଇ କହିଲେ - ଛୁଆଟା - କଅଣ ଆଉ କହିଥାନ୍ତି ତାକୁ? ଉପରୁ ତଳଯାଏଁ, ବଡ଼ରୁ ଛୋଟ ଯାଏଁ ସିଏ ଯାହା ଦେଖୁଛି ସେୟା କରୁଚି - ତମେ ଦି'ଟା ଭଲ ହେଇ, ସଙ୍କୋଚ ହେଇ ମୁଣ୍ଡ ଝାଳ ତୁଣ୍ଡରେ ମାରି ସୁଅ ମୁହଁର ପତର ଭଳି ଜୀବନଟା ସାରା

ଭାସିଚାଲିଲ - ହେଲେ ଅକୂଳରେ ଯାଇ ଲାଗିନ। ଆଉ ନିତେଇଟା - ଆଜି କାଲିର ଚଳନିର ଖରସୁଅରେ ଭାସି ଭାସି କୋଉ ଅନ୍ଧାରିଆ ଗୁହା ଭିତରକୁ ଯାଉଚି କିଏ କହିବ ?

ପିଲେ, ସେ ଦିନଟା ସାରା ମୋର ଆଉ ତମ ଜେଜୀର ଖଡ଼ା ଉପାସ। ଦାନାଟେ ବି ପାଟିରେ ପେଟକୁ ଗଲାନି - ଜେଜୀର କାନ୍ଦି କାନ୍ଦି ମୁହଁ ଫୁଲିଗଲା... ଆମେ କଅଣ ଗାଁ କଥା ଜାଣି ନ ଥିଲୁ ? ଜାଣିଥିଲୁ - ହେଲେ ଶାମବାବୁଙ୍କ ଭଳି ନୋକଙ୍କ ମନରେ ଯୋଉ ଆଘାତ ନାଗିଲା ସେଇ କଥାଟା ଆମକୁ ଭାରି ବାଧିଲା -

ଅପର୍ତ୍ତି ବୁଢ଼ା ହାତ ପିଠିରେ ଲୁହ ପୋଛିଲା -

ଦୂରରୁ ରାଜନୀତିଆ ଟୋକା ଦଳଙ୍କର ସମବେତ ଧ୍ୱନି ଶୁଭିଲା - ବୁଢ଼ା ଓ କଲେଜ ଭେଣ୍ଡିଆମାନେ କାନେଇଲେ।

ହସି ହସି ଅପର୍ତ୍ତି ବୁଢ଼ା କହିଲା - ଶୁଣୁଚଟି ପିଲେ ? ସପନି ଧଳ କିମିତି ହରିଜନ ପିଲାଗୁଡ଼ାଙ୍କୁ ଭୁଆଁ ବୁଲେଇ, ହାତୀ ଦବ ଘୋଡ଼ା ଦବ କହି ମତେଇ ଦେଇଚି। ଏତେ ବଢ଼ିଆ ଇସ୍କୁଲଟାର ସର୍ବନାଶ କଲା - ସେକ୍ରେଟେରୀ ହେଇ ଇସ୍କୁଲ ତହବିଲ ସଫା କରିଦେଇ ଗଲା - ଚୋରା ଶାଗୁଆନ୍ ବେଉସା କରି ଗୁଡ଼ାଏ ଭେଣ୍ଡିଆଙ୍କ ମୁଣ୍ଡ ଖାଇଲା - ଏବେ ପୁଣି ସେଇ ସରପଞ୍ଚଟାକୁ ସରପଞ୍ଚ କରିବାକୁ ଗାଁ'ଟା ସାରା ମାତିଗଲେଣି।

ଗୋଟାଏ ପ୍ରଚଣ୍ଡ ଦୀର୍ଘଶ୍ୱାସ ଅପର୍ତ୍ତି ବୁଢ଼ାର ପଞ୍ଜରା ଭିତରୁ ବାହାରିଆସି ପାକେଇ ଆସୁଥିବା ଧ୍ୱନି ଭିତରେ ହଜିଗଲା -

- "ସପନିଭାଇକୁ ଭୋଟ ଦିଅ... ଭୋଟ ଦିଅ..."

ହଠାତ୍ ଧ୍ୱନିଟା ଆଉ ଶୁଭିଲାନି। - କେଇଟା ମିନିଟ୍ ପରେ ଅପର୍ତ୍ତି ବୁଢ଼ାର ଘର ସାମନାରେ ଆସି ପଟୁଆରଟା ରହିଗଲା। କଲେଜ ପିଲାମାନେ ବୁଲିପଡ଼ି ସେମାନଙ୍କ ଆଡ଼େ ଚାହିଁଲେ - ଦେଖିଲେ ହରିଜନ ଭେଣ୍ଡିଆମାନଙ୍କ ଦଳ ଭିତରେ ପାଇକ ସାହି, ମହାନ୍ତି ସାହି, ସାଆନ୍ତ ସାହି ଆଉ ବ୍ରାହ୍ମଣ ସାହିର କେଇଜଣ ଭେଣ୍ଡିଆ ବି ପଟୁଆରରେ ଭିଡ଼ି ଯାଇଛନ୍ତି। ସମସ୍ତେ ନିରବ - ଆବହାଓ୍ୱାରେ ଗୋଟାଏ ଥମ ଥମ ଭାବ। ପଟୁଆର ଭିତରୁ ଗୋଟାଏ ଗେଡ଼ା ପିଲା ଆଗେଇ ଆସିଲା - ଅପର୍ତ୍ତି ବୁଢ଼ାର ମୁହାଁମୁହିଁ ଠିଆ ହେଇ କହିଲା -

- ଜେଜେପା ଉଠ - ଠିଆ ହ।

ବିସ୍ମିତ ହୋଇ ଅପର୍ତ୍ତି ପଚାରିଲା - କାଇଁକି ?

ଗୋପାଳ ଦୃପ୍ତ ଗଳାରେ ପଚାରିଲା - କାହିଁକି ?

ଗୋପାଳ କଥାକୁ କର୍ଣ୍ଣପାତ ନ କରି ଗେଡ଼ା ପିଲାଟି କହିଲା ହୁକୁମ୍ ଦେବା ଭଙ୍ଗୀରେ - ଉଠିଲ ଜେଜେପା...

ଚିଡ଼ିଯାଇ ଅପର୍ତ୍ତି କହିଲା - ନ ଉଠିଲେ କଅଣ ମାରିବୁ ମତେ ବଇଆ ? ପଚା ଅଣ୍ଡା ଫୋପାଡ଼ିବୁ ନା ଛୁରୀ ମାରିବୁ ?

ବଇଆ ଆଦୌ ଶଙ୍କି ନ ଯାଇ କହିଲା - କଅଣ କରିବି ଦେଖିବ - ଉଠ, ଉଠିଲ - ଅପର୍ତ୍ତି ବୁଢ଼ା ନିର୍ଭୀକ ଭାବରେ ଉଠି ଶାଳପ୍ରାଂଶୁ ଭଳି ସଳଖ ହୋଇ ଠିଆ ହେଲା - ବୁଢ଼ାର ଏ ବୟସରେ ବି ଦେହର ମାଂସପେଶୀଗୁଡ଼ାକ ଫୁଲା ଫୁଲା ଆଉ ଟାଣ ଟାଣ -

- ହଁ ଠିଆ ହେଲି।

ବଇଆ କହିଲା - ଗୁରେଇ ଜେଜୀ ଗଲା ଦିନୁ ତେମେ ଏ ଦାଣ୍ଡପିଣ୍ଡାରେ ବସି ଖାଲି ତାକୁ ଝୁରୁଚ ଆଉ ଏବାଟେ ଯିଏ ଗଲା ତାକୁ ଡାକି ଗାଁଟା ପେଇଁ ମୁଣ୍ଡ କୋଡୁଚ-

ପୁଣି ଖତେଇଲା ଗଳାରେ କହି ଚାଲିଲା -

ଗାଁଟା ଉଚ୍ଛନ୍ନ ହେଇଗଲା... କଳାବଜାରୀ ବିଞ୍ଚି ହେଇଗଲେ... ଦୁର୍ନୀତି ବଢ଼ିଗଲା... ବାଇଗଣ, ଆଳୁ, ପିଆଜ ଦର ଆଉ ଖସିବନି - ସପନି ଧଳ ଗାଁଟାକୁ ସାରିଦେଲା, ଏଇଆ ରଡ଼ି ହଉଥା... ଏଇ ପିଣ୍ଡାରେ ବସି -

ଅପର୍ତ୍ତି ବୁଢ଼ା ଖୁବ୍ ରାଗିଯାଇ ଚିତ୍କାର କରି କହିଲା - ଏଇ ମେଞ୍ଚଡ଼ ଟୋକା, ମତେ ଭାଗବତ ଶୁଣୋଉଚୁ ?

ବଇଆ ସେମିତି ଦମ୍ଭ ଗଳାରେ କହିଲା - ଭାଗବତ ଶୁଣେଇବାକୁ ମୋର ବେଳ ନାହିଁ। ଆସ ଆମ ସାଙ୍ଗରେ।

- ହରି ବଇଆ ପାଖକୁ ଲାଗି ଆସି ଚଢ଼ା ଗଳାରେ କହିଲା - ଏ ବଇଆ... ଦେଖିବୁ ଇଲେ - ତୋ ଗାଲ ପଚେଇ ଦେବି...

ବଇଆ ହରିକୁ କଡ଼େଇ ଚାହିଁ ତାଚ୍ଛଲ୍ୟ ଗଳାରେ କହିଲା - ଆରେ ଯା'ମ, କେତେ ଦେଖିଚି - ତମେ ସବୁ ସହରିଆ କଲେଜବାବୁ... ପାଠ ପଢ଼ି ଆଇ.ଏ.ଏସ୍. ହବ, ଆଇ.ପି.ଏସ୍. ହବ, ବଡ଼ ବଡ଼ ଚାକିରି କରିବ... ଗାଁଟା ସାଙ୍ଗରେ ତମର ସଂପର୍କ କଅଣ ? ଖାଲି ଅପର୍ତ୍ତି ଜେଜେପାଠୁ ତା' ଜୀବନ କାହାଣୀ ଶୁଣି କଟକ ଭୁବନେଶ୍ୱର ଫେରିଯିବ।

ଅପର୍ତ୍ତି ବୁଢ଼ାକୁ ଚାହିଁ ପୁଣି କହିଲା ବଡ଼ ପାଟିକରି ଜେ... ଜେ...ପା ଆସିଲ ?

ଅପର୍ତ୍ତି ବୁଢ଼ା ବଇଆ ମୁହଁ ଭିତରେ କଅଣ ଯେମିତି ଖୋଜୁଥିଲା - ଈଷତ୍ ନରମି ଯାଇ କହିଲା ବ୍ୟଙ୍ଗ ଗଳାରେ - କଅଣ ତମ ବାଲୁଙ୍ଗା ଦଳକୁ ଅଡ଼େଇ ନେଇ ଗାଁ ଗାଁ ବୁଲି ସପନି ଧଳକୁ ସରପଞ୍ଚ ପେଇଁ ଭୋଟ ଦବାକୁ କହିବି ?

ବଇଆ କହିଲା - ଏମିତି କେତେ ସରପଞ୍ଚ ଆସିଲେଣି, ଗଲେଣି... କୋଉ ଭଲଟା ହେଇଯାଉଚି -?

ଅପର୍ତ୍ତି ଆଉ କଲେଜ ପିଲାମାନେ ବଇଆ ମୁହଁକୁ ବଲ ବଲ କରି ଚାହିଁଲେ। ସ୍ତବ୍ଧ ନିରବ ପଟୁଆରକୁ ଚାହିଁଲେ - କିଛି ନ ବୁଝିପାରିବା ଦୃଷ୍ଟିରେ...

ଅପର୍ତ୍ତି ପଚାରିଲା - ତୁ କଅଣ ତେବେ କହୁଚୁ ମତେ?

ବଇଆ ଧୈର୍ଯ୍ୟହରା ସ୍ୱରରେ କହିଲା - ଜେଜେପା... ଗୁରେଇ ଜେଜୀଟା ନେଇ ଚାଲିଗଲାନି ଯେ ତମ ମୁଣ୍ଡଟାକୁ ଖାଇଦେଇ - ଗଲା... ତମର ମତିଭ୍ରମ ହେଲାଣି... ଆମକୁ ତ ସବୁ ଠୁଳ କରି ବଡ଼ ବଡ଼ କଥା କହିଲା - ହେଲେ -

- କଅଣ ହେଲେ? ଅପର୍ତ୍ତି ଇତସ୍ତତଃ ଗଳାରେ ପଚାରିଲା।

ବଇଆ କହିଲା - ମୁଁ ତ ସେୟା ତମକୁ ପଚାରୁଚି...

ଅପର୍ତ୍ତି କହିଲା... ଆରେ ଚଣ୍ଡାଳ, କଥାଟା କଅଣ ସାଫେ ସାଫେ କହ।

ବଇଆ କହିଲା - ଆମେ ସପନି ଧଳକୁ ଜିତେଇ ଦବୁନି...

ଅପର୍ତ୍ତି ଆକାଶରୁ ପଡ଼ିଲା... କଅଣ କହିଲୁ? ଜିତେଇ ଦବୁନି? ସପନି ଧଳ ପାଣି ଭଳି ଟଙ୍କା ଫୋପାଡ଼ି ଭୋଟ ଗୁରା ପକେଟରେ ପୂରେଇ ସାଇଲାଣି...

ବଇଆ ସ୍ମିତ ହସି କହିଲା... ଜେଜେପା - ଭୋଟଗୁରାକ ଫଟା ପକେଟରୁ ଗଳି ପଡ଼ିବ - ଦେଖିବ ରଇଥା... ତମେ ଖାଲି ସରପଞ୍ଚ ପେଇଁ ଛିଡ଼ା ହୁଅ, ଦେଖିବ...

ଅପର୍ତ୍ତି ଆଖି ବଡ଼ ବଡ଼ କରି କହିଲା - ଆରେ ସତରେ ଏ ଟୋକାଟାକୁ ବାଇଟୁଙ୍ଗୁରା ବୋଲି କହୁଛନ୍ତି। ହଇରେ ଆଗରୁ ମୋର କ'ଣ ସେ ବୁଦ୍ଧି ଦିଶୁ ନ ଥିଲା? ମୁଁ ସେ ରାଜନୀତି ଫାଜନୀତି କାଦୁଅରେ ଗୋଡ଼ ଦୂରେଇବିନି ମଲା ବେଳକୁ - ଯା ପଳା ଏଠୁ -

ବଇଆ ଏଇଥର ଦବିଯାଇ କହିଲା - ମୁଁ ଜାଣିଥିଲି, ତେମେ ସେଇଆ କହିବ ଜେଜେପା - ହଉ, ହେଲା... ଆମେ ବାଉରୀ ସାଇର ସପନି ଜେନାକୁ ସରପଞ୍ଚ ପେଇଁ ଠିଆ କରେଇବୁ - ନ ବୁଝି ପାରି ଅପର୍ତ୍ତି କହିଲା - ବାଉରୀ ସାହିର ସପନି ଜେନା? ବଇଆ ଛିଗୁଲେଇ କହିଲା ପରୋକ୍ଷ ଭଙ୍ଗୀରେ ଅଥଚ ଅପର୍ତ୍ତି ମୁହଁକୁ ଚାହିଁ -

ହଁ ସେଇ... ଯିଏ ଗୁରେଇ ଜେଜୀର ଗେହ୍ଲାପୁଅ... ଯାହାକୁ ଜେଜୀ ପାଠ ପଢ଼େଇ ମଣିଷ କରିଚି। ଯିଏ ଏତେ ଗୁରେ ପାଠ ପଢ଼ି ବି ଚାକିରି ନ କରି ତମ ଜମି ଆଉ ତା' ଜମି ଚାଷକରି ତାଙ୍କ ସାଇ ମାଇନର ସ୍କୁଲ ଫଣ୍ଡକୁ ସେଥିରୁ ଅଧେ ଧାନ ଫିବର୍ଷ ଦେଇଦଉଚି... ଯିଏ ସ୍କୁଲ ପିଲାଗୁଡ଼ାକୁ ମାଗେଣା ଯାଇ ଅଙ୍କ ଇଂରେଜୀ

ପଢ଼ଉଚି - ପ୍ରତି ସପ୍ତାରେ ଯିଏ ହରିଜନ ପିଲାଙ୍କୁ ନେଇ ସାଇକୁ ସଫା ସୁତୁରା କରି ରଖିଚି - ସେଇ ସପନି ଜେନା...

ଅପର୍ତ୍ତି ସନ୍ଦେହ ଦୃଷ୍ଟିରେ ବଇଆକୁ ଚାହିଁ ପଚାରିଲା...

...ହଇରେ ତୁ ସତ କହୁଚୁ? ତୁଟା ତ ଗୋଟାଏ ପିଠିପାଙ୍ଗୁଳିଆଟେ। ବଇଆ କହିଲା... ହଉ ହେଲା... ତେମେ ଚାଲିବଟି... ତେମେ ଆମକୁ ହିମତ୍ ଦେଲେ ଭୋଟ ଗୁଡ଼ା ଧଳ ପକେଟରୁ ଉଡ଼ିଆସି ଜେନା ପକେଟରେ ପଶିଯିବ -

ଅପର୍ତ୍ତିବୁଢ଼ା ଆନନ୍ଦାଶ୍ରୁ ରୁଦ୍ଧ ଗଳାରେ ହାତଟାକୁ ବଇଆ ଆଡ଼କୁ ବଢ଼େଇ କହିଲା... ଆରେ ଟୋକା... ଟିକିଏ ମୋ ପାଖକୁ ଆସିଲୁ, ତୋ ମୁହଁଟା ମତେ ଭଲକରି ଦିଶୁନି - ବଇଆ ପାଖେଇଗଲା -

ଅପର୍ତ୍ତି ଲୁହଝାପ୍ସା ଆଖିରେ ତାକୁ ଚାହିଁ କହିଲା - ହଇରେ ଏବେବି ଆମ ଦେଶରେ ଗାନ୍ଧି ଗୋପବନ୍ଧୁ ଜନ୍ମ ହଉଛନ୍ତି।

■

ଅସମାପ୍ତ

ପ୍ରତ୍ୟେକ ମୁହୂର୍ତ୍ତରେ ପୂର୍ବଦିଗର କଳା ମେଘ ଓ ବିଜୁଳି ଧମକେଇ ଦେଇ ଯାଉଥିଲା - ବର୍ଷା ହେବ, ମୂଷଳଧାରାରେ ।

ପୂର୍ବଦିଗରେ କୋଠରିଟିର ଦକ୍ଷିଣ ପଟ ଝରକାର ରେଲିଂ ଧରି ଛିଡ଼ା ହୋଇଥିଲା ନିଶା, ମୁହଁରେ ତା'ର ଉଦ୍‌ବିଗ୍ନତାର ଚିହ୍ନ - ଦିନର ଏଇ ଅସ୍ପଷ୍ଟ ଆଲୋକରେ ମଧ୍ୟ ଧରାପଡ଼ିଯାଏ । କାହାଲାଗି ତା'ର ଏ ଉଦ୍‌ବିଗ୍ନତା ? ଜଣେ ଅର୍ଦ୍ଧପରିଚିତ ସୁଶ୍ରୀ ଯୁବକର ଆଗମନ ପ୍ରତୀକ୍ଷାରେ । ଶୁଭ୍ରର ମାଷ୍ଟର ଯାଇଛନ୍ତି ବୁଲି, ଫେରି ନାହାନ୍ତି । କିନ୍ତୁ ମେଘର ଏଇ ଧମକ, ପ୍ରତ୍ୟେକ ବିଦ୍ୟୁତ୍ ଓ ତତ୍‌ସହ ଘଡ଼ଘଡ଼ିଟି ନିଶାର ହୃତ୍‌ପିଣ୍ଡରେ ଯାଇ ଆଘାତ କରୁଚି । କିନ୍ତୁ ଏକଥା ନିଶା ଛଡ଼ା ପୃଥିବୀର ଦ୍ୱିତୀୟ ବ୍ୟକ୍ତି କେହି ଜାଣେନା । କ୍ରମେ ବେଶି ଅନ୍ଧାର ହେଲା । କିନ୍ତୁ ଶୁଭ୍ରର ମାଷ୍ଟର ଏପର୍ଯ୍ୟନ୍ତ ଫେରିଲେ ନାହିଁ । ନିଶାର ମନ ହୋଇଉଠିଲା ବେଶି ଚଞ୍ଚଳ । ତା'ର ମୁହଁରେ ଭୟର ଚିହ୍ନ ଫୁଟି ଉଠିଲା । କାହାର ଆକସ୍ମିକ ବିପଦ କଳ୍ପନାରେ ତା'ର ଆଖିରୁ ବୋହିଗଲା ଦି' ଟୋପା ଗରମ ଲୁହ । କେତେବେଳେ ଯେ ବର୍ଷା ହେଲା ନିଶାକୁ ମାଲୁମ ନାହିଁ । ସେ ବୋଧହୁଏ ଭାବୁଥିଲା - ଏଇ ଟିକିଏ ଆଗରୁ ଯେଉଁ ଚଡ଼ଚଡ଼ିଟା ମାରିଦେଲା ସେଟା ଯଦି ଶୁଭ୍ରର ମାଷ୍ଟର-ଉଃ, - ନିଶାର ଆଖି ବୁଜି ହୋଇଗଲା । କିନ୍ତୁ ଆଖି ବୁଜିଲେ ଭୟଙ୍କର ମୂର୍ତ୍ତିଟା ଆହୁରି ଭୟଙ୍କର ହୋଇଉଠେ, କାରଣ ସେଟା ହୁଏ ଆହୁରି ସ୍ପଷ୍ଟ । ନିଶା ଆଉ ଭାବିପାରିଲା ନାହିଁ । ତା'ର ଆଖିରୁ କେବଳ ବୋହିଲା ଲୁହ । ହଠାତ୍ ସୁଇଚ୍‌ର 'ଠକ୍' ଶବ୍ଦ ହେଲା । କୋଠରିଟି ଆଲୋକିତ ହୋଇଉଠିଲା । ନିଶା ଚମକିପଡ଼ି ମୁହଁ ବୁଲେଇଦେଲା । ଦେଖିଲା ଶୁଭ୍ରର ମାଷ୍ଟର ସୁଇଚ୍ ଉପରେ ହାତ ରଖି ନିଶ୍ଚଳ ଭାବରେ ଛିଡ଼ା ହୋଇ ଅପଲକ ନେତ୍ରରେ ତା'ରି ଆଡ଼େ ଚାହିଁଛନ୍ତି । ଓଦା ସୁଡ଼ବୁଡୁ । ନିଶା ଲାଜରେ ମୁହଁପୋତି ଦେଲା । ସେ ଲକ୍ଷ୍ୟ କରିପାରିଲା ନାହିଁ ଯେ ଦେଶବ୍ରତର ଆଖି

ଦୁଇଟି ତା'ର ସୁନ୍ଦର ଗାଲ ଉପରେ ଲାଇଟ୍ ପଡ଼ି ଚକ୍ ଚକ୍ କରୁଥିବା ଦୁଇଟି ଅଶ୍ରୁବିନ୍ଦୁ ଉପରେ। ନିଶା ନିରବରେ ସେ ଘରୁ ଚାଲିଗଲା। ଦେଶବ୍ରତ ଓଦା ଲୁଗା ଜାମା ବଦଳେଇ ଝରକା ପାଖରେ ଯାଇ ବସିଚି, ଏଇ ସମୟରେ ଚାକର ଜଳଖିଆ ଓ ଚା' ନେଇ ସେ ଘରେ ହାଜର।

ଦେଶବ୍ରତ କହିଲା - ମୁଁ ପରା ତତେ ମନା କରିଥିଲି, ଆଜି କିଛି ଖାଇବି ନାହିଁ, ଦେହ ଖରାପ।

- ମୁଁ କଅଣ ଜାଣେ, ନିଶା ଦେଈ ତ ଦେଲେ। କହିଲେ, ଯା ଦେଇଆ ଭିଜି ଆସିଛନ୍ତି - ଚାକର କହିଲା।

ଦେଶବ୍ରତ ଖାଉ ଖାଉ ଅନ୍ୟମନସ୍କ ହୋଇପଡ଼ିଲା। ଏପରି ଘଟଣା ନୂଆ ନୁହେଁ। ଆସିବାର କିଛି ଦିନ ପରଠୁଁ ତା' ଉପରେ ଏହିପରି ମଧୁର ଅତ୍ୟାଚାର ବରାବର ଚାଲୁଛି। ତା' ପାଇଁ ଯେ ଆଉ ଜଣେ ସବୁବେଳେ ଭାବେ, ତା'ର ସୁଖ-ସ୍ୱାଚ୍ଛନ୍ଦ୍ୟ ଘେନି ଏଇ ସୁଦୂର ବିଦେଶରେ ଜଣେ ଯେ ସଦାବେଳେ ବିବ୍ରତ ଏକଥା ଯେତେବେଳେ ଦେଶବ୍ରତ ଭାବିବସେ ସେ ତା'ର ମନରେ ଅଶେଷ ଆନନ୍ଦ ଅନୁଭବ କରେ। ଅଥଚ ସେ ପ୍ରାଣୀଟି ସହିତ ତା'ର ଆଳାପ ଖୁବ୍ କମ୍। କେବଳ ମଝିରେ ମଝିରେ ନିଶା ଯେତେବେଳେ ତା'ର ପଢ଼ା ବିଷୟ ନେଇ କିଛି ବୁଝିବାକୁ ଆସେ ପଢ଼ାର ବାହାର ଚର୍ଚ୍ଚା କିଛି ହେଲେ ଚୁପ୍ ହେଇଯାଏ। ପଢ଼ା ବୁଝିନେଇ ନିଶା ଚାଲିଯାଏ। କିନ୍ତୁ ଦେଶବତ୍ର ନିଶାକୁ ପ୍ରତିଦିନ ଦେଖେ। ତା'ର କୋଠରିର ଦକ୍ଷିଣପଟ ଝରକାଟି ରାସ୍ତା ଆଡ଼କୁ। ସକାଳୁ ସାଢ଼େ ନ'ଟା ବେଳେ ଯେତେବେଳେ ସ୍କୁଲବସ୍ ଆସେ, ଦେଶବ୍ରତର ଅସଂଯତ ଆଖି ଦୁଇଟି ସେଇଆଡ଼େ ଚାହିଁ ରହେ। ନିଶା ମଧ୍ୟ ତାଙ୍କର ଫାଟକ ପାର ହେବା ସମୟ ଭିତରେ ଥରେ ଦି'ଥର ଚାହିଁଦିଏ ଦେଶବ୍ରତର ଝରକା ଆଡ଼େ।

ନିଶାର ଏଇ ଆଦର ଯତ୍ନର ଫଳରେ ଦେଶବ୍ରତ ହୋଇପଡ଼ିଛି ଅତ୍ୟନ୍ତ ନିର୍ଭରଶୀଳ, ଜାମାର ବୋତାମ ଲଗାଇବାକୁ ହେଲେ ସେ ତାହା କରିବାକୁ ମଧ୍ୟ ଗୋଟିଏ ଖୁବ୍ ପରିଶ୍ରମର କାର୍ଯ୍ୟ ବୋଲି ମନେକରେ। ଚାକରକୁ ଡାକି ତା' ହାତରେ ଜାମାଟି ଭିତରକୁ ପଠେଇଦିଏ। କହେ- ଯା ନିଶା ଦେଈଙ୍କୁ ଦେଇ ଦେବୁ। ବୋତାମଗୁଡ଼ିକ ଲଗେଇଦେବେ।

ଧୋବାଘରେ ଲୁଗା ପଡ଼ିବ ତ - ନିଶା ଦେଈଙ୍କ ପଚାର, ମୁଁ କିଛି ଜାଣେ ନା-

ସେଦିନ ପାଞ୍ଚଟା ବେଳେ ନିଶା ପ୍ରତିଦିନ ପରି ଢୁକିଲା ଦେଶବ୍ରତ ରୁମ୍‌ରେ। ଶୁଭ୍ରର ବହି ସଜାଡ଼ିବା ଛଳରେ ସେ ଯାଇ ଦେଶବ୍ରତର ବିପର୍ଯ୍ୟସ୍ତ ଜାମା କାମିଜ ବିଛଣା ଇତ୍ୟାଦି ସଜାଡ଼ି ଦେଇଆସେ।

ଦେଶବ୍ରତର ବହିଗୁଡ଼ିକ ସଜାଡ଼ିବାକୁ ଯାଇ ସେଦିନ ସେ ହଠାତ୍ ଆବିଷ୍କାର କଲା ଖଣ୍ଡେ ନୋଟବୁକ୍ ବହିଗୁଡ଼ିକର ପଛଆଡୁ। ଖୋଲି ଦେଖିଲା, ଦେଶବ୍ରତର ଡାଏରୀ। ବିବେକର ବାଧା ନ ମାନି ସେ ପଢ଼ି ବସିଲା। ଦେଶବ୍ରତ ଲେଖିଛି - ମୁଁ ଏଠାରେ ରହିବାର କିଛି ଦିନ ପରେ ଦେଖିଲି ଯାଙ୍କ ଘରେ ମୋର ସୁଖ-ସ୍ୱାଚ୍ଛନ୍ଦ୍ୟ ଘେନି ଜଣେ ବରାବର ବ୍ୟସ୍ତ।

- ମୋର ଠିକ୍ ସମୟରେ ଖାଇବା ଗାଧୋଇବା ଶୋଇବା ଇତ୍ୟାଦି ନେଇ ଜଣକର ଯୋଡ଼ିଏ ଆଖି ଅହରହ ମୋତେ ପହରା ଦେଉଛି। ଜଣେ ସାମାନ୍ୟ ମାଷ୍ଟର ଯାଙ୍କ ଘରେ ମୁଁ। ଯେତିକି ଆଦର ଯତ୍ନ ଯାଙ୍କ ଘରେ ସମସ୍ତଙ୍କଠାରୁ ମୋର ପ୍ରାପ୍ୟ, ସେଇ ଅନୁପାତରେ ତ ମୋର ତା'ଠାରୁ ପାଇବାର କଥା, ଅଥଚ ମୁଁ ଦେଖୁଚି, ନିଶା ମୋର ପ୍ରାପ୍ୟ ଆଦର ଯତ୍ନ ଅପେକ୍ଷା ମୋତେ ବେଶୀ ଦେବାକୁ ବ୍ୟଗ୍ର, ତତ୍ପର - କିନ୍ତୁ କାହିଁକି ? ମୁଁ ତ ଆଖି ଆଗରେ ଦେଖୁଛି - ନିଶା ମୋ ପାଇଁ ବଡ଼ ବ୍ୟସ୍ତ - ତେବେ ନିଶା କଅଣ ମୋ କଥା ଭାବେ ? ତା'ର ପଢ଼ାପଢ଼ିରେ ତ କ୍ଷତି ହେଉଥିବ ତାହାହେଲେ- ମୁଁ ବଡ଼ ଖେୟାଲି ଲୋକ - କିଛି ମୋର ଠିକ୍ ନ ଥାଏ। ପ୍ରତ୍ୟେକ କାର୍ଯ୍ୟରେ ବିଶୃଙ୍ଖଳା। ଶେଯରେ ଧୋବ ବିଛଣା ଚାଦର ପକେଇବାକୁ ସୁଦ୍ଧା କେବେ ମୋର ମନେ ପଡ଼େନା। ସେଇ ମଇଳା ବିଛଣାରେ ଶୋଇପଡ଼େ - କିନ୍ତୁ ଏଠି ଦେଖୁଛି ଛ' ଦିନ ଅନ୍ତରରେ ମୋର ଶେଯର ଚେହେରା ବଦଳି ଯାଉଚି। ଚାରିଟାବେଳେ ବୁଲି ବାହାରିଗଲାବେଳେ ଏ ଘରର ଅବସ୍ଥା ଯାହା ହୋଇଥାଏ ମୁଁ ତ ଜାଣେ। କିନ୍ତୁ ସନ୍ଧ୍ୟାବେଳକୁ ଦେଖେଁ ଘରର ଚେହେରାଟି କି କମନୀୟ ହୋଇଉଠିଛି। ବେଶ୍ ଆରାମ ଅନୁଭବ କରେ - ଦୂର ବିଦେଶରେ ଏଇ ନୀରବ ସଯତ୍ନ ସେବାଟିକ ପାଇବା ମୋର ପରମ ଭାଗ୍ୟ ନୁହେଁ କି ?

ଏଇ ଗଲା ରବିବାର ଦିନ ଦି'ପହରେ ବସି ମୁଁ ଖବରକାଗଜ ପଢୁଥିଲି। ଆସିଲା ଶୁଭ୍ର ହସି ହସି, କହିଲା - ସାର୍, ଆପଣ ତ ବଡ଼ ଅସାବଧାନ, ମୁଁ ଦେଖୁଚି।

କହିଲା - କାହିଁକି ?

ଶୁଭ୍ର - ଅସାବଧାନ ତ, କାହିଁକି ଫେର କଅଣ।...

...ଆଚ୍ଛା, ଆପଣଙ୍କର କଅଣ ହଜିଚି କହିଲେ।

ମୁଁ - ନା କିଛି ନାହିଁ ତ ?

ଶୁଭ୍ର - ବେଶ୍ ଭଲକଥା - ଆପଣଙ୍କର ଟଙ୍କା ବାଜ୍ୟାପ୍ତ କରାଗଲା।

ମୁଁ - ଓଃ-ହଁ ଦି'ଟା ଟଙ୍କା - ଲୁଗା ବଦଳାଇଲା ବେଳେ ଗାଧୁଆ ଘରେ ପକେଇ ଆସିଥିବି ବୋଧହୁଏ -

ଶୁଭ୍ର - (ହସି), ବୋଧହୁଏ - ତେବେ ଆପଣ ନିଃସନ୍ଦେହ ନୁହନ୍ତି।

ମୁଁ - (ହସିପକେଇ) ହଁ।

ଶୁଭ୍ର - ବାସ୍ତବିକ ସାର୍ - ଆପଣ ବଡ଼ ଫାଙ୍ଗୁଲା ମଣିଷ। ନିଶା ଦେଈର ନଜରରେ ନ ପଡ଼ିଥିଲେ ଯାଇଥାଆନ୍ତ। ଟଙ୍କା ଯୋଡ଼ିକ। ଅନ୍ତତଃ ମୁଁ ଯଦି ପାଇଥାଆନ୍ତି କେଉଁ କହି ନ ଥାନ୍ତି ଆପଣଙ୍କୁ।

- କି ଆଶ୍ଚର୍ଯ୍ୟ - ମୋର ସବୁ ଅସାବଧାନତା ଧରାପଡୁଛି ଏଇ ନିଶା ଆଖିରେ।

ଦିନେ ମୋର ଦାନ୍ତମୂଳ କାହିଁକି ବିନ୍ଧିଲା। ନିଶା କିପରି ଜାଣିପାରିଲା କେଜାଣି, ଅନାଦି ହାତରେ ପଠେଇଦେଲା 'ଆସ୍‌ପିରିନ୍'।

କିନ୍ତୁ ନା - ସବୁରେ ଅତିରିକ୍ତ ଖରାପ - ନିଜେ ଏଥର ନିଜର ସବୁ କାର୍ଯ୍ୟ କରିବାକୁ ହେବ। ତା'ର ସେବା ଗ୍ରହଣ କରିବାର କି ଅଧିକାର ମୋର ଅଛି -

ଡାଏରୀଟିକୁ ତା'ର ଯଥା ସ୍ଥାନରେ ରଖିଦେଇ ନିଶା ସେଘରୁ ଚାଲିଗଲା ପୁଲକିତ ଚିତ୍ତରେ। ମଧୁର ଆବେଗରେ ସୌରଭିତ ହୋଇଉଠିଲା ତା'ର ଅନ୍ତର - ଦେଶବ୍ରତ ମଧ ତା' କଥା ଭାବେ। ତା'ର ଜୀବନରେ ନିଶା ଆଜି ଆବିଷ୍କାର କରିଛି ସବୁଠୁଁ ବଡ଼ ତଥ୍ୟ - ଦେଶବ୍ରତ ତାକୁ ଭଲ ପାଏ।

ସେ ଦିନ ଶେଷ ରାତିରେ ନିଶା ସ୍ୱପ୍ନ ଦେଖିଲା।

- ସେ ତା'ର ପ୍ରିୟତମର ବୁକୁ ଭିତରେ। ତା'ର ଆଖିରେ ଆନନ୍ଦର ଦି' ଠୋପା ମୁକ୍ତାବିନ୍ଦୁ।

ସେଇଦିନୁ ନିଶାର ଡାଏରୀ ଚୋରି କରିବା ହେଲା ପ୍ରତିଦିନର ରୁଟିନ୍ ଅନ୍ତର୍ଭୁକ୍ତ। ଦେଶବତ୍ରର ବୁଲିଯିବା ଅପେକ୍ଷାରେ ସେ ଉଦ୍‌ବିଗ୍ନ ହୋଇ ରହିଥାଏ।

ସେଦିନ ପଢ଼ିଲା ଡାଏରୀରେ ଲେଖାଅଛି -

ଗୁରୁବାର ଜୁନ ଚାରି ତାରିଖ (୧୯୩୫)ର ସନ୍ଧ୍ୟା ମୋର ଅନେକ ଦିନଯାଏ ମନେଥିବ - ଚଡ଼ଚଡ଼ିଟା ମୋର ଦଶ ହାତ ଦୂରରେ ପଡ଼ିଲା। ଭାବିଲି - ଗଲି ବୋଧହୁଏ। ମୋର ପାଟିରୁ କେଜାଣି କାହିଁକି ବାହାରି ପଡ଼ିଲା - ନିଶା-ଆ -। କିନ୍ତୁ ବଞ୍ଚିଗଲି। ଆଗେଇ ଦେଖେଁ ଗୋଟାଏ କୋଠାର ଗୋଟିଏ ପଟ ବିଲକୁଲ ଭାଙ୍ଗି ପଡ଼ିଛି। ଘରେ ପହଞ୍ଚିବାକୁ ଆଉ ଅଳ୍ପବାଟ ବାକି, ହେଲା ଭୁ ଭୁ ବର୍ଷା। ମୋ ରୁମ୍‌ରେ ଢୁକି ସୁଇଚଟା ଟିପିଦେଇ ଦେଖିଲି - ନିଶା! ଯେପରି କିଛି ଖରାପ କାମ କରୁ କରୁ ଧରା ପଡ଼ିଯାଇଛି, ଏହିପରି ଭାବରେ ସେ ଚମକିପଡ଼ି ମୋ ଆଡ଼େ ଚାହିଁଲା। ତାକୁ ବେଶୀ ଧରା ପକେଇଦେଲା ତା'ର ସୁନ୍ଦର ଗାଲ ଦୁଇଟିରେ ସେଇ ଲୋତକର ବିନ୍ଦୁ ଦୁଇଟି। ସେ ଧରା ପଡ଼ିଯାଇ ଯେମିତି ଲଜ୍ଜା ପାଇଲା ଧରା ପକେଇଦେଇ ମଧ କମ

ନୁହେଁ। କାହାର ପ୍ରତୀକ୍ଷାରେ ସେ ଏଇ ବରଷଣ ମୁଖରିତ ସନ୍ଧ୍ୟାରେ ଝରକା ରେଲିଂ ଧରି ଛିଡ଼ା ହୋଇ ଅଶ୍ରୁ ବିସର୍ଜନ କରୁଥିଲା ? ମୋରି ଆସିବା ଡେରି ହେବା ଦେଖି ? ...ବାସ୍ତବିକ, ମୋର ତ ବଡ଼ ସାହସ... ମୋ ଛଡ଼ା କଅଣ ଜଗତରେ ଅନ୍ୟ କେହି ନାହିଁ କିମ୍ବା ଅନ୍ୟ କୌଣସି କାରଣ ନାହିଁ ଯେଉଁଥିଲାଗି ସେ କାନ୍ଦିପାରେ। ଏପରି ଗୁଡ଼ାଏ ଅଳୀକ କଳ୍ପନା କରିବା ମୋର କଅଣ ଉଚିତ !

ନିଶାର ମୁହଁ ରଙ୍ଗା ପଡ଼ିଗଲା। ଡାଏରୀଟିକୁ ସେ ଚାପି ଧରିଲା ତା'ର ବୁକୁ ଭିତରେ। ବିବେକର କଷାଘାତ ଉପେକ୍ଷା କରି ସେ ଢଳିପଡ଼ିଲା ଦେଶବ୍ରତର ଶେଯରେ। ଜଣେ ସୁଶ୍ରୀର ତରୁଣର ଶେଯରେ। ଧରାପଡ଼ିଯିବାର ଭୟ ତା'ର ରହିଲା ନାହିଁ।

କ୍ଲାସର ପାଞ୍ଚୋଟି ଘଣ୍ଟା ନିଶାର ମନେହୁଏ ଯେପରି ପାଞ୍ଚୋଟି ଯୁଗ। ଛୁଟି ପରେ ସେ ବସ୍‌ର ଅପେକ୍ଷାରେ ଠିଆହୋଇ ରହେ। ଟିକିଏ ଡେରିହେଲେ ସେ ବସ୍ ଡ୍ରାଇଭର ଉପରେ ଚିଡ଼ିଉଠେ ମନେ ମନେ।

ଆଉ ଦିନେ ନିଶା ପଢ଼ିଲା - ନାରୀର ମଙ୍ଗଳକାମନା ମୋର ଜୀବନରେ ଏଇ ପ୍ରଥମ - ନାରୀ ଅନ୍ତରର ବିକୃତ କଥା ଜାଣିବାର ପ୍ରୟାସ ମଧ୍ୟ। ଆଜି ମୋର ଶିରାରେ ଶିରାରେ ଜାଗିଛି ଏକ ଅସୀମ ଚାଞ୍ଚଲ୍ୟ। ପୁରୁଷ ଓ ନାରୀର ସେଇ ଚିରନ୍ତନ ବାଣୀ ମୁଁ ଶୁଣିବାକୁ ପାଇଛି। ଆଜି ମୁଁ ଗଭୀର ଭାବରେ ଅନୁଭବ କରୁଛି ଯେ ମୋ ଜୀବନରେ ମଧ୍ୟ ନାରୀର ପ୍ରୟୋଜନ ଅଛି, ହୃଦୟର ଗୋଟିଏ କୋଣ ରହିଛି ଖାଲି। ଆଜି ମୁଁ ବୁଝିପାରୁଛି, ଜଗତରେ ପ୍ରତ୍ୟେକ ପୁରୁଷର ଜୀବନରେ ଅଛି ନାରୀର ପ୍ରୟୋଜନ। ପୁରୁଷ ଚାହେ ନାରୀକୁ ସ୍ତ୍ରୀ ରୂପେ ଦେଖିବାକୁ, ଚାହେ ମା' ରୂପେ ଦେଖିବାକୁ। ଯେପରି ମନେହୁଏ ମୋର ସମସ୍ତ ଚେତନା ଆଜି ହୋଇଉଠିଛି ଉନ୍ମୁଖ -

ତା'ର କାରଣ ?

ସନ୍ଧ୍ୟାରେ ଧୂସର ଆଲୋକ - ଫେରିପଡ଼ିଲି ଘରଆଡ଼େ। ମୋ ରୁମ୍‌ର ଦରଜା ନିକଟକୁ ଆସି ହଠାତ୍ ଅନୁଭବ କଲି ମତେ ଯେପରି କିଏ ଟାଣି ଧରିଲା ପଛଆଡୁ। ପୂର୍ବରୁ ଜାଣିଥିବା କୌଣସି କାରଣଯୋଗୁଁ ଯେ ଏପରି ହେଲା ତା' ନୁହେଁ। ଏହାର କାରଣ ସ୍ୱାଭାବିକ ପ୍ରବୃତ୍ତି ଓ ସହଜ ଜ୍ଞାନ। ମୁଁ ଦରଜା ବାହାରେ ଛିଡ଼ାହୋଇ ପଡ଼ିଲି। କିନ୍ତୁ କାରଣଟା ଜଣାଗଲା ଠିକ୍ ତା'ର ପରମୁହୂର୍ତ୍ତରେ। ସନ୍ଧ୍ୟାରେ ନିଷ୍ପ୍ରଭ ଆଲୋକରେ ଦେଖିପାରିଲି ମୋ ଶେଯରେ ଶୋଇଚି ନିଶା। କିନ୍ତୁ ମୋର ଭାବନାକୁ ବେଶି ଦୂର ଆଗେଇ ଯିବାକୁ ଦେଲାନି ସେ। ତା'ର ତନ୍ଦ୍ରାବସ୍ଥା ତୁଟିଗଲା ବୋଧହୁଏ। ଅସ୍ପଷ୍ଟ ଆଲୋକରେ ପରିଷ୍କାର ଦେଖିଲି ନିଶାର ବିପର୍ଯ୍ୟସ୍ତ ଅଙ୍ଗଲତାଟିଏ ଧୀରେ ଧୀରେ ମିଳେଇଗଲା ଘରର ବିପରୀତ ଦରଜାର ଅନ୍ଧକାରରେ। ଜୀବନରେ ସେଇ ପ୍ରଥମ

ଦୁର୍ବଳତା ଆସିଲା ମୋର। ପାଗଳ ପରି ଯାଇ ମୁଁ ମୋ ଶେଯରେ ଶୋଇପଡ଼ିଲି। ନିଶାର ଦେହଲତାର ଉଷ୍ଣତା ଅନୁଭବ କଲି ମୋର ସେଇ ଶେଯ ଦେହରୁ। ସାରା ଅଙ୍ଗରେ ଖେଳିଗଲା ନୂତନ ଚାଞ୍ଚଲ୍ୟ, ବିଦ୍ୟୁତ୍ ଶିହରଣ। ନାରୀ ଶରୀରର ଉତ୍ତାପ ଅନୁଭବ କରିବା ମଧ୍ୟ ଏଇ ପ୍ରଥମ ମୋ ଜୀବନରେ। ଆବେଗପୂର୍ଣ୍ଣ ଅନ୍ତରରେ ଜାକି ଧରିଲି ମୋର ମୁଣ୍ଡତଳ ତକିଆଟିକୁ। ନାରୀ ଅଙ୍ଗର ମୃଦୁଗନ୍ଧ ପାଇଲି ସେଥିରୁ ମୁଁ। ସେଦିନ ନିଶା ବୋଧହୁଏ ଖୁବ୍ ସୁନ୍ଦର ଗନ୍ଧର ହେୟାର ଅଏଲ (ବାସନାତେଲ) ଲଗେଇଥିଲା ମୁଣ୍ଡରେ କିମ୍ବା ପ୍ରତିଦିନ ସେଇ ତେଲ ଲଗାଏ - କିନ୍ତୁ ମୁଁ ଯେ ତେଲର (ଖାଣ୍ଟି ଗନ୍ଧ) ପାଇଲି ତା' ନୁହେଁ। ନିଶାର କେଶଗୁଚ୍ଛର ସଂସ୍ରବରେ ଆସି ତା'ର ବାସନା ଅନ୍ୟ ରକମର ହୋଇ ଉଠିଥିଲା - ସମ୍ପୂର୍ଣ୍ଣ ନୂଆ। ଅତି ଲୋଭନୀୟ-ପୁରୁଷର କାମ୍ୟ ସେ ଗନ୍ଧ - ନାରୀ ଶରୀରର ଉତ୍ତାପ, ଗନ୍ଧ। ... ମୋର ମୁଣ୍ଡ ଝିମ୍ ଝିମ୍ ହୋଇ ଆସିଲା...

କିନ୍ତୁ ପରମୁହୂର୍ତ୍ତରେ ସେହି ଅନ୍ଧକାର ଅନ୍ତରାଳ ଭେଦ କରି ନିଶାର ସୁନ୍ଦର ଛଳ ଛଳ ସଂଯତ ମୁହଁଟି ଉଦ୍‌ଭାସିତ ହୋଇଉଠିଲା।... ପ୍ରଶମିତ ହୋଇଗଲା ମୋର କାମନାର ବହ୍ନି ନିଶା। ସେ ଯେ ମୋର ମାନସୀ। ଉପଭୋଗ୍ୟା ସେ କଅଣ ?

ଛି ଛି କେଡ଼େ ଦୁର୍ବଳ ମୁଁ, - ବିବେକର ଚାବୁକ ପଟ୍‌ପାଟ୍ ବସିଗଲା ମୋ ପିଠିରେ। ଉଠିପଡ଼ି ସୁଇଚ୍‌ଟା ଟିପିଦେଲି -

ବର୍ତ୍ତମାନ ଶୁଭ୍ର ପଢ଼ିବାକୁ ଆସିବ - ନିଶାର ଚିତ୍କାର କରି କାନ୍ଦିବାକୁ ଇଚ୍ଛା ହେଲା। ମନେ ହେଲା ଯେପରି ଦେଶବ୍ରତର ଏଇ ବିରାଟ ପ୍ରେମକୁ ସାଇତି ରଖିବାପାଇଁ ତା'ର ବୁକୁରେ ନାହିଁ ସ୍ଥାନ। ଦେଶବତ୍ରର ପ୍ରେମରେ ତା'ର ହୃଦୟର ଦୁଇ କୂଳ ଉଛୁଳି ଉଠିଛି। ଏଥର ବୋଧହୁଏ ଆଉ ଥଳକୂଳ ମାନିବ ନାହିଁ। ଅଧୀର କମ୍ପିତ ହାତ ଦୁଇଟି ଡାଏରୀଟିକୁ ନିଶାର ବୁକୁରେ ଚାପିଧରିଲା। ନିଶା ବିହ୍ୱଳ ଚିତ୍ତରେ ଆଖି ବୁଜି ଭାବିଲା - ମୋର ହୃଦୟର ଦ୍ୱାର ମୁଁ କିପରି ଖୋଲିବି ତୁମ ଆଗରେ, ଆଗୋ, କହ, ତୁମେ, ମୁଁ କିପରି ଖୋଲିବି ମୋର ରୁଦ୍ଧ ଦ୍ୱାର - ତା' ନ ହେଲେ ଯେ ତୁମର ଏଇ ଦିକୂଳ ଖାଇ ପ୍ରେମର ବନ୍ୟା ତୁମର ନିଶାକୁ ଭସାଇ ଭସାଇ ନେଇଯିବ କେଉଁ ଅଜଣା ରାଇଜକୁ, କିଏ ଜାଣେ। ଉଃ, କହ ମୁଁ କଅଣ କରିବି - ନିଶା ଆଉ ଭାବିପାରିଲା ନାହିଁ। ଭୟ ହେଲା ତା'ର। କାଳେ ଧରା ପଡ଼ିଯିବ ଦେଶବ୍ରତ ଆଗରେ, ତେବେ ଯେ ତା'ର ଅପ୍ରସ୍ତୁତର ବାକିସାକି ରହିବ ନାହିଁ। ଡାଏରୀଟିକୁ ଯଥାସ୍ଥାନରେ ରଖି ଦେଇ ସେ ଚାଲିଗଲା ନୀରବରେ ତା'ର ପଢ଼ାଘରେ... କିନ୍ତୁ ସାମନାରେ ଯେ ତା'ର ମାଟ୍ରିକ ପରୀକ୍ଷା। ନିଶା ଚମକି ପଡ଼ିଲା। ଯାଇ ବସିଲା ବୀଜଗଣିତ, କିନ୍ତୁ ଆଲଜେବ୍ରାର

ନୀରସ ଅକ୍ଷରଗୁଡ଼ାକ ପରିବର୍ତ୍ତେ ତା'ର ଆଖି ଆଗରେ ଭାସିଉଠିଲା ଡାଏରୀର ସେଇ ସୁନ୍ଦର ଅକ୍ଷରଗୁଡ଼ିକ।

ପରଦିନ ଯଥା ସମୟରେ ନିଶା ଆସି ଦେଖିଲା ଡାଏରୀଟି ଯେଉଁଠି ଥିବାର କଥା ସେଠି ନାହିଁ। ଅନେକ ଖୋଜିଲା କିନ୍ତୁ ପାଇଲା ନାହିଁ। ନିରାଶ ହୃଦୟରେ ସେ ଫେରିଲା ସେଦିନ। କ୍ରମାନ୍ୱୟରେ ଚାରି ଦିନ କାଳ ନିଶା ଫେରିଲା - ବୁଝିପାରିଲା। ଦେଶବ୍ରତର ହୃଦୟ ଦର୍ପଣଟି ସେଠୁଁ ସ୍ଥାୟୀ ଭାବରେ ସ୍ଥାନାନ୍ତରିତ ହୋଇଛି। ତଥାପି ନିର୍ଦ୍ଦିଷ୍ଟ ସମୟରେ ନିଶା ଆସି ଥରେ ଖୋଜିଯାଏ। ସେଦିନ ସେ ମନମାରି ରୁମ୍‌ରୁ ବାହାରି ଯାଉଁ ଯାଉଁ ତା'ର ନଜର ପଡ଼ିଲା - ଦେଶବ୍ରତର ଚମଡ଼ା ସୁଟକେଶଟା ଉପରେ। ଦେଖିଲା ସେଥିରେ ଚାବିଟା ଲାଗିଚି। କମ୍ପିତ ହୃଦୟରେ ସେ ଖୋଜିଲା ସୁଟକେଶ। ଲୁଗାପଟା ତଳୁ ସେ ପାଇଲା ତା'ର ଅତି ଆଦରର ଡାଏରୀ ଖଣ୍ଡି। ସାଫଲ୍ୟର ଆନନ୍ଦରେ ତା'ର ସୁନ୍ଦର ମୁହଁଟି ହୋଇଉଠିଲା ଆହୁରି ସୁନ୍ଦର। ଆଖିର ତାରା ଦୁଇଟି ହୋଇଉଠିଲା ଉଜ୍ଜ୍ୱଳ। ଆଫ୍ରିକାର ଘନ ଜଙ୍ଗଲ ଭିତରୁ ଗୁପ୍ତ ସମ୍ପଦ ଆବିଷ୍କାର କରି ଶ୍ୱେତବାସୀର ଆଖି ଯେପରି ଅସାମାନ୍ୟ ଉଜ୍ଜ୍ୱଳ ହୋଇଉଠେ ଠିକ୍ ସେଇପରି। ନିଶା ସେଇଠି ଆଣ୍ଠୁମାଡ଼ି ପଢ଼ିବସିଲା -

ଏଇ ଡାଏରୀର ବୁକୁରେ ମୋର ଏଇ ଅତି ମୂଲ୍ୟବାନ୍ ଅନୁଭୂତିଗୁଡ଼ିକ ଲେଖିବାକୁ ବୋଧହୁଏ ଆଉ ମୋ ଭାଗ୍ୟରେ ଘଟିବ ନାହିଁ। କାରଣ ମୋତେ ଏଠୁଁ ଶୀଘ୍ର ଚାଲିଯିବାକୁ ହେବ। ଚାଲିଯିବାର କାରଣ ମଧ୍ୟ ଅନେକ। ମୋର ମନେହୁଏ, ଦୃଢ଼ ବିଶ୍ୱାସ ମଧ୍ୟ ନିଶା ତା'ର ବାଳିକା ହୃଦୟରେ ମତେ ଦେଇଚି ସ୍ଥାନ। ମୁଁ ଏମ୍.ଏ ପାସକରା ଗୋଟିଏ ହତଭାଗ୍ୟ ଦରିଦ୍ର ଯୁବକ ଛଡ଼ା ମୋର ଅନ୍ୟ କୌଣସି ପରିଚୟ ତ ଏମାନେ ପାଇ ନାହାନ୍ତି। ତେବେ ମୋର କେଉଁ ଗୁଣ ଦେଖି ନିଶା ମତେ ଭଲ ପାଇ ବସିଲା। କେଉଁ ଗୁଣ ଦେଖି ଫେର ଆଉ, - ପ୍ରେମ ତ କିଛି ବିଚାର କରେ ନା, - ଜାତି, ମାନ, ଯଶ, ଧନ କିଛି ନୁହେଁ - ବାସ୍ତବିକ ସେ ଯଦି ମତେ ତା'ର କ୍ଷୁଦ୍ର ହୃଦୟଟି ଦାନ କରିଥାଏ ତେବେ କେଡ଼େ ବଡ଼ ଭୁଲ ନ କରିଛି ସେ? ସେ କଅଣ ଜାଣେ ନା ମୁଁ ସର୍ବହରା? ...କିନ୍ତୁ କଅଣ ନାହିଁ ମୋର, ବାପା ମୋର ସବ୍‌ଜଜ୍, ଅଗାଧ ସମ୍ପତ୍ତିର ଅଧିକାରୀ ମୁଁ, ଆଉ ଦି'ଦିଟା ଡିଗ୍ରୀ ମୋ ନାଁ ପଛରେ। ତଥାପି ମୁଁ ସର୍ବହରା। ମୋର ସବୁ ଥାଇ ମୋର କିଛି ନାହିଁ। ଏଇ ବସ୍ତ୍ରରେ ବାହାରିଚି ଘରୁ ମୁଁ-

ନିଶା ଡାଏରୀଟିକୁ ବୁଜିଦେଲା, ହର୍ଷବିଷାଦର ସଂଘାତରେ ରୁଦ୍ଧ ହୋଇଆସିଲା ତା'ର ନିଶ୍ୱାସ। ଆଖି ବୁଜି ଭାବିଲା - ଏମ୍.ଏ, ସବ୍‌ଜଜ୍‌ଙ୍କ ପୁଅ ଅଥଚ ଟିଉସନ

କରୁଛନ୍ତି ଆସି ଏଠି, ସେ ସର୍ବହରା। କାହିଁକି, କଅଣ ତାଙ୍କର ଦୁଃଖ, ଚାଲିଯିବେ, ରହିବେନି ?

- କହିଲା - ବିଲାତ ଯିବି ପଢ଼ିବାକୁ, ବାପା ଆପତ୍ତି କଲେ, କହିଲେ - ତୋ'ର କଅଣ ନାହିଁ। ତୁ ଯିବୁ ବିଲାତ ? ବି.ଏଲ୍ ପଢ଼ି, ମୁନ୍‌ସଫ୍ ସକାଶେ ଛିଡ଼ା... ହେବୁ, ନ ହେଲେ ପ୍ରାକଟିସ୍। ବାପାଙ୍କର ଧାରଣା, ସେ ନିଜେ ସବ୍‌ଜଜ୍ ହେଲେ ବୋଲି ତାଙ୍କ ପୁଅ ବି ହେବ। ମୁଁ ମନା କଲି - ଜିଦ୍‌ଧରି ବସିଲି, ବିଲାତ ଯିବି ଅତି କଷ୍ଟରେ ବାପା ରାଜି ହେଲେ ସିନା, କିନ୍ତୁ କହିଲେ - ତେବେ ତୋ'ର ବିବାହ ପରେ ମୁଁ ତୋତେ ବିଲାତ ଛାଡ଼ିବି, ତା' ପୂର୍ବରୁ କୌଣସି ମତେ ନୁହେଁ। ବିଗିଡ଼ିଯିବୁ - ମୁଁ ତ ନିଜେ ଦେଖିଚି, ଆଖି ଆଗରେ ବଙ୍ଗଳାରେ ଶତ ଶତ କେସ୍ ଏଇପରି -

ମୋର ତ ମୂଳରୁ କମ୍ ବୟସରେ ବିବାହ ପ୍ରତି ବଡ଼ ଘୃଣା, କାରଣ - ମୋର ଧାରଣା - ମନୁଷ୍ୟ ବିବାହ କଲେ ତା'ର ଜୀବନର ଉତ୍କର୍ଷ ସାଧନା ସେ କରିପାରେ ନା। ଗାନ୍ଧୀପରି କେତେଜଣଙ୍କ କଥା ଅଲଗା। ତା' ପରେ ବାପା ଯେ କହିଲେ - 'ବିଗିଡ଼ିଯିବୁ' - ମୋର ଆତ୍ମସମ୍ମାନକୁ ବାଧିଲା। ବଙ୍ଗଳାରେ କେତେଟା ଘଟଣାହୋଇଚି ବୋଲି ମୋ ବେଳେ ତହିଁ ହେବ ଏକଥାରେ କିଛି ଅର୍ଥ ଥାଇପାରେ ନା। ବିବାହ କରିଗଲେ ମଧ୍ୟ ବିଗିଡ଼ି ଯିବ ନାହିଁ ଏପରି ଧାରଣା ନିହାତି ଅମୂଳକ। ବାପାଙ୍କର ଏ ପ୍ରସ୍ତାବରେ ରାଜି ହେଲି ନାହିଁ - ସେ ବି ଛାଡ଼ିଲେ ନାହିଁ ତାଙ୍କ ଜିଦ୍। ଫଳତଃ ଯାହା ହେବାର କଥା ସେଇୟା ହେଲା। ହେଲି ସର୍ବହରା ସବୁ ଥାଉଁ ଥାଉଁ। ଆଉ ଫେରିବି ନାହିଁ। ସଂସାରର ଘାତ ପ୍ରତିଘାତ ଦେଇ ମତେ ମୁଣ୍ଡ ଟେକିବାକୁ ହେବ। ମୁଁ ଜାଣେ ବାପା ବୋଉଙ୍କର ମନରେ କଷ୍ଟ ହୋଇଥିବ ଖୁବ୍, କିନ୍ତୁ କଅଣ କରିବି ମୁଁ। ମୋର ବି ତ କମ୍ ମନ କଷ୍ଟ ହୋଇନି - ଅବଶ୍ୟ ବାପା ଜାଣନ୍ତି ମୁଁ ଅଛି ପାଟନାରେ -

ନିଶାର ଆଖିରୁ ଲୁହ ଗଡ଼ିପଡ଼ିଲା ଡାଏରୀ ଉପରେ ସମବେଦନାରେ, ତା'ର ଶାଢ଼ିରେ ସେ ଲୁହ ଦି' ଠୋପା ଛାପି ଦେଲା କିନ୍ତୁ ଅକ୍ଷର କେତୋଟି ବିଲିବିଲା ହୋଇଗଲା।

ଫେର୍ ପଢ଼ିଲା -

ଏଠି ପ୍ରକୃତ ପରିଚୟ ଗୋପନ କରି ରହିଲି ଯେ ଏଥିରେ ବି ଦୈବ ସାଧିଲା ବାଦ। ମୋର ପାଷାଣ ପରି କଠିନ ହୃଦୟ ମଧ୍ୟରେ ପ୍ରକାଶ ପାଇଲା ଦୁର୍ବଳତା, ପ୍ରେମର ଉଚ୍ଛ୍ୱାସ ଆଉ ହୃଦବ୍ୟଥା - ମୋର ଯାହା ହେଲା ହେଲା ସେଥିକି ଖାତିର ନାହିଁ, କିନ୍ତୁ ନିଶାର ପବିତ୍ର ସ୍ୱଚ୍ଛ ହୃଦୟ ଦ୍ୱାରରେ ଅନାହୂତ ଅତିଥି ମୁଁ, ଆଘାତ କରିବା ବି ଦରକାର ଥିଲା ମୋର, କେଉଁ ଅଧିକାରରେ ? ମୁଁ ଏଇ କେଇ ଦିନ ହେଲା

ଦେଖୁଛି ନିଶା ଯେପରି ଆଉ ସେ ପୂର୍ବ ନିଶା ନୁହେଁ। ତା'ର ମୁହଁଟି ସଦାବେଳେ କାନ୍ଦ କାନ୍ଦ, ତା'ର ନାହିଁ ଆଉ ସେ ପୂର୍ବ ଚପଳତା। ବଡ଼ ଗମ୍ଭୀର ସଂଯତ ହୋଇଉଠିଛି ଏଇ କେତେ ଦିନରେ ସେ। ସଦାବେଳେ କଅଣ ଯେପରି ଭାବୁଚି। ନିଜର ଶରୀର ପ୍ରତି ସେ ଆଉ ଯେପରି ଗୋଟେ ମନୋଯୋଗୀ ନୁହେଁ। ତା'ର ମୁଣ୍ଡ ବାଳଗୁଡ଼ିକ ପବନରେ ଉଡୁଚି ଫୁରୁ ଫୁରୁ। ବେଣୀ ଛାଡ଼ି ବାନ୍ଧୁଚି ଗୋଟିଏ ଅସଂଯତ ଶିଥିଳ ଜୁଡ଼ା। ମନ ମଧ୍ୟରେ ସେ ଯେତିକି ସଂଯତ ହୋଇଉଠୁଛି ପଦାକୁ ହୋଇଉଠୁଛି ସେତିକି ଅସଂଯତ କିନ୍ତୁ ଚୂର୍ଣ୍ଣକୁନ୍ତଳଗୁଡ଼ିକ ତା'ର ସୁନ୍ଦର କପାଳ ଓ କାନ ଉପରେ ପଡ଼ି ତାକୁ କରିଦେଇଚି ବେଶୀ ସୁନ୍ଦର !

ସେ ଦିନ ଶଚୀନ୍ଦ୍ର ବାବୁ (ନିଶାର ବାପା) ମତେ ଡାକି କହିଲେ - ଦେଶବ୍ରତବାବୁ, କଅଣ କରିବା କହିଲେ, ନିଶାର ପରୀକ୍ଷା ଆଉ ରହିଲା ମାତ୍ର କେଇ ଦିନ, କହୁଥିଲା କିଛି ପଢ଼ି ନାହିଁ। ଏଇ କେଇଟା ଦିନ ଆପଣ ଟିକିଏ ଦେଖିଲେ ହୁଅନ୍ତା ନାହିଁ। 'ବେଶ୍ ଦେଖିବି' କହି ଚାଲିଆସିଲି। ସେଇଦିନ ସନ୍ଧ୍ୟାରେ ନିଶା ଆସିଲା ଇଂରାଜୀ କବିତା ଗୋଟାଏ କଅଣ ବୁଝେଇ ଦେବାକୁ କହି, କିନ୍ତୁ ଦେଖିଲି, ମୁଁ ବୁଝେଇ ଦେଲାବେଳେ ସେ ଅନ୍ୟମନସ୍କ, ଆଖି ଦୁଇଟା ଅଛି ବହି ଉପରେ କିନ୍ତୁ ଭାବୁଚି ଅନ୍ୟ କଥା।

କହିଲି - ନିଶା, ବୁଝିପାରୁଚ ତ।

କହିଲା - ହୁଁ।

କଅଣ ବୁଝେଇଲି କହିଲ ?

ବୁଝେଇ ପାରିଲା ନାହିଁ। ଅପ୍ରସ୍ତୁତ ହୋଇଗଲା, ମୁହଁ ନାଲି ପଡ଼ିଗଲା, କିନ୍ତୁ ଆଖି ଆସିଲା ଛଳେଇ।

ଗମ୍ଭୀର ହୋଇ କହିଲି - ଏପରି ଅନ୍ୟମନସ୍କ ହେଲେ ଚଳିବ ? ମୁଣ୍ଡ ଉପରେ ଯେ ଗୁରୁଭାର ଅନ୍ୟକଥା ଭାବିବାର -

କହିଲା - ମୁଁ ତ ଅନ୍ୟ କଥା କିଛି ଭାବୁ ନ ଥିଲି। ଆପଣ ମିଛରେ ... ସ୍ୱର ତା'ର ଭାରି ଭାରି।

କହିଲି - ବେଶ୍ ଭଲ କଥା, ତେବେ କଅଣ ବୁଝିପାରୁନ ମୁଁ ଯାହା କହୁଚି। ମୋର ମନେ ହୁଏ ଟିକିଏ ବୁଝିବାକୁ ଚେଷ୍ଟା କଲେ ବୁଝିପାରିବ।

ମୁଁ ବୁଝିପାରିବି ଏଥର। ବୁଝେଇବାକୁ ଆରମ୍ଭ କଲି ଫେର ମୁଁ, କିନ୍ତୁ ଦି' ଲାଇନ ବୁଝେଇଚି କି ନାହିଁ ତା'ର ଦି'ଠୋପା ଲୁହ ଆଖିରୁ ବୋହି ପଡ଼ିଲା।

କହିଲି - ଯାଅ ନିଶା, ତୁମର ବର୍ତ୍ତମାନ ମନ ଖରାପ। ଆସିବ ଅନ୍ୟ ସମୟରେ।

ତା'ର ବହିଟା ନ ନେଇ ନିଶା ସେଠୁ ଚାଲିଗଲା। ସେ ଗଲାପରେ ଭାବିଲି ହୁଏ ତ ମୋ ଆଗରେ କିଛି କହିବାକୁ ବସିଥିଲା। ହୁଏତ ଚେଷ୍ଟା କରୁଥିଲା ତା'ର ହୃଦୟର ବ୍ୟଥାଟା ମୋ ଆଗରେ ଖୋଲି ଦେବାକୁ। ନିଷ୍ଠୁର ମୁଁ, ଗାମ୍ଭୀର୍ଯ୍ୟର କୃତ୍ରିମ ଆବରଣରେ ତା'ର ହୃଦୟର ଉଚ୍ଛ୍ୱାସକୁ ବନ୍ଦ କରି ଦେଇଚି ସେଦିନ। ମୋର ଜୀବନ ଓ ତା'ର ଜୀବନର ମୂଲ୍ୟବାନ୍ ମୁହୂର୍ତ୍ତଟିକୁ ମୁଁ କର୍ତ୍ତବ୍ୟର ଛଳନା କରିଦେଇଚି ଛାରଖାର - ସେ ମୁହୂର୍ତ୍ତ ଆଉ କଅଣ କେବେ ଆସିବ। ନିଶା ! ମୋର, ସେଇଦିନ ରାତିରେ ମୁଁ ତୁମକୁ ଦେଇଚି ବଡ଼ ଆଘାତ। ତା'ର ପରେ ତୁମେ ଆସୁଛ ପଢ଼ା ବୁଝିବାକୁ, କିନ୍ତୁ ସଂଯମର ଦୃଢ଼ ସଂକଳ୍ପ ନେଇ ଅତି ଗମ୍ଭୀର ଭାବରେ ତୁମେ ମୋ ନିକଟରୁ ତୁମର ପଢ଼ା ବୁଝି ନେଉଚ, ପ୍ରଥମ ସନ୍ଧ୍ୟାର ଦୁର୍ବଳତା ଆଉ ନାହିଁ ତୁମଠି, ତୁମେ ଭାବୁଥିବ ମତେ ନିଷ୍ଠୁର ନିର୍ମମ ବୋଲି। କିନ୍ତୁ ମୁଁ ତା' ନୁହେଁ। ଯଦି ପ୍ରକୃତରେ ତୁମେ ମୋର ଏଇ ଡାଏରୀ ଖଣ୍ଡି କେବେ ପଢ଼ିଥାଅ। ତୁମର ଅଳସ ମୁହୂର୍ତ୍ତରେ, ତେବେ ପାଇଥିବ ତୁମେ ମୋର ହୃଦୟର ପରିଚୟ। କିନ୍ତୁ ଆଜିଠୁ ଏଇ ହତଭାଗ୍ୟ କିମ୍ବା ଭାଗ୍ୟବାନ୍ (ମୁଁ ଠିକ୍ ଜାଣେନା) ଡାଏରୀ ଖଣ୍ଡି ତା'ର ସ୍ଥାନ କରି ନେବ ମୋର ସୁଟକେଶର ଲୁଗାପଟା ତଳେ, ନିଶାର ଚକ୍ଷୁର ଖୁବ୍ ଦୂରରେ।

ନିଶାର ମାଟ୍ରିକ ପରୀକ୍ଷା ଆଉ ରହିଲା ମୋଟେ ଆଠ ଦିନ, ସେ ଯଦି ଏହିପରି ସବୁବେଳେ ଅନ୍ୟମନସ୍କ ହୁଏ ତେବେ ତା'ର ପାସ୍ କରିବାରେ ମୋର ଯଥେଷ୍ଟ ସନ୍ଦେହ ଅଛି। କିନ୍ତୁ ତା'ର କାରଣ ଯେ ମୁଁ ତା'ର ଦୋଷ କଅଣ ? ଧୂମକେତୁ ପରି ମୁଁ ଯେ ଆସି ତା'ର ଜୀବନାକାଶରେ ଉଇଁଚି। ସର୍ବହରା ମୁଁ। ମତେ ନେଇ କଅଣ ସେ ସୁଖୀ ହୋଇପାରିବ। ନା, ନା, ମୋର ତ ଫେର ବିବେକ ଅଛି, ତା'ର ଜୀବନକୁ ମୁଁ ଏପରି ନଷ୍ଟ କରିବାକୁ ଦେବିନି ମୋ ଲାଗି। ତା'ର ପରୀକ୍ଷା ସରିଗଲେ ମୁଁ ଏଠୁ ଚାଲିଯିବି। ତା' ଆଗରୁ ଯିବା ଅସମ୍ଭବ। କାରଣ ନିଶାର କ୍ଷତି ହେବ ସେଥିରେ ବେଶି। ତା' ପରେ ସର୍ବହରା ଲକ୍ଷ୍ମୀଛଡ଼ା ଆଉ ଏଠି ରହିବ ନାହିଁ। କିନ୍ତୁ, ଥରେ ଥରେ ମୋର ମନେହୁଏ, ମୁଁ କଅଣ ସର୍ବହରା ? ନିଶାର ଅତୁଳ ପ୍ରେମର ଅଧିକାରୀ ମୁଁ - ମୁଁ କଅଣ ସର୍ବହରା ?

ଆଖିର ସକଳ ପଥ ଦେଇ ନିଶାର ଉଦ୍‌ବେଳିତ ଅନ୍ତରର ବ୍ୟଥା ଚେଷ୍ଟା କଲା ପଦାକୁ ବାହାରିବାପାଇଁ। ଆସନ୍ନ ବିଦାୟର କରୁଣ ମୁହୂର୍ତ୍ତର ଚିତ୍ର ମନେପଡ଼ି ତା'ର ଡାକ ଛାଡ଼ି କାନ୍ଦିବାକୁ ଇଚ୍ଛା ହେଲା -

- ନିଷ୍ଠୁର ତୁମେ, ଛାଡ଼ି ଚାଲିଯିବ !

ଅବଶ ହୋଇ ଆସିଲା ନିଶାର ଦେହ! ତା'ର କାନର ସୂକ୍ଷ୍ମ ପର୍ଦ୍ଦାରେ ଯାଇଁ କିଏ ମୃଦୁ ଆଘାତ କରି କହିଲା।

'ମୁଁ କଅଣ ସର୍ବହରା?'

ଦେଶବ୍ରତ ଚାଲିଯିବ କି ରହିବ ସେ ଭାର ରହିଲା ପାଠକ-ପାଠିକାମାନଙ୍କ ଉପରେ। ଗଳ୍ପର ମାମୁଲି ପରିସମାପ୍ତି ମିଳନ କିମ୍ବା ବିଚ୍ଛେଦ, ସୁଖ କିମ୍ବା ଦୁଃଖରୁ ଗୋଟାଏ। ପାଠକପାଠିକାମାନଙ୍କୁ ଯେଉଁଟା ଭଲ ଲାଗିବ ସେଇଟା ସେମାନେ କଳ୍ପନା କରିନେବେ। ଏଇ ଗଳ୍ପର ଶେଷ ଦୃଶ୍ୟର ପରଦାଟି ଯେତେବେଳେ ଆସ୍ତେ ଆସ୍ତେ ଉଠିଯିବ, କେହି ହୁଏତ ମୋର ଗଳ୍ପର ନାୟିକାର ମଥାଟିକୁ ନାୟକର ବକ୍ଷ ଉପରେ ରଖି ଦେଇ ଶୁଣିବ ନାୟିକାଟି କହୁଚି, "ସତେ, ତୁମେ କ'ଣ ସର୍ବହରା।" ପାଠକ ନାୟିକାର ଆଖିରେ ଦେଖିବ ଆନନ୍ଦର ଦି' ଠୋପା ଲୁହ।

ହୁଏ ତ କିଏ ଦେଖିବ ନାୟିକାଟି ବିଚ୍ଛେଦ ବେଦନାରେ ମ୍ରିୟମାଣ। ଛିଡ଼ା ହୋଇରହିଛି ଦେଶବ୍ରତର ଶୂନ୍ୟ କୋଠରିଟିର ଦକ୍ଷିଣ ପଟ ଝରକାର ରେଲିଂକୁ ଧରି। ଟମ୍ ଟମ୍ ଗାଡ଼ିର ଟପ୍ ଟପ୍ ଶବ୍ଦ ସନ୍ଧ୍ୟାର ଅନ୍ଧକାରରେ ଯେତେବେଳେ କ୍ଷୀଣରୁ କ୍ଷୀଣତର ହୋଇଆସିଲା ବେଦନାର ଶ୍ରାବଣଧାରା ବୋହିଲା ନିଶା ଆଖିରୁ। ଅସ୍ପଷ୍ଟ ଆଲୋକରେ ତାହା ଭିଜେଇଦେଲା ନିଶାର ବୁକୁ ଉପରେ ଶାଢ଼ି ଓ ବ୍ଲାଉଜ।

■

ହିରୋ

କଟକ ଷ୍ଟେସନରେ ଆସାନ୍‌ସୋଲ୍ ଗାଡ଼ି ଛିଡ଼ା ହେଇଚି - ହରିପଦ ବସିଚି ଇଣ୍ଟର କ୍ଲାସରେ। ଝରକା ବାଟେ ବାହାରକୁ ଚାହିଁଚି ଅର୍ଥହୀନ ଦୃଷ୍ଟିରେ।

ସନ୍ଧ୍ୟା ହେଇ ଆସୁଛି - ଷ୍ଟେସନ୍‌ର ବାହାର ଗଛରେ ବାଦୁଡ଼ିଗୁଡ଼ାକ ଚିଁ ଚିଁ, କେଁଚେର ମେଁଚେର ଶବ୍ଦ ଆରମ୍ଭ କରିଦେଇଛନ୍ତି। ପ୍ଲାଟଫର୍ମରେ କେବଳ ବିକାଳିମାନଙ୍କର ଚିତ୍କାର ଛଡ଼ା ଅନ୍ୟ କୌଣସି ଶବ୍ଦ ଶୁଣାଯାଉନି - ଯାତ୍ରୀମାନଙ୍କର କୋଳାହଳ ଥମି ଯାଇଚି।

ଷ୍ଟେସନ୍‌ରେ ଗୋଧୂଳିର ଏହି ସମୟଟି ହରିପଦକୁ ଭାରି ଭଲ ଲାଗେ।

କର୍ମମୁଖର ଦିନର ତେଜ ମଉଳି ଯାଏ, ମଣିଷ ମନର ବ୍ୟସ୍ତତା, ଉଦ୍‌ବେଗ ବି କିମିତି ସେଇ ଅନୁପାତରେ କମିଆସେ। ସୁଷୁପ୍ତି ଭିତରକୁ ମଣିଷ ଟାଣି ହୋଇ ଯାଉଚି ଭାବି ତା'ର ଚିନ୍ତାର ପ୍ରଖରତା ବି କିମିତି ଧିମେଇଯାଏ ଆସ୍ତେ ଆସ୍ତେ।

ହରିପଦ ଏଇ ସମୟଟାରେ କିଛି ଭାବିପାରେନି, କାନରେ ଖାଲି କେତେଗୁଡ଼ାଏ ଶବ୍ଦ ପଶେ - ଆଖିରେ କେତେଗୁଡ଼ିଏ ଚଳନ୍ତି ଅଚଳନ୍ତି ବସ୍ତୁର ପ୍ରତିଫଳନ ହୁଏ, ଚିନ୍ତାର ଗମ୍ଭୀରି ଭିତରକୁ ସେସବୁ ପଶି ପାରନ୍ତିନି।

ଆସାନ୍‌ସୋଲ ଗାଡ଼ିରେ ପୁରୀ ଗଲାବେଳେ ହରିପଦ ଏମିତି ବହୁତଥର ଅନୁଭବ କରିଛି - ସେଇଥିପେଇଁ ସେ ଆସାନ୍‌ସୋଲ ଗାଡ଼ି ଛଡ଼ା ଆଉ କୋଉ ଗାଡ଼ିରେ ପ୍ରାୟ ପୁରୀ ଯାଏନି।

ଇୟାଡ଼େ ସିଆଡ଼େ ଚାହୁଁ ଚାହୁଁ ହରିପଦ ଦେଖିଲା ପାଖ ପାଣିକଳରେ ଗୋଟିଏ କୋଡ଼ିଏ ବାଇଶ ବର୍ଷର ଯୁବତୀ ଗାଧୋଉଚି - ଟି ଷ୍ଟଲର ପଛପଟକୁ ପାଣିକଳଟା, ଯୁବତୀଟିର ଦେହରେ କେବଳ ଖଣ୍ଡିଏ ଶାଢ଼ି, କଳା ମଚମଚ ଚିକ୍‌କଣ ଦେହ। ତା'ରି ଆଡ଼କୁ ଚାହିଁ ଗୋଟିଏ ପୁରୁଷ ଠିଆ ହୋଇଚି। ମାଂସଳ ଦେହ,

ମାଂସପେଶୀଗୁଡ଼ାକ ଫୁଲା ଫୁଲା ଓ ଶକ୍ତ, ତା' ଦେହର ରଙ୍ଗ ବି କଳା, କିନ୍ତୁ ଚମଟା ଖାସୁରିଆ ବୋଲି ଜଣାପଡ଼େ।

ହରିପଦର ମନେ ହେଲା - ବୋଧହୁଏ ଏମାନେ ଆଦିବାସୀ ଦମ୍ପତି - ସ୍ତ୍ରୀଲୋକଟି ଟିକିଏ ଇଆଡ଼େ ସିଆଡ଼େ ଚାହିଁ ଦେଇ ଶାଢ଼ିର ଚିପୁଡ଼ା କାନିଟା ଖୋଲି ଦେଇ ଲୁଗା ପାଲଟିବାକୁ ଗଲାବେଳେ ହରିପଦ ଡବା ଭିତରକୁ ମୁହଁଟା ନେଇଆସିଲା।

ଏଇଠି ଜନତା ଓ ଆସାନ୍‌ସୋଲର ପ୍ରାୟ କ୍ରସିଂ ହୁଏ, ଆସାନ୍‌ସୋଲ ଗାଡ଼ି ଛାଡ଼ିବାକୁ ଡେରି ହୁଏ। ହରିପଦ ଡବା ଭିତରର ଯାତ୍ରୀମାନଙ୍କ ଆଡ଼େ ଚାହିଁଲା। ସମସ୍ତେ ନୀରବ, ବାହାରେ ବାଦୁଡ଼ିଗୁଡ଼ାକର ଚିଁ ଚାଁ ଶବ୍ଦ... ହରିପଦ ଭାବିଲା ସମସ୍ତେ ବୋଧହୁଏ ତା'ରି ଭଳି ଏଇ ସମୟର ଅଭିନବତ୍ୱକୁ ଉପଭୋଗ କରିବାରେ ବ୍ୟସ୍ତ - କିନ୍ତୁ ଭଲ କରି ଚାହିଁ ଦେଖିଲା ଯେ କିଏ ଖବରକାଗଜ ପଢୁଚି, କିଏ ବା ମନିପର୍ସରୁ ଟଙ୍କା ବାହାର କରି ଗଣୁଚି। କିଏ ଅର୍ଥହୀନ ଦୃଷ୍ଟିରେ ବିଜୁଳି ପଙ୍ଖା ଆଡ଼େ ଚାହିଁଚି - ବ୍ଲାଉଜ୍ ଭିତରୁ ଖାଦ୍ୟ ଆହରଣରତ ଗୋଟିଏ ଶିଶୁ ଆଡ଼େ ତା'ର ମା' ମୁଗ୍ଧ ଦୃଷ୍ଟିରେ ଚାହିଁ ରହିଚି।

ଏଇ ସମୟତକର ସୌନ୍ଦର୍ଯ୍ୟ ଆଉ କେହି ଉପଭୋଗ କରୁ ନାହାନ୍ତି ଭାବି ହରିପଦ ଖୁସି ହେଲା।

ଡବା ଭିତରେ ପଶିଲେ ସେଇ ଆଦିବାସୀ ଦମ୍ପତି - ଯୁବତୀ ସ୍ତ୍ରୀଟି ସେଇ ଓଦାଲୁଗା ଖଣ୍ଡ ପିନ୍ଧିଛି - କୌତୂହଳ ଦୃଷ୍ଟିରେ ହରିପଦ ଚାହିଁଲା ତାଙ୍କ ଆଡ଼େ।

ଆଦିବାସୀ ଯୁବକ ଡବାର ଯାତ୍ରୀମାନଙ୍କ ମୁହଁକୁ ଚାହିଁଗଲା ଥରେ ଥରେ ଓ ତା'ପରେ ଆରମ୍ଭ କଲା।

"ଭାଇ ଓ ଭଉନିମାନେ, ମୁଁ ଓଡ଼ିଶାର ମାଲ ଅଞ୍ଚଳର ଲୁକ, ମୁଁ ଆପନ୍‌ମାନଙ୍କର ଆଦିବାସୀ ଭାଇ ହଉନି, ମୁର ଘର ଗଞ୍ଜାମ ମାଲ ଅଞ୍ଚଳରେ, ତୁମୁଳିବନ୍ଧ ଗାଁ। ମୁଁ ଦୁତୀୟ ମହାଯୁଦ୍ଧରେ କୁଲି ଭାବରେ ଆସାମରେ ସୈନ୍ୟମାନଙ୍କ ପାଇଁ ରୁଟ୍ ବୋଇଲେ ରାସ୍ତା କାମ କରୁଥିଲି। ମାଲର ଶହ ଶହ କନ୍ଧମାନେ ମିଶେ ସେଇ କାମ କରୁଥିଲେ। ଯୁଦ୍ଧ ସଇଲା - ଆମକୁ ଘରକୁ ବାହୁଡ଼େଇ ଦେଲେ, ମୁଁ ତିନି ସାଲ ହେବ ଏଇ 'ପାଞ୍ଚଘରିଆ' ଲୁଗା କଲରେ ଦରୁଆନ କାମ କରୁଥିଲି। ତିନି ମାସ ତଲେ ମୋରି ଦେଶର କେତେଜନ ମା ଭଉନିମାନେ ଲୁଗାକଲ ଦେଖିବାକୁ ଯାଇଥିଲେ। ମିଲ୍‌ର ଜନେ ବଡ଼ବାବୁ ମୁର ଆଖି ଆଗରେ ମୁର ମା ଭଉନିଙ୍କ ଧିଅରେ ହାତ ଦେଲା, ମୁର ରକତ୍ ତାତି ଉଠିଲା। ମୁଁ ବାଧା ଦେଲି - କହିଲି, ତୁ ବଡ଼ବାବୁ ହେଉଚୁ... ପାଠ ପଢ଼ିଚୁ... ମା ଭଉନିଙ୍କର ଇଜତ୍

ସାରୁଚୁ, ଲଜ୍ଜା ନାହିଁ? ଏଇ ହାତରେ ସେ ବାବୁକୁ ଗୋଟାଏ ଧକ୍‌କା ଦେଲି - ସେ ତଳେ ପଡ଼ିଗଲା, ତା'ର ମୁଣ୍ଡ ଫାଟି ରକତ୍ ବାହାରିଲା। ମୁର ମା ଭଉନିଙ୍କ ଇଜ୍ଜତ୍ ମୁର ଇଜ୍ଜତ୍।

ଭାଇ ଓ ଭଉନିମାନେ, ମୁଁ ଏକଥା କିପରି ସହିଥାନ୍ତି? ଜୀବନ୍ ଯାଉ, ମୁର ମା' ଭଉନିଙ୍କର ଇଜ୍ଜତ୍ ଥାଉ - ମୁଁ ଚାକିରିକୁ ଡରି ନ ଥିଲି। ମୁଁ ଯୁଦ୍ଧରେ ଜୀବନ୍‌କୁ ପାନି ଛଡ଼େଇ କାମ କରିଛି, ମୁର ଡର୍ କାହାକୁ ମିଲେ ନାହିଁ। ମତେ ମାଡ଼ ହେଲା, ମୁର ମୁଣ୍ଡ ଏଇଠି ଫାଟିଗଲା... ମୁର ନାଁରେ ମିଲ୍ ମାଲିକ କୁର୍ଟରେ ଦାବା କଲା, ସେଥିରେ ମୋର ଜୟଲାଭ ହେଲା।

ହେଲେ, ମୁର ଚାକିରି ଗଲା - ମୁଁ ଚାକିରି ପାଇଁ ସରକାର ପାଖରେ ଗୁହାରି କରିଛିଁ - ମିଲ୍ ନାଁରେ ଇଜ୍ଜତ୍ ହାନି ଦାବା କରିଛି, ମୁର ଏବେ କିଛି ଉପାର୍ଜନ ନାହିଁ, କଟକରେ ରହି ଦାବା ଲଢୁଚି।

ଆପନ୍‌ମାନେ ମୁର ଦେଶର ଲୋକ, ମୁର ଭାଇଭଉନି - ମୁଁ ଭିଖ୍ ମାଗିବାକୁ ପସନ୍ଦ କରେନି। କାମ କରିବାକୁ ଇଚ୍ଛା କରେ, ମୁଁ ଆଦିବାସୀ ଲୁକ। ଆମେ ମରିବୁଁ ପଛେଁ, ଭିଖ୍ ମାଗିବ ନାଇଁ।

ଆପନ୍‌ମାନେ ମତେ ସାହାଯ୍ୟ କରନ୍ତୁ - ମୁଁ ଓ ମୁର କନିଆଁ ଗଛ ମୂଲରେ ରହୁଚୁ... ମୁର ଦେଶର ମା ଭଉନିଙ୍କ ଇଜ୍ଜତ୍ ପାଇଁ ମୁଁ ଲଢ଼ିଛି।"

କେତେକ ଉଚ୍ଚାରଣଗତ ତ୍ରୁଟି ଛାଡ଼ିଦେଲେ ପ୍ରାୟ ଶୁଦ୍ଧ ଓଡ଼ିଆରେ ସେଇ ଦୀର୍ଘକାୟ ଆଦିବାସୀ ଯୁବକଟି ଏକା ନିଃଶ୍ୱାସକେ ଏତେଗୁଡ଼ାଏ କଥା କହିଗଲା। କହିଲାବେଳେ ତା'ର ଆଖି ଦି'ଟା ଜଳି ଉଠୁଥିଲା ରାଗରେ - ସିଏ ଯାହା କହିଲା ତା'ର ପ୍ରତି ବର୍ଣ୍ଣ ସତ୍ୟ ଓ ଅନତିରଞ୍ଜିତ ବୋଲି ହରିପଦର ମନେ ହେଲା, ମୂର୍ଖ ଆଦିବାସୀ ଲୋକଟିର ସତ୍‌ସାହସ, ମାନସମ୍ମାନଜ୍ଞାନ ଓ ଜାତୀୟତାକୁ ସେ ମନେ ମନେ ପ୍ରଶଂସା ନ କରି ରହିପାରିଲା ନାହିଁ।

ହରିପଦ ଅନ୍ୟ ଯାତ୍ରୀମାନଙ୍କ ଆଡ଼େ ଚାହିଁଲା - ସମସ୍ତେ ତା'ର ବକ୍ତୃତାରେ ବିଚଳିତ ବୋଲି ହରିପଦର ମନେ ହେଲା। ସେ ଦେଖିଲା କାହାରି କାହାରି ଦୃଷ୍ଟି ସେଇ ସ୍ୱାସ୍ଥ୍ୟବତୀ ଆଦିବାସୀ ଯୁବତୀଟି ଉପରେ ନିବଦ୍ଧ।

ପାହାଡ଼ ଜଙ୍ଗଲର ଖୋଲା ପବନ ଓ ଶାଗୁଆ ଜୀବନ ଯେପରି ତା'ର ଅବୟବରେ ଏକ ସତେଜତା ଖୁନ୍ଦିଖାନ୍ଦି ଭର୍ତ୍ତିକରିଦେଇଚି। ଆଦିମ ଜୀବନର ନଗ୍ନ କାନ୍ତି ତା'ର ଚିକଣିଆ କଳା ଚମଡ଼ା ଭିତରେ ଏକ ଅପୂର୍ବଶ୍ରୀର ଇଙ୍ଗିତ ଦିଏ। ତାହା ଯେପରି ଅବିମିଶ୍ର, ଦୀପ୍ତ ଓ ନିର୍ଭୀକ।

ସମସ୍ତଙ୍କ ଦେଖାଦେଖି ହରିପଦ ପକେଟରେ ହାତ ପୂରେଇଲା । ଭାବିଲା, କେତେ ଦେଲେ ଠିକ୍ ହବ ? ଅର୍ଡିନେରୀ ଭିକାରି ତ ନୁହେଁ, ସାହାଯ୍ୟ ଚାହେଁ। ଦେଶର ମା' ଭଉଣୀଙ୍କର ସମ୍ମାନ ରଖିବାକୁ ଯାଇ ଦୈନ୍ୟ ନିର୍ଯାତନା ଡାକି ଆଣିଚି ନିଜ ଉପରକୁ ।

ଅନ୍ୟ କାହାକୁ ଅପେକ୍ଷା ନ କରି ସୁ'କିଟିଏ କାଢ଼ି ହରିପଦ ଆଦିବାସୀ ଯୁବକ ହାତକୁ ବଢ଼େଇଦେଲା ।

ହରିପଦ ଦେଖିଲା କେହି ଦି ଅଣାରୁ କମ ଦେଲେନି - ସମସ୍ତଙ୍କ ଆଖିରେ ଏଇ ଆଦିବାସୀ ଯୁବକଟି ଆଜି ହିରୋ ଭାବରେ ଦେଖା ଦେଇଚି । ସଭ୍ୟ ସମାଜରେ ଏଇ ବଣୁଆ ନିର୍ଭୀକତା ନାହିଁ ।

ଗଛତଳେ ଶୀତ ବର୍ଷାର ରାତି ଓ ଖରାର ଦିନ କାଟିବାର ଭୟ ନ ରଖି ଅନ୍ୟାୟ ବିରୋଧରେ ଲଢ଼ିବାର ସାହସ ହରିପଦର ନାହିଁ ।

ହରିପଦ ଭାବିଲା - ଖାଲି ମୋର କାହିଁକି ? କୋଉ ନୌକରିଲିପ୍ସୁ ଶିକ୍ଷିତ ସଭ୍ୟର ବା ଅଛି !

ଶୋଧା ଗାଳି ମାଡ଼ ଖାଇ ଦାନ୍ତ କିଲେଇ ଚାକିରିକୁ କାମୁଡ଼ି ଧରିବା ପ୍ରବୃତ୍ତି ଆଜି ସମସ୍ତଙ୍କର । ଏଇ ବ୍ୟର୍ଥତାର ଯୁଗରେ କୋଉ ଶିକ୍ଷିତ ସଭ୍ୟର ଆତ୍ମସମ୍ମାନ ଜ୍ଞାନ ଅଛି ?

ଏ ଯୁଗରେ ହିରୋ କିଏ ?

ସମସ୍ତଙ୍କୁ ନମସ୍କାର କରି ଆଦିବାସୀ ଦମ୍ପତି ଡବାରୁ ବାହାରିଗଲେ ।

ଜଣେ ଦି'ଜଣ ଯାତ୍ରୀ ଲୋକଟିକୁ କୌଣସି ସାହାଯ୍ୟ ଦେଇ ନ ଥିଲେ । ତାଙ୍କରି ଭିତରୁ ଜଣେ କହିଲେ -

ଲୋକଟା ରୋଜଗାରର ଗୋଟାଏ ଭଲ ଫନ୍ଦି ବାହାର କରିଚି ।

ଉତ୍ତ୍ୟକ୍ତ ହୋଇ ଜଣେ ଭଦ୍ରବ୍ୟକ୍ତି ତାଙ୍କୁ ପଚାରିଲେ - କିମିତି ବୁଝିପାରିଲେ ?

ପ୍ରଥମୋକ୍ତ ଯାତ୍ରୀ ଜଣକ କହିଲେ -

ଆହା, ଆପଣ ରାଗିଯାଉଛନ୍ତି କାହିଁକି ? ମୋର ତା' ବିଷୟରେ ଯାହା ଧାରଣା ହେଲା ସେଇଆ କହିଲି । ନିଜ ଦେଶର ମା' ଭଉଣୀଙ୍କର ଇଜ୍ଜତ୍ ରକ୍ଷା କରିବାକୁ ଯାଇ ସେ ଯେ ଏ ଦୁର୍ଦ୍ଦଶା ଭୋଗ କରୁଚି ଏକଥା ନିଶ୍ଚୟ ସତ ଏବଂ ତା'ର ଏ ଅବସ୍ଥାରେ ଆମଠୁଁ ସାହାଯ୍ୟ ଭିକ୍ଷା କରିବା ଖୁବ୍ ସ୍ୱାଭାବିକ - ହଠାତ୍ ହୁଏ ତ କୋଉଠି କାମଦାମ ପାଇବାର ସୁବିଧା କରିପାରିନି, କିନ୍ତୁ ଆପଣମାନେ ତାକୁ ଯୋଉ ପରିମାଣରେ ସାହାଯ୍ୟ ଦଉଛନ୍ତି ସେଥିରେ ତା'ର କର୍ମପ୍ରବୃତ୍ତି ଯେ ମରିଯାଇନି ଏକଥା ଆପଣ

କହିପାରିବେ ? ସେ ଯେ ଯାକୁ ସହଜ ରୋଜଗାରର ଏକ ଫନ୍ଦି ବୋଲି ଭାବି ନ ସାରିଚି ତା'ବି ଆପଣ କହିପାରିବେ ?

ଉକ୍ତ ବ୍ୟକ୍ତିଟି କହିଲେ -

ତା' କଥାରୁ କିନ୍ତୁ ତା' ମୋଟେ ଜଣାପଡୁନି । ଆଉ ତା' ଛଡ଼ା ସବୁଦିନ ପାଇଁ ତ ଏଇ ଗୋଟାଏ କଥାକୁ ଧୋଇ ଶୁଖେଇ ପଇସା କମେଇ ପାରିବନି । ଲୋକମାନେ କଅଣ ଏଡ଼େ ବୋକା ହେଇଛନ୍ତି ?

ଅନ୍ୟ ଜଣକ ସ୍ମିତ ହସି କହିଲେ -

ଲୋକମାନେ ଚାଲାଖ ହବା ପୂର୍ବରୁ ସେ ବେଶ୍ ଦି ପଇସା କମେଇ ରୋଜଗାରର ଅନ୍ୟ ଉପାୟ ବାହାର କରିସାରିଥିବ ।

- ସେଇଟା ତ ଭଲ କଥା । ପଇସା ଜମେଇ ସେ ଯଦି ସତ୍ ଉପାୟରେ ସେ ପଇସାକୁ ଖଟେଇ ତା'ର ଅନ୍ନସଂସ୍ଥାନ କରେ କ୍ଷତି କଅଣ ?

- ଯିଏ ଥରେ ଇଜି ମନି ପାଏ ଅର୍ଥାତ୍ ସହଜ ଉପାୟରେ ପଇସା ରୋଜଗାରର ସୁଆଦ ପାଇଯାଏ ସେ ରୋଜଗାରର ସେଇ ସହଜ ଉପାୟ ସବୁବେଳେ ଖୋଜିବୁଲେ ।

ରୋଜଗାରର ସହଜ ଉପାୟ କଅଣ କହନ୍ତୁ ତ ?

- ଏଇ ଧରନ୍ତୁ ଜୁଆଖେଳ, କଳାବଜାର କରିବା, ଚାକିରି ବଜାରରେ ନିଷ୍ଠାପର ଭାବରେ ନ ଖଟି କେବଳ ଉପର ହାକିମମାନଙ୍କୁ ତୋଷାମଦ୍ କରି ରଖି ମାସକୁ ମାସ ଦରମା ଗଣିନବା ବା ଶିବଙ୍କ ସାପ ଭାବରେ ଫଁ ଫଁ କରି ତଳିଆ ଚାକିରିଆଗୁଡ଼ିକଙ୍କଠୁଁ ନାନା ପ୍ରକାର କାମ ହାସଲ କରିବା ବା ଦେଶପାଇଁ, ଜାତିପାଇଁ ଆମେ ସ୍ୱାର୍ଥତ୍ୟାଗ କରିଚୁଁ, ତେଣୁ ଦେଶର ଜନତା ଆମର ସୁଖସ୍ୱାଚ୍ଛନ୍ଦ୍ୟ ଦେଖିବାପାଇଁ ହକ୍‌ଦାର ।

- ଏଇ କଥା କହି ଲୋକମାନଙ୍କଠାରୁ ସୁବିଧା ସୁଯୋଗ ମାରିନେବା... ଇତ୍ୟାଦି ଇତ୍ୟାଦି - ଏଇପରି କେତେ କଅଣ...

- ଆଉ ଏ ଲୋକଟି ଯେପରି ଆପଣମାନଙ୍କର ଭାବପ୍ରବଣତାକୁ ଉସ୍‌କେଇ ଦେଇ ଅତିରିକ୍ତ ସାହାଯ୍ୟ ପାଉଚି ସିଏ ବି ଗୋଟେ ପ୍ରକାରର ସହଜ ଉପାର୍ଜନ ପନ୍ଥା ।

ଉକ୍ତ ବ୍ୟକ୍ତିଙ୍କର ଗଳା ଟିକକ ନରମ ପଡ଼ି ଆସିଲା । କହିଲେ - ହଁ, ଆପଣ ଅବଶ୍ୟ ଯାହା କହୁଛନ୍ତି ଖୁବ୍ ଯୁକ୍ତିଯୁକ୍ତ, କିନ୍ତୁ କଥାଗୁଡ଼ାକ ଖାଟେ କେବଳ ଆମରି ଭଳି ଏଇ ସହରୀ, ବଜାରୀ ଆଉ ଶିକ୍ଷିତ ଧୋବଧାଉଳିଆଙ୍କ ପ୍ରତି, କିନ୍ତୁ ଏଇ ଆଦିବାସୀ କନ୍ଧମାନଙ୍କର ସରଳ ନିଷ୍କପଟ ଜୀବନରେ ତା' ସମ୍ଭବ ନୁହେଁ । ତର୍କ ସୃଷ୍ଟି କରିଥିବା ଯାତ୍ରୀ ଜଣକ ଟିକିଏ ହସି କହିଲେ - ହଁ, ଯେତେଦିନଯାଏଁ ସେମାନେ ଆମରି ଭଳି

ଆଲୋକପ୍ରାପ୍ତ ସଭ୍ୟ ଓ ସହରୀ ନ ହେଇଛନ୍ତି... ଆଚ୍ଛା ସେକଥା ଛାଡ଼ନ୍ତୁ, କହନ୍ତୁ ତ - କିଛି ମନେ କରିବେନି - ସେ ଲୋକଟିକୁ ଯେ ଆପଣମାନେ ସମସ୍ତେ ଆଶାତିରିକ୍ତ ସାହାଯ୍ୟ କଲେ ସେଇଟା କଅଣ ଖାଲି ସେଇ ଲୋକର ସତ୍‌ସାହସ ପାଇଁ ?

ଅପର ବ୍ୟକ୍ତିଟି ଉତ୍ତର କଲେ -

ନିଶ୍ଚୟ !

- 'ହୋଇ ପାରେ' କହି ପଇସା ନ ଦେଇଥିବା ବ୍ୟକ୍ତି ସ୍ମିତ ହସି ଚୁପ୍ କଲେ; ଗାଡ଼ି ସେତେବେଳକୁ ଚାଲିବାକୁ ଆରମ୍ଭ କରିସାରିଥିଲା ।

ଭଦ୍ରବ୍ୟକ୍ତିର ଇଙ୍ଗିତ ହରିପଦ ଅନୁମାନ କରିପାରିଲା ।

ସେଇ ବୋଧହୁଏ ସବୁଠୁଁ ବେଶୀ ପରିମାଣର ସାହାଯ୍ୟ ଦେଇଚି, ସୁ'କିଏ ।

ସେଇ ସୁଠାମ ଆଦିବାସୀ ଯୁବତୀଟିର ଉପସ୍ଥିତି ଯେ ଆଶାତିରିକ୍ତ ସାହାଯ୍ୟ ପ୍ରଦାନରେ ପରୋକ୍ଷ ପ୍ରଭାବ ପକେଇଚି ଏକଥା ନିହାତି ଭୁଲ ବୋଲି ହରିପଦର ମନେ ହେଲାନି ।

ସେ ଭାବିଲା - ଯାତ୍ରୀମାନଙ୍କର ସଭ୍ୟତା-ଜଉରେ ମୁଦା ମନକୁ ମେଲେଇ ଦେଖିଲେ ଜଣାଯିବ ଯେ ଯୁବତୀଟିର ଉପସ୍ଥିତି ସେମାନଙ୍କ ଦାନ ଉପରେ ନିଶ୍ଚୟ କିଛି ପ୍ରଭାବ ପକେଇଚି ।

ସନ୍ଧ୍ୟାର ପାତଳା ଅନ୍ଧାର ଭିତରେ ଗାଡ଼ିର ଗତି ବଢ଼ିବା ସାଙ୍ଗେ ସାଙ୍ଗେ ତା'ର ଘଡ଼ଘଡ଼ ଶବ୍ଦ ବି ବଢ଼ିଗଲା ।

ହରିପଦର କାନ ଡେରି ଅପର ଦୁଇଟି ଯାତ୍ରୀଙ୍କର ଯୁକ୍ତି ତର୍କ ଶୁଣିବାର ସ୍ପୃହା କମି ଆସିଲା । ହରିପଦ କନ୍ଧମାନଙ୍କ ଭିତରେ ବହୁତ ଦିନ କଟେଇ ଆସିଛି - ସୁତରାଂ ଏଇ କନ୍ଧଟି ଉପରେ ତା'ର ଆସ୍ଥା ଥିଲା...

x x x

ତା'ପରେ ବହୁତ ଥର ହରିପଦ ଏଇ ଗାଡ଼ିରେ ପୁରୀ ଯାଇଚି, କିନ୍ତୁ ସେଇ ଆଦିବାସୀ ଦମ୍ପତିଙ୍କର ଦେଖାପାଇନି । କଟକ ପ୍ଲାଟଫର୍ମରେ ତାଙ୍କୁ ଖୋଜିଚି, କଅଣ ତାଙ୍କର ହେଲା ଜାଣିବାକୁ ସେ କୁତୂହଳୀ ହୋଇଚି । କିନ୍ତୁ ତାଙ୍କର ଆଉ ଦେଖା ନ ପାଇ ସେ ଭାବି ନେଇଚି ଯେ ତା'ର ଅନୁମାନହିଁ ସତ୍ୟ - ସେମାନେ ଆଉ ସାହାଯ୍ୟ ଭିକ୍ଷା କରୁ ନାହାନ୍ତି ବୋଧହୁଏ, ଆସ୍ତେ ଆସ୍ତେ ସେ ସେମାନଙ୍କୁ ଭୁଲି ବି ଯାଇଚି ।

ଦିନେ ସାଇକେଲରେ ଯାଉଚି ହରିପଦ, ବକ୍‌ସିବଜାର ପାଖରେ ରାସ୍ତା ବନ୍ଦ, ମରାମତି ଚାଲିଚି । ସାଇକଲ ଧରି ଚାଲି ଚାଲି ହରିପଦ ଗଲା ଖଣ୍ଡେ ଦୂର - ବହୁତ ମୂଲିଆ ମୂଲିଆଣୀ ରାସ୍ତାରେ ଗୋଡ଼ି ବିଛୋଉଛନ୍ତି । କଟକ ସହରର ରାସ୍ତା ଚଉଡ଼ା ଓ

ପକ୍କା ହେବାର ବ୍ୟବସ୍ଥା ଚାଲିଚି। ମେସିନ୍ ରୋଲରର ଘଡ଼ ଘଡ଼ ଶବ୍ଦରେ କାନ ଅତଡ଼ା ପଡ଼ିଯାଉଚି। ଗୋଟାଏ ମେସିନ୍‌ରୁ ରାଳ ଓ ଛୋଟ ଛୋଟ ଗୋଡ଼ି ସନ୍ଧା ହୋଇ ବାହାରି ଆସୁଚି। ସେଇଠି ଟିକିଏ ସାଇକଲ ଅଟକେଇ ହରିପଦ ଠିଆ ହୋଇଗଲା। ହଠାତ୍ ଦେଖିଲା ଗୋଟିଏ ବୋଝ ଧରି ମେସିନ୍ ଆଡ଼େ ମୁହଁ କରି ଠିଆ ହୋଇଚି ଆଦିବାସୀ ଯୁବକଟି, ମନଟା ଖୁସି ହୋଇଗଲା ହରିପଦର। ତା' ପ୍ରତି ଅସମ୍ଭବ ଶ୍ରଦ୍ଧାରେ ହରିପଦର ହୃଦୟ ପୂରି ଉଠିଲା, ତା'ର ସୁ'କିଟା ନିରର୍ଥକ ଯାଇନି।

ହରିପଦ ଯୁବକଟିକୁ ପାଖକୁ ଡାକିଲା। ସେ ଆସିଲାରୁ ପଚାରିଲା -

କିଓ, ତମେ ଆଉ ଟ୍ରେନ୍‌ରେ ପଇସା ମାଗୁନ କି?

ହରିପଦ ମୁହଁକୁ ସେ ପ୍ରଶ୍ନସୂଚକ ଭଙ୍ଗୀରେ କିଛି ସମୟ ଚାହିଁଲା, ପରେ କହିଲା-

"ନାଇଁ ବାବୁ।"

ତମେ ମିଲ୍ ନାଁରେ ଯୋଉ ଦାବା କରିଥିଲ କଅଣ ହେଲା?

ମୁର୍ ଏଥିରେ ହାର୍ ହେଲା - ହାକିମ କହିଲା ମାନ୍‌ହାନି ହେଇନି। ବଡ଼ଲୁକ୍‌ର ବିଚାର ବାବୁ। ଧୋବ୍‌ଧାଉଳିଆ ହାକିମ୍‌ମାନେ ଆମଭଳି ଗରିବ୍‌ର ମାନ୍ ଅଛି ବୋଲି ବୁଝିପାରନ୍ତି ନାଇଁ। ହରିପଦ ବିସ୍ମିତ ହେଲା, ଲୋକଟାର ବିଚାର ବୁଦ୍ଧି ଦେଖି। ଫେର୍ ପଚାରିଲା -

ଆଚ୍ଛା, ଟ୍ରେନ୍‌ରୁ ତ ତମକୁ ବେଶୀ ପଇସା ମିଳୁଥିଲା, ଏ ମୂଲିଆ କାମ କାହିଁ କି କଲ?

ଯୁବକଟି ହସିଲା।

- ନାଇଁ ବାବୁ, ବେଶୀ ପଇସା ମିଳୁଥିଲା ବୋଲି ମୁଁ ଭିଖ୍ ମାଗି ମୁର୍ ପେଟ୍ ପୋଷିବି? ଦାବାରେ ହାର୍ ହେଲାରୁ ମୁଁ ପଇସା ମାଗିବା ଛାଡ଼ିଦେଲି - ସରକାରଙ୍କୁ ଚାକିରିପାଇଁ ଦରଖାସ୍ତ କରିଚି।

ହରିପଦର ଆଉ କୌଣସି ପ୍ରଶ୍ନ ନ ଥିଲା - ସେ ଖାଲି ସେଇ ଯୁବକର ମୁହଁକୁ ଚାହିଁ ରହିଲା।

ବାବୁ ତିଣ୍ଡା କନିଆକୁ ସାଥିରେ ଧରି ପଇସା ମାଗିବା କିଛି ଭଲ୍ ନାହିଁ ବାବୁ।

ହରିପଦ ଚମକି ପ୍ରଶ୍ନ କଲା -

କାଇଁକି? କଅଣ ହେଲା?

ଯୁବକଟି କହିଲା - ମୁଇଁ ବଡ଼ ପାଟିରେ ମୁର୍ କଥା କହିଲା ବେଳେ ଦେଖେଁ ଗୁଡ଼େ ଲୁକ ମୁର୍ କନିଆ ଆଡ଼େ ଚାହିଁଛନ୍ତି। ମୁର୍ କଥା କିଛି ଶୁନୁ ନାହାନ୍ତି। ମୁର୍ ମୁଣ୍ଡ

ଗରମ ହୋଇଯାଏ, ହେଲେ ମୁଁଇ କିଛି କହିପାରେନି, ପଇସା ତ ମାଗୁଛି, ମୁର କନିଆ ସାଥିରେ ନ ଥିଲା ଦିନ ବେଶୀ ପଇସା ମିଳେନି।

ହରିପଦର ମନେ ପଡ଼ିଗଲା ସେଦିନ ଟ୍ରେନ୍‌ରେ ସେଇ ଭଦ୍ରବ୍ୟକ୍ତିର ଟିପ୍ପଣୀଟିର କଥା।

ଯୁବକଟି କହି ଚାଲିଲା – ମୁଁ ବର୍ଷେକାଲ ଏଇ ଟେସନ୍‌ରେ ସାହାଯ୍ୟ ମାଗିଲି। ସେଥିପେଇଁ ଆମ ଓଡ଼ିଆ ଭାଇମାନେ ମତେ ଚିହ୍ନି ଯାଇଥିଲେ। ଯୋଉଦିନ ମୁର୍ କନିଆ ନ ଥାଏ ସେ ଦିନ ଡବାରେ ପଶି ମୁର୍ କଥା କହିବାକୁ ଗଲାବେଳେ କିଏ କହିବ "ହଉ ଥାଉ ଥାଉ, ବକ୍ତୃତା ଦବା ଦରକାର ନାହିଁ – ଆମେ ଜାଣିଚୁ ତମ କଥା – ନିଅ।" ଆଉ କିଏ ବାବୁ କହିବ –

"ଏମିତି ଆଉ କେତେଦିନ ସେଇ ଗୋଟେ କଥା କହି ପଇସା ମାଗି ଖାଉଥିବ। ଦିହରେ ବଳ ଅଛି, କାମ ଖାଟି ଖାଅ।"

କିଏ ଫେର୍ ମୁର ହାତକୁ ପଇସା ଦି'ଟା ବଢ଼େଇ ଦେଇ କହିବ –

"ଭଲ ଫନ୍ଦି କରିଚ –"

ଜାନିଲ ବାବୁ, ଯୋଉଦିନ ମୋ କନିଆ ମୋ ସାଥିରେ ଥାଏ, ସେଦିନ କୋଉ ଲୁକ ପାଟିରୁ କିଛି କଥା ବାହାରେନି... ବେଶୀ ପଇସା ମିଲେ – କହି ଯୁବକଟି ହସିଲା। ତା'ପରେ ହଠାତ୍ ଟିକିଏ ଉତ୍ତ୍ୟକ୍ତ ହୋଇ କହିଲା – ମୋରି ଦେଶର ଭଉନି ମା'ମାନଙ୍କର ଇଜ୍ଜତ୍ ପାଇଁ ମୁଇଁ ମାଡ଼ ଖାଇଲି, ଭିଖ୍ ମାଗିଲି – ଆଉ ଏମାନେ ମୁର ଯୁବତୀ କନିଆ ଉପରେ ପାପ ନଜର ଦେଲେ ?

କହିଲି ନାଇଁ – ମୁର୍ ବାହାରେ ବଲ ଅଛି, ମୁଇଁ ପଥର ଭାଙ୍ଗି, ମାଟି ଭାଙ୍ଗି ଖାଇବି, ମତେ ସେଇଟା ସହିବ – ଭିଖ ମାଗି ଖାଇବା ବିଷ୍ଠା ଖାଇବାର ସାଙ୍ଗେ ସମାନ୍।

ହରିପଦ ସପ୍ରଶଂସ ଆଖିରେ ଚାହିଁ କହିଲା – ଖୁବ୍ ଭଲ କଲ, କାଇଁକି କାହାର ଦୟାରେ ଚଳିବ ?

ଛାତି ଫୁଲେଇ କହିଲା ଯୁବକଟି – ମୁଇଁ ଆର୍ ମୁର୍ କନିଆ ଦିହେଁ ମୂଲ ଲାଗୁଚୁ।

ହରିପଦ ଦେଖିଲା ଅଦୂରରେ ତା'ର ସ୍ତ୍ରୀ ରାସ୍ତାରେ ଗୋଡ଼ି ବିଛାଉଛି। କଳା ମୁଗୁନି ପଥରର ମୂର୍ତ୍ତିପରି ବଳିଲା ବଳିଲା ହାତ ଗୋଡ଼ ଯେପରି ଦୁନିଆର ସବୁ ନିର୍ଯାତନା, ଅପମାନକୁ ତୁଚ୍ଛ କରି କାମ କରି ଚାଲିଛି। ମୂର୍ଖ ଆଦିବାସୀ ହେଲେ ବି ଏମାନେ ଜୀବନର ମହତ୍ତ୍ୱ ବୁଝିଛନ୍ତି – ବ୍ୟକ୍ତି ସ୍ୱାତନ୍ତ୍ର୍ୟବୋଧ ଏମାନଙ୍କର ଅତି ପ୍ରଖର।

ଦୁହେଁ ଯେପରି ଅତି ସାଧାରଣ ଦୁନିଆ ଭିତରେ ବାରି ହୋଇ ପଡୁଛନ୍ତି - ସ୍ରୋତ ଭିତରେ ହଜିଯିବାର ଭୟ ଏମାନଙ୍କର ନାହିଁ। ହରିପଦ ଅନୁଭବ କଲା ରାସ୍ତା ମରାମତିର ଘଡ଼ ଘଡ଼ ଶବ୍ଦ ଭିତରେ ଏକ ଅପୂର୍ବ ସଙ୍ଗତି ଓ ଧ୍ୱନିମାଧୁର୍ଯ୍ୟ।

■

BLACK EAGLE BOOKS

www.blackeaglebooks.org
info@blackeaglebooks.org

Black Eagle Books, an independent publisher, was founded as
a nonprofit organization in April, 2019. It is our mission to
connect and engage the Indian diaspora and the world at large
with the best of works of world literature published on a
collaborative platform, with special emphasis on
foregrounding Contemporary Classics and New Writing.